Schwanenliebe –
ein ganzes halbes Leben

Florentine Steigenberger

novum pro

www.novumverlag.com

Bibliografische Information
der Deutschen Nationalbibliothek:

Die Deutsche Nationalbibliothek verzeichnet diese Publikation in der Deutschen Nationalbibliografie. Detaillierte bibliografische Daten sind im Internet über http://www.d-nb.de abrufbar.

Alle Rechte der Verbreitung, auch durch Film, Funk und Fernsehen, fotomechanische Wiedergabe, Tonträger, elektronische Datenträger und auszugsweisen Nachdruck, sind vorbehalten.

© 2016 novum Verlag

ISBN 978-3-95840-208-9
Lektorat: Susanne Schilp
Umschlagfoto:
Florentine Steigenberger
Umschlaggestaltung, Layout & Satz:
novum Verlag

Gedruckt in der Europäischen Union auf umweltfreundlichem, chlor- und säurefrei gebleichtem Papier.

www.novumverlag.com

Inhaltsverzeichnis

Aus dem Inhalt 7
1 Schwanenliebe 9
2 Bauchgefühl 11
3 Berufswechsel 20
4 Wink aus der Vergangenheit 24
5 Jugend – „Liebe"? 28
6 Hochzeitstag 35
7 Schmetterlinge im Bauch 40
8 Die Erde bebt 65
9 Tanz auf dem Vulkan 76
10 Lieblingsgrossfamilie 92
11 Fels in der Brandung 108
12 Beziehungsweise 142
13 Leben im Vulkangebiet 151
14 Alles brennt 255
15 Nach einem ganzen halben Leben 270
16 Danach ... und noch viel mehr 272
17 Das Problem, einen älteren Schwan zu finden 292
18 Schwanenliebe und eine späte Erkenntnis 333
19 Das Glück, einen jungen Schwan zu finden 346
20 Alles passiert aus einem Grund 389
Hinweis der Autorin 392
Quellenangaben und Zitate 393

Aus dem Inhalt

Florentine Steigenberger ist Mitte vierzig, selbstständige Unternehmerin und hat drei erwachsene Kinder. Sie glaubt, den roten Faden im Leben verloren zu haben. Sie lebt in einer Patchwork-Familie und ist in zweiter Ehe mit Alexander verheiratet. Die Beziehung zwischen Alexander, dem leicht unterkühlten, karriereorientieren Analytiker und Vertriebsfachmann, und der emotionalen, multibegabten und warmherzigen Florentine funktioniert erstaunlich gut.
Aber ist sie glücklich?

Die erste Hälfte ihres Lebens ist sie so beschäftigt mit Karriereplanung und Kindererziehung, dass sie sich darüber wenig Gedanken macht. Bis zu ihrem 45sten Geburtstag hat das Leben viele Überraschungen für sie parat und Florentine versucht mit Humor und Optimismus, sowohl ihren roten Faden wiederzufinden als auch auf die unvorhergesehenen Ereignisse bestmöglich zu reagieren. Florentines manchmal selbstbewusste Aktionen passen nicht zu ihren Ängsten und Gedanken. Und so findet sie sich – wie viele Frauen – in permanentem Zwiespalt.
Florentine Steigenberger ist ein Schwan ... Zumindest, was das Verhalten in einer Beziehung angeht. Das beginnt schon in frühester Jugend, denn man kann als Eltern seine Kinder erziehen, wie man will, schlussendlich machen sie einem doch alles nach. Und Florentines Eltern liefern ihr die Idealvorstellung einer intakten Familie.
Bei Florentine gestaltet sich aber genau das recht schwierig, was auch den Ansprüchen der heutigen Gesellschaft an die moderne Frau geschuldet ist.

Die Erzählungen wechseln zwischen Vergangenheit und Gegenwart und dieser Wechsel gestaltet die Geschichte abwechslungsreich. Und gerade als in Florentines Leben alles nach ihrem Plan zu laufen scheint, hat sich derjenige, der ihr Lebensdrehbuch schreibt, andere Pläne für sie ausgedacht.
Alles passiert aus einem Grund! Doch diesen kennt nur er!

1
Schwanenliebe

In Münster auf dem Aasee trifft der schwarze Schwan Petra eines Tages einen großen, schönen Schwan in Form eines Plastik-Tretbootes.

Petra ist sofort begeistert von dem coolen Typen und verliebt sich in das Boot!

Sie wird nicht müde, dem Schwanenboot ihre Liebe zu zeigen und weicht nicht von seiner Seite, obwohl das Boot ihr immer nur die kalte Plastik-Schulter zeigt!

Da es Petra aber auch nicht wegstößt, deutet sie dies als Zustimmung und begleitet das Boot auf jeder Fahrt.

Das Leben ist aufregend. Es kommen viele Menschen und es gibt immer neue Abenteuer auf dem See. Petra wird müde!

Das Leben ist so anders als erwartet.

Aber ihr Auserkorener weicht ihr ja schließlich nicht von ihrer Seite. So macht sie jedes Abenteuer mit, obwohl sie sich das Leben anders vorgestellt hatte!

Selbst im Winter, wenn die Boote in die Halle gefahren werden, kommt Petra mit und verbringt den Winter dort, wo die Boote sind.

Die Winter sind lang und langweilig und Petra beginnt zu zweifeln, ob das das Leben ist, von dem ihr ihre Eltern berichtet hatten.

Aber sie ist nun mal ein Schwan. Und leidensfähig! Und außerdem lächelt ihr Plastik-Freund ihr täglich so lieb zu, dass es doch richtig sein muss, an seiner Seite zu bleiben.

Doch die Zweifel kommen immer wieder: Kann es sich lohnen, ein treuer Schwan zu sein, wenn das Leben ganz anders ist, als Schwan es erwartet?

Mein toller, attraktiver Freund sieht zwar aus wie ein Schwan, aber vielleicht ist ja Schwan doch nicht gleich Schwan? Bin ich mit dem richtigen Schwan zusammen?

Das Leben ist zwar aufregend, aber was bekomme ich zurück? Ich bin ein Schwan, denkt Petra, stolz und treu! Liebe ist harte Arbeit! Ich muss mich mehr anstrengen!!!
Von den Eltern hatte sie gelernt, dass eine Schwanenliebe ein ganzes Leben dauern würde. Und zwar ganz ohne jede Diskussion! Aber würde sie ein ganzes Leben durchhalten können? Würde sie so glücklich werden können?

2
Bauchgefühl

Da war es wieder ... das taube Gefühl in der Magengegend, als hätte dir jemand einen Schlag in den Bauch verpasst. Der Kopf ist leer, der gesamte Körper tut weh. Ich liege wach und starre durch das Fenster den Vollmond an. Es ist 02:32 und ich habe noch kein Auge zugetan.

Stattdessen habe ich ungefähr tausend Mal auf meinem Smartphone geprüft, wann Alexander zuletzt online war. 22:20 ... Ich bin todmüde und gleichzeitig hellwach. Mein Kopf tut weh und mein Körper ist schwer. Ich sollte wirklich versuchen zu schlafen. Ich mache einen nächsten vergeblichen Versuch und rolle mich fest in die Bettdecke ein. Es ist eine große Bettdecke, unter der wir stets gemeinsam gekuschelt haben. Alexander ist der erste Mann, mit dem ich von Anfang an unter einer gemeinsamen Bettdecke geschlafen habe. Immer eng aneinander und immer gemeinsam. Jetzt bin ich alleine unter meiner Riesenbettecke. Die Leere in meinem Bett macht mir Angst. Ich könnte schreien, weinen vor Angst, aber es fehlt mir die Kraft. Kraft, die mir auch am nächsten Tag fehlen wird. Ich habe in den letzten Tagen kaum geschlafen. Bei diesem Gedanken werde ich wütend. Warum hat er mir nicht wenigstens mitgeteilt, dass er gut angekommen ist? Ständig ist er online, ohne mich ein einziges Mal zu kontaktieren. Ist das fair mir gegenüber? Warum nur scheine ich ihm egal zu sein?

Früher wollte er jede Minute mit mir verbringen! Stattdessen hatte er jetzt bei unserem letzten Gespräch mit unserem Freund und Architekten Lukas, in dem es darum ging, unsere gemeinsame zukünftige Wohnung in meinem Elternhaus auf dem Land zu planen, ganz komische Andeutungen gemacht. Man solle da nichts überstürzen und er wüsste nicht, was sein Arbeitgeber noch alles mit ihm vorhabe. Sein Beruf habe derzeit noch Priorität vor dem Privatleben. Für mich ist das wie ein Schlag in den Bauch. Und seither werde ich dieses Gefühl auch nicht los.

Ich wälze mich herum, das Bett neben mir ist mal wieder leer und im Gegensatz zu mir, die sich nach dem Partner sehnt, scheint mein Mann noch nicht mal das Bedürfnis zu haben, mit mir zu telefonieren, geschweige denn, mir eine Nachricht zu schreiben. Das Gefühl in meinem Bauch sagt: „Du solltest dir wirklich Sorgen machen" – was tut er, wo ist er, mit wem ist er zusammen? Ja klar, ich weiß, dass er auf Geschäftsreise ist, aber dann kann man sich doch melden. Er weiß, dass ich mir Sorgen mache, und zwar nicht nur, weil ich nicht weiß, ob er heute wirklich alleine im Bett liegt, sondern auch, weil er immerhin sechs Stunden Autofahrt hatte und da kann man ja nie wissen.

Egal, ich kenne dieses Bauchgefühl, verlassen zu werden! Mein Körper hat mir das schon einmal mitgeteilt, viel früher, als mein Kopf das verstanden hat.

Das ist jetzt allerdings schon fast zwei Jahrzehnte her!

Das letzte Mal hatte ich dieses Gefühl also vor über 15 Jahren und kann mich sehr genau daran erinnern! An genau dieses!

Damals stand ich abends in der Küche und wartete auf Johannes, der auch nicht nach Hause kam. Unsere drei kleinen Kinder waren schon lange im Bett, der Haushalt erledigt und die Büroarbeiten abgeschlossen. Jo kam nicht heim. Ich spürte ein Gefühl von Angst, Schmerz und Bauchweh und stand da und schaute aus dem Fenster. Ich dachte: „Komisch? – Was ist denn das für ein Gefühl im Bauch, ich werde doch nicht krank werden?"

Mir wurde schlecht und ich konnte das Gefühl überhaupt nicht einordnen ... Es war einfach ein sehr starkes, negatives Gefühl! War das mein Instinkt oder Intuition?

Jo kam am nächsten Tag nach Hause und ohne dass wir redeten, war mir blitzartig klar: Unser Leben wird sich ändern, das wusste ich! Ich bekam eine Gänsehaut und weiche Knie! Wie sich mein Leben ändern würde, konnte ich an diesem Abend noch nicht annähernd begreifen. Vielleicht war das der Start der verrücktesten

Familiengeschichte, die man sich je hätte ausdenken können. Damals hatte ich eigentlich gedacht, ich hätte schon viel erlebt: verrückte Dinge, ärgerliche, schmerzhafte und lehrreiche Erlebnisse gab es bis dato eigentlich genug!

Aber mein Leben hatte sich nun mal vorgenommen, meine Belastbarkeit auf eine weitere Probe zu stellen.

Man sagt:
Alles passiert aus einem Grund!

Nur, wer entscheidet denn immer, was ein „Grund" ist?
Wie viele Gründe gibt es?
Was ist ein guter Grund?
Gibt es auch schlechte Gründe?
Wann werde ich die Gründe erkennen oder gar verstehen?
Und vor allem ... Wann hört das mal auf,
dass sich Dinge „aus einem Grund" verändern?

„Ich glaube, dass alles, was passiert, seinen Grund hat.
Menschen verändern sich, damit du lernst,
jemanden gehen zu lassen.
Dinge laufen falsch, damit du die richtigen zu schätzen weißt.
Die Lügen glaubst du, nur um daraus zu schließen,
dass du nicht jedem vertrauen kannst.
Und manchmal muss etwas Gutes vorbeigehen!
Damit etwas Besseres folgen kann."
(Marilyn Monroe)

Also verehrte Frau Monroe, hättest du diesen weisen Spruch selber geglaubt, dann wärst du sicherlich nicht depressiv geworden, sondern hättest an dich geglaubt. Und vielleicht wärst du dann älter geworden als nur 36 und nicht an einer Überdosis Barbiturate gestorben!

Ich für meinen Teil weiß nicht mehr, was ich glauben soll. An mich selber glaube ich auch nicht so wirklich. Ich bin jetzt Mitte vierzig und selbst das kann ich nicht wirklich richtig glauben. Bin das wirklich ich, die mich morgens verknittert aus dem Spiegel anschaut? Wenn mich jemand nach meinem gefühlten Alter fragen würde, würde ich mit voller Inbrunst antworten: „16 und keinen Tag älter!" Daher fiel es mir von Anfang an schwer, eine strenge und konsequente Mutter zu sein. Viel zu sehr konnte ich mich stets mit den Problemen meiner Kinder identifizieren. Ich wurde streng katholisch erzogen und wuchs in einer klassisch intakten Familie auf dem Land auf. Meine Jugend war geprägt von diesem Idealbild der Familie aber auch von der Tatsache, dass man über viele Dinge einfach nicht zu diskutieren hatte.

Mit der gleichen Konsequenz, mit der ich immer wieder von meinem Vater gesagt bekam: „Solange du deine Füße unter meinen Tisch stellst, entscheide ich!" wurde ich in die Freiheit entlassen, als ich die Füße nicht mehr unter den Tisch stellte.

Plötzlich erkenne ich, dass es oft gar nicht so einfach ist: zu „entscheiden". Was ist richtig, was ist falsch? Wie treffe ich für mein Leben die richtigen Entscheidungen? Ich hatte weder gelernt, Dinge zu diskutieren, noch abzuwägen. Meine Eltern hatten mir zwar einiges mit auf den Weg gegeben, so zum Beispiel, dass man einen Regenschirm zu benutzen hatte, wenn es regnete. Aber was mache ich, wenn ich gerade nicht den passenden Regenschirm zur Hand habe? Wie finde ich den geeigneten Regenschirm? Und das möglichst rechtzeitig und kostengünstig. Welche Alternativen gab es? Das hatte ich nicht gelernt!

Und so stehe ich so manches Mal im Regen und hätte mir gewünscht, dass mich jemand auf den Wetterbericht hingewiesen hätte.

Irgendwann erkenne ich, dass ich im Leben pragmatisch sein muss, auch wenn mich der eine oder andere Hagelschauer zu einem extrem kritischen Menschen macht, was die grundsätzliche Stabilität einer Wetterlage anbetrifft. Ich erkenne außerdem, dass einem niemand eine perfekte Wettervorhersage machen kann. Das Wetter des Lebens hat seine eigene Dynamik und niemand kann mir sagen, ob eine heute getroffene Entscheidung morgen noch richtig sein wird. Des Weiteren wird niemand dafür weder die Verantwortung übernehmen noch die Konsequenzen tragen. Ich selber muss für mich abwägen und dann entscheiden, ob es sinnvoll sein wird, einen Regenschirm mitzunehmen, oder ob ich das Risiko eingehe und ohne diesen zusätzlichen Ballast vor die Tür gehe, der mich im Zweifel nur behindert, wenn die Sonne scheint.

Diese Erkenntnis bekomme ich nur langsam und selbst mit Mitte vierzig habe ich durchaus noch nicht das Selbstbewusstsein, hinter meinen Entscheidungen und der Person „Florentine Steigenberger" zu stehen, das ich mir gewünscht hätte.

Stattdessen beginne ich, wenn ich einmal wieder so richtig nass geworden bin, an mir und meinen planerischen Fähigkeiten zu zweifeln. Ein idiotischer Teufelskreis.

Mein Umfeld teilt meine eigene kritische Sicht auf mein Leben und mein Äußeres nicht. Von außen betrachtet scheint es so, als hätte ich alle Widrigkeiten immer mit einem Lächeln gemeistert und jede Krisensituation mit Leichtigkeit genommen. Es scheint, als sei ich psychisch unversehrt aus jeder Krise herausgekommen. Auch physisch hat mein Körper die drei Schwangerschaften relativ gut überstanden und nach der Entbindung meines dritten Kindes bin ich deutlich schlanker als zuvor. Mein Bauch hat mir zwar den Umfang der letzten Schwangerschaft von 110 Zentimetern mit einigen mehr oder weniger sichtbaren Rissen gedankt, aber meine sportliche Figur habe ich mir seit meiner Jugend ganz gut erhalten können. Wenn ich nicht gerade beruflich unterwegs bin und von zu Hause aus arbeite, kleide ich mich meist unkompliziert und sportlich, tatsächlich eher im Stil einer 16-Jährigen.

Kurz: Von außen bin ich für die meisten die perfekte Powerfrau!

Meine Jugendfreundin Bella, eigentlich heißt sie Isabella, stellt bei meinem letzten Besuch bei ihr in Stuttgart fest:

„Wann immer du mit mir unterwegs bist, gelten nur DIR die Blicke der faszinierten Männer. Das ist ja echt nicht zum Aushalten! Und nur, weil du groß und schlank bist. Du fällst viel schneller auf als ich kleine Wurst! Das ist einfach nicht fair!" Bella ist mit ihrem dunklen Wuschelkopf wirklich hübsch, aber gut einen Kopf kleiner als ich.

„Und was habe ich davon?", frage ich. „Nur weil ich schneller „auffalle", das Wort spreche ich betont langsam mit einem Augenrollen, „werde ich noch lange nicht selbstbewusster!"

Ich hole tief Luft. „Das Problem ist nämlich Folgendes: Da bemüht man sich als Frau in alle Richtungen, um die optimale Karrierefrau, Hausfrau, Mutter und Geliebte zu sein, dabei noch gut auszusehen und sich niemals zu beschweren und dann, wenn du das alles geschafft hast, wirst du für deinen Partner ... langweilig oder uninteressant! Da muss man doch selbstkritisch werden und an sich zweifeln, oder? Und dann bei der Suche nach einem neuen Partner, hast du mal gesehen, wer sich hier so in den oberen Regionen aufhält? Fast niemand, denn hier ist die Luft ziemlich dünn!", scherze ich.

„Vielleicht bist du einfach zu anspruchsvoll?", meint Bella.

„Nur weil ich jemanden suche, der mir auf Augenhöhe begegnet?"

„Also ich weiß nicht, was du willst. Einerseits suchst du jemanden, der sagt, wo es langgeht und dem du nur hinterherlaufen musst und andererseits willst du deinen eigenen Weg gehen und eigenständig sein. Dich soll einer verstehen!"

Ja, was will ich eigentlich? Was will ich erreichen? Wie will ich leben? Was erwarte ich von meinem Leben und was bin ich bereit, dafür zu tun?

Mit Mitte vierzig sollte ich das langsam mal herausgefunden haben.

Alexander ist mein zweiter Ehemann. Alex hat mich vor knapp zehn Jahren geheiratet. Und mit mir meine drei Kinder, meinen ersten Ehemann und dessen neue Freundin. Wir sind eine moderne Patchwork-Familie. Wobei wir nicht nur dem Kult-Roman „Ich heirate eine Familie", sondern auch dem Begriff „Patchwork-Familie" eine neue Dimension gegeben haben.

Wir wohnen alle zusammen in der „Villa Kunterbunt", einem Mehrfamilienhaus mit mehreren eigenständigen Wohneinheiten. Allen Unkenrufen zum Trotz haben wir immer der Familie den höchsten Stellenwert in unserem Leben gegeben und damit alle anderen persönlichen Ziele und Wertvorstellungen diesem Thema untergeordnet. Gleichzeitig haben wir aber auch die Synergien, die sich durch eine solche Wohnsituation ergeben, zu schätzen gelernt.

Auch Alexander, der noch studiert, als ich ihn kennenlerne, fühlt sich schnell wohl in unserem Nest, wobei er in seinem Bekanntenkreis für seine Entscheidung meist nur Kopfschütteln und Unverständnis erntet.

Inzwischen hat Alexander Karriere gemacht und ist Vertriebsdirektor eines großen Konzerns in der Nähe von Frankfurt. Ich bin selbstständig als Übersetzerin und Dolmetscherin und habe weitestgehend von zu Hause aus arbeiten können, als die Kinder klein waren. Zwischenzeitlich hat mich dann ein Firmenkunde so intensiv beschäftigt, dass ich über viele Jahre den Spagat zwischen Haushalt und Job nur mit viel Energieaufwand und mit einigen Abstrichen am Privatleben bewältigen konnte. Alexander und ich gaben uns quasi die Türklinke in die Hand. Kurz vor dem Burn-out habe ich aktiv entschieden, dass ich als Freiberuflerin nicht auf zu vielen Hochzeiten tanzen sollte.

Somit entscheide ich mich unter finanziellen Einbußen dafür, einen Großkunden aufzugeben. Stattdessen arbeite ich für ein Londoner Unternehmen unter anderem als Reiseleitung. Ich bin somit zwar auch auf Geschäftsreisen im In- und Ausland unterwegs, aber nicht mehr so oft, wie es zwischenzeitlich der Fall war. Unsere Kinder haben fast alle den angestrebten Schulabschluss in der Tasche oder befinden sich auf einem guten Weg dahin. Sie wohnen zwar alle noch zu Hause, sind aber sehr selbstständig und selbstbewusst. In absehbarer Zeit würden sie die Villa Kunterbunt verlassen und sich ihre eigenen Nester bauen.

Alexander und ich wollen dann zurück zu meinen Eltern aufs Land ziehen, um das dort inzwischen gut etablierte Gartencafé in meinem Elternhaus weiterzuführen und uns im Alter um die Eltern kümmern zu können.

Alles ist perfekt. Unser Plan ist aufgegangen und wir strafen damit all diejenigen Lügen, die sich über unsere Lebensweise lustig gemacht oder nicht daran geglaubt haben, dass wir das überhaupt hinbekommen.

Wir haben es hinbekommen! Das Ziel, die Kinder zu robusten und dennoch feinfühligen, aber selbstbewussten und gradlinigen Menschen zu machen, ihnen Wurzeln und Flügel gleichzeitig zu geben, ist erreicht.

In den Nächten, in denen ich wach liege und darüber nachdenke, warum Alexander sich nicht bei mir meldet, wenn er auf Geschäftsreisen ist, denke ich über all das nach. Die Erkenntnis, dass wir eines unserer geplanten Ziele erreicht haben, macht mich einerseits stolz. Andererseits erschreckt mich aber auch der Gedanke, dass ich nun wohl ein neues Ziel brauche. Wir gemeinsam oder jeder für sich! Haben wir noch ein gemeinsames Ziel? Bisher war das selbstverständlich gewesen. Ich verdränge die Gedanken an meine Zukunft, wie es weitergeht, wenn die Kinder nun „erwachsen" sind, weil ich erkennen muss, dass ich das für mich noch gar nicht so genau definiert habe.

Was mache ich mit der zweiten Hälfte meines Lebens?

Aber egal, über welche Alternativen ich nachdenke, alle Varianten sind für mich selbstverständlich mit Alexander verbunden. Genauso wie die erste Hälfte meines Lebens mit der Familie verbunden war.

Alexander war schon immer oft beruflich unterwegs. Es hat mich nie sonderlich gestört, weil ich selber immer sehr mit dem Spagat zwischen Beruf und Kindererziehung beschäftigt war. Und schließlich war er immer da, wenn ich ihn brauchte. Unsere Beziehung ist gekennzeichnet durch ein Grundvertrauen, ein unsichtbares Band, das dem Partner alle Freiheiten und seine

Eigenständigkeit erhält, ihn aber auch festhält und in brenzligen Situationen Sicherheit gibt. Alexander ist kein Mensch der großen Worte. Er redet tatsächlich nicht viel, aber wenn, dann geschieht das mit Sinn und Verstand.

Alexander hat nie versucht, mich zu ändern oder mir Vorschriften zu machen, sondern war immer ein pragmatischer Ratgeber und geduldiger Partner. Mein Fels in der Brandung. Habe ich ihm das oft genug gezeigt?

Alexander ist mein Traummann. Mit seinen dunklen Haaren und dem eher hellen Hauttyp passt er eigentlich gar nicht in mein bisheriges Beuteschema. Ich hatte meist blonde und braun gebrannte Partner. Alexander ist so ganz anders. Er ist zwar einige Jahre jünger als ich, aber durch seine ruhige, überlegte Art ist er seit Beginn unserer Beziehung der Ruhepol in meinem Leben. Er ist tatsächlich noch einen Kopf größer als ich und ich bin froh, dass ich mit ihm einen Mann gefunden habe, zu dem ich „aufschauen" kann, was bei meiner eigenen Körpergröße nicht so leicht ist. Ich liebe seine starken Schultern und sein breites Kreuz und ich erkenne nun nicht nur, dass ihn vermisse, wenn er nicht neben mir im Bett liegt, sondern auch, wie sehr ich ihn vermisse! Während mir das früher nie so aufgefallen ist, weil ich viel zu müde oder zu beschäftigt war, beginne ich nun zu grübeln. Mein Magen signalisiert mir ein bekanntes Gefühl bei diesen Gedanken. Da ich dieses Gefühl wiedererkenne, beschließe ich, der Ursache dafür auf den Grund zu gehen. Aber wie sollte ich das auf subtile Weise anstellen?

Ich beschließe, Alexander einfach zu fragen und mit meinen Sorgen zu konfrontieren. Schließlich sind wir nun schon so lange zusammen und haben bisher alle Hürden gemeinsam genommen. Wir sind immer offen und ehrlich miteinander umgegangen. Und warum sollte sich das ändern? Wenn es einen Grund gab, warum er nun begann, sich von mir zu distanzieren, dann würde er mir das sicher sagen. Insgeheim hoffe ich aber, dass er, wie schon so oft, meine Befürchtungen zunichtemachen würde, mich in den Arm nimmt und sagt: „Mach dir keine Sorgen: Alles ist gut!"

3
Berufswechsel

Johannes Steigenberger, Jo, lerne ich auf einem Seminar kennen. Ungefähr 20 Mädels sollen in diesem Seminar lernen, wie die Anfang der 90er aufkommende Stepp-Aerobic-Bewegung erfolgreich den Kursteilnehmern beigebracht wird, ohne dass diese über ihre Füße oder das Stepp fallen, oder beides im Wechsel. Dabei sollen sie sich nicht allzu sehr konzentrieren müssen, während sie bei einer anspruchsvollen Choreografie das Herzkreislaufsystem und den Bewegungsapparat trainieren.

Auch ich gebe Stepp- und Aerobic-Kurse in meinem eigenen Fitness-Studio. Mit dem Kauf eines Fitness-Studios liege ich zwar voll im Trend, bin aber persönlich an einem Punkt angelangt, wo sich der rote Faden in meinem Lebenslauf endgültig verloren hatte.

Meine Karriereplanung war eigentlich eine andere gewesen: Ich wollte beruflich erfolgreich sein! Ich hatte zwar keine genaue Idee, aber eine Art roten Faden gab es und bis dato verfolgte ich diesen auch zielstrebig.

Nachdem ich die Ausbildung zur Fremdsprachenkorrespondentin erfolgreich abgeschlossen hatte, bewarb ich mich direkt in Frankfurt um eine Stelle als Exportsachbearbeiterin.

Mir war nicht klar, ob das etwas für mich war, aber auf jeden Fall reizte mich die Großstadt. Ich wollte weg aus meinem „Kuhdorf".

Eine Bewerbung, ein Vorstellungsgespräch – ein Arbeitsvertrag. Ich bekam die Stelle und zog nach Frankfurt. Schnell merkte ich, dass mich diese Arbeit in der Exportsachbearbeitung nicht auslastete. Daher war ich hoch erfreut, dass sich durch einen Besuch im Fitness-Studio des Bürogebäudes der Firma noch eine nebenberufliche Tätigkeit auftat. Eigentlich wollte ich in dem Studio gerne Kurse besuchen. Allerdings konnten dort aufgrund akuten

Trainermangels keine Kurse angeboten werden. „Und das in der heutigen Zeit! Was seid ihr denn für ein Laden!" Ich schüttelte nur den Kopf und der Chef sagte: „Pass auf, du machst die Ausbildung und dann kannst du bei uns Kurse geben."

In den folgenden Monaten fuhr ich also an den Wochenenden nach Köln und ließ mich in Theorie und Praxis zum „Aerobic-Instruktor für Gesundheitssport und Sporttherapie" ausbilden. Somit hatte ich dann zwei Fliegen mit einer Klappe geschlagen: Ich hatte meinen sportlichen Ausgleich und wurde in meiner Freizeit noch dafür bezahlt, mit anderen zu „turnen", anstatt Geld für den Monatsbeitrag im Fitness-Studio auszugeben.

In diesem Fitness-Studio übernehme ich motiviert und enthusiastisch schnell die Verantwortung für das Kursprogramm – und Kurse geben wird meine neue Leidenschaft und ist für mich wie Therapie. Ich liebe es, die Menschen zu motivieren und ganz nebenbei damit auch mich selbst!

Eines Tages treffe ich Richard in diesem Fitness-Studio, einen gut aussehenden, aber aktuell arbeitslosen Immobilienmakler. Er ist groß, blond, blauäugig und hat eine umwerfend athletische Figur. Er fällt nicht nur in mein Beuteschema, sondern auch vollständig in das Klischee „Fitnesstrainer". Dennoch lasse ich mich auf einen aktiven Flirt ein. Aus einem anfänglichen Flirt wird jedoch schnell mehr und wir verstehen uns so gut, dass wir das Hirngespinst eines eigenen Studios zu spinnen beginnen.

Ich liebe es, die Mischung aus Wagemut und Abenteuer und das Gefühl, dass sich mein Lebens-Karussell zunehmend schneller drehte. Die Idee, dass ich auch mal eine Fahrt aussetzen könnte, um über das eine oder andere nachzudenken, habe ich nicht. Ich kündige meine gut bezahlte Stelle in Frankfurt, um mich selbstständig zu machen. Das ist das vorläufige Ende des roten Karriere-Fadens ... verursacht aber ein erhebliches Glücksgefühl. Ja, ich mach das jetzt, weil ich lebe!

Mit der finanziellen und tatkräftigen Unterstützung meiner Eltern, die erstaunlicherweise nicht mahnend den Finger hoben, sondern offensichtlich auch Spaß an der Idee hatten und mit vielen nächtlichen Umbauaktionen haben wir innerhalb weniger Monate ein passables Fitness-Studio in einem kleinen Ort zwischen Rhein und Nahe und sind stolze „Geschäftsleute" der Fitnessbranche, ohne jegliche betriebswirtschaftliche und unternehmerische Kenntnisse! Auch von Marketing haben wir so gar keinen Plan. Aber wir sind jung, optimistisch ... und ziemlich naiv! Retrospektiv betrachtet muss man eben manche Erfahrungen einfach machen! Und wenn es nur darum geht, aus Fehlern zu lernen.

Eine Sache lerne ich aber relativ schnell: In einer Beziehung mit einem gut aussehenden Mann ergibt sich die ein oder andere Herausforderung.

Der Nachteil attraktiver Männer ist nämlich: Selbst wenn sie kurzzeitig den Märchenprinzen spielen und alles versprechen, irgendwann werden sie abtrünnig, der eine früher, der andere später! Monogamie halten sie selten für erstrebenswert.

Warum auch? „Variety is the spice of life!" Das hat schon der Dichter William Cowper im 18ten Jahrhundert gesagt. „The spice that gives it all its flavour." Und machner kam früher, der andere später auf den Geschmack.

Auf jeden Fall sollte es nicht das letzte Mal sein, dass ich diese Erfahrung machen muss, aber bei Richard ist mir relativ schnell klar: Er ist nicht der Mann meiner Träume und daher bin ich nach kurzer Schockphase über die Tatsache, dass auch er in die Kategorie „nicht-monogamer Prinz" fällt, schnell wieder auf den Füßen. Das Studio läuft unter gemeinsamer Leitung weiter, ob wir nun ein Paar sind oder nicht.

Ich besuche weiterhin regelmäßig Fortbildungen in Sachen Aerobic und Stepp. Auf einer dieser Fortbildungen begegnet mir Johannes.

Auch das ist keine Liebe auf dem ersten Blick. Vielmehr belebt es mein geschrumpftes Selbstbewusstsein enorm und ich finde es sehr spannend, dass er sich tatsächlich für mich zu interessieren scheint, neben den vielen attraktiven Aerobic-„Hühnern".

In dieser Zeit mache ich zum ersten Mal die Erfahrung, dass es NICHT das Gleiche ist, wenn Frauen das Gleiche tun wie Männer! Meine Beziehung zu Richard ist zu diesem Zeitpunkt in beiderseitigem Einverständnis nur noch eine Geschäftsbeziehung und das lief gut, bis er herausfindet, dass sich doch tatsächlich ein anderer Mann für mich interessiert.

Mehr war da ja bis dahin nicht!

Der Beginn meiner Beziehung mit Jo ist das Ende der Geschäftsbeziehung mit Richard. Hals über Kopf ziehe ich aus, der Einfachheit halber direkt zu Johannes.

4
Wink aus der Vergangenheit

Schlafen kann ich mal wieder nicht. Alex ist auf Geschäftsreise. Ich starre immer wieder auf mein Handy, um festzustellen, wann Alex zuletzt online war, ohne sich bei mir zu melden. Es tut so sehr weh zu erkennen, wie wenig er mich zu vermissen scheint. Aber stimmte das überhaupt, was WhatsApp mir da an Informationen gab? War Alex wirklich zu der Zeit, die als „online" im Handy angezeigt wurde, mit WhatsApp beschäftigt oder war es vielleicht ein ganz anderes Programm, das er derzeit benutzte? Aber egal, was es war, er scheint zumindest mit seinem Handy beschäftigt zu sein und dann könnte er sich zumindest mal kurz melden. In einer Mischung aus Wut und Enttäuschung entscheide ich mich, aufzustehen und noch etwas zu arbeiten. Es ist zwar schon gleich zwei, aber das mit dem Schlafen klappt sowieso erst mal nicht.

Ich fahre den Rechner hoch. Weil ich ein investigativer Mensch bin, gebe ich die Frage nach dem Online-Status von WhatsApp einfach in Google ein. Was hat man früher nur ohne dieses unendlich hilfreiche Nachschlagewerk getan? Wahrscheinlich geschlafen. Ich bekomme nun aber wesentlich mehr Antworten, als ich erwartet hätte. Anscheinend scheint dieser moderne Nachrichtenaustausch für viele Beziehungen zum Problem zu werden und ich stoße auf verschiedene Blogs und Chats, in denen sich verschiedene Personen, vorwiegend aber gekränkte Frauen, darüber beschweren, dass ihr Mann oder Freund trotz offensichtlichem online-Status nicht erreichbar ist oder sich nicht meldet. Ich überfliege das alles nur kurz und bin tatsächlich amüsiert, was man heute für Probleme in Internetforen diskutiert. Das Ergebnis ist auf jeden Fall für mich, dass der angezeigte Status auf keinen Fall immer stimmt. Ich entschließe mich, das einfach bei nächster Gelegenheit an meinem eigenen Handy und mit einer Freundin einmal auszuprobieren und mir bis dahin einfach keine Gedanken mehr darüber zu machen, was Alexander tut oder lässt. Das hatte ich ja sonst auch nicht getan. Warum sollte ich also jetzt damit anfangen, mich verrückt zu machen, ohne wirklichen Grund und nur aufgrund eines Bauchgefühls?

Als Nächstes lande ich auf Facebook.

Oben rechts blinkt eine rote Kugel, die mir signalisiert, dass ich eine neue Freundschaftsanfrage habe. Ich klicke drauf und traue meinen Augen nicht: Basti! Wie zum Geier hat der mich gefunden, mein Nachname ist nicht mehr derselbe und wir haben uns gefühlte 100 Jahre nicht gesehen bzw. gehört. Genauer gesagt: Wir haben uns 1985 kennengelernt, waren einige Monate zusammen und haben uns nach der Trennung aus den Augen verloren.

Das ist zwar keine 100, aber immerhin 30 Jahre her. Dreißig Jahre! Ich fasse es nicht!

„Hallo Flori", mir läuft ein Schauer über den Rücken, denn diesen Spitznamen aus meiner Jugend verwendet heute nur noch meine Mutter!

Johannes hatte mich immer liebevoll „Flo" genannt, allerdings nur bis zu unsrer Trennung, versteht sich. Ab da hatte es sich erledigt mit den Kosenamen „Flo" und „Jo" und wir nennen uns sehr förmlich „Florentine" und „Johannes". Wir sind ja kein Paar mehr, sondern nur noch Partner. Partner in Sachen Kindererziehung, Familien-Organisation und vielen anderen Situationen des Alltags. Das hat sich im Laufe der Jahre ziemlich gut eingespielt.

Meine Freunde nennen mich „Tine" und die Kinder sagen „Mamsi".

Weil das angeblich so gut zu mir passt, nennt mich Alexander eben auch „Mamsi". Ich habe mich inzwischen daran gewöhnt, wobei ich diesen Kosenamen zunächst als wenig erotisch empfand.

Ich lese weiter: „… Schön, dich hier zu treffen! Melde dich doch mal! Liebe Grüße Basti"

Ich lehne mich zurück und denke an meine Teenie-Zeit zurück. Basti hat noch kein Foto in seinem Account hochgeladen und daher habe ich von ihm immer noch das Bild aus den Teenager-Tagen vor Augen! Ganz süß, schlank, schlaksig, blond und blauäugig. Mein Gott, ist seither viel passiert. Wie soll ich auf so eine Kontaktanfrage antworten? Wo fange ich an zu erzählen, wie es mir geht? Mein Zickzack-Leben ist so durcheinander, so ungewöhnlich verlaufen, dass ich gar nicht weiß, ob ich überhaupt erzählen soll, was alles seit unserer Trennung geschehen ist.

Also entscheide ich mich für die Kurzfassung:
„Hallo Basti, ich habe mich gefreut, von dir zu lesen. Mir geht es gut. Ich wohne in einer kleinen Stadt in der Pfalz, in einem Mehrfamilienhaus, zusammen mit meinen drei Kindern und zwei Männern (einem Ehemann und einem Ex-Ehemann) in einer funktionierenden Patchwork-Familie, also ganz im Trend der Zeit. Ich bin selbstständig und genieße das Leben als arbeitende Mutter von fast erwachsenen Kindern. In unserer Villa Kunterbunt leben außerdem noch ein Hund, 15 Schildkröten, meine Nichte und die Freundin meines Ex-Mannes. Du siehst, es ist genauso, wie sich das meine Eltern mit ihrer katholischen Erziehung so vorgestellt hatten. Ich hoffe, dir geht es gut? Ich freue mich über eine Nachricht von dir. Liebe Grüße Flori."

Mein Herz klopft ein wenig, als ich auf „Senden" drücke, was ich gar nicht verstehe.

Sebastian war nur kurz ein Stück auf meinem Lebensweg mit mir gemeinsam gegangen, er war mein erster fester Freund. Ich war 16 und von Liebe hatte ich nicht die geringste Vorstellung, aber er hat mich gefragt: „Willst du mit mir gehen?" Und da ich fand, dass er ganz in Ordnung war und auch optisch in meine Vorstellung von Beuteschema fiel, sagte ich: „OK!"

Ich dachte, man kann es ja mal versuchen! Schließlich bin ich jetzt mit fast 16 in dem Alter, wo man einen festen Freund haben sollte! Überhaupt bin ich zu dieser Zeit noch der Meinung, dass im Leben alles schön nach einem geordneten Plan ablaufen sollte. Und jetzt steht eben das Thema „erster fester Freund" auf dem Plan.

Ich weiß nicht, warum ich diese Idee von dem gradlinigen Lebensweg bekommen habe, den man beschreiten müsse. Vielleicht liegt es daran, dass meine Eltern immer noch und seit vielen Jahren miteinander glücklich waren und uns nie gezeigt hatten, dass es zwischen ihnen auch irgendwelche Missverständnisse oder gar Probleme gab. Diskussionen gab es bei uns „nur" zwischen Kindern und Eltern oder unter uns Geschwistern. Meine Eltern standen vor uns Kindern immer nebeneinander wie eine Wand. Gegen diese Wand bin ich das eine oder andere Mal vergeblich gelaufen.

Schon als Kind nahm ich mir vor, dass ich im Leben auch einmal diesen Partner finden werde, mit dem ich ein Leben lang glücklich werde und mit dem es keine Meinungsverschiedenheiten gibt. So wie bei meinen Eltern. Vielleicht würde sich ja Sebastian als solcher erweisen. Einen ersten Schritt wollte ich auf jeden Fall nun erst einmal gehen.

5
Jugend – „Liebe"?

Die Dorfkirmes war bei uns auf dem Land das Highlight im November. Aus dem ganzen Umkreis kamen die Leute angereist und füllten die Kneipen, Straßen, Fahrgeschäfte und den Markt. Von Samstagmittag bis Montagabend war „Spaß auf der Gass" angesagt. Für uns Kinder war es das Event im Jahr, wo wir mit den Eltern hingingen, sobald wir laufen konnten, unser Taschengeld in Karussells, später in Alkohol investierten und montags schulfrei hatten. Allerdings waren schon damals die Fahrgeschäfte für uns ziemlich teuer und im Verhältnis zum Taschengeld schon immer eine echte Investition. Das ist heute wohl genauso, jedoch haben sich das Taschengeld und die Fahrpreise inzwischen wohl gefühlsmäßig verzehnfacht.

So ist an diesem Samstagnachmittag im November 1984 mein Taschengeld auch schon ziemlich am Ende, als ich mit meiner Freundin Elfi über den Markt schlendere. Im Autoskooter waren wir beide schon bestimmt zehn Mal gefahren und wir sind uns einig: Hier werden wir nicht weiter investieren. Allerdings ist die Musik hier so gut, dass wir es genießen, noch ein wenig abzuhängen. Ja, die 80er sind in vollem Gang und wir hüpfen mit Opus bei „Life is Life" imaginär um die Wette, später mit Duran Duran zu den „Wild boys" und dann kommt auch noch „Maria Magdalena" von Sandra! Mit Sandra hab ich in dieser Zeit eines gemeinsam: die Frisur! Die Mischung von Vokuhila und meiner Naturkrause war eine wilde Kombination und eigentlich kam mir der voluminöse Hairstyle der 80er gerade recht, so war ich total hip und hatte wenig Arbeit ... und sah total verboten aus, aus heutiger Sicht! Aber so war es eben angesagt.

Die Musik an diesem Nachmittag hebt meine Stimmung und ich schlage Elfi vor, einfach alle Fahrer, die alleine im Autoskooter sitzen, anzusprechen, ob wir nicht mitfahren könnten. Somit wären wir günstig zu ein paar Extrarunden gekommen. Theoretisch! Denn mein Vorschlag trifft bei Elfi nicht auf volle Zustimmung. „Meinste? Wir können uns doch nicht durchschnorren?" „Warum denn nicht? Die einsamen Jungs sind doch bestimmt dankbar für ein wenig nette Begleitung!", sage ich und deute zu zwei hochgeschossenen Jungs, die sich dem Autoskooter nähern. Es sind Sebastian und sein Freund Max. Sie nehmen in getrennten Autos Platz und heizen mit sichtlich viel Spaß zur Musik von Alphavilles „Big in Japan" los!

„Ach komm, Elfi, ich frage den Blonden und du den Brünetten, wenn die in der nächsten Runde noch fahren", bestimme ich. Mit dem Blonden war Sebastian gemeint und während Elfi kopfschüttelnd am Rand stehen bleibt, sause ich zu Sebastian rüber, der, wie von mir gehofft, in der Pause im Auto bleibt und noch eine Runde fahren will. Die Musik wird jetzt ruhiger und es starten die sanften Klänge von Stevie Wonders „I just call to say I love you".

„Hey, darf ich 'ne Runde mit dir fahren?", frage ich Sebastian, als ich an seinem Auto ankomme. „Du, mit mir? Such dir 'nen anderen Sponsor, ich fahre lieber ohne Begleitung!"

Noch während er den Satz beendet, rauscht er zum Gesang von Stevie Wonder davon!

Ich stehe einen Moment bedeppert inmitten der bereits fahrenden Autoskooter und sehe, wie Elfi sich am Rande fast in die Hosen macht vor Lachen. „Dann eben nicht! Fahr doch alleine, du Spaßbremse!" Meine gute Laune ist verflogen und ich finde es auch nicht halb so zum Lachen wie Elfi. „Na, findest du deine Idee jetzt immer noch toll?" Aus Trotz bleibe ich noch einige Zeit am Autoskooter stehen und schmolle, aber es entgeht mir nicht, dass Sebastian immer wieder zu mir rüberschaut. Später diskutiert er intensiv mit Max, dann gehen beide in Richtung Festzelt davon. Mir reicht es auch für den Nachmittag, Geld weg, gute Laune auch, also entscheide ich mich, nach Hause zu gehen. Schließlich muss ich um 20 Uhr daheim sein. Mein Vater sieht das immer sehr eng!

In den nächsten Wochen treffe ich Sebastian immer mal wieder, wenn ich morgens mit dem Rad zum Schulbus fahre, während er an unserem Haus vorbeiläuft und ebenfalls einen Bus zur Schule nimmt. Inzwischen habe ich rausgefunden, dass er auf das Gymnasium für Jungs in der Stadt geht, während ich auf das Gymnasium für Mädchen gehe. Also haben wir morgens quasi den gleichen Weg, da er auch noch in der Nähe wohnt. Er lächelt mich immer nett an, während ich zunächst noch schmolle. Er hätte mich ja auch mitnehmen können –, braucht er jetzt nicht so blöd zu grinsen. Irgendwann fange ich an, ihn zurückzugrüßen!

Eines Tages spricht er mich sogar an: „Du, ich wollte dich zwar neulich nicht mitnehmen, aber vielleicht kann ich das ja wiedergutmachen?" Ich bin ziemlich perplex, aber nö, so einfach bin ich jetzt auch nicht zu haben: „Ne, such dir lieber 'ne andere, sorry!" Basti steht jetzt genau so bedeppert da wie ich beim Autoskooter! Ich bin ziemlich stolz auf mich: Rache ist Blutwurst!

Wenn wir uns in den nächsten Wochen treffen, sehen wir uns kaum an und gehen ziemlich ignorant aneinander vorbei.

Zu Weihnachten bekomme ich schließlich eine Karte von ihm, in der er sich sehr höflich nochmals entschuldigt und mich auf einen Drink einlädt. Er ist wirklich hartnäckig und scheint es ernst zu meinen – und eigentlich waren wir ja in meinen Augen quitt wegen oder besser dank des „Biestigseins" und so verabreden wir uns tatsächlich.

Mit 16 ist das Leben auf dem Dorf nicht wirklich abwechslungsreich und die Alternativen für das Ausgehen auch nicht. Unser erstes Date findet daher in einer Frittenbude statt, ist aber fast so romantisch wie bei Susi und Strolch!

Am nächsten Tag treffen wir uns mit unseren Hunden im Wald und stellen fest, dass sich die zwei ganz prächtig verstehen und auch sonst stelle ich fest, dass der blonde Arier nicht so arrogant ist, wie er sich zunächst vorgestellt hat.

Zwei Tage später ruft er mich an: „I just called to say I love you", frei nach Steve Wonder, zu dessen Song er mich am Autoskooter stehen gelassen hatte. „Ne, im Ernst: Willst du mit mir gehen?"

Ich überlegte kurz und sagte ja! Es sprach nichts dagegen, er war niedlich und nett und ordentlich, nahm keine Drogen, warum sollte ich das nicht ausprobieren? Und wie schon erwähnt, fand ich ja, dass das Kapitel „fester Freund" in meinem Leben nun mal beginnen sollte.

In den nächsten Monaten war Sebastian der glücklichste Mensch auf der Welt, aber wahrscheinlich auch der anhänglichste.

Er ließ mir kaum eine ruhige Minute und wenn wir zusammen waren, konnte er kaum die Finger von mir lassen. Obwohl ich immer noch nicht so recht wusste, ob ich verliebt war, so genoss ich dennoch diese „Erste Liebe", ganz viel Kuscheln und Fummeln und der erste Versuch im „Liebemachen". Da haben wir beide uns allerdings ziemlich doof angestellt, sodass es bei dem Versuch blieb.

Im Lauf der Monate wurde die Enge durch seine ständige Anwesenheit für mich mehr und mehr zur Belastung. Ich mochte ihn und es hätte sicherlich mit unserer Beziehung eine längere Zukunft gehabt, wenn er mir mehr Freiheit gelassen hätte.

„Mensch wir haben doch noch das ganze Leben Zeit füreinander, lass mir doch meine Freiheit." Das meinte ich ganz im Ernst. Ich war gerne mit ihm zusammen, aber doch nicht ausschließlich! Dazu – fand ich – waren wir noch zu jung!

Er verstand das nicht und anstelle zum Fußball zu gehen, was er eigentlich liebte, vernachlässigte er nicht nur dieses Hobby, sondern auch seinen besten Freund Max, den ich vom Autoskooter her kannte.

Ich selber musste dann also Ausreden erfinden, um in mein damals aktiv betriebenes Trampolintraining zu gehen und dafür frei zu bekommen! Außerdem wäre ich gern öfters auch mal mit meinen Freunden weggegangen und hätte Leute getroffen. Wenn ich ihn dazu überreden konnte, war er immer nur höchst ungern dabei!

An einem Abend im Oktober 1985 ist eine damals angesagte „Driving Disco Show" in einem Festzelt auf unserer Gemeindewiese. Das absolute Highlight im Dorf, da muss man hin!

Da gab es nur zwei Hindernisse:

Erstens: Basti hatte keine Lust.

Und zweitens: Mein Vater war der Meinung, dass Minderjährige um 22 Uhr zu Hause sein müssten, also quasi bevor die Party richtig losging.

Da nützte meine Argumentation, dass die Gemeindewiese gleich um die Ecke, also 100 Meter Luftlinie entfernt sei, wenig. Basta, ich solle bitteschön um 22 Uhr daheim sein! Da mich mein Vater auch schon bei Basti um 22 Uhr persönlich abgeholt hatte, weil ich nicht pünktlich zuhause war, wusste ich, dass es ihm damit sehr ernst war und ich diskutierte nicht. Als Heim-Erzieher sah er sich quasi als die lebendige Verkörperung des Jugendschutzgesetzes und das war nun mal in Stein gemeißelt! Es nützten auch keine flehenden Blicke in Richtung meiner Mutter. Die Wand stand! Ein Dagegen-Laufen war zwecklos.

Ich hatte mir allerdings vorgenommen: Da wollte ich hin, tanzen, Freunde treffen und Spaß haben, wenn auch nur kurz, und hoffte, dass es nicht allzu peinlich wurde, wenn ich mich vor 22 Uhr auf die Tanzfläche wagen würde. Meine Freundin Petra und ihr Freund wollten dabei sein. Basti machte einen kurzen Versuch, mich davon zu überzeugen, dass es sich bei einem Einlass um 20 Uhr nicht lohne, die fünf Mark Eintritt zu zahlen, wenn man schon um 22 Uhr wieder daheim sein sollte. Aber auf dem Ohr war ich an dem Tag genauso taub wie mein Vater, wenn es um die Diskussion ging, wann ich zu Hause sein sollte.

Also treffen wir uns mit Petra und einigen anderen um 20 Uhr am Zelt. Kein Mensch geht um 20 Uhr auf eine Driving Disco Show! Auch nicht auf dem Land. Wir sind so ziemlich die einzigen. Das Catering wird von Florian, meinem gut aussehenden Nachbarsjungen, der mit einem Freund zusammen eine Dorfkneipe führt, gemacht! Florian ist fünf Jahre älter als ich und geht als einer von drei Jungs in die Oberstufe der Mädchenschule, die ich besuche! Er wird von allen angehimmelt, ist Schülersprecher und verdammt heiß! Er war vor kurzem in das Haus neben uns gezogen, zusammen mit seinen Eltern und seinem nicht viel weniger niedlichen jüngeren Bruder Pit! Zwei fesche

Nachbarsjungs, da habe ich schon das eine oder andere Mal vom Balkon gelinst, ob da nicht was für mich dabei ist! Aber natürlich waren ständig unglaublich viele Mädels auf den Gartenpartys der Nachbarn, sodass ich gar nicht auf die Idee kam, irgendwelche Annäherungsversuche zu machen. Wir waren Nachbarn, kannten und grüßten uns und das war's!

An diesem Abend arbeitet Florian im Service und ich bestelle überschwänglich nett bei ihm, mit meinem schmollenden Basti im Schlepptau, ein Getränk! „Hallo Frau Nachbarin, na, ihr seid aber früh dran, die Party wird vor Mitternacht kaum in Fahrt kommen!", bestätigt er meine Befürchtung.

„Sag das mal meinem Dad, er ist die Reinkarnation des Gesetzes! Er sieht das anders!" Florian lacht. „Na, dann besorge ich euch erst mal was Ordentliches zu trinken!"

Florian kommt kurz drauf mit vier fruchtigen Cocktails zurück und da er noch wenig zu tun hat, beginnen wir, angeregt mit ihm zu quatschen und ich fange an, ihn richtig toll zu finden.

Basti nippt schmollend an seinem Getränk und signalisiert mir: Lass uns heimgehen, ist ja eh nix los hier!

Nein, ich möchte nicht nach Hause, ich habe nicht vor, noch eher als nötig heimzukommen, erst recht nicht, wo nun das Gespräch mit meinem netten Nachbarn erstmalig richtig in Fahrt kommt. Von Nahem sieht er noch toller aus als vom Balkon!

Obwohl Basti immer noch ein Gesicht zieht, oder auch vielleicht gerade WEIL er ein Gesicht zieht, beginne ich, mit Florian zu flirten! Er erwidert dies, aber wohl nur, weil er grad eh nichts zu tun hat.

Irgendwann wird es Basti zu bunt. Er steht auf und sagt: „Wir gehen jetzt heim! Dein Dad wartet!"

„Na, dann lasst euch mal nicht aufhalten!", erwidert Florian und verschwindet in Richtung Theke!

„Spinnst du? Wir haben noch über eine halbe Stunde Zeit!"

„Wolltest du dich eine ganze halbe Stunde noch von dem Typen angraben lassen?", jammert Basti.

„Ich fass es nicht, darf ich nicht mit anderen Männern reden? Bist du eifersüchtig oder krank im Kopf! Wenn du dich nicht an der Unterhaltung beteiligen willst, ist das doch nicht mein Problem." „Ich bin auf jeden Fall stinksauer und treffe an diesem Abend den Entschluss: So kann das nicht weitergehen!

Am nächsten Tag beende ich die Beziehung zu Sebastian. „Wir haben doch noch das ganze Leben Zeit! Lass mir einfach mehr Raum, ich will auch mal andere Leute treffen, ich mag dich, aber du bist ja nicht der einzige Mensch auf der Welt!"

„Wir haben doch noch das ganze Leben Zeit!"

Wie sehr mich dieser Spruch aus der Jugend später wieder einholen würde, hätte ich weder erahnt noch meinem Lebens-Karussell, das gerade erst anfängt, seine holprige Fahrt zu starten, zugetraut.

In den nächsten Wochen nach Beendigung unserer Beziehung passt mich Sebastian morgens am Schulbus noch einige Male mit verweinten Augen ab.

In einer Mischung aus Wut und Mitleid versuche ich das zu ignorieren! Genau diesen Basti wollte ich nicht, ich wollte niemanden, der sich an mich klammert und der so sehr an mir hängt, sondern einen, der unabhängig ist und sein eigenes Leben führt und Schnittmengen gerne mit mir teilt.

Ich bleibe hartnäckig und treffe für mich die Entscheidung – „Reisende soll man nicht aufhalten" –, dass ich jeden, der mich nicht will oder nicht mehr will, ziehen lassen werde.

Ich werde mich niemals so weit erniedrigen lassen, dass ich mich mit verweinten Augen präsentiere und zeige, wie sehr ich leide. Denn damit erreicht man das Gegenteil.

Soweit mein Plan, an den mich mein Leben in Zukunft mehr als einmal erinnern sollte.

6
Hochzeitstag

Unser Hochzeitstag ist am zweiten Dezember. In diesem Jahr bin ich seit acht Jahren mit Alexander verheiratet und seit 15 Jahren zusammen. In den vergangenen Jahren war ich immer diejenige, die weder Zeit noch Lust hatte, Jahrestage in irgendeiner Weise zu feiern. Da ich aber spüre, dass es jetzt an der Zeit ist, dies tunlichst nicht so weiter zu handhaben, entschließe ich mich, aktiv zu werden. Alex ist durch seine Arbeit fast nur noch unterwegs und das Pendeln von immerhin 80 Kilometern einfache Entfernung, also eine Stunde mit dem Auto, wenn es gut läuft, wurde für ihn zunehmend zur Belastung. Oft redeten wir abends kaum noch und waren nur wenige Stunden in der Nacht zusammen, bis er dann vor sechs Uhr wieder aus dem Haus ging, um die Rush-Hour zu meiden. Früher kam er heim, weil er neben mir liegen wollte und meine Nähe suchte! Jetzt scheint er sich zu distanzieren. Warum nur?

Es ist unglaublich, wie oft derzeit im Radio: „Auf anderen Wegen" von Andreas Bourani läuft. Hat Alex diesen Song geschrieben? Fast kommt es mir so vor! Ich habe das Gefühl, er kreist auf einer anderen Umlaufbahn und wenn er doch in unsere Atmosphäre eindringt, fühlt er sich an wie ein Fremdkörper! Was ist passiert? „Vielleicht muss es so sein", singt Herr Bourani, NEIN! So ein Quatsch! Liebe kann alles heilen! Und wir liebten uns doch, da war ich mir sicher. Ich nahm mir also vor, mehr auf ihn einzugehen, abends wach zu bleiben, wenn ich auf ihn wartete und morgens früh mit ihm aufzustehen, weil ich die Zeit mit ihm wenigstens etwas wahrnehmen wollte.

Für den Hochzeitstag überlege ich mir, ihn abends in Frankfurt zum Essen einzuladen, damit er zumindest an dem Tag nicht pendeln muss, sondern ich das übernehmen konnte.

Wie jedes Jahr bastele ich für Alex auch in diesem Jahr einen Adventskalender und lege einen Zettel in die Nummer zwei:

„Lieber Schatz,
heute vor acht Jahren haben wir geheiratet, unglaublich, wie die Zeit fliegt, wir sind nun schon 15 Jahre ein Paar. Ich bin dir so dankbar für die letzten Jahre und stolz, dass Du dich damals trotz aller Widrigkeiten und Widerstände meinerseits für mich entschieden hast und die Geschichte ‚Ich heirate eine Familie' mit mir gewagt hast. Ich liebe dich aus tiefstem Herzen und wundere mich manchmal darüber, dass die Gefühle im Laufe der letzten Jahre immer stärker geworden sind. Ich habe festgestellt, dass ich mich freue, mit dir alt zu werden und weiß, dass ich, egal wo wir künftig leben, an deiner Seite sein möchte.
Ich weiß, dass du als alter Grönemeyer-Fan sicherlich den Text des Songs: ‚Morgen' auswendig kannst. Ich stehe ja normal nicht so auf Herbert Grönemeyer, aber in diesem Punkt gebe ich ihm Recht, wenn er fragt:
‚Wirst du morgen noch mit mir tanzen, bleibst du in deiner Liebe fest? Wirst du dich für mich verwenden, bestehen wir zusammen jeden Test?'

Ich für mich habe diese Frage längst mit JA beantwortet und hoffe, dass du genauso empfindest, und ich würde mich freuen, wenn du wie Herbert Grönemeyer sagen könntest:
‚Du bist mein Vorbote meine Batterie, mein Betrieb, mein Feinmatrose ich bin stolz, dass du mich liebst.'
Ich liebe dich und wünsche mir mit dir noch viele gemeinsame Hochzeitstage, wo immer wir die auch feiern mögen, jetzt wo die Kinder flügge sind."

Ich steckte diesen Zettel also fein gefaltet in die Nummer zwei! Dann schlage ich ihm vor, den Abend am Hochzeitstag in Frankfurt zu verbringen! Aber entgegen meiner Erwartung ist Alex wenig begeistert und sagte nur: „Lass uns noch mal drüber reden." Das war ungefähr zwei Wochen vor dem 2. 12. und bedeutete genau so viel wie: Das kannst du dir auch schenken!

Nun ergab sich in der Zwischenzeit, dass ich für meinen Job am 3. Dezember für ein paar Tage nach Rom fliegen muss.

Ich finde die Idee gar nicht so doof, am Hochzeitstag abends in Frankfurt essen zu gehen, in einem Hotel zu übernachten und somit könnte ich dann am Folgetag von dort aus direkt nach Rom fliegen. Alex sieht das anders und irgendwann waren mir seine Ausreden auch zu dumm. Er kenne kein Hotel, wo es sich lohne; das wäre mit dem Parken ja alles so umständlich und überhaupt, wie wolle ich denn am nächsten Tag zum Flughafen kommen. Lauter blöde Ausreden. Ich bin verwundert, diskutiere das aber nicht.

Allerdings verspricht er mir, am Hochzeitstag nicht so spät heimzukommen und mich am nächsten Morgen zum Flughafen zu bringen!

Darauf lasse ich mich etwas enttäuscht ein und bereite an dem Abend das Abendbrot für 20 Uhr vor, während meine Koffer für Rom bereits gepackt sind.

Mein Bauch hatte es ja schon geahnt, mein Herz jedoch hatte die Hoffnung nicht aufgegeben. Und mein Bauch sollte recht behalten: Auch am Abend unseres Hochzeitstages kommt Alex natürlich nicht um 20 Uhr heim, auch nicht um 21 Uhr!

Weil ich mir vornehme, nicht die beleidigte Ehefrau zu spielen, telefoniere ich Alexander selbstverständlich nicht hinterher, sondern schmolle auf dem Sofa und schalte den Fernseher ein.

„Die Schlagerparade" und Helene Fischer singt:

„Der Tisch gedeckt, der Wein schon kalt. Aber du noch nicht da. Es ist ja nicht das erste Mal. Du hast viel zu tun, na klar. Doch ich will, dass du weißt, was es heißt, immer nur zu warten. Und ich brauch das Gefühl, du bist da, wenn mein Herz erfriert."

Verdammt noch mal, schreiben denn neuerdings alle Songtexter ihre Lieder nur für mich, um mir weh zu tun?

Ich schalte den Fernseher aus, als es weitergeht:
„Ich will immer wieder dieses Fieber spür'n. Immer wieder mich an dich verlier'n. Will das Leben leben, wie ein Tanz auf dem Vulkan. Ich will immer wieder neue Sterne seh'n. Immer wieder mit dir tanzen geh'n. Wenn die Nacht beginnt, dann brauch ich dich. Nimm dir Zeit für mich."
Es wird weit nach 23 Uhr, als Alexander heimkommt. Angeblich wurde er von einem Kollegen abgefangen, als er gerade aus dem Büro wollte! Warum hat er ihm nicht gesagt, dass heute sein Hochzeitstag ist?

Er ist müde und scheint nicht im Geringsten ein schlechtes Gewissen zu haben. Ich begrüße ihn ohne Vorwürfe und weil er mit seinem Kollegen etwas gegessen hat (an unserem Hochzeitstag!), gehen wir zügig ins Bett, ohne dass ich das Ganze thematisiere.
Ich sage nur kurz: „Alles Gute zum Hochzeitstag!"
„Mamsi, das haben wir doch sonst auch nicht gefeiert!"
„Nein, schade eigentlich, sollten wir ja mal langsam damit anfangen!", erwidere ich! „Und früher hast du mir auch mal Blumen mitgebracht!", sagte ich übertrieben gespielt schmollend.
„Ja, die DU dann nicht wolltest, weil es angeblich zu wenig Platz auf Tischen oder Fensterbänken gäbe!", antwortet Alexander entrüstet. Das stimmte! Ich blöde Kuh hatte mich nie richtig über Blumen gefreut. Ich hatte es einfach für rausgeworfenes Geld gehalten und nicht als Liebeserklärung zu schätzen gewusst. Das hatte ich nun davon!
Als ich ins Bett gehe, sehe ich, dass die Nummer zwei im Adventskalender leer ist. Meinen Brief hat er also herausgenommen und vielleicht sogar gelesen.
Ich traue mich nicht, ihn darauf anzusprechen.

Am nächsten Tag bringt Alex mich zum Flughafen. Beim Abschied fasse ich mir ein Herz und frage nach dem Brief aus dem Adventskalender!

„Ja, ich hab ihn gelesen. Danke für deine lieben Worte. Wir können ja, wenn du wiederkommst, noch mal in Ruhe reden!", sagt er und küsst mich zum Abschied AUF DIE STIRN!!
Ich bin ganz und gar nicht beruhigt durch diese Aussage! Ich beginne zu zittern und frage:
„Was willst du denn reden, sag einfach, dass du mich liebst!"
„Jetzt flieg erst mal nach Rom und wir reden, wenn du wieder da bist! Und ja, ich hab dich lieb, Mamsi!"
Ich fliege also nach Rom! Ich versuche, mich auf die Arbeit zu konzentrieren, aber ich kann mich auf nichts anderes konzentrieren als auf die Frage: Geht hier gerade meine Traum-Ehe zu Bruch? Wie kann ich das aufhalten? Dieses blöde flaue Gefühl in der Magengegend macht sich breit und ich bekomme eine Gänsehaut, als ich abends im Bett im Hotel darüber nachdenke. Da er sich von seinen Geschäftsreisen auch nicht meldet, nehme ich mir vor, dies auch nicht zu tun. Ich will ihn ja nicht nerven, obwohl ich mich nach seiner Stimme sehne! Nach einigen Überlegungen sende ich ihm dann noch einen kurzen Kuss mit Smiley und dem Wort „Nachti", wie ich es bei den Kindern auch immer tue. Von allen Kids kommt zumindest auch ein „Gute Nacht" oder „Nachti" zurück!

Von Alex nicht.

Spannenderweise habe ich stattdessen eine Nachricht von Basti auf dem Handy und freue mich sehr darüber! Er erzählt, dass er in Hamburg wohnt, wo er seit nun 20 Jahren verheiratet ist und zwei Kinder hat, die fast in ähnlichem Alter sind wie meine Kinder! Allerdings hatten er und seine Frau zwischendrin eine größere Lücke gelassen. Er hat einen Sohn im Alter von Pepe und eine Tochter im Alter von Anna. Er schreibt sehr offen und frei und sympathisch, sodass ich mich gleich an den kleinen Basti von 1984 im Autoskooter erinnere! Ich bin froh über diese Ablenkung und beginne meinerseits, ein wenig von mir zu erzählen und ihm zu schreiben, bevor ich dann etwas entspannter doch einschlafen kann.

7
Schmetterlinge im Bauch

In der Jugend bin ich ziemlich zielstrebig. Was ich mir vornehme, setze ich meist auch zügig um. Und so bin ich nach dem Ende meiner Beziehung mit Basti im Jahr 1986 tatsächlich ziemlich zügig und ziemlich lange mit Florian zusammen, meinem netten jungen Mann von nebenan!

Florian ist der Traum aller Mädels auf dem Mädchengymnasium! Klar! Er ist blond, blauäugig fällt also in mein bisheriges Beuteschema. Er ist unglaublich sexy, aber das finden neben mir noch sämtliche anderen Mädels im Dorf und alle himmeln ihn an. Ich aber finde, dass er gerade auch wegen seines Namens optimal zu mir passte. Florian und Florentine – hörte sich ja schon an wie ein Traumpaar. Da müsste doch was zu machen sein. Ich nehme mir also fest vor, diesen Traum Wirklichkeit werden zu lassen.

Auf dem Schützenfest, einem der Highlights der Landjugend, kommen wir uns näher! Mit meinen nun 17 Jahren habe ich von den Eltern erstmals die Erlaubnis, daran teilzunehmen und sogar länger als 22 Uhr zu bleiben, bis Mitternacht ist erlaubt.

An der Theke fasse ich mir ein Herz und beginne, mit Florian zu flirten. Da er allerdings gut angetrunken ist, ist dies keine allzu große Herausforderung für mich.

Wir reden nicht viel und ich wundere mich, dass Florian sofort auf meine vorsichtigen Flirtversuche reagiert. Zu später Stunde beginnen wir, wild zu knutschen und ich bin im siebten Himmel!

Aber wieso eigentlich? Der Traum aller Mädels liegt betrunken in meinen Armen, was ist daran so toll? Und viel schlimmer, während ich davon ausgehe, dass dies der Beginn einer wundervollen Beziehung ist, kann er sich am nächsten Tag an nichts erinnern und grüßt mich kaum, als wir uns zufällig sehen.

Also mache ich erst mal einen Haken an diese Geschichte und habe in den nächsten Monaten ziemlichen Liebeskummer, von dem mein Traummann noch nicht einmal eine Ahnung hat.

Immer wieder stelle ich mir die Frage: Was finde ich so toll an ihm? Warum machen Menschen so etwas? Hängt man wirklich an dieser Person oder nur an seiner eigenen Idee?

Mit 17 kann man auf solche Fragen noch keine plausiblen Erklärungen geben. Aber selbst wenn man Antworten hätte, tut Liebeskummer weh. Und dies ist mit 17 nicht anders als mit 30 oder mit 40 oder vielleicht sogar mit 80.

Ein Jahr und ein Schützenfest später bin ich wieder dabei, finde mich abends in einer sehr ähnlichen Situation wieder: In der Dorfkneipe an der Bar mit Florian, diesmal ist er deutlich weniger betrunken.

„Sag mal, was bist du eigentlich für ein Arschloch?"

„Ach, hallo Frau Nachbarin, warum bist du denn so auf Krawall gebürstet?"

„Na ja, du hockst wieder hier wie letztes Jahr und wirst dich wahrscheinlich wieder langsam auf einen bestimmten Alkohollevel bringen müssen. Aber lass dir gesagt sein: Diesmal wirst du nicht deine betrunkene Zunge in meinen Hals stecken, um dich am nächsten Tag an nichts mehr zu erinnern! Mit mir machst du das diesmal nicht!"

Er schaut mich verständnislos an. Diese Reaktion habe ich sogar fast erwartet!

Natürlich glaubt er mir erst einmal nicht und wir sitzen an diesem Abend lange an der Bar und quatschen, ohne zu knutschen! Ich stelle fest: Florian sieht nicht nur gut aus, sondern ist auch wirklich nett. Seine unglaublich blauen Augen sprühen vor Energie, wenn er redet und dabei ist er außerdem so reif und eloquent, dass ich nun doch eigentlich gerne knutschen würde. Aber ich halte mich zurück.

Als es draußen langsam hell wird, schlendern wir gemeinsam nach Hause. Da wir Nachbarn sind, haben wir den gleichen Weg. Das macht es einfach, da brauche ich keine Ausreden zu erfinden, um noch ein wenig mehr Zeit mit ihm zu verbringen. Ich genieße jede einzelne Minute in dieser Nacht.

Zum Abschied küsst er mich. Direkt vor unserer Hofeinfahrt. Für den Bruchteil einer Sekunde will ich diesen Kuss leidenschaftlich erwidern, auf den ich quasi den ganzen Abend hingefiebert habe. Dann besinne ich mich aber schnell auf die Tatsache, dass wir in der Morgendämmerung vor unserer Hofeinfahrt stehen und mein Vater mich seit Mitternacht in meinem Bett wähnt! Heilige Scheiße! Hier sollte ich schleunigst verschwinden! Ich schubse Florian sanft zurück und schon im Gehen rufe ich ihm zu: „Siehst du, so widerborstig bin ich gar nicht! Vielleicht sehen wir uns die Tage! Bis dann!"

Etwas überrascht von dem abrupten Abschied trottet Florian ein Haus weiter. Wie gerne wäre ich mit ihm gegangen. Wahrscheinlich hat Florian auch genau das erwartet. Wahrscheinlich ist aber genau dieser übereilte Abschied der Grund, warum er sich direkt am nächsten Tag wieder bei mir meldet. Verrückte Welt, verrücktes Muster!

In den nächsten Tagen beginnt nun wirklich eine wunderbare Freundschaft, so wie ich es erhofft hatte. Wir unternehmen viel gemeinsam und haben jede Menge Spaß. Auch Florian scheint dies zu genießen und schließlich fragt er mich: „Sag mal, sind wir eigentlich jetzt zusammen?"

Ich genieße diesen Moment und antworte: „Ich denke schon!"

„Fein", antwortet er und grinst. „Dann darf ich wohl jetzt auch meine Zunge in deinen Mund stecken, oder?"

„Ja, ich denke, diesmal bist du in vollem Besitz deiner geistigen Kräfte!", erwidere ich und genieße glücklich, dass Florian dies auch umgehend in die Tat umsetzt. „Und eigentlich dürftest du noch ganz viele andere Dinge tun", denke ich mir. Denn es gab da ein anderes wichtiges Kapitel, das ich in meinem Leben nun aufschlagen will. Mit Sebastian hatte ich dieses Kapitel ja noch nicht beenden können. Ich traue mich allerdings nicht, Florian zu gestehen, dass ich noch Jungfrau bin. Ich beschließe also, mir möglichst viel Wissen anzulesen und Information zu sammeln, damit ich das auch nicht zu tun brauche. Mit Hilfe von Dr. Sommer gelingt mir das anscheinend auch ganz gut, denn Florian ahnt nichts davon und merkt es auch nicht. Offensichtlich hatte ich entweder die richtige Lektüre gelesen oder genügend weibliche Intuition.

Nach einigen Wochen Beziehung kann ich an das Thema „erster Sex" zufrieden einen Haken machen, ohne dass es sich als allzu kompliziert erwiesen hat. Außerdem frage ich Florian, ob ich nicht auch wie er in der Dorfkneipe arbeiten kann, und so beginnt unsere wunderbare Beziehung als Paar und als Team!

Im Laufe der nächsten fünf Jahre finde ich heraus, dass Florian zwar optisch in mein Beuteschema passt, aber längst nicht so ein „wunderbarer" Traummann für mich ist, wie ich gehofft hatte. Natürlich ist er ein sehr aktiver Typ und hat mit dem Inhaber der Kneipe viele Ideen umgesetzt. Ansonsten versucht er sich an vielen Dingen, Studium, Ausbildung, Job und tanzt auf vielen Hochzeiten, um am Ende immer wieder alles abzubrechen und sich umzuorientieren. Obwohl dieses Vorgehen ganz und gar nicht in meine Vorstellung von einer Karriereplanung passt, versuche ich, ihm den Rücken zu stärken und mit ihm eine berufliche Richtung zu finden. Aber er bringt immer wieder Aktionen, die alle Perspektiven zerstören. Das ist ziemlich anstrengend, aber ich liebe ihn und unterstütze ihn bei allen neuen Ideen, die er hat und das sind einige. Das Leben ist aufregend mit ihm.

Der erste Sex auch, aber irgendwie für mich unbefriedigend. Dass er mich entjungfert, habe ich ihm erst viel später gestanden, als unsere Beziehung fast zu Ende war. Dass eine Beziehung auch viel mit Vertrauen zu tun hat und mit der Bereitschaft, dem Partner auch Schwächen einzugestehen, hatte ich noch nicht begriffen. Wir sind zwar ständig zusammen, reden aber nicht viel. Viel zu beschäftigt sind wir mit Partys und Kneipenarbeit – morgens nach der Arbeit um 7 Uhr nach Zandvoort an den Strand und Frühstück im Sand, Beachpartys am Silbersee und Nächte unter freiem Himmel!

Es ist eine coole Zeit. Eine Zeit, die Kid Rock später in seinem Song „All summer long" besingt und ich genieße es in vollen Zügen.

Aber irgendwann ist mir das zu wenig!

Das Leben ist doch keine große Party, für Florian schon! Und zwar eine Party von der Sorte, die nach Mitternacht noch lange nicht vorbei ist.

Aber mir gefällt dieses „Sweet home Alabama" langsam nicht mehr und so bin ich glücklich, dass ich nach meinem Abitur eine Praktikumsstelle in einem Reiseunternehmen in London bekomme. In der Verfolgung meines Roten-Faden-Karriereplans hatte ich vor, Touristik zu studieren. Da ich dazu eine gewisse Erfahrung und ein Praktikum in einem Reiseunternehmen brauchte, hatte ich mich bei verschiedenen Unternehmen in der Region um einen Platz beworben und bekam ihn mit der Unterstützung des Herrn Zufall ausgerechnet in London. Eine Herausforderung, aber auch ein Traum für mich. Ein ganzes Jahr wollte ich in London verbringen.

Florian und ich einigen uns, dass wir mal sehen, ob unsere Beziehung das durchhält. Er macht den Coolen und bei unserem Abschied sagt er kurz: „Mach's gut. Tu das, was du nicht lassen kannst. Reisende kann man ja nicht aufhalten. Du kannst mir ja mal schreiben."

Als ich dann aber weg bin, ist er derjenige, der schreibt! Und das ist zu einer Zeit, in der man tatsächlich die Post bemüht und die Briefe eine Woche unterwegs sind. Er schreibt mir aber täglich Liebesbriefe, sodass an manchen Tagen sogar mehrere Briefe ankommen. Und wir telefonieren lange. Er hat so große Sehnsucht, dass er mich mehrfach besucht und wir dann gemeinsam die Stadt und das Nachtleben inspizieren.

London ist für mich ein ziemliches Abenteuer, aber auch eine gute Schule in Sachen Lebenserfahrung. Tatsächlich beginnt hier eine andere Art von rotem Faden, denn die Freundschaften, die ich hier schließe, sollten ein Leben lang halten und dies nachhaltig beeinflussen.

Außerdem habe ich hier einige Verehrer und auch wenn Florian nicht da ist –, und das war die meiste Zeit – bin ich ausgiebig unterwegs.

Unter anderem ist da Bill, der Neffe meines Chefs in London. Ich lerne ihn kennen, als er für seinen Onkel Daniel etwas im Büro abholen muss. Wir begegnen uns zufällig im Flur. Er ist typisch britisch, rotblond und blasshäutig, aber gut einen Kopf größer als ich und hat eine sportliche Figur.

„Hi, I bet you are the new German girl?", fragt er mich ein wenig unbeholfen.

„Oh, that's an educated guess!", antworte ich frech. „Wie bist du denn nur da drauf gekommen?"

Er ist irritiert und beantwortet mir diese flapsig gestellte Gegenfrage prompt wirklich ernsthaft: „Nun, du bist blond und ziemlich hübsch und mein Onkel Dan hat mir gesagt, es gebe im Büro eine hübsche neue Praktikantin. Sie sei blond, blauäugig, deutsch und ziemlich unfähig!"

Mein Englisch ist noch nicht so fließend, wie ich mir das vorgestellt habe und ich überlege kurz, ob ich Bill vielleicht falsch verstanden habe.

„Useless?", frage ich ungläubig.

Bill wird wohl gerade bewusst, dass er mir dieses Zitat seines Onkels besser nicht wörtlich erzählt hätte und er sieht mich erschreckt an.

„Oh, I mean, he did not say ‚useless', he said: ‚She is not used to work in such an office'", versucht er, sich rauszureden. Wie hätte ich auch Erfahrungen haben sollen, in einem Büro zu arbeiten? Ich kam ja direkt nach dem Abi nach London, war also frisch von der Schule.

Ich nehme mir vor, in der nächsten Woche ernsthaft mit meinem Chef zu reden. In meinem jugendlichen Alter auf mein Äußeres reduziert zu werden, bin ich nicht gewohnt und hätte es auch nicht erwartet, weil meine Selbstzweifel, was mein Äußeres betrifft, mitunter sehr groß sind. Bin ich wirklich im Büro nicht zu gebrauchen, wenig hilfreich, dumm und „useless"? Das würde ich herausfinden. Ich lasse Bill jetzt aber in dem Glauben, die Tragweite dieser Aussage nicht mitbekommen zu haben.

Bill lädt mich direkt ein, mit ihm abends einmal etwas zu unternehmen, quasi als Entschuldigung für dieses plumpe Vorstellmanöver.

„Ok, wir können ja mal nach einem Termin schauen. Aber ich bin recht viel beschäftigt", versuche ich auszuweichen. Aber Bill bleibt hartnäckig.

Es ist bereits kurz vor Weihnachten, als wir uns dann tatsächlich verabreden. Am nächsten Tag will ich über die Feiertage nach Hause fliegen. Ich wohne in London bei Jane und Phil, einem jungen Ehepaar, zur Untermiete, südlich der Themse in der Nähe vom Bahnhof Clapham Junction. Zur Arbeit fahre ich mit dem Rad in die Innenstadt, da es bis zur nächsten U-Bahn-Station ca. 15 Minuten zu laufen sind und da die Busse von hierher über die diversen Brücken – eine ist meist gerade gesperrt – ewig brauchen. Mit dem Rad kann ich auch die für Autos und Busse gesperrten Brücken benutzen und bin daher in einer halben Stunde in der Innenstadt.

An diesem Abend holt Bill mich mit seinem Auto von zu Hause ab und wir gehen in Soho essen. Ich liebe diesen Stadtteil. London ist insgesamt eine pulsierende Metropole, doch in dieser Gegend spürt man das besonders. Ein asiatischer Stadtteil in einer europäischen Hauptstadt und richtig gute Restaurants und coole Shops. Mein College, das ich an einigen Tagen pro Woche abends besuche, liegt in diesem Viertel und jeden Abend, wenn ich durch die gefüllten Gassen zum Trafalgar Square laufe, um von dort aus den Bus zu nehmen, genieße ich die Gerüche mit jedem Atemzug.

Ich bin eben ein olfaktorisch geprägter Mensch. Meine Nase sagt mir (neben meinem Bauch) immer, ob ich etwas mag oder nicht. Soho mag ich. Bill eher nicht. Aber wir unterhalten uns gut beim Essen und Bill trinkt das ein oder andere Glas Bier. Als ich ihn darauf anspreche, dass er noch fahren muss, winkt er ab und meint, das sähe man hier nicht so eng.

Zu späterer Stunde mahne ich zum Aufbruch, da ich am nächsten Morgen für ein paar Tage nach Deutschland fliegen möchte. Ich bin mir zwar nicht so ganz sicher, ob Bill noch fahren sollte, aber ich möchte heim. Bill ist gut gelaunt und er versucht, mich noch zu einem weiteren Drink zu überreden. „Also, wenn du mich wirklich heimfahren willst, dann sollten wir jetzt nicht mehr trinken, sondern fahren!"

Der Verkehr in der Stadt ist nun glücklicherweise nicht mehr so dicht und wir kommen ganz gut aus der Innenstadt über die Battersea Bridge in die Stadtteile südlich der Themse.

Bill redet ununterbrochen und für meinen Geschmack fährt er auch etwas zu schnell. Ich hoffe gerade, dass er sich ausreichend auf die Straße konzentriert, als ich ein rotes Bremslicht vor uns sehe. Bill sieht aber gerade zu mir rüber und ich schreie: „Carefull!!! There is another ..."

Weiter komme ich nicht. Wir fahren mit voller Wucht auf die Bremslichter und das damit verbundene Auto. Die Airbags lösen aus.

In den nächsten Sekunden checke ich mich intuitiv von oben bis unten durch. Tut mir was weh? Nein. Blutet irgendetwas an mir? Nein. Dann sehe ich rüber zu Bill. Aber auch er scheint in Ordnung zu sein. Er starrt gebannt auf den Airbag. Dann auf mich. „Are you ok?"

„Ja, mir geht es gut. Aber dein Auto ist nun etwas kürzer als vorher", antworte ich, obwohl wir noch nicht ausgestiegen sind. Aber da der Aufprall ziemlich ungebremst stattgefunden hat, kann ich mir nicht vorstellen, dass dieses Auto noch fahrtauglich ist. Wir steigen aus. Bill wird blass. Und zwar nicht, weil sein Auto fahruntauglich ist, sondern weil die roten Bremslichter, die er zu spät gesehen hatte, zu einem ... Polizeiauto gehören.

Auch die Beamten sind ausgestiegen und lassen sich von Bill die Papiere und Führerschein zeigen. Dann kommt einer der beiden zu mir. „Who are you? What's your name? Are you a friend or a relative? Did your fellow have any drinks?" Ich bin unsicher. Nur nichts Falsches sagen.

Da ich vor kurzem ja schon einmal als „blondes deutsches Dummchen" bezeichnet wurde oder so ähnlich, stottere ich: „Sorry, German! No English."

Der Beamte geht zurück zu seinem Kollegen. Sie unterhalten sich kurz und signalisieren mir, dass sie Bill und mich mit auf die Wache nehmen müssen. „Das war so klar", stöhne ich. Offenbar sahen die Briten das „Drink and Drive"-Thema doch eng. Und das mit Recht.

Im Polizeigebäude wird Bill mit in ein anderes Zimmer genommen und ich werde gebeten, noch einmal meine Personalien anzugeben. Dann fragt mich ein Beamter, ob ich jemanden hätte, der mich abholen könne. Ja klar, ich würde meine Vermieterin anrufen. Jane würde mich sicher abholen.

„Can I telefone?", frage ich in bewusst gebrochenem Englisch. Der Beamte stellt mir ein Telefon hin und verlässt den Raum. Die Tür lässt er zwar offen, aber ich sehe niemanden in der Nähe, sodass ich mit Jane in meinem normalen Englisch sprechen kann.

Jane ist zunächst erschreckt, aber ich versichere ihr, dass ich in Ordnung bin, und erkläre ihr kurz, wo sie mich abholen kann. Dann füge ich noch hinzu. „Stell dir vor, mir wäre etwas passiert und ich hätte morgen nicht nach Hause fliegen können. Das wäre zum Bauklötze scheißen gewesen!" Jane lacht: „I see, you ARE ok. I will be there in just a while." Auch ich lache und lege den Hörer auf.

Als ich mich umdrehe, steht der Beamte, der mir das Telefon gegeben hatte, mit vor der Brust verschränkten Armen in der Tür. Er schaut erst finster, dann grinst er:
„So, you don't understand any English?" Ich sehe ihn erschreckt an. Dann fährt er fort:
„You may be blond and German, but you are certainly not stupid, young lady!"
Fein, dann wäre das ja auch geklärt und außer meinem Chef Daniel hielt mich wohl niemand für sonderlich dumm. Und das würde ich auch noch klären! Allerdings muss ich zugeben, dass ich in meinen ersten Wochen in London schon den einen oder anderen Bock geschossen habe. Dies hatte allerdings weniger etwas mit Dummheit, als mit Trotteligkeit bzw. sprachlicher Unkenntnis zu tun. In dem einen Fall stornierte eine Reisegruppe ihren Stadtführer bei uns. Kein Drama, das passierte regelmäßig. Ein Zahlendreher bei der Buchungsnummer in meinem Telex (zu dieser Zeit gab es ja noch keine E-Mails) führte allerdings dazu, dass an dem besagten Tag an einem Ende von London eine Reisegruppe auf den Stadtführer wartete und am anderen Ende von London ein Stadtführer auf eine Reisegruppe. Das war dann schon ein kleines Drama. Zumindest für eine Reisegruppe mit engem Zeitplan.

Im zweiten Fall hatte ich für eine Reisegruppe, ein Männergesangsverein aus Niedersachsen, eine reine und durchaus heterosexuelle Männergruppe, in einem Hotel 14 Doppelzimmer zu buchen. Seitdem ist mir sehr wohl bewusst, dass es für das deutsche Wort „Doppelzimmer" im Englischen zwei Begriffe gibt: „Twin" und „Double". Und da der Männergesangsverein über seinen Aufenthalt in „Doubles" nicht so erfreut war, werde ich das auch nicht noch einmal falsch machen.

Das ist Lehrgeld, das ich zahlen muss und natürlich auch mein Chef, der mich von Anfang an ziemlich eigenverantwortlich arbeiten lässt. Dies allerdings als „Dummheit" darzustellen, halte ich für ganz und gar nicht angemessen.

Während meines weiteren Aufenthaltes in London gehe ich noch ein paar Mal mit Bill aus, dem die Geschichte furchtbar peinlich ist. Furchtbar peinlich ist das Ganze auch meinem Chef, den ich selbstverständlich und unverblümt zur Rede stelle. „Daniel, gibt es irgendein Problem mit meiner Arbeit hier? Bist du unzufrieden, mit dem was ich tue, oder gibt es irgendein anderes Problem?", will ich wissen, nachdem ich ihm in allen Einzelheiten geschilderte hatte, was an dem Abend mit Bill passiert war. Mein Chef Daniel steht immer noch über den Unfall sinnierend da und schüttelt den Kopf, als ich diese Frage stelle. „No Darling, why?" Dan sieht mich fragend an.

„Mh, wenn das so ist, dann müsstest du mir mal eine Vokabel erklären! Was genau bedeutet das Wort ‚useless'?"

Daniel sieht mich an und sein Gesicht bekommt wieder Farbe, nachdem es bei meinem Bericht zuvor etwas blass geworden war. Er zögert. Ich sehe, wie sein Gehirn rattert und er nach einer Antwort bzw. Erklärung sucht.

„Oh Darling, I never said that! Or rather: I never meant that!"

„Dann sag mir bitte, WIE genau du das dann gemeint hast!", fordere ich, doch Dan bleibt sprachlos. Ich hätte nichts anderes erwartet. Ich bin enttäuscht und mache ihm klar, dass ich in Zukunft bitte immer direkt und offen kritisiert werden möchte, wenn es dazu einen Anlass gibt.

Bill hingegen mache ich klar, dass er außer ausgehen mit mir nichts anstellen kann!

Ich bin eben ein Schwan. Was mich ja nicht daran hindert, mit anderen Männern auszugehen. Weggehen darf man ja mit anderen. Mehr aber auch nicht; zumindest in meiner Vorstellung.

Leider sehen das viele Männer anders und sind durchaus anstrengend, wenn ich Angebote, die darüber hinausgehen, kategorisch ablehne.

Jahre später habe ich herausgefunden, dass auch Florian das durchaus anders sah! Sein schlechtes Gewissen diesbezüglich führte dann aber wiederum zu noch mehr Liebesbriefen an mich und während mich das anfangs sehr glücklich machte, war ich doch zunehmend genervt. Ich hatte ihn ja auch lieb, aber das musste man doch nicht ständig mit blumigen Worten und Geschenken ausdrücken, fand ich.

Und irgendwie fühlte sich unsere Beziehung in meinem Bauch ohnehin nicht mehr gut an.
Das idiotische Muster: Mit zu viel Nähe – auch in übertragenem Sinne – erzeugt man Distanz!

Und noch etwas ist mir dann erst viel später bewusst geworden: Warum ist er mit anderen ins Bett gestiegen, wenn es doch ICH war, die er so sehr liebte? War es ein Teufelskreis, weil er merkte, dass ich mich distanzierte, gekoppelt mit einem schlechten Gewissen, was in noch mehr Liebesbekundungen endete, die mich wiederum immer mehr nervten? Oder war es reiner Sex, denn Männer können so was ja anscheinend? Und warum wollte er dann immer noch mich?
War das Liebe?
Nein, Liebe ist anders! Aber was ist Liebe? Auf jeden Fall: Ganz schön kompliziert das alles!

Als ich wieder zurück in Deutschland bin – schweren Herzens, ich wäre besser in London geblieben –, ziehen wir gemeinsam in die nächste Universitäts-Stadt.
Ich hatte Florian bestärkt, mit einem BWL-Studium anzufangen! Ich selber beginne dort eine Lehre als Reiseverkehrskauffrau, die ich aber innerhalb der Probezeit abbreche. Die Arbeit als Azubi in Deutschland hatte so gar nichts mit meiner bereits eigenverantworlichen Tätigkeit in der Reiseagentur in London zu tun. In Deutschland galt: Lehrjahre sind keine Herrenjahre. Das sah man in London deutlich anders. Und ich daher auch. Zu einem derartigen Rückschritt war ich nicht bereit.

Mein roter Faden bekommt somit den ersten Knick, aber zum Abbruch der Lehre entscheide ich mich erst, nachdem ich mich auf einer Schule angemeldet habe, an der ich die Ausbildung zur Fremdsprachenkorrespondentin machen kann.

Die Ausbildung sollte zwei Jahre dauern und nach einem Jahr ist ein dreimonatiges Praktikum eingeplant. Durch meine Beziehungen nach London habe ich die Möglichkeit, bei British Rail in Paris zu arbeiten, also verbringe ich weitere drei Monate getrennt von Florian in Paris.

Meine drei Monate in Paris sind sehr anstrengend! Das liegt vor allem auch an den Franzosen: Ils sont fous, ces Francais! Das hat schon Obelix gesagt. Oder so ähnlich.

Es ist ein heißer Sommer und Paris voll von Touristen. Ich habe meinen Kampf mit der Sprache auf der Arbeit! Ich arbeitete in der Auskunft der Reiseabteilung, wo sich viele englischsprachige Touristen nach Zeiten und Preisen erkundigten.

Und so befinde ich mich, als Deutsche mit einem englischen Computerprogramm, am Telefon mit amerikanischen und englischen Touristen, aber auch mit Franzosen, die nach England reisen wollen. Ich muss Zeiten und Preise durchgeben. Jeder, der die französische Konstellation von Zahlen kennt, weiß, dass es fast Mathematik ist, die Zahlen richtig hintereinander zu bekommen. Der reine Stress, denn im Kopfrechnen bin ich ziemlich schlecht! Wenn gar nichts mehr ging sagte ich: „Je vais vous dire le prix chiffre par chiffre!" Wenn ich die Ziffern einzeln hintereinander aufsagte, klappte es meist besser mit dem gegenseitigen Verständnis.

Und die Franzosen selbst gestalten sich auch sehr anstrengend! Abends was trinken zu gehen, wird für mich als blonde, blauäugige Deutsche meist zum Spießrutenlauf. Auch im Studentenwohnheim habe ich schnell einige „Freunde". Es wird zunehmend anstrengend zu vermitteln, dass ich an nichts anderem interessiert bin, außer vielleicht einer Party oder Sightseeing! Ich bin froh, als Florian mich nach drei Monaten von da abholt.

Wir fahren von Paris aus weiter nach Südfrankreich zum Zelten! Ich hatte mich die ganze Zeit in Paris nach diesem Urlaub gesehnt.

Aber als es dann so weit ist, spüre ich eine merkwürdige Leere in meinem Bauch. So glücklich ich auch bin, dass Florian mich abgeholt hat, so unglücklich bin ich in diesem Urlaub! Es hätte so romantisch sein können, aber mein Bauch spielt nicht mit! „Das kann doch nicht wahr sein!", denke ich. Was will mir denn mein Bauch schon wieder sagen? Der ist manchmal auch wirklich nicht zu verstehen. Auch Florian versteht die Welt nicht mehr, denn, wann immer er sich mir nähert, ziehe ich mich zurück! Es geht einfach nicht. Mein Bauch stellt sich quer und ich stelle fest, dass Florian mich NULL mehr reizt! Mein Traummann, der Traum meiner schlaflosen Nächte, lässt mich körperlich auf einmal völlig kalt. Er war für mich ein Freund geworden, aber ich bin nicht mehr verliebt!

Das erkenne ich in diesem Urlaub, kann es ihm aber nicht sagen! Nachts liege ich oft wach oder setze mich vor unser Zelt, wenn Florian eingeschlafen ist. Die Nächte sind nicht wirklich kühl in diesem Sommer und ich lasse das Zelt offen und versuche, den schlafenden Florian im Halbdunkel zu beobachten. Was ist nur mit mir los? Weiß ich nicht zu schätzen, dass er mich liebt? Ich wollte ihn so sehr und jetzt habe ich eigentlich das, wovon ich immer träumte. Und nun? Ich mochte ihn, aber das war's auch! Je mehr ich mich von ihm distanzierte, desto mehr fängt er an zu klammern.

Dieses idiotische Muster! Da war es wieder!

Das Phänomen scheint nicht unüblich zu sein! Ist man sich des Partners sicher, halten sich die Aufwände, die man betreibt, in Grenzen!

Wenn man aber merkt, oh Schreck, der andere wird abtrünnig, dann lässt man die Füße wackeln ... Und erreicht damit dann meistens das Gegenteil!

Warum ist das so? Warum kommt man immer wieder in so ein Muster? Und viel wichtiger: Wie kommt man da wieder heraus? Noch habe ich die Hoffnung, dass ich mit Florian die Kurve kriege bzw. mein Bauch sich wieder einkriegt. Daher bespreche ich meine Gefühle nicht mit ihm, sondern mache weiter wie bisher. Florian fragt allerdings auch nicht und akzeptiert ohne Worte, dass unsere Beziehung die platonische Ebene erreicht hat.

Mit seinem Studium ist Florian in den nächsten Jahren zunehmend erfolglos, sodass er bei einer Werbeagentur zu jobben beginnt, mit der er auch in das Thema Messebau involviert wird.

Ich jobbe weiterhin in der Dorfkneipe und anderen Kneipen, aber auch für die Kindermodefirma „Kids International". Für diese Ladenkette darf ich auch manchmal zum Klamotteneinkaufen mit nach Frankreich fahren, da ich ja inzwischen recht gut Französisch spreche. Ich absolviere somit meine ersten Dolmetscherjobs.

Für mich steht dann schnell fest: Ich bewerbe mich weg aus meinem Dorf und werde international arbeiten. Das ist meine Idee von Karriere, meine Idee vom roten Faden.

Nach dem Ende der Ausbildung, die ich als eine der Jahrgangsbesten abschließe, bewerbe ich mich direkt in Richtung Frankfurt bei einem großen Elektronikkonzern als Exportsachbearbeiterin.

Meine Mitschülerin Ute bewirbt sich parallel bei einer Bank in Frankfurt und nachdem wir zwei damals nicht nur gemeinsam zum Vorstellungsgespräch in Richtung Frankfurt gefahren waren, suchten wir uns auch gleich passend eine gemeinsame Wohnung.

1989 ziehe ich mit Ute nach Frankfurt direkt an die Hauptwache mitten in die Stadt – so hatte ich mir das vorgestellt. Mein roter Faden, der sich durch meinen Lebenslauf ziehen sollte, lag direkt vor mir und ich war so zusagen voll in der Spur.

Florian ist selbstverständlich nicht begeistert, dass ich aus unserem Dorf wegziehe, aber durch seine zunehmende Messebautätigkeit hat er sogar selber öfters in Frankfurt zu tun und somit führen wir fortan eine Wochenend-Beziehung.

Ich habe innerlich inzwischen resigniert. An der Beziehung habe ich kein Interesse mehr und Schmetterlinge im Bauch habe ich ja sowieso schon lange nicht mehr. Allerdings hege ich noch die Hoffnung, dass sich das vielleicht ändern könnte, wenn ich erst mal weggezogen bin. Wenn man jeden Tag Sahnetorte essen darf, wird es einem halt auch irgendwann schlecht. Vielleicht bekomme ich ja wieder Appetit, wenn ich die Torte nur noch am Wochenende bekomme. Einen Versuch war es auf jeden Fall wert.

Um die staatliche Anerkennung als Dolmetscherin und Übersetzerin zu bekommen, muss ich nach meinem Abschluss auf der Schule noch für jede Sprache eine Prüfung vor der Industrie- und Handelskammer Dortmund ablegen. Wegen der Sommerpause findet dies aber erst im Herbst statt. Meine Arbeitsstelle in Frankfurt hatte ich bereits im August angetreten, sodass ich aus Frankfurt anreisen muss. Meine Mitbewohnerin Ute hat das gleiche Problem wie ich. Allerdings hat sie schon ihren ersten Urlaub nehmen können und kann aus unserem Heimatdorf anreisen, während ich am Vortag der Prüfung bereits um die Mittagszeit einen Zug aus Frankfurt gen Norden nehme, wo Florian mich vier Stunden später am Bahnhof erwartet.

Wir sind keine Stunde unterwegs, als der Zug ruckartig zum Stehen kommt. Ich denke mir nichts dabei und lese weiter in meinen vorbereitenden Prüfungsaufgaben. Nach einer weiteren halben Stunde werden die anderen Fahrgäste zunehmend unruhig und als ein Schaffner durch das Abteil kommt, wird er von allen belagert. „Es kommt gleich eine Durchsage! Ich kann Ihnen nicht sagen, wie lange wir hier noch stehen müssen."

Die Durchsage kommt eine gefühlte Ewigkeit später. Es hatte sich jemand vor den Zug geworfen. Daher dürfen wir nicht weiterfahren, sondern müssen aussteigen und werden mit Bussen zum nächsten Bahnhof gebracht. Von dort aus musste jeder Reisende schauen, wie er am besten sein Ziel erreichen würde.

Schnaufend packe ich meine Unterlagen zusammen. Liebe lebensmüde Mitmenschen: Wenn ihr euch denn unbedingt umbringen müsst, dann tut dies doch bitte still und ohne Aufsehen oder Konsequenzen für andere. Ihr wollt euer Leben beenden? Gut. Aber warum wollt ihr dabei anderen das Leben unnötig schwer machen? Verpasste Flieger oder Termine, Ärger und Verzögerungen könnt ihr uns ersparen, wenn ihr euch einfach heimlich umbringt. Für euch ist der Effekt der gleiche, für uns nicht!

Wütend studiere ich den Fahrplan an dem kleinen Bahnhof, zu dem uns der Bus bringt. Ich würde einen Inter-Regio bis Essen nehmen und dort in einen Intercity nach Münster umsteigen müssen. In Münster wollte mich Florian abholen. In einer Zeit, wo es noch nicht selbstverständlich ist, dass jede Person mit einem Mobiltelefon ausgestattet ist, mache ich mich also auf die Suche nach einer öffentlichen Telefonzelle. Ich erreiche Florian gerade noch zu Hause, um ihm meine neue Ankunftszeit am späten Abend statt am späten Nachmittag mitteilen zu können.

Es ist bereits später Nachmittag, als ich im Inter-Regio meine Reise fortsetze. Obwohl es eigentlich schon Herbst ist, sind es noch am Nachmittag sommerliche Temperaturen. Die Septembersonne gibt Vollgas, was man von meinem Zug nicht gerade behaupten kann. Aber auch im Zug ist die Luft heiß und stickig. Eigentlich wollte ich auf der Fahrt noch etwas für die Prüfung tun, kann mich aber in Anbetracht der schlechten Luft und der einsetzenden Abenddämmerung nur schwer konzentrieren. Immer wieder nicke ich kurz ein. Ich schaue auf die Uhr. Noch weitere zwei Stunden würde ich in diesem Bummelzug sitzen und daher entscheide ich mich für ein gezieltes „Power-Napping". Ich packe meine Unterlagen ein und mache meine Jacke zum Kopfkissen. Innerhalb kürzester Zeit bin ich eingeschlafen. Energietanken mit Hilfe eines Power-Nap habe ich schon oft gezielt eingesetzt, wenn ich während des Lernens eine Pause machen wollte. Immer ziemlich genau nach zehn Minuten wurde ich wieder wach. Keine Ahnung, wie meine innere Uhr das immer hinbekam, aber es klappte immer. Heute nicht!

„Hauptbahnhof Dortmund! Alle Fahrgäste bitte aussteigen. Der Zug endet hier!" Ich höre diese Durchsage im Halbschlaf und registriere, dass ich umsteigen muss. Ich richte mich auf, als diese Aussage wiederholt wird. Moment mal: Dortmund? Ich hätte doch in Essen umsteigen müssen, nicht in Dortmund. Ich frage einen Schaffner, der soeben durch den Gang rauscht. „Ich muss in Essen einen Zug nach Münster erreichen! Wie mache ich das am Geschicktesten?" „Dann hätten Sie halt in Essen aussteigen müssen, junge Frau. Hier ist jetzt auf jeden Fall Endstation!", sagt er knapp im Vorbeigehen. Also steige ich erst einmal aus; es würde sich schon noch ein Zug nach Münster finden lassen. Viel schlimmer finde ich, dass Florian jetzt bereits dort am Bahnhof auf mich wartet.

Ich begebe mich zur Reiseauskunft des Dortmunder Hauptbahnhofs. Leider hat diese bereits geschlossen. Mit Hilfe eines Bahnbeamten finde ich schließlich heraus, dass der nächste Zug nach Münster kurz vor Mitternacht fährt. Ich würde Münster nach Mitternacht erreichen und um sieben Uhr wieder einen Zug nach Dortmund nehmen zu müssen.

Das macht alles keinen Sinn. Die Prüfung in der IHK Dortmund ist für neun Uhr angesetzt. Ich sollte mir ein Hotelzimmer suchen. Gott sei Dank war die Endstation des Zuges Dortmund gewesen und nicht Buxtehude. Das war Glück im Unglück. Ich wäre bis ans Ende der Welt gefahren und hätte es nicht gemerkt.

Von einer Telefonzelle aus rufe ich meine Mutter an und teile ihr die Sachlage mit. Ich bitte sie, Florian und seine Eltern zu informieren, denn ich hoffte nicht, dass Florian bis in alle Ewigkeiten am Bahnhof stehen, sondern irgendwann heimfahren würde.

In der heutigen Welt von Twitter Hashtags, SMS-Nachrichten ohne Vokale und einer Generation von Menschen, die aufgehört hat, ihre Voicemail abzuhören, Sprachnachrichten per WhatsApp schickt, statt an zu rufen und sich permanent über Facebook-Posts präsentiert, ist so eine Situation nicht mehr vorstellbar. Heute wüsste wahrscheinlich mein gesamter Freundeskreis, wohin und mit wem ich unterwegs bin und ob ich „freudig", „aufgeregt" oder „wütend" bin.

Ich bin wütend! Richtig wütend und kann das noch nicht mal jemandem mitteilen.

Nach dem Telefonat mit meiner Mutter gehe ich zum Bahnhofsvorplatz, wo ich mein Gepäck von einem netten Taxifahrer einpacken lasse und mich müde auf den Rücksitz fallen lasse. „Wo soll's denn hingehen, junge Frau?"

„Bitte fahren Sie mich einfach zum nächsten Hotel! Ich brauche nur ein Bett." Der Fahrer dreht sich zu mir um. „Das ist jetzt nicht ihr Ernst, oder? Das nächste Hotel ist gleich gegenüber, da brauche ich Sie nicht hinzufahren. Aber ich glaube nicht, dass Sie in Dortmund noch ein Zimmer finden. Es ist nämlich Messe!"

Ich starre ihn ungläubig an. „Nu, dann steigen Sie wieder aus. Aber ich bekomme von Ihnen mal zumindest einen Fünfer, dafür, dass ich mich jetzt wieder ans Ende der Schlange stellen darf. Und dann versuchen Sie ihr Glück gegenüber. Was anderes wird Ihnen eh nicht übrig bleiben, egal wo ich Sie nun hinfahre!" Bestimmt hält der Taxifahrer die Hand auf und sieht mich fordernd an. Widerwillig zahle ich! Dann steige ich stöhnend wieder aus und ziehe meinen Koffer in die Lobby des Hotels gegenüber dem Bahnhof.

„Haben Sie reserviert?", fragt mich ein netter, älterer Herr an der Rezeption.

„Nein, ich habe einen ungeahnten Notfall und brauche ein Zimmer für eine Nacht!"

„Tut mir leid, wir sind bis auf das letzte Zimmer ausgebucht. Da kann ich nichts machen!"

„Wüssten Sie denn eine Alternative für mich? Es ist ja nur für eine Nacht!"

„Ganz Dortmund ist ausgebucht, fürchte ich. Es ist Messe", antwortet er kopfschüttelnd.

Ich denke nach. Nun ist guter Rat teuer.

„Kann ich vielleicht hier in der Lobby warten? Ich habe morgen früh um neun Uhr einen Termin bei der IHK. Und es fährt kein Zug mehr."

Der Portier sieht mich mitleidig an. „Wenn Sie mögen, gern!" Ich begebe mich zu einer Sitzgruppe nahe dem Fenster und lasse mich entkräftet auf einen Sessel fallen. Ob ich hier wirklich schlafen konnte, war noch eine spannende Frage, die ich nach ungefähr 15 Minuten mit einem klaren NEIN beantworte. Nach einer weiteren Viertelstunde kommt der Portier zu mir rüber. Ich überlege gerade, warum sich die Welt wieder einmal gegen mich verschworen hat und ob der Selbstmörder wirklich tot ist, denn spätestens, wenn ich ihm begegnen würde, wäre er es! Der Portier fragt: „Sie sagten gerade, es wäre ein Notfall eingetreten. Würden Sie gegebenenfalls mit unserem Notfallzimmer vorliebnehmen wollen? Ich denke, dies ist ein Notfall!" „Zimmer? Selbstverständlich! Mir ist ziemlich egal, wie klein es ist!"

„Nun ja, es hat kein Fenster und kein WC, aber es hat ein Bett!"
„Gebucht!"
Der Portier bringt mich in eine Art größere Besenkammer. Das WC befindet sich auf dem gleichen Gang direkt nebenan. Damit kann ich leben.
Bevor ich mich verabschiede, bitte ich ihn noch: „Würden Sie mich morgen früh wecken? Wenn ich verschlafe, war das ganze Theater hier für die Katz!"
„Das werde ich veranlassen! Keine Sorge! Schlafen Sie gut!"
Am nächsten Morgen werde ich wie gewünscht pünktlich geweckt. Im Toilettenraum nebenan mache ich eine Katzenwäsche und checke dann ohne Frühstück aus. Das Notfallzimmer kostet 25 DM, was ich eigentlich noch zu viel finde, aber das diskutiere ich nicht. Vor dem Hotel winke ich ein Taxi und fahre zur IHK. Meine Unterlagen hatte ich mir nicht noch einmal ansehen können. Egal, es würde auch so gehen, es ist ja nur Englisch. Das kann ich ohnehin fast im Schlaf. Als ich mit meinem gesamten Gepäck vor dem Wegweiser stehe und nach den Prüfungsräumen suche, kommt Ute, erholt und frisch, durch die Eingangstür. „Wie siehst du denn aus? Hast du die Nacht durchgemacht?"
„So ungefähr!", antworte ich und erzähle ihr meine Erlebnisse mit der Bahn.
Gemeinsam gehen wir vor den uns zugeteilten Prüfungsraum und warten. Es waren noch zwei Prüflinge vor uns dran. In diesem Moment kommt eine Mitarbeiterin der IHK und fragt: „Ist hier jemand, der heute zufällig auch noch in Französisch geprüft werden möchte? Es ist ein Prüfling krank geworden, und daher ist ein Prüfungsplatz frei geworden!"
Ich überlege kurz und melde mich dann: „Ja, ich würde gerne den Platz nehmen!"
„Spinnst du?" Ute sieht mich entsetzt an. „Oder hast du dich etwa auch schon für Französisch vorbereitet?"
„Nein, habe ich nicht. Aber noch einmal nehme ich diese Reise von Frankfurt nach Dortmund und den damit verbundenen Aufwand und das Risiko nicht in Kauf. Jetzt bin ich hier, da mache ich das in einem Abwasch!" „So ganz ohne Vorbereitung?"

Ute schüttelt den Kopf. „Na, eine Vier werde ich ja wohl hinbekommen. Sonst habe ich eh den Beruf verfehlt!" Ich reiche der Dame meinen Personalausweis und lasse mich für die Französisch-Prüfung eintragen. Ich sollte Recht behalten. Ich schaffe eine Vier! Das ist zwar nicht toll, aber bedeutet für mich die staatliche Anerkennung. Unter den gegebenen Umständen kann ich damit gut leben. Englisch bestehe ich mit einer zwei und somit fahre ich am späteren Nachmittag zufrieden mit dem Taxi zum Bahnhof und nehme den nächsten Zug zurück nach Frankfurt. Florian hatte ich nun gar nicht getroffen. Aber dafür hatte irgendjemand bestimmt irgendeinen Grund vorgesehen, den er mir irgendwann verraten würde!

In Frankfurt genieße ich das Stadtleben. Die Vielfalt, die mir dort präsentiert wird, steht in krassem Gegensatz zu dem eintönigen Dorfleben, mit dem ich groß geworden bin. Neben meinem Job als Exportsachbearbeiterin arbeite ich in dem Fitness-Studio, dessen Inhaber mir die Ausbildung zur Sporttherapeutin finanzierte, damit ich in seinem Studio Kurse geben kann – der Beginn meiner Sportkarriere! Alles ist anstrengend, aber neu und aufregend und ich beginne, mehr und mehr zu genießen, dass ich „frei" bin, zumindest unter der Woche! Auf Sahnetorte habe ich derzeit so gar keinen Appetit und das ändert sich auch nicht, obwohl ich aufgrund meiner Seminare an den Wochenenden auch das eine oder andere Mal darauf verzichten muss. Mehr als Florian lieb ist.

Jobtechnisch läuft es eigentlich rund. Ich werde befördert und innerhalb der Firma zum „Personal Assistant" des Vertriebsdirektors Verkauf Zentraleuropa – ich bin gerade 22 Jahre alt und mein neuer Chef 44! Wir verstehen uns auf Anhieb richtig gut und sind ein gutes Team. Bis er sich immer mehr auch außerhalb des beruflichen Alltags für mich zu interessieren scheint. Auch das genieße ich zunächst, weil wir sehr viele schöne Dinge

machen, wie beispielsweise auf einer Geschäftsreise in die USA mal einen Tag länger bleiben und privates Sightseeing und Shoppen dranhängen!
Er berichtet mir in unseren langen Gesprächen auch von den Problemen mit seiner Frau, die ständig nörgelt, weil er so oft unterwegs ist. Und je mehr sie jammert, umso lieber ist er weg! – Da war es wieder: DAS Muster!
Als er mir das „Du" anbietet, lehne ich das zur Sicherheit ab und bitte ihn, beim „Sie" zu bleiben.
Ich mag meinen Chef, der sich für mich als Art Mentor erweist, aber ich hätte mir niemals mit ihm etwas Intensiveres vorstellen können als diese Chef-Assistentin-Beziehung, die zwar schon freundschaftlich war, aber mehr nicht. Er schon.
Als mir das klar wird, weiß ich: Das ist das Ende meiner Karriere in dieser Firma in Frankfurt. Ich will weg!
Die Gelegenheit ergibt sich relativ zügig, denn im Frankfurter Fitness-Studio lerne ich – wie schon erwähnt – Richard kennen, zehn ahre älter als ich und auch nebenberuflich Fitness-Trainer. Da er aktuell arbeitslos ist und ich weg will aus meinem Job, haben wir sehr schnell einen gemeinsamen Traum: ein eigenes Fitness-Studio! Warum machen wir uns nicht selbstständig? Die Branche boomt, aber dass man dazu auch unternehmerisches Wissen braucht, daran denken wir nicht ernsthaft.

Die Entscheidung steht fest: Beim nächsten Besuch in meinem Heimatdorf konfrontiere ich Florian damit. Statt ihn zu umarmen, sage ich sehr direkt: „Du, ich habe jemanden kennengelernt und ich glaube, ich habe mich verliebt."

Er sagt nur: „Ok!" Und verschwindet!
„Wow, das war aber diesmal einfach!", denke ich.

Na ja, was hätte er auch tun sollen? Diskutieren? Ich hatte mich zwar schon darauf eingestellt, aber mein Entschluss ist unumstößlich!
Reisende soll man eben nicht aufhalten, aber er hätte es auch nicht können!

Von meiner Freundin Bella habe ich im Nachhinein erfahren, dass er einige Zeit daran zu knabbern hatte! Selbstverständlich hätte er mich nicht aufhalten können, aber sollte man denn nicht wenigstens den Versuch starten, um eine Beziehung zu kämpfen? Wann lohnte es sich, um eine Beziehung zu kämpfen? Wann kann man Reisende nicht nur überreden, sondern überzeugen, ein anderes Ziel zu wählen?

„Das Leben ist kompliziert", denke ich, aber in diesem Moment, in dem ich kurz beginne, über das Phänomen Liebe zu philosophieren, ist es mir ganz recht, dass dieser Schlussstrich so schnell gezogen werden konnte.

Das Leben würde sich mir sicher noch erschließen und sicherlich werde ich da noch irgendwann etwas schlauer ...

So denke ich! Ein frommer Wunsch!

Und außerdem hat das Leben oder derjenige, der für die Gründe zuständig ist, wegen denen Dinge passieren, für mich immer eine Überraschung parat:

Da ich mit Richard und dem Fitness-Studio aus Frankfurt wegziehe, wird natürlich auch mein Zimmer in der WG mit Ute nahe der Frankfurter Hauptwache frei. Ich gebe also eine Anzeige auf, in der ich nach einer neuen Mitbewohnerin suche.

Frankfurt Hauptwache, Zimmer in einer Mädels-WG! Erwartungsgemäß kommt eine Flut von Bewerberinnen, die ich sorgfältig aussortiere. Ich einige mich mit Ute auf zehn Bewerberinnen, die wir uns an einem Samstag der Reihe nach anschauen wollen.

Nach ziemlich anstrengenden ersten Terminen haben wir schon fast die Hoffnung aufgegeben, dass wir in Frankfurt auch normale Mitbewohner finden können. Entweder sehen die Mädels auf den ersten Blick aus wie Bordsteinschwalben oder Junkies oder beides.

Beim fast letzten Termin erscheint ein wirklich bildhübsches Mädel, das aussieht, als wäre es soeben einem Modemagazin entsprungen.

Ute und ich sind uns intuitiv einig, dass sie die richtige Kandidatin ist.

Sie ist hübsch, gepflegt und hat neben frisch manikürten Fingernägeln auch ein ordentliches Einkommen. Angeblich in einer Bar als Kellnerin. Wir schauen uns an und ich frage direkt: „Wann kannst du einziehen?", und Ute nickt mir unmerklich zu.

„Eigentlich sofort", antwortet sie. „Mein dämlicher Freund hat mich vor zwei Wochen ziemlich spontan vor vollendete Tatsachen gestellt. Angeblich hat er seine Traumfrau kennengelernt und zieht nun zügig aus Frankfurt weg! Daher will ich lieber heut als morgen bei ihm ausziehen. Wäre das möglich? Die Kaution hätte ich schon bar dabei!"

„Fein", sagt Ute, „ich drucke gleich mal eine Art Vertrag aus, und dann kannst du eigentlich am Montag mit deinen Sachen kommen!"

Während Ute sich am Computer zu schaffen macht, unterhalte ich mich noch kurz mit der „Neuen" und freue mich, dass wir doch noch eine nette und augenscheinlich normale junge Frau gefunden haben. Sie ist wirklich sympathisch, was in einer Zweier-WG durchaus nicht unwichtig ist.

Ute kommt mit dem Vertrag, das Mädel unterschreibt und blättert die Kaution auf den Tisch.

Wir sind alle sehr zufrieden und erleichtert. Beim Abschied sagt sie: „Ich freue mich so, dass ich so schnell etwas finden konnte. Jetzt kann mein doofer Ex mit seiner neuen Trulla in sein blödes Fitness-Studio ins Rheintal ziehen. Soll er mir doch gestohlen bleiben!"

Mir bleibt in diesem Moment fast das Herz stehen.

Ich konnte nicht wirklich glauben, was ich da hörte. What a small world, I don't believe that!

Mir wird spontan klar, dass wir uns unter all den möglichen und unmöglichen Bewerberinnen für Richards Ex-Freundin entschieden haben. Unsere „Neue" hier ist Richards „Alte" und ich werde innerlich blass, sage aber nichts dazu.

Später stelle ich Richard zur Rede und erzähle ihm die Sachlage.

„Ja, aber du warst nicht der einzige Grund für die Trennung, mach dir keine Sorgen!"

„Na dann bin ich ja beruhigt", antworte ich.

„Was war denn noch ein Grund für die Trennung?", will ich wissen.

„Na ja, der Job, den sie hat", antwortet Richard, „damit hatte ich ein Problem!"

„Echt? Sie arbeitet doch als Servicekraft?"

Richard lacht kurz sarkastisch auf „Ja, Servicekraft könnte man das auch nennen. Für diese Art von Service gibt es aber auch durchaus andere Bezeichnungen. Es könnte schon sein, dass sie den einen oder anderen Männerbesuch zu Hause empfängt oder mal öfters nachts nicht nach Hause kommt, weil sie ‚arbeitet'!"

Ok, jetzt wird mir klar, warum sie so viel Bargeld dabeihatte. JETZT mache ich mir Sorgen!

Aber alles, was ich jetzt noch für Ute tun konnte, war, sie über diese geänderten Voraussetzungen zu informieren.

Mein Leben hatte es aber wirklich faustdick hinter den Ohren!

Alles passiert aus einem Grund, aber vielleicht ja aus dem Grund, mich zu ärgern!

8
Die Erde bebt

Nach einer Woche in Rom Anfang Dezember fliege ich samstags zurück. Mein Flieger landet deutlich vor der geplanten Ankunftszeit, wie auch immer so etwas geht, denn der Abflug war planmäßig! Als ich vor dem Terminal stehe, ist Alex noch nicht da! Ich rufe ihn an und freue mich, seine Stimme zu hören und bekomme schweißnasse Hände!

Alexander ist noch auf der Autobahn. Also warte ich noch fast eine halbe Stunde, bis ich sein Auto endlich in die Einfahrt vom Terminal einfahren sehe. Er lächelt und wirkt irgendwie blass als er hält, wo ich mit meinem Koffer stehe. Er steigt aus und ich wäre ihm am liebsten in die Arme geflogen, aber er greift direkt nach meinem Koffer und wuchtet ihn in den Kofferraum. Also stehe ich nur regungslos da und sehe ihn an. Warum fühlt sich alles nur so unsagbar steif an?

Ich kenne diesen Menschen seit 15 Jahren, warum benehme ich mich wie beim ersten Date? Alex seinerseits ist relativ emotionslos, sieht müde aus und begrüßt mich fast tonlos mit einem Hauch von Kuss, der meine Lippen fast nicht berührt. Was ist los?

Die Kinder sind an diesem Samstag mit Johannes und Jasmin zu einer Laufveranstaltung unterwegs. Es ist niemand zu Hause, als wir ankommen, noch nicht einmal unser Hund, da dieser samstags immer mit meiner Freundin Sabine in die Hundestunde geht. Ich beginne, den Tisch für ein spätes Frühstück zu decken, doch obwohl ich an diesem Morgen noch nichts gegessen hatte, weil ich vor fünf Uhr das Hotel verlassen musste, habe ich weder Hunger noch Durst, sondern nur dieses blöde Gefühl in der Magengegend.

„Alex, du wolltest doch mit mir reden! Über meinen Brief oder so sagtest Du es doch letzte Woche. Also setz dich, und lass uns reden!", bestimme ich.

„Mamsi, lass uns doch erst mal frühstücken! Reden können wir heute Abend noch, du bist doch bestimmt müde!"

„Nein Alex, ich bin hellwach! Und JETZT reden wir!"

Ich sehe ihm direkt in die Augen. Sein Gesicht wird blass und seine Augen füllen sich mit Tränen, die ziemlich zügig die Wangen hinunterlaufen!

Mir wird eiskalt!

„Mamsi, dein Brief war sehr schön!"

„… Und weiter? Deshalb musst du doch nicht weinen!"

„Ich, … ich weine deshalb, weil ich … ich dir so einen Brief nicht schreiben kann!"

Ich erstarre! Was will er mir sagen – meine Gedanken fahren Karussell und mein Magen verweigert sofort jede weitere Nahrungsaufnahme!

„Hast du mich nicht mehr lieb?"

„Ich habe dich lieb, du wirst immer ein wichtiger Mensch für mich bleiben! Du bist ein ganz wundervoller Mensch und mein bester Freund! Aber … ich weiß nicht … nicht mehr … ob du der Mensch bist, mit dem ich den Rest meines Lebens verbringen möchte!"

Mein Magen entscheidet sich nun nicht nur für einen Aufnahmestopp, sondern möchte auch den bisherigen Mageninhalt wieder loswerden. Ich sprinte ins Bad.

Als ich mich einigermaßen von dem Schock erholt habe, taumele ich zurück ins Esszimmer, wo Alex immer noch am Tisch sitzt und gedankenverloren auf seinen Teller schaut.

Er lächelt mich an und zieht mich zu sich auf den Schoß!

„Was bedeutet das jetzt?"

„Ich weiß es nicht!"

„Wie, du weißt es nicht, du musst dir doch was dabei gedacht haben, bevor du mich mit so einer Hammerinformation konfrontierst?"

„Mh … ich habe in den letzten Tagen überlegt, ich glaube, ich habe mich verändert. Als wir uns kennenlernten, war ich noch

Student und jetzt bin ich Vertriebsdirektor. Da bin ich in einer ganz anderen gesellschaftlichen Position. Und …"

„… Und ich bin da wohl nicht mehr gut genug?", unterbreche ich ihn.

„So ein Quatsch! Du bist der Mensch, der mir all die Jahre die Kraft und die Inspiration gegeben hat, diese Karriere machen zu können. Aber ich habe festgestellt, dass du mir inzwischen gar nicht mehr fehlst, wenn ich unterwegs bin. Ich muss dich auch nicht ständig anrufen. Ich habe dann ganz andere Themen im Kopf und bin in einer kompletten Parallelwelt zu dir und den Kindern. Und dort bin ich glücklich!"

„Und hier nicht?", frage ich, ohne seine Aussagen wirklich zu verstehen.

„… Hier nicht mehr so wie früher!"

„Gibt es eine andere?"

„Nein … aber sicherlich kann es passieren, dass ich eine andere kennenlerne, wenn ich so oft unterwegs bin! Wir zwei haben uns ja auch irgendwann kennengelernt!"

Jetzt werde ich wütend: „Ja, aber da war ich nicht in einer Beziehung und du auch nicht! Wenn ich einen Partner habe, den ich liebe, dann bin ich für die Reize anderer nicht empfänglich!"

„Siehst du …", sagt er, „… das ist der Unterschied!"

Es verschlägt mir endgültig die Sprache und nun laufen mir die Tränen die Wangen hinunter! In irgendeinem Songtext heißt es: „Wenn der Boden unter den Füßen bricht, gibt es keinen Haltegriff!" Das fühle ich jetzt ganz deutlich. Ich fühle mich wie im freien Fall.

„Und das sagst du mir nun einfach so … mal eben?"

„Ja, dann hättest du mir nicht so einen Brief schreiben dürfen!"

„Und dann? Dann hättest du so weitergemacht und irgendwann wärst du einfach gegangen?

Schatz, ich habe dir diesen Brief geschrieben, weil ich gemerkt habe, dass etwas nicht stimmt. WIR sind verheiratet, da spürt FRAU, wenn der Partner sich von einem distanziert. Mein Bauch gibt mir immer klare Signale. Deshalb habe ich dir diesen Brief geschrieben. In einer Partnerschaft sollte man miteinander reden und nicht irgendwie nebeneinander her leben."

„Wir reden doch jetzt!", sagt Alex kleinlaut.

„Ja, aber nur, weil ich dich heute dazu gezwungen habe!"

„Ich weiß auch nicht, ich habe halt festgestellt, dass, wenn wir so weitermachen, bestimmt einer von uns beiden unglücklich ist!"

„Bist du unglücklich?"

„Ich weiß nicht!"

„Du hast immer gesagt, dass ich der Deckel zu deinem Topf sei! Wir waren doch immer die perfekte Symbiose! Was ist denn passiert?"

„Ich weiß es nicht!"

„Sag mal, was weißt du denn??" Allmählich werde ich wirklich wütend und springe auf von seinem Schoß, wo er mich bisher fest umklammert gehalten hat.

„Ich weiß, dass ich mich verändert habe! Ich bin jedes Jahr die Karriereleiter weiter hinaufgeklettert und bin nun mit 40 an einem Punkt, an dem es nach oben nicht weitergeht! Da stell ich mir die Frage: Wie soll es denn weitergehen? Bin ich mit der richtigen Frau zusammen, gibt es noch andere Ziele und so weiter!!"

„Und ...", frage ich, „zu welchem Ergebnis bist du gekommen?"

„Ich weiß es nicht!", sagt Alex nun zum wiederholten Male. Jetzt bin ich richtig wütend!

„DU bist derjenige, der MIR diese Frage im Rahmen meiner Jobplanung zigmal gestellt hat!! Sämtliche Seminare, die du besucht hast, hatten zum Inhalt, sich über seine Ziele klar zu werden! Sämtliche deiner Führungskräfte, die nach oben streben, bekommen von dir immer wieder die Aufgabe gestellt, sich über ihre Ziele, ihre Leidenschaft und ihre Prioritäten klar zu werden! Herausfinden, was einem wichtig ist! Herausfinden, für was man brennt!"

Ich renne hektisch im Raum auf und ab!

„Hast du dich bei dieser Persönlichkeitsentwicklung selbst vergessen? Gilt das immer nur für andere, oder warum kannst du dir selber diese Frage nicht beantworten?"

„Ich weiß es wirklich nicht! Ich weiß nicht, was ich will und WOHIN ich will! Ich kann mir halt nur nicht vorstellen, dass ich in fünf Jahren wieder auf dem Land wohne und mit dir in deinem Kuhdorf alt werde!"

„Du warst doch immer derjenige, der von einem großen Garten mit Bienenstöcken und Bach und all so'n Schnick-Schnack geträumt hattest ... tust du das jetzt nicht mehr?"

„Ich weiß es nicht!" Alex ist jetzt selber etwas blass um die Nase und sieht mich traurig an!

„Und wie geht es jetzt weiter?"

„Ich weiß es nicht!!!" Er seufzst und weicht meinem Blick aus. „Vielleicht sollten wir jetzt erst mal etwas trainieren gehen?"

„Alex, ich fasse es nicht! Du wirfst mir diese Hammerinformation an den Kopf und gehst danach zur Tagesordnung über?"

„Du hast mich halt gefragt und ich habe dir geantwortet!"

Ich entscheide mich, dass es keinen Sinn macht, an dieser Stelle weiter mit ihm zu diskutieren! Mein Traum, mit Alex alt zu werden, egal wo, hat sich soeben in Luft aufgelöst und er schlägt vor, jetzt erst mal zum Training zu gehen, obwohl meine Knie so weich sind, dass ich kaum stehen kann. Männer!

„Dann versprich mir bitte eins: Sei auch weiterhin ehrlich zu mir und rede mit mir! Und nicht erst, wenn ich darum bitte! Ich bin deine Frau, und du hast gesagt, auch dein bester Freund! Also rede mit mir über deine Gefühle! Zeitnah!"

„Versprochen!" Alex lächelt mich an und zieht mich zu sich und drückt mich ganz fest.

Ich beginne loszuheulen wie ein Schlosshund und drücke mein Gesicht an seine Brust!

Da fällt mir ein: Reisende kann man nicht aufhalten und ich selber hatte mir vorgenommen, niemals zu zeigen, dass ich leide! Also rappele ich mich auf, drücke ihn weg von mir und küsse ihn auf die Stirn.

„Ok, dann lass uns jetzt trainieren gehen!"

Ich kann an diesem Tag an nichts anderes mehr denken. Während des Trainings kreisen meine Gedanken nur um die Frage. Was habe ich falsch gemacht?

Warum hat sich unsere Beziehung verändert?

Warum bin ich nicht mehr seine Traumfrau? Er hatte mich einst auf Händen getragen, sodass es mir fast schon wieder zu viel war! Er hatte diese Patchwork-Familie, sein Nest und die Tatsache, dass ich ihm stets den Rücken freigehalten hatte, immer geliebt! Natürlich war er sehr oft weg, aber ich habe ihm NIE auch nur die kleinste Vorschrift gemacht, wann er zu Hause sein musste! Er hatte alle Freiheiten, seine Karriere voranzutreiben, nie habe ich gemeckert! Anders als andere Frauen habe ich ihn immer bestärkt! Natürlich war damit unsere gemeinsame Zeit sehr knapp in den letzten Jahren, aber wir haben ja auch nicht aktiv an unseren Schnittmengen gearbeitet, sondern an dem Ziel, eines Tages wieder ein Haus auf dem Land so umzubauen, dass wir darin alt werden können.

Nun muss ich mir sagen lassen, dass wir keine Gemeinsamkeiten außer den Kindern haben und dass wir zu verschieden sind und dass er hofft, jemand anderen zu finden, mit dem man sich mehr in gemeinsamen Hobbys verlieren kann, als er sich das bei mir vorstellen kann!

Ist das fair? Oder ist das einfach der Lauf der Dinge, den ich gar nicht hätte beeinflussen können?

Wie soll es weitergehen? Soll ich einfach abwarten und bis dahin zweite Wahl sein, bis er diese Person findet? Gibt es überhaupt so eine Person, mit der man auf ewig gemeinsam glücklich ist? Was ist Liebe und wie lange hält sie? Was muss man dafür tun?

Mein Kopf tut weh vom Denken!

Natürlich reden wir viel darüber in den nächsten Tagen, weil es mir einfach keine Ruhe lässt.

Aber alles endet immer wieder in Alex' Antwort: „Ich weiß es nicht und wenn wir noch mehr darüber reden, werde ich noch bekloppt!"

Also entschließe ich mich, noch mal einen Brief zu schreiben und es ansonsten einfach abzuwarten. Ich habe ohnehin keine andere Wahl.

Lieber Schatz,
ich habe von dir eine Information bekommen, die mich so ganz nebenbei unsere Zukunftspläne anzweifeln lässt ... und auch nachts nicht mehr schlafen lässt. Das müssen wir bitte noch einmal besprechen, ohne das Thema zu zerreden. Ich kann nicht ernsthaft weitermachen, als sei nichts geschehen.
Du sagtest, dass ich nicht die Person bin, mit der du dir vorstellen kannst, alt zu werden bzw. den Rest des Lebens zu verbringen. Das ist schon eine grundsätzliche Änderung gegenüber dem, was ich mir bisher so vorgestellt habe und vor allem auch, auf was ich hinarbeite.
Du sagst, dass du mich nicht mehr vermisst, wenn du allein unterwegs bist. Das bedeutet für dich, dass ich wohl nicht mehr diese Person für dich bin.
Ich mache auch viele Dinge alleine, ohne dich. Aber ich vermisse dich dabei. Dennoch habe ich mich nie beschwert oder dir einen Vorwurf gemacht.
Warum gehst du nicht mit, wenn ich in Cornwall spazieren gehe und liest lieber dein Buch? Warum gehst du nicht mal sonntags mit mir und dem Hund an den Rhein – warum findest du es doof, wandern zu gehen?
Würde ich mir wünschen, dass wir das gemeinsam machen? Die Frage hatte ich dir gestellt, als es um die Wochenenden ging, an denen du alleine nach Brandenburg fährst.
Ich kann dir die gleiche Antwort geben, wie du sie mir gegeben hast:
Anfangs fand ich es schade, aber nun ist es ok, weil ich weiß, dass du diese Dinge nicht so genießen würdest wie ich. Und ja, du fehlst mir oft insbesondere auf den Spaziergängen in Cornwall, aber ich akzeptiere das und genieße die Dinge alleine und will nicht, dass du dich für mich verbiegst, aber ich freue mich dann auch wieder auf dich und die Dinge, die wir dann gemeinsam tun (Essen gehen, Surfen, Sightseeing, etc.), da gibt es genug, was wir gemeinsam mögen.
Ich persönlich glaube nicht, dass man auf dieser Welt jemanden findet, mit dem man alle Dinge gemeinsam tun und sich ständig

in denselben Dingen verlieren kann. Ich glaube, dass es auch ganz wichtig ist, Dinge getrennt zu tun und mal mit sich alleine zu sein, auch wenn man sich in diesen Momenten einmal nach dem anderen sehnt, so ist es doch schön, sich dann wieder in einer gemeinsamen Schnittmenge zu treffen.

Ich hatte mir für das nächste Jahr fest vorgenommen, diese Schnittmenge aktiv zu vergrößern. In diesem Sinne hätte ich zwar Angst, eine Wochenendbeziehung einzugehen, wenn ich erst einmal alleine in drei Jahren zurück aufs Land ziehe und mich um das Garten-Café und die Eltern kümmere. Aber wenn wir aktiv an der verbleibenden Gemeinsamkeit arbeiten und die Schnittmenge auf anderer Ebene erhalten, würde ich diesen Schritt dennoch gehen.

Wir haben uns immer vertraut und es war unsere Stärke, dass wir nicht hintereinander hertelefoniert oder uns kontrolliert haben. Wenn du jetzt aber sagst, dass du dir nicht mehr sicher bist, ob du die gemeinsame Schnittmenge überhaupt langfristig vergrößern möchtest, müssen wir meines Erachtens die Planung dahingehend überdenken –, weil dies unser (bisher gemeinsames und langfristiges) Ziel miteinander alt zu werden, grundsätzlich verändert.

Ich bin wirklich nicht an einen Ort gebunden, auch wenn ich vielleicht die nächsten zehn Jahre aus verschiedenen Gründen auf dem Land verbringen werde. Allerdings war ich schon an die Idee gebunden, die Zukunft mit DIR zu verbringen, unabhängig von einem Ort, weil ich einfach gerne mit dir zusammen bin, auch wenn wir nicht alles zusammen machen. Ich genieße deine Nähe, unsere Vertrautheit, die Zärtlichkeit und Wärme, die ich bei dir sonst immer gespürt habe – die ich leider in der letzten Zeit sehr vermisse.

Denn ich habe den Menschen gefunden, mit dem ich vielleicht wirklich noch einmal etwas ganz anderes machen möchte, als was wir bisher überhaupt angedacht haben, wenn wir beide dazu Lust haben. Und wenn es bei dir anders ist und wir nicht an den Gemeinsamkeiten arbeiten, werden wir uns unweigerlich auseinanderleben.

Wenn du das Gefühl hast, dass das nicht alles gewesen sein kann oder dass es noch einen Menschen gibt, der dir das gibt, was ich dir anscheinend nicht geben kann, dann ist es nur eine Frage der Zeit, bis du das gefunden hast oder finden wirst.
Ich möchte nicht immer mit der Angst leben, dich vollständig zu verlieren. Ich möchte auch nicht abwarten, bis es irgendwann so weit ist und bis dahin deine zweite Wahl sein! Das raubt mir jede Energie. Das macht mich krank.
Aber eigentlich habe ich dich zum Teil schon verloren, das ist mir bewusst geworden. Wie wir damit umgehen, müssen wir noch einmal besprechen, wenn du deine Gedanken dazu sortiert hast. Ich weiß, du willst das vielleicht nicht hören, aber ich liebe dich.
Deine Florentine

Als ich den Brief zusammenfalte, beschließe ich, ihn irgendwann in den nächsten Tagen in Alexanders Arbeitstasche zu stecken!

Es geht mir besser, als ich dies geschrieben habe und ich werde mir nun sicher: Ich lasse ihm Zeit, versuche mich abzulenken und setze mir eine Frist und dann entscheide ich mich, ob ich ihm anrate, doch lieber auszuziehen, wenn er sich immer noch unsicher ist. Langfristig zweite Wahl sein, das will ich nicht. Und dass er langfristig im Zweifel ist, ein schlechtes Gewissen hat und unglücklich wird – das will ich auch nicht!

Ich lege den Brief in meine Schreibtisch-Schublade und blicke dabei auf ein gerahmtes Foto, das neben meinem Monitor steht! Es sind Alex und ich an unserem Hochzeitstag in Rügen am Strand, eng umschlungen und glücklich lächelnd die Wangen aneinanderhaltend!

Das war der Moment in meinem Leben, wo ich so unsagbar glücklich war! Aber war auch Alexander in diesem Moment glücklich? Auf dem Foto schauen wir Wange an Wange in der Dezembersonne am Strand von Rügen in die Kamera. Das Foto hatte Pepe damals von uns gemacht. Zum ersten Mal fällt mir auf, dass Alexander nur leicht lächelt. Er sieht zwar zufrieden aus aber seine blassblauen Augen sind eher emotionslos. Während ich über das ganze Gesicht grinse und meine blauen Augen förmlich strahlen.

Alles hat seinen Grund und ich war mir damals sicher, dass ich durch all diese Chaosbeziehungen gehen musste, um das, was ich nun mit Alex hatte, schätzen zu wissen! Ich bekomme wieder dieses warme Gefühl im Bauch, das ich bisher immer hatte, wenn ich an Alex denke! Im gleichen Moment wird mein Magen aber wieder flau, weil ja eben diese perfekte Beziehung gerade zu zerbrechen droht!

Ich starre lange auf das Foto, mit gemischten Gefühlen, und dann entscheide ich mich, sämtliche Fotos von mir und Alex, die sich im Laufe der Jahre an verschiedenen Stellen in unserer Wohnung angesammelt haben, abzunehmen. Was soll ich ständig an meine Traumbeziehung erinnert werden, ein glücklich lachendes Paar sehen, wenn er mich vielleicht bald verlässt? Ist unsere gemeinsame Zeit abgelaufen? Ich finde mich besser schnell damit ab, dass dies nicht so unwahrscheinlich ist. Ich verstaue alle Fotos, auch die von den Kindern, teilweise noch im Kleinkindalter, und stecke sie in unseren großen Ordner mit der Aufschrift: „Diverse Fotos". Unser Hochzeitsfoto ist das einzige, das stehen bleibt! Meinen Hoffnungsschimmer am Horizont erhalte ich mir!

Mein Büro sieht sofort ganz anders aus und auch die Wand im Flur wirkt kahl.

Jeder, der an diesem Tag in meine Wohnung kommt, fragt mich: „Hey, was ist los, wo sind die ganzen Fotos?"

Aber jeder akzeptiert auch meine Aussage, ohne weiter nachzufragen: „Ich hab halt mal aufgeräumt, die waren ja schon total alt und verstaubt!"

Als Alex an dem Abend nach Hause kommt, schaut er auf die leere Wand! „Was ist denn da passiert, wo ist die ganze Familie hin?"

Ich schaue ihn an, mein Magen krampft sich augenblicklich wieder zusammen.

„Ich weiß es nicht!", antworte ich.

Ein bisschen fühle ich mich wie in Erich Kästners Gedicht „Sachliche Romanze". Ein wenig umgedichtet auf meine Situation würde es in etwa so lauten:

„Als sie einander 15 Jahre kannten, und man kann sagen, sie kannten sich gut – da kam seine Liebe ihm plötzlich abhanden, wie anderen Leuten der Stock oder der Hut!"

Aber so ist es wohl auch bei Alexander. Aber warum kommt einem etwas abhanden? Doch nur, weil man es nicht wertschätzt, sich nicht kümmert oder nicht darauf achtgibt, denke ich!

Und dann? Was tut man, wenn einem etwas abhandenkommt? Versucht man denn nicht, es wiederzufinden? Oder akzeptiert man, fassungslos, dass es so ist, wie es ist?

Bei Erich Kästner geht es weiter:

„Sie waren traurig, betrugen sich heiter, versuchten Küsse, als ob nichts sei, und sahen sich an und wussten nicht weiter. Da weinte sie schließlich. Und er stand dabei."

9
Tanz auf dem Vulkan

Johannes Steigenberger wohnt in einer kleinen Stadt in der Pfalz und besitzt einen großen dunklen Neufundländer, ein echtes Wollknäuel mit Namen „Dallas". Endlich wieder ein Hund in meinem Leben.
Außerdem hat er eine kleine Praxis für Physiotherapie. Ganz im Trend der Zeit soll diese mit einem Fitness-Studio gekoppelt werden. Gleichzeitig hatte er begonnen, Kontakte nach Großbritannien zu einem Hersteller von Nahrungsergänzungen und „sports nutrition" zu knüpfen.

Mit der aufkommenden Welle des gesundheitsbewussten Lebens, der damals neuen Erkenntnis über Nährstoffe und mit der Öffnung der europäischen Grenzen, sollte es wohl möglich sein, höher dosierte Präparate in Deutschland als Lebensmittel zu verkaufen – so dachten wir.

Da viele orthopädische Erkrankungen auf dem Mangel an Nährstoffen basieren, war schnell unser neues Gesundheitskonzept geboren und ich für Johannes die perfekte Mitarbeiterin: Exportsachbearbeiterin, Fremdsprachenkorrespondentin und Fitness-Trainerin. DAS war das, war er brauchte. Für mich war dies meinerseits aber nicht anders. Hier konnte ich optimal meine bisher gelernten Fertigkeiten einsetzen und nach dem „Rauswurf" bei Richard suchte ich zudem ein neues Zuhause.

Johannes ist ein attraktiver, sehr engagierter, sehr energetischer Mensch! Wir sind sofort ein gutes Team, gründeten eine Vertriebs-Firma, haben sehr schnell sehr viel Erfolg!

... Und fallen tief!

Aber was unsere Beziehung angeht: Nein, ich bin nicht richtig verliebt! Noch nicht!

Aber ich fühle mich wohl bei ihm und zusammen mit Dallas waren wir schon fast eine kleine Familie, die sich dann auch ziemlich zügig vergrößerte.

In den kommenden fünf Jahren heiraten wir, gründen eine neue Firma und bauen die alte weiter aus. Meine Schwester, eine angehende Heilpraktikerin, zieht ebenfalls zu uns in die Pfalz und arbeitet bei uns im Büro neben drei weiteren Angestellten als Vertriebsassistentin und Sachbearbeiterin.

Parallel zu allen geschäftlichen Aktivitäten bekomme ich drei Kinder.

Als Erstes kommt Pepe 1995 in einem Krankenhaus unserer Kleinstadt zur Welt. Obwohl ich von Anfang an wirklich lieber zu Hause entbunden hätte, habe ich mich das beim ersten Kind nicht endgültig getraut.

Aber ich bleibe unter der Betreuung einer Hebamme sehr lange zu Hause. Abends um 23 Uhr gehen die Wehen los, zwei Wochen früher als geplant. Da es ja beim ersten Kind nicht so schnell geht, entscheide ich mich erst um vier Uhr, meine Hebamme anzurufen, die auch sofort zu uns nach Hause kommt.

Um 5:30 Uhr sagt sie: „Also, wenn du noch ins Krankenhaus fahren willst, dann solltet ihr jetzt losmachen!"

Widerwillig steige ich zu Johannes ins Auto, nachdem ich mich auf dem Weg dahin zweimal übergeben muss. Wir kommen ziemlich genau um sechs Uhr im Kreißsaal unseres Krankenhauses an. Eine ganz blöde Uhrzeit. Es ist gerade Übergabe. Ich stehe also, die stärker werdenden Wehen intensiv veratmend, in der Tür vom Kreißsaal, während Jo noch einen Parkplatz sucht und sage: „Ich glaube, mein Sohn hat es jetzt ziemlich eilig!"

„Ist es das erste Kind? Neeeee", sagt sie mit einem übertrieben lang gezogenen „e" und macht eine abwertende Handbewegung. „Die haben es meist nicht so eilig! Nehmen sie mal hier Platz, wir holen sie nach der Übergabe ab!"

„Entschuldigung ... ich würde gerne JETZT mein Kind bekommen und nicht erst nach der Übergabe!", stöhne ich wütend.

„Junge Frau, hier entscheiden wir, wann die Kinder geboren werden!"

Sie führt mich zu einer Liege und als ich mich setze, platzt die Fruchtblase!

Die Dame hilft mir, mich zu entkleiden und wird auf einmal sehr hektisch.

„Das Fruchtwasser ist grün! Bitte Schwester Kristina, rufen Sie schnell den Herrn Dr. Chefarzt, die Dame ist Privatpatientin. Hier kommt jetzt ein Kind!", ruft sie laut zu ihrer Kollegin.

„Sag ich doch!" entfährt es mir. Und dass es sogar ein Kind einer Privatpatientin ist kann ich mir gerade noch verkneifen.

Aber seit dieser sensationellen Erkenntnis der Hebamme sind meine Wehen wie weggeblasen!

Somit dauert es doch zwei wirklich qualvolle Stunden, einige intensive Diskussionen zwischen dem Chefarzt und der Hebamme sowie einen Dammschnitt mit anschließendem Dammriss, bis Pepe – inzwischen nicht weniger gestresst als ich – das Licht der Welt erblickt. Zu diesem Zeitpunkt ist meine Vagina dann durchgehend geöffnet. Aber das spüre ich in diesem Moment, voll mit Adrenalin und Endorphinen, nicht. Noch nicht!

Der Moment, in dem man das verschmierte Kind auf den Bauch gelegt bekommt, brennt sich in das Gedächtnis einer Mutter für den Rest ihres Lebens. Wenn ich das Gefühl „Glück" irgendwie beschreiben sollte, dann ist es dieses Gefühl, das man in diesem Moment erlebt.

So glücklich ich auch bin, als Pepe wimmernd auf meinem Bauch liegt, so sicher bin ich auch, dass ich solch ein Erlebnis nicht noch einmal in einem Krankenhaus erleben möchte.

Somit wird mein zweiter Sohn Julius bereits 18 Monate später zu Hause geboren.

Was kann eine Geburt emotional toppen? Nur eine Hausgeburt! Es ist wesentlich entspannter, familiärer, selbstbestimmter und ein unglaublich schönes Erlebnis.

„Das können wir sofort noch einmal machen!", stelle ich fest, als ich den kleinen Julius im Arm halte. Damit sollte es dann auch in der Tat schneller gehen, als ich mir vorgestellt hatte.

Kurz vor der Geburt unseres dritten Kindes müssen wir uns allerdings von einem wichtigen Familienmitglied verabschieden. Die Entscheidung, uns von Dallas zu trennen, treffen wir spontan, aber ganz bewusst. Er ist inzwischen zwölf Jahre alt und für einen Hund seiner Größe ist das schon fast ein biblisches Alter. Es bricht mir das Herz, ihn zunehmend leiden zu sehen, er kann nur noch schwer aufstehen und ganz schlecht gehen. Also begleite ich Johannes am Morgen dieser Entscheidung zu Fuß mit den Jungs im Kinderwagen und meinem hochschwangeren Bauch zum Tierarzt.

Vor der Türe verabschieden sich die Jungs liebevoll von Dallas. Er hatte sie immer beschützt und keinen Fremden zu nahe an den Kinderwagen gelassen, obwohl er sonst keiner Fliege etwas zuleide tun konnte.

Besonders Pepe wird sich später immer noch an diesen Moment erinnern: „Tschüss Dallas, vielleicht sehen wir uns mal wieder, wenn wir auch in den Himmel kommen! Das tun wir doch Mama, oder?"

Ich kann meine Tränen nicht mehr zurückhalten. Auch Jos Augen füllen sich mit Tränen und ich drücke seine Hand fester, bevor er sich abwendet. Ich schaue dem treuen Hund in die Augen und weiß, da wo er jetzt hingeht, geht es ihm besser. Ich wende mich ab und schiebe den Kinderwagen mit den Jungs heimwärts, während Johannes die Tierarztpraxis betritt.

Zwei Wochen später kommt auch Anna, weitere 18 Monate nach Julius – wir sind grad so schön im Rhythmus – ebenfalls zu Hause zur Welt.

Das erledige ich inzwischen mit der Hilfe meiner Hebamme und Johannes so routiniert, dass es ausreicht, meine Eltern mit den zwei Jungs auf einen Spaziergang zu schicken, während ich Anna bei uns im Bad zur Welt bringe.

Als die Jungs ganz aufgeregt vom Spaziergang zurückkommen, ist ihr kleines Schwesterchen da, das sie am liebsten gleich durch die Wohnung tragen möchten.

Anna wird somit zu einem sehr robusten jungen Mädchen und lernt von Anfang an, sich gut in der Männerwelt zu behaupten.

Ich habe auf jeden Fall mit der Geburt von Anna meinen persönlichen Hattrick erreicht: drei Kinder innerhalb von drei Jahren. Mein Familienglück ist perfekt.

Beruflich erleben wir in dieser Zeit den absoluten Untergang: Zeitgleich mit unserer Familienplanung führen wir unzählige Gerichtsprozesse, denn wir werden in Deutschland wegen Verstoß gegen das Arzneimittelgesetz angeklagt und führen dies über mehrere Jahre und Instanzen bis hin zum Bundesgerichtshof! Ein gemeinsames Europa heißt in Deutschland eben nur dann gemeinsam, wenn man sich nicht mit der Pharma-Industrie anlegt! Am Ende haben wir richtig – so richtig – Lehrgeld gezahlt, sind vorbestraft und fangen mit einem kleinen „Therapie- und Trainings-Treff" wieder von vorne an!

Wenn ich eines in dieser Zeit gelernt habe, dann ist es die Tatsache, dass sich die Welt immer weiterdreht, so furchtbar auch mancher Tag sich entwickeln mag. Die Sonne geht abends unter und am nächsten Tag geht sie wieder auf. Die Welt dreht sich, erbarmungslos, unaufhörlich. Das haben wir nicht in unserer Hand. Und genauso erbarmungslos sind wir dem ausgeliefert, was wir Menschen daraus machen.

Das Schlimmste in dieser Zeit ist – unabhängig von der finanziellen Schieflage – nicht nur die für mich ungeheuerlich ungerechte Auslegung der deutschen Gesetze, sondern auch die Häme und Schadenfreude der Öffentlichkeit, die uns aus den lokalen Zeitungen und dem Gerede in der Kleinstadt entgegenschlägt.

Aber ich habe gelernt: Davon stirbt man nicht. Wenn man es nicht zulässt, kann einem das gar nichts anhaben. Irgendwann wird es in jedem Dunkel immer wieder hell, das ist das Gesetz der Natur. Zumindest, wenn man körperlich gesund ist. Gut, zu viel Stress verursacht auch mitunter Befindlichkeitsstörungen, aber wir waren gesund und jung genug, den Mut nicht zu verlieren. Das bedeutete, wirtschaftlich von vorne anzufangen ... und das mit drei kleinen Kindern.

Das konnte unsere Beziehung nicht aushalten!!

So rechtfertige ich Johannes' vermeintliche oder tatsächliche Auswärtsspiele. (Er braucht ja ein Ventil!) Und ich bin mit meinen

Schwangerschaften und den Kindern so beschäftigt, dass ich im Bett nicht noch den doppelten Flick-Flack hinbekommen konnte! Damals hatte gerade die Schlagerwelle einen neuen Boom und Dieter Thomas Kuhn schwamm darauf ganz oben: „Eine neue Liebe ist wie ein neues Leben!" Johannes war voll dabei! Ich war keine Party-Maus mehr, sondern langweilige Mutter und Hausfrau und Sekretärin und Trainerin ... und müde!

Als Anna gerade geboren ist, setzen wir uns sehr vernünftig zusammen und überlegen, wie es weitergehen soll. Meine kleine, dunkle Welt wird in diesem Moment noch ein klein wenig dunkler. Aber inzwischen bin ich es gewohnt, Niederlagen einzustecken.

Außerdem hatte ich immer noch Kontakt nach London und meine indische Freundin Sunila hatte mir vorgeschlagen, mit den Kindern nach London zu kommen und dort in eine Doppelhaushälfte neben ihrer einzuziehen. Sie hatte inzwischen die Firma, in der ich damals ein Praktikum nach dem Abitur gemacht hatte, übernommen und somit hätte ich sogar noch einen Job in London. Das fand ich sehr toll! Gut, meine Eltern würden davon nicht begeistert sein, aber die Idee wuchs und so stimmte Johannes zu, dass ich mit den Kindern auswandere!

Ich war erstaunt und erleichtert! Aber diese Entscheidung währte nur eine Woche! Dann hatte er sich umentschieden und erklärte mir, er wolle mich und die Kinder zurück! Sollte es wirklich so schnell wieder hell werden, am Ende des Tunnels? Konnte das so einfach sein?

Zumindest schien es so, denn er sagte, er wolle um unsere Ehe kämpfen und es folgte das schönste Jahr unserer Beziehung!

Erst in diesem Jahr habe ich mich in ihn verliebt, oder zumindest erst dann wirklich oder in das Leben, das wir dann führen konnten!

Auch ich lebe bewusst für die Ehe und die Familie und unsere Beziehung. Wir haben ein gemeinsames Ziel, bereits gemeinsame Kinder und nehmen uns jetzt wieder mehr Zeit füreinander, nachdem in den Jahren zuvor alles andere wichtiger war.

Wir fahren gemeinsam mit den Kindern in den Urlaub und auch alleine übers Wochenende weg. Wir beginnen, über unsere Beziehung und über Gefühle zu reden und genießen das Zusammensein. Alles passt. Ich bin mir sicher, es ist richtig. Alles passiert aus einem Grund und die ganzen Widrigkeiten der vorherigen Jahre hatten den Sinn gehabt, dass wir nun wussten:

Das ist der Partner, mit dem ich alt werden will, auf den ich mich verlassen kann, mit dem ich eine tolle Familie habe. Ganz falsch liege ich mit meinen Überlegungen nicht!

Aber es kommt anders, als ich mir das so vorgestellt hatte.

Als wir in diesem Jahr mit den Kindern gemeinsam nach Lanzarote fliegen, meint Johannes beiläufig auf dem Hinflug: „Ich könnte mal gucken, ob ich noch einen Startplatz für den ‚Ironman' bekomme. Dann hätte ich zumindest in diesem Urlaub ausreichend Ausdauersport gemacht!"

„Das ist nicht dein Ernst, oder?", antworte ich.

„Mal sehen! Ist ja wahrscheinlich eh ausgebucht!"

Dass Johannes diesen Start bei dem härtesten Langdistanz-Triathlon der Welt ernsthaft in Erwägung zu ziehen scheint, kann nur an seiner (noch) mangelnden Erfahrung liegen und an seinem unglaublichen Dickkopf. Was er sich vornahm, zog er durch! Auch wenn man für diese Art von Wettkampf schon eine gewisse Vorbereitung braucht, war mir klar, dass dies keine fixe Idee war, sondern sein Plan.

Tatsächlich bekommt Johannes noch einen Startplatz!

Wir treffen die entsprechenden Vorbereitungen und nehmen am Tag vor dem Event mit den Kindern zum Auftakt im Club an dem „Ironman Sunrise-Morning-Fun-Run" teil. Es ist ein 5-km-Lauf, bei dem sich die Teilnehmer zum lockeren Warmlaufen treffen.

Johannes will mitlaufen, ich stehe mit den Kindern am Straßenrand und will ihn und die anderen Sportler anfeuern. Wir platzieren uns beim ersten Laufkilometer. Julius sitzt mit seinen drei Jahren im Babyjogger, während Pepe, inzwischen knapp fünf Jahre alt, mit Shorts und Sandalen neben mir steht. Die ersten Läufer kommen an uns vorbei und die Jungs und ich winken und feuern sie an. Als Pepe Johannes entdeckt, löst er sich von meiner Hand und rennt zu Johannes. Da Julius im Babyjogger sitzt, trabe ich ein Stück hinterher, gut, dass ich Laufschuhe angezogen habe.

ICH ja, aber Pepe nicht. Und wenn ich gedacht hatte, dass er nach 100 Metern wieder zu mir zurückkommt, so hatte ich mich gründlich getäuscht!

Pepe läuft stolz neben Johannes her. Die gesamten restlichen vier Kilometer. In Sandalen.

Und ich mit Julius im Babyjogger eben auch, während ich aufpassen muss, dass Julius nicht aus dem Jogger hüpft und vielleicht sogar barfuß mitläuft!

Als wir nacheinander im Ziel ankommen, empfangen mich Johannes und Pepe stolz:

„Papa hat gesagt, dass wir morgen Laufschuhe für mich kaufen gehen!" Pepe ist knallrot, verschwitzt und glücklich!

Somit kaufen wir am nächsten Tag das erste Paar Laufschuhe in der kleinsten Größe, die das Sportgeschäft zu bieten hat, aber Pepe passt. Obwohl Julius mit seinen dreieinhalb Jahren der festen Meinung ist, dass auch er nun in dem Alter sei, wo er Laufschuhe brauche, finden wir in seiner Größe leider hier keine. „Wir gehen in Deutschland für dich welche kaufen", vesuche ich den erbosten kleinen Dickkopf zu besänftigen. „Dann gehe ich aber auch erst in Deutschland laufen!" Er sieht mich herausfordernd an. Damit kann ich gut leben. „Versprochen?" frage ich. „Versprochen, ich geh mit Pepe und Papa laufen. Mit tans toolen Laufsuhen!" Julius strahlt.

Der Grundstein für die sportliche Karriere der Jungs ist gelegt.

Zu Hause versuche ich, den Familienalltag und meine beruflichen Aktivitäten in meinem eigenen Unternehmen sowie im Fitnesscenter bestmöglich unter einen Hut zu bekommen. Um mich wieder besser auf die Arbeit konzentrieren zu können und auch eine Entlastung im Haushalt mit den drei kleinen Kindern zu haben, entscheiden wir uns für ein Au-pair-Mädchen. Das klappt mit den ersten beiden Mädels – erst Irina aus der Ukraine und dann Laura aus Südafrika – auch recht gut. Dann kommt Lindsay aus Holland und gerade 18 Jahre, jung und blond.

Inzwischen haben wir eine sehr strenge Tagesroutine, was sich aber sehr bewährt, nicht nur, was die Organisation der Familie angeht, sondern auch den Rhythmus der Kinder.

Die Mittagspause, also die Zeit, in der die Kinder Mittagsschlaf halten oder besser gesagt Mittagsschlaf halten sollten, wenn sie den nächsten Tag noch erleben wollen, nutze ich immer im Büro, um Dinge zu tun, bei denen ich mich konzentrieren muss.

Deshalb setze ich diese Zeiten ziemlich konsequent durch.

Vor Lindsay war Laura 8 Monate lang bei uns. Laura war ein sehr mütterlicher Typ, kochte super und aß selbst auch entsprechend gern. Sie war mir daher in der Küche sehr gerne und sehr gut behilflich. Laura hatte es zwar nie so mit der Ordnung, aber die Kinder haben sie sehr gemocht und gekocht hat sie wirklich super!

In Lindsays Einstellungsgespräch betone ich dies daher und Lindsay versichert mir, dass auch sie einige Handgriffe in der Küche „gerne" machte.

Daher bin ich doch etwas erstaunt, als sie mich stotternd fragt, ob sie eine Anleitung bekommen könne, wie man denn die Nudeln zu kochen hätte, als ich sie in einer dieser Mittagspausen darum bitte.

Ich bin irritiert und gerade in meine Arbeit vertieft und blicke kurz auf und sage knapp: „Just take a big pot and add a spoonfull of oil and a bit of salt. It's easy; let them cook for ten minutes before you take them out."

Keine zehn Minuten später steht Lindsay wieder in meinem Büro: „The noodles are burning!!"

Ich springe auf und renne in die Küche, wo mich bereits dicke Rauchschwaden erwarten.

Im Moment, in dem ich denke: „Was zum Teufel tut dieser Rauchmelder, jedenfalls nicht seinen Job!", ertönt ein ohrenbetäubendes Piepsen, Pfeifen oder wie auch immer man dieses Geräusch nennen mag, das daraus resultiert, dass unser Rauchmelder nun aus dem Dornröschenschlaf aufgewacht ist ... die Kinder kurz danach natürlich auch!

Zu dem Gebrüll des Rauchmelders gesellt sich das Schreien der erschreckten Kinder.

Ich schnappe mir den brennenden Topf und renne nach draußen, wo ich ihn in hohem Bogen auf den Rasen pfeffere.

Als sich der Rauch legt, erkenne ich am Boden des Topfes eine schwarze Masse, die mal Nudeln gewesen sein könnte. Ungläubig starre ich auf das Werk meines Au-pair-Mädchens, das schuldbewusst neben mir steht.

„What the hell did you do there?"

Sie stammelt: „I did as you told me, put the noodles in the pot and added salt and oil to cook them for ten minutes. But already after five minutes they were burning!"

Es lebe der Induktionsherd!

„What about the water?", frage ich immer noch ungläubig.

„Oh, water? You did not tell me to add any water!"

Mir wackeln kurz die Knie. Nicht auszudenken, was passiert wäre, wenn ich den Topf nicht geistesgegenwärtig aus dem Haus gebracht hätte, sondern unter den Wasserhahn gehalten hätte!

Mir stockt der Atem. Ich erkenne: Es kann beim Kochen fatal sein, wenn man nur eine Zutat weglässt. Oder anders gesagt: Es ist fatal, wenn man das Selbstverständliche nicht erwähnt.

Also: Meine Anweisungen müssen präziser werden!

Aber obwohl ich dies in den nächsten Wochen Lindsay gegenüber versuche, hat sie nach nur acht Wochen die Nase voll von uns und wir von ihr.

Glücklicherweise zählt man in Deutschland mit drei kleinen Kindern aber als „kinderreich". Kinderpflegeschülerinnen dürfen nach der schulischen Ausbildung ihr Anerkennungsjahr entweder in Einrichtungen wie Kindergärten, Tagesstätten oder Ähnlichem machen oder aber in „kinderreichen" Familien. Somit finden wir relativ zügig einen Ersatz für Lindsay; sogar mit dem Vorteil, dass sie Deutsch spricht und nicht bei uns wohnen muss.

Die Unterstützung im hektischen Familienalltag ist also gerettet. Auch, wenn das wieder mit nicht unerheblichen Kosten verbunden ist, ist es immer noch billiger als eine private Tagesmutter. Wer hätte damals an solch tolle Erfindungen wie „Elterngeld" gedacht? Na ja, wir als selbstständige Unternehmer wären ja auch heute nicht in den Genuss des Elterngeldes gekommen, obwohl wir in Sachen Geburtenrate unsere Pflicht in Deutschland fast zweifach erfüllt hatten.

So sehr ich mich allerdings bemühe, die Stimmung in diesem „Beziehungs-Revival-Jahr" mit Johannes festzuhalten, es gelingt mir nicht. Es gelingt uns nicht. Wir sind zu verschieden. Johannes ist das Ganze sehr schnell zu langweilig, zu wenig, zu eng …! Bereits in unserem Lanzarote-Urlaub verbringt er viel Zeit an seinem Handy und hat ständig Ausreden dafür, lange Gespräche mit irgendwem führen zu müssen.

Wieder zu Hause, manifestiert sich mein Eindruck, dass eine andere Frau im Spiel ist, was er selbstverständlich sehr clever zu tarnen weiß – so denkt er.

Mein Körper – genauer gesagt mein Bauch – registriert viel eher, als es mir selber bewusst wird, dass etwas nicht in Ordnung ist. Natürlich muss Johannes nach wie vor lange und hart arbeiten, aber er bleibt oft wirklich lange im Geschäft und manchmal sogar über Nacht. Diesmal bricht eine Welt für mich zusammen!

Ich kann und konnte das nicht verstehen. Wir hatten es so sehr versucht! Ich hatte mir solche Mühe gegeben.

Warum brauchen Männer immer die Bestätigung von anderen? Was hat in der Beziehung zu mir denn nun schon wieder gefehlt? Gibt es überhaupt einen Ausweg aus diesem Muster, in das man immer und immer wieder zu geraten scheint?

Aber ich hatte mich ja in meiner Jugend bereits entschieden: Reisende soll man nicht aufhalten und als er mir offenbarte, dass er nun eine Frau gefunden hatte, die besser zu ihm passe als ich, wusste ich: Ich muss den Schalter umlegen.

Johannes wollte zu Karin ziehen – damals mit zwei eigenen Kindern und fünf Jahre älter als ich, und in meinem Augen eher unattraktiv und pummelig. Ich habe ihn ziehen lassen! Gegangen war er ohnehin schon.

Meine Freundin Bella war entsetzt: „Wie kannst du das zulassen? Hast du keinen Stolz? Du kannst doch nicht einfach einen Schalter umlegen und sagen: Ok, mach du nur!"

Doch, ich konnte! Und ich hatte Stolz und genau deshalb machte ich ihm KEINE Szene!

Außerdem hatte er sich mit Karin in meinen Augen deutlich verschlechtert. Das sahen auch alle anderen so! Was ihn mir zwar nicht zurückbrachte, aber irgendwie sehr beruhigte.

Es war ja außerdem schon das zweite Mal, dass ich ihn verlor und nachdem wir ein tolles Jahr gehabt hatten, was ihm nicht gereicht hatte, ist es nun endgültig:

Wir trennen uns! Aber ich leide, diesmal wirklich! Ich versuche, es ihm nicht zu zeigen!

Stattdessen suche ich mir ein Ventil.

Auch wenn sich dies mehr oder weniger zufällig ergibt. Im Rahmen unserer beginnenden Triathlonaktivitäten hatte ich im Verein eine Staffelmannschaft zur Langdistanz angemeldet.

3,8 Kilometer Schwimmen – 180 Kilometer Rad – 42 Kilometer Laufen. Als Mädel vom Land war klar, dass ich den Rad-Teil übernehme, auf dem Rad bin ich gut!

Johannes hatte den gleichen Wettkampf als Einzelstart gemeldet. Für ihn ist es der zweite Wettkampf auf der Ironman-Strecke, nachdem er den ersten ja auf Lanzarote mal eben so aus dem Ärmel geschüttelt hatte. Damals ist uns noch nicht bewusst, dass man für derartige Distanzen zumindest ein gewisses Maß an Vorbereitung braucht. Aber wir sind jung, fit, zäh und ambitioniert. Deshalb denke ich: „Was Johannes kann, kann ich schon lange", und als meine Staffelkollegen nacheinander absagen, melde ich um. Ich werde als Einzelstarter an den Start gehen! Ich war zwar noch nie eine so lange Strecke geschwommen, aber das konnte ja kein Hexenwerk sein.

Das mit dem Rad war relativ überschaubar, das würde ich schon hinbekommen und Laufen, na ja, das war noch nie mein Ding, aber mein Ziel ist: heil anzukommen. Und das gelingt mir tatsächlich sogar erstaunlich gut.

Zwei Tage später stehen mein Name und eine dicke Überschrift in der Zeitung:

„Statt Staffel ein Bravourstück!
1. SC-Neptun-Triathletin Florentine Steigenberger bei Langdistanz-DM auf Platz 5"!

Ich bin stolz! Das bei meinem eher zufälligen ersten Start. Das ist Balsam auf meiner geschundenen Seele und ich erkenne: Eine verblüffende Wirkung hat die Kombination von Wut, Trauer und Adrenalin! Mein Ventil war entdeckt, das wollte ich nun öfter machen!

Am Abend nach meinem glorreichen Erfolg als „Iron-Lady" beginne ich, mich erstmals wieder stark zu fühlen. Sport ist eben doch ein wenig Therapie.

Johannes bringt mich nach Hause und wir reden auf der ganzen Autofahrt zurück kein Wort. Zu Hause angekommen trägt er noch die Sachen mit ins Haus und will dann gehen, um wieder bei Karin zu übernachten. In der Tür halte ich ihn zurück.

„Jo", rufe ich, „ok, wir können es versuchen!"
„Was meinst du?", fragt er.
„Na das, was du vorgeschlagen hast. Wir trennen uns, bleiben erst mal verheiratet und erziehen die Kinder gemeinsam. Wechselseitig mit den Wochenenden und so. Wir können ja auch mal was gemeinsam machen!"
„Echt? Ja, das wäre schön!"
„Aber bitte versprich mir eins: Ich versuche es, aber wenn ich es nicht hinbekomme und daran zu Grunde gehe, dann suchen wir nach anderen Lösungen, ok?"

„Du wirst daran nicht zu Grunde gehen! Du bist eine Power-Frau! Nach all dem, was wir schon zusammen durchgemacht haben, bekommen wir das auch noch hin. Wir gucken, ob das klappt und wenn nicht, dann finden wir eine Lösung! Jetzt schauen wir erst mal!"
„OK!" Ich gehe auf ihn zu und nehme ihn in den Arm. Ich drücke ihn ganz fest und er erwidert die Umarmung! Einen letzten Moment genieße ich es.
Mein Bauch fühlt sich gut an und das ist immer ein gutes Zeichen.

Johannes zieht zu Karin und ihren zwei Kindern. Jedes zweite Wochenende habe ich somit frei, wie das bei Trennungen so üblich ist! Unter der Woche sind die Kids bei mir, Johannes kommt zum Mittagessen. Für die Sache mit dem gemeinsamen Sorgerecht hat er eine ganz eigene Auslegung. Im Grunde ist unsere Trennung eine Trennung ohne Trennung, denn wir verbringen fast an jedem Tag Zeit miteinander. Da ich aber keine Beziehung mehr mit ihm habe, bin ich dabei sogar deutlich entspannter und viel mehr ich selbst. Ich muss ihm ja nichts mehr vormachen oder irgendetwas tun, um ihm zu gefallen. Diese Zeiten sind ja vorbei. Daher verstehen wir uns sogar besser als vorher. Es ist schon verrückt.

Es beginnt eine sehr entspannte Zeit für mich, nicht nur weil ich jetzt jedes zweite Wochenende kinderfrei habe, sondern auch, weil ich endlich mal wieder Zeit für mich habe. Nur für mich, für niemanden sonst.

Im Lauf der nächsten Wochen werde ich mir sicher: Ich will keinen Mann mehr! Ich habe alles erlebt. Bin gerade 30 geworden und habe keine biologische Uhr, die tickt, sondern kann das Leben genießen, ich habe einen Job und eine Familie und zwei gesunde Hände!

Nein, einen Mann brauche ich nicht. Ich beginne, abends mal wieder auszugehen, mit Freunden oder meiner Schwester. Ich fühle mich frei und teste in dieser Zeit der Freiheit tatsächlich mal einen freudlosen One-Night-Stand und habe eine Art Affäre mit einem Piloten.

Aber es war immer klar:
keine Verbindlichkeiten, keine Verpflichtungen und kein Recht auf Exklusivität.

Den Piloten Carl lerne ich auf einer Party in Stuttgart bei Bella kennen bzw. am Morgen danach. Bella, frisch getrennt von ihrem Freund, hatte für ihre WG einen Mitbewohner gesucht, um die Miete in der Stuttgarter Innenstadt finanzieren zu können. Auf ihre Anzeige hatte Carl sich gemeldet, da er für seine Airline mal von Stuttgart und mal von München aus flog. Für ihn war die WG mit Bella perfekt, weil er Hotels hasste und so relativ günstig und bequem wohnte und weil Bella super gut kocht.

Carl ist gut zehn Jahre älter als ich und wir treffen uns in der Küche, als ich am Morgen nach der Party nur im rot karierten Pyjamaoberteil in der Küche stehe und verzweifelt auf der Suche nach einer Kopfwehtablette und einem kalten Getränk bin, als er von einem Nachtflug heimkommt.

„Oh, ich nehme an, du kommst aus Schottland? Dort tragen sie auch karierte Röcke mit nix drunter! Oh, du hast ja noch nicht mal einen Rock an, aber vielleicht machen die Schotten das mit karierten Hemden genauso."

Er lacht! „Hallo, ich bin Carl und von mir aus kann das so ohne Hose bleiben!"
Später besuche ich ihn fast regelmäßig, wenn ich in München beruflich zu tun habe, manchmal mit, manchmal ohne Hose! Auf jeden Fall aber ohne Verpflichtungen. Das ist Carl auch sehr recht. Er glaubt eh nicht an die Liebe und als Pilot ist er viel zu oft unterwegs, als dass er sich fest binden will. Er passt perfekt in das Klischee.

Als ich später Alexander kennenlerne, ist es für ihn überhaupt kein Problem, dass ich ihm mitteile, dass ich ihn nun weder mit noch ohne Hose mehr besuchen werde. Ich weiß nicht, wie man zu so einer entspannten Einstellung kommen kann, aber ich glaube, es liegt nur daran, dass man einfach DEN Menschen noch nicht getroffen hat, für den man brennt, sich ändert oder auch Kompromisse macht.

Aber auch Carl sollte auf diesem Gebiet später noch seine Meinung ändern, er weiß es nur noch nicht.

10
Lieblingsgrossfamilie

In der Vorweihnachtszeit gestaltet sich der wöchentliche Einkauf für unsere Großfamilie noch dramatischer, als er sich ohnehin in jeder Woche darstellt. Irgendwie ist in der heutigen Zeit der Single-Haushalte und Kleinfamilien niemand darauf eingestellt, dass man für eine achtköpfige Familie halt auch eine Menge Futter ranschaffen muss.

Ich finde mich also in dem üblichen Drama: Einkaufszettel mal wieder vergessen, im Supermarkt daher Zickzack gelaufen, da mir natürlich alles nur bruchstückhaft wieder eingefallen ist, einen übervollen Einkaufswagen schweißbeperlt zur Kasse geschoben!

Dort erhalte ich von den anderen Einkaufenden teilweise mitleidige Blicke, aber häufiger auch dumme Sprüche:

„Wollen Sie das alles alleine essen oder darf ich mich heute bei Ihnen zum Essen einladen?"

„Nein", antworte ich, „das esse ich alles alleine! Sieht man mir das nicht an?"

An der Kasse gibt es aber auch einige Personen, die genervt die Augen verdrehen, weil ich, nachdem ich drei Leute vorgelassen habe, dann endlich auch mal dran will.

Jeder, der meinen Einkauf sieht, stürzt sich dann schnell an eine andere Kasse, so bin ich wenigstens allein an meinem Band. Aber obwohl ich in Akkordgeschwindigkeit auflege, ist das Band voll und die Kassiererin beginnt zu scannen, bis an ihrem Ende dann auch alles voll steht und droht herunterzufallen, bevor ich hinten meinen Einkaufswagen vollständig ausgeräumt und alles aufs Band gelegt habe.

Wer hat eigentlich diese Art Kassensysteme erfunden? Das kann doch nicht funktionieren! Zumindest nicht für eine Großfamilie, aber die sind heutzutage wohl out!

„Bitte warten Sie mit dem Scannen, ich komme sofort mit dem Wagen vor!", bitte ich die Kassiererin, die sich dann schnaufend einige Minuten ihre bunten „Magic Nails" anguckt. Ich denke kurz: „Wie gut, dass man heute an der Kasse scannen kann und nicht mehr tippen muss. Sonst hätte diese Dame wohl ein Problem." Jetzt habe aber eher ich eines: Ich staple hinten alles übereinander und hoffe, dass nichts abstürzt und hechte nach vorn und schleudere die Artikel, die schon gescannt sind, wieder in den Einkaufswagen bzw. versuche, das alles schnell noch in meine Tragetaschen zu bekommen – keine Ahnung, ob die Rechnung am Ende stimmt, ich habe keine Chance, den Überblick zu behalten und ich verstehe auch nicht, warum die Kassiererin so einen Dampf macht! Wir sind doch nicht auf der Flucht!

„Ihr Einkauf war in Ordnung …?", fragt sie dann auch noch.

„Ja super … ich mache nix lieber! Einkaufen ist meine Lieblingsbeschäftigung! Das ist besser als Sex und sogar regelmäßig ein Mal pro Woche!"

Die Kassiererin lächelt gequält, antwortet aber nicht!

Also antworte ich stattdessen in bewusst nettem Tonfall: „In Ordnung wäre es gewesen, wenn Sie nicht den Geschwindigkeitsrekord im Großeinkaufscannen hätten brechen wollen, und mir etwas mehr Zeit zum Ausräumen gelassen hätten!"

Jetzt lächelt die Kassiererin nicht mehr, entgegnet aber auch nichts! Mir steht der Schweiß auf der Stirn. Denn im Winter, wenn man unweigerlich eine dicke Jacke trägt, ist diese Aktion nicht nur mental besonders nervig, sondern man ist hinterher auch genauso schweißgebadet wie nach einer Aerobic-Stunde! Etwas verlegen fragt sie mich: „Brauchen Sie den Kassenzettel, der ist aber sehr lang …" „Nein", antworte ich und kann mir gerade noch die lange Version verkneifen: „Nein, brauche ich nicht … 250 Euro wie jede Woche, das passt, da brauche ich keinen Kassenzettel. Ich habe ohnehin keine Chance, den zu kontrollieren, wenn ich an diesem Wochenende noch etwas anderes vorhabe! Und ich möchte auch keine Sticker, Figuren oder Treuepunkte!" „Na, des tät sich bei Ihne scho rentiere!", brummt die Kassiererin, ohne mich anzusehen. „Nein!", antworte ich bestimmt und ich frage mich, warum ich so wütend bin. Ich glaube, das Schlimme am Einkauf ist, dass man jeden Artikel zigmal anfasst! Jede Woche erneut, wie ein Kampf gegen Windmühlen: vom Regal in den Einkaufswagen, vom Einkaufswagen aufs Band, dann wieder in den Einkaufswagen, dann alles ins Auto, aus dem Auto wieder raus und in den Kühlschrank, der dann zwar kurzfristig voll ist, aber nach ganz kurzer Zeit und dem Überfall durch meine verfressene Familie wieder ganz schnell leer. Und der ewige Kreis geht von vorne los!

I love it! Und die Kids auch! Hauptsache, die sind glücklich, denn derzeit wird in meinem Leben alles diesem Ziel untergeordnet. Denn ich bin nicht nur ein Schwan, sondern in erster Linie auch eine Schwanenmutter!! Anders ist das nicht zu verstehen. Oder warum tut man sich das an – jede Woche wieder? Neidisch beobachte ich die Paare, die den Einkauf teilweise Hand in Hand gemeinsam machen und gemütlich von Gang zu Gang schlendern. Einige Frauen schienen es zu schaffen, ihre Männer zumindest am Freitagabend rechtzeitig nach Hause zu beordern und den Einkauf als gemütliches, gemeinsames Abendprogramm zu gestalten. Und die Männer schienen das auch noch gerne zu tun. Ich steige genervt in mein Auto und freue mich schon darauf, den ganzen Kram die Treppen hoch in die Küche zu bugsieren. „Das ist auch eine Art von Sport", denke ich, als ich auf dem Heimweg an einem Fitness-Studio mit bodentiefen Fenstern vorbeifahre, wo sich jede Menge Menschen auf den Cardio-Geräten quälen. Komischerweise sahen die aber nicht glücklicher aus als ich bei meinem Einkauf. Und sie taten es auch schließlich freiwillig ... aber ich ja eigentlich auch ... Und statt mich eine Stunde ins Fitness-Studio zu schleppen, um die Waage und den Kreislauf glücklich zu machen, schleppte ich halt Einkaufstaschen, um meine Familie glücklich zu machen. Und während ich noch darüber grüble, ob ich es irgendwann gedankt bekommen werde oder ob meine Schwanenfamilie es eigentlich zu schätzen weiß, klingelt mein Telefon. Es ist Julius. „Mama, ich komme gerade vom Training und habe ein Riesendefizit an Carbs!! Auf gut

Deutsch: Ich habe Huuuuunger! Wann gibt's Essen?" Und so mache ich einen Haken an meine Grübelei und weiß zumindest, dass die Schwanen-Mama gebraucht wird.

Bereits im Sommer hatten wir geplant, den Jahreswechsel in der Schweiz bei Freunden zu verbringen! Das wollten wir auch durchziehen! So wie wir ohnehin das Leben weiterhin so leben, als sei nichts geschehen. Es war ja auch angeblich nichts geschehen. Außer, dass ich jetzt wusste, dass ich nicht mehr Alexanders Traumfrau bin, genauer gesagt, dass er sich nicht mehr sicher war, ob ich seine Traumfrau bin. Wer war denn schon mit seinem Traumpartner zusammen?

Ich! Ich bin mit meinem Traumpartner zusammen und wollte das eigentlich auch nicht ändern.

Ich schlafe wenig zurzeit, weil ich gedanklich einfach nicht von diesem Horrorzenario loskomme! Man sagt: „Trauer ist physisch"! Vielleicht ist das ja mit Angst auch so? Ich habe Angst, Alex zu verlieren und bin traurig darüber, dass ich ihn zum Teil schon verloren habe. Diese Kombination aus Trauer und Angst spüre ich auf jeden Fall physisch. Alles tut weh. Mein Kopf, mein Körper und insbesondere mein Magen. Ich bin total verkrampft. Ich will Alex nicht verlieren und durfte jetzt keine Fehler machen!

Ich will eigentlich noch viel mehr mit ihm reden, weil ich einfach nicht verstehe, ob er nur sehr ehrlich und offen zu mir sein und seine aktuelle Gefühlslage schildern wollte oder ob er sich tatsächlich „ent-liebt" hatte. Ich traue mich aber nicht, ständig das Thema wieder anzusprechen.

Aber ich muss reden, um meine Gedanken zu sortieren. Daher telefoniere ich viel mit meiner Freundin Bella! Bella wohnt inzwischen in Stuttgart wieder mit einem Freund zusammen und das schon, seit Carl wieder zurück nach München gezogen war und sein Zimmer in der Wohngemeinschaft mit ihr aufgegeben hatte.

Ich kenne Bella aus meinem Dorf, wir gingen auf die gleiche Schule und haben später gemeinsam in der Dorfkneipe gearbeitet

und hinter der Theke hat sich zwischen Tequila und Partystress eine enge Freundschaft geschmiedet, die sich über all die Jahre auch über die Entfernung gehalten hat. Bella wurde meine Trauzeugin, als ich Johannes heiratete und später waren wir auch einmal mit Johannes und ihrem Freund zusammen im Ski-Urlaub. Bella und Johannes waren sich aber nie ganz grün und daher ist Bella von unserer damaligen Trennung nicht allzu sehr geschockt. Bei Alexander ist das anders. Dennoch macht sie mir Mut: „Das hört sich aber sehr nach Midlife-Crisis an!", stellt sie trocken fest.
„Das kannst du getrost aussitzen, der fängt sich sicher wieder!"
„Na, dein Wort in Gottes Ohren!"
Wir telefonieren häufig und lang, ich bin nun mal ein kommunikativer Mensch und einfach abzuwarten und den Dingen ihren Lauf zu lassen, das ist nicht wirklich mein Ding!
„Außerdem gibt es viele Fische im Meer! Vielleicht fängst du einfach mal wieder an, die Netze auszulegen!" Das war dann schlussendlich ein Rat, mit dem ich mich einigermaßen anfreunden konnte. Ja, Ablenkung ist nicht verkehrt!
Aber das konnte auch nur eine Notlösung sein und ein Rat von einer Frau halt! Wie sah ein Mann die Situation? Konnten Männer vielleicht eher verstehen, was in Alex' Kopf abging?
Ich muss mit einem Mann darüber reden! Ich frage Sebastian! Gut, wir hatten uns ja „nur" dreißig Jahre nicht gesehen oder gehört, aber in den letzten Wochen hatten wir einen regen WhatsApp-Kontakt und so wusste ich über ihn, aber auch er über mich einigermaßen Bescheid. Außerdem schien er den Trennungsschmerz inzwischen überwunden zu haben, sodass ich ihm die neusten Entwicklungen in meinem Liebesleben getrost zumuten konnte. Es bestand also nicht die Gefahr, dass er direkt wieder versuchte, die sich in meinem Leben auftuende Lücke füllen zu wollen. Stattdessen war er inzwischen ein langjährig glücklich verheirateter Familien-Vater, der auf die 50 zuging. Mein perfekter Ratgeber!
Also schreibe ich ihm eine kurze Nachricht, es war eh kurz vor Weihnachten, sodass ich das mit einem Weihnachtsgruß gut kombinieren kann:

„Hallo Basti, ich hoffe, es geht dir gut! Ich wünsche dir ein paar friedliche und entspannte Festtage und einen guten Rutsch ins neue Jahr. Alles Gute und Happy New Year! Ich bin leider nicht so happy und der Boden unter mir fühlt sich nicht mehr so fest an, wie ich mir das gewünscht hätte. Alex hat mir eröffnet, dass ich nicht die Frau bin, mit der er den Rest seines Lebens verbringen möchte, und er weiß nicht, ob er mich noch genug liebt oder wie lange wir noch zusammen sein werden. Na, das war mal 'ne tolle Nachricht in der Adventszeit! Ich hoffe, bei dir ist alles in Ordnung! Wir feiern jetzt erst mal Weihnachten, wie immer im Kreise meiner Patchwork-Familie, und dann sehen wir weiter! Liebe Grüße Flori!"

Ich klicke auf „Senden"! Während ich noch mein Handy anstarre und auf das kleine Foto in Bastis Profil, fällt mir ein, dass ich neulich beim Umräumen im Keller einen Karton mit alten Fotos gefunden hatte. Da müssten auch noch welche von Basti und mir dabei sein.

Ich gehe runter und krame in der Kiste. Schnell habe ich die 1984er-Fotos gefunden, obenauf ein Selfie von mir und Basti, ich in seinen Armen! Unverschämt jung und faltenfrei und er blond, blauäugig und süß, wie ich ihn in Erinnerung hatte!

Zurück in der Wohnung muss ich lächeln, als ich sein aktuelles Profil-Bild betrachte. Der „kleine Basti" ist zu einem seriösen Mann, nicht mehr sooo jung, nicht mehr sooo faltenfrei, aber eindeutig als Basti zu erkennen, geworden!

In diesem Moment kommt eine Nachricht von ihm:

„Wow, das haut mich um! Bisher hatte ich von euch den Eindruck, soweit man den aus der Ferne haben kann, dass er es ist, der dich mehr liebt! Hätte ich nicht gedacht!"

Ich antworte: „Ja, das ist es ja, solange ich ihn relativ auf Distanz gehalten habe und mir nicht ständig Sorgen um seine Liebe machen musste, solange ich selbstbewusst und stark auftreten konnte, so lange hat er mich auf Händen getragen. Jetzt wo ich es bin, die versucht, ihn zu halten, geht er auf Distanz! Ist das nicht verrückt? Was habe ich falsch gemacht? Warum gibt es immer wieder dieses verrückte Muster? Sind wir Menschen so verrückt?"

„Also, ich bin nicht so verrückt! Ich finde er hat in dir eine absolute Traumfrau, attraktiv, eigenständig, beruflich erfolgreich und ich verstehe die Argumentation nicht!"

Gut, da sind wir dann schon zu zweit und ich bin ja beruhigt, das aus dem Munde eines Mannes zu hören.

„Ich denke, du musst das aussitzen! Gib ihm Zeit, sich zu orientieren, und wenn du Glück hast, bist du es, für die er sich entscheidet. In der Zwischenzeit genieße dein Leben!"

Gut, da war er jetzt auch schon der zweite, der mir das riet und das fand ich jetzt weniger beruhigend. Es musste doch einen anderen Weg geben! Liebe ist anders!

„Oh weh, Geduld war nie meine Stärke", antworte ich. Ich wechsle spontan das Thema, weil mich meine Sorgen derzeit zu sehr nerven, als dass ich weiter darüber reden möchte.

„Hey, ich habe im Keller ein paar alte Fotos von uns gefunden!"

Es sind keine zwei Minuten, bis Basti auf diese Nachricht antwortet. „Hier, ich hab auch noch welche!"

Ich traue meinen Augen nicht – er schickt mir exakt die gleichen drei Fotos, die ich aus dem Keller mit hochgenommen habe und die nun vor mir auf dem Schreibtisch liegen.

Ich erschrecke mich fast ein wenig!

„Wow, wo hast denn du die so schnell aufgetrieben?"

„Die habe ich immer bei mir! Wir haben doch das ganze Leben noch Zeit, hast du damals gesagt. Na, und das ist ja noch nicht zu Ende, oder?"

Wieder erschrecke ich! Warum bekomme ich eine Gänsehaut. Ist es der Zufall oder ist es das Schicksal, das sich jetzt hier einmischt?

Also schnell Themawechsel:

„Sag mal, ich bin im März eine Woche in Hamburg, wollen wir uns nicht treffen?"

Jetzt dauert es eine Weile, bis er antwortet!

„Ja, gerne, du bist sicherlich in einem Hotel nahe der Messe, da können wir mal abends ein Bier trinken gehen!"

„Ja, sehr gerne!" Ich bin erleichtert, dass Sebastian direkt auf meinen Vorschlag eingeht und nicht irgendwelche Ausreden hat, was ich schon befürchtet hatte. „Sag mal, hast du in der Zeit nicht auch Geburtstag?", fügt er hinzu.

„Ja, stimmt, hatte ich ja fast vergessen! Dass diese Leute diese Messe auch ausgerechnet auf meinen 45sten legen müssen! Frechheit!", antworte ich, „und eine viel größere Frechheit ist, dass ich schon 45 werde! Ich kann das nicht so richtig glauben!" „Umso mehr ein Grund, dass wir uns treffen! Da haben wir dann gleich zwei Anlässe zum Feiern! Unser Wiedersehen nach 30 Jahren und deinen Geburtstag! Ich sag dir dann, ob ICH es glaube, dass du 45 bist! Ich freue mich!"

Ich stelle mir Sebastians verschmitztes Gesicht vor, als ich diese Nachricht lese. Ja, ich freue mich auch und nun habe ich erst recht eine Gänsehaut. Zusätzlich spüre ich mein Herz bis zum Hals! Warum? Ich treffe mich mit einem Jugendfreund, die Liebesgeschichte ist ja schließlich schon verjährt! Da ist doch nix dabei! Wir sind beide verheiratet, er sogar glücklich und immerhin schon fast 20 Jahre! Ich nehme mir mal vor, ihn zu fragen, wie er das über die ganzen Jahre so hingekriegt hat! Vielleicht verrät er mir ja sein Rezept!

Weihnachten verläuft wie immer und wie immer bei uns – schön:

Am Vormittag des Heiligen Abends schälen Alex, Jos Freundin Jasmin und ich an unserem Esstisch zehn Kilo Kartoffeln für die Klöße! Dazu hören wir Weihnachtslieder! Die sechs Kilo schwere Gans wird von Jo fachgerecht gewürzt und gekocht. Die Jungs gehen trainieren und Anna räumt die Bude auf und macht einen Spaziergang mit dem Hund.

Nach dem Kartoffelnschälen gehe ich mit Alex auch trainieren, da man in Vorbereitung auf das abendliche Mahl ja mal in Vorleistung gehen sollte, was den Kalorienverbrauch angeht.

Um wenigstens etwas in Weihnachtsstimmung zu kommen und auf Annas Wunsch und auch, weil es ja schließlich immer so gemacht wurde, gehe ich anschließend mit Anna in die Kirche zur Kinderweihnachtsfeier. Anna ist mit ihren fast 17 Jahren zwar kein Kind mehr, aber alle anderen Messen liegen zeitlich so doof, dass wir uns für die Krippenfeier um 16 Uhr entscheiden, damit wir dann um 18 Uhr unser ebenso traditionelles Weihnachtsessen stattfinden lassen können.

Wie immer an Weihnachten ist es schon ziemlich voll, als wir ankommen und wir setzen uns in eine Reihe zwischen zwei Familien, deren Kinder entweder gerade Süßigkeiten austauschen oder in Comics lesen, um sich die Zeit bis zum Beginn der Feier zu verkürzen.

Es herrscht eine ziemliche Geräuschkulisse: quengelnde Kinder, genervte Eltern, die es auch nicht für nötig halten, mal zu flüstern oder ihre Kinder dazu anzuhalten, sich in einer Kirche einigermaßen ruhig zu verhalten. Wie immer also an Weihnachten. Anna sieht mich gequält an. Die Zeit, in der wir in so eine Krippenfeier gehen sollten, ist wohl endgültig vorbei: „Mama, ich bin, glaube ich, schon zu alt für so was!" „Ja, ich glaube auch! Hier kommt jedenfalls keine Weihnachtsstimmung auf", antworte ich, als mir eine Mütze, die ein Junge aus der Reihe hinter mir wirft, an den Kopf fliegt.

Der Kinderchor gibt sich jedenfalls vorne inzwischen alle Mühe! An die nur ungefähr 30-minütige Krippenfeier schließen sich gefühlte weitere 30 Minuten Danksagungen an alle Beteiligten für diese feierliche Weihnachtsfeier an. Dennoch bleibt uns bis zum Abendessen noch genügend Zeit. Also schlage ich Anna vor, noch in den Dom zu gehen, um eine Kerze anzuzünden und ein wenig zur Ruhe zu kommen, nach diesem Gewusel.

Im Dom ist alles feierlich geschmückt. Wir knien uns ganz hinten in eine Bank und ich beginne zu beten. Ich bin katholisch erzogen und daher hat auch das Tradition, aber nun stutze ich

erstmals. Um was soll ich bitten? „Lieber Gott, mach, dass alles gut wird"?
Mir geht's doch gut, ich bin gesund, die Familie ist zusammen, alle verstehen sich, es gibt keine Probleme. Ich sollte dankbar sein. Und dennoch bin ich unzufrieden, weil meine heile Welt gerade ins Wanken gerät, weil mein Mann seine Lebensziele geändert hat. Also was will ich eigentlich, das „gut" werden muss? Wie definiere ich „gut"? Ist Alex nicht nur ein kleiner Teil in meinem Leben, in dem sonst alle Komponenten eigentlich in Ordnung sind? Wäre es so schlimm, wenn er ginge? Ich bin verwirrt und außerstande, noch ein ordentliches Gebet zustande zu bekommen! Also danke ich Gott kurz für das, was ich habe und sage knapp: „Gott, Du wirst es schon richten! Alles passiert aus einem Grund und irgendwann werde ich den vielleicht verstehen."

Als ich mit Anna wieder zu Hause ankomme, weht uns schon im Treppenhaus der vertraute Geruch der Weihnachtsgans entgegen! Anna lächelt mich an: „Mama, jetzt bekomme ich Weihnachtsstimmung!" „Jap", sage ich, „und Hunger!"

Alex hat bereits den Tisch gedeckt, wie immer an Weihnachten mit der Weihnachtstischdecke und dem guten Geschirr! Jo steht in seiner Küche und formt zusammen mit Jasmin die Klöße. Er ruft: „Alle antreten zum Anstoßen!"

Wir treffen uns alle, die Kinder Pepe, Julius und Anna sowie Alex und ich mit Jo und Jasmin in deren Küche! „Die Klöße brauchen noch zehn Minuten. Also lass uns anstoßen und dann ran an die Gans!" Jo füllt Champagner in alle Gläser und wir stoßen an.

Frohe Weihnachten, meine Lieblingsfamilie! Alex schaut mich nur ganz kurz an und während Jasmin und Jo sich küssen, führt Alex schnell sein Glas zum Mund! Mein Magen hat wieder vor, flau zu werden, fängt sich aber schnell wieder! Heute ist Weihnachten, da wird nicht nachgedacht! Ich blicke in die Runde: meine Lieblingsfamilie ist bestimmt die ungewöhnlichste Familie weit und breit und wer weiß, wie oft wir noch in dieser Konstellation

Weihnachten feiern würden! Pepe ist fast 20, Julius 18 und Anna fast 17. Bald würde es sie in die Welt hinausziehen, obwohl sie sich derzeit noch als ziemliche Nesthocker entpuppen. Alle drei sind inzwischen in einer festen Beziehung, gut, Julius erst ganz frisch, aber Pepe schon fast zwei Jahre und Anna seit über einem Jahr. Sie ist jetzt so alt wie ich damals, als ich mit Basti zusammen war und die große Freiheit wollte. Anscheinend habe ich in der Tat als Schwan nun auch Schwanenkinder! In der heutigen Zeit wohl eher ungewöhnlich, aber ich bin stolz auf die Bande!

Ich weiß nicht, wie oft wir schon in dieser Runde Weihnachten gefeiert haben, gut, Jos Freundinnen haben immer mal gewechselt, aber Alex gehört seit 15 Jahren zur Stamm-Besetzung in dieser Variante von „Ich heirate eine Familie-XXL", nämlich mich mit den drei Kindern, inklusive Ex-Mann, dessen Freundinnen und manchmal auch deren Kinder.

Ich weiß auch nicht, wie lange sich diese Patchwork-Familie noch hält, aber eins weiß ich: Das mit den Kindern haben wir auf diese Weise verdammt gut hinbekommen! Es war für uns als Erwachsene, als Ex-Partner oder als neue Partner zwar nicht immer leicht, aber wir haben es immer geschafft, unsere eigenen Animositäten zum Wohle der Familie in den Griff zu bekommen. Wir haben den Kindern, die sehr wohl wissen, dass wir Erwachsene uns nicht immer ganz grün waren, ein Nest geben können. Sie sind trotz aller Widrigkeiten in einer stabilen Atmosphäre groß geworden. Sie haben gelernt, über Probleme konstruktiv zu reden und sie haben gelernt, zu streiten und sich wieder zu vertragen. Und sie haben gelernt, dass die Familie immer für einen da ist. Einer für alle – alle für einen! Wir können uns alle, wie wir da sind, blind aufeinander verlassen und würden füreinander durchs Feuer gehen. Das können nicht viele von sich behaupten. Ich bin stolz auf meine Lieblingsfamilie!

„Auf die Weihnachtsgans, ich hab jetzt richtig Hunger", unterbricht Pepe meine Gedanken und stürzt ebenfalls den Champagner runter! „Bääähh – was ein Gesöff!"

„Bist du ein Mann oder ein Männchen!", schimpft Jo, „also los – Essen fassen!"

Wir transportieren alle zusammen die Gans und die Klöße in die Küche der Wohnung von Alex und mir. Dort hatten wir schon das Rotkraut gewärmt und den Nachtisch vorbereitet. Während des traditionellen Essens sind alle still und genießen! Nur Pepe spricht mit vollem Mund: „Mensch, ich kann mir nicht vorstellen, dass Weihnachten auch anders gehen kann! Bei uns ist das immer super! Und lecker!"
Oh du fröhliche Weihnachtsgans!

Nach Weihnachten beginnt es zu schneien und im Radio wird immer wieder von „besten Schneeverhältnissen" in den Bergen berichtet.

„Ruf doch mal in unserem Ski-Hotel an. Vielleicht bekommen wir dort spontan ein Zimmer und können das Wochenende in Österreich an unseren Besuch bei Elena und Mike in der Schweiz dranhängen! Es liegt ja quasi auf dem Rückweg!", meint Alex.

Ich stutze. Aber selbstverständlich freue ich mich über diese Idee! Hatte er sich jetzt doch entschieden, unsere gemeinsame Schnittmenge zu vergrößern? So ein Wochenend-Trip ist ja auch nicht billig und normalerweise hätte ich geantwortet; „Ach komm, wir wollten doch sparen!" Aber diesmal mache ich das natürlich nicht, sondern buche ein „nicht ganz billiges" Zimmer in unserem Lieblingshotel!

Nach dem gemeinsamen Weihnachtsfest fahren Alex und ich nun also zunächst drei Tage zu unseren Freunden Mike und Elena in die Schweiz, um mit den beiden und ihrem kleinen Sohn Silvester zu feiern! Wegen des kleinen Sohnes, der gerade knapp drei Jahre alt ist, gehen wir nicht aus, sondern verbringen den Abend zu Hause. Der kleine Mann wird nach dem gemeinsamen Abendessen –obwohl er etwas Widerstand leistet – ins Bett gebracht, nachdem er uns bei Tisch ordentlich aufgemischt und abwechselnd bei jedem von uns einige Minuten auf dem Schoß gesessen hat. Als seine Mama dann mit ihm hoch ins Kinderzimmer geht, um ihn ins Bett zu bringen, sind wir alle mit den Nerven am Ende! „Und ihr habt nur EIN Kind", sage ich lachend zu unseren Freunden. „Ich hatte das Ganze mal DREI!" „Ich weiß nicht, wie du das geschafft hast! Meine Nerven lassen definitiv kein weiteres Kind zu", antwortet Elena bestimmt.

Ehrlich gesagt, weiß ich das heute auch nicht mehr und ich bin ziemlich froh, dass meine Kinder inzwischen aus diesem Alter heraus sind, in dem sie mich jede Minute auf Trab gehalten haben. Einen Moment lang liegt es mir auf der Zunge zu sagen: „Genieße die Zeit. Sie geht so schnell vorbei. Schwupps sind die Kinder aus dem Haus!" Aber ich sage es nicht, weil ich weiß, wie sehr ich mich immer darüber geärgert hatte, wenn man dies zu mir sagte. Schlussendlich stimmte es zwar, dass die Jahre wie im Fluge vergingen, aber danach zurück, als die Kinder klein waren, sehnte ich mich in der Tat nicht. Vielmehr hatte alles seine Zeit! So wie es schon in der Bibel stand. Und so war es gut! Man musste es ohnehin nehmen, wie es kommt.

Nachdem Elena den Kleinen „eingeschläfert" hat, hocken wir alle etwas müde am Tisch, und verbringen die restlichen Stunden bis zum Jahreswechsel mit Monopoly spielen und Gin trinken. Als es Mitternacht ist, stoßen wir kurz auf das neue Jahr an und während Elena und Mike wild knutschen, bekomme ich von Alex einen Kuss auf die Stirn, der mir das Herz zusammendrückt. „Lass uns bitte direkt ins Bett gehen", bitte ich ihn und weiche seinem Blick aus. „Schließlich wollen wir ja morgen früh nach Österreich aufbrechen!" So wird das die kürzeste Silvesterfeier seit langer Zeit!

Im Bett kuschele ich mich an ihn und in Vorfreude auf die nächsten Tage, in denen ich quasi endlich mal wieder durchgehend und alleine mit ihm zusammen sein werde, drücke ich mich fest an ihn! Ich merke an seiner körperlichen Reaktion, dass auch ihm das nicht unangenehm zu sein scheint. Aber er rückt ein Stück von mir weg und dreht sich auf seine Seite des Bettes.

Mein Magen bekommt wieder dieses doofe Gefühl! Warum wendet er sich ab? Ich gehe in die Offensive:

„Schatz, wenn es dir schwerfällt, mich in den Arm zu nehmen, dann brauchen wir auch gar nicht noch übers Wochenende wegzufahren! Fällt es dir schwer, mit mir zusammen zu sein, oder warum drehst du dich um?"

Er wendet sich wieder zu mir und lächelt mich an. „Nein, es fällt mir nicht schwer, dich in den Arm zu nehmen. Ich hab dich doch gern, sehr gern sogar!"

„Na, das ist ja beruhigend!", erwidere ich schnippisch.

„Warum willst du dann nicht mit mir kuscheln, ein Teil von dir will das nämlich sehr wohl!"

„Mamsi, ich will dir nicht weh tun! Das war ernst gemeint, was ich dir neulich gesagt hab."

„Ja, und weiter? Das habe ich verstanden!"

„Ich möchte halt nicht, dass du denkst, es ist alles wieder in Ordnung, wenn wir miteinander schlafen! Eines Tages gehe ich vielleicht und dann tut es nur noch mehr weh!"

Ich bin entrüstet: „Weißt du was? Wenn du so tust, als sei ich Luft –, DANN tust du mir weh! Wenn du erwartest, dass ich jetzt mit dir lebe wie Bruder und Schwester, nur weil du grad nicht mehr weißt, was du willst und ob du mit mir alt werden willst. Wenn du beschlossen hast, ab sofort abstinent zu sein, dann sage ich die Reise morgen ab und du kannst dir bitte ab sofort eine neue Wohnung suchen!"

Ich schnappe mir meine Bettdecke und stampfe wutschnaubend aus dem Raum und lege mich ins nunmehr leere Wohnzimmer. Ich bin nun froh, dass unsere Freunde auch direkt schlafen gegangen waren. Auf dem Sofa im Wohnzimmer versuche ich zu schlafen, aber ich bin viel zu sehr emotional aufgeladen, als dass ich das könnte!

Nach ungefähr einer Stunde finde ich das ziemlich albern und krieche zurück ins Gästezimmer. Inzwischen habe ich mich etwas beruhigt. Alex liegt auf seiner Bettseite und ich rutsche von hinten an ihn heran. Er fasst meinen Arm und drückt meine Hand, ohne sich zu mir umzudrehen.

„Schatz, ich hab dich lieb, aber ich hab es verstanden, glaube mir! Ich möchte dennoch mit dir kuscheln, ich weiß, dass sich die Dinge verändert haben, glaub mir, wenn du gehen willst, dann gehst du! Reisende kann man nicht aufhalten – das weiß ich, seit ich 16 bin!

„Dann ist ja gut", murmelt er und schläft in meinem Arm ein.

Es ist aber tatsächlich so, wie Alex mir angedeutet hatte, ich beginne zu glauben, dass doch alles in Ordnung ist. Wir fahren weiter nach Österreich und haben wundervolle entspannte Tage, gemeinsame Gespräche, tolles Essen, wundervollen Sex. Was sollte also bitte an dieser Beziehung nicht in Ordnung sein?!

Dass nicht alles in Ordnung ist, merke ich schnell, als zu Hause der Alltag wieder beginnt. In den Tagen bis zum nächsten Wochenende kommt Alexander spät heim. Wenn er zu Hause ist, hat er sein iPhone fast ständig im Blick oder es liegt verkehrt herum auf dem Schreibtisch, sodass man ankommende Nachrichten nicht sehen kann. Er bekommt früh morgens Nachrichten und spät abends. Es macht mich stutzig und meinen Magen auch!

Alex fährt bereits wenige Tage später wieder zum Skifahren mit seinen Kollegen. Er ist einige Tage weg und er meldet sich nicht bei mir. Mein Magen verträgt das überhaupt nicht! Wie kann er mir ein Gefühl der vollständigen Geborgenheit geben und dann bin ich aus den Augen und aus dem Sinn?

Es ist für mich unerklärlich und bereitet mir schlaflose Nächte, so sehr ich es auch tagsüber zu verdrängen versuche. Meine Augenringe sind inzwischen mit Make-up, das ich ohnehin nicht gerne auftrage, nicht mehr zu verdecken. Manchmal erschrecke ich mich selber, wenn mir meine leeren Augen morgens aus ihren dunklen Höhlen im Spiegel entgegensehen. Tiefe Furchen haben sich in meine Stirn gegraben. Wenn ich bisher nicht glauben konnte, dass ich 45 Jahre alt bin, jetzt kann ich es. Wenn ich mein Spiegelbild betrachte, würde ich mich sogar gute zehn Jahre älter schätzen, wenn ich ehrlich bin. Ich fühle mich furchtbar. Zu dünn, zu faltig, zu elend. Ich habe nun schon viele Krisen im Leben meistern müssen, warum geht es mir diesmal so verdammt an die Substanz? Und viel schlimmer: Bei meinem derzeitigen Spiegelbild musste Alex ja davonrennen. Ich kann ihn ganz gut verstehen.

Ich berichte Sebastian alle meine Sorgen per Nachrichten-Chat. Fast täglich schreiben wir mehrmals. Und wenn wir einmal nicht schreiben, fange ich an, das sofort zu vermissen. Meist muss ich allerdings nicht lange warten und es wird zur Gewohnheit, dass ich eine „Guten-Morgen-Nachricht" und eine „Gute-Nacht-Nachricht" bekomme … So wie ich mir das von Alex wünschen würde!

Es tut mir gut, dass Sebastian nach wie vor von mir begeistert zu sein scheint und mir mit Komplimenten schmeichelt. Das ist Balsam auf meiner wunden Seele.

Seine Nachrichten ziehen mich in seinen Bann. Warum bin ich davon so fasziniert? Sind es die Komplimente? Ist es die Neugier? Oder ist es die Tatsache, dass ich das Gefühl habe, ihm immer noch sehr nahe zu sein? Oft spricht er mir aus der Seele und seine Worte tun mir so gut. Fast habe ich das Gefühl, bei einer Gute-Nacht-Nachricht schreiben zu müssen. „Gute Nacht, ich hab dich lieb!" Das ist doch verrückt! Ich habe ihn seit 30 Jahren nicht gesehen oder gehört und erst seit Kurzem wieder Kontakt. Man kann sich doch nicht in Nachrichten verlieben!

Als Alex nach seinem Ski Ausflug heimkommt, kann ich meinen Zynismus nicht zurückhalten. „Schön, dass du dich mal gemeldet hast!"

„Mamsi, ich bin doch nicht so der Nachrichten-Schreiber, das weißt du doch!"

„Ja, ich weiß, dass du MIR keine Nachrichten schreibst. Ansonsten hast du das in der letzten Zeit nicht gerade wenig gemacht. Also, ich habe schon den Eindruck, dass du gerne Nachrichten schreibst …! An wen auch immer!"

11
Fels in der Brandung

So frei wie nach der Trennung von Jo habe ich mich lange nicht gefühlt. Ich bin angekommen, ohne dort angekommen zu sein, wo ich hinwollte. Ein komisches Gefühl, aber ich habe eigentlich alles, was ich wollte, nur eben etwas anders, ohne richtigen roten Faden, aber auch gut! Drei tolle, gesunde, hübsche, intelligente Kinder, zwei gesunde Hände zum Arbeiten, ein kleines, zwar mäßig laufendes, Übersetzungsbüro mit wechselnden Aufträgen, einen Job als Kursleiter in Jos Fitness-Zentrum, der mir nach wie vor viel Spaß macht, keine biologische Uhr, die mich mahnt, an die Gründung einer Familie zu denken, denn die habe ich ja schon, einen Noch-Ehemann, der zwar abtrünnig ist, aber sich sehr um die Kinder kümmert und mir jedes zweite Wochenende die Freiheit einräumt, mich einmal nur um mich und meine Hobbys zu kümmern. Welche junge Mutter hat schon diesen Luxus? Ich bin mit Freundinnen und meiner Schwester auch oft abends unterwegs: Meine Schwester war damals aus dem Dorf zu uns in die Pfalz gezogen, um als Vertriebsassistentin in unserer Firma zu arbeiten, die mittlerweile ja nicht mehr existierte. Sie hat aber hier in der Pfalz ihren späteren Ehemann kennengelernt und bleibt daher in der Gegend.

Wir haben viel Spaß – nein, einen Mann brauche ich derzeit nicht zum Glück. Und überhaupt, wer will schon 'ne Mutti mit drei kleinen Kindern, von zwei, vier und fünf Jahren?

An einem Abend im November – nur ungefähr ein halbes Jahr, nachdem Jo mich endgültig ausgewechselt hatte – treffe ich Alex. Er arbeitete an der Bar einer Kneipe, in der ich mit meiner Schwester noch einen Absacker nehmen will, nachdem wir uns „Cirque de Soleil" in Frankfurt angeschaut hatten.

Alexander sieht mich und muss wohl entschieden haben: „Das ist die Frau, die ich heirate!" So zumindest erfahre ich es später von einer Freundin, die auch in dieser Bar arbeitet. Diese Freundin hatte Alex auch meine Telefonnummer gegeben, nachdem sie von mir die Erlaubnis dazu erhalten hatte!

„Ist der Barmann nicht süß ...", sage ich zu meiner Schwester, „aber leider zu jung für mich! Er ist bestimmt Student, der will nichts von einer alten Mutti wie mir!"

„Ich dachte, du stehst auf blond?", meint meine Schwester nur kurz.

„Na ja, bisher habe ich immer mal das Schema gewechselt, aber du hast recht, der ist nix für mich! Komm, lass uns heimgehen!"

An diesem Abend reden wir nicht miteinander, aber Alex lächelt mich an, als ich die Bar verlasse.

Alex ruft mich tatsächlich bereits einige Tage später an. Ich wusste zwar, dass er meine Nummer von seiner Kollegin bekommen hatte, aber dass er sich tatsächlich meldet, hatte ich nicht erwartet, denn ich hatte eben diese Kollegin gebeten, ihn auch darüber zu informieren, dass ich drei kleine Kinder habe, wenn er nach meiner Telefonnummer fragt.

Außerdem hatte ich doch entschieden, dass ich ja eigentlich ohne Mann glücklich bin. Das Leben erschien mir so deutlich weniger kompliziert und anstrengend und außerdem konnte ich keinem Studenten eine Familiensituation wie meine zumuten.

Ich übte mich daher telefonisch im Small Talk und so bleibt es bis kurz vor Weihnachten dabei, dass wir nur telefonieren. Dann allerdings besteht er darauf, mit mir auszugehen. Nach langem Zögern gebe ich nach! Wir definieren ein Wochenende, an dem die Kids bei Jo sind. An einem Samstagabend holt er mich pünktlich wie vereinbart ab.

Ist ja nichts dabei, mal mit einem jungen Mann auszugehen, denke ich. Da ich überhaupt keine Erwartungen habe und auch nicht anstrebe, mit diesem Grünspecht etwas anzufangen, bin ich absolut tiefenentspannt, als wir an dem Abend miteinander ausgehen.

Wir haben ja schon telefonisch viel voneinander erfahren und wir entdecken auch an diesem Abend viele Gemeinsamkeiten. Wir schlendern über den Weihnachtsmarkt, gehen essen und landen zu später Stunde in Heidelberg und machen einen sehr romantischen Spaziergang am Neckar! Es ist sehr kalt und als wir uns von einer Brücke aus die beleuchtete Stadt anschauen, zieht er sich an mich! Ich stehe mit dem Rücken zu ihm und er umarmt mich von hinten. „Du frierst doch bestimmt!"
Ich spüre seinen Atem in meinem Nacken und bekomme wirklich eine Gänsehaut. Aber auch ein ganz warmes Gefühl im Bauch. Der schon wieder, mein Bauch! Meint er, mir wieder Vorschriften machen zu müssen?

„Nein", sage ich, „mir ist total warm!"
Ich drehe mich zu ihm um und erwidere seine Umarmung.
„Aber wenn wir hier noch länger stehen bleiben, dann frieren wir bestimmt fest!"
„Stimmt und krank werden wir auch! Ich hab schon Halsweh!"
„Also komm, lass uns heimfahren!"
Auf der Heimfahrt im Auto greift er nach meiner Hand. Jetzt wird mir wirklich langsam nicht nur warm, sondern heiß.

Er parkt das Auto vor meiner Haustür, stellt den Motor ab und lächelt mich an. Mein Herz schlägt bis zum Hals. Die klassische Frage, ob er noch auf „einen Kaffee" mit reinkommen mag, ändere ich geschickt ab: „Was macht dein Halsweh? Soll ich dir noch eine heiße Milch mit Honig machen? Da bin ich gut drin als Mama!"
„Na gut, wenn Sie darauf bestehen, Frau Doktor!", grinst er.
Ach du liebe Zeit: Das Klischee lässt grüßen! Aber er kommt selbstverständlich noch mit rein!
Nach der unverfänglichen Milch mit Honig und dem Kindervideo „Däumeline", das Alexander bei uns aus dem Regal fischt und für die richtige Spätabendunterhaltung hält, entscheide ich mich für die Offensive. Als ich kurz ins Bad verschwinde, entkleide ich mich vollständig und komme splitterfasernackt zurück

ins Wohnzimmer. „Frau Steigenberger", schimpft mein Bauch kurz mit mir, „geht es dir zu gut?" Ja, es geht mir gut. Ich fühle mich sensationell und extrem unternehmungslustig. Es muss am Wein liegen.

Alex lächelt mich an und mustert meinen nackten Körper. „Wow, wie alt bist du? 16?"

„Na, dann hätten wir nun 1985 und du wärst blond und dein Name wäre Sebastian!", erwidere ich. „Hey, ich bin über 30!"

„Und wie viele Kinder hast du?"

„Drei!", antworte ich, „das weißt du doch!"

„Die hast du wohl alle adoptiert?", scherzt Alexander.

„Nein, die habe ich alle höchstpersönlich bekommen und eigens relativ lange gestillt, sodass meine gesamten Reserven aufgebraucht wurden", denke ich mir, aber das scheint Alex schon nicht mehr zu interessieren.

Er zieht mich zu sich auf das Sofa und ich muss an einen Spruch von Madonna denken: „Junge Liebhaber wissen zwar nicht, was sie tun, aber sie tun es die ganze Nacht."

Alexander ist jünger als ich, aber er weiß sehr wohl, was er tut und tut es dennoch die ganze Nacht.

Irgendwann müssen wir erschöpft eingeschlafen sein. Auf jeden Fall ist es acht Uhr, als ich wach werde. Alexander schläft neben mir noch tief und fest.

Ich rolle mich zu ihm und küsse ihn sanft auf den Mund! Er schlägt die Augen auf und sieht noch ziemlich zerknautscht aus.

„Guten Morgen, mein wundervoller Traum!" Ich puste ihm sanft ins Gesicht!

Er lächelt fast ein wenig verlegen.

„Ich muss dich bitten, jetzt zu gehen! Johannes wird gleich die Kinder bringen und daher möchte ich noch ein wenig unser Chaos von gestern hier beseitigen!"

„Ja, klar", antwortet er und setzt sich auf.
„Darf ich heute Abend wiederkommen?"
„Ich denke schon. Du solltest zum Abendbrot kommen, dann kannst du die Kids kennenlernen!"
Ich bin erstaunt über meine Aussage. Bisher hatte ich so eine Begegnung vermeiden wollen. Aber irgendetwas bei Alex fühlte sich so richtig an, dass ich für ein Zusammentreffen der Elemente meines Lebens bereit war.

Als Alex geht, bleibt er kurz an der Haustür stehen und dreht sich um: „Bis heute Abend", sagt er. Anstatt zu antworten, nehme ich sein Gesicht in meine Hände und drück ihm einen Kuss auf den Mund, den ich zunächst nur kurz halten will. Als er aber seine Lippen öffnet, wird es zum leidenschaftlichen Abschiedskuss, nachdem er atemlos und ein wenig blass nach Luft schnappt.

„Du siehst aus wie ein frisch gepopptes Eichhörnchen!", lache ich.

„Ich hin ein frisch gepopptes Eichhörnchen!", sagt er und geht.

Wenig später kommt Johannes mit den Kindern!

„Hallo Mama, wir waren gestern im Zoo!" Julius stürmt herein und die anderen folgen.
Sie flitzen hoch in die Zimmer und wollen schnell die neu ergatterten Tierposter anbringen.

Jo berichtet kurz über den Ausflug.
„Und, wie war dein Date gestern?", grinst er.

„Gut, hat Spaß gemacht, mal wieder auszugehen", sage ich und als Jo schon fast wieder in der Tür steht, füge ich fast beiläufig hinzu: „Ach, und wir haben dann auf dem Sofa im Wohnzimmer übernachtet, so wie du es wolltest, NICHT in ‚unserem' Schafzimmer!"

Jo bleibt abrupt stehen und dreht sich um. Er ist blass geworden.
„Ach, ist das jetzt was Ernstes? Zieht er dann hier ein, der Herr Student? Was willst du eigentlich mit so einem Grünspecht?!"

„Das sind ja drei Fragen auf einmal", grinse ich und freue mich ein wenig über seine offensichtliche Eifersucht.

„Die Antworten sind: ‚Ich weiß es nicht' und ‚vielleicht' und ‚guten Sex haben'!", quäle ich ihn noch etwas mehr! So ein bisschen möchte ich mich halt auch an ihm rächen.

„Na ja, du musst es wissen. Aber lass dir gesagt sein, der soll sich erst mal einen richtigen Job suchen, bevor er hier einzieht!"

„Jetzt muss DER erst mal die Kinder kennenlernen und dann sehen wir weiter!"

„Von mir aus! Ach und übrigens, Anna hat sich letzte Nacht übergeben. Da muss im Kindergarten so ein Virus umhergehen. Aber heute geht es ihr schon besser!", sagt Jo noch, bevor er geht.

„Ja, ich weiß", rufe ich ihm hinterher. „Die Jungs hatten es beide vor ein paar Tagen. War nur kurz. Aber heftig!"
Wenn man drei Kinder im selben Kindergarten hat, bekommt man halt immer alles gleich im Dreierpack, gleichzeitig oder nacheinander und manchmal auch in mehreren Zyklen.

Abends kommt Alexander wie vereinbart zum Abendbrot. Von Annas angeblichem Magen-Darm-Infekt ist nichts zu merken und die Kinder sitzen bereits am Esstisch, als Alex kommt.

„Also das ist Alex, es kann sein, dass er manchmal hier übernachtet", stelle ich ihn vor.
„Otee", piepst Anna und grinst. Schüchtern fragt sie: „Passen wir denn alle in Mamas Bett?"

Die Jungs begutachten ihn skeptisch aber interessiert. Alex setzt sich an den Tisch. Julius springt auf und setzt sich zu Alex auf den Schoß: „Kraulst du mir den Rücken?", fragt er keck!

„Bestimmt Julius, das kann der Alex gut", grinse ich ... „Aber kann das nicht bis nach dem Essen warten?"

„Nein!", bestimmt Julius und ich wundere mich über das spontane Vertrauen zu Alex. Julius ist wie Alex vom Sternzeichen Löwe – eine Schmusekatze halt!

Es ist der Beginn einer wunderbaren Freundschaft.

Nach dem Essen bringen wir gemeinsam die Kinder ins Bett und kuscheln uns anschließend wieder aufs Sofa. Alexander hat noch eine Flasche Rotwein mitgebracht und wir wollen es uns gemütlich machen.

Aber irgendwie geht es Alex nicht gut. Er ist blass und wir gehen dann früh zu Bett. In der letzten Nacht hatten wir wohl doch etwas zu wenig Schlaf.

Mitten in der Nacht sprintet Alex ins Bad und muss sich übergeben. Das Kindergartenvirus hat ihn erwischt! Das ging aber schnell, wundere ich mich.

Aber in der ersten Zeit unseres Zusammenseins macht er das noch x-Mal mit und druchlebt in kürzester Zeit sämtliche Kinderkrankheiten! Ein gutes Immunsystem gehört eben auch zu einer Großfamilie!

Für die Kinder wird Alex schnell zum heiß geliebten Kumpel, Stiefvater, Fußball-Gegner, Gameboy-Spieler etc. Er ist jung und spielverrückt und die Kinder lieben es, mit ihm zu spielen und zu toben und schließlich hat er ja als Student auch noch jede Menge Zeit.

Anna sagt eines Tages zu mir: „Mama, wenn ich groß bin, heirate ich den Alex!"

„Mh, der Alex ist doch mein Mann!", erwidere ich bestimmt.

„Nein, Mama, du bist mit Papa verheiratet!"

Es verschlägt mir kurz die Sprache aber, wo sie Recht hat, hat sie Recht! Ich sollte ernsthaft darüber nachdenken, daran etwas zu ändern, aber so weit bin ich in diesem Moment lange noch nicht.

Johannes ist nach wie vor skeptisch und, man stelle sich vor, offensichtlich wirklich eifersüchtig! Als Alex zu mir ziehen will, hat er nach wie vor die Argumente wie: Er ist ja noch Student, er ist zu jung und ähnliches. Außerdem stellt Johannes die Regel auf: Er schläft nicht in meinem Bett – genauer gesagt in seinem Ex-Bett –, bis ich mir sicher wäre, dass es etwas Ernstes werden würde.

Ehrlich gesagt, verstehe ich Jo wirklich nicht. ER ist ausgezogen! Hatte er etwa die Absicht, irgendwann in SEIN Bett zurückzukehren? Und außerdem, wenn das mit Alex für mich nichts angehend Ernstes wäre, dann hätte ich ihm die Kinder nicht vorgestellt. Ich hatte ihm ja bei der Auswahl seiner Karin auch keine Bedingungen gestellt oder reingeredet. Aber ich weiß ja inzwischen, dass es nicht das Gleiche ist, wenn Männer und Frauen das Gleiche tun und ich diskutiere das daher nicht, sondern akzeptiere diese für mich völlig unverständliche Haltung.

Somit ziehe ich mit Alex bereits nach einigen Wochen in unser Gästezimmer! Dass dies so schnell geht, liegt aber eher daran, dass die Wohnung seiner Studenten-WG wegen Eigenbedarf gekündigt wird. Er muss sich also etwas Neues suchen und zieht der Einfachheit halber erst einmal bei mir ein.

Das geht mir eigentlich deutlich zu schnell. Schließlich hatte sich Johannes erst vor einem halben Jahr von mir getrennt. Außerdem war es nun wohl auch an der Zeit, meine Eltern in das Chaos einzuweihen.

War würde ich ihnen sagen? WIE würde ich es ihnen sagen? Mein roter Faden hatte sich nun vollständig aufgelöst! Genauso wie die „Familie Sonnenschein"!

Meine Eltern waren seit ihrer Jugend zusammen. Das von mir jetzt gelebte Konzept konnte nicht in ihre Vorstellung von Lebensplanung passen.

Die Kinder bekommen von meinem Gefühls-Wirrwarr und den Problemen der Erwachsenen nichts mit, sondern empfinden das Leben als ein einziges großartiges Spiel, in dem in der letzten Zeit halt noch ein paar neue „Freunde" hinzugekommen sind. Ich beneide ihre Unbeschwertheit, bin aber gleichzeitig auch froh darüber.

Einmal möchte ich die Welt mit Kinderaugen sehen, da ist alles so einfach!

Dies wird mir wieder mal bewusst, als … die drei Kinder gemeinsam unter der Dusche stehen! Nackig natürlich und ich stehe hinter der Duschkabine und warte mit dem Handtuch.

Anna sagt: „Guck mal, Mama, Pepe hat einen Willi!"

„Ja, fein, war mir auch aufgefallen, mach jetzt mal hinne!"

Aber Anna lässt sich in ihrer Anatomie-Stunde nicht beirren und fährt fort:

„Und Julius hat auch einen Willi …"

Pepe: „Papa hat auch einen Willi …"

Anna (kichernd): „Anna hat auch einen Willi!"

Pepe: „Nein, du dumme Nuss, du hast doch keinen Willi!"

Anna: „Und Mama hat auch einen Willi" und kichert wieder!

Julius: „Anna, Pepe hat doch grad gesagt, Mädchen haben keinen Willi! Mama hat also auch keinen Willi!"

Pepe: „Doch, die Mama hat einen Willi! Der liegt im Schlafzimmer in der Schublade und ist aus Gummi und macht ganz komische Geräusche!"

Mir fällt vor der Dusche nicht nur die Kinnlade, sondern auch das Handtuch runter und ich bekomme einen knallroten Kopf!

„Hilfe, Doktor Sommer, ist da noch was zu retten? Wie kommt er eigentlich darauf, dass das da in der Schublade MEIN Willi ist?" Aber das beantworte ich in Gedanken schnell: „Na ja, is ja irgendwie logisch: ich habe keinen Echten, also brauche ich ein Spielzeug. So wie wir das mit dem Thema „Hund" zwischenzeitlich geregelt hatten. Unbezahlbar, dieser Augenblick!

In den ersten Wochen unseres Zusammenlebens genieße ich es, dass er als Student so oft daheim ist. Er kümmert sich um das Essen, holt die Kinder ab, fährt sie zum Training, perfekt. Kurz, es passt alles. Wir haben wunderbaren Sex und ich hatte von Anfang an Schmetterlinge im Bauch und die sind jahrelang aktiv und unermüdlich. Ich liebe ihn vom tiefsten Inneren meines Herzens und kann mir nicht vorstellen, dass das jemals aufhört. Aber nach außen halte ich ihn immer noch ein wenig auf Distanz und bin zeitweise wirklich zickig. Warum? Weil ich will, dass er sich anstrengt? Weil ich will, dass er mir täglich beweist, wie sehr er mich liebt?

Jedes zweite Wochenende haben wir „kinderfrei" und genießen die gemeinsame Zeit, gehen Rad fahren, laufen, essen, ins Kino. Unbeschwert und glücklich. Als mir klar ist, dass sich dieses Gefühl manifestiert, fahre ich zu meinen Eltern in mein Heimatdorf. Zunächst alleine. Ich will sie in die neuen Familienverhältnisse einweihen. Sie wundern sich, dass ich ohne Kinder komme. Ich habe mir wirklich lange überlegt, wie ich es am besten erklären kann, was da passiert ist. Aber ich rede mich um Kopf und Kragen.

Meine Eltern sitzen relativ fassungs-, aber auch sprachlos am Kaffeetisch und lauschen meinen Erzählungen. Ich habe ein wirklich schlechtes Gewissen, dass ich ihnen dies nicht früher erzählen konnte, aber mir ging es eine Zeit lang wirklich nicht gut und ich wollte nicht, dass sie sich Sorgen machten. Sie hätten mir nicht helfen können und ich musste erst selber wieder mit beiden Beinen fest auf der Erde stehen, bevor ich ihnen erzählen konnte, dass ich es leider nicht so gut hinbekommen habe wie sie.

Meine Eltern waren seit Ewigkeiten zusammen. Meine Mutter kennt meinen Vater, seit sie ein Teenager ist, und es gab für sie nie einen anderen Mann. Schon als Kind war ich eine der wenigen Mädels im Kreise meiner Freundinnen, deren Eltern noch zusammen waren. Gemeinsam mit meiner Schwester wuchs ich sehr behütet auf und, abgesehen von der berufsbedingten sehr strengen Auslegung des Gesetzes durch meinen Vater, hatten wir eigentlich wenige Probleme. Es gab noch einen Spruch, der mich sehr ärgerte, und das war auch ein Klassiker: „Solange du deine Füße unter meinen Tisch stellst, sind meine Regeln einzuhalten." Das war mir klar, und daher hatte ich mir insgeheim vorgenommen, meine Füße nicht länger als nötig unter „seinen" Tisch zu stellen, auch wenn mein erster Freund Sebastian mich um meine „heile Familie" immer sehr beneidet hat.

In der Tat gab es verhältnismäßig wenige Meinungsverschiedenheiten und die Idee, möglichst früh eigenständig zu werden, hat mich zu einem leistungsorientierten Menschen gemacht. Ich begann schon früh mit Nebenjobs und hatte während der gesamten Ausbildung so eigentlich immer genug finanzielle Mittel, mir das zu finanzieren, was meine Eltern entweder nicht konnten oder nicht für gut hielten.

Später hingegen haben meine Eltern mich immer in allem unterstützt, finanziell UND handwerklich, ob es nun darum ging, meinen ersten Umzug nach Frankfurt zu organisieren, mir bei der Umsetzung meiner spontanen Idee mit dem Fitness-Studio zu helfen oder dann wieder einen spontanen Umzug in die Pfalz durchzuführen, immer waren sie da, ohne irgendwelche erhobenen Zeigefinger. Und auch, wenn es in der Praxis von Johannes etwas zu schreinern oder umzubauen gab, kam mein Vater mit dem Handwerkskasten und meine Mutter war der Babysitter. Daher fühle ich mich nun hundsmiserabel, dass ich wieder zugeben muss, dass eine Beziehung am Ende ist. Und diesmal sind Kinder da! Das ist für meine Eltern nur schwer zu verstehen. Sie haben sich immer durch alle Stürme gekämpft und haben die Krisen gemeistert. Ich hingegen habe wieder versagt. So kommt es mir vor.

Es war, als hätte mir jemand den Boden unter den Füßen weggezogen, so denke ich, als Johannes mich verlässt. Aber es kommt alles anders.

Erstens verlässt mich Johannes nicht, sondern ist immer da, für die Kinder und für mich. Und zweitens lerne ich Alexander kennen und bin wirklich glücklich. Jetzt kann ich meinen Eltern unter die Augen treten und alles beichten.

Sie tragen es mit Fassung. Allerdings wird der Vorwurf bleiben, dass ich ihnen über ein halbes Jahr etwas vorgespielt hatte. Obwohl ich das durchaus verstehe, würde ich das wahrscheinlich heute nicht anders machen. Eltern machen sich stets Sorgen um ihre Kinder, aber es nützt ja nichts, mehr Menschen als nötig mit einem unlösbar zu scheinenden Problem zu belasten, wenn man selber der einzige Mensch ist, der es lösen kann.

Wenige Wochen später, nach diesem Geständnis, fahre ich mit Alexander zu meinen Eltern.

Erstaunlicherweise stimmt die Chemie von Anfang an! Ich hätte anderes erwartet. Meine Eltern rechnen es ihm jedoch hoch an, dass er sich um die Kinder kümmert und mich glücklich macht. Die Sommerferien verbringen wir daher nicht selten bei meinen Eltern. Das ist für uns eine Art „All-inclusive-Urlaub". Wir werden bekocht, können ausschlafen, die Eltern kümmern sich um die Kinder und wir machen gemeinsame Ausflüge. Und ich habe das Gefühl, dass sie wirklich diese Variante der Familie Sonnenschein durchaus akzeptieren.

Einmal noch muss ich meine Eltern auf die Probe stellen, um herauszufinden, wie sehr sie diese Variante akzeptieren würden. Nämlich dann, als wir, Johannes, Karin, Alexander und ich, entscheiden, dass das ewige Pendeln zwischen den Häusern am Wochenende eine zu große Belastung wird. Außerdem werden die Kinder größer und die jeweiligen Häuser bieten für fünf Kinder einfach zu wenig Raum. Wir entschließen uns, wieder zusammenzuziehen bzw. gemeinsam nach einem geeigneten

Objekt zu suchen. Diese Art von Familienzusammenführung stößt bei sämtlichen Bekannten auf Unverständnis und Argwohn. Und Johannes wäre nicht Johannes, wenn dies nicht auch wirklich schnell gehen sollte. Eine Idee – ein Plan – ein Ziel: An dem Wochenende, als wir dies zunächst beschließen, bin ich auf einem Aerobic-Seminar. In einer Pause sehe ich auf mein Handy und habe eine Nachricht von ihm.

„Kannst du bitte einmal einen Termin mit Frau Weinmann ausmachen? Sie ist Kundin von mir und würde sich für unser Haus interessieren. Sie will es kaufen, wenn wir bzw. du und die Kinder im Sommer dort ausgezogen sind."

Ich sehe diese Nachricht minutenlang an und interpretiere: Alexander und Johannes haben ein geeignetes Objekt für unsere Großfamilie gefunden! Und wie selbstverständlich gleich einen Zeitplan aufgestellt.

Als ich heimkomme, präsentieren mir die beiden getrennt voneinander diese „Super-Idee". Ein Mehrfamilienhaus mit sechs Wohneinheiten, noch zu renovieren, aber das würde schnell gehen. Der Umzug könnte schon im Sommer stattfinden.

Und tatsächlich ziehen wir ein halbes Jahr später aus unserem Haus mit Garten in die „Villa Kunterbunt", die wir tatsächlich von außen bunt anstreichen lassen. Dem Garten trauere ich ein wenig hinterher, habe aber dem Kompromiss zugestimmt, dafür einen großen Südbalkon zu haben. Man kann halt nicht alles haben.

Die Kinder fühlen sich sehr wohl, weil sie nun alle ihr eigenes Zimmer haben und dies nicht an jedem zweiten Wochenende in einen Koffer packen müssen.

Es ergeben sich außerdem jede Menge Synergien, sei es das Einkaufen, Kochen oder Die-Kinder-zum-Sport-Fahren. Letzteres nimmt immer größere Umfänge an, da zumindest meine Kinder beginnen, in die sportlichen Fußstapfen ihrer Eltern zu treten. Wen wundert das? Sie sind ja schon im Bauch mit in die Aerobic-Stunden gegangen oder Ski gefahren oder haben einen Marathon auf Inlinern erlebt.

Alle Freunde haben mich für vollständig verrückt gehalten, aber mir hat der Sport auch in der Schwangerschaft gutgetan.

Auch wenn ich vielleicht das eine oder andere Mal darauf besser verzichtet hätte. Wie zum Beispiel auf die Buckelpiste am Arlberg im Januar des Jahres zu nehmen, in dem Pepe im Februar auf die Welt kam.
Aber in dieser Hinsicht war ich ja immer schon wenig zu bremsen. Nach der Geburt ging das fleißig so weiter. Aber so werden die Kinder auf ganz natürliche Weise mit dem Sport groß, was sich später noch auszahlen sollte.

Eines Tages ruft Bella mich vollkommen aufgeregt an:

„Hey, ich hab gerade eine Karte im Briefkasten, du glaubst nicht, wer heiratet!!??"

„Ne … aber du wirst es mir sicher gleich offenbaren!"

„Stell dir vor, CARL heiratet und WIR sind eingeladen! Er heiratet eine Italienerin. In Italien!
Ist das nicht die Wucht in Tüten?!"

„Ja, das ist in der Tat erstaunlich. Ich dachte, er glaubt nicht an die große Liebe und an die Ehe schon mal gar nicht!"

„Nein, das meine ich nicht, sondern dass wir jetzt gemeinsam nach Italien fahren!"

„Eh … und wo genau fahren wir da hin? Und, vor allem, wann?"
Ich bin etwas überrumpelt.

„Palazzo di Varignana … das ist ein super Hotel-Anwesen in der Nähe von Bologna! So was von cool, guck dir das mal auf der Internetseite an!"

„Ok, lass mich drüber schlafen, ja?"

„Nein, keine Zeit zum Schlafen, du musst einen Flug buchen! Das Fest ist nächste Woche!"

„Nächste Woche?? Na das ist mal 'ne ordentliche Vorlaufzeit! Gerade, weil das so um die Ecke ist!", entrüste ich mich.

„Ja, die Post kam aus Italien. Das hat irgendwie ziemlich lange gedauert. Carl wohnt ja schon in Bologna! Aber egal, pack die Sachen, Tine, wir gehen auf eine Party, und zwar auf eine, die fünf Tage lang dauert!"

„Das wird ja immer schöner", stöhne ich, aber ich gebe mich geschlagen. Ich habe verstanden, dass Bella sich unter keinen Umständen von ihren Reise-Plänen abbringen lässt! Und mehr als einmal hatte ich mir ja schon vorgenommen, dass man Reisende nicht aufhalten soll. Also entschied ich mich mitzukommen!

An einem Donnerstag im Mai fliegen wir gemeinsam nach Bologna.

Bella hatte nicht übertrieben.

Unsere Augen wurden immer größer, als das Taxi, das uns vom Flughafen zum „Hotel" brachte, die Einfahrt zum Palazzo di Varignana, einem alten Herrenhaus in Emilia Romagna, hinauffährt.

Das Resort ist eine einzigartige Location ca. 19 Kilometer vor Bologna, elegant gelegen, umgeben von einer 30 Hektar großen Parklandschaft. Kurz, ein italienischer Traum, ein Prachtexemplar einer toskanischen Sommerresidenz des 17. Jahrhunderts.

Die Auffahrt ist gesäumt von Pinienbäumen und die Villa Bentivoglio liegt am Ende dieser Auffahrt auf einem Hügel. Das riesige Anwesen beinhaltet ein Wellness Center, zwei Restaurants, Pool mit Lounge Bar und ein weiteres Restaurant an der Pool-Seite mit Panoramaterrasse und Blick über Bologna. Es ist DIE ideale Location für Hochzeiten.

„Bella, sind wir jetzt im Himmel?", stottere ich, als wir aussteigen.

„Ich glaube, das kommt dem hier sehr nahe", grinst Bella, „… und ich kenne jemanden, der mit Sicherheit bald im siebten Himmel ist oder spätestens am Sonntag! Schau!!"
Die Arme ausgebreitet kommt Carl auf uns zugerannt!

Wie sehr Bella mit ihrer Aussage an diesem Tag recht hatte, konnten wir zu diesem Zeitpunkt nicht ahnen.

„Oh, ciao bella!! Benvenuta in Italia!"
„Wie? Ciao Bella … und ich?", rufe ich empört und stütze die Hände in die Hüften.
„Oh, bellissima!" Carl umarmt uns beide gleichzeitig so fest, dass wir fast keine Luft mehr bekommen.
„Meine bisherigen Lieblingsfrauen! Ich freue mich sooo, ihr Lieben. Kommt, ich stelle euch Anna-Maria vor. Sie ist JETZT meine Lieblingsfrau! Die einzige! Meine Traumfrau!"
Ich grinse ihn an! „Und das aus deinem Mund? Tja, Zeiten ändern sich, was?! Das weiß ich aus Erfahrung!"
Carl zieht uns mit sich und, ohne weiter auf meine Anspielung einzugehen, plappert er aufgeregt wie ein Teenager drauf los: „Ich stelle sie euch jetzt erst einmal vor und dann die ganze Familie, obwohl, ihre drei Schwestern kommen erst morgen. Bis jetzt sind erst die Brüder und ihre Frauen da sowie einige Tanten. Naja, kommt erst mal rein!"

Und ich dachte, ICH hätte eine Großfamilie!

Carl ist nicht zu bremsen! Er ist aufgeregt, aber er sieht sehr glücklich aus, ein wenig runder als ich ihn kannte, aber unsere Affäre ist ja auch schon sechs Jahre her! Und schließlich hat er jetzt eine italienische Familie. Ich muss unweigerlich an den Roman „Maria, ihm schmeckt's nicht!" denken. Gut, Carl scheint es zu schmecken!

Carl zeigt uns die Zimmer. Er hat die gesamten 90 Zimmer des Resorts für die Hochzeit gemietet. Die historische Villa ist für dieses Wochenende quasi SEIN Haus. Ich will mir gar nicht vorstellen, was das kostet. Aber Carl ist überglücklich, in diesem toskanischen Traum jedes Mitglied seiner Familien und seines Herzens versammeln zu können.

Anna-Maria, Carls Noch-Verlobte, ist eine sehr sympathische, dunkelhaarige Italienerin. Sie ist kräftig, aber nicht dick. Sie ist attraktiv, aber nicht hübsch. So einen Typ Frau hätte ich jetzt nicht auf Anhieb unserem Gigolo-Piloten zugetraut. Aber Carl ist ein anderer Mensch, wenn er mit Anna-Maria zusammen ist. Er ist glücklich. Er scheint angekommen zu sein.

Beim Abendessen, das wir noch mit einem kleineren Teil seiner Familie auf der Panoramaterrasse einnehmen, sitzen die zwei nebeneinander am Kopf des Tisches und ihr friedliches Glück scheint perfekt. Immer wieder berühren sich ihre Blicke und ihre Hände.

Ein kleines Lächeln hier, ein zärtlicher Kuss da! Harmonie pur. Die Familie ist ein einziger brabbelnder Haufen und die Kinder laufen schon während des Essens auf der Terrasse hin und her und spielen Fangen, Fußball oder Verstecken.

Das Fest ist für ganze vier Tage angesetzt. Wir sind am Donnerstag angereist und jeden Tag kommen noch weitere Gäste hinzu. Jeden Abend gibt es ein tolles Abendessen und Familienmitglieder haben sich für die Pause zwischen den Gängen für jeden Abend verschiedene Auftritte überlegt – von Reden halten, die wir leider nicht vollständig verstehen, über Musizieren bis zum Tanzen! Eine herrlich italienische Atmosphäre. Kein Wunder, dass sich Carl in dieser Familie wohlfühlt.

Samstag findet die eigentliche Hochzeit statt, die man am Sonntag mit einem letzten gemeinsamen Brunch ausklingen lassen will. Danach ist die Abreise geplant. Carl will mit seiner Frau noch den Montag zum Ausruhen dranhängen. Verständlicherweise.

Am Freitagabend, dem Abend vor seiner Hochzeit, stehe ich an der Mauer der Panorama-Terrasse und blicke über die Hügel auf die traumhafte Parklandschaft. Es riecht nach einer Mischung aus gemähtem Gras und Lavendel. Die noch warme Abendsonne hüllt alles in ein wunderbares Meer von orangefarbener Dämmerung beim abendlichen Konzert der Grillen. Was für eine wundervolle, friedliche Ruhe!

Carl tritt von hinten an mich heran und pustet mir sanft in den Nacken. Ich drehe mich zu ihm um: „Ah, der Herr Ex-Gigolo!", sage ich ein wenig spöttischer, als ich das wollte.

„Ah, die Frau Ex-Geliebte", sagt er genauso spöttisch, aber er lächelt liebevoll.

„Wie geht es dir und deinem Traumprinzen?", fragt Carl.

„Gut, er war hartnäckig und sehr, sehr verständnisvoll. Wir wohnen inzwischen zusammen, und zwar mit der ganzen Familie, inklusive neuen Partnern und dazugehörigen Kindern. Eine Großfamilie halt. Aber wenn ich mir deine Familie hier so anschaue, sooo groß dann doch wieder nicht."

„Echt und das klappt?"

„Ja, weil wir wollen, dass es klappt!", antworte ich. „Natürlich ist das nicht immer leicht. Aber wir haben ein gemeinsames Ziel: die Kinder zu stabilen Menschen zu erziehen. Dafür lohnt es sich, Kompromisse zu machen. Und am Ende hat das auch Vorteile für alle Beteiligten", erkläre ich ihm. Ich will das Thema eigentlich nicht weiter vertiefen.

„Nun aber mal zu dir. Wie kam es denn dazu, dass eine Frau wie Anna-Maria DICH bekehrt hat? Du wolltest doch NIE heiraten?"

„Was meinst du mit: ‚eine Frau wie Anna-Maria'?"

Er zieht die Augenbrauen hoch und schaut mich herausfordernd an!

Oh, Mist, ich hatte mal wieder zielsicher wie immer einen Fettnapf getroffen und eine ehrliche Frage ziemlich dämlich gestellt.

„Sorry, ich wollte das nicht abwertend klingen lassen, aber ich wundere mich halt, dass dieser Typ Frau, der eigentlich nicht in dein Beuteschema passt, aus dir wahrscheinlich einen Schwan machen kann!"

Er antwortet: „Irgendwann kommt ein Mensch in dein Leben, der keinen Wert auf deine Vergangenheit legt, weil er nur Teil deiner Zukunft sein möchte! Anna-Maria ist so ein Mensch und sie macht aus mir einen anderen Menschen. Einen besseren Menschen. Einen glücklichen Menschen. Ohne viel Worte! Mehr kann ich dir dazu nicht erklären."

„Wow, das hört sich an wie aus dem Sprüchekalender!", sage ich und es hört sich schon wieder etwas spöttisch an!

„Das ist auch aus einem Sprüchekalender! Aber denkst du das etwa nicht von deinem Alexander?"

Ich muss nachdenken!

Doch, eigentlich dachte ich das schon. Allerdings ist das mal wieder alles so passiert! Ich hatte da nicht so viele aktive Entscheidungen treffen müssen. Alexander hatte sich wirklich ins Zeug gelegt. Da hatte ich wenig Gegenargumente. Und er trägt mich auf Händen, gibt mir Halt und Unterstützung. Und Selbstbewusstsein. Er ist mein Fels in der Brandung. Er tut mir so gut! In diesem Moment wird es mir bewusster als je zuvor.

„So intensiv habe ich das noch nicht betrachtet!", murmele ich.

„Das solltest du aber!", entgegnet Carl. „Du kommst jetzt in ein Alter, wo du dein Schicksal nicht mehr herausfordern solltest. Wenn du diesen Partner gefunden hast. Dann sage es ihm. Dann zeige es ihm. Glaub mir, du bekommst es hundertfach zurück."

„Dass du mir einmal so etwas rätst!" Jetzt bin ich es, die die Augenbrauen hochzieht!

Er nimmt mich in den Arm! „Weißt du, du bist eine tolle Frau, aber nur, weil du mit Männern eine schwere Zeit hinter dir hast, sind doch nicht alle Männer Arschlöcher! Lasse es doch nicht den einen, den du liebst, spüren, dass es mit den anderen nicht geklappt hat. Warum hältst du ihn so auf Abstand? Hat er das verdient? Ich weiß, du wolltest mit mir keine Verbindlichkeiten, aber mit deinem Alexander ist das doch komplett anders! Ich kann dir nur raten, lass ihn spüren, dass er deine harte Schale geknackt hat! Du bist nicht so cool, wie du tust!

Na, was denkst du?"
Mir schießen die Tränen in die Augen. Carl hatte die Situation ziemlich genau erkannt.

„Ich denke, dass du recht hast. Ich bin manchmal wirklich ziemlich abweisend zu Alex! Aus Selbstschutz, denke ich! Und außerdem bin ich ja auch immer noch mit Johannes verheiratet. Vielleicht sollte ich das ändern!"

„Das solltest du!", sagt Carl nun sehr bestimmt und löst unsere Umarmung. „Also ich an Alexanders Stelle würde diese Situation wirklich ändern wollen. Wie lange seid ihr zusammen? Sechs Jahre, oder?"

„Ja, in diesem Herbst sind es sechs Jahre. Wie fühlt sich das denn an, wenn du weißt, dass du DIESE Person gefunden hast?", will ich wissen.

„Es ist ein ganz schönes, warmes Gefühl! Im Herz und im Bauch. Wolke sieben oder im siebten Himmel! Nenn es wie du willst!", lächelt er.
„Man weiß es einfach!"

Die Hochzeit am Samstag ist wirklich himmlisch. Wenn ich von Anfang an geahnt hatte, hier im Paradies zu sein, jetzt glaube ich es!

Außerdem glaube ich, dass Carl tatsächlich davon überzeugt ist, dass diese Beziehung für die Ewigkeit bestimmt ist. Nach all seinen Zweifeln an Beziehungen und nach all seinen kurzen Affären ist er nun wirklich zum Schwan geworden. Ob es aber überhaupt möglich ist, eine Beziehung für die Ewigkeit zu führen, darüber bin ich mir nicht mehr so klar. Ich hatte das immer geglaubt. Ich bin mir auch sicher, dass jeder, der eine Ehe eingeht, dies glaubt. Sogar Johannes war immer überzeugt, NUN wirklich die Richtige gefunden zu haben. Nach einigen Jahren, wenn der Alltag einkehrte, löste sich diese Überzeugung in Luft auf. „Eine neue Liebe ist wie ein neues Leben", so weit waren wir ja schon einmal, aber das konnte doch nicht immer so weitergehen. Man musste doch einmal einen Menschen finden, mit dem die Liebe ewig hält und mit dem man langfristig glücklich ist. Carl glaubte dies inzwischen und genauso überzeugt war er, dass dies bis an sein Lebensende so bleibt. Und er sollte tatsächlich recht behalten.

Am späten Abend, also eigentlich schon fast am Sonntagmorgen, verabschiedet Carl seine Gäste ein wenig früher als an den vorherigen Abenden.

Er bedankt sich und scheint überglücklich, seine Hochzeit mit so vielen lieben Menschen gefeiert zu haben.

„Ich bin stolz auf meine Familie, ich bin stolz auf meine Freunde und ich bin stolz auf meine Frau!" Er nimmt Anna-Maria in den Arm und küsst sie zärtlich. Mir läuft ein warmer Schauer über den Rücken.

„Ihr könnt gerne noch weiterfeiern, aber wir werden nun zu Bett gehen. Es war eine tolle Party und ich freue mich, euch morgen bei unserem Abschiedsbrunch alle noch einmal zu sehen. Aber bitte nicht vor 11 Uhr. Ich möchte noch einmal an einem Tag ausschlafen und die letzten Tage haben mich ganz schön geschafft. Positiv geschafft! Ich glaube, ich mache die Läden dicht, damit ich nicht zu früh aufwache!"

Aber es kommt anders. Carl wacht nicht zu früh auf. Carl wacht gar nicht mehr auf.

Als Anna-Maria sich am nächsten Morgen wundert, warum er so lange schläft, ist er bereits seit mindestens zwei Stunden tot. Herzinfarkt.

Für einen Moment scheint die Welt für uns alle stillzustehen.

So, lieber „Herr Grunderfinder", wer oder wo auch immer du sein magst: Wenn alles aus einem Grund passiert, dann lass dir jetzt mal zügig etwas einfallen, JETZT! Denn Anna-Maria wäre für diese Art Erklärung, dass sich der Grund für ihr Schicksal ihr wohl in einigen Jahren erschließen würde, im Moment wenig empfänglich.

Aber selbstverständlich gibt es keinen Grund!
Und die Erde steht auch nicht still!
Sie dreht sich erbarmungslos weiter. Allerdings ohne Carl.
Das, was als feierlicher Abschiedsbrunch am Sonntag geplant war, wird zu einem späten Frühstück, an dem fast keiner der Anwesenden einen Bissen hinunterbekommt.

„Na, zumindest hatte er einen rauschenden Showdown", bemerkt Bella trocken.

Als wir am Nachmittag ins Taxi steigen, erinnere ich mich an Worte bei der Ankunft und Carls Worte am Vorabend: Ja, ich denke: „JETZT ist zumindest ER im Himmel!"

Einige Tage später veröffentlicht Anna-Maria folgende Todesanzeige:

> Er war voller Glück. Er versammelte alle, die er liebte.
> Er feierte mit ihnen! Vier Tage.
> Es war sein Hochzeitsfest.
> Es war sein letztes Fest.
> Sein Gehen ist unbegreiflich!
> Aber: Er ist bei denen, die ihn liebten. Und sie sind bei ihm.
> Er ist nicht mehr da, wo er einmal war,
> aber er ist überall dort, wo seine Lieben sind.
> Zeit wird Raum,
> die Liebe bleibt.

Welch Ironie des Schicksals. Als Carl endlich zu der festen Überzeugung gekommen war, dass die wirkliche Liebe bleibt musste er gehen. Dafür konnte es keinen Grund geben. Kein höheres Ziel erschien mir dafür wertvoll genug.

Zwei Monate nach Carls Tod und unserem Besuch in Italien heiratet Alexanders Schulfreund Ben! Ich kenne Ben nur aus den

Erzählungen von Alexander. Ben hat mit Alexander bereits den Sandkasten geteilt. Die Jungs sind später gemeinsam zur Schule gegangen, nach dem Abitur allerdings getrennte Wege.

Wir sind zur Hochzeit nach München eingeladen. Es ist die zweite Hochzeitsfeier innerhalb von zwei Monaten und obwohl es völlig unterschiedliche Gesellschaften in unterschiedlichen Ländern sind, haben beide Feiern eines gemeinsam: ein total verliebtes, aus allen Poren strahlendes Hochzeitspaar.

Das war mir bisher bei Hochzeiten nie so aufgefallen.

Ich erinnere mich an mein Gespräch mit Carl am Abend vor seinem plötzlichen Tod.

Was Alex wohl über dieses Thema denkt?

Tatsächlich halte ich Alexander unbewusst und innerlich immer noch auf Abstand, so wie Carl es vermutet hatte, obwohl ich ihn eigentlich über alles liebe.

Auch auf dieser Party ist die Stimmung herzlich und das frischgebackene Ehepaar erscheint überglücklich. Ich traue mich nicht, an den „siebten Himmel" zu denken. Und an Carl …

Da durchbricht Alex meine Gedanken: „Schon krass, wie glücklich Ben ist!"

„Er freut sich wie im Sandkasten, als er einen Preis für seine Sandburg bekommen hat! Und ich baue und baue und baue!"

Alexander schaut mich fast ein wenig traurig an.

„Wie meinst du das?", frage ich unsicher.

„Na ja, du wirst mich sicher niemals heiraten!"

Ich bin erstaunt über diese Einstellung. Aber tatsächlich hatte ich mir bislang wenig Gedanken über das Heiraten gemacht, weil ich Alex niemals überrumpeln wollte. Und ihn damit in die Extremversion von „Ich heirate eine Familie" zwingen.

„Würdest du mich denn überhaupt heiraten wollen?", will ich erstaunt wissen.

„Klar, schon: Aber du bist ja noch mit Johannes verheiratet!"

„Na, das kann man ja schnell ändern!"

„Schnell??"

Ich denke kurz nach! Ich sehe Alexander an, der auf eine Antwort wartet. Es scheint ihm ernst zu sein. Ich höre in meinen Bauch. Er fühlt sich warm an und bei dem Gedanken, Alexander zu heiraten, bekomme ich einen leichten Schauer! Ja, ich will ihn heiraten.
Carl, du hattest ja so recht!

„Ja, dann lass uns heiraten. Ich kümmere mich darum, dass es schnell geht", antworte ich.

„Kann ich das bitte schriftlich bekommen?", zweifelt er.

Ich nehme einen Bierdeckel und frage die Bedienung nach einem Kugelschreiber.

Dann schreibe ich auf den Bierdeckel:

„Lieber Alex, ich verspreche dir, dass ich dich in spätestens zwölf Monaten heiraten werde. Ich liebe dich! Deine Florentine"

War das nun ein Heiratsantrag von mir an Alexander oder von Alexander an mich? War das überhaupt ein Heiratsantrag? Ich hatte mir erhofft, dass es bei meiner nächsten Heirat einmal anders laufen würde als nach dem Motto: „Eigentlich sollten wir jetzt heiraten!" So war es mit Johannes gewesen, als ich mit Pepe zum ersten Mal schwanger war. Ich hatte gehofft, so etwas richtig Romantisches, so wie man es sonst nur im Fernsehen sieht, zu erleben. Aber das gibt es wohl auch nur im Film!

Na ja, das mit dem Antrag konnte ich ja noch mal klären, aber auf jeden Fall war mir inzwischen klar, dass ich nun zunächst einmal die Scheidung mit Johannes angehen musste.

Erwartungsgemäß hat er nichts dagegen, dass wir gemeinschaftlich die Scheidung einreichen und da wir uns in allen Punkten einig sind, ist dies wirklich nur noch eine Art Verwaltungsakt. Wie gesagt: Ich habe zwei gesunde Hände, um für mich zusorgen! Und gemeinsam um die Kinder kümmerten wir uns ja ohnehin bereits.

Als wir bereits im September des gleichen Jahres geschieden werden, dauert der Termin beim Gericht ungefähr 15 Minuten.
„Wow, das ging schnell!", staune ich, als wir danach vor dem Gerichtsgebäude stehen.
Es ist ein strahlender Spätsommertag und Johannes grinst mich an! Er nimmt nun seinen Ehering vom Finger, den er bis dato immer noch getragen hat, und gibt ihn mir in die Hand!
„Hier, kannst du aufheben! Pass aber gut drauf auf, der hat einiges miterlebt!"
Keiner wüsste das besser als ich! „Gut, dass er niemals darüber reden wird!", antworte ich und stecke den Ring ein.

Als Alex und ich nur drei Monate nach der Scheidung, etwas mehr als zwölf Monate nach meinem Versprechen auf dem Bierdeckel, auf einem Leuchtturm auf der Insel Rügen heirateten, nur im Beisein der drei Kinder, war ich der glücklichste Mensch im Leben! Alex hatte mir zwar keinen „ordentlichen" Heiratsantrag mehr gemacht, aber das sortierte ich unter der Rubrik „Man kann nicht alles haben" ein.

Denn unsere Hochzeit ist wirklich an Romantik nicht zu überbieten. Ich hatte zwar mein Handy nicht ausgeschaltet, sodass meine Mutter inmitten der Zeremonie auf dem Leuchtturm anruft und sich noch mal darüber beschwert, dass wir das ja auch mit der gesamten Familie hätten feiern können. Aber ansonsten ist an diesem Tag alles perfekt. Die Dezember-Sonne strahlt über Rügen und die Gedanken an die Zeremonie lassen auch später noch meine Haare am ganzen Körper zu Berge stehen.

„**So wie das Leuchtfeuer Sturm und Brandung überdauert, möge diese Ehe alle Unwetter und Flauten der Zeit unbeschadet überstehen!**"

So steht es in schnörkeliger Schrift auf unserer Heiratsurkunde des Standesamtes im historischen Leuchtturm auf Kap Arkona aus dem Jahre 1827.

Nach der Trauung fahren wir mit den Kindern zu einem Steinmetz. Das Setzen eines Hochzeitssteins am Kap Arkona soll Glück bringen. Zur Erinnerung an das gemeinsame Jawort können sich die Brautpaare hier in einer Granitplatte verewigen lassen. So bestellen auch wir eine Steinplatte mit unseren Vornamen, einem Herz und dem Datum. Unsere Liebe ist nunmehr in Stein gemeißelt. Da kann ja nun nichts mehr schiefgehen. Ich bin der glücklichste Mensch auf dieser Welt.

Everything happens for a reason!
Da bin ich mir nun ganz sicher. Johannes hatte inzwischen schon drei Freundinnen hinter sich und ich war mit Alex so glücklich wie nie! Das hatte ich mir verdient. Ich bin mir seiner Liebe so sicher und er wurde nicht müde, sie mir zu beweisen. Ist ihm bewusst, was er da für mich tut? Würde ich ihm das irgendwann zurückgeben können? Manchmal habe ich ein schlechtes Gewissen, weil sein Leben ohne mich wahrscheinlich einfacher verlaufen wäre. Sicher aber auch langweiliger! Wenn ich ihn frage: „Warum hast du mich eigentlich so lieb?", dann antwortet er: „Weil du der Deckel bist zu meinem Topf! Das passt einfach!"

Im Laufe der nächsten drei Jahre wird für mich diese tiefe Liebe immer selbstverständlicher. Unsere Beziehung ist intensiv, aber manchmal habe ich das Gefühl, er erdrückt mich mit seiner Liebe und ich benötige mehr Distanz! „Du bist ja total plemplem!", schimpft Bella, als ich mit ihr darüber rede. „Dein Mann trägt dich auf Händen und hat für DICH dem Roman ‚Ich heirate eine Familie' eine neue Dimension gegeben! Und dir wird das zu eng!?"

„Ich weiß ja auch nicht, was mich reitet! Es ist ja nur so ein Gefühl!"

„Es ist undankbar und ungerecht! Sag das deinem Gefühl!" Damit ist für Bella die Diskussion beendet.

Ich aber überlege ab und zu tatsächlich, was es ist, das mich zu stören scheint. Oder ist es nur wieder dieses dämliche idiotische Muster, in das man verfällt, wenn man sich seiner Liebe zu sicher ist? Was liebte ich an Alexander? Er war nicht der Typ Mann, auf den ich sonst stand, oder nach dem ich mich umgedreht hätte.

Aber ich liebte seine starke Schulter, was durchaus wörtlich zu nehmen war, und seine weichen Lippen hatten mich seit dem ersten Tag in ihrem Bann. Warum fiel es mir zunehmend schwer, ihn intensiv zu küssen, wann immer er es wollte? Mir wurde das manchmal zu viel! Warum?

Eines Tages spreche ich mit meiner indischen Freundin Sunila aus London darüber und sie kommentiert das trocken: „That's because you are human. We always want to get what we can't have. And what we get, we don't want. And when we can't get what we want, we fight for it. What we don't fight for, we don't think it's worth having! As simple as that!"

Nein, das war alles andere als einfach. Und wahrscheinlich war es nicht nur idiotisch, sondern auch menschlich. Wir Menschen sind eben so gestrickt. Ob das nun Sinn macht oder nicht.

Ich hatte ja schon einmal festgestellt, dass sportliche Betätigung eine gute Möglichkeit ist, Dampf abzulassen und gleichzeitig zu entspannen. Daher suche ich mir auf diesem Gebiet eine neue Herausforderung. Einen Langdistanz-Triathlon hatte ich ja schon absolviert. Ich trage mich mit dem Gedanken, das auch mal auf Lanzarote zu versuchen. Neben Hawaii ist der Ironman Lanzarote der schwierigste auf der Welt. El mas duro del mundo! Denn zu den langen Distanzen 3,8 Kilometern Schwimmen, 180 Kilometern Rad und 42,1 Kilomertern Laufen kommen ca. 2600 Höhenmeter auf der Radstrecke, Wind, Wellen, mitunter große Temperaturunterschiede, Kälte in den Bergen und Hitze beim Marathon. Aber das war mir ja bekannt und mein Ziel ist ja keine Platzierung, sondern das Ankommen.

Als ich Alexander meine Idee mitteile, ist er zwar nicht davon begeistert, aber zum 60sten Geburtstag seiner Eltern hatten die beiden sich ohnehin einen gemeinsamen Urlaub mit uns gewünscht. Ohne Kinder. Da Alexanders Eltern beide auch sportlich noch sehr aktiv sind, planen wir also einen Urlaub mit den Eltern auf Lanzarote, in einer Appartement-Anlage, die für alle Sportarten eine optimale Ausstattung bietet. Insbesondere für Triathleten. Zwei Wochen. Der Wettkampf liegt genau in der Mitte. Also habe ich noch eine Woche Vorbereitung vor Ort sowie eine Woche Regeneration danach. Perfekt.

Das Wetter am Wettkampftag ist alles andere als perfekt. Während wir in der ganzen ersten Woche schöne Sonne und milde Wärme von 24 Grad haben, ist es am Wettkampftag stürmisch und kühl.

Man muss schon ein wenig verrückt sein, wenn man sich um sieben Uhr früh bei Windstärke acht mit hunderten anderer Verrückter wie ein Lemming in die Brandung stürzt, um in den nächsten mindestens zehn Stunden seinen Puls auf „Anschlag" zu halten.

Der Wind peitscht erbarmungslos an diesem Morgen. Bei entsprechend starkem Seegang wird das Schwimmen daher schon zu einer großen Herausforderung. Die Wellen sind so hoch, dass ich ordentlich Wasser schlucke. Eine Welle landet direkt in meinem offenen Mund, als ich über die Seite atmen will. Ich muss so stark husten, dass ich mein gesamtes Frühstück, das ich mit Mühe um vier Uhr zu mir genommen hatte, in die Bucht vor Puerto del Carmen entleere. „Wie blöd", denke ich. Jetzt habe ich direkt ein Energie-Versorgungsproblem, das war so nicht geplant.

Auf dem Rad muss ich also ziemlich direkt die Banane zu mir nehmen, die eigentlich für später geplant war. Der Radkurs ist ein

Rundkurs auf Lanzarote und führt einmal um die gesamte Insel. Mit fast 2600 Höhenmetern und Temperaturen unter zehn Grad auf dem höchsten Punkt fordert diese Strecke alles von mir. Dazu kommt, dass mein Einteiler, den ich selbstverständlich schon zum Schwimmen anhatte, bei diesen kühlen Temperaturen nur langsam trocknet. Es ist kalt. Schweinekalt. Trotz der Anstrengung werde ich nicht richtig warm heute. Ich beiße mich durch und bin froh, als ich die schlimmsten Steigungen überwunden habe. Das Wetter hat sich immer noch nicht gebessert und die Wolkendecke ist dicht. Auf einer langen Abfahrt nach 90 Kilometer friere ich wie ein Schneider und muss wohl einen Moment abgelenkt gewesen sein, sodass ich einem größeren Schlagloch nicht mehr ausweichen kann. Ehe ich mich besinnen kann, fliege ich ... Und lande unsanft auf dem Asphalt. Als ich mich aufrappele, mache ich einen kurzen Check: blutende Schürfwunden an der Hand und am Ellenbogen, aber ansonsten scheint alles in Ordnung zu sein. Mein Hinterrad ist allerdings ausgehebelt, die Kette hängt nebendran und so kann ich nicht direkt weiterfahren, obwohl mir nichts Schlimmeres passiert ist.

Vergeblich versuche ich, mein Rad wieder fahrtüchtig zu bekommen. Einige Zuschauer signalisieren mir, dass ein Servicefahrzeug sicher bald hier wäre. Und so setze ich mich an den Straßenrand und warte. Und friere. Weil es so kalt ist, vergesse ich prompt, auch wegen all der Aufregung, zu trinken. Ich befinde mich am komplett anderen Ende der Insel, weit weg von irgendwelchen Versorgungsstationen und Alex sowie seinen Eltern, die mir zwar den ganzen Tag auf den Fersen bleiben wollten, mich aber in der Wechselzone erwarteten.

So bleibt mir nichts anderes übrig, als auf den Servicewagen zu warten. „So, das war's. Das mit dem Ziel, finishen zu wollen, kann ich knicken!", motze ich mit mir selbst.

Dann kommt das Servicefahrzeug. Während ein Techniker sich um mein Rad kümmert, versorgt ein Sanitäter meine kleineren Wunden. Alles geht erstaunlich schnell.

Da ich ohnehin zurück muss an das andere Ende der Insel, setze ich mich tatsächlich wieder aufs Rad und fahre weiter. Mit jedem Kilometer werde ich schneller. Ich friere nun auch nicht mehr und fasse den Entschluss: „Ich steige nicht aus!" Ich bin ja im Urlaub und extra hier nach Lanzarote gereist, da will ich auch ins Ziel kommen. Außerdem habe ich heute eh nichts anders zu tun. Also kann ich das auch durchziehen.

Ohne dass ich es merke, bin ich aber ziemlich unterkühlt und dehydriert, als ich in der Wechselzone ankomme. Viel zu schlecht hatte ich mich an diesem Tag energetisch versorgt. „Was war denn los? Wo warst du?", will Alexander besorgt wissen.

„Nichts Schlimmes. Ich bin nur irgendwie dumm gestürzt. Jetzt wird's halt etwas später", scherze ich. Dann begebe ich mich auf die Marathonstrecke.

Alexander schüttelt den Kopf. „Bist du sicher? Meinst du, das ist gesund?"

„Ich bin doch hierhergefahren, um ins Ziel zu kommen! Und das tue ich auch!", antworte ich bestimmt. Das hatte ich mir in den Kopf gesetzt und dem stand ja nun eigentlich auch nichts mehr im Weg. Einen Zeitplan oder eine Platzierung hatte ich ohnehin nicht angestrebt.

Die Sonne, die auf der Marathonstrecke entlang der Strandpromenade von Puerto del Carmen sich entschieden hatte, hinter den Wolken aufzutauchen und erbarmungslos von dem dann wolkenlosen Himmel auf die Läufer herabzubrennen, ist bereits untergegangen, als ich ins Ziel komme.

So, das hatte ich mal geschafft, und zwar deutlich vor dem Besenwagen. Geht doch!

Überglücklich bin ich im Ziel. Dort merke ich dann aber schnell, dass gar nichts mehr geht. Meine Knie werden weich und ich sacke zusammen.

Als ich versuche, wieder aufzustehen, gelingt mir das nicht. Nach knapp 14 Stunden Wettkampf gehorcht mir mein Körper nicht mehr. Ein Helfer sieht dies und bringt mich zu einer Liege. Dort soll ich direkt eine Infusion bekommen. In dem Moment, als ich auf der Liege gelagert werde, weicht die gesamte Spannung aus meinem Körper. Auch alle Schließmuskeln versagen. Mir wird übel und ich muss mich übergeben, während mein Darm das Übrige zu dem Gesamtdrama beiträgt. Eine Riesensauerei, die mir furchtbar peinlich ist, aber ich habe meinen Körper nicht mehr im Griff. Ich will aufstehen, aber es geht nicht. Mir wird schwarz vor Augen. Zum ersten Mal im Leben habe ich Todesangst. Mir wird eiskalt, aber nur eine Sekunde lang.

In der nächsten Sekunde wird mir wunderbar warm und es wird hell. Das dunkle Sanitäterzelt weicht einem blauen Himmel und ich blicke auf grüne Bäume. Der Boden unter mir, auf dem ich liege, ist warm und weich. „Es muss Moos sein, oder so was Ähnliches! Einen tollen Service haben sie hier!", denke ich und wundere mich, was die hier auf Lanzarote alles auffahren. Die Bäume über mir wehen leicht im Wind und ich spüre eine kühle Brise. Es duftet angenehm und ich fühle mich total entspannt und leicht nach der Anstrengung des Tages. Ich schaffe zwar noch nicht, mich aufzusetzen, aber das Liegen auf diesem weichen Boden tut gut und ich tanke Energie.

Wo waren denn Alexander und die Eltern auf einmal hin? Sicherlich durften die nicht mit in den Bereich, wo die Athleten nach dem Wettkampf regenerieren durften. Aber auch die Helfer sind verschwunden. Auf einmal merke ich, dass außer mir niemand mehr hier ist. Ich liege ganz allein zwischen Blumen im Halbschatten der Bäume auf einer Lichtung in einer Art Wald. Egal, die werden schon wiederkommen. Bis dahin bin ich auch wieder fit und so genieße ich die Ruhe in vollen Zügen und schließe die Augen. Ich spüre, wie jemand meine Hand hält und fest drückt.

Als ich die Augen öffne, sehe ich, dass es Carl ist, der meine Hand hält und mich anlächelt. Ich fühle mich geborgen, schließe die Augen wieder und genieße die Entspannung!

Da höre ich ein Rufen. Die Stimme kenne ich nicht. Ich höre genauer hin, ich meine, verschiedene Stimmen zu erkennen. Eine der Stimmen ruft immer lauter meinen Namen. „Ja, ich bin doch hier, aber wo seid ihr? ICH habe mich nicht versteckt! Was ist mit euch?"

Ich öffne die Augen und das schöne, warme, blaue Licht ist kaltem Neonlicht gewichen. Über mir ist eine Art Flaschenzug mit einem komischen Schlauch. Ich blicke an ihm entlang und sehe, dass das Ende in meinem Arm steckt, wo es mit einem Pflaster festgeklebt ist.

Ich liege noch und es ist Alexander, der neben mir sitzt und meine Hand hält. Allerdings nicht mehr in dem Sanitätszelt, sondern, so wie es aussieht, in einem Krankenhaus.

„Gott sei Dank, Florentine. Du bist wieder da! Mein Gott, hast du uns einen Schrecken eingejagt." Er küsst mich auf die Stirn. „Wo bin ich denn hier?", frage ich verwirrt. „Eben war ich doch noch in diesem tollen Zelt in der Wechselzone, so einer Art Wald. Und wo ist denn Carl?"

„Carl? Wer ist Carl?", fragt Alexander nun seinerseits verwirrt.

„Ich glaube, eben warst du mal kurz ganz woanders!", antwortet er. „Du warst bewusstlos und wolltest partout nicht zurückkommen! Da haben die nicht lange gefackelt und einen Krankenwagen gerufen. Wir sind jetzt im Krankenhaus in Arrecife!"

Ich muss ziemlich lange bewusstlos gewesen sein. Erst jetzt fällt mir auf, dass Alex Carl ja gar nicht kennengelernt hatte. Und natürlich wusste er weder WER noch WO er war.

„Alex, ich glaube, ich war gerade mal kurz im Himmel!"

Alexander drückt meine Hand. „Und deshalb musst du auch heute Nacht hierbleiben.

Ich fahre jetzt ins Hotel und hole dir frische Sachen."

Ich erkenne, dass ich bis auf das Krankenhaushemd nackt bin und ziemlich übel rieche. „Wenn du morgen früh fit genug bist zu duschen, darfst du heimkommen! So stinkend können wir dich ja nicht in unser Appartement lassen!" Zumindest hatte Alex seinen Humor wiedergefunden. Aber er ist trotz seines gut gebräunten Gesichts blass und sieht müde aus. Ich widerspreche nicht und bin noch viel zu erschöpft und erschreckt aufgrund meiner letzten Erkenntnis.

Als Alexander eine Stunde später mit frischen Sachen zurück ins Krankenhaus kommt, bin ich aber schon wieder so fit, dass ich eigentlich direkt duschen und mit ihm ins Hotel fahren könnte. Aber es wird mir von den Ärzten weder erlaubt zu duschen noch überhaupt aufzustehen und so fährt Alex alleine ins Hotel, während ich eine der schlimmsten Nächte meines Lebens auf der Ambulanz des Krankenhauses in Arrecife verbringe. Hier geht es zu wie auf einem Taubenschlag. Die Betten sind nur durch Paravents abgetrennt und die Geräuschkulisse entsprechend hoch. Überall stöhnen oder jammern die eingelieferten Patienten. An schlafen ist nicht zu denken. Ich rufe nach einem Arzt, weil ich fragen will, ob ich nicht doch besser entlassen werden könnte. Es kommt ein netter, junger, aber natürlich spanischer Arzt. „Hola, que tal nuestro Ironman?" Machte er sich etwas über mich lustig? „Estoy muy bien!" Ich versuche, mich aufzurichten. „Do you speak English?", will ich wissen.

„No hablo Inglés", antwortet er. Na prima, nun musste ich meinen schmerzenden Kopf aber anstrengen: „Quiero tomar una ducha y volver a casa. Ahora." Ich sage dies mit meinem zusammengekratzten Spanisch, aber mit Bestimmtheit. Mit nicht weniger Bestimmtheit misst der junge Doktor meinen Blutdruck und schüttelt den Kopf. Er signalisiert mir, dass dieser viel zu niedrig sei. „Es como siempre!", jammere ich. Ich habe immer einen Blutdruck, bei dem andere schon ohnmächtig wären. Aber er bleibt hartnäckig und so muss ich bleiben. Irgendwann falle ich in einen unruhigen Schlaf.

Gegen sechs Uhr stehe ich vorsichtig auf. Mensch, gestern bin ich auf diesen Beinen noch einen Marathon gelaufen, da werde ich es jetzt wohl bis zum Bad schaffen, ohne den Arzt zu rufen. Ich halte mich am Bett fest und als ich sicher bin, dass mich meine Beine tragen, gehe ich in das Bad, das selbstverständlich nicht nur mir, sondern auch allen anderen Patienten hinter all den anderen Paravents zur Verfügung steht. Als ich die Tür öffne, schlägt mir ein unangenehmer Geruch entgegen. Ich bleibe stehen und schlucke. Neben dem wenig einladenden WC ist ein Waschbecken. Keine Dusche. Ich entscheide mich also für eine Katzenwäsche und ziehe mich langsam an. Ich selber rieche nicht viel besser als dieses Bad. Um 6:30 Uhr bin ich vollständig angekleidet und melde mich bei den Ärzten ab. Diesmal diskutiert keiner mit mir. Vor dem Krankenhaus rufe ich mir ein Taxi und komme um 7:30 Uhr in der Appartement-Anlage an.

Alexander und seine Eltern sind bereits beim Frühstück, als ich in unserem Appartement eintreffe. „Ihr seid aber früh wach! Ihr hattet doch sicher gestern einen anstrengenden Tag", begrüße ich sie. „Genau wie du", antwortet Alexander und nimmt mich in den Arm. „Hey, ich hatte doch gesagt, dass du duschen sollst, bevor du hier auftauchst!" Er schiebt mich zurück. „Ab in die Dusche! Aber tu mir bitte in Zukunft einen Gefallen: keinen Ironman mehr ohne entsprechende Vorbereitung!" „Es lag ja nicht an der fehlenden Vorbereitung. Es war mein ungeplanter Sturz!", wehre ich mich. „Was auch immer! Ich möchte halt ungern, dass du beim nächsten Mal aus deinem ominösen ‚Wald' nicht zurückkommst."

Bei dem Gedanken an diese Nahtod-Erfahrung – anders kann ich mir meinen Traum nicht erklären – wird mir kalt. Carls plötzlicher Tod liegt nun ungefähr drei Jahre zurück. Ein Schauer läuft mir über den Rücken. „Du hast ja recht!", antworte ich betroffen. „Vielen Dank, dass ihr gestern den ganzen Tag für mich da wart!", wende ich mich auch an meine Schwiegereltern. „Na, das Wichtigste ist, dass du gesund bist!", antwortet meine Schwiegermutter. „Das Wichtigste ist, dass Florentine aus dieser Erfahrung lernt! Sie ist halt keine 20 mehr!", protestiert Alexander. „Nein, sie ist 16!", antworte ich und zwinkere Alexander zu, bevor ich im Bad verschwinden will. Alex schüttelt den Kopf. „Zumindest so unvernünftig und unbelehrbar wie mit 16. Das stimmt!"

Ich bleibe stehen und schaue ihn an und mir wird bewusst, wie schnell er mich bei dieser Aktion hätte verlieren können. Das war nicht fair von mir. Das war leichtsinnig. Glück und Unglück konnten so nah beieinanderliegen. Ich denke an Carl. Sein Glück durfte man nicht leichtfertig aufs Spiel setzen. Ich gehe zu Alexander und umarme ihn fest. „Ich meinte das ernst", sage ich und nehme sein Gesicht in beide Hände und schaue ihn an. „Danke, dass du da warst. Danke, dass du immer für mich da bist. Ich liebe dich!"

Wenn ich auch daran gezweifelt hatte, jetzt wird mir das auf einmal sehr klar. Und vielleicht wollte mir der „Herr Grunderfinder" ja genau **das** bewusst machen.

12
Beziehungsweise

In den kommenden Wochen ist Alex stets mehrere Tage pro Woche unterwegs. Und wenn er nicht über Nacht wegbleibt, kommt er so spät heim, dass es fast schon wieder hell wird. Ich wundere mich zwar sehr über diese Arbeitszeiten, aber was mich viel mehr wundert, ist nicht so sehr die Tatsache, dass er fast nie da ist, sondern die Tatsache, dass er weg ist, auch wenn er zu Hause ist. So zumindest kommt es mir vor.

Es ist inzwischen Februar. Selbstverständlich änderte sich auch nichts an der Tatsache, dass er sich nur bei mir meldete, wenn es nötig sprich etwas zu organisieren war oder er abends noch etwas essen wollte. Seine Nachrichten enthielten aber keine Kuss-Herzchen-Smileys –, schon lange nicht mehr – sondern waren sehr sachlich. Ein „Hab dich lieb" gab es auch nicht mehr!

Da er auf mein „Ich hab dich lieb!" immer mit „Das ist fein!" antwortete, nehme ich mir vor, das nicht mehr zu sagen. Manchmal traue ich mich allerdings noch weiterzufragen: „Warum hast du mich eigentlich so lieb?" Alexander antwortet nun nicht mehr mit der Topf-Deckel-Antwort, sondern: „Weil ich mit dir verheiratet bin!" Das lasse ich dann so stehen, obwohl die kausalen Zusammenhänge natürlich genau anders herum sind. Meine Freundin Sunila aus London hatte mir geraten: „Take a step back! Show him that you are strong. Tu als sei nichts gewesen und höre bloß auf zu klammern!"

Ich weiß, das Muster ist mir ja so klar!

Erstaunlicherweise ertappe ich mich aber bei der Erkenntnis, dass mir diese Haltung zunehmend leichtfällt. Ich liebe Alex, aus tiefstem Herzen. Jedes Mal, wenn ich ihn sehe, wenn er heimkommt, wenn wir gemeinsam trainieren oder er nackt neben mir im Bad steht, erkenne ich: Ja, diesen Mann liebe ich! Warum wird mir das erst jetzt so bewusst, wo ich ihn zu verlieren beginne? Dieses blöde Muster.

Morgens, wenn er vor mir im Bad ist, schmiege ich mich öfters kurz von hinten an ihn an, so dass ich seine nackte, warme Haut spüren kann. Manchmal dreht er sich sogar zu mir um und erwidert meine Umarmung und unsere nackten Körper halten sich für wenige Augenblicke eng umschlugen, versunken, geborgen.

Was würde ich darum geben, diese Augenblicke festhalten zu können. Ich liebe ihn so sehr, ich will ihn nicht verlieren, aber habe ich darauf überhaupt noch einen Einfluss? Ich will keine Fehler machen, ich will ihm zeigen, dass die Tür meines Herzens für ihn offen ist, ohne sich hinter ihm zu versperren und ihn einzuschließen. Ich will ihn mit warmer Liebe einfangen, ohne zu klammern. Eine Gratwanderung! War das überhaupt möglich?

Diese innigen Momente morgens im Bad sind oft die einzigen Momente am Tag, oder gar in der Woche, die ich mit Alex teile! Da ist es doch ganz normal, dass wir uns entfremden, oder nicht?

Auf jeden Fall lasse ich ihn nicht spüren, dass ich unter dieser Vorstellung leide.

„Suche dir etwas oder jemanden, das oder der dich ablenkt!", empfiehlt Bella.

„Scherzkeks, ich will niemanden anderes! Ich bin ein Schwan und die Paare binden sich für das ganze Leben. Dass sich Schwanen-Paare trennen, ist extrem selten. Dementsprechend ist es schwierig für ältere Schwäne, die ihren Partner verloren haben, einen neuen Partner zu finden. Ich erkenne: Ich bin nicht nur ein Schwan, ich bin ein „älterer Schwan"!

Meine Gefühle fahren Achterbahn – was soll ich nur tun –, ich will ja keine Fehler machen und Alex „vergraulen", das Muster war mir ja so präsent! Ich frage mal wieder Sebastian um Rat, ich hatte schon ein paar Tage nichts von ihm gehört und so schreibe ich ihm eine Nachricht. Ich mache auch keine Umschweife, sondern falle direkt mit der Tür und meinem Gefühlschaos ins Haus.

Wie funktioniert Liebe? Warum liebt man einen Menschen so sehr, dass es diesem zu viel wird? Wie kann man diese Muster verhindern? Sebastian ist immerhin seit 20 Jahren in einer glücklichen Beziehung, er muss es ja wissen!

In den nächsten Wochen entwickelt sich daraus eine aktive Kommunikation und ich ertappe mich dabei, wie sehr ich mich über Bastis Nachrichten freue, und finde tatsächlich eine Art Ablenkung, die mich von meinen Sorgen und negativen Gedanken ein ganzes Stück wegbringt. Ich fühle mich Sebastian so nahe wie damals mit 16, obwohl wir 30 Jahre keinen Kontakt hatten! Wie kann das sein?

Inzwischen haben wir allerdings gegenseitig nicht nur Nachrichten, sondern auch Fotos ausgetauscht und wissen recht gut übereinander Bescheid. Erstaunlicherweise gibt es doch ein paar Parallelen. Auch er hat zwei Kinder, Sohn und Tochter, jeweils im Alter von Pepe und Julius. Sein Sohn sieht tatsächlich aus wie er mit 16. Als ich das Foto von seinem Sohn sehe, denke ich, es sei erst gestern gewesen, dass ich Sebastian zuletzt gesehen habe. Wie alte Freunde das so tun, tauschen wir sämtliche aktuellen und weniger aktuellen Fotos aus: mein Haus, mein Ehepartner, meine Kinder, mein Hund. Alles mit einer ganz selbstverständlichen Ehrlichkeit, als würden keine 30 Jahre zwischen unserer letzten Unterhaltung liegen.

Daher schreibe ihm alles über meine bisherigen Beziehungen, offen und unverblümt und frage immer wieder:

„Warum hast du mich damals so geliebt?

Warum hatte unsere Beziehung keine Chance?

Warum hatten meine Ehen mit Männern, die ich liebte, keine Chance?

Wie funktioniert eine langfristige Ehe und Partnerschaft?

Was habe ich falsch gemacht?

Warum kommt man zwangsläufig immer wieder in das gleiche beziehungskillende Muster?

Wie ging es dir nach unserer Trennung?"

„Also Flori, DU stellst Fragen wie damals mit 16! Liebe kann man eigentlich gar nicht erklären. Sie ist einfach da! Oder auch nicht! Und diese ganzen Fragen kann ich dir schon mal gar nicht als

Kurznachricht beantworten! Gib mir etwas Zeit und ich schreibe dir meine Meinung zu diesem Thema auf!"

„Ach Basti, wir sind zwar keine 16 mehr, aber irgendwie fühle ich mich in der Tat nicht viel schlauer! Ich bin gespannt auf diese Nachhilfestunde in Sachen Liebe", erwidere ich und bin erstaunt, dass mein Magen – immer mein sicherer Ratgeber – mit einem gewissen Bauchkribbeln reagiert!

„Spinnst du", schimpfe ich mit meinem Bauchgefühl! „Fang jetzt bloß nicht an, mir irgendwelche Schmetterlinge einzureden!"

„Und wenn es so wäre?", antwortet mein Bauch imaginär.

„Ja, dann ist das vielleicht die willkommene Abwechslung und es geht mindestens eine Beziehung endgültig den Bach runter!"

Ich schrecke auf, weil Struppi in diesem Moment wie verrückt anfängt zu bellen. Tristan kommt zur Tür rein! Tristan Meier ist Alexanders Bruder aus Brandenburg. Seine Firma hat seit Anfang des Jahres für ihn als Ingenieur für Automationstechnik in Brandenburg nun ein Projekt in der Pfalz unweit unserer Stadt, wo in den nächsten sechs Monaten eine Anlage erweitert werden soll. Dort ist er als Projektleiter eingesetzt. Von Montag bis Donnerstag wohnt er daher bei uns zusammen mit Annika oben in der Dachwohnung. **Ein** Bett ist in unserer Villa Kunterbunt ja mindestens immer frei. Und da Alexander unter der Woche meist eh nicht nach Hause kommt, bin ich über diese Art Familienzuwachs aus den Reihen der eigenen Familie ganz froh! Tristan ist auch ein Schwan. Das vermute ich zumindest, denn er und seine Frau haben bald Silberhochzeit! Irgendwie scheint das bei manchen ja zu klappen.

Mit Tristan kommt auch der Rest der Bande zum Abendbrot. Die Jungs und Annika kommen vom Schwimmtraining und Anna kommt oben aus der Wohnung, nachdem sie ihre Hausaufgaben endlich beendet hat. Wir decken gemeinsam den Tisch und sitzen gerade, als Johannes und Jasmin auch vom Training heimkommen und kurz in unserer Wohnung vorbeischauen.

„Ach, hallo Tristan, machst du hier wieder den Ersatz für deinen treulosen Bruder?", scherzt er. Hoffentlich weiß er nicht, wie treulos Alexander wirklich ist, denke ich.

„Möchtet ihr mitessen?", frage ich und da Johannes sich, ohne zu antworten, einfach an den Tisch setzt, lege ich schnell noch zwei weitere Gedecke auf und es wird wieder einmal ein sehr geselliges Abendbrot, bei dem jeder von den persönlichen Highlights des Tages berichtet. Pepe, der ja mit dem Jurastudium begonnen hatte, macht wieder für alle den Entertainer und wir lachen herzlich über seine Witze. Er sollte über seine Berufswahl nachdenken, denke ich. Ich blicke in die glückliche Runde: Ich liebe diese Familie! Will Alex das wirklich aufgeben? Warum ist es ihm auf einmal alles zu viel in unserem Bienenstock?

In den nächsten Tagen wird es ruhiger im Haus, denn die Jungs, Jasmin und Jo verabschieden sich in das alljährliche Trainingslager im Frühjahr! Normalerweise bin ich immer froh, wenn ich dann abends mal etwas mehr Zeit für mich habe, weil ich mich nicht um das Essen oder die Wäsche kümmern muss. Beides benötigen Kinder und insbesondere Sportler in einer Menge, die einen ganz schön auf Trab hält. Aber in diesem Jahr stört mich die Ruhe. Aktuell bin ich für jede Ablenkung dankbar und Freizeit kann ich eigentlich gar nicht gebrauchen.

Meine „WhatsApp"-Unterhaltung mit Sebastian wird daher täglich intensiver und ich erkenne, dass man auch durchaus den Rahmen an Textmenge sprengen kann und wir entscheiden uns für den Nachhilfeunterricht in Sachen Liebe zur E-Mail-Kommunikation überzugehen.

Dieses Phänomen scheint nicht unüblich zu sein! Ist man sich des Partners sicher, halten sich die Aufwände, die man betreibt, in Grenzen! Wenn man aber merkt: Vorsicht, der Partner wird abtrünnig, dann gibt man sich auf einmal wieder ganz doll Mühe ... Und erreicht damit dann meistens das Gegenteil! Ist das nicht verrückt??

Warum ist das so? Das ist mir fast in allen Beziehungen so gegangen, warum kommt man immer wieder in so ein Muster? Was bedeutet „wahre Liebe"? Was kennzeichnet eine gute Beziehung und wie erhält man sie, das waren meine Fragen an Sebastian und er antwortet glücklicherweise so offen und ehrlich, wie ich ihn gefragt hatte.

„Es ist manchmal schöner, um eine Frau kämpfen zu müssen und sie mit viel Aufwand zurückzugewinnen, als von derselben Frau ununterbrochen übertrieben geliebt zu werden."

Ich stutze kurz! Sebastian hatte seine Lektion gelernt!

Bin ich jetzt diejenige, die zum „Klammerer" wird?

„Keine Ehe ist frei von Krisen", raubt Sebastian mir meine Illusion.

„Ich glaube aber, dass Alexanders Zweifel nur temporärer Art sind, und er sich bald seiner Liebe zu dir wieder sicher sein wird."

„Wie kommst Du denn da drauf?", will ich wissen, „für mich gibt es kein halbes Lieben oder temporär mal nicht, oder so!"

„Klar ist Alexanders Verhalten unlogisch und widersprüchlich und schon gar nicht fair dir gegenüber. Aber er spielt dir zumindest nichts vor, und er ist ehrlich, denke ich. Er ist sich derzeit nicht sicher, was er will und kann es wohl auch nicht logisch begründen.

Anscheinend will er auch nicht, dass du dich seinetwegen groß verbiegst und dann dadurch unglücklich wirst, zumindest solange seine Unsicherheit anhält. Und mit Sex und Berührungen hält er sich vielleicht zurück, weil er befürchtet, du könntest das falsch deuten. Damit kasteit er sich ja im Grunde auch selbst. Wenn du ihn so liebst, macht es ja auch Sinn, um ihn zu kämpfen, lass diesen Reisenden also besser nicht ziehen, sondern bleib gelassen und lass ihm Zeit!"

Ja, so weit war ich ja schon! Aber würde ich das schaffen? Obwohl Alexander ja selber gesagt hatte, dass vielleicht ja alles wieder gut werden könne. Die weiteren Ausführungen muss ich mehrmals lesen, bis ich vollständig verstanden habe, was er mir sagen will. „Wenn es eine wahre Liebe ist, dann wird es auch wieder funktionieren. Du musst nur die richtige Strategie entwickeln und nun in erster Linie Geduld haben." So ist das mit Nachhilfestunden! Mancher Stoff geht halt nur schwer in den Kopf! Ich will außerdem keine „Strategie entwickeln"!!! Erschwerend hinzu kommt nun bei mir, dass mein Herz meinen Kopf derzeit so dermaßen blockiert, dass es mit entspannter Intuition nichts mehr zu tun hat.

Eins ist sicher, auch wenn ich es bisher nie so richtig wahrhaben wollte: Eine Beziehung ist harte Arbeit! „Es ist alles so kompliziert bei mir", jammere ich Bella am Telefon vor. Bella kommentiert dies trocken: „Keine Sorge. Du bist in guter Gesellschaft. Wenn man andere Paare sieht, hat man immer den Eindruck, dass die eigene Beziehung furchtbar anstrengend ist, während andere Paare einen Spaziergang machen."

Also noch etwas war sicher: Auf einem Spaziergang war ich schon lange nicht mehr unterwegs.

Ich hole den Brief, den ich Alex im Dezember geschrieben hatte, heraus und lese ihn erneut. Ich lese ihn erneut und stelle fest, dass ich diesen auch nach nunmehr drei Monaten noch genauso schreiben würde.

Ich hatte ihn gebeten, seine Gedanken zu sortieren, und „Ich möchte nicht immer mit der Angst leben, dich vollständig zu verlieren. Ich möchte auch nicht abwarten bis es irgendwann so weit ist und bis dahin deine zweite Wahl sein! Das raubt mir jede Energie. Das macht mich krank." Und das stimmte nach wie vor. Ein Großteil meines Alltags und alle meine Gespräche mit Bella und Sebastian drehten sich um dieses Thema. Das ist auf Dauer ganz schön anstrengend. Kein Wunder, wenn dann Menschen behaupten, sich befreit zu fühlen, wenn sie den Partner, den sie verzweifelt und mit viel Energie zu halten versuchen, weg ist. Klar, dass dann wieder mehr Energie für etwas anderes frei wird. Würden wir beide am Ende auf Dauer unglücklich sein, wenn wir zusammenblieben? Obwohl wir uns liebten? Mein Kopf ist leer und mein Bauch ist flau.

Am Abend stecke ich den Brief in Alexanders Arbeitstasche. Wir hatten nun eine Zeit nicht mehr über dieses Thema gesprochen. Ganz bewusst hatte ich meine Gefühle nicht mehr artikuliert. Daher halte ich es für vertretbar, wenn er diese nun in diesem Brief wieder einmal zu lesen bekommt. Mir wird es dennoch ein wenig mulmig, denn ich wollte ihm ja eigentlich nicht die Pistole auf die Brust setzen. Aber wenn ich nun mal als Ehe-Frau versagt hatte, und das blöderweise schon zum zweiten Mal, dann war ich vielleicht nicht für die Ehe geeignet?

„Flori, du spinnst!", antwortet Basti, als ich ihn das frage. „Du spielst eindeutig in der ersten Liga der Top-Ehefrauen. Du jettest mal eben von London über Paris nach Berlin, hast den perfekten Körper, bist super sportlich und auch eine tolle Mama und Tierhalterin, hast deine Kinder perfekt großgezogen, powerst von morgens früh bis spät in der Nacht, warst auf dem Abi-Ball von Julius, was ich auf den Fotos erkennen konnte, die attraktivste Mama und ... das könnte ich endlos fortführen! Du solltest superglücklich sein!"

Ja, so unterschiedlich sind die Sichtweisen. Aber, nachdem mir Sebastian dies nochmal in aller Deutlichkeit gesagt hatte, nehme ich mir vor, ab heute die Dinge wirklich positiv zu sehen. Ich suche im Internet nach sachdienlichen Tipps, wie man zum Optimisten wird. Es ist schwer, wenn man das nicht von Kindesbeinen auf gelernt hat. Meine Eltern hatten ja auch so ihre Probleme damit zu sehen, dass das Glas halb voll ist und nicht halb leer. Am Ende meiner Recherche stelle ich fest, dass es aber eigentlich doch ganz einfach ist. Man muss nur einen Schalter umlegen und eine entsprechende „innere Haltung annehmen"!

„Glück hat zum geringsten Teil mit den äußeren Umständen zu tun. Glück ist eine Empfindung, ein Gefühl, das von unserer Einstellung, unserem Blickwinkel kommt. Dieses Gefühl kann man jederzeit erleben, wenn man sich dafür entscheidet. Um dauerhaft Glück zu empfinden, braucht es keine Umstände, es braucht eine dankbare innere Haltung, ein Zufriedensein mit dem, was man erreicht hat, ein Genießen-Können der derzeitigen Gegebenheiten. Es braucht Dankbarkeit für das, was man schon hat, und nicht Jammern über das, was fehlt. Dankbarkeit ist eine Energie, die glücklich macht!", sagt Antony Fedrigotti, Erfolgstrainer aus Augsburg.

Gut, im Schalterumlegen bin ich gut! Dann werde ich ab heute mal wieder einen Schalter umlegen. Der Schalter „Ehefrau – Projekt Teil 2" wird in die Position „beste Freundin – Projekt Teil 1" gelegt. Spannend, mit welcher Selbstverständlichkeit die Männer so etwas von einem erwarten. Ich bin mir nicht sicher, ob das andersherum genau so funktionieren würde. Aber eigentlich bin ich mir zumindest bei Johannes sicher, dass die Dinge anders gelaufen wären, wenn ich die Ehe hätte beenden wollen. Bei Alexander war ich mir immer sicher, dass keiner von uns diese Ehe jemals beenden wollen würde und schon gar nicht Alexander. Zum Teufel also mit meinen Gefühlen – da habe ich dann ja ohnehin falsch gelegen –, was nützte es also, jetzt über das „Was wäre, wenn ..." zu philosophieren.

13
Leben im Vulkangebiet

Es gab schon einige Vulkanausbrüche in meinem Leben und manchmal habe ich mich wirklich gefühlt, als ob die Welt um mich herum nur aus brodelnden Vulkanen besteht. Die ersten Jahre mit Alexander und das Zusammenwachsen der Patchwork-Familie sind immer noch gekennzeichnet von dieser Geothermie. Nach der Hochzeit mit Alexander beruhigt sich die Situation allerdings zunehmend. Ich lebe zwar immer noch mit Vulkanen – manche ruhen, manche brechen regelmäßig aus und andere nur selten. Manches brodelt auch unbemerkt unter der Oberfläche, aber die Ausbrüche werden seltener.

Wenn ich allerdings gedacht hatte, dass die grundsätzliche Aktivität der Vulkane meines Lebens nun langsam abnimmt, so sollte ich mich getäuscht haben.

Dass ich mich an einem roten Faden orientieren könnte, glaube ich ja schon lange nicht mehr. Aber da mich regelmäßig eine unangekündigte Eruption überrascht, wird es mir auf jeden Fall nicht langweilig.

So viel ist mal sicher.

Karin übernimmt meinen Job als Sekretärin und persönliche Assistentin von Johannes. Das ist mir ganz recht, denn so kann ich mich vermehrt wieder auf mein eigenes Unternehmen konzentrieren. Ich arbeite als Übersetzerin und organisiere freiberuflich für verschiedene Unternehmen Messeauftritte und In-house-Schulungen. Davon könnte ich alleine mein Leben zwar nur schwer bestreiten, mit der Unterstützung von meinen beiden Männern kommen wir jedoch einigermaßen über die Runden. Ich pimpe meine Website und inseriere im Internet und in den Gelben Seiten. Und so bekomme ich tatsächlich eines Tages einen Auftrag für einen Dolmetscher-Job auf einem Ärztekongress in

Köln. Es ist kein Riesen-Event und wird auch nicht sonderlich gut bezahlt. Für mich ist es aber ein Anfang und ich freue mich und nehme den Auftrag an.

Der Kongress findet in einem Hotel in der Kölner Innenstadt statt. Es sind verschiedene Seminarräume gebucht und selbstverständlich auch verschiedene Dolmetscher. Ich bin nur für einen einzigen Vortrag als Konferenzdolmetscher in einem kleineren Raum gebucht. Es geht um den Einfluss von Nährstoffen auf Schwangerschaft und Entbindung. Genau mein Fachgebiet, da kenne ich mich ganz gut aus. Ich komme ungefähr zwei Stunden vorher im Hotel an und mache mich mit dem Raum und dem Mikrophon sowie der Technik und dem Redner, einem amerikanischen Professor für orthomolekulare Medizin, vertraut. Nach und nach füllt sich der Raum. Die Teilnehmer sind Fachärzte für Naturheilkunde, Gynäkologen oder Ähnliches.

Langsam bekomme ich ein wenig Lampenfieber und mein Gesicht eine gesunde Röte. Kurz vor Beginn des Vortrages, als alle Teilnehmer im Raum schon Platz genommen haben und wir gerade mit dem Vortrag beginnen wollen, öffnet sich noch einmal die Tür und ein weiterer Teilnehmer, geschätzt Mitte sechzig, kommt herein. Da die Damen vom Organisations-Komitee den Raum schon verlassen haben, gehe ich ihm entgegen, frage ihn nach seinem Namen und zeige ihm einen noch freien Platz. Professor Kranz, Gynäkologe, entschuldigt sich für sein Zuspätkommen und stutzt dann, als er mein Namensschild liest. Er schaut mich an und ruft dann freudig: „Frau Steigenberger, na das ist mal eine Überraschung." Einige Teilnehmer im Raum drehen sich um. „Entschuldigung, kennen wir uns?" Ich bin irritiert. Er beugt sich zu mir und flüstert in mein Ohr „Oh, Sie erinnern sich wohl nicht? Na, aber Sie waren ja auch sehr beschäftigt, als wir uns trafen!", kichert er. Bei mir klingelt es immer noch nicht. „Gut, ich helfe ihnen: Februar 1995. Kreißsaal in so einem kleinen Nest in der Pfalz! Ich habe Sie von Ihrem ersten Sohn entbunden! War ein hartes Stück Arbeit." Ich bin platt, das war jetzt über zehn Jahre her! Aber langsam erinnere ich mich auch ... Durchaus nicht nur positiv. Nicht ohne Grund habe ich meine anderen Kinder zu Hause bekommen. Bei Herrn Dr. Kranz hatte ich wohl damals einen bleibenden Eindruck hinterlassen. Dies gelingt mir nun auch hier, denn der Herr (inzwischen) Professor Kranz hatte diese Worte nicht nur in mein Ohr, sondern auch in mein bereits geöffnetes Mikrophon, das ich am Revers trage, gesagt und somit hat es der ganze Saal nun mitbekommen. Dies wird mir bewusst, als mich die Teilnehmer nicht nur anlachen, sondern teilweise auch den Daumen hochhalten oder applaudieren.

„Dann hätten wir das ja jetzt auch geklärt", versuche ich meine Fassung zurückzubekommen. Mit knallrotem Kopf wird mir klar, dass allen Anwesenden nun klar ist, dass der Herr Doktor meine Vagina schon durchgehend geöffnet gesehen hat und selbiges stellen sich bestimmt einige gerade vor, wenn ich das verlegene und unterdrückte Grinsen im Saal deuten sollte. Ich fordere unseren Redner auf, nun mit dem Vortrag zu beginnen, ohne das peinliche Thema zu vertiefen.

Die Welt ist ein Dorf und wenn ich das bis heute nicht glauben konnte, jetzt wird es mir wieder illustrativ bewiesen.

Um mit Mark Foster zu sprechen, bzw. zu singen: „Die Welt ist klein und wir sind groß." … und zwar viel zu groß, um auf der Stelle in einem Mauseloch zu verschwinden, was ich mir in den letzen Minuten kurfristig gewünscht hatte.

Nach der Eheschließung mit Alexander behalte ich meinen Nachnamen „Steigenberger". Das hat mindestens drei Gründe: Erstens möchte ich den gleichen Nachnamen haben wie meine Kinder, das macht das Leben auch organisatorisch leichter. Zweitens heißt Alexander mit Nachnamen „Meier" und das ist nicht gerade der signifikanteste deutsche Name, der zu meinem ausgefallenen Vornamen passen würde. Und drittens ist mein Unternehmen unter meinem bisherigen Nachnamen bekannt und ich bin auch einfach zu faul, mir meinen Personalausweis, Führerschein, Kreditkarten und Ähnliches neu machen zu lassen.

Während ich Alexander geheiratet habe, hatte Johannes Karin zunächst, wenn auch nur kurzfristig, gegen Marie ausgetauscht. Marie ist kinderlos und wesentlich jünger als Karin. Ich mag Marie und die Kinder mögen sie auch. Insbesondere Anna, die in Marie eine große Schwester sieht und froh ist, dass endlich wieder weibliche Unterstützung „in ihrem Alter" im Haus ist, nachdem Karin mit den zwei Jungs ausgezogen war.

Für die Kinder war diese Trennung von Johannes und Karin ohnehin recht unspektakulär. Der eigentliche Familienstamm, der aus mir, Alexander und Johannes bestand, sowie ihr „Nest" in der Villa Kunterbunt blieben ja von Papas Beziehungsstress unberührt.

Mich persönlich bestätigt das aber in meiner Annahme, dass Johannes einfach nicht als Schwan geboren wurde und unsere Trennung somit nicht unbedingt an mir gelegen hatte.

Eine weitere Bestätigung für diese Annahme erhalte ich, als auch diese Beziehung relativ zügig wieder auseinandergeht. Noch während der Zeit mit Marie trifft Johannes Antonia.

Antonia ist ein wenig älter als ich und lernt Johannes durch den Sport kennen. Ihr Sohn Christian ist Triathlet auf dem Weg zum Profi. Johannes übernimmt die Trainerstelle.

Johannes hat schon immer das Nützliche mit dem Angenehmen verbunden und daher ziehen die beiden und deren Hund Ludwig, ein sechsjähriger Riesenschnauzer, relativ zügig in die Villa Kunterbunt ein. Die Kinder freuen sich, dass wieder ein Hund im Haus ist. Die Population in unserem lebhaften Bienenstock wird damit wieder größer. Christian zieht in die Dachwohnung, wo Karins Jungs gewohnt hatten und die zu Maries Zeiten vermietet war. Die Wohnung ist für Christian allein viel zu groß.

Aber dazu würde uns später sicher noch etwas einfallen.

Zu unserem dritten Hochzeitstag laden Alexander und ich unsere Eltern ein, eine Woche gemeinsam mit den Kindern auf Rügen zu verbringen. Quasi als Entschädigung. Außerdem haben wir selber ja auch noch nicht unseren Granitstein am Fuße des Leuchtturmes gesehen. Denn dieser war ja erst in der Woche nach unserer Hochzeit dort gelegt worden.

Es sind Herbstferien und wie immer, wenn Engel reisen, haben wir Traumwetter auf Rügen. Wir wohnen mit den Eltern und Schwiegereltern in einem kleinen Haus direkt am Strand.

Mein Vater hatte noch im Sommer eine schwere Operation gehabt und ich bin überglücklich, dass er wieder so fit ist, dass meine Eltern selber mit dem Auto nach Rügen reisen konnten. Das Wetter ist so gut, dass wir ausgedehnte Wanderungen am Strand entlang machen können. Dafür ist mein Vater allerdings noch nicht wieder fit und somit entscheiden sich meine Eltern, sich Fahrräder auszuleihen.

Nachdem wir am Leuchtturm zwischen all den fast 2000 Steinen unsern Hochzeits-Stein gesucht, gefunden und fotografiert hatten, wandern Alexander und ich mit den Kindern und Schwiegereltern am Strand entlang zurück zu unserem Haus, während meine Eltern sich mit den Fährrädern auf den Rückweg machen wollen.

Der Fahrradverleih befindet sich unweit des Leuchtturms, und da die Eltern mit den Rädern schneller sein würden als wir zu Fuß, wandern wir schon einmal los, während die Eltern zum Rad-Shop gehen.

Ich genieße den Spaziergang in der Herbstsonne. Die weißen Felsen erinnern an Südengland, wo wir mit den Kindern im Sommer zuvor einen traumhaften Urlaub verbracht hatten. Das Cornwall der Rosamunde Pilcher hat uns seitdem in seinen Bann gezogen. Aber auch hier genießen wir die Natur mit bizarren Steilküsten und traumhaften Stränden. Die Kinder laufen mit, ohne die geringste Beschwerde, obwohl der Weg bis zum Haus ungefähr acht Kilometer Im-Sand-laufen bedeutet.

Sie sammeln Muscheln, tote Fische und jede Menge angespültes Treibgut. Die Seeluft tut uns allen gut.

Ich könnte die Welt umarmen und bin so glücklich über diesen Moment im Kreise meiner Lieben, dass ich mit den Kindern im

Sand umherspringe, in die Wellen hüpfe und meinerseits Muscheln sammle. Die letzten Kilometer bis zum Haus ziehen wir uns die Schuhe aus, krempeln die Hosen hoch und laufen barfuß durch den Sand und das eisige Wasser. Die Oktobersonne ist zwar noch recht warm, aber der Wind und die Ostsee haben sich schon herbstlich abgekühlt, aber das ist uns egal. Zumindest mir und den Kindern. Alexander und seine Eltern behalten lieber die Schuhe an.

Bis wir in unserem Haus angekommen sind, dauert es gute drei Stunden und die Sonne steht schon erstaunlich tief, als wir ankommen.

Meine Eltern allerdings sind noch nicht zurück und als wir das Haus betreten, ist es dort dunkel.

Sind die einmal um die ganze Insel gefahren oder wo bleiben die beiden?! Als ich sie auch telefonisch nicht erreichen kann, mache ich mir langsam Sorgen.

Während die Kinder sich mit ihren Gameboys beschäftigen und die Schwiegereltern sich ausruhen, beginnen Alexander und ich, das Abendbrot vorzubereiten. Wir sind ausgehungert vom Wandern.

Auch nach einer weiteren Stunde, als wir zu Essen beginnen, erreiche ich die Eltern nicht.

Die Sonne ist längst untergegangen, als ich Schritte vor dem Haus höre. Sofort springe ich auf und renne zur Tür. „Mensch, wo habt ihr denn gesteckt?" Mein Vater schimpft wütend irgendetwas Unverständliches vor sich hin. Gut, dann kann ja nichts Schlimmeres passiert sein. Er lebt und ist voller Energie. Den Gesichtsausdruck meiner Mutter weiß ich nicht so recht zu deuten.

„Dieser Fahrrad-Verleih ...", beginnt mein Vater schnaufend.

„Den hat Opa erst mal aufgeräumt!", setzt meine Mutter ein wenig entnervt seinen Satz fort.

„Wie?", frage ich irritiert. „Ich denke, ihr habt euch Räder ausgeliehen?"

„Haben wir auch. Aber erst, nachdem Opa diese repariert und geputzt hat! Nebenbei hat er nur noch die Schrauben und das Werkzeug des Inhabers sortiert!"

JETZT kann ich den Gesichtsausdruck meiner Mutter deuten.

„Aha, und alles archiviert, beschriftet und katalogisiert. Bestimmt gleich auch die Bestandslisten und nötigen Bestellungen erweitert", füge ich lachend hinzu.

Ich denke kurz an die alte Schreinerwerkstatt meines Vaters, in der sich seit seiner Aufgabe als selbstständiger Schreiner allerhand Werkzeug, Holz und anderes Material angesammelt hatte, was man „sicher noch irgendwann mal brauchen kann"! Bisher hatte er auch sehr häufig recht mit dieser Aussage. Er hatte alles feinsäuberlich sortiert und beschriftet. Eine wahre Fundgrube für einen Handwerker.

„Ja, also wirklich. Dieser Fahrrad-Verleih könnte wesentlich mehr Umsatz machen, wenn die ihre Räder ordentlich warten würden. Es sind sogar einige Leute wieder gegangen, ohne Räder zu leihen, weil der Inhaber total überfordert war. Die Räder, die wir geliehen haben, musste ich selber auf Vordermann bringen, sonst hätten wir gar nicht fahren können. Und ...", wettert mein Vater.

„Und eigentlich möchte mein Mann nun dort als Aushilfe anfangen, um seine Rente aufzubessern", unterbricht ihn meine Mutter.

„Nicht dein Ernst!" Ich schüttele den Kopf.

Aber vielleicht doch? Dies ist der Moment, in dem eine Idee in meinem Kopf keimt, aber es war sicherlich noch zu früh darüber zu reden.

Ein Jahr, nachdem Antonia, die neue Freundin von Johannes, bei uns eingezogen ist und ihr Sohn Christian, Student der Sportwissenschaften und angehender Profi-Triathlet, in der viel zu großen Dachgeschoss-Wohnung wohnt, ergibt sich tatsächlich die Möglichkeit, eine weitere Biene in diesen pulsierenden Bienenstock einziehen zu lassen.

Meine Nichte Annika aus Brandenburg entscheidet sich, in unserer Stadt in der Pfalz ein Studium zu beginnen. Da die Dachgeschoss-Wohnung mehrere Schlafzimmer hat, eignet diese sich perfekt als Studenten-WG.

In unserer Villa Kunterbunt ist eben immer mindestens ein Bett frei und selbstverständlich auch ein Stuhl am Esstisch. Für die Kinder ist das Leben in dieser großen Gemeinschaft aufregend, aber auch lehrreich. Sie lernen, sich mit unterschiedlichen Personen und Meinungen zu arrangieren, Kompromisse zu machen, aber auch, füreinander da zu sein.

Und da der Kern der Familie mit mir und Johannes konstant ist, gibt es ihnen gleichermaßen Stabilität und Abwechslung.

Antonia arbeitet, wie Alexander auch, nicht in unserer Stadt und kommt ebenfalls erst abends heim. Christian studiert in einer Kleinstadt ganz in der Nähe und Annika an der städtischen Universität. Somit sitzen wir meist zu siebt am Mittagstisch, Johannes, die drei Kinder, Christian, Annika und ich. Mit der Unterstützung einer Haushaltshilfe gelingt es uns, dass wir jeden Tag frisch gekochtes Essen auf dem Tisch stehen haben und ich nur einmal pro Woche und an den Wochenenden kochen muss. Mit dem Einkauf wechseln wir uns ab. Einen Großeinkauf erledige ich, mit wachsender Begeisterung im negativen Sinne, einmal pro Woche. Da wir an den Wochenenden neun Personen zu verköstigen haben und somit die Menge und Dauer des Einkaufs mir regelmäßig an den Nerven zerrt, teste ich daher mehrfach einen Online-Supermarkt, weil ich hoffe, dass sich das als praktischer erweisen würde, wenn ich den ganzen Kram bequem ins Haus geliefert bekomme. „Heute geliefert, gestern bestellt –, das spart Nerven, Zeit und Geld" Wunderbar, da erschlage ich alle meine drei Probleme mit einer Klappe. Soweit die Idee und Aussage der Werbung.

Aber: Idee gut – Umsetzung mangelhaft! Im Online-Supermarkt ist es zwar nur unwesentlich teurer, als im echten Supermarkt, aber die Zeit, die man dabei spart, muss man darin investieren, den Verpackungsmüll zum Wertstoffhof zu fahren, wenn man nicht darin versinken will. Also bei der Menge an Lebensmitteln, die wir benötigen, keine wirkliche Alternative.

Johannes geht voll in seiner neuen Aufgabe als Triathlon-Trainer von Christian auf. Da auch die Kinder inzwischen kleinere Triathlon-Wettkämpfe bestritten haben und sich für den Sport interessieren, begleiten wir Antonia, Christian und Johannes nicht nur zu den Wettkämpfen in Deutschland, sondern fahren auch einmal bis nach Holland und sogar gemeinsam in ein Trainingslager nach Lanzarote. Als sportbegeisterte Familie fahren wir wie selbstverständlich auch zusammen in den Ski-Urlaub. Überall treten wir gemeinsam auf, mit der gesamten Entourage, und nachdem dies anfänglich von vielen belächelt worden ist, nimmt das Geläster hinter unserem Rücken im Laufe der Zeit zunehmend ab.

Wir können eindrucksvoll beweisen, dass die Vorteile einer solchen Lebensweise und die damit verbundenen Synergien eindeutig die Nachteile und gegenseitigen Animositäten übersteigen. Natürlich muss jeder einmal „den Kopf unter den Arm nehmen", aber wir lernen schnell, an welcher Stelle dies nötig ist und an welcher Stelle sich ein Streit lohnt. Wir wissen das zu schätzen, denn keiner von uns könnte beruflich einen derartig anspruchsvollen Job machen, wenn man in der Familie nicht Aufgaben teilen und sich gegenseitig unterstützen würde.

Inzwischen ist Alexander wirklich oft beruflich in verschiedenen Städten Deutschlands unterwegs, um die verschiedenen Filialen seines Konzerns zu besuchen. Selbst wenn er in der Hauptgeschäftsstelle in der Nähe von Frankfurt arbeitet, kommt er abends spät heim. Daher bin ich froh, dass ich tagsüber auf die Unterstützung von Johannes zählen kann, der durch die Arbeit im Fitness-Studio zwar abends lange unterwegs, aber tagsüber auch flexibel ist. Somit genau andersherum wie bei Alexander, der den ganzen Tag weg ist, meist aber doch abends daheim ist. Allerdings wird dies immer später. Ich schlage ihm sogar vor, sich doch ein Zimmer in Frankfurt zu nehmen, um den täglichen Pendelaufwand zu minimieren.

„Ich möchte aber wenigstens bei dir im Bett schlafen, wenn wir uns schon tagsüber nicht sehen!" Über diese Antwort freue ich mich und es bestätigt meine Annahme: Unsere Liebe ist in Stein gemeißelt. Alles ist gut. Daher habe ich auch nicht das geringste Bedürfnis, ihm hinterherzutelefonieren, wenn er weg ist oder irgendetwas zu hinterfragen. Wenn er weg ist, ist er weg, aber er kommt ja immer wieder heim. Und das gerne. Aber er hat von meiner Seite aus alle Freiheiten, an seiner Karriere zu feilen. Und das tut er. Schnell wird er befördert und ist zügig Abteilungsleiter und teamverantwortliche Führungskraft.

Meine Schwägerin wundert sich einmal, dass ich nicht darauf bestehe, wenigstens an einem Abend pro Woche gemeinsam etwas zu unternehmen oder die Kinder mit ins Bett zu bringen.

„Für die Kinder habe ich Johannes. Und für die gemeinsamen Aktivitäten haben wir die Wochenenden!" Mein Leben ist in Ordnung. So wie es ist. Denke ich!

Denn auch ich kann an meiner beruflichen Karriere feilen und arbeite abends noch öfters lange am PC, während ich auf Alexander warte. Außerdem habe ich inzwischen verschiedene Firmenkunden, bei denen ich nicht nur als Englisch- und Konversationstrainerin arbeite, sondern auch in die Messeorganisation und Projektabwicklung eingebunden bin. Da auch ich das mit einigen Reisen zu Kundenterminen innerhalb von Deutschland verbinden muss, fordert mich dies zunehmend.

Daher werden die Wochenenden kostbar.

Leider bin ich auch vermehrt an den Wochenenden beschäftigt, während Alexander die Kids und Johannes zu Wettkämpfen begleitet. Der Spagat zwischen der Organisation unserer Großfamilie und meinem anspruchsvoller werdenden Job fällt mir immer schwerer und mitunter bin ich ganz schön gestresst. Manchmal habe ich kaum etwas von Alexander, außer dem Tatort am Sonntagabend, bei dem ich dann aber nach fünf Minuten auf dem Sofa im Tiefschlaf bin.

Dass die Beziehung auf ganz subtile Weise darunter leidet bzw. in einen Parallelflug übergeht, ohne dass wir beide es wahrnehmen, erkenne ich erst viel später. Jahre später!

Inzwischen ist meine Schwester mit ihrer Familie nach Bayern gezogen. Sie wohnt dort in einem urigen Bauernhaus zur Miete und fühlt sich als Mädel vom Land auch sehr wohl. Sie hatte dort Hund, Katze und Pferd und jede Menge Berge und unglaublich schöne Natur. Dass sie es irgendwann wieder zurück in unsere flache Heimat verschlagen würde, ist eher auszuschließen.

Da auch ich in der Pfalz, also nicht gerade um die Ecke von meinen Eltern wohne und meine Eltern nicht nur zu ihren Töchtern jeweils weit reisen müssen, sondern auch mit ihrer Rente nicht gerade große Sprünge machen können, stellen sie mir eines Tages die Frage nach der Zukunft meines heimatlichen Anwesens im Dorf.

„Kannst du dir denn vorstellen, eines Tages zurück ins Dorf zu ziehen?", fragt mich Alexander.

„Das kann ich mir auf jeden Fall eher vorstellen, als mit dir in die „neuen" Bundesländer zu ziehen", antworte ich scherzhaft, aber er bleibt ernst.

„Wie stellst du dir denn die Zukunft vor, wenn die Kinder groß sind? Das geht schneller, als du denkst."

Darüber hatte ich mir noch keine Gedanken gemacht. Bei all dem Stress im Laufe eines Tages und am Wochenende hatte ich nicht noch Zeit, mir darüber Gedanken zu machen, wo ich meinen Lebensabend verbringen will.

„Na, dann mach dir mal Gedanken, wir sollten da kurzfristig mal drüber reden, aber erst, wenn du dir sicher bist, was du willst." Da sprach die Führungskraft in ihm.

Wo will ich hin?

Was ist mein Ziel?

Wovon träume ich?
Für was brenne ich und was will ich erreichen? Wie will ich leben und worauf arbeite ich hin?
Bisher hatte ich darüber noch nicht nachgedacht.
Dafür war ja auch keine Zeit.
Es war immer alles so passiert und wurde aus der Situation heraus entschieden.
Ob sich unsere Villa Kunterbunt noch erhalten ließ, wenn die Kinder ausgezogen waren, war eher fraglich. Aber wie wollte ich stattdessen leben?
Darüber musste ich mir jetzt mal Gedanken machen.
Ich telefoniere mit Bella.
Bella wohnt in Stuttgart immer noch zur Miete, ist allerdings an den Stadtrand gezogen. Zusammen mit ihrem neuen Freund haben sie ein kleines Häuschen mit Garten gemietet.

Ich erzähle ihr, dass ich mich mit dem Gedanken trage, meinen Eltern das Haus abzukaufen.
Damit hätte ich die Erbfrage geklärt und ermögliche gleichzeitig den Eltern eine bessere Liquidität. Soweit die ersten theoretischen Ansätze.

„Kannst du dir echt vorstellen, wieder ins Dorf zu ziehen?", fragt sie ungläubig.
„Ich weiß nicht so recht, aber hier fehlt mir auf jeden Fall mal ein Garten."
„Aber ihr müsstet doch sicher viel Geld in den Umbau investieren?" Das war Gegenargument Nummer eins!
„Ja schon", antworte ich. „Aber dann können wir es auch so bauen, wie wir wollen. Hier fehlen mir schon so einige Dinge, die ich inzwischen gerne anders hätte."
Argument abgewehrt.
„Aber damit hast du doch eine hohe Kapitalbindung. Besitz macht unfrei. Deshalb wohnen wir in Stuttgart auch zur Miete. Somit können wir zumindest noch sorgenfrei in Urlaub fahren."
Das war Gegenargument Nummer zwei!

„Wenn wir den Umbau nur teilweise und schrittweise vornehmen, können wir das auch noch!"
Zweites Gegenargument abgewehrt!
„Du kennst doch dort niemanden mehr. Und auch unsere alte Kneipe hat zugemacht!"
Gegenargument Nummer drei!
Jetzt musste ich kreativ werden und antworte spontan:
„Wenn wir den Umbau so gestalten, dass ich eine kleine Gastwirtschaft miteinplane, dann hat unser Dorf auch wieder eine ordentliche Dorfkneipe!"
Gegenargument Nummer drei abgewehrt!
Bella schweigt einen Moment: „Wer nichts wird, wird Wirt!", sagt sie dann.
„Aber die Idee ist gar nicht so schlecht. Eine ordentliche Kneipe fehlt im Dorf. Ich helfe dir beim Einrichten. Wir können auch die Einweihungsparty gemeinsam organisieren. So wie in alten Zeiten. Gut, vielleicht sollten wir nicht unbedingt mehr auf dem Tisch tanzen, aber sicherlich finden wir noch den ein oder anderen, der sich an unsere alten Partys erinnert. Gut, du hast gewonnen. Du solltest es tun! Wir sollten es tun!"
Der Gedanke – eigentlich eine Schnapsidee, – den ich spontan und eher aus Spaß geäußert hatte, beginnt sich zu manifestieren und es fühlt sich erstaunlich gut an.

„Aber jetzt mal ernsthaft! Was machst du mit den Kindern und mit Alexander? Kommen die mit zurück aufs flache Land?", fragt Bella.
„Hey, wir reden über die Zeit, wenn es so weit ist, dass die Kinder aus der Villa Kunterbunt ausziehen. Sie werden woanders studieren oder ins Ausland gehen, wenn sie nach mir geraten. Und dann muss ich mir überlegen, wo ich hingehöre!", antworte ich.
Bei diesem Satz werde ich nachdenklich. Wo gehöre ich eigentlich hin? Diese Frage sollte ich mir später noch öfters stellen!
„Und Alexander?", fragt sie.
„Er wird sicherlich die Woche über in Frankfurt bleiben. Er ist dort inzwischen aufgestiegen und mit der Firma relativ stark verbandelt!"

„Hast du keine Angst vor einer Wochenend-Beziehung?"
„Nein, wieso auch? Viel anders ist das jetzt auch nicht und jetzt haben wir manchmal noch nicht einmal an den Wochenenden Zeit für uns!"

Bella wird ernst:
„Süße, das solltest du ändern. Das hört sich für mich nicht gesund an, Tine!"
„Ach woher, unsere Liebe ist sogar in Stein gemeißelt", scherze ich. „Wir schaffen das. Und Alexander freut sich schon auf den Garten, wo er sich dann am Wochenende um seine Rosen und Bienenstöcke kümmern kann, von denen er träumt!"

Letztes Argument abgewehrt. Die anfängliche Idee wird zum Plan, ohne dass ich Bellas mahnenden Worten größere Bedeutung schenke. Zumindest dies sollte ich noch bereuen.

Ein Jahr später kaufen wir meinen Eltern zunächst das Haus ab. Der vordere Teil ist zwar vermietet, aber für meine Eltern allein sind das Haus und die leer stehende Werkstatt eigentlich viel zu groß.

Nach den Erlebnissen mit dem Fahrrad-Verleih auf Rügen versuche ich, meinen Eltern die Idee von einem Fahrrad-Verleih mit einem kleinen Café in den Räumlichkeiten der alten Werkstatt meines Vaters schmackhaft zu machen.

Meine Eltern wohnen in einer Gegend, die sich zum Radfahren gut eignet. Es gibt viele ausgewiesene Radwanderwege, viele Burgen und Schlösser, die man entlang dieser Routen besichtigen kann und wenig Berge. Eine Fahrradherberge, ein Verleih oder auch nur ein Café, wo man persönlich auftanken kann, aber auch kleinere Reparaturen an seinem Rad vornehmen könnte, würde sich daher wirklich anbieten. Das Dorf hatte nichts Derartiges zu bieten.

Außerdem liebte meine Mutter es zu backen und mein Vater liebte es, zu werkeln und zu schrauben. Somit könnte er auch einen Teil der Werkstatt als „Reparaturshop" herrichten.

Alexander und ich hatten uns dies schon in allen Farben ausgemalt und als wir diese Idee den Eltern präsentieren, findet dies sofort deren Zustimmung. Schon beim Umbau bzw. der Renovierung meines Fitness-Studios im Rheintal vor vielen Jahren waren die beiden Feuer und Flamme und gingen in der handwerklichen Gestaltung auf. So ist es auch jetzt.

Mit Hilfe unseres befreundeten Architekten Lukas soll die Werkstatt meines Vaters zum „Schrauben-Shop" umgestaltet werden, während ein Teil des angrenzenden Erdgeschosses als Café dienen soll.

„Ich sorge für die perfekten Pläne und die perfekte Umsetzung und ihr sorgt für den perfekten Namen!", bestimmt Lukas.

„Stimmt, wir brauchen noch einen originellen Namen", wende ich mich an Alexander.

„Nein, Mamsi. Für Kreativität bist du zuständig! Das war schon immer so!"

„Also ‚Opas Schrauben-Shop und Omas Café' ist irgendwie zu platt", überlege ich.

„Und vielleicht sollten wir auch nicht beim Deutsch bleiben ..."
„Was heißt denn Schraube auf Englisch?", fragt mein Vater.
„Screw", antworte ich. „Aber Screw-Shop kann hier auf dem Land ja keiner aussprechen."

„Und was heißt Schraubenzieher?", will mein Vater wissen.
„Screwdriver", antworte ich. „Ne, Driver nehmen wir hier nicht, nur Biker", kichert mein Vater.

„Biker ... oh, das ist vielleicht gar nicht schlecht, wir machen einfach ‚Screw-Biker' daraus!", kommt mir die spontane Idee.

„Und was ist mit meinem Café?", ereifert sich meine Mutter.
„Mh ... es muss EIN Name werden, zwei Namen finde ich zu kompliziert!", entgegne ich.

„Ich hab's: Wie wär's mit „The Screw-Biker's Café?" Ich blicke herausfordernd in die Runde und bin von meinem Einfall eigentlich begeistert.

„Das ist zu lang!", meint Alexander. „Dann halt nur ‚The Screw-Biker's', das ist kurz!"

„Gut!", sagt meine Mutter. „Den nehmen wir!"
Die Idee des „Screw-Biker's" ist geboren.
Mit Hilfe von Lukas und vielen Brainstorm-Sessions nimmt der Plan immer mehr Form an. Mit dessen Umsetzung lösen wir schließlich ganz nebenbei mehrere Probleme. Mein Vater hat nach seiner Genesung von der schweren Erkrankung eine neue Aufgabe und auch meine Mutter macht ihr Hobby zum Beruf. In den ersten Jahren werden die beiden damit auch noch gut alleine zurechtkommen. Wenn sie älter werden, werde ich wieder aufs Dorf zurückziehen und sie unterstützen.

Damit habe auch ich dort eine Aufgabe und einen Job, sofern sich mein derzeitiges Tätigkeitsfeld nicht mit aufs Dorf übernehmen ließe, wovon ich aber immer noch ausgehe.

Wie ich Bella schon angekündigt hatte, bauen wir aber zunächst nur die Werkstatt um. Für unsere Kurzbesuche bei den Eltern reicht uns der vorhandene Gästebereich. Bevor wir dann in einigen Jahren ganz dort hinziehen würden, müssten wir auch den Wohnbereich für uns erweitern. Die Planung stellt Lukas aber auf unseren Wunsch erst einmal hinten an. Bis wir die Pfalz verlassen, würden noch einige Jahre ins Land gehen und über so viele ungelegte Eier wollen wir noch nicht allzu viel gackern.

Von der Idee des Cafés sind wir alle begeistert. Über die Tatsache, dass ich mit Alexander dann zeitweise eine Wochenendbeziehung würde führen müssen, wenn wir auch unseren Wohnsitz wieder hierher aufs Land verlegen würden, möchte ich zu diesem Zeitpunkt noch nicht wirklich nachdenken. Obwohl wir uns zwar nun auch nicht viel öfter sehen als am Wochenende, ist mir irgendwie nicht so ganz wohl bei diesem Gedanken.

Genauso begeistert wie damals bei meinem Fitness-Studio sind meine Eltern nun bei der Umsetzung des „Screw-Biker's". Die nötigen Genehmigungen erhalten wir erstaunlich schnell und eine

Schankerlaubnis besitze ich noch aus meinen Fitness-Studio-Zeiten im Rheintal. Es ist nur ein kleiner Essbereich, aber mit einer großen Süd-Terrasse zum eingefriedeten Garten. Die Terrasse ist teilweise überdacht, sodass im Sommer auch mal größere Gruppen Platz finden können. Mit einem kleinen Brunnen und einer kreativen Bepflanzung schaffen wir eine traumhaft ruhige Atmosphäre, wo sich Radwanderer wunderbar ausruhen und auftanken können, während mein Vater, wenn es nötig ist, die Räder überprüft. So wie ich meinen Vater kenne, war das wahrscheinlich immer nötig.

Als die Umbauarbeiten abgeschlossen sind, haben wir eine Oase im Grünen, die jeden Wanderer oder Radwanderer zum Entspannen einlädt. Es ist zwar nicht die Art Dorfkneipe geworden, die Bella gemeint hatte, aber mir ist das Ergebnis sogar lieber. Mit viel Liebe zum Detail hatten wir auch den Garten angelegt. Das war vor allem Alexanders Werk gewesen, der sich hier einen traumhaften Rosengarten mit einem kleinen Wasserlauf einrichten ließ – was schon immer sein Traum gewesen war. Den Kräutergarten hatte meine Mutter angelegt und dieser vermittelt mediterranes Flair. Abends, wenn im Garten die Lichter angehen, die meine Mutter überall zwischen den Pflanzen versteckt hat, verbreitet sich eine wahrhaft romantische Stimmung. Jetzt fehlten nur noch Alexanders Bienenstöcke und unsere Einlieger-Wohnung, dann wäre unser Landwohnsitz perfekt. Aber damit wollten wir ja noch warten, bis meine Kinder die Villa Kunterbunt in der Pfalz verlassen hatten.

Zunächst einmal musste nun das Café eröffnet werden.

Im Café sollte es hausgemachte Kuchen und Torten sowie verschiedene Backwaren und deftige Brotzeiten geben, je nach Saison, ohne feste Speisekarte und ohne feste Öffnungszeiten. Es gab eine Klingel und jeder Reisende war eingeladen, zu jeder Tageszeit einzutreten. Aber noch wusste ja keiner, dass es überhaupt existierte.

Ich brauchte Bellas Rat. Sie würde mir sicher bei der Vermarktung gerne helfen.

„Wir müssen eine Einweihungsparty schmeißen, da geht ja wohl kein Weg dran vorbei!"

Bella ist sofort Feuer und Flamme. Wie oft hatten wir gemeinsam den alten Zeiten in unserer Dorfkneipe hinterhergetrauert und seit es uns beide in unterschiedliche Richtungen verschlagen hatte, haben wir immer davon geträumt, eines Tages die Dorfkneipe mal wieder zum Leben zu erwecken und uns abends im Schaukelstuhl die Geschichten von den alten Zeiten zu erzählen.

Das „Screw-Biker's Café" sollte zwar eine ganz andere Kundschaft haben als unsere damalige Dorfkneipe, aber zum Bekanntmachen könnte sich eine Party im alten Stil durchaus eignen.

„Ich rufe mal ein paar Leute an. Wir brauchen einen DJ und auch eine Lichtanlage. Meinst du, Florian würde uns beim Kellnern helfen? Seine Eltern sind ja immerhin noch die direkten Nachbarn und würden auch auf die Party kommen. Komm, nimm deinen Kopf unter den Arm, und rufe ihn an! Er hat bestimmt noch ein paar Ideen." Bella insistiert.

Ich bin unsicher. Ich bin zwar ein harmoniebedürftiger Mensch, aber ich wollte auf jeden Fall keine Wunden aufreißen, die verheilt waren. Schließlich hatte ich Florian damals relativ unsanft abserviert. Natürlich kann Bella mir seine Kontaktdaten geben, sodass ich keine wirkliche Ausrede mehr habe. Und schlussendlich wollte ich ihn und seine Eltern auch gerne über das neue „Restaurant" in unmittelbarer Nachbarschaft informieren.

Also nehme ich meinen Mut zusammen und schreibe ihm eine E-Mail. Ich halte das für den taktisch besseren Weg, ich möchte auch ihm die Gelegenheit geben, sich langsam an die Idee zu gewöhnen, mit mir wieder Kontakt zu haben. Schließlich hatte ich unsere fünfjährige mehr oder weniger intensive Beziehung ziemlich abrupt beendet. Wenn ich ehrlich zu mir war, hatte ich deshalb immer noch einige Schuldgefühle.

Mit seiner Antwort lässt sich Florian tatsächlich Zeit.
Wahrscheinlich muss er erst mal seine Gedanken sortieren. Von Bella weiß ich, dass auch Florian in der Zwischenzeit ge-

heiratet hat. In meiner E-Mail hatte ich daher relativ deutlich gesagt, dass ich in einer glücklichen Beziehung bin und mich lediglich über ein wenig nachbarschaftliche Unterstützung bei meinem Projekt Einweihungsparty freuen würde.
Warum war es mir eigentlich so wichtig, die Dinge zwischen Florian und mir zu klären? Hatte ich immer noch ein schlechtes Gewissen? Oder besser gesagt: Warum hatte ich diese Schuldgefühle?

Ein weiser Spruch sagt:
Beschäftige dich nicht mit deiner Vergangenheit, sondern kümmere dich um deine Zukunft, denn in ihr gedenkst du zu leben!
Das stimmte zwar, aber für mich traf dies nur zum Teil zu. Mir persönlich war es immer wichtig, Probleme aus der Vergangenheit zu klären. Ich bin kein Mensch, der denkt: „Nach mir die Sintflut." Mein Harmonie-Bedürfnis empfand ich schon immer als relativ anstrengend. Aber jetzt, wo sich wirklich die Gelegenheit ergab, wollte ich die Chance nutzen.

„Das ist ja mal wieder typisch Florentine! Wenn du Hilfe brauchst, bin ich dir gut genug", antwortet Florian. Ich schlucke, als ich diesen ersten Satz lese. Aber er nimmt mir meine Zweifel: „Schön, dass du an mich denkst und ich denke, da lässt sich etwas machen, Frau Nachbarin ... Oder besser gesagt: Ex-Nachbarin; oder ‚Ex – was-auch-immer'!"
Florian sendet mir seine Kontaktdaten und bittet mich: „Lass uns doch kurz telefonieren, dann kannst du mir genauer sagen, was du dir so vorstellst. Wenn ich das Angebot entsprechend fertig gestellt habe, setzen wir uns dann am besten zusammen!"

Wow, so einfach ging das also? Ich bin erstaunt, dass Florian mir so locker antwortet, aber auch richtig erleichtert. Dennoch brauche ich einige Tage, bevor ich ihn anrufe. Mein Herz schlägt mir bis zum Hals, als ich die Nummer wähle. Warum bin ich nur so nervös, wenn ich es mit einem meiner Ex-Freunde zu tun bekomme? Bei Florian spielt es sicherlich eine Rolle, dass ich ein

unsagbar schlechtes Gewissen habe, weil ich ihn so spontan vor die Tür meines Lebens gesetzt habe.
„Hey Florian, hier die ‚Ex-was-auch-immer'! Eh, hier ist Florentine!" Ich gebe mir große Mühe nicht überheblich zu klingen. Es dauert gefühlt einige Sekunden, bis Florian antwortet.
„Tinchen … wie geht's dir?"

Florian hatte mich immer „Tinchen" genannt – und wenn ich sauer auf ihn war oder mal wieder zu viel gemeckert hatte, auch „Stinke-Tinchen". Spontan stellen sich mir die Nackenhaare auf, als ich mich erinnere, wie sehr mich dieser Name immer geärgert hatte! Dies kann ich in meinem Tonfall auch nicht verbergen, als ich antworte:

„Gut geht's dem Tinchen. Ich denke, Florentine ist erwachsen geworden und würde gern wie vereinbart etwas Geschäftliches mit dir besprechen!"
„Da ist es wieder, das Stinke-Tinchen! Du hast mir richtig gefehlt!", entgegnet Florian zynisch.
„Ich hörte davon!", erwidere ich genauso zynisch.
Einige Sekunden herrscht Stille. Anscheinend ist Florian genau so unsicher wie ich, woraus dieser unbeholfene und zynische Dialog resultiert.
„Florian?", frage ich, als er nicht mehr antwortet. „Können wir bitte normal miteinander reden?"
„DU hast doch diesen barschen Tonfall angeschlagen!", empört er sich. Einen Moment überlege ich, ob das alles Sinn macht. Sollte ich wirklich mit ihm Geschäfte machen bzw. ihn um Hilfe bitten? Nicht jeder konnte mit einer Niederlage umgehen. Männer waren da ja oft nachtragend. Aber ich versuche, die Wogen zu glätten.
„Ok, also dann sage ich dir mal kurz, worum es eigentlich geht!" Ich erzähle ihm von dem Umbau und von dem Gartencafé, dem „Srew-Biker's", und dass ich für dieses nette, kleine Café nun ein wenig die Werbetrommel rühren wollte und eine Einweihungsparty oder Ähnliches benötigte. Auf jeden Fall fehlte mir für das Marketing eine wirklich zündende Idee.

„Und weil du nicht nur ein Experte in Sachen Werbung und Marketing bist, sondern ja eigentlich auch noch mein Nachbar ... zumindest sind ja unsere Eltern noch Nachbarn ... habe ich gedacht, du könntest mir vielleicht ein paar Tipps geben?" Ich gebe mir extrem Mühe, diesen Satz so ehrlich klingen zu lassen, wie ich ihn meine! Wieder entsteht eine kurze Pause. Dann antwortet er: „Da hast du ja wirklich Glück, dass ich vor einigen Jahren auch in das Catering-und-Event-Business eingestiegen bin. Schon mal was von den „Golden-Dream-Events" gehört? Das bin ich! Zusammen mit einem Kumpel!"

Von dieser Firma hatte ich zwar noch nichts gehört, aber ich wohne ja auch in einem anderen Teil von Deutschland. In bewusst nettem Ton frage ich daher genauer nach: „Und du könntest mir so eine Party planen mit allem Drum und Dran?" Selbst Bella hatte mir nichts von dieser Firma erzählt. Bisher hatte ich mir eigentlich nur vorgestellt, dass er mir vielleicht ein paar Tipps zur Vermarktung oder zum Catering und zur Musik geben könnte, wobei ich erkenne, dass ich mir bisher herzlich wenig Gedanken darüber gemacht hatte, was ich eigentlich von ihm wollte. Die Gesamtplanung aus der Hand zu geben, hatte aber einen gewissen Charme, da ich ja immerhin noch in Worms wohnte und nicht einfach ein paar Wochen auf dem Land bleiben konnte, um alles zu organisieren. Der Umbau hatte ohnehin schon oft genug unsere Anwesenheit erfordert.

„Klar, ich plane dir alles, was du willst. Das ist meine Kernkompetenz. Aber ein paar Hinweise musst du mir schon geben, bevor ich dir ein Angebot schreiben kann!"

Also spätestens jetzt musste ich mir mal darüber klar werden, was ich wollte.

„Ich denke, wir brauchen Musik, am besten einen Alleinunterhalter, der Schlager spielt. Dann eine Art Bar ... Cocktails vielleicht? Das könnte man im Garten aufbauen. Vorne im Café wird der Kuchen an der Theke aufgebaut. Das Café an sich ist zwar klein, aber wir könnten die Gäste dann bitten, die Teller mit in den Garten zu nehmen, wenn der Platz nicht reicht. Und im Garten brauchen wir dann natürlich zusätzliches Mobiliar, geliehen! Für die Werbung schalten wir Anzeigen in Zeitungen und verteilen Flugblätter. Kannst du das alles anbieten?"

„Ja klar, du bekommst dein Rund-um-sorglos-Paket! Und wenn ich dann so weit bin, dann setzen wir uns kurz zusammen und besprechen das alles in Ruhe."

„Ok, so wird es gemacht!" Als ich auflege, bin ich erleichtert, dass das erste Gespräch mit Florian so gut gelaufen ist. Natürlich hatten wir zu Anfang unsere Animositäten nicht so ganz im Griff, aber dann konnten wir ja schnell zum geschäftlichen Teil übergehen und der lief ja einigermaßen gut.

Ich schnaufe durch! Zwar bin ich erleichtert, kann mich aber eines merkwürdigen Gefühls in der Magengegend nicht erwehren. Oje, mein Bauch hebt schon wieder mahnend den Zeigefinger. Aber da gab es jetzt wirklich keine Bedenken, denn ich konnte zwei Fliegen mit einer Klappe schlagen: meinen Frieden mit Florian schließen und auch noch eine optimale Einweihungsfeier planen bzw. planen lassen. Was sollte daran bedenklich sein?

In meiner Verwirrung telefoniere ich zwei Wochen später noch mal mit Bella. „Also Süße, wenn du Florian das planen lässt, dann bekommst du eine perfekte Party. Und nicht nur das, sondern auch die nötige Werbung! Ich hoffe, du hast ihm dein Budget genannt?"

Erst jetzt fällt mir auf, dass ich das natürlich NICHT getan hatte! Wahrscheinlich hatte mein Bauch deswegen ein wenig gegrummelt?

„Nein, meinst du, das hätte ich tun sollen?", frage ich etwas naiv.

„Na ja, das kommt darauf an, wie flüssig ihr seid!"

Bella hatte natürlich recht! Wie damals, als ich bei meinen Instruktionen zum Nudelnkochen, meinem Au-pair-Mädchen vergessen hatte zu sagen, dass man dazu auch Wasser braucht, hatte ich diesmal ein winziges, nicht unerhebliches Detail vergessen. Bei den Nudeln hatte ich das Wasser nicht erwähnt, da ich es für selbstverständlich hielt. So halte ich es auch diesmal für selbstverständlich, dass Florian mir ein günstiges Angebot macht. Über das nicht unwesentliche Detail Geld hatten wir nicht gesprochen.

Und was passiert, wenn man ein Detail vergisst, das man für selbstverständlich hält? Nudeln ohne Wasser können leicht ein ganzes Haus in Brand stecken. Kurz: Es endet im Chaos!

Weitere zwei Wochen später bekomme ich von Florian eine E-Mail. Er bittet mich nicht nur um eine Terminabstimmung für unseren Besprechungstermin, sondern berichtet mir auch sehr euphorisch von seinen Ideen für mein Unternehmen.

Mein Bauch ist nun gar nicht mehr gut auf die Zusammenarbeit mit Florian zu sprechen und ich nehme mir vor, die Sache mit dem Budget anzusprechen, wenn ich ihn wegen der Terminabsprache anrufe.

„Tinchen, das wird die beste Party nach der Einweihungsparty unserer Dorfkneipe, damals vor Urzeiten. Glaub mir, ihr werdet euch vor Ansturm gar nicht retten können. Treffen wir uns am nächsten Wochenende bei deinen Eltern, dann erkläre ich dir alles. Du brauchst dich um nichts zu kümmern", sprudelt es aus ihm heraus, als ich ihn anrufe.

„Super, danke dir für deine Mühe, aber ... oha, das hört sich teuer an!", versuche ich, das Thema auf die Geldfrage zu lenken.

„Ja, also wenn du etwas Großes erreichen willst, musst du auch groß investieren. Alte Bauernregel. Aber ich muss jetzt los. Wir sehen uns am Wochenende. Ich freue mich, bis dahin also!"

Florian legt auf, noch bevor ich etwas sagen kann.

Mir blieb nichts anderes übrig, als nun dieses Gespräch abzuwarten. Vielleicht machte ich mich ja auch völlig unnötigerweise verrückt und mein Bauchgefühl konnte sich ja schließlich auch mal täuschen.

Am nächsten Wochenende mache ich mich zusammen mit Anna auf den Weg zu meinen Eltern. Die Jungs bleiben mit Johannes und Alexander zu Hause, da an diesem Sonntag ein Triathlon-Wettkampf ansteht. Es wird zunehmend schwer, immer alle Termine unter einen Hut zu bekommen. Die Kinder machen neben Triathlon auch noch Schwimmwettkämpfe und Julius, der mit seinen inzwischen zwölf Jahren bisher noch nicht besonders große Freude an Ausdauersportarten entdeckt hat, versucht es stattdessen – und das relativ erfolgreich – mit Tennis. Sehr zur Freude meiner Mutter, die immer wieder vergeblich versucht hatte, mich als Kind für irgendeine Art von Ballsport zu begeistern. Mir lag das aber so gar nicht. Stattdessen geht sie, wann immer wir zu Besuch auf dem Dorf sind, mit Julius auf den Tennisplatz und die beiden haben viel Spaß dabei. Gut, aus der Nummer bin ich also damit raus.

Ich habe jetzt aber eine ganz andere Nummer vor mir, und zwar die, mit Florian sein ausgearbeitetes Angebot für die Einweihungsparty durchzusprechen. Ein Datum hatten wir zwar noch nicht festgelegt, aber es ging – so dachte ich – ja erst einmal um die Grobplanung.

Mit Florian habe ich mich zum Kaffee im „Screw-Biker's" verabredet. Meine Eltern haben den Betrieb zwar noch nicht so richtig aufgenommen, aber das Café steht und meine Mutter backt zur Sicherheit und auch ein weinig zur Übung schon mal mehrmals pro Woche. Und tatsächlich wird die Klingel, die außerhalb der Öffnungszeiten jeden Radwanderer einlädt, regelmäßig genutzt.

An diesem Nachmittag ist es allerdings ruhig und so nutzt meine Mutter die Zeit, mit meiner backfreudigen Tochter Anna ihre Rezeptsammlung zu durchstöbern und im Anschluss ihre Auswahl direkt in die Tat umzusetzen. So duftet es bereits verführerisch nach Kuchen, als ich mich mit Florian und meinem Vater in das Gartencafé setze. Florian hat dicke Mustermappen und Präsentationsmaterial mitgebracht.

„Wow, schön habt ihr es hier! Das hat ja ein richtig mediterranes Flair bekommen!", staunt Florian. Tatsächlich ist unser kleines Café mit dem angrenzenden Garten so schön geworden, wie ich es immer in verschiedenen Prospekten oder auch in der Pfalz an der Bergstraße bestaunt hatte. Dort habe ich mir so manche Inspiration geholt, nicht umsonst habe ich inzwischen fast 20 Jahre in der Pfalz – der „Toskana Deutschlands" – verbracht. Hier auf dem Land etwas weiter im Norden Deutschlands haben wir zwar eine etwas andere Vegetation und es gibt hier auch keine Weinberge, aber dennoch macht sich die mediterrane Bepflanzung ganz gut. Die Blumenbeete, in Sandstein eingelassen, und die hellen Holzpalisaden tun ihr Übriges.

Und wenn die Pfälzer sagen, die Pfalz sei die Toskana Deutschlands, dann meinen sie damit vor allem auch, dass man in diesem Teil Deutschlands alles tut, um das Gefühl von Urlaub in Italien zu vermitteln; von Leben wie in Italien und vom Dolce Vita. Überall findet man Zypressen, Pinien, Feigenbäume und Zitronen und überall duftet es nach Kräutern, wie Rosmarin, Lavendel, Thymian und vielen anderen. Aufgrund des nicht ganz so milden Klimas hier oben haben wir das zwar nicht ganz perfekt hinbekommen, aber an Florians staunenden Blicken kann ich erkennen, dass es uns doch ganz gut gelungen ist.

„Schön, dass es dir gefällt. Ich habe versucht, ein wenig Pfalz mit nach hier oben aufs Land zu nehmen. Auf diese Weise werde ich nicht ganz so viel Sehnsucht nach dem Süden haben, wenn ich ganz hierhergezogen bin."

„Echt, steht das zur Debatte? Willst du echt wieder zum Landei werden?", wundert sich Florian. „Florian, ich BIN ein Landei!", antworte ich. „Aber bis dahin fließt noch viel Wasser durch den Rhein! Lass uns jetzt mal erst einen Schritt nach dem anderen machen."

„Gut, dann kommen wir mal zum Geschäft!"

Mein Vater und Florian waren sich noch nie so sonderlich grün. Florian hatte sich immer über die Werkstatt meines Vaters amüsiert, während mein Vater sich über Florians „Lebenswandel", sagen wir mal, nicht gerade amüsiert hat. Seine erfolglose Karriereplanung und seine ständige Kneipen- und Party-Arbeit waren ihm ein Dorn im Auge. Der Junge sollte sich besser auf das Wesentliche im Leben konzentrieren und was Anständiges lernen. Dass auch ich in der Kneipe arbeitete, fand er dann natürlich auch nicht so toll, hielt sich aber bedeckt, als er merkte, dass ich mir damit sehr gut mein Leben und die Ausbildung finanzieren konnte und ihn entlastete.

Dennoch sitzt er nun mit gerunzelter Stirn und ernster Miene am Tisch, als Florian seine Unterlagen ausbreitet.

Ich fasse es nicht, wie viel Material er dabeihat. Aufgrund akuter Reizüberflutung kann ich mich nur schwer konzentrieren. Zu viele Gedanken schwirren in meinem Kopf, sodass ich Florian nur sehr schwer folgen kann, als er mir alle Punkte des

Angebotes erläutert, das er auf der Basis von 200 Gästen erstellt hat. Er scheint wirklich an alles gedacht zu haben: Getränke-Kalkulation, wetterabhängige Bedarfsschwankungen, Mengenberechnung, Zelt-Pavillon, Alleinunterhalter, Gema-Gebühren, Gläser und Geschirr für Kaffee, Kuchen und kalte Getränke, Gläser für Empfangscocktail, Dekoration, Cocktailbar, Kanapees und deftige Häppchen sowie zwei Suppenkessel ... alles um die Party.

Aber nicht nur das, sondern auch die Organisation VOR der Party, Zeitungsanzeigen, Flugblätter inklusive Verteilung und Aufbau des Equipments samt zwei Damen für den Service an diesem Tag und natürlich der Abbau und die Entsorgung im Anschluss. Das Gesicht meines Vaters bleibt unverändert, während mein Magen flau wird.

„Wow, du hast ja wirklich an alles gedacht! ...", lobe ich anerkennend, aber etwas zu emotionslos für Florians Geschmack.

„Also Tinchen, da hätte ich mir jetzt etwas mehr Applaus von dir gewünscht. Ich habe fast eine Woche an der Ausarbeitung gesessen. Aber ich denke, jetzt kann nichts schiefgehen. Du musst nur noch über die Positionen, zu denen ich Alternativen im Angebot vermerkt habe, entscheiden. Und dann ist alles in Sack und Tüten. Ich habe als Datum übrigens mal den 31. August festgesetzt. Das ist das letzte Wochenende in den Ferien. Das macht Sinn, denke ich. Was meinst du, Tine?"

Ich fühle mich etwas überrumpelt und lächle schwach. „Also, Herr Planer-Meister: Was soll der Spaß da denn kosten?", mein Vater hat seine Stimme wiedergefunden, sein Gesicht lässt allerdings darauf schließen, dass das mit der guten Laune noch nicht geklappt hat. Er lehnt sich zurück und tippt mit dem Zeigefinger auf die Tischplatte, wobei er Florian herausfordernd ansieht.

„Ja, die Gesamtsumme findet ihr auf der letzten Seite des Angebotes ... Warte ... hier!"

Als wäre es das Normalste von der Welt, schlägt Florian die Bögen um und legt uns die letzte Seite vor: Der Endbetrag ist fett gedruckt, Irrtum ausgeschlossen: 15.499,50 Euro.

Ich schaue vorsichtig zu meinem Vater. Dessen Gesicht ist unverändert, aber er lehnt sich weiter zurück und schaut aus dem

Fenster, ohne etwas zu sagen. Aus der Küche meiner Mutter strömt erbarmungslos ein betörender Duft von frischgebackenem Kuchen und ein Hauch von Vanille-Schoko-Aroma hängt in der Luft.

Aber die Stimmung ist so kalt wie in einer Eisdiele, daran ändert der warme Kuchenduft auch nichts.

„Ich hatte es befürchtet. Sag mal, das hört sich ja alles super an und ich denke, es würde die perfekte Party, aber ist das nicht mit Kanonen auf Spatzen geschossen?", versuche ich mich unsicher in die Preis-Diskussion einzulassen.

„Tine, was meinst du mit ‚die Party WÜRDE bestimmt perfekt?' Sie WIRD perfekt ... willst du eine Party oder willst du ein Fest? Du willst doch etwas erreichen, oder?"

„Klar, aber ..."

„Nix aber ... dann musst du auch etwas darstellen. Think big, das habe ich dir schon mal gesagt!"

„Ja aber wir sind doch hier nicht bei Rockefeller!" Das war der Lieblingsspruch meines Vaters. Allerdings hatte ich den jetzt schon einige Jahre nicht mehr gehört. Florian hat genug. Er steht auf und macht Anstalten, den Raum zu verlassen.

„Florian, ich weiß gar nicht, ob so viele Leute kommen!", versuche ich es noch einmal.

„Wenn ICH die Party plane und bewerbe, kommen bestimmt sogar mehr! Und wenn weniger kommen würden, dann würden sich die variablen Kosten ja auch entsprechend reduzieren."

Florians Augen blitzen. Er hat in dieses Angebot offensichtlich nicht nur Zeit, sondern auch Herzblut reingesteckt.

Mein Bauch hatte ja so recht gehabt. Ich hätte das besser gelassen. Wenn ich ehrlich zu mir bin, wollte ich Florian einfach einmal wiedersehen und mich vielleicht für mein damaliges Benehmen entschuldigen. Stattdessen saß ich jetzt in einem richtigen Dilemma. Florian erwartete natürlich, dass der Auftrag schon in Sack und Tüten war, während ich einen solchen Posten absolut nicht im Budgetplan vorgesehen hatte. Mensch, da hätte mich mein Bauch aber auch eher einmal drauf bringen können.

Jetzt hatte ich nur zwei Möglichkeiten: Ich musste meinen Budgetplan sprengen und riskierte damit richtigen Stress mit

Alexander oder ich musste den Auftrag ablehnen oder reduzieren und riskierte damit richtigen Stress mit Florian.

Das ist die Wahl zwischen Pest und Cholera. Männer- und insbesondere EX-Männer sollte man nicht unbedingt zu sehr verärgern. Aber mit Alexander bin ich verheiratet. Das musste ich hier noch mal anbringen.

„Florian, ich vertraue dir, du bist der Experte, aber das kann ich nicht alleine entscheiden. Ich werde das mit meinem Mann besprechen und dann gucken wir mal, wo wir die eine oder andere Position einsparen können. Das ist definitiv viel mehr, als ich geplant hatte!"

„Florentine, dann hättest du mir mal vorher sagen müssen, was du so geplant hast." Florian imitiert zynisch meine Stimme. „Meinst du, ich setze mich eine ganze Woche hin, um dann lustig wieder die Positionen wegzustreichen?"

„Du hast ja recht. Über den Rahmen hätten wir eher reden sollen. Aber am Ende des Tages funktioniert es doch so: Ich mache auch öfters mal stundenlang Angebote aufgrund von Anfragen, wofür ich am Ende viel Zeit benötige und den Auftrag aus irgendwelchen Gründen nicht bekomme. So ist das nun mal im Geschäftsleben!"

Ruckartig steht Florian auf. „Ich habe aber nicht nur STUNDEN investiert, sondern TAGE! Ist dir das eigentlich klar? Und ja, im Geschäftsleben funktioniert das so, aber ich denke, wir sind Freunde?"

„Dann hättest du mir halt auch einen Freundschaftspreis machen müssen ..." Weiter komme ich nicht, Florian ist jetzt richtig wütend. „Florentine, wenn du dir das Angebot einmal etwas intensiver angeschaut hättest, dann würdest du erkennen, dass das ein Freundschaftspreis ist. Aber du hast ja nur die Endsumme im Blick und mir gar nicht richtig zugehört. Aber was habe ich auch erwartet. Oberflächlich warst du ja schon immer!"

Florian packt seine Unterlagen zusammen.

„Und du hast schon immer gerne unter die Gürtellinie geschlagen!" Auch ich bin jetzt wütend. Warum hätten wir nicht das Angebot einmal durchgehen können und in Ruhe über die einzelnen Positionen sprechen können, darüber, was Sinn machte und was nicht?

„Na, dann sind wir damit ja schon zu zweit! Aber mit deiner Party bist du auf jeden Fall jetzt alleine! Bin gespannt, ob du das hinbekommst." Florian verlässt grußlos und stürmisch den Raum, sodass die losen Blätter des Angebotes durch die Luft wirbeln. Ich bleibe stehen, wie vom Donner gerührt. Was war denn das? Ja, ich hatte ein nicht unerhebliches Detail bei der Anfrage vergessen. Der Budgetrahmen war sicherlich ein wichtiger Faktor, aber Florian hätte ja auch mal fragen können. Ich fand, er hatte auf jeden Fall eine Mitschuld. Ich als Laie dachte da doch anders als ein Experte. Oder hatte er insgeheim gehofft, mit mir hier ein tolles Geschäft machen zu können, das auch seiner Firma mal wieder etwas Präsenz lieferte? Er kann mir doch nicht sein Angebot hinknallen nach dem Motto „so oder gar nicht"! So konnte er doch nicht mit einem potentiellen Kunden umgehen. Gut, es gab die ein oder andere flexible Position und manche Positionen in verschiedenen Alternativen, aber der Rahmen endete immer wieder bei ca. 15.000 Euro und das war mir eindeutig eine Nummer zu hoch. Also alles in allem fand ich seinen Auftritt ziemlich unprofessionell und auch auf der persönlichen Ebene gab es spürbare Spannungen zwischen uns, sodass ich nun wirklich einen Haken an meine Beziehung mit Florian machen musste.

Während mir dies alles durch den Kopf geht, sammle ich die nunmehr im Raum verteilten Blätter des Angebotes wieder zusammen, als Anna zusammen mit meiner Mutter und mit leuchtenden Augen den Raum betritt. Stolz trägt sie eine riesige Schokoladentorte. „Wusste ich es doch", freue ich mich „ich habe eben schon gedacht, es riecht nach Schokolade! Schokolade und Vanille!"

„Schoko-Himbeer-Vanille-Mascarpone!", berichtigt mich Anna und strahlt. „I wanted to *bake* you happy, Mamsi!" Ich mache große Augen. „Wo hast Du denn den Spruch her?"

„Aus einer Backsendung im Fernsehen. Und das Rezept auch!" antwortet Anna stolz. Ich starre beindruckt auf das Ergebnis. „Das ist dir schon mit dem Anblick dieses Kunstwerks gelungen!" Die Torte ist mehrschichtig und die Schichten haben drei verschiedene Farben, die auf Schoko, Vanille und Himbeergeschmack schließen lassen.

Die gesamte Torte ist von oben unvollständig mit Schokoladenglasur überzogen, sodass es aussieht, als habe jemand heiße Schokolade ausgegossen und diese sei spontan erstarrt und kleine Rinnsale und Tropfen hangeln sich an den Seiten der Torte herab. Die Teile, die oben auf der Torte nicht mit Glasur bedeckt sind, sind mit gezuckerten Himbeeren und Sahne garniert. „Fantastisch, Anna. Das kommt genau im richtigen Moment! Ich brauche jetzt etwas für die Seele und Schokolade ist gut für die Seele." Ich seufze. Meine Mutter sieht mich besorgt an, fragt aber nicht nach und meint: „Gut, dann lasst uns schnell den Tisch decken! Kaffee ist auch schon gekocht!"

„Mama, du bist meine Rettung! Den Kaffee bitte intravenös, den Kuchen nehme ich auf dem Teller!" „Was war denn los mit Florian? Willst du mir das nicht mal erzählen?" „Erst trinken wir jetzt in Ruhe Kaffee!" „Ich hole Opa", ruft Anna und läuft in die Werkstatt. Mein Vater ist immer in seiner Werkstatt, wenn er sich über irgendetwas geärgert hat. Obwohl hier wirklich inzwischen alles an Ort und Stelle und fein säuberlich sortiert ist, findet er immer noch etwas, was vermeintlich nicht perfekt ist. Ich folge Anna in die Werkstatt.

„Weißt du noch, dass meine erste Idee für einen Namen ‚Opas Schraubenshop' war?", frage ich meinen Vater. „Aber dieser Name würde deiner Werkstatt ja inzwischen nicht mehr im Entferntesten gerecht. Ein richtiges Kleinod hast du hier geschaffen." Die alten Werkzeugschränke hatte mein Vater höchstpersönlich restauriert. Diese bedeckten die Seitenwand der Werkstatt fast vollständig und gaben, insbesondere wenn sie geöffnet waren und man die Werkzeuge in den hölzernen Haltern säuberlich in Reih und Glied geordnet bewundern konnte, dem Raum eine unglaublich gemütliche Atmosphäre. „Ist dein Party-Planer wieder gegangen?", murmelt mein Vater. „Ja, ist er! Wir können jetzt Kaffee trinken und dann bereden wir alles noch einmal gemeinsam alleine!" „Was nun? Gemeinsam oder alleine?", kommt die mürrische Rückfrage von meinem Vater. „Wir gemeinsam. Ohne Florian", antworte ich. „Opi, komm jetzt bitte, ich habe gebacken", insistiert Anna. „Und ich brauche dringend einen Kaffee!" Jetzt lächelt mein Vater, kommentiert das jedoch nicht mehr. Aber es ist ihm anzusehen, dass er mit dieser Entwicklung zufrieden ist.

Annas und Omas Schoko-Himbeer-Vanille-Mascarpone-Torte ist ein Traum und hebt meine Stimmung deutlich. Im Anschluss an unser Kaffeetrinken stehe ich mit beiden Füßen wieder auf dem Boden, von dem ich die losen Blätter von Florians Angebot aufgehoben hatte. Gemeinsam mit meinem Vater gehe ich das Angebot nun Position für Position durch. Florian hatte echt gute Ideen und an einige Dinge hatte ich tatsächlich wirklich nicht gedacht.

Auf manches konnte ich aber auch getrost verzichten. So wollte ich beispielsweise keine Verlosung veranstalten und den Schlager singenden Alleinunterhalter würde ich nur am späteren Nachmittag oder abends buchen und nicht einen ganzen Tag lang.

Es machte sicherlich Sinn, Anzeigen zu schalten und Flugblätter zu verteilen, aber den Rahmen wollte ich deutlich schmaler halten, als von Florian angeboten.

Am Ende meiner Besprechung mit meinem Vater sind mir zwei Dinge klar. Erstens: Die Zusammenarbeit mit Florian würde keinen Sinn machen. Nicht nur, dass ich den Finanzrahmen halbieren wollte; außerdem hatte ich gespürt, dass Florian nicht der Typ Ex-Freund war, der zum besten Freund werden konnte. Die Menschen sind eben verschieden. Und Florian und Florentine waren nicht nur für eine Traumbeziehung zu verschieden, sondern auch für eine Freundschaft.

Und zweitens: Die Planung der Einweihungsparty ohne Florian war zwar möglich, würde für mich aber enorm viel mehr Arbeit bedeuten als ursprünglich geplant. Das Datum für die Party, 31. August, finde ich aber aus zwei Gründen gar nicht so schlecht: Erstens ist das der Hochzeitstag meiner Ehe mit Johannes, was aber eigentlich unwichtig ist. Damit verbunden ist allerdings das Zweitens und das ist mir viel wichtiger: der Tag vor Bellas Geburtstag. Bella war damals meine Trauzeugin gewesen und so hatten wir schon seit meiner ersten Hochzeit in ihren Geburtstag reinfeiern können. Das könnten wir nun wiederholen und meine Mutter würde sicherlich eine super Geburtstagstorte zaubern können. So entscheide ich mit der Zustimmung meiner

Eltern, dass wir alle Hebel in Bewegung setzen wollten, um das so hinzubekommen wie von Florian vorgeschlagen.

Somit hatte Florian mir doch einen nicht unerheblichen Gefallen getan. Er hatte mir die Planungsgrundlage und ein Konzept geliefert, an dem ich mich orientieren kann.

Zu Hause bespreche ich das Ganze in Ruhe mit Alexander. Alexander ist amüsiert und fragt: „Welchen Wettbewerb wollte Florian denn mit der Ausarbeitung dieses Angebotes gewinnen? Wahrscheinlich den um dein Herz, was meinst du?" „Bist du etwa eifersüchtig?", stutze ich, „ich habe jetzt aber wirklich andere Sorgen!"

„Ach Mamsi, du weißt doch, ich bin nie eifersüchtig! Du bist eine attraktive Frau. Da ist doch klar, dass andere Männer sich für dich ins Zeug legen. Was du daraus machst, ist deine Sache. Ich besitze dich doch nicht! Du bist ein freier Mensch!"

„Alexander, sag mal, spinnst du? Was ist denn das für eine Einstellung? Und überhaupt, das ist doch jetzt gar nicht unser Thema! Wie gesagt, ich habe jetzt wirklich andere Sorgen, als über ein nicht existierendes Beziehungsproblem zu diskutieren."

Alexander zieht mich an seine Brust. „Mamsi, dann ist ja gut. Aber das ist halt meine Einstellung und so war sie schon immer!"

„Die ich nicht teile! Aber das ist jetzt wirklich nicht mein Thema. Ich plane jetzt die Party nach Florians Vorgaben eben alleine. Er hat mir ja ein ganz gutes Konzept erstellt."

„Und das ganz umsonst?", wundert sich Alexander.

„Umsonst wohl nicht. Aber auf jeden Fall mal vergeblich. Denn meinen Auftrag bekommt er ja nicht!"

Alexander runzelt die Stirn. „Na dann solltest du ihm aber zumindest das sagen. Bedanke dich mit einem freundlichen: Danke, aber NEIN danke! Du kannst das ja jetzt nicht einfach so im Raum stehen lassen. Rufe ihn doch einfach an."

„Ich fürchte, du hast recht. Aber anrufen werde ich ihn nicht, das endet nur wieder im Streit!"

„Auch eine E-Mail kann man missverstehen. Du kennst meine Einstellung zu diesem Thema. Delikate Themen sollte man immer lieber persönlich klären", meint Alex.

„Grundsätzlich stimme ich dir zu, aber du kennst Florian halt nicht. Er dreht mir ohnehin jedes Wort im Mund um. Ich schreibe ihm. Und nur damit es mir bessergeht und damit er sich nicht noch weiter Hoffnungen macht."
Am Abend setze ich mich an den Computer und formuliere die E-Mail an Florian. Für die paar Zeilen, die es am Ende werden, benötige ich fast eine Stunde. Aber nachdem ich die E-Mail verschickt habe, geht es mir tatsächlich besser und ich kann mental einen Haken an das Thema Florian machen. So denke ich.

„Lieber Florian,
es tut mir leid, dass unser Treffen in der letzten Woche ähnlich abrupt für dich geendet hat wie unsere Beziehung. Ich werde dein Angebot nicht annehmen. Wenn ich deine Aussagen beim Gehen richtig verstanden habe, ist das ja sogar in deinem Sinne. Ich weiß, dass du in die Erstellung des Konzeptes viel Zeit investiert hast und bin dir sehr dankbar dafür. Damit hast du mir einen wertvollen Leitfaden geliefert, an dem ich mich orientieren kann. Vielen Dank! Aber so ist es nun mal im Geschäftsleben – nicht jeder Aufwand wird gerecht entlohnt. Ich wünsche dir weiterhin viel Erfolg und noch viele einfachere Kunden, als ich es für dich sein könnte. Liebe Grüße Florentine."

So ehrlich ich diese Zeilen auch meine, so recht hatte Alexander damit, dass Florian sie falsch verstehen würde. Florian war viel zu sehr Geschäftsmann und zu wenig Freund, als dass er sich über diese Zeilen freuen würde.
Auf diese E-Mail erhalte ich allerdings keine Antwort. Da ich nun aber auch mit der Planung der Party sowie meinem eigentlichen Job in der Pfalz viel zu sehr beschäftigt bin, habe ich weder Zeit noch Muße, mich mit diesem Thema weiter auseinanderzusetzen.
Ganz abhaken kann ich es aber nicht und so rufe ich eines Abends Bella an, die ich ohnehin fragen wollte, ob sie mir wie versprochen auf der Party im Service helfen kann. Bellas Eltern wohnen noch im Dorf, somit wäre dies auch für sie eine Art Heimatbesuch.

„Klar, ich bin dabei. Schließlich haben wir schon lange keine gemeinsame Party mehr geschmissen!", stimmt Bella sofort zu. Der Termin passt auch in ihren Terminkalender. „Sag mal, hattest du eigentlich ein paar Tipps von Florian bekommen?", fragt sie.
„Willst du die lange oder die kurze Variante einer Antwort?", frage ich zurück. Aber ich kenne Bella viel zu gut, als dass ich ihr diese Frage hätte stellen müssen. Also erzähle ich, ohne auf eine Antwort zu warten, die ganze Geschichte in allen Details.
„Also da hast du ja mal wieder einen ordentlichen Sturm im Wasserglas verursacht! Toll, wie du das immer hinbekommst!", meint sie amüsiert.
„Toll fand ich das eigentlich nicht!"
„Na ja, ein Sprichwort sagt, dass man unter Freunden keine Geschäfte machen soll. Vielleicht gilt das ja für Ex-Freunde auch!"
„Ich glaube nicht, dass Florian und ich noch Freunde sind! Dabei hätte ich mir das so sehr gewünscht!"
„Du hast ihn halt in seiner Ehre gekränkt. Das ist mal Tatsache! Tatsache ist aber auch, dass er sich recht unprofessionell verhalten hat. Dass Angebote nicht angenommen werden oder verändert werden, das kommt ja wohl nicht selten vor. Wahrscheinlich hat er vermutet, dass du ihm blind vertraust und alles ohne Diskussion akzeptierst, und er dann für dich eine super Veranstaltung hinlegt und damit wieder zum Held für dich wird", analysiert Bella die Lage.
„Wahrscheinlich hast du Recht. Aber ein Held mit goldener Nase! Von wegen „Golden-Dream-Events. Er hätte seine Firma besser ‚Golden-Nose-Events' nennen sollen!" Wir kichern beide.
„Na, dann würde er wahrscheinlich eher weniger Aufträge bekommen. Hat er sich nach deiner letzten E-Mail noch mal gemeldet?", fragt Bella.
„Nein, das macht aber nichts. Ich denke, wir sollten die Sache ruhen lassen. Man kann halt nicht mit allen Menschen aus seiner Vergangenheit Frieden schließen."

Wie von Florian vorgeschlagen, legte ich die Party auf den 31. August. Die Werbung erfolgte über Anzeigen in den lokalen Zeitungen. Außerdem hatte ich Flugblätter entworfen, die ich im Copy-Shop ausdrucken ließ und die von den Kindern meiner Cousinen verteilt wurden. Damit hatte ich zwar nicht so eine große Abdeckung, wie Florian das geplant hatte, aber immerhin ein wenig Aufmerksamkeit in der direkten Umgebung.

Eine Woche vor dem geplanten Termin reisen wir diesmal mit der vollständigen Familie an. Also Alexander, die Jungs, Anna und ich. Die Jungs würden sich als Servicepersonal nützlich machen müssen, während Anna meiner Mutter in der Küche helfen soll und Alexander die Bar sowie Zapfanlage bedienen muss. Mit der Unterstützung von mir und Bella im Service sowie meinem Vater als Koordinator würden wir den Ansturm schon bewältigen können.

Am Tag vor der Party kommt Bella am Nachmittag vorbei. „Florentine, ich bin beeindruckt. Das Ambiente ist ja wie aus einem Magazin … ‚Landlust' oder ‚Schöner Wohnen auf dem Land'. Das habt ihr ja echt toll hinbekommen. Bist du sicher, dass du dich nicht auf dem Gebiet von Innenarchitektur oder Gartendesign verdingen möchtest?", fragt sie mit großen Augen.

„Das ist ein Gemeinschaftsprojekt und den Garten hat maßgeblich Alexander entworfen. Eigentlich ist das ja nur die gemeinsame Gestaltung unseres Alterswohnsitzes", entgegne ich. „Auf jeden Fall werden sich die Gäste hier wohlfühlen! Jetzt müssen sie nur noch kommen!", antwortet Bella.

Und die Gäste kommen! Zwar vielleicht nicht so viele, wie es gewesen wären, wenn Florian die Werbung organisiert hätte, aber doch so viele, dass alle Beteiligten im Service alle Hände voll zu tun haben. Bereits am Vormittag kehren die ehemaligen Tennis-Kolleginnen meiner Mutter ein und kündigen für den frühen Nachmittag die Herrenmannschaft mit knapp zwanzig Personen an. Darüber hinaus hatte Bella bei ihrer Familie die Werbetrommel gerührt, sodass wir im Café den ganzen Nachmittag über durchgehend gut zu tun haben.

Außerdem hatte ich im Verkehrsbüro unseres Dorfes, in dem Radwanderwege und Routen sowie Restaurantempfehlungen für Radwanderer ausliegen, einige Flyer deponiert und auch ein Plakat aufgehängt. So kommen tatsächlich in regelmäßigen Abständen einige Radwanderer vorbei und sind von Omas Kuchen und Opas Radservice begeistert. Das Konzept in dieser Kombination scheint aufzugehen.

Pepe und Julius, die zunächst nicht so davon begeistert waren, als Kellner zu arbeiten, finden erstaunlich viel Spaß an ihrem Job und machen die Sache wirklich gut, sodass am Ende des Tages ein gutes Trinkgeld für sie herausspringt, Julius muss allerdings erkennen, dass man hier auf dem Land eine andere Sprache spricht als in der Pfalz. Denn als ein Gast bei ihm ein Glas „kalten Kaffee" bestellt, kommt er vor in die Küche und fragt Oma verwundert nach dem Rest abgestandenen Kaffees. Meine Mutter ist mit der Organisation von Kuchennachschub so beschäftigt, dass sie die Frage nicht weiter wahrnimmt, sondern Julius die Kaffeekanne in die Hand drückt. Julius packt kurzerhand noch zwei Eiswürfel in ein Glas, füllt es mit kaltem Kaffee auf und serviert es dem Gast.

Wenige Minuten später erkennt dieser: „Hey, junger Mann, da haben Sie wohl etwas falsch verstanden!"

Julius ist irritiert: „Sie hatten einen kalten Kaffee bestellt. Was ist damit nicht in Ordnung?"

„Das hier ... IST kalter Kaffee!" Julius versteht immer noch nicht das Problem.

„Bei uns auf dem Land ist kalter Kaffee eine Mischung aus Cola und Fanta. Ein Erfrischungsgetränk!", fordert der Gast zunehmend heftig.

„Ach so, bei uns in der Pfalz ist kalter Kaffee eben kalter Kaffee. Das versteht ja auch kein Mensch!" Kopfschüttelnd nimmt Julius das Glas und bringt dem Gast das Gemisch aus Fanta und Cola.

„Mensch Herbert, nun sei doch nicht so streng mit dem jungen Mann", beschwichtigt seine Frau den Gast. „Er kommt halt von auswärts!"

Pepe schmeißt gemeinsam mit Alexander die Bar und mixt Cocktails, und das mit wachsender Begeisterung. Als ich Alexander hinter der mobilen Bar beobachte, wie er geschickt die Cocktails mixt, muss ich an unser erstes Treffen denken. „Ist der nicht süß!", hatte ich zu meiner Schwester gesagt. Über zehn Jahre waren seither vergangen. Und den, der ja so gar nicht in mein Beuteschema fiel, finde ich immer noch süß und ich bekomme ein ganz warmes Gefühl im Bauch. Wenn ich mich immer gefragt hatte, was Liebe ist, JETZT weiß ich es.

Alexander spürt, dass ich ihn beobachte, und lächelt mich an. Ich gehe zu ihm rüber und sage kokett: „Hey, du süßer Barmann, könnte ich wohl deine Telefonnummer bekommen?"

Alexander stutzt einen Moment, lächelt und imitiert meinen damaligen gleichgültigen Tonfall: „Klar, aber sei dir bewusst, dass ich viel beschäftigt bin. Ich habe wenig Zeit für eine Beziehung. Außerdem habe ich drei kleine ... ach Moment ... drei Teenager-Kinder und ... eine Frau!"

Er zwinkert mir zu und ich erinnere mich an unser erstes Telefonat, bei dem ich in etwa das Gleiche gesagt hatte.

„Wer wird denn gleich von einer Beziehung sprechen? Für ein wenig Abwechslung hast du doch sicher Zeit!", antworte ich frech. „Nein", insistiert Alexander, „du glaubst gar nicht, wie wenig Zeit ich habe!"

„Na, du musst deine Frau ja liebhaben, wenn du mich hier so abweist!", antworte ich gespielt schmollend. „Ja, du glaubst gar nicht, wie sehr ich meine Frau liebhabe!" Glücklich sehe ich Alex an und lehne mich über die Bar und gebe ihm einen Kuss auf den Mund. „Hey, muss das jetzt sein?", beschwert sich Pepe. „Manche Dinge müssen eben ab und zu sein! Und das ist gut so!", antworte ich, lasse die zwei dann aber wieder mit ihrer Bar alleine.

Zufrieden blicke ich in die Runde. Auch das Wetter zeigt sich heute von seiner besten Seite. Es ist fast ein wenig zu warm, aber im Garten, wo es weitestgehend schattig ist, sind alle Tische besetzt. Nicht auszudenken, wenn es geregnet hätte.

Am späteren Nachmittag kommt der bestellte Alleinunterhalter und baut sein Keyboard im Garten auf der überdachten Terrasse auf.

Zunächst spielt er Hintergrundmusik ganz nach dem Geschmack meiner Eltern: El Condor Pasa, Sierra Madre, One Way Wind, Mr. Tambourine Man und andere. Die Freunde meiner Mutter aus ihrer Chorgemeinschaft nicken anerkennend und wippen im Takt mit dem Fuß oder allem, was beim Kaffeetrinken so frei ist und summen leise mit. Der Entertainer macht schon mal einen guten Job. Ich hoffe, das bekommt er mit der Tanzmusik später auch hin, sollte es dazu kommen. Zu den Freunden meiner Mutter gesellen sich Nachbarn und Verwandte. Sogar Florians Eltern schauen kurz vorbei. Ich weiß nicht, ob Florian sie über meine kleine Meinungsverschiedenheit mit ihm informiert hatte. Ich bekomme gerade einen kurzen höflichen Small Talk mit meinen ehemaligen Schwiegereltern hin und überlege mir, wie ich ein intensiveres Gespräch vermeiden kann, als mein 13-jähriger Sohn Pepe quer durch das Café ruft: „Feierabend. Das Bier ist alle!" „Herrschaftszeiten, wie alt bist du?", zische ich ihn an. „Das hätte man auch dezenter lösen können!"

Eine Position in Florians Angebot war es gewesen, bei der Kalkulation der Getränke, und insbesondere des Bieres, die Außentemperaturen zu berücksichtigen. Das hatte ich natürlich nicht getan, was mir jetzt auf die Füße fiel. Der kleine, feine Unterschied zwischen einem Profi und einem Laien in Sachen Event-Planung ... aber im Improvisieren bin ich der Profi.

Schnell entschuldige ich mich bei meinen Gästen und fahre mit Alexander zum Getränkehandel, um ein weiteres Fass Bier abzuholen, was zum Glück ausreichend kalt gelagert wurde. Leider gibt es aber nur noch ein gekühltes Bierfass, was am Abend vielleicht zu einem weiteren Engpass führen könnte. Mit etwas Überredungskunst schaffe ich es, den Getränkehändler zu überzeugen, das zweite Fass für uns kalt zu stellen und mir seine Handynummer zu geben. Bis das Fass kalt genug wäre und wir wüssten, ob wir es überhaupt brauchen, wäre es sicher weit nach Ladenschluss. „Siehst du, es kostet zwar etwas mehr Nerven, aber nicht zigtausende von Euros, wenn man die Eventplanung selber macht", sage ich stolz zu Alexander. „Nur gut, dass so ein Event nicht so häufig vorkommt. Ich sehe da durchaus Optimierungsbedarf!", entgegnet er, unbeeindruckt von meinen Überredungskünsten in Bezug auf den Getränkehändler.

Gegen Abend kommen dann tatsächlich noch meine Cousins und Cousinen sowie einige alte Freunde aus Zeiten der Dorfkneipe, die Bella anscheinend informiert hatte. Somit wird mir schnell klar, dass ich tatsächlich den netten Herrn Getränkehändler noch mal anrufen muss und schicke Alex los, das letzte Fass Bier abzuholen.

Der Alleinunterhalter hat inzwischen die Partymusik rausgeholt und als er nach den Flippers Andrea Bergs Dauerbrenner: „Du hast mich tausendmal belogen" trällert, schieben meine Freunde und Bella die Tische im Café zur Seite, um eine Tanzfläche zu haben. „Das „Dorfkneipen-Party-Revival" kann beginnen", ruft Bella mit geröteten Wangen in die Runde und strahlt mich an. Davon hatten wir zwei immer geträumt.

Als unser Alleinunterhalter mit „Komm hol das Lasso raus" fertig ist, bitte ich ihn allerdings, etwas mehr in Richtung 80er Jahre zu steuern, damit das Ganze hier nicht wie eine Karnevals-Veranstaltung endet. Und so haut er wirklich einen Kracher nach dem anderen raus, sodass Bella und ich die Tanzfläche nicht so schnell wieder verlassen. Als wir bei Gloria Gaynors „I will survive" in einer Mischung aus Erleichterung und Erschöpfung völlig ausrasten, erkenne ich, wie Julius und Pepe ziemlich entsetzt die Köpfe schütteln. Lachend gehe ich zu ihnen. „Wie alt bist du?", imitiert Pepe meine Anfuhr von eben.

„Keine Sorge Jungs, in DAS Alter kommt ihr auch noch. Und zwar schneller, als ihr denkt!" Die beiden sehen mich immer noch ungläubig an, kümmern sich dann aber weiter um die Gäste. Die beiden sind nunmehr Teenager und ich kann wirklich stolz auf meine Kinder sein. Wie schnell waren die Jahre bisher vergangen. Ich bin in diesem Jahr 40 geworden und das kann ich kaum fassen. Auf der Tanzfläche soeben war ich für einen Moment lang wieder 20 und bin beim Anblick meiner Kinder dann ziemlich unsanft wieder zurück in die Zukunft transportiert worden.

Als die Kinder alle drei klein waren, wurde mir oft gesagt: „Genieße die Zeit, solange sie noch klein sind. Die kommt nie wieder!" Derartige Sprüche sind bei mir auf völliges Unverständnis gestoßen. Wie sollte man eine Zeit genießen, in der man drei Kinder zum Anziehen, Waschen und Füttern hatte? Eine Zeit, in der man keine Nacht durchschlafen konnte und kaum eine Minute für sich selbst hatte? Und warum sollte man es nicht genießen, wenn die Kinder größer und selbstständiger wurden? Ja, die Jahre waren so schnell verflogen, aber ich genieße jeden Moment mit meinen Kindern in jedem Alter. Dass ich dabei inzwischen auf die 50 zugehe, wird mir in diesem Moment einmal mehr bewusst und auch, wie unglaublich ich das selber finde.

Der Entertainer legt nun wieder eine langsamere Runde ein und singt von Chris Norman „Stumblin In". „Oh mein Gott, jetzt wird's ganz kitschig", denke ich amüsiert und beschließe, mich nach der intensiven Tanz-Einheit kurz frisch zu machen. Ich drehe mich um und will schnell ins Bad und laufe direkt in Florians Arme.

„Hörst du, sie spielen unser Lied", sagt er tonlos. „Our love is a lie?", frage ich irritiert. „Jetzt bist du aber ungerecht!"

„Wer von uns beiden ungerecht ist, das wollen wir jetzt vielleicht nicht erörtern!"

„Ach Mensch, Florian, du bist wirklich kein Typ von der Sorte ‚Schwamm drüber', oder? Ich weiß, ich habe Fehler gemacht, aber haben wir das nicht alle?" Florian sieht mich mit großen Augen an und zieht dabei eine Augenbraue hoch. Aber er sagt nichts. Daher versuche ich es erneut: „Lass uns das Ganze doch einfach vergessen! Oder warum bist du gekommen? Wolltest du jetzt und hier mit mir weiter über die Vergangenheit diskutieren? Geschehen ist geschehen. Und … alles im Leben hat seinen Grund!"

Etwas anderes fällt mir gerade nicht dazu ein. Natürlich habe ich Schuldgefühle, aber ich sehe weder den Anlass noch die Notwendigkeit, meine Unzulänglichkeiten mit Florian hier und jetzt weiter auszudiskutieren.

„Florentine, du schaffst es immer wieder!", antwortet er.

„Du wirbelst Staub auf, zerschlägst Porzellan und veranstaltest das größte Chaos und dann holst du den Putzeimer und den Feudel raus, wirbelst herum und glaubst, so jetzt ist alles wieder in Ordnung!"

„Na ja, was soll ich denn auch tun. Don't cry over spilled milk, sondern wische sie wieder weg! Was anders macht ja keinen Sinn!", antworte ich.

„Doch, es macht manchmal Sinn, die Dinge im Vorfeld zu überlegen, damit man erst gar keine Milch verschüttet!", meint Florian immer noch ernst.

Ich versuche, ihn anzulächeln. „Ja, aber dann wäre ich ja nicht Florentine, sondern ‚Wonderful Jeannie'!" Jetzt ringt auch Florian sich ein leichtes Lächeln ab. „Und so bist du ‚Wonderful Tinie' ... allerdings eine ziemlich chaotische!"

„Und mit ‚Wonderful Tinie' möchtest du Frieden schließen?", frage ich ihn vorsichtig. „Wenn du es so sehen möchtest und nur, wenn sie in meinem Leben nicht so schnell wieder auftaucht! Denn beste Freunde werden wir beide wohl nicht mehr werden! Und ich hoffe, wir werden in naher Zukunft nicht allzu viel miteinander zu tun haben. Und auf gar keinen Fall mehr Geschäfte miteinander machen oder planen."

Auf einmal kommt Anna aus der Küche angerauscht. „Mama, was ist jetzt mit der Geburtstagstorte und den Wunderkerzen?" Ich schaue auf die Uhr: 23:45 Uhr! Ach herrje! Das hätte ich ja fast vergessen. Ich lasse Florian stehen und renne mit Anna zurück in die Küche. Meine Mutter hatte die Torte bereits vorbereitet. „Wo um Himmels Willen sind denn die Wunderkerzen hingekommen?", fragt sie mit geröteten Wangen. „Lass mich nachdenken: Ich hab sie beim letzten Einkauf mitgebracht. Was habe ich da gekauft? Tomaten, Gemüse, Brot und Getränke. Also lass uns als erstes mal im Gemüsefach nachsehen!" Meine Mutter rollt die Augen: „Florentine, das ist jetzt nicht dein Ernst!" „Das ist eine logische Schlussfolgerung!", antworte ich und öffne das Gemüsefach. Und tatsächlich – dort liegt die Packung Wunderkerzen! Ob das logisch war oder nicht. Die gleiche Diskussion hatte ich zu Hause auch immer mit Alexander, wenn es um die Ordnung im Büro ging, das wir uns teilten.

Als Geburtstagstorte hatte meine Mutter die von uns bereits getestete Himbeer-Schoko-Vanille-Mascarpone-Torte gebacken, allerdings noch mit einem Stockwerk mehr, auf die wir nun die Wunderkerzen verteilen.

„Für jedes Jahr eine?", fragt Anna. „Also, so groß ist die Torte nun auch nicht", antworte ich lachend und ernte einen bösen Blick meiner Mutter. „Na ja, ab einem gewissen Alter ist die Geburtstagstorte der reinste Fackelzug! Das hat auch schon Audrey Hepburn gesagt oder war es die andere, Katharine Hepburn … egal. Stimmen tut's auf jeden Fall!", antworte ich.

Schnell rufe ich noch Pepe und Julius, die mit Alexanders Hilfe den Sekt in Gläser füllen. Ich instruiere den Alleinunterhalter und pünktlich um Mitternacht trage ich die Torte aus der Küche und alle stimmen auf den Befehl des Mannes am Keyboard ein „Happy Birthday to you" an! Bella bekommt einen knallroten Kopf. Ich stelle die Torte ab und umarme sie fest. „Alles Liebe zum Geburtstag und vielen Dank, dass du immer da bist. Auch wenn du nicht da bist!" Wir nehmen uns ein Glas Sekt und stoßen an.

„Auf uns! Wir sind die Besten!" sage ich. „Nur wir!", antwortet Bella.

Nach der Einweihungsfeier bleiben wir noch eine Woche bei den Eltern. Das Café nimmt seinen Betrieb auf und es kommen zahlreiche Gäste, sodass meine Mutter mit dem Kuchenbacken alle Hände voll zu tun hat. Tatkräftige Unterstützung erhält sie dabei von Klein-Anna, die mit ihren elf Jahren bereits eine kleine Back-Fee geworden ist. Also, das hat sie mit Sicherheit nicht von mir! Aber die Art, wie sie akribisch nach neuen Rezepten sucht und diese mit Präzision in wunderbare Kuchen und Torten verwandelt, begeistert mich. So hat halt jeder seins: Die Jungs machen Leistungssport und Anna macht Leistungsbacken. Und zwar mit der gleichen Leidenschaft, wie die Jungs den Sport betreiben. Meine Mutter ist sie damit nicht nur eine große Hilfe, sondern es würde in den ersten Tagen nach der Einweihung auch gar nicht anders gehen. Aufgrund des bisher üppigen Trinkgeldes haben die Jungs kein Problem, sich weiterhin als Bedienung nützlich zu machen und Alexander hilft meinem Vater in der Werkstatt. Die Gäste sind begeistert von dem Angebot an Kuchen und kleinen Snacks und von der ruhigen Atmosphäre in unserem Wohlfühl-Garten. Wenn das so weitergeht, müssten wir darüber nachdenken, eine Aushilfe einzustellen, denn unsere Ferien sind ja irgendwann zu Ende. Und bis ich mit Alexander irgendwann wieder zurück hierherziehen würde, würden ja noch einige Jahre ins Land gehen.

In den folgenden Jahren entwickelt sich das „Screw-Biker's" gut. Es ist zwar ein eindeutiges Saisongeschäft, aber auch Gäste, die außerhalb der Saison spontan einkehren wollen, können die Klingel benutzen. Sie bekommen immer ein Stück Kuchen, etwas zu trinken oder eine Ersatzschraube. Für den Nachschub an Kuchen ist meine Mutter zuständig, aber den Rest der Speisekarte hat inzwischen mein Vater unter seine Fittiche genommen und er kocht mit Leidenschaft kleine Gerichte und bereitet deftige Brotzeiten. Insbesondere hat er aber „Hausmacherbockwürstchen" auf der Speisekarte stehen, die sich gerade bei den Radfahrern auf einem kurzen Zwischenstopp großer Beliebtheit erfreuen. Opa ist hocherfreut, dass gerade seine heiß geliebten Würstchen in allen Variationen so gut ankommen. Immer schon hat er von einer Würstchenbude geträumt, da es aufgrund des optimalen Verhältnisses zwischen Wareneinsatz und Gewinn in seinen Augen betriebswirtschaftlich den meisten Sinn machte, Würstchen zu verkaufen.

Eine Arbeitsteilung bei meinen Eltern und eine zufriedenstellende Entwicklung für den Geldbeutel. Mit einer schwarzen Null außerhalb der Saison sind wir durchaus zufrieden, denn bevor wir nicht selber dort wohnen, wäre ein noch größerer Zulauf kaum zu händeln.

Alles läuft nach Plan und wenn ich immer gehofft hatte, im Leben einen roten Faden oder eine Art Plan zu haben, an dem sich alles ohne Umwege orientiert, dann hatte ich ihn inzwischen gefunden. Die Marschrichtung ist klar und das Konzept erstellt. Aber wie immer ist das so eine Sache mit den Plänen, die man erstellt, ungeachtet der Tatsache, dass das Leben seine eigenen Pläne hat. Das hatte ich ja schon mehr als einmal erfahren und DAS sollte sich auch nicht ändern. Auch wenn ich jetzt kurzfristig das Gefühl hatte, mal endlich alles im Griff zu haben.

Als Pepe und Julius ihr Abitur in der Tasche haben und Anna die Oberstufe des Gymnasiums besucht, denke ich, dass es inzwischen an der Zeit ist, auch über die Pläne für den Ausbau „unserer Wohnung", der künftigen Wohnung von Alexander und mir, nachzudenken. Denn nach unserem Plan wollten wir nach Annas Abitur aus der Villa Kunterbunt ausziehen, um zu meinen Eltern aufs Land zu ziehen.

Ich telefoniere mit Lukas, dem Architekten, der schon das Café geplant hatte, und mache einen Termin zur Besprechung der Wohnsituation und die Möglichkeiten des Umbaus.
Als ich Alex darüber informiere, weicht er aus: „Ach, das hat doch noch ein wenig Zeit! Anna macht doch erst in drei Jahren Abitur. Bis dahin sollten wir ohnehin in der Pfalz bleiben!"
„Wie bitte? DU bist doch derjenige, der mich die ganze Zeit drängt, das zu planen und Entscheidungen zu treffen! Warum willst du das jetzt aufschieben?"
„Klar, wir müssen planen, aber dir ist schon klar, dass ich erst einmal in Frankfurt bleiben werde?"
„Ja, das hatten wir doch schon besprochen! Wochenendbeziehung! Das ist nichts Neues! Ich will das aber dennoch planen!"
Was ist denn mit Alex auf einmal los?
„Sag mal, die ganzen Fragen, die du mir gestellt hattest – wo will ich leben, was ist mir wichtig und wo will ich einmal alt werden und so –, die hattest du für dich hoffentlich beantwortet?", frage ich ihn und stelle mich vor ihn, um ihm dabei ins Gesicht zu schauen.

Er schiebt mich zur Seite. „Klar, Mamsi! Aber es ist auch klar, dass mich mein Unternehmen in den nächsten Jahren nicht weniger fordern wird als bisher!

„Das haben wir doch alles schon besprochen! Ich bin mir dessen durchaus bewusst!" Ich verstehe dieses erneute Diskutieren der bekannten und von uns beiden akzeptierten Nebeneffekte nicht! Wir würden eine Weile nur am Wochenende in einem gemeinsamen Bett schlafen, aber das hatten wir beide in meinen Augen bereits als nicht zu vermeidendes Übel akzeptiert. Wobei das uns beiden auch jeweils die Möglichkeit gab, unter der Woche unser eigenes Ding zu machen.

„Dann ist ja gut!", meint Alex und damit ist das Gespräch beendet.

Als Alexander und ich uns kennenlernen, ist er gerade 25 Jahre alt. Mit mir hatte er von jetzt auf gleich eine Familie bekommen. Und einen Erziehungsauftrag. Denn ich hatte ihm ganz klar gesagt, bevor er bei mir einzog, dass ich erwarte, dass er Position bezieht, sich einmischt und nicht nur „Mamas neuer Freund" ist, sondern ein vollständiges, erziehungsberechtigtes, erwachsenes Familienmitglied. Ich bin mit Anfang dreißig und drei kleinen Kindern zwar eine „gestandene Frau", aber habe dennoch nach meinen schiefgelaufenen Beziehungen eine gewisse Skepsis, ob das gut gehen würde.

Doch Alexander macht alle meine Sorgen zunichte und bringt sich nicht nur super in die Familie ein, sondern entwickelt auch ein gutes Verhältnis zu Johannes und seinen „Lebensabschnittspartnerinnen". Er diskutiert oder redet nie viel, sondern macht einfach. Er ist immer da, wenn man ihn braucht. So geht unser Lebensmodell Patchwork-Familie erstaunlich gut auf, ohne dass irgendjemand es als anstrengend oder stressig empfindet. Für uns ist es die natürlichste und pragmatischste Lebensweise der Welt.

Während seines Studiums arbeitet Alexander weiterhin abends in der Bar, wo wir uns kennenlernten. Später beginnt er, auch tagsüber bei verschiedenen Firmen in Frankfurt zu arbeiten. Es erscheint mir, als würde er alles mit „links" machen. Er investiert nicht sehr viel Zeit in das Studium, besteht aber alle Klausuren und den Abschluss mit Bravour, sodass er selbstverständlich direkt nach dem Abschluss einen Job in Frankfurt findet. In seiner ruhigen, überlegten Art klettert er dort die Karriereleiter langsam, aber sicher nach oben. Seine Arbeitstage werden dadurch stetig länger und er wird mehr und mehr gefordert. Aber er beklagt sich nie. Jammern ist nicht sein Ding.

Das kann ich von mir nicht gerade behaupten. Denn wenn ich ihm auch den Rücken freihalte und seine langen Arbeitstage ohne Diskussion akzeptiere, so muss ich doch manchmal ein wenig jammern. Nicht nur, dass es auch für mich zunehmend anstrengend wird, wenn er abends erst spät heimkommt, sondern ich beginne, mir auch langsam Sorgen um seine Gesundheit zu machen.

„Ach Mamsi, es kommen auch wieder bessere Zeiten!", versucht er, mich zu beruhigen, als ich dies anspreche. Außerdem scheint er in seiner Arbeit tatsächlich aufzugehen.

Und so lebe ich nach diesem Motto mit der Hoffnung auf bessere Zeiten. Es gelingt mir, ohne zu jammern, die Beziehung mit Alexander in einen stabilen Parallelflug zu überführen, mit dem wir beide recht glücklich und zufrieden sind.

Immer öfter mache ich mir allerdings Gedanken darüber, ob das der richtige Weg ist oder eher gesagt, das richtige Ziel. Was meinte Alexander mit „besseren Zeiten?" Wenn die Kinder groß und wir aufs Land gezogen sind, würden wir auch in einer Wochenend-Beziehung leben, waren das die „besseren Zeiten?"

Und nun? Wir leben tatsächlich ziemlich nebeneinander her, aber das liegt nicht daran, dass ich meinen Mann nicht liebe, sondern daran, dass unsere Arbeit es erfordert, dass wir beide viel um die Ohren haben und viel unterwegs sind. Das wäre ja auch in Ordnung, wenn wir dann die Zeit, die wir gemeinsam haben, auch gemeinsam genießen würden.

Viele Paare, gerade Promi-Paare, händeln das so: Sie sehen sich selten, aber freuen sich dann umso mehr auf die gemeinsame Zeit.

Einige sagen sogar, das hielte die Beziehung frisch. Das Ganze stellt sich aber als Gratwanderung heraus zwischen „Frischhalten" und „Ent-lieben". Es funktioniert nämlich nur, wenn es beide wollen. Und auf die Entscheidung, ob es beide wollen, hat die Umwelt einen nicht unerheblichen Einfluss. Und bei Alexander eben auch der Beruf. Durch seine steile Karriere findet er die Anerkennung, die er bei mir vielleicht nicht immer findet, lernt Menschen kennen, die sich für Themen interessieren, für die ich mich nicht interessiere, erkennt Aspekte, von denen ich noch nicht mal träume, entwickelt Ideen, die er nicht mehr mit mir teilt, weil ich abends „nur" von mir und der Familie berichten kann und vielleicht zu wenig ein Ohr für ihn habe.

 Aber auch ich könnte mich durchaus über mangelnde Wertschätzung beklagen: Ich habe mitunter das Gefühl, dass er überhaupt nicht wahrnimmt, was es bedeutet, in seiner Abwesenheit den Haushalt perfekt zu organisieren UND meine freiberufliche Tätigkeit so voranzutreiben, dass ich mich damit über Wasser halten kann. Alles ist selbstverständlich, scheint selbstverständlich zu sein. Auch dass bei mir, im Gegensatz zu Alexander, die Familie eindeutig Priorität vor dem Job hat. Bei Alex ist das genau andersherum.Und so beginnt ein subtiler Prozess der Veränderung.

 Zeiten ändern sich, und die Kunst ist, sich gemeinsam zu verändern und verändern zu dürfen, aber nicht zu entfremden, wenn man in getrennten Welten unterwegs ist.

 In seine Parallelwelt entflieht Alexander nun öfters sogar auch am Wochenende, weil er mir glaubhaft versichern kann, dass er dort die Ruhe hat, die Dinge zu tun, zu denen er unter der Woche nicht kommt. Langsam beginne ich, mir ernsthaft Sorgen zu machen. Und zwar nicht in erster Linie um mich und unsere Beziehung, sondern um Alexanders Gesundheit. Er kommt unter der Woche meist erst kurz vor Mitternacht heim und muss aber bereits um halb sechs wieder aufstehen und ist um sechs wieder unterwegs Richtung Frankfurt. Manchmal steht er sogar noch früher auf und sitzt noch eine halbe Stunde am PC oder iPad. Bei einer derart hohen Arbeitsbelastung muss man doch krank werden. Ich habe fast ein schlechtes Gewissen, wenn ich ihn zusätzlich noch mit meinen Problemen belästigen muss, und lasse ihn daher damit weitestgehend in Ruhe.

Damit tendiert aber die Zeit, die wir gemeinsam für uns haben bzw. die Zeit, in der wir überhaupt miteinander reden, gen null. Und Alexander scheint damit völlig zufrieden zu sein. Aber er sieht müde aus und hat gerade in der letzten Zeit sehr viel abgenommen. Er wird doch keine Drogen nehmen? Wie hält er das durch?

Spannenderweise erscheint es mir, als ob gerade jetzt das Thema „Wie führe ich eine lange und gesunde Beziehung?" immer wieder in verschiedenen Frauenzeitschriften diskutiert wird, die ich ab und zu lese und ich habe das Gefühl, dass es mir immer wieder unter die Nase gerieben wird! Als ob mich jemand darauf bringen will, dass ich ein Problem habe. Vielleicht ist es ja der ominöse „Herr Grunderfinder", der alles im Leben aus einem bestimmten Grund passieren lässt.

Manche Menschen empfinden eine lange Beziehung als Fessel. Sie sagen: „Die Trennung nach zig Jahren hat mich befreit. Ich war nicht mehr ich selbst." Andere sind stolz auf ihre lange Beziehung und posten auf Facebook: „Heute bin ich seit 22 Jahren mit meinem Traummann zusammen. Glücklich wie am ersten Tag!" Was machten diese Menschen anders? Wie gelang es ihnen, weiterhin „ich" zu sein und dennoch den Partner nicht verändern zu wollen oder einzuschränken! Ich hatte in meiner Beziehung zu Alexander nie das Gefühl, dass ich mich für ihn ändern muss. Wir haben den anderen immer so akzeptiert und geliebt, wie er ist. JETZT habe ich das Gefühl, dass ich mich für ihn ändern muss. Ich zweifle an mir. Bin ich schön genug? Bin ich schlank genug? Bin ich schlau genug? Bin ich noch attraktiv genug für Alexander? Ich lasse meine langen Locken wieder raspelkurz schneiden, so kurz, wie sie waren, als Alexander mich kennengelernt hatte. Ich arbeite täglich an mir und das stresst mich ganz schön. Ich ertappe mich dabei, dass ich froh bin, wenn er abends nicht heimkommt, damit ich etwas entspannen kann. Kein Wunder, dass manche so einen Stress als Fessel empfinden, aber den macht man sich ja ganz alleine selber! Ich bin mir aber auch ziemlich sicher, dass eine Beziehung dann Schaden nimmt, wenn man mit dem ICH-Sein aufhört. Und dennoch beginne ich damit.

Ich befinde mich in dem blödsinnigen Muster. Mann macht erst DANN genau DAS: – eigene Wünsche auf „aus" – die Wünsche des Partners auf „an" –, wenn man fühlt: Der Partner wendet sich ab oder entfremdet sich. Und was erreicht man? Je mehr man sich verbiegt, umso mehr entfernt sich der Partner. Andersrum kann es aber passieren, dass man sich ganz natürlich entfremdet, wenn man zu viel „ich" ist und sich in unterschiedliche Richtungen entwickelt. Hätte ich das verhindern können? Hätte ich eher bzw. mehr auf Alexander eingehen sollen? Habe ich häufig genug gefragt, ob es ihm gut geht, während ich zu sehr mit mir beschäftigt war? Hatte ich ihm oft genug gezeigt, wie sehr ich ihn liebe? Oder war seine Liebe für mich zur Selbstverständlichkeit geworden? Ich stelle mir hunderte von Fragen und Millionen Zweifel zermartern mir das Hirn.

Aber alle die Zweifel und Vorwürfe bringen mich momentan nicht weiter, sondern hindern mich eigentlich nur daran, nach vorne zu schauen und das Richtige zu tun, um meine Ehe zu retten.

Es ist zum Verzweifeln. Warum kann nicht mal jemand ein Rezept für dieses Thema erfinden, oder eine Schulungsreihe entwerfen? So was muss doch zu lernen sein! Auch wenn es mir ab und zu erscheint wie die Quadratur des Kreises, also unmöglich. „Nichts ist unmöglich", sage ich mir. Ich bin ein Schwan und ein Schwan bekommt das hin. Dafür gibt es nicht nur animalische, sondern auch menschliche Beispiele.

Mein Ziel ist es, eines dieser Beispiele zu sein, auch wenn mein Mann vielleicht gerade nach der „Wir-ziehen-gemeinsam-Kinder-groß-Phase" sein Ziel für sich neu definiert hat. Das würden wir ja sehen!

Des Weiteren entscheide ich mich, mir erst einmal weniger Sorgen zu machen. Was ist denn schon Schlimmes passiert? Alexander ist halt derzeit etwas durcheinander. Mehr aber auch nicht. Lebensweisheiten in dieser Richtung finde ich genug. Ich muss das nur umsetzen.

Worry is a complete waste of time.

It does not change anything!
All it does is steal your joy and keeps you very busy doing nothing!"
„Let people do what they think they need to do to make them happy.
Then find out, what you need to do to make you happy!"

Im folgenden Jahr erschüttert uns ein weiterer Vulkanausbruch: Johannes und Antonia trennen sich, als Johannes die wesentlich jüngere Jasmin kennenlernt. Zwar bin ich davon nicht direkt betroffen, weil mich das Liebesleben von Johannes seit Jahren nicht mehr berührt. Hauptsache für mich ist, dass er glücklich ist und seine Partnerin sich einigermaßen in unsere Patchwork-Familie eingliedert. Da aber Jasmin nur unwesentlich älter ist als Pepe, wird mir schmerzhaft bewusst, dass sich mein gefühltes Alter eben nicht mehr mit meinem tatsächlichen Alter deckt. Ich ertappe mich dabei, dass ich sie ein ganz klein wenig zu beneide. Nicht nur für ihr noch fast jugendliches Alter sondern auch für die Tatsache, dass sich ein reifer Mann für sie interessiert. Das hat gar nichts mit Johannes an sich zu tun, sondern nur mit meiner langsam aufkommenden Angst vor dem Älterwerden, vor den Falten und dem Schwabbelpo. Als Johannes einmal auf den Altersunterschied angesprochen wird, antwortet er: „Das funktioniert ganz gut. Ich bekomme Impulse durch sie, die ich so noch nicht hatte und sie bekommt Erfahrungen von mir, die sie so noch nicht hatte." Achso, damit wäre das dann auch geklärt. Es waren nichts als „Impulse", die ihm fehlten und hatte nichts mit ihrem makeslosen, sportlichen Körper zu tun. Es ist eine rein intellektuelle Geschichte. Absolut verständlich, diese Männer!

Aber auch für die Kinder ist das schon ein einschneidendes Erlebnis, nicht nur, weil Jasmin alterstechnisch eher als Schwester durchgehen würde, sondern auch, weil gleich drei Bewohner aus der Villa Kunterbunt ausziehen: Antonia, Christian und nicht zuletzt auch der Hund Ludwig! Aber wir sollten nicht lange hundelos bleiben.

Eines Tages berichtet mir meine Arbeitskollegin Sabine von einem Notfall. Es gäbe einen kleinen, sechs Monate alten Mischling, Struppi, eine Hündin, deren Besitzer sich gerade unter dramatischen Umständen trennten. Da war der kleine Hund aus dem Tierschutz in Polen, der sich gerade erst hier in Deutschland eingewöhnte, aber die meiste Zeit allein gelassen wurde, natürlich im Weg.

„Kann Anna nicht in den Ferien zwei Wochen auf Struppi aufpassen?", meinte Sabine, „es ist nur so lange, bis die Besitzerin sie wieder zu sich nehmen kann oder eine andere Familie für sie gefunden hat!"

Also zieht Struppi, eine sehr aktive kleine Mischlingshündin, ziemlich spontan in unsere Villa Kunterbunt ein.

Als Alexander an Struppis erstem Abend bei uns nach Haus kommt, bemerkt er etwas spöttisch: „Was ist denn das für eine Fußhupe?" Im Vergleich zu unseren bisherigen Hunden ist Struppi tatsächlich ein Zwerg. Dieser Zwerg ist aber keineswegs schüchtern und macht Alexander relativ deutlich, dass sie ab sofort jeden, der sich mir nähert, ganz genau inspizieren wird. Denn auf diesem Gebiet hat sie schlechte Erfahrungen gemacht.

„Sie ist jetzt für zwei Wochen unser Gast", erkläre ich Alexander. Als ich ihm die Hintergründe schildere, meint er: „Glaubst du an die zwei Wochen?"

„Ja, selbstverständlich!", antworte ich ehrlich.

„Na dann bin ich ja mal gespannt, Mutter Teresa!"

Als die ehemalige Besitzerin sich nach zwei Wochen nicht meldet und auch nicht zu erreichen ist, kauft Alexander ein Hundekissen sowie die komplette Hundeausstattung.

Kurz darauf bekommen wir die Info, dass wir Struppi entweder behalten oder im Tierheim abgeben können. Na, das nenne ich mal männliche Intuition – oder vielleicht kennt Alex einfach mein Mutterherz und weiß, dass Struppi dies mit ihren großen, braunen Augen im Sturm erobert hatte.

„Sturm" ist auf jeden Fall der richtige Ausdruck für die energiegeladene Struppi. Und wir haben jetzt wieder einen Hund im Haus, der die Villa Kunterbunt ordentlich aufmischt.

Neben Struppi nehmen wir im Laufe der Jahre noch verschiedne andere verlassene Tiere auf, die mehr oder weniger lange das Leben in der Villa Kunterbunt noch bunter machen: einen kleinen Igel, den Anna liebvoll aufpäppelt, eine gefundene Schildkröte, die zusammen mit unseren Schildkröten für odentlich Nachwuchs sorgt, einen kleinen Raben, der aus dem Nest gefallen ist und sogar zwei Wüstenspringmäuse, die als Geburtstagsgeschenk des Nachbarkindes ziemlich schnell ausgedient hatten. Irgendwie landet alles bei uns. Anna hatte uns von klein auf sehr selbstbewusst versichert, dass sie Tierärztin werden würde. Nun geht sie voll in ihrer Aufgabe auf und ihr Berufswunsch scheint sich zu manifestieren.

Mit meinem kleinen Übersetzungs- und Sprachenservice werde ich im Rahmen der Arbeit für eine Firma in London zunehmend auch als Reiseleitung gebucht.

Dies geschieht meist relativ kurzfristig und erfordert von mir ein gewisses Maß an Spontanität.

Anfang Juni bekomme ich einen Anruf von Sheila aus London: „Kannst du vielleicht für eine Woche nach München kommen und eine Reisegruppe von Indern betreuen?"

„Ja klar, kein Problem! Wann?"

„Die Inder landen zwischen 13 und 14 Uhr!", antwortet Sheila.

„Sheila, WANN kommen die an? Ich meine, welches Datum?"

„Ach so, ja, übermorgen!"

This is what they mean by „short notice" – kurzfristig!

Ich schnaufe einen Moment und überlege in Sekundenschelle, ob ich den Hund und die Kinder versorgt bekomme und ob irgendwelche anderen Termine anstehen.

„Ok, kein Thema, ich komme nach München, Sheila! Bitte schicke mir noch die Reiseplanung, damit ich weiß, was genau geplant wurde."

„Will do! But don't worry, I will be there as well!", antwortet Sheila und ist schon wieder im nächsten Gespräch.

Na, das ist ja zumindest einmal beruhigend. Ich werde nicht alleine sein. Allerdings habe ich noch keinen Plan, wie viele Personen es sein werden und welche Aktivitäten für diese Gruppe geplant sind. Aber das würde mir Sheila sicher noch genauestens mailen. So denke ich in meiner deutschen, planerisch perfekten Naivität.

Den nächsten Tag verbringe ich damit, zu Hause alles für meine Abwesenheit zu organisieren. Struppi bringe ich zu Sabine, die sich für solche Notfälle angeboten hatte, weil sie uns den Hund ja schlussendlich auch eingebrockt hatte. Ich fahre einkaufen, ich schreibe eine Liste für die Putzfrau und meine Kinder, gieße die Blumen und mache einen Betreuungsplan für die Schildkröten. Außerdem muss ich schnell noch Wäsche waschen und Koffer packen. Ich bin den ganzen Tag derart mit meinen Vorbereitungen beschäftigt, dass ich erst abends, als ich Richtung München losfahren will, merke, dass Sheila mir den Reiseplan noch nicht geschickt hat.

Als ich im Büro in London anrufe, ist Sheila natürlich schon weg. Aber man verspricht mir, die Unterlagen an das Hotel zu mailen, die mir die Reiseplanung dann ausgedruckt aufs Zimmer legen sollten. Na, das konnte ja heiter werden.

Am späten Abend komme ich in München an. Sheila ist sogar schon vor mir im Hotel und erwartet mich in der Lobby.

Sie übergibt mir die Reiseplanung in ausgedruckter Form: fünf Seiten „Excel Sheets", klein gedruckt, damit möglichst viel auf eine Seite passt.

„Mensch, Sheila, was haben die denn in der Woche alles vor? Und wie zum Geier soll ich das lesen können? Ich bin schon weit über 40, da ist so eine kleine Schrift selbst mit Lesebrille nicht zu erkennen."

„Don't worry, we will go through it in detail now!"

Ich bin einigermaßen beruhigt, aber nur kurz, denn als wir das Dokument gemeinsam durchgehen, stelle ich erschreckt fest, dass das alles so nicht wirklich machbar ist. Oder zumindest ein sehr sportliches Erlebnis wird.

Die Reise war von London aus und – vorsichtig ausgedrückt – sehr engmaschig geplant worden!

Das war aber nun nicht mehr zu ändern. Erschwerend kam hinzu, dass die „Gruppe" aus vier Reisegruppen bestand, die mit vier verschiedenen Fliegern aus vier verschiedenen Städten in Indien an vier verschiedenen Terminals am Münchener Flughafen ankommen sollten und mit vier verschiedenen Bussen ins Hotel gebracht werden mussten. Also auf in den Kampf!

Bewaffnet mit meinem iPad und dem ausgedruckten Reiseplan fahre ich am nächsten Tag am späten Vormittag mit der S-Bahn zum Flughafen München. Bereits um 11 Uhr sind es 30 Grad im Schatten. Die Junisonne meint es gut mit uns. Gut, dass ich den Reiseplan ausgedruckt mitgenommen habe, denn diesen kann ich zwar nur schwer lesen, aber als Fächer eignet er sich ganz gut. Die Luft steht. Ich habe zwar nur ein T-Shirt und einen kurzen Rock an, aber der Schweiß läuft mir am Rücken und an den Beinen herab wie in der Sauna.

Ich war noch nie am Münchener Flughafen, aber so schwer konnte das ja nicht sein. Die Flieger kommen zwar an unterschiedlichen Terminals an, aber mit etwas Zeitversatz, sodass ich zwischendrin von einem Terminal zum anderen laufen kann. Ich halte mich an die Informationen auf dem ausgedruckten Reiseplan und begebe mich zu dem Terminal, an dem die erste Gruppe ankommen soll.

Als ich aus der S-Bahn in das Flughafenterminal trete, ist die Luft dort zwar anders, aber nicht besser. Zu der Hitze gesellt sich noch der Duft der unterschiedlichen Imbissstände.

Ich mache mich auf die Suche nach dem Busparkplatz und bin froh, so nun wenigstens schnellstmöglich an die frische Luft gelangen zu können. Draußen stehen verschiedene Busse. Sollte ich nun jeden Fahrer einfach ansprechen und fragen, ob er auf eine Gruppe von Indern wartet? Keiner der Busse trägt eine Aufschrift oder einen Namen aus meinem Reiseplan. Da würde mir wohl nicht viel anderes übrigbleiben. Ich spreche die ersten zwei Fahrer von den parkenden Bussen an, aber sie gehören nicht zu meinem Reiseplan.

Sheila war im Hotel geblieben, um dort noch einige Abstimmungen vorzunehmen. Ich rufe sie an und bitte sie, mir die Telefonnummern der Fahrer durchzugeben.

Sheila sendet mir vier Handynummern. Vier Reisegruppen, vier Terminals, vier Busfahrer –, welche Gruppe zu welchem Fahrer an welchem Terminal gehört, konnte ich nicht erkennen. Oh je, wer hatte denn diese Planung gemacht? Ich rufe also einfach die erste Nummer an, in der Hoffnung, dies kurz abstimmen zu können.

Das funktioniert nicht. Am Ende der Leitung meldet sich ein Mann, der wohl zwar Busfahrer ist, der aber nur wenig Englisch und gar kein Deutsch spricht, sodass ich ihm nicht klarmachen kann, was ich von ihm will. Es ist zum Verzweifeln.

Ich schaue auf die Uhr. Ich war frühzeitig zum Flughafen aufgebrochen und ich habe nun noch eine gute Stunde bis zur Ankunft des ersten Fluges. Ich rufe die zweite Nummer an. Es geht niemand ran. Also versuche ich es weiter. Bei der dritten Nummer erreiche ich einen Fahrer, der weder Deutsch noch Englisch spricht. Also versuche ich die vierte Nummer erst gar nicht sondern rufe die erste Nummer wieder an, denn der Fahrer sprach ja wenigstens etwas Englisch. Es musste doch eine Möglichkeit geben herauszufinden, ob an jedem Terminal ein Busfahrer auf meine jeweilige Reisegruppe wartete.

Es gibt sie nicht, diese Möglichkeit!

Als ich den Fahrer der ersten Nummer wieder an der Strippe habe, rastet dieser komplett aus! Er brüllt in einer unverständlichen Sprache und ich verstehe immer nur TERMINAL und Bruchstücke Englisch. Irgendwann werde ich auch wütend. Ich hatte doch eine einfache Frage gestellt: „Where are you?" Ich halte den Hörer von meinem Ohr weg, so brüllt er.

Ich bin verzweifelt und schaue auf die Uhr. Mein Puffer schrumpft.

Auf einmal stelle ich fest, dass ich in der Ferne das gleiche Gebrüll höre, wie es aus meinem Telefon kommt. Ich gehe in die Richtung, aus der ich die Stimme vernehme. Tatsächlich sehe ich einen Mann mit Telefon am Ohr hektisch auf und ab gehen. Vier weiße Busse ohne Aufschrift stehen hintereinander. Drei weitere, nicht mehr ganz junge Männer stehen vor den Bussen und sehen ziemlich ratlos aus, während der vierte wild gestikulierend tele-

foniert. Mit mir! Ich hab sie gefunden. Aber ohne Englisch wird das lustig werden.
Ich klopfe dem telefonierenden Fahrer von hinten auf die Schulter. Er hat noch gar nicht gemerkt, dass ich nicht mehr am anderen Ende der Leitung bin. Ich stelle mich vor und gehe mit ihm zu den anderen drei Fahrern. Warum stehen die alle hier? Es sollte jeweils ein Bus an einem anderen Terminal warten, um dort jeweils eine Gruppe in Empfang zu nehmen.
„We stay chier!", sagt Victor, mein englischsprachiger Freund mit russischem Akzent und finsterer Miene, während die anderen drei unsicher lächeln.
Ich hole mein iPad raus und erkenne, dass sich der erste Flug bereits im Anflug befindet. Glücklicherweise wird er an Terminal A, also hier, ankommen. Ich zeige den Fahrern mein iPad und versuche, klar zu machen, dass sich die anderen drei Busse jeweils zu den anderen Terminals zu begeben haben. Es ist zum Verrücktwerden. Die Fahrer verstehen mich nicht und bleiben kopfschüttelnd, wo sie sind. Die Hitze der nun senkrecht stehenden Mittagssonne tut ihr Übriges! Die Stimmung und Victor, mein neuer Freund, kochen. Es ist erbarmungslos heiß, und mir laufen die Schweißtropfen den Rücken runter.

Ich telefoniere mit Sheila. Der Zeitplan ist eng und sie ist im Hotel vollständig damit eingebunden, die weiteren Details zu organisieren, die man bei der Planung vergessen hatte oder verwechselt wurden, sodass sie mir nicht helfen kann. Nach der Ankunft im Hotel sollen die Inder „packed lunches" bekommen. Da aber die Daten verwechselt wurden, würde das Essen erst morgen kommen und somit muss Sheila nun ziemlich zügig organisieren, dass unsere Inder nach der langen Reise etwas zu essen bekommen. Und zwar das, was sie erwarten: vegetarisch, jain oder halal! Auf ihre Hilfe konnte ich also nicht zählen.
Inzwischen erkenne ich auf dem iPad, dass mein erstes Flugzeug gelandet ist und sich das zweite nun im Anflug befindet. Mit Victor vereinbare ich, dass ich die Gruppe kurz entgegennehme und dann rüber zum anderen Terminal laufe, um der Gruppe

dann zu erklären, dass sie bitte zum anderen Terminal zu laufen haben, weil mein Busfahrer sich außer Stande sieht, dort hinzufahren. Na, die werden begeistert sein.

Die ersten Inder kommen am Ausgang an. Ich halte mein Schild mit dem Namen der Reisegruppe hoch. Der Reiseleiter erkennt mich und kommt auf mich zu. Er trägt Jeans, ein dickes Sweatshirt und einen Schal und riecht nicht gerade „erfrischend" gut! Vielleicht hätter er bei dieser Kleiderwahl zumindest die Dosis an Deo erhöhen sollen. Hat er überhaupt Deo benutzt? Da meine olfaktorische Wahrnehmung, also mein Geruchssinn, besonders gut ausgeprägt ist, bleibe ich auf Abstand, obwohl er sympathisch aussieht.

„Hi, I am Raj! Where is our bus?" Ich gehe mit ihm raus und zeige ihm den Bus von Victor, der die erste Gruppe ins Hotel fahren wird. Draußen fragt mich Raj mit wunderbarem indischen Akzent und leicht wackelndem Kopf: „Is this Germany? I tought it was cold"!

Ich blicke ihn an und als ich mich umdrehe, stelle ich fest, dass alle indischen Männer ziemlich dick angezogen sind. Meine Nase würde sich an Einiges gewöhnen müssen. Die Frauen tragen Saris, aber das tun sie zu jeder Jahreszeit bei jeder Temperatur. Aber die Männer sind eindeutig für diese Temperaturen ungeeignet gekleidet. Ich überlege kurz, ob meine Reisegruppe am anderen Terminal es in Winterkleidung hierherschaffen würde, ohne zu kollabieren. Die Männer zu warm angezogen und die indischen Frauen, die selten lange Fußwege akzeptieren. Eher nicht.

Ich erkläre Raj, dass er bitte seine Reisegruppe, die sich als kleine Karawane in Richtung Bus bewegt, vollständig in Victors Bus verfrachten soll. Meine Güte, was die an Gepäck mitgebracht haben! Hoffentlich passte das alles in den Bus. Dann versuche ich noch einmal, den zweiten Busfahrer zu überreden, zum anderen Terminal zu fahren. No Chance!

Während ich mich in Trab setze und zum andern Terminal laufe, rinnt mir der Schweiß den Rücken hinunter. Mein Handy klingelt und ich fummele es aus meiner Tasche ohne meinen Laufschritt zu verlangsamen. Keuchend nehme ich den Anruf

an. Es ist Sunila aus der Zentrale in London. Ich versuche, mein Problem darzustellen, als sie entsetzt wissen will, warum ich so schnaufe: „Na ja, die Busfahrer wollen nicht zu den jeweiligen Ankunftsterminals fahren und daher laufe ich jetzt rüber!"
„To do what??" schimpft Sunila. „I will walk the group to the coach!" behaupte ich.
„Indians never walk! But don't worry. I will ring the manager of the coach company!", erklärt sie mir und legt auf.
„Thanks, but be quick!", murmele ich in mich hinein und drehe also auf halbem Weg um und gehe wieder zurück zu Terminal A.
Als ich dort ankomme, sehe ich von weitem, wie sich die anderen drei Busse in Bewegung setzen, während die erste Gruppe Victors Bus besteigt. Wunderbar. Geht doch.
Ich will nur kurz prüfen, ob die Gruppe vollständig in Victors Bus sitzt. Beim Durchzählen werde ich ungefähr zehnmal von Teilnehmern der Gruppe unterbrochen: „Where can I buy SIM-card?"
Das weiß ich wirklich nicht und außerdem habe ich jetzt auch andere Sorgen.
Ich will möglichst schnell zum anderen Terminal. Da stellt sich mir ein Gepäcktransporteur in den Weg, der ein Polo-Shirt mit der Aufschrift: „Wir packen es an" trägt. „Ich bekomme hundert Euro von Ihnen!", sagt er und hält mir einen Zettel hin.
„Das bezweifle ich. Wofür denn?" Ich bin mir ziemlich sicher, dass es sich um eine Verwechslung handelt.
„Dafür!" Er zeigt auf die noch offenstehenden Gepäckklappen von Victors Bus, wo ich unschwer erkenne, dass der Gepäckraum bis auf den letzten Zentimeter gefüllt ist.
„Zwei Euro pro Gepäckstück und da habe ich noch alle Augen beim Zählen zugedrückt!"
Was soll ich da noch diskutieren? Ich nehme die Quittung und gebe ihm einen Hunderter.
„Raj, bevor ihr demnächst irgendetwas beauftragt, hier in Deutschland, stimme das bitte mit mir ab!", befehle ich dem Reiseleiter. Ich habe schon oft den Wunsch gehabt, mich zerteilen zu können, nun aber habe ich das Gefühl, dass es teuer

werden könnte, wenn es mir nicht gelänge, diesen Sack Flöhe permanent zu hüten. Und es war erst eine Gruppe angekommen. Raj hingegen scheint belustigt zu sein und er grinst mich an, während ich meine verzweifelten Zählversuche aufgebe. „Zählen kannst du jetzt bitte selber! Der zweite Flieger ist schon gelandet!" Ich deute auf mein iPad. Ich sollte mal besser schnell in Richtung des anderen Terminals zur zweiten Reisegruppe laufen.

„You are so German!" Raj grinst mich immer noch an. „But you are sweet. I wish I had known you when you were young!"

„What do you mean: when you WERE young?" Ich fand das schon ziemlich frech. Ich schätze Raj auf ungefähr 30, also bin ich gar nicht sooo viel älter als er. Das diskutieren wir noch!

Ich renne zum anderen Terminal. Ich brauche mein Schild gar nicht erst hochzuhalten, denn bereits von Weitem sehe ich eine indische Gruppe und einen Reiseleiter, der sich suchend umschaut. Ich stelle mich kurz vor und NEIN, ich weiß immer noch nicht, wo man hier SIM-Karten kaufen kann. Des Weiteren weise ich den Reiseleiter darauf hin, dass sie gerne einen Gepäcktransporteur beauftragen können, dass sie das dann aber bitte selber zu zahlen hätten.

Zwei Euro pro Gepäckstück. Ich bin hektisch, kurz angebunden und erteile klare Anweisungen.

„Welcome to Germany. Is it that what you call ‚friendly service'?", will der Leiter dieser Gruppe wissen.

„Oh sorry, I did not want to be impolite! Namaste! Welcome to Germany!" Ich senke den Kopf in seine Richtung. Das hatte ich ja wieder toll hinbekommen.

„It is very hot today and we already had some issues with the other group. I try to be more patient now!", entschuldige ich mich und stelle mich erst einmal ordentlich vor.

Gemeinsam mit Rish, dem Reiseleiter dieser Gruppe, bringe ich die Teilnehmer zu ihrem Bus. Als alle eingestiegen sind, gehe ich zum nächsten Terminal, um die dritte Gruppe in Empfang zu nehmen. Da ich die SIM-Karten-Frage immer noch nicht beantworten kann, schaue ich mich im Flughafen suchend um.

Leider kann ich nichts erkennen, das nach einem Telefonshop aussieht. Wohl aber erkenne ich auf der Anzeigentafel, dass der vierte Flieger „delayed" sein wird. Es wird keine voraussichtliche Ankunftszeit genannt.

Obwohl mich das aus meinem Zeitplan werfen wird, bin ich doch froh, dass ich mich jetzt in Ruhe um die dritte Gruppe kümmern kann. Die ersten zwei sind bereits auf dem Weg ins Hotel. Ich informiere Sheila telefonisch über den aktuellen Stand. Sheila hat es tatsächlich geschafft, Lunch-Pakete eines indischen Restaurants zu organisieren. Aber wohl nicht genug werden gleichzeitig fertig sein. Daher ist auch sie erfreut, als ich ihr mitteile, dass sich die vierte Gruppe wohl ziemlich verspäten wird.

Als die dritte Gruppe samt Reiseleiter Shanu im Bus sitzt und für den vierten Flug immer noch keine geplante Ankunftszeit an der Infotafel erscheint, entscheide ich, mit der dritten Gruppe zurück ins Hotel zu fahren. Auch der vierte Bus muss den Parkplatz verlassen, da dies kein Langzeitparkplatz ist. Also fahren wir hintereinander, ich mit der Reisegruppe im dritten Bus und der vierte Bus leer, in Richtung Hotel. Die Kommunikation mit dem Busfahrer fordert meine ganze Geduld. Ich hatte doch soeben versprochen, dass ich geduldiger sein wollte. Aber es gestaltet sich spannend, da er keine Sprache spricht, die ich beherrsche: weder Englisch noch Deutsch noch Französisch oder Spanisch ...

Es kommt, wie es kommen muss, der Busfahrer nimmt auf dem Weg ins Hotel die falsche Autobahnausfahrt. Wir hätten in die andere Richtung fahren müssen, stadteinwärts. Dort fließt der Verkehr – es ist inzwischen später Nachmittag. Wir sind nun aber auf der Autobahn stadtauswärts unterwegs. Mit zwei Bussen. Und stehen prompt im Stau. Es ist Hauptverkehrszeit und alle wollen raus aus München. Die nächste Ausfahrt ist knapp zehn Kilometer entfernt. Und wir stehen!

Ich verabschiede mich innerlich von meinem Zeitplan und informiere Sheila, die inzwischen mit dem Einchecken der ersten zwei Reisegruppen sowie der Ausgabe der Lunchpakete so beschäftigt ist, dass sie nicht viel Zeit hat, mit mir über Alternativen nachzudenken.

Das für den Nachmittag geplante BMW Museum muss also wohl ausfallen. So denke ich. Diese Rechnung hatte ich aber ohne die Inder gemacht. Mit dem Reiseleiter der dritten Gruppe, der den Ernst der Lage erkennt und mit den anderen Reiseleitern telefoniert, überlegen wir, in welche Lücke wir das BMW Museum packen können. Lücken gab es in dem Zeitplan ohnehin eigentlich nicht. Aber meine indischen Freunde waren der Meinung, dass dieser ohnehin eher eine Richtlinie ist als ein Plan. Dass man in Deutschland aber nicht überall mit 300 Personen einfach auftauchen kann, ist ihnen ernsthaft fremd.

Sheila hat inzwischen die Gäste der ersten zwei Gruppen versorgt und ruft mich an. Wir stehen zwar nicht mehr, aber der Bus bewegt sich nur langsam durch den dichten Verkehr.

Wie sollten wir nun vorgehen? Inzwischen ist klar, dass der Flieger aus Kalkutta erst um 19 Uhr ankommen wird. Das verschafft uns zwar einen gewissen Puffer, aber auch neue Probleme, denn Sheila und ich sind ja nur zu zweit, die Gruppe hatte sich aber soeben in drei Teile aufgesplittet. Wir überlegen, ob Sheila mit den ersten zwei Reisegruppen, wie geplant, zum BMW Museum aufbricht, während ich mit der dritten Gruppe im Hotel einchecke und dann direkt mit dem Bus zurück zum Flughafen fahre, um die vierte Gruppe abzuholen. Diese letzte Gruppe musste dann aber noch essen und einchecken; was sollte die dritte Gruppe in dieser Zeit tun, und wer sollte sich um sie kümmern, wenn ich auf dem Weg zurück zum Flughafen und Sheila im BMW Museum unterwegs war. Das klappte so alles vorne und hinten nicht.

Ich diskutiere das nun mit Shanu, dem Reiseleiter der dritten Gruppe. Shanu erscheint mir recht vernünftig und als Reiseleiter erfahren und war sogar schon ein paar Mal in Deutschland. Wir entscheiden, dass Shanu den Part mit dem Einchecken und Versorgen der dritten Gruppe im Hotel übernimmt, während ich die vierte Gruppe vom Flughafen ins Hotel bringe. Ich muss ihm dafür versprechen, dass ich diese beiden Gruppen in den nächsten Tagen noch irgendwie ins BMW Museum bringe. Somit ist der Plan für heute erst Mal in trockenen Tüchern. Zumindest für die nächsten zwei Stunden.

Sheila macht sich also mit den ersten zwei Gruppen auf ins BMW Museum, während Shanu und ich uns um den Rest kümmern. Das nächste Problem bahnt sich aber schon an. Denn für den Abend ist ein indisches Essen um 20 Uhr im Hotel geplant. Dazu hatten die Inder eigene Köche organisiert, um zu gewährleisten, dass die Gruppe „proper Indian food" bekommt. Mit dem Hotel hatten wir zuvor vereinbart, dass dazu zwar das Restaurant genutzt werden durfte, die „Küche" allerdings musste mit Hilfe eines lokalen indischen Restaurants in den Hinterhof des Hotels verlagert werden. Dieser Hof dient für das Hotel auch als Terrasse und ist mit Bänken und Sitzmöglichkeiten ausgestattet, sodass dort Theken und Öfen und alles, was zum Kochen benötigt wurde, aufgestellt werden konnte. So weit so gut.

Das Problem, das ich während erneuter Fahrt zum Flughafen aber langsam erkenne, ist – wen wundert's – der Zeitplan. Der Hinterhof grenzt an einen Wohnblock. Da sich dort private Wohnungen befinden, ist es dem Hotel nicht erlaubt, den Hof länger als 22 Uhr zu nutzen. Das hatten wir dem Hotelchef auch hoch und heilig versprechen müssen. Das Essen war ursprünglich für 20 Uhr geplant. Das würden wir nun nicht mehr schaffen. Ich teile Sheila meine Bedenken mit. Sie stimmt mir zu, aber im Moment können wir daran nichts ändern:

„Let's wait and see!", kommentiert sie meine Bedenken. Gut, wir haben eh keine andere Wahl als sehenden Auges erneut auf ein Problem zuzusteuern.

Ich rufe Shanu an, der mit der dritten Gruppe im Hotel geblieben ist und informiere ihn darüber, dass die Köche demnächst beginnen werden, dass Abendessen vorzubereiten und die Geräte im Hof aufzubauen. Ich bitte ihn, mich zu informieren, wenn es dabei ein Problem geben sollte.

Natürlich gibt es ein Problem. Es hatte niemand mit dem Hotel besprochen, dass nicht nur das Restaurant genutzt werden durfte, sondern auch Geschirr und Besteck. Das wurde einfach vergessen bzw. als selbstverständlich angesehen. Nun war die ausreichende Menge für 300 Gäste nicht verfügbar und kurz nachdem ich das Gespräch mit Shanu beendet hatte, habe ich den Hotelchef an der Strippe. Er erklärt mir, dass es für diesen Abend unmöglich sei, uns Geschirr und Gläser auszuleihen.

„Ok, ich kümmere mich darum!", verspreche ich.

Sheila ist wie geplant im BMW Museum. Ich erreiche sie nicht. Also rufe ich wieder Shanu an und lasse mir den Chef des Restaurants geben, der gerade die Öfen im Hof des Hotels aufbaut. Ich benötige all meinen Charme und sehr viel Überzeugungskraft, bis es mir gelingt, ihn davon zu überzeugen, uns aus seinem Restaurant oder besser gesagt aus allen seinen DREI Restaurants, Geschirr und Gläser auszuleihen. Das müssen wir ihm zwar teuer bezahlen, aber auch hier haben wir keine andere Möglichkeit.

Das passiert, wenn Details in der Planung untergehen. Als wir uns preislich einig sind, verspricht er mir, einen Mitarbeiter mit dem Geschirr zum Hotel zu schicken.

„Shanu, please make sure, that the crockery arrives on time. If not, let me know!", bitte ich Shanu und habe erneut das Gefühl, dass es wirklich besser wäre, ich könnte mich zerteilen, um alles im Griff zu haben. Und über meine Handy-Rechnung will ich im Moment lieber nicht nachdenken.

Währenddessen ist der Flug aus Kalkutta gelandet und ich empfange die letzte Reisegruppe mit Reiseleiter Jay am Flughafen. Mein Busfahrer weiß inzwischen, welche Abfahrt er zurück zum Hotel zu nehmen hat und der Verkehr ist nicht mehr so dicht. Somit kommen wir zwar zügig aber dennoch weit nach 20 Uhr im Hotel an.

Sheila war auch inzwischen mit ihren Gruppen zurück im Hotel und gemeinsam mit Shanu dabei, das Restaurant, die Köche und das Buffet zu koordinieren. Als ich die Lobby betrete, diskutiert sie gerade mit dem Chefkoch, der uns verzweifelt und mit Schweiß auf der Stirn klarmacht, dass das Essen nun nicht weiter verschoben werden könne, da es zum einen sonst verkocht und man zum anderen ein Zeitproblem mit dem Innenhof bekommt.

Das Einchecken der vierten Gruppe, die somit getrost auf die Lunchpakete verzichten konnte, müssen wir daher schnellstmöglich erledigen. Die ersten drei Gruppen bitten wir, inzwischen mit dem Essen zu beginnen und erlauben den Teilnehmern der vierten Gruppe, sich 15 Minuten auf den Zimmern frisch zu machen.

An diesem Abend komme ich zu der Erkenntnis, dass ich den Indern niemals 15 Minuten geben sollte, wenn ich möchte, dass sie auch in 15 Minuten zurück sind. Die Uhren ticken einfach anders in Indien. Zeitpläne sind nur Richtlinien, feste Termine beziehen sich auf dehnbare Zeiträume und 15 Minuten können irgendetwas zwischen einer halben und einer ganzen Stunde sein. Das als festliches Empfangsdinner geplante Essen am ersten Abend wird somit leider zu einem wenig gemütlichen, ziemlich auseinandergerissenen Schnellimbiss. Aber wir schaffen es, dass die vierte Gruppe kurz vor 22 Uhr ihr Essen einnimmt.

Als die Köche und Hotelangestellten im Innenhof mit dem Abbau der mobilen Küche beginnen, sinke ich müde mit Sheila auf eine der dort stehenden Bänke. Es ist eine laue Sommernacht. Die Luft hat sich deutlich abgekühlt, aber es ist noch angenehm warm. Ich trage immer noch dieselbe Kleidung wie am Vormittag, die mir zwar nicht mehr zu warm ist, aber einen ähnlichen Geruch angenommen hat, wie die der Inder, als sie am Flughafen ankamen.

„I smell!", stelle ich fest, „what a day!" Sheila lacht mich an: „That is normal with Indian groups and we have four more days to cope with!"

„Sheila, DAS kann doch nicht normal sein. Wer hat denn die Planung gemacht? Allein heute gab es Fehler, die durchaus hätten vermieden werden können, wenn die Abstimmung besser funktioniert hätte!", entrüste ich mich. „That is your German point of view! You cannot organize Indian Groups. That is a matter of fact. You better accept that."

Als ich noch über diese Tatsache nachdenke, kommen die Reiseleiter zu uns in den Innenhof. Wenn ich gedacht habe, dass sie das Programm für den heutigen Tag für beendet erachteten, so hatte ich mich getäuscht.

„Can you show us the red lights, please?", fragt mich Shanu.

WAS? Er fragt mich jetzt nicht wirklich, ob ich die Teilnehmer, oder zumindest die Männer, in entsprechende Etablissements begleite. No way! Ich wüsste ohnehin hier in München nicht, wo so etwas zu finden wäre. Fragend schaue ich zu Sheila rüber. Sheila grinst und sagt erneut: „That **is** normal!"

Da weder ich noch Sheila diesbezüglich mit irgendwelchen Tipps aufwarten können, geht Sheila mit drei Reiseleitern zur Rezeption, um sich zu erkundigen. Raj bleibt bei mir im Hof auf der Bank sitzen und zündet sich eine Zigarette an.

Ich schaue ihn entsetzt an: „Raj, they must be joking! They are all couples." Tatsächlich bestand die Reisegruppe vorwiegend aus Paaren bzw. Ehepaaren. Die Frauen waren alle sogar wirklich hübsch und teilweise jung und äußerst attraktiv. „Oh, come on!", erwidert Raj. „Wir lieben unsere Frauen und werden uns sicherlich ein Leben lang um sie kümmern und sie ehren. Das heißt aber doch nicht, dass wir auf etwas Spaß verzichten sollten!"

Ich sehe Raj mit großen Augen an: „Also meine Vorstellung von Ehe ist eine andere. Zwar ist Beständigkeit eine wichtige Säule, aber Monogamie ist die zweite! Und ohne zwei Säulen kommt es zu einem Schiefstand", erläutere ich ihm.

„Na ja, das ist eine Erfindung von uns Menschen. Schau mal, im Tierreich kommt so was ohnehin nicht vor!", erwidert er. Damit war er ja bei mir richtig. Ich setze mich aufrechter hin und erkläre ihm: „Weißt du, dass Forscher herausgefunden haben, dass 97 Prozent der Schwanenpaare, die gemeinsam brüten, im nächsten Jahr wieder gemeinsam brüten? Mit demselben Partner. Schwäne sind TIERE! Sie bleiben ein Leben lang zusammen und kümmern sich gemeinsam um die Nachkommen. Jedes Jahr wieder!"

Raj runzelt die Stirn. „Ich habe doch gerade gesagt, dass wir unsere Frauen ehren und sie lieben und uns um sie kümmern!"

Ok, es war hoffnungslos. Da hatten wir wohl unterschiedliche Vorstellungen.

Bisher hatte ich geglaubt, dass nur die Franzosen verrückt sind. Ab heute ist mir auch klar:

„Ils sont fous, ces Indiens."

Aber eigentlich war das wiederum vielleicht auch normal, denn vier der acht Schwanen-Arten haben ein hochnordisches Verbreitungsgebiet. Die anderen kommen in Australien oder Südamerika vor. In Indien ist kein Schwan beheimatet.

Bevor ich mit Sheila an diesem Abend zurück auf unser Zimmer gehe, organisieren wir an der Rezeption ein großes Flipchart, das wir in der Lobby aufstellen. Mit großen, deutlich lesbaren Buchstaben schreiben wir den Zeitplan für den nächsten Tag auf das Flipchart.

Raj lächelt mich an, als er an uns vorbeigeht: „Nice try!" „Breakfast at eight! Busses will be ready for departure at 8:30!", entgegne ich und tippe heftig auf den ersten Tagesordnungspunkt des kommenden Tages. Raj hält den Daumen hoch: „Yes Ma'am, keep dreaming!"

Der zweite Tag beginnt damit, dass ich um 8:15 Uhr vergeblich versuche, meine Reiseleiter und die vier Gruppen zu koordinieren. Die Busse sollten in ungefähr einer Viertelstunde zur Abfahrt vor dem Hotel stehen und es war gefühlt noch nicht einmal die Hälfte der Gruppe zum Frühstück erschienen. Geschweige denn die Reiseleiter. Da die Busse immer nur maximal fünf Minuten vor dem Hotel parken durften, nämlich genau zum Ein- und Aussteigen, begann sich das erste Problem des noch jungen Tages abzuzeichnen.

Gerade mal 25 Personen erscheinen zum Abfahrtstermin oder wenig später vor dem Hotel. Das sind genau die 25 Personen, die sich beim nächsten Mal denken werden: „Warum soll ich pünktlich sein? Da habe ich doch nur Stress!" So ungefähr deute ich die Blicke. Stress haben jetzt aber die Busfahrer, die Runde um Runde um das Hotel drehen, bis wir endlich die gesamten vier Busse gefüllt haben und uns mit einer deutlichen Verspätung zum Treffpunkt, den wir mit den vier Stadtführern vereinbart hatten, aufmachen. Jeder der Busse nimmt einen Stadtführer auf und dann geht es im eigenen Bus durch München. Spontan hatten wir allerdings entschieden, dass die zwei Gruppen, die noch nicht im BMW Museum waren, die Stadtführung verkürzen würden, damit sie zumindest einen kurzen Blick auf die bei Indern sehr beliebten Nobelkarrossen der Bayrischen Motorewerke werfen könnten. Inzwischen erkenne ich: Es war wirklich nicht nötig, dass ich den Reiseplan vor der Abreise bekam – es verlief ohnehin kein Tag wie geplant.

Für mich ist der Vormittag im Bus relativ entspannt. Außer der Tatsache, dass ich mindestens zehn Mal gefragt werde, ob man nicht mal kurz anhalten könne, um SIM-Karten zu kaufen, werde ich nicht mit größeren Problemen konfrontiert. In Absprache mit Sheila und den Reiseleitern lassen wir die Gruppen am Ende der Stadtführung am Stachus aussteigen und geben den Teilnehmern 30 Minuten Zeit, um sich mit SIM-Karten einzudecken. Im Geiste weiß ich: Es wird mindestens eine Stunde dauern, bis alle wieder im Bus sind. Da wir am Stachus das gleiche Problem haben, wie vor dem Hotel, müssen die Busse mehrere Runden drehen, bis alle wieder an Bord sind. Wir haben im „Olympic Tower" eine feste Uhrzeit für den Besuch meiner 300 Reisegäste vereinbart. Diese werden wir jetzt schon wieder nicht mehr halten können. In meinem Bus fehlen noch zwei Personen. Alle anderen sind vollständig. Ich schicke also die drei ersten Busse los, während ich auf meine zwei letzten Gäste warte.

Als ich die zwei Herren, bepackt mit großen Plastiktüten, in der Ferne entdecke, laufe ich ihnen entgegen und treibe sie im Laufschritt vor mir her in den Bus und schimpfe: „I will spank your bottom – personally –, if you are late next time!", imaginär haue ich in die Luft, als wir wieder im Bus sind. „Auf zum Olympiastadion", erteile ich Order in Richtung Busfahrer und lasse mich auf den Sitz neben Raj fallen. „You just had a go at the two managers of the company who are paying for all that!", amüsiert sich Raj. Ich schlucke. Das war ja mal wieder typisch Florentine. Aber dann kontere ich zu Raj: „Sie waren zu spät, Chef hin oder her und sie bringen uns damit wieder in ernste Probleme! Sie sollten Vorbild sein!"

Raj zieht die Augenbrauen hoch: „Ein Vorbild für die Inder für die deutsche Pünktlichkeit? Das wäre ja als wolltest du einen Muezzin bitten, vom Minarett aus zum katholischen Gottesdienst aufzurufen …!"

„Ok, das könnte schwer werden! Aber wahrscheinlich nicht schwerer, als mit eurer indischen Truppe hier den Zeitplan einzuhalten. Wir sind schon wieder „ein ganz klein wenig zu spät"! Ich mache mit den Finger imaginäre Anführungszeichen in die Luft als ich die Worte „ein ganz klein wenig" bedont langsam ausspreche. Raj zuckt emotionslos mit den Schultern. „Und wenn schon, der Olympiaturm wird noch ne Weile stehen! Relax!" Die nächsten Minuten, während sich unser Bus langsam durch den dichten Münchner Verkehr schiebt, verbringen wir schweigend. Es nutzte ja doch nichts, Raj die Situation zu erklären. Also musste ich mich einfach nur ein wenig „entspannen".

Als unser Bus auf dem Parkplatz des Olympiastadions ankommt, stehen die anderen drei Busse glücklicherweise schon dort. Ich telefoniere mit Sheila und teile ihr mit, dass wir nun auch auf dem Parkplatz angekommen sind. „Bitte bring die Gruppe schnellstens zum Olympiaturm. Ich warte hier unten mit den Tickets. Meine Leute sind schon oben, aber wir halten hier den ganzen Betrieb auf, wenn wir nicht bald hier sind." Also treibe ich meine Herde aus dem Bus und durch den Park. Wie ein kleiner Hund laufe ich um die Gruppe herum, damit mir keiner verloren geht. Dennoch bleiben einige am See stehen, machen Fotos oder gehen in die andere Richtung. Verständlicherweise, denn es ist schön hier, es ist Sommer und schließlich sind sie ja im Urlaub. Aber wir haben hier einen festen Termin und sind nicht unerheblich zu spät. Wenn ich die Gruppe nicht schnell zum Turm brachte, würde eine andere Gruppe vorgelassen, und das würde den Zeitplan gänzlich kippen. Also muss ich freundlich, aber bestimmt jeden daran hindern, stehen zu bleiben oder auszubrechen. In Anbetracht der Tatsache, dass die indischen Frauen teilweise wirklich schlecht zu Fuß sind, freunde ich mich besser schon mal mit dem Gedanken an, dass ich vielleicht im Restaurant, wo das Dinner gebucht war, anrufen sollte, um die Verspätung anzukündigen. In diesem Moment klingelt mein Handy. „Where are you?" Sheila ist wütend. „Listen, you can take your time now. Sie lassen die andere Reisegruppe nun auf den Turm."

Na prima! Jetzt habe ich Zeit, mit dem Restaurant zu telefonieren, meine Gruppe kann den Park etwas genießen und dann auf den Olympiaturm hochfahren und Sheilas Gruppe macht das umgekehrt. Die Teilnehmer haben somit weniger Stress. Wir hingegen haben „nur" die Restaurantzeiten zu klären und bei all der Verspätung sicherzustellen, dass die Busfahrer die Lenkzeiten nicht überschreiten. Parallel muss ich aufpassen, dass mir kein Teilnehmer der Gruppe abhandenkommt und sich zu weit entfernt. Der Chef des Restaurants ist selbstverständlich auch nicht begeistert, dass sich der Zeitplan ändert, denn mal eben ein Essen für 300 Personen zeitlich zu verschieben, ist für Küche, Personal und Restaurantbetrieb nicht lustig.

An diesem Abend liege ich noch lange wach. Es ist komplett gegen meine Natur, dass die Dinge jeden Tag für mein Empfinden ziemlich aus dem Ruder laufen. Hätte die Planung besser sein können? Sicherlich gäbe es da Verbesserungspotential, wenn man einen Hellseher einstellte. Denn schlussendlich wird jeder Tag von Faktoren beeinflusst, die man gar nicht einplanen konnte. „Such is life – you have to deal with it!", hatte Sheila gesagt. Ich nehme mir vor, mich in den verbleibenden zwei Tagen darauf einzustellen. Ich sollte mich einfach lockermachen! Wenn ich erwartete, dass die Inder von mir Pünktlichkeit lernen, musste ich vielleicht auch lernen, etwas gelassener zu werden.

Am nächsten Tag ist im Hotel eine halbtätige Konferenz geplant, die mit der Vorführung einer indischen Bollywood-Tanzgruppe und einem indischen Lunchbuffet im Hotel enden soll. Das Lunchbuffet wurde von demselben Koch desselben Restaurants geliefert, der schon am ersten Abend bewirtet hatte. Den Nachmittagszeitplan hatten wir auf Wunsch der Gruppe vollständig geändert. Die zweite Hälfte wollte nun das BMW-Museum besuchen. Dort hatten wir uns für 15 Uhr angemeldet. Die anderen wollten in dieser Zeit zum Shoppen, denn beim Stachus auf der SIM-Karten-Suche waren sie wohl auf den Geschmack gekommen.

Während die Reiseleiter sich um die Bereitstellung des Konferenzraumes kümmern, haben Sheila und ich an diesem Vormittag ein wenig Ruhe und können mit dem Restaurant die Details für das Mittagessen abstimmen. Noch mal das Menü durchgehen, Teller- und Gläserfrage klären, Zeit und so weiter.

Bereits am Vormittag erreichen die Temperaturen wie schon an den Tagen zuvor die 30-Grad-Marke. Obwohl ich ein „Outside-Girl" bin, wie Raj mich belustigt genannt hatte, weil ich ständig auf der Suche nach Frischluft bin, bin ich an diesem Vormittag froh, im klimatisierten Hotel sein zu können. Außerdem haben wir endlich mal einen Zeitplan, der sich zunächst entspannt darstellt. Ich bin beruhigt und glaube, alles an diesem Tag im Griff zu haben.

Um 11 Uhr kommt der Koch mit seinen Leuten und beginnt, das Buffet aufzubauen. Sheila übernimmt die Kontrolle und Abstimmung mit ihm. Ich kümmere mich um die anderen Programmpunkte, denn um 12 Uhr kommen die Mädels der Tanzgruppe. Sie ziehen sich um und machen sich warm, damit sie um 13 Uhr auftreten können. Die Gruppe wird von einem Inder begleitet, der in München wohnt. Die Mädels tragen originale Saris und sehen mit Make-up und Schmuck nicht nur umwerfend aus, sondern auch wie aus einem Bollywoodfilm entsprungen. Auf dem Gang proben sie ihre Performance und ernten somit den ersten Applaus der begeisterten Hotelgäste. Gegen 13 Uhr schleiche ich mich in den Konferenzsaal und suche die Reiseleiter. Ich erwische Shanu und frage ihn: „Wie lange dauert es noch? Seid ihr bald fertig? Draußen warten schon die Mädels von der Tanzgruppe und das Essen ist aufgebaut ..." Shanu sieht mich mit großen Augen an: „Also, dann gib den Mädels mal einen Drink. Es sind noch drei Redner, die ihren Vortrag noch zu halten haben. Ich glaube, wir werden uns verspäten!"

„DREI Redner?" Wie hatte ich auch annehmen können, dass es heute anders läuft? „Let's make it two o'clock, but I check with the others." Während Shanu zu den anderen Reiseleitern geht, verlasse ich den Konferenzraum und suche Sheila. Sheila diskutiert gerade mit dem Koch, der bereits die Heizfeuer am Buffet angezündet hatte. „Wir müssen eine Stunde verschieben", erkläre ich ihnen. Unnötig zu erwähnen, dass der Koch mir versucht klarzumachen, dass er gekochtes Essen nicht ewig warm halten kann, wenn es noch schmecken soll. Ich verstehe ihn ja, aber es gibt Dinge, auf die habe ich nun mal keinen Einfluss. Dazu gehört die Tatsache, dass die Inder nicht nur ein entspanntes Verhältnis zu Zeit im Allgemeinen, sondern auch im Besonderen haben, nämlich dann, wenn es darum geht, Zeiträume zu definieren. Eine Viertelstunde ist bis auf eine Stunde ausdehnbar und eine Stunde kann schnell auch bis zu zwei Stunden dauern. Wer würde das denn so eng sehen?

Um 14 Uhr sind die Türen des Konferenzraumes immer noch geschlossen und meine Bollywood-Mädels, die sich vor einer Stunde hoch motiviert warm gemacht hatten, sitzen frustriert auf einem Sofa im Gang und haben sich Jacken angezogen, denn die Klimaanlage gibt Vollgas. Sheila hat inzwischen den Koch beruhigen können, keine Ahnung, wie sie das hinbekommen hat –, wahrscheinlich, weil auch er Inder ist und seine Landsleute ja eigentlich kennen sollte. Den Termin im BMW Museum hat sie auf 17 Uhr gelegt.

„17 Uhr? So spät, dann gibt es doch wieder Stress mit dem Abendessen", entrüste ich mich. „Darling, es ist jetzt fast drei Uhr, ich bin froh, wenn wir hier überhaupt bis 17 Uhr fertig sind", antwortet Sheila. Ich bin mal wieder entsetzt, aber sie hat recht. Hatte ich mir nicht am Vorabend vorgenommen, mich locker zu machen? Also Florentine, jetzt halte dich auch mal an deine Vorsätze.

Es ist 15 Uhr, als die Mädels endlich tanzen dürfen. Mir kommt es vor, als hätte bei ihnen jemand den Schalter angeknipst. Nach drei Stunden frustriertem Warten sind sie voll da. Die Aufführung ist perfekt und ich fühle mich tatsächlich wie mitten in einem Tanzfilm. Am Ende tanzen sogar die Teilnehmer der Reisegruppe und alle sind gut gelaunt und nun hungrig, aber sehr zufrieden mit dem Vormittag, der Aufführung und dem fast verkochten Essen am Buffet.

Den Rest des Tages hinken wir mit drei Stunden Verspätung hinter unserm Zeitplan her, von dem ich am Morgen angenommen hatte, dass ich ihn im Griff hatte.

Wir kommen natürlich auch wieder viel zu spät zum Abendessen, was die inzwischen von mir voraussehbaren Probleme bringt. Daher bin ich in der Tat entspannter als in den Tagen zuvor.

Mit den Reiseleitern hatten Sheila und ich besprochen, dass wir auf der Rückfahrt ins Hotel in jedem Bus eine Ansage machen. Am nächsten Tag müssen wir um acht Uhr vom Hotel abfahren. Es steht Salzburg auf dem Programm! Der Zeitplan ist eng. Wir setzten also die Abfahrt sicherheitshalber auf 7:30 Uhr. Außerdem ist es absolut notwendig, dass jeder Teilnehmer seinen Reisepass mitnimmt. Ich gehe zwar nicht davon aus, dass wir an der Grenze zu Österreich kontrolliert werden, aber wenn dies so wäre, hätte ein Teilnehmer außerhalb der EU ohne Reisepass ein Problem. Als erste Attraktion geht es in die Salzminen nach Hallein und dort haben wir einen festen Termin. Diesmal müssen wir pünktlich sein. Um sicher zu sein, dass dies wenigstens in einem Bus ernst genommen wird, nehme ich auf der Rückfahrt selbst das Mikrofon in die Hand und mache diese Durchsage.

Raj grinst mich an: „Du gibst nicht auf, oder? This is a HOLIDAY! Das muss nicht alles perfekt sein!"

„Yes and this is my JOB. Es läuft alles andere als perfekt und wenn ich nicht den Ehrgeiz hätte, alles perfekt zu machen, dann wäre ich im falschen Job. Ich habe den Anspruch, aus jedem Tag das Beste zu machen! Für euch!", funkele ich ihn an.

„Siehst du und schon sind wir uns einig!", er haucht mir einen Luftkuss zu und rutscht in seinen Sitz, wo er augenblicklich einschläft.

Auf dieser Reise lerne ich, dass mehrfach zu wenig Schlaf ungefähr den gleichen Effekt hat wie einmal zu viel Alkohol. Als der Wecker um sechs Uhr klingelt, ist mein Körper schwer wie Blei, mein Kopf dröhnt und mir ist schwindelig, als ich mich erhebe. Wie bei einem klassischen Hangover, obwohl ich keinen Tropfen zu mir genommen hatte. Ich schwanke zum Fenster und hoffe, dass sich die Luft über Nacht wenigstens ein wenig abgekühlt hat. Die Brise, die hereinweht, ist allerdings nur wenig frischer als am Vorabend. Die Luft ist schon jetzt relativ mild.

Der Morgen startet wieder mit einem erbarmungslos blauen Himmel und der Tatsache, dass sich um 7:30 Uhr ungefähr die Hälfte der Teilnehmer vor dem Hotel eingefunden hat. Zwei Busse stehen bereits vor dem Hotel. Vor dem Hotel verläuft zwischen Gehweg und Busparkbucht ein Radweg! Den Indern ist so eine Verkehrssituation vollkommen fremd. „Vorsicht, hier ist ein Radweg! Bitte den Radweg freihalten, sonst gibt es hier noch Verletzte!" Nachdem ich diesen Satz zigmal wiederholt habe und sich die Anzahl der Teilnehmer nur langsam erhöht, beschließen Sheila und ich, dass sie mit den ersten zwei Bussen und den Reiseleitern Rish und Jay schon einmal Richtung Salzburg aufbricht, während ich mit den verbleibenden zwei Bussen nachkomme.

Während ich mit Raj und Shanu vor dem Hotel auf die restlichen Teilnehmer warte, hat Raj die Idee, die Zeit zu nutzen und „schnell" im Supermarkt nebenan noch Wasser für die Fahrt zu kaufen, da die mitgebrachten Vorräte inzwischen erschöpft sind. Ich habe zwar Angst um meinen Zeitplan, halte die Idee aber in Anbetracht der heute wieder zu erwartenden sommerlichen Temperaturen für gar nicht dumm. Über das Risiko, Inder in einen deutschen Supermarkt zu schicken, und über die Anzahl der benötigten Wasserflaschen denke ich in diesem Moment leider nicht nach. Das hätte ich besser getan.

Raj und Shanu laufen also zum Supermarkt, während die Teilnehmer nach und nach und ohne Kollision mit Radfahrern in die Busse steigen. Dies geht tatsächlich relativ zügig und ich habe beide Busse schon zweimal durchgezählt, als es kurz vor acht Uhr ist und wir eigentlich abfahren könnten. Shanu und Raj sind aber noch nicht zurück. Ich werde unruhig und will gerade Raj anrufen, als mein Handy klingelt. Es ist Raj.

„Florentine, what does the word PFAND mean? Why do I have to pay more than the bottle price? We do not have enough money and I do not understand this."

Augenblicklich verstehe ich, dass Raj und Shanu gerade beim Supermarkt an der Kasse stehen und sich verkalkuliert haben, weil sie selbstverständlich das Pfand nicht mit eingerechnet haben. Bei einer Anzahl von 200 Flaschen Wasser fällt das schon ins Gewicht.

Ich überlege nicht lange. „Ich bin gleich da!", antworte ich und springe aus dem Bus. Zuvor hatte ich den Fahrern noch signalisiert, dass sie nun besser eine der ihnen bereits bekannten Runden um das Hotel drehen, weil ich wohl noch eine Weile brauchen würde und die Busse nicht länger vor dem Hotel parken durften. Ich renne rüber zum Supermarkt, wo Shanu und Raj schon einen nicht unerheblichen Stau an der Kasse verursacht hatten. Da sein Bargeld nicht reichte und der Supermarkt keine Kreditkarten nahm, hatte er der Filialleiterin, die nun von der überforderten Kollegin hinzugezogen wurde und auch an der Kasse steht, einen Deal vorgeschlagen, dass man den fehlenden Betrag in Pfandflaschen an den nächsten Tagen zurückbringe, wenn man es hoch und heilig verspreche. Wäre ich nicht aufgetaucht, hätten sie sich wohl aus lauter Verzweiflung fast darauf eingelassen. Nun muss ich aber den Restbetrag zahlen und die Damen sind sehr erleichtert. „Was ist denn das für ein komisches System?", wundert sich Raj. „Ich erkläre es euch später", sage ich kurz und lasse mir von der Kassiererin den Kassenbon zeigen, den ich schnell bezahle.

„Wie wollt ihr denn die Flaschen jetzt ins Hotel transportieren?", frage ich beim Blick auf die zwei gefüllten Einkaufswagen. „Ach wir leihen uns einfach diese zwei Einkaufswagen bis morgen aus", meint Raj. In Anbetracht der Menge diskutiere ich das nicht, sondern wir schieben gemeinsam die mit 50 Sixpacks à 0,33-Liter-Wasserflaschen gefüllten Einkaufswagen zum Hotel. „Die können wir sicher in der Lobby parken", meint Shanu. „Nein, das glaube ich nicht, aber wir finden schon eine Lösung!" Ich bin immer wieder erstaunt, mit welcher Selbstverständlichkeit diese Jungs hier auf die wahnwitzigsten Ideen kommen. Sie stellen Fragen, die ich mich noch nicht einmal getraut hätte zu stellen und bekommen fast einen Kredit beim Supermarkt. Warum sollten sie nicht auch zwei Einkaufswagen mit Getränkeflaschen und Leergut in der Lobby eines fünf-Sterne-Hotels parken dürfen?

Während der fünf Minuten zurück zum Hotel versuche ich, Shanu und Raj das Pfand-System in Deutschland zu erklären! Sie sehen mich verständnislos an. „Also bitte sorgt dafür, dass eure Teilnehmer die leeren Flaschen nicht wegwerfen, sondern euch wieder zurückgeben. Ansonsten bekommt ihr das Geld nicht dafür zurück oder besser gesagt ICH bekomme es nicht zurück!" Das haben sie verstanden. Das Pfandsystem allerdings nicht: „You Germans are crazy!" So hatte halt jeder seine Verständnisprobleme mit anderen Nationen.

Als wir vor dem Hotel ankommen, sehe ich die Busse von Weitem und winke sie heran. Sie brauchten jetzt keine weitere Runde zu fahren. Schnell laden wir die Wasserflaschen ein und Shanu und Raj schieben die Einkaufswagen in die Lobby. Ich steige in den Bus und sehe, wie die beiden mit der Dame an der Rezeption sprechen. Da mische ich mich jetzt nicht ein. Es ist bereits 8.30 Uhr und wir sollten schleunigst los. Durch die Scheibe versuche ich, den beiden das klarzumachen. Um 8.40 Uhr besteigen die beiden den Bus und wir fahren los. Zur Sicherheit zähle ich meinen Bus noch einmal durch. Könnte ja sein, dass irgendjemand noch mal ausgestiegen ist. Aber wir sind vollständig.

„Warum genau sollten wir heute um 7:30 Uhr am Bus sein? Damit wir Runde um Runde um das Hotel fahren?", fragt mich ein Teilnehmer. Ich hätte ihm gerne eine freche Antwort auf diese freche Frage gegeben, aber ich lächele ihn an und antworte: „Wir sind spät dran jetzt. Zu spät. Mal wieder! Aber dafür haben wir nun ausreichend Getränke an Bord."

Ich lasse mich auf den Sitz neben Raj fallen und schreibe Sheila, dass wir nun unterwegs sind. Ihr Teil der Gruppe ist uns um gut 30 Minuten voraus. Wir stimmen kurz ab, wie das weitere Programm laufen soll, in Anbetracht der Tatsache, dass die Gruppe nun in zwei Teile gesplittet ist.

Währenddessen legt Raj einen indischen Bollywood-Film ein. Meine Reisegruppe ist gut gelaunt und alle scheinen die Lieder auswendig zu kennen. Auf jeden Fall singen alle bei jedem Song voller Inbrunst mit. Und während der Bus über die Autobahn entlangs des Chiemsees und in wunderschöner Landschaft Richtung Österreich fährt, tanzen meine Inder auf dem Gang im Bus, lachen und singen. Raj hatte die Wasserflaschen und Snacks verteilt. Im Bus herrscht Partystimmung.

Als wir ungefähr eine Stunde unterwegs sind, wird Raj von einem Teilnehmer gefragt, ob wir mal eine Toilettenpause machen könnten. Raj schaut mich fragend an. „Wir sind schon wirklich spät dran und haben ohnehin nur noch eine knappe Stunde zu fahren. Außerdem weiß ich nicht, wann hier die nächste Raststätte kommt; wir können ja nicht einfach anhalten!", versuche ich Raj zu überzeugen und auf eine Pause zu verzichten. „But they are really desperate!"

Also bitte ich den Busfahrer, an der nächsten Abfahrt von der Autobahn runterzufahren, in der Hoffnung, dass wir unweit der Abfahrt eine Tankstelle finden würden. Ich hatte einen Moment lang vergessen, dass ich mit zwei Reisebussen unterwegs bin. Shanu und seine Gruppe waren im Bus hinter uns, der natürlich auch die Ausfahrt nahm.

Tatsächlich sehe ich bereits hinter der ersten Kurve das Schild einer kleinen Tankstelle. Die Kassiererin macht große Augen, als zwei Reisebusse auf ihren Parkplatz fahren. Ich springe als Erstes aus dem Bus, um zu sehen, wo die Toilette ist. Es gibt genau EIN Klo. Unisex. Dort hängt ein Schild: „Bitte 50 Cent an der Kasse zahlen!" Während ich noch überlege, wie viele Leute wohl aufs Klo müssen, wie lange das dauern wird und wie ich das bezahlen kann, ohne eine Quittung zu bekommen, und die erste Dame bereits die Toilette benutzt, vor der sich schnell eine kleine Schlange bildet, kommt die Kassiererin mit einem Schlüssel aus der Tankstelle gerannt und stellt sich mit dem Rücken vor die Toilettentür. „Mei liewer Hergott, so geht des fei net! This is closed now! Mir könne jo hier net die halbe Welt nei losse! Feierobnt. Basta." „Aber ich bezahle auch dafür, das ist ja klar!", bitte ich sie und halte ihr einen 10-Euro-Schein hin, den sie sofort einsteckt. „Dofüa könne zwanzg Leit nei, mehr is net!" Sie verschränkt die Arme vor der Brust. „Do fahrts halt zwoa Kilometer weiter auf der Autobahn, do is a Rastplatz! Do hens mehr Toiletten!" Himmel, hätte ich das gewusst! Ich versuche, Shanu und Raj die Situation zu erläutern und sie drängen die Teilnehmer wieder zum Bus, wo sie nur widerwillig einsteigen. Zwanzig Personen dürfen diese eine Toilette benutzen, was eine halbe Ewigkeit dauert. Dann begeben wir uns zurück auf die Autobahn, um fünf Kilometer später auf den nächsten Rasthof zu fahren. Hätte Raj nur noch Geduld gehabt, dann wären wir gleich hier gelandet. Dieser Rastplatz hat ein großes Gasthaus und ich hoffe, es würde hier schneller gehen, weil es ja mehrere Toiletten gibt. Und noch dazu für Männer und Frauen getrennt. Was ich nicht bedacht hatte, waren die Sanifair-Systeme, die an den Raststätten der deutschen Autobahnen für „angenehme Atmosphäre und Hygiene" sorgen. Jetzt stehen die Teilnehmer vor der Schranke dieser Anlage und sehen mich fragen an. Ich erkläre, dass Münzgeld eingeworfen werden muss und man dafür einen Coupon bekommt, den man dann im Shop einlösen kann. Ich sehe in fragende Gesichter. Für Ausländer ist dieses System wohl nicht so leicht zugänglich „Can you change a 100 Euro note?" werde ich gefragt und erkenne, auf was für einer Mission ich mich nun befinde. Ich kratze mein Münzgeld zusammen und lasse die ersten Leute so durch die Anlage.

Dann renne ich zum Restaurant, um Geld zu wechseln. Als ich zurück zur Toilette komme, sind die gesamten zwei Busse vor der Sanifair-Anlage versammelt und warten auf mich. Ok, die Sache mit einer Ausgaben-Quittung kann ich vergessen, egal, ich werfe Münzen ein und lasse jeden Teilnehmer durch die Schranke. Für meine Ausgabe habe ich zwar keine Quittung, aber dafür bin ich jetzt mit Sanifair-Gutscheinen eingedeckt, sodass ich in nächster Zeit meinen Kaffee an Raststätten damit bezahlen kann.

Innerlich verabschiede ich mich erneut von unserem Zeitplan. Ich will gar nicht wissen, wie lange es dauert, bis alle wieder im Bus sind.

Sheila ist inzwischen mit ihren zwei Bussen beim Salzbergwerk angekommen. „Es ist 10:30 Uhr. Wenn ihr um 11 Uhr nicht hier seid, lassen die eine andere Gruppe vor", jammert sie. No Chance. Das schaffen wir nicht. Um 11 Uhr sollte unsere Führung starten. Eine Führung unter Tage war für 90 Minuten angesetzt. Und um 13 Uhr hatten wir schon das indische Buffet bei einem Restaurant in der Innenstadt bestellt, wo uns um 14 Uhr die Stadtführer abholen sollten. Ich bin verzweifelt und ringe kurzfristig um Fassung. Tränen schießen mir in die Augen. Das durfte doch alles nicht wahr sein. Warum gelang es mir innerhalb von kürzester Zeit, jeden Tag aufs Neue, den Zeitplan ungebremst an die Wand zu fahren?

In diesem Moment kommen Shanu und Raj aus dem Waschraum und sehen, wie mir die Tränen die Wangen hinunterlaufen, während ich mit Sheila über mögliche Alternativen spreche.

„Weißt du was, Sheila, gehe du einfach um 11 Uhr mit deinen Leuten rein. Ich schaue, dass ich schnellstmöglich nachkomme und dann sehen wir weiter!" Als ich aufgelegt habe, nimmt Raj mich in den Arm und ich schluchze kurz auf. „Don't worry, we will be all right!" Contenance, Florentine, das ist ein Kunde! Ich richte mich auf und gebe ihm Anweisung:

„Nichts ist in Ordnung. Aber bitte bringe deine Leute schleunigst und vollständig zurück in die Busse, wenn wir heute noch etwas wieder in Ordnung bringen wollen!"

Eine Viertelstunde später sitzen wir wieder im Bus. Es ist jetzt nicht mehr weit zu fahren.

Ich bete, dass es nicht noch einen Stau gibt oder andere Probleme. Aber um kurz nach elf kommen wir an.

In Hallein bei Salzburg befindet sich das älteste Besucherbergwerk der Welt. Hier können sich Besucher unter Tage in einen geheimnisvollen, uralten Stollen kilometerweit in den Berg hineinbegeben. Dazu muss allerdings eine Bergmanns-Kluft angezogen werden, sprich eine Hose und eine Jacke sowie ein Helm und festes Schuhwerk.

An der Kasse hatte Sheila mich ja bereits angekündigt. Wir können die nächste Führung um 11:30 Uhr mitmachen. Was sie mir aber nicht verraten hatte, war, wie sie die weiblichen Teilnehmer, die alle ausnahmslos Saris und Flip-Flops oder Sandalen tragen, in diese Bergmannsklamotten bekommen hat. Sheila war inzwischen mit ihrer Gruppe unter Tage, hatte also keinen Empfang.

Shanu und Raj müssen ihren ganzen Charme aufwenden, um die Damen zu überreden, zumindest Jacke, Helm und Schuhe anzuziehen. In die Hose führt kein Weg. Die Um- und Einkleideaktion gestaltet sich langwierig. Wie hat Sheila das nur hinbekommen?

Der Reiseführer des Bergwerks schaut genervt auf die Uhr. In wunderbar breitem österreichischen Akzent macht er mir klar, was österreichische Gastfreundschaft bedeutet: „Also wissen's, örst san's zu spat und dann mochen's noch Umstände. I hob holt no andere zum Versorgn heit!"

Ich entscheide mich, sicherheitshalber draußen zu warten. Dann könnte ich auch Sheila abpassen und mich kurz mit ihr abstimmen, wenn sie mit ihren Leuten rauskam. Ich schaue auf die Uhr. Ich habe keine Wahl, ich muss beim Restaurant unsere Verspätung ankündigen. Sheilas Gruppe wird es vielleicht mit nur wenig Verspätung schaffen, sicher aber nicht bis 13 Uhr. Meine Leute kamen sicher nicht vor 14 Uhr zum Essen.

Also habe ich wieder einmal die mir schon bekannte angenehme Aufgabe, einen Restaurantchef von einer nicht unerheblichen Verspätung in Kenntnis zu setzen. Ja, ich weiß, dass er noch andere Gäste hat und ja, mir ist auch bewusst, dass die Qualität des Essens leidet. Aber ich kann es nun einmal nicht ändern. Was würde ich dafür geben, wenn einmal ein Plan funktionierte. Ich vereinbare mit ihm, dass Sheila in anruft, wenn die erste Gruppe im Bus unterwegs zum Restaurant ist.

Wenig später erscheint Sheila. Ich muss unweigerlich lachen, als ich sie mit hochrotem Kopf und der Bergmanns-Ausrüstung ankommen sehe. „Hey, erkläre mir mal, wie du die alle in diese Verkleidung bekommen hast." „Don't ask", stöhnt sie. „Und dann ging es auch noch mit einer Art Rutsche in die Tiefe. Na, das war vielleicht ein Höllentrip!" Ja, das konnte ich mir in Anbetracht des Alters einiger Teilnehmer durchaus vorstellen.

Ich informiere sie über den Stand der Dinge und wenig später ist sie mit ihrer Gruppe auf dem Weg nach Salzburg.

Wie ich vorausgesagt hatte, folge ich ihr mit meiner Gruppe ungefähr eine Stunde später.

Die vier gebuchten Stadtführer kommen wie vereinbart ins Restaurant. Nun aber entschließen wir uns zu warten, sodass alle Teilnehmer gemeinsam zur Stadtführung aufbrechen. Wir würden halt die Führung entsprechend kürzen.

Nach dem Essen also nimmt jeder Bus einen Stadtführer auf und es geht zunächst mit dem Bus durch Salzburg.

Das historische Zentrum der Stadt Salzburg ist eines der UNESCO-Weltkulturerbe-Stätten in Österreich. Mit den Bussen kann man daher nicht alles erreichen und wir müssen unweit des Schlosses Mirabell aussteigen und es geht zu Fuß weiter. Da die Inder ohnehin nicht gerne irgendetwas zu Fuß unternehmen und meine Teilnehmer außerdem ein wenig müde vom Bergwerk sind, haben sie wenig Lust, in den schönen Gärten „lustzuwandeln" wie es uns die Stadtführer empfehlen, sondern interessieren sich vielmehr für die Altstadt und die schönen Gassen und Geschäfte, die zum Shoppen einladen.

Nachdem ich mehrere Male gefragt worden bin, ob man denn nicht noch Zeit zum Einkaufen hätte, verkürzen wir die Führungen drastisch und geben den Teilnehmern eine Stunde Freizeit zum Shoppen und Eis essen. Der Kunde ist König. Die Stadtführer nehmen dies kopfschüttelnd zur Kenntnis. Welche Kulturbanausen. Wenigstens Mozarts Geburtshaus hätte man sich schon noch anschauen können.

Ich bin hingegen nicht so ganz traurig darüber und nachdem auch wir uns ein Eis gegönnt haben, schlendere ich mit Sheila zurück zu den Bussen, wo wir uns in einer Stunde mit den Teilnehmern wieder verabredet haben. Auch an diesem Nachmittag steht die Junihitze in den Gassen von Salzburg. Es geht kaum ein Wind und wir sind froh, als wir in der Nähe der Busse einen schattigen Platz finden, wo wir uns kurz ausruhen können.

Verzweifelt sehe ich Sheila an. „Don't tell me that this is normal!" Sheila antwortet nicht. Sie lehnt sich zurück, schließt die Augen und seufzt. „Don't ask then – Dann frag halt nicht!!", raunt sie.

Nach und nach finden sich auch die Inder wieder in der Nähe der Busse ein. Als wir ungefähr vollständig sind, bitte ich die Busfahrer, die Türen zum Einsteigen zu öffnen. In den Bussen herrscht Sauna-Temperatur. Damit die Klimaanlage funktioniert, müssen die Fahrer die Fahrzeuge starten. Die Teilnehmer besteigen die Busse. Sheila und ich beginnen mit dem Zählen. Das ist nicht einfach, denn die Teilnehmer steigen ein und aus und wechseln die Busse, um neben Freunden zu sitzen oder warum auch immer. Herrje, Flöhe hüten ist wirklich leichter. Wir entschließen uns, jeweils die hintere Tür geschlossen zu halten und vorne niemanden mehr herauszulassen, der einmal eingestiegen ist. Auch wegen der anlaufenden Klimaanlage ist es besser, die Türen geschlossen zu halten.

Als ich kurz aussteige, kommt mir ein Herr in Uniform entgegen, der mir wild gestikulierend klarmacht: „Hier dürfen Sie den Motor nicht laufen lassen! Das ist zum Schutz der Gebäude im Stadtkern. WELTKULTURERBE. Wenn Sie überhaupt wissen, was das bedeutet."

Victor, unser hitzköpfiger Busfahrer, kommt angeschossen und erklärt, dass er mit einem Bus, in dem es heiß ist wie in der Sauna, aber nicht fahren kann. Ein Wort gibt das andere und so kann ich gerade noch eine Schlägerei verhindern, als Shanu und Raj mir zur Hilfe eilen und Victor beruhigen. Das hatte mir gerade noch gefehlt. Aber es nützt nichts. Der Motor muss ausbleiben. Schweißgebadet ergeben wir uns unserem Schicksal.

Erst als wir der Autobahn sind, normalisieren sich die Temperaturen im Bus wieder. Auf dem Rückweg gibt es keinen Bollywood-Film. Alle sind müde und die einzige Musik ist nunmehr ein unregelmäßiges Schnarchen aus allen Ecken.

Als während der Rückfahrt gefragt werde, ob wir nicht in Anbetracht des „noch jungen Tages einen Umweg über den Schwarzwald machen können, denn da gibt es ja so schöne Kuckucksuhren", bin ich mir sicher, dass die Inder wirklich eine falsche Vorstellung von Deutschland und den Dimensionen haben. Umgekehrt ist mir auch aufgefallen, dass wir Europäer auch eine falsche Vorstellung von anderen Ländern und Nationalitäten haben.

Wo immer unsere Reisegruppe auftaucht, werden wir eher argwöhnisch betrachtet und mit irgendwelchen Reglementierungen, die auch Gäste zu respektieren hätten, konfrontiert. Echte Gastfreundschaft und Wärme erfahre ich irgendwie nicht. Wir Deutschen und die Österreicher vermitteln eher den Eindruck, dass Gäste um Himmels Willen nichts durcheinanderzubringen haben und nur Aufwand für uns bedeuten.

Wir fahren zurück nach München, wo wir ausnahmsweise einmal einigermaßen pünktlich zum Essen, wiederum in einem indischen Restaurant, ankommen. Sheila und ich springen vorab aus dem Bus und klären mit dem Restaurant Chef letzte Details, während die Busse einen Parkplatz suchen. An diesem Abend scheint es wirklich keine größeren Komplikationen zu geben. Da ich persönlich inzwischen genug vom indischen Essen habe und auch Sheila lieber einen Salat essen möchte, nehmen wir in einem kleinen Bistro um die Ecke Platz. Es gibt eine kleine Terrasse, von wo aus wir perfekt den Eingang des indischen Restaurants im Blick haben, sodass uns die Flöhe nicht unbemerkt davonhüpfen können. Der Platz ist perfekt. Die Luft ist inzwischen etwas abgekühlt, es ist nicht mehr so schwül, aber noch angenehm warm. Sheila und ich gönnen uns einen Hugo, der erste Alkohol der Woche für uns. Das haben wir uns verdient und genießen einen Moment der Ruhe in der sommerlichen Münchener Abenddämmerung.

Von der Terrasse aus beobachten wir, wie die Reiseleiter mit den Teilnehmern zum Restaurant gehen. Geduldig stellen sie sich in eine lange Schlange vor den Eingang, wo sich Raj und Shanu mit Desinfektionsmitteln bewaffnet aufstellen. Jedem, der das Restaurant betreten will, wird ein Spritzer Handreinigungsmittel auf die Hand gegeben. Ich bin beeindruckt. Aber es ist nicht verkehrt, denn wir waren den ganzen Tag unterwegs und die Inder essen mit den Fingern. Als Europäer hatte ich an diese Aktion gar nicht gedacht. Nach dem Abendessen findet die gleiche Abfertigung der Teilnehmer durch die Reiseleiter statt, nur in umgekehrter Richtung – aus dem Restaurant raus. Und statt Desinfektionsmittel gibt es nun für jeden einen Löffel „Verdauungskräuter", eine Mischung aus indischen Kräutern, Minze und Oregano. Das soll den Magen beruhigen und die Verdauung anregen.

Auch Sheila und ich haben unser Essen im Bistro beendet und stehen vor dem indischen Restaurant. Ich beobachte fasziniert das Spektakel. „It looks like cow's shit!", stelle ich fest. „And it tastes similar", antwortet Rish grinsend. „Aber es wirkt! You want to try?" Ich will. „Ja, du hast recht, Rish!", gebe ich zu und verziehe das Gesicht. „Warte auf morgen früh, dann weißt du, wozu das gut ist", bemerkt Sheila trocken.

Als ich am nächsten Morgen wach werde, kann ich gerade noch rechtzeitig registrieren, was mein Magen-Darm-Trakt mir mitteilen möchte. Ich sprinte ins Bad. Was auch immer dies für Kräuter waren, sie hatten ihre Wirkung nicht verfehlt.

An unserem letzten Tag steht die Zugspitze auf dem Programm. Das würde bedeuten, dass wir wieder früh aufbrechen müssen. „Sheila, ich glaub, ich halt das nicht durch", jammere ich, als wir im Bett liegen. „Komm, noch einen Tag schaffen wir das. Sieh nur zu, dass wir diesmal genügend Münzgeld einstecken, falls jemand unterwegs aufs Klo muss!", antwortet sie lachend.

Das Frühstück haben wir am nächsten Tag auf sieben Uhr angesetzt. Von München bis zur Talstation der Zugspitzbahn sind es knapp hundert Kilometer. Wir würden mit den Bussen und entsprechenden Pausen knapp zwei Stunden benötigen. Die Abfahrt sollte somit um acht Uhr sein, da wir um zehn Uhr die Fahrt auf die Zugspitze fest gebucht hatten. Dies war normalerweise nicht nötig, für eine so große Gruppe allerdings schon. Also bin ich auch an unserem letzten Tag relativ unentspannt beim Frühstück und dränge die Teilnehmer, die sich in der Lobby einfinden zügig in die Busse. In der Lobby des Hotels steht lustigerweise immer noch der Einkaufswagen, der sich nun nach und nach mit leeren Mineralwasserflaschen füllt. Was Shanu und Raj dafür wohl bezahlt haben, damit das Hotel die Erlaubnis erteilt, dieses wenig dekorative Objekt hier parken zu dürfen? Ich hätte mich wohl gar nicht getraut, das zu fragen. Ein Einkaufswagen mit Pfandflaschen in der Lobby eines fünf-Sterne-Hotels! Aber: Wer nicht fragt, der nicht bekommt! So einfach ist das manchmal im Leben.

Nachdem Sheila und ich die Herde der Teilnehmer in den Bus gepackt haben, fahren wir tatsächlich relativ pünktlich los. Es ist wieder ein traumhafter Sommertag und wir würden eine gute Sicht auf die Berge haben, auf die wir zufahren. Ich nehme in der vordersten Reihe neben Raj Platz und erkläre ihm den heutigen Tagesablauf und dass wir eine traumhafte Landschaft bei super Wetter erleben würden. „Beautiful countryside?", fragt er,

„I will show you what that means to me! Und außerdem müssen wir den Film ja noch zu Ende schauen." Er grinst und steht auf und legt den Film ein, den wir auf dem Weg nach Salzburg begonnen hatten. Der Film ist in der Originalfassung, sodass ich eh nichts verstehe, aber von den Landschaftsbildern bin ich in der Tat begeistert. Allerdings wollte ich mir das jetzt keine zwei Stunden anschauen, ohne ein Wort zu verstehen. Raj erklärt mir, dass der Film „Until I die" heißt und er beginnt, mir teilweise simultan zu übersetzen und teilweise knappe Zusammenfassungen des Inhaltes zu liefern. Es geht um einen unglücklich verliebten und relativ erfolglosen Musiker, der erkennt, dass er die Liebe seines Lebens nicht bekommen kann. Daher entscheidet er, dass er keine andere Frau haben möchte, denn er wird diese eine Frau bis an sein Lebensende lieben. Um dies schneller herbeizuführen, beginnt er einen lebensgefährlichen Job als Bombenentschärfer und wird der Beste auf der Welt, weil er den Tod nicht fürchtet.

„Um Himmels Willen, das ist ja schlimmer als bei Rosamunde Pilcher", murmele ich vor mich hin. Aber meine indischen Teilnehmer sind begeistert von dem Film, der einer der moderneren Bollywood-Filme ist und erst 2012 gedreht wurde. Er spielt teilweise in London und daher bin ich tatsächlich schnell in seinen Bann gezogen, während die Teilnehmer wieder mittanzen und mitsingen. „Raj, do you believe all that?", frage ich Raj, als mir das Ganze zu heftig wird.

Raj schaut mich mit großen Augen an: „Glaubst du etwa nicht an die Liebe?" Er erzählt mir von seiner Frau und seinem kleinen Sohn. Er erzählt mir auch, dass er, bis er sie getroffen hat, kein Kind von Traurigkeit war. Aber dann kam sie. Für sie würde er alles tun, bis an sein Lebensende – „until I die!" Er wiederholt den Filmtitel mit Nachdruck und er ist sich sicher, dass sie ein Leben lang zusammenbleiben. Sie haben ein Kind, einen Sohn.

Er erzählt mir, dass alles im Leben seine Zeit hat. Nun sei die Zeit gekommen, sich um seine Frau und seinen Sohn zu kümmern. Er tue das gern. Die beiden sind sein Leben. Ich muss an Alexander und meine Familie denken und es wird warm in meinem Bauch.

Währenddessen fahren wir auf die Bergkette der Alpen zu. Als ich am Horizont die schneebedeckten Berggipfel erkenne, weise ich meine Teilnehmer darauf hin. Das Wetter ist traumhaft und der Anblick fesselnd. Aber der Film auch und somit bin ich ziemlich die Einzige in dem Bus, die sich hier für die Landschaft interessiert. Pünktlich kommen wir am Parkplatz der Zugspitz-Bahn an. Langsam schiebt sich die Karawane meiner Teilnehmer Richtung Bahnsteig. Wir hatten die Teilnehmer zwar gebeten, warme Kleidung und feste Schuhe für den Gipfel mitzunehmen, aber das hatte man ihnen auch gesagt, bevor sie nach Deutschland kamen. Deutschland hatte sie die ganze Woche mit Temperaturen an der 30-Grad-Marke empfangen. Das konnte ja auch auf der Zugspitze, auf knapp 3000 Metern nicht anders sein. Zumindest haben sie das anscheinend gedacht, denn die Damen tragen alle wieder einmal Saris und leichte Sandalen, die Männer Jeans und T-Shirts.

Sheila meldet die Gruppe am Schalter an und eine freundliche Dame kommt heraus und begleitet uns bis zum Bahnsteig. Die Fahrt mit der Bahn bis auf den Gipfel dauert eine gute Stunde und bei dem Wetter haben wir eine traumhafte Aussicht, insbesondere auch auf den Eibsee und die umliegenden Berge. Der Eibsee schillert kristallklar und türkis und das Panorama der umliegenden Bergspitzen verursacht eine Gänsehaut bei mir. Ich kicke Raj neben mir mit dem Ellenbogen in die Seite: „Siehst du, wir haben hier auch eine traumhafte Landschaft zu bieten!" „Ja, kann man sich mal ansehen!", grinst er und tut gelangweilt, womit er sich einen weiteren Haken meines Ellenbogens einfängt!

Auf dem Gipfel der Zugspitze liegt noch Schnee. Allerdings nicht mehr überall, was an den permanent hohen Temperaturen der letzten Wochen liegt. Die globale Erwärmung ist hier spürbarer als an anderen Orten. Die Inder erkunden in leichten Schuhen, teilweise Sandalen, die Gegend und es ist ein Bild für die Götter, wie sie mit der indischen Kleidung durch den Schnee hüpfen. Als ich mit meinem iPad einige Bilder einfangen will, werde ich von den Teilnehmern angesprochen, auch Einzelfotos von jedem im Schnee, vor den Bergen und insbesondere vor dem BMW zu machen, der dort auf dem Gipfel der Zugspitze für „das intelligente Allradsystem" wirbt. Ich fotografiere wie ein Weltmeister und habe am Ende einen ganzen Stapel Visitenkarten, deren Inhaber ich versprechen muss, auch ganz sicher die Fotos zu schicken. Wie einfach man doch die Menschen glücklich machen kann, denke ich mir, als ich glückliche Ehepaare vor den schneebedeckten Gipfeln der Alpen fotografiere.

Bisher gab es tatsächlich keine Katastrophen. In diesem Moment ruft Sheila zu mir herüber: „Komm, wir kümmern uns darum, dass mit dem Essen auf der Hütte alles klappt!" Wie, heute gibt es kein indisches Essen? Ich bin amüsiert und überrascht. „Willst du die hier wirklich alleine lassen, bist du sicher, dass die nicht irgendetwas anstellen?", zweifle ich. „Ich glaube, es ist schlimmer, wenn etwas mit dem Essen nicht stimmt. Also komm!" In der Hütte Sonn Alpin ist im Nebenraum ein Buffet aufgebaut. Der Chef ist sehr nett und tiefenentspannt und begrüßt uns mit breitem österreichischem Akzent. Sheila und ich gehen das Menü durch und vergleichen es mit den Speisen auf dem Buffet. Es fehlt der Spinat mit Schafskäse, was als vegetarisches Gericht geplant war. Ansonsten gibt es Würstchen mit Pommes sowie indische Somosas (gefüllte Teigtaschen).

Somit konnten wir für die Vegetarier tatsächlich nur Pommes anbieten oder die Wahl, sich auch für das Mittagessen für die „Jain"-Leute zu entscheiden. Jains sind auch Vegetarier. Aber Jains vermeiden außerdem Nahrungsmittel, die eine mögliche Verletzung von Lebewesen voraussetzt, also auch von Pflanzen. Sie versuchen, sogar Gewalt an Pflanzen zu beschränken. Und wenn es auch nur bedeutete, eine Frucht, die unter der Erde wuchs, herauszureißen, also zu ernten. Folglich vermeiden sie, Wurzelgemüse wie Zwiebeln, Knoblauch, rote Rüben, Karotten und Kartoffeln zu essen. Pommes ging also nicht für Jains. Tatsächlich konnten wir nur Reis mit Tomatensoße anbieten, was im Rahmen ihrer Ernährung akzeptiert wurde. Oje, also zumindest eine Katastrophe sah ich auf uns zukommen. Aber schließlich befanden wir uns auf einer Art Skihütte auf der höchsten Erhebung in Deutschland an der Grenze zu Österreich. Da musste man Kompromisse machen. „Das wird spannend", sage ich zu Sheila, als wir zurück zur Gruppe gehen.

Auf der Bergstation, einer Mischung zwischen Aussichtsplattform und Museum mit angrenzender Wetterstation und einem weiteren Museum, kommt uns eine Dame mit hochrotem Kopf und prall geschnürrtem Dirndl entgegen. „Ich sage dir doch, die haben was angestellt, Sheila!"

„Gehören Sie zu der indischen Reisegruppe hier? Wissen Sie, dass die alle in MEIN Museum strömen, das kostet fei extra Eintritt!", schimpft sie und hält die Hand auf.

„Bitte entschuldigen Sie die Verwirrung, aber das Museum ist doch im Preis inbegriffen, den wir für die Bergbahn bezahlt haben, oder nicht?", versuche ich die Dame zu beschwichtigen. „Ja, der kleine Teil schon. Der ist in Deutschland. Sie sind mit der Bahn aus Garmisch hochgefahren. Wenn Sie aber das größere Museum auf der anderen Seite besuchen wollen, müssen Sie extra zahlen, oder mit der Bahn von Österreich hochkommen." Sheila und ich sehen uns betreten an. Mir wird klar, dass zwischen den Museen die Grenze zwischen Österreich und Deutschland verläuft. Touristen aus Deutschland zahlen hier in Österreich bittschön Eintritt.

„Oder sind Sie mit der Bahn aus Tirol hochgefahren? Dann wär's frei!" Die Dirndl-Dame stemmt beide Hände in die Hüften und schaut mich herausfordernd an.

„Danke für die Erklärung, sehr liebenswürdig", sage ich übertrieben nett. „Ich hole meine Teilnehmer da raus. Wir gehen jetzt eh zum Essen in die Hütte in Deutschland!"

„Halt so einfach is des fei net, die worn ja scho drin!" Sie hält die Hand auf.

„Kann ich eine Quittung bekommen?", frage ich desillusioniert. „Ja, des geht scho!"

Während Sheila die Teilnehmer auf der Aussichtsplattform einsammelt und sie bittet, sich in die Hütte zu begeben, gehe ich mit der netten Dame aus Österreich ins Museum und regele den Rest. Die Österreicher hatten das mit der Gastfreundschaft noch weniger verstanden als wir Deutschen. Aber das wollte ich auch mit ihr nicht diskutieren.

Beim Essen gibt es dann die vorausgesagten Diskussionen. Ich glaube, spätestens jetzt möchten einige Teilnehmer sofort heim. Sie werden von Deutschland sagen: Ja, die Landschaft kann man sich ansehen, aber die Menschen sind anstrengend, kompliziert und kompromisslos. Es nutzt nichts, hier auf dem Berg gibt es für die verschiedenen Ernährungsgewohnheiten halt keine so große Auswahl. Auch wenn der Kunde König ist; heute bleiben einige Kunden hungrig.

Nach dem Essen dürfen die Teilnehmer noch eine Stunde die Gegend erkunden, OHNE das Museum auf der österreichischen Seite versteht sich. Einige Männer genehmigen sich ein GERMAN Beer, vorausgesetzt, sie gehören nicht zu den Jains, die auf Alkohol verzichten müssen.

„Hey Shanu, du kannst den Leuten sagen, dass wir heute Abend im Augustiner-Keller einkehren. Da gibt's dann ein richtiges Bier", rufe ich zu Shanu, der sich gerade mit einem großen Krug auf der Terrasse des Restaurants niederlässt. Er prostet mir zu: „Ja, da spricht ja nichts dagegen!"

Die Mischung aus Alkohol und Höhenluft sorgt dafür, dass in der Zugspitzbahn zurück zur Talstation alle Teilnehmer einschlafen, fast synchron und auf der Stelle. Sie schnarchen um die Wette. Es ist wirklich lustig anzusehen. Ich mache amüsiert einige Fotos. „My Babies are sleeping!", sage ich zu Raj. Aber auch er hängt müde auf seinem Sitz. Eine mitreisende Touristin beobachtet uns amüsiert und fragt mich: „Sind Sie hier die Reiseleitung?" „Ja, das ist irgendwie ein wenig wie Babysitten, aber deutlich anstrengender!", antworte ich lachend. „Wie kommt man denn an so einen Traumjob?", fragt sie mich. Ich stutze. Habe ich einen Traumjob? Ich überlege kurz und stelle fest: Ja, ich habe einen Traumjob. Und zwar den, den ich nach dem Abitur angestrebt habe. Ich wollte im Tourismus arbeiten und Menschen kennenlernen. International tätig sein. Und unabhängig, keinen langweiligen Bürojob. Das hatte ich jetzt tatsächlich erreicht! Und bei all dem Stress und der Anspannung in dieser Woche und der Tatsache, dass ich immer hoch konzentriert bin und unter Strom stehe, ständig kreativ sein muss und Alternativen ausdenken muss, habe ich unendlich viel Spaß. Hatte ich meinen roten Faden wiedergefunden? Bei dem Gedanken wird es mir ganz warm im Bauch und ich sage mir: „Everything happens for a reason." Vielleicht stimmt es ja wirklich.

Relativ zügig sitzen wir wieder in den Bussen zurück nach München. Das Prozedere mit Einsteigen und Durchzählen hat sich inzwischen enorm automatisiert und wir haben unsere Leute inzwischen gut erzogen. Geht doch! Während Raj wieder den Film einlegt, schaue ich mir noch einmal die Ausdrucke des Reisezeitplanes für den heutigen Tag an. Ich war mir sicher, dass der Augustiner-Keller, der fußläufig ungefähr fünf Minuten vom Hotel entfernt war, für 20 Uhr angesetzt war.

Das würden wir gut schaffen und so konnte auch ich entspannt den Film zu Ende schauen. Ich sortiere meine Unterlagen und stelle fest, dass ich den Zeitplan zweimal ausgedruckt habe. Auf einem Ausdruck steht „Augustiner-Keller 20 p.m." Ich prüfe den zweiten Ausdruck. Warum habe ich zwei Ausdrucke? Wo ist der Unterschied?

Ich finde den Unterschied: Auf dem zweiten Ausdruck steht: „Augustiner-Keller 17:30 p.m."

Während der Bus losfährt, rufe ich Sheila an, die im Bus vor mir sitzt. „Sheila, welche Zeit ist denn nun vereinbart? 17:30 ist JETZT!" „I don't know, can you ring them, please?"

Also rufe ich in München an und frage im Augustiner-Keller nach, wann man uns dort erwartet. „Die Reisegruppe von ca. 300 Indern? Die erwarten wir eigentlich jetzt!", bekomme ich zur Antwort. „Also, tut mir leid, wir werden uns etwas verspäten! Können Sie die Reservierung bitte erhalten, wir kommen auf jeden Fall ... so in zwei Stunden!" Ich beiße mir auf die Lippen und bin gespannt, wie man dort auf meine Aussage reagiert. Und als hätte ich es geahnt, bekomme ich eine wütende Ansprache: „Also wissen Sie, es ist hochsommerlich warm, Sie telefonieren gerade mit dem beliebtesten und bekanntesten Biergarten Münchens und Sie erwarten von mir, dass ich 300 Plätze zur beliebtesten Biergartenzeit für Sie reserviert halten kann? Sagn's wo leben denn Sie?"

„Ich verstehe Sie ja, aber ich habe halt kein Flugzeug und wenn Sie möchten, dass wir bei Ihnen noch Umsatz machen, dann haben auch Sie keine andere Wahl", säusele ich in mein Handy und bin wiederum gespannt auf die Antwort. „Ja, schaun's halt, dass sie a bisserl Gas geben jetzt!" Wow, das ging ja doch einfach! Gott sei Dank. Dem musste ich später wohl ein Trinkgeld geben. Ohne Quittung.

Zurück nach München kommen wir glücklicherweise ohne größeren Stau und es ist kurz vor acht, als unsere Busse die Teilnehmer vor dem Biergarten absetzen. Wir verabschieden die Busfahrer für heute, denn zum Hotel konnten wir später zurücklaufen. Ich verabschiede mich endgültig von den vier Fahrern, denn ich hatte mir vorgenommen, am späteren Abend noch zurück nach Hause zu fahren. Ich vermisse meine Familie und ich vermisse Alexander. Das Verhältnis zwischen Victor und mir war die ganze Woche über angespannt gewesen und ich bin froh, dass Sheila die Kommunikation mit ihm übernommen hatte. Keine Ahnung, warum ich auf manche Männer wirke wie ein rotes Tuch. Das kam nicht oft vor, aber Victor mochte mich definitiv nicht. Von unserem ersten Telefonat an. Das beruhte aber durchaus auf Gegenseitigkeit. Ich umarme ihn dennoch zum Abschied und als mir ein beißender Schweißgeruch in die Nase steigt, weiß ich, warum das so ist. Aber kein Wunder, dass er so stark riecht. Er trägt dasselbe Hemd wie am ersten Tag. Manche Dinge muss ich nicht verstehen.

Im Augustiner-Keller hatte man tatsächlich unsere Reservierung erhalten. Man erklärt mir zwar, dass wir nun eine schlechtere Platzierung hätten und nicht mehr so zentral an den Tischen sitzen würden, aber es ist dennoch alles vorbereitet. Der Biergarten ist rappelvoll. Und erst jetzt verstehe ich auch, warum.

Es ist Fußball-Weltmeisterschaft und in der Mitte des Biergartens steht eine riesige Leinwand. Jetzt weiß ich, was der Kellner mit „schlechterer Platzierung" meint.

Für meinen Job musste ich anscheinend noch viel lernen. Ich erkenne, dass ich die Rahmenbedingungen künftig intensiver zu studieren hatte. Dennoch haben an diesem Abend alle viel Spaß,

ob sie nun Fußball-Fans sind oder nur Fans des „German Beer". Raj kommt glücklich zu mir: „I like Germany. Die Deutschen sind zwar etwas kompliziert, aber die Restaurants sind toll!"
Nach dem Ausklang im Biergarten trudeln die Teilnehmer nach und nach wieder im Hotel ein. Ich hatte mich bereits um 21 Uhr von allen verabschiedet. Obwohl ich mich auf zu Hause freue, bin ich fast etwas wehmütig, als ich mich von „meinen Babys" verabschiede. Ich habe zwar einige anstrengende Menschen kennengelernt, aber auch sehr viele – und das waren die meisten – liebe Menschen, die einfach eine andere Kultur haben als wir.

Ich bin frisch geduscht und habe bereits mein Auto gepackt, als auch Sheila wieder im Hotel ankommt. Wir treffen uns in der Lobby, wo immer noch die mit Leergut gefüllten Einkaufswagen des Supermarktes in einer Ecke geparkt sind. Das wirkt wirklich komisch in diesem stylishen Ambiente. Wir sehen uns beide an und müssen lachen.

„Bitte sei mir nicht böse, aber wenn du mich morgen nicht mehr brauchst, würde ich nun nach Hause fahren. Ich habe Sehnsucht nach meinem eigenen Bett!" „No Problem!" Sheila lächelt müde. Es war eine anstrengende Woche. Am nächsten Tag stehen nur noch das Auschecken und die Abfahrt mit den Bussen zum Flughafen auf dem Programm. Das würde Sheila auch alleine schaffen und schließlich musste ja auch sie zum Flughafen. „But are you sure that you are fit enough to drive?"

„Keine Sorge, das schaffe ich jetzt auch noch!", beruhige ich sie. „Aber bitte denke daran, dass die Jungs morgen noch diese Einkaufswagen zurück zum Supermarkt fahren, damit wir unser Geld zurückbekommen!"

„Keine Sorge!", sagt nun auch Sheila, ganz bewusst auf Deutsch und verabschiedet mich mit einer festen Umarmung.

Aber Sheila hatte nicht unrecht. Es lagen immerhin ungefähr vier Autostunden vor mir. Ich umarme sie und versichere ihr: „Yes, I am ready to drive!! I want to go home. I will take a break, when I get too tired. Thank you for everything!" Ich bin sehr froh, dass ich sie mit ihrer Geduld und Erfahrung in dieser Woche an meiner Seite hatte. Ich fahre gegen 22 Uhr zurück nach Hause. Damit ich nicht einschlafe, drehe ich die Musik voll auf und mache ab und zu das Schiebedach auf. Ganz vernünftig war es wirklich nicht, mich noch auf die Autobahn zu begeben. Aber diese Woche war für mich mit unfassbar vielen Eindrücken, Emotionen, körperlicher und geistiger Anstrengung verbunden, sodass ich diese vier Stunden Autofahrt einfach noch brauche, damit sich alles setzen konnte. Außerdem würde ich schon am nächsten Tag endlich wieder bei meiner Lieblings-Großfamilie sein können.

„That is normal!", hatte Sheila gesagt, als ich mit meinen Nerven am Ende war. Während ich durch die Nacht nach Hause fahre und alles noch einmal Revue passieren lasse, erkenne ich, dass ich tatsächlich sehr viel in dieser Woche lernen konnte. Es ist nicht alles im Leben planbar und es passieren Dinge, mit denen keiner rechnet. Die Kunst ist, daran nicht zu verzweifeln und aus jeder Situation das Beste zu machen. Und das mit einem Lächeln und einer großen Portion Optimismus. Denn die Erde wird sich weiterdrehen, egal ob ein Plan aufgeht oder nicht. Und ob man Spaß hat, während die Erde sich weiterdreht, entscheidet man ganz alleine. Ich konnte jedenfalls dazu beitragen, dass meine indische Reisegruppe in dieser Woche Spaß hatte. Dafür waren mir die Teilnehmer sehr dankbar. Ich selber habe viele liebe Menschen kennenlernen dürfen, die mir eine neue Sichtweise auf manche Dinge vermittelt haben. Dafür bin ich dankbar.

Gegen zwei Uhr komme ich müde aber zufrieden zu Hause an. Alexander schläft schon, aber er erwacht, als ich ins Schlafzimmer komme. Wir hatten in dieser Woche fast gar nicht und nur sehr kurz telefoniert. „Na, hattest du eine interessante Woche?", murmelt er müde. „Ja, das kann man wohl sagen. Ich sollte ein Buch schreiben. ‚When crazy India hits stuck up Europe!' – aber das glaubt mir ja keiner!"

„Doch", murmelt Alexander. „ich glaube dir sofort, dass du mit Indern unterwegs warst. Zumindest riechst du, als kämst du geradewegs direkt aus Indien oder zumindest einem orientalischen Gewürzladen!" „Echt, ich rieche nichts", antworte ich erstaunt. Meine empfindliche Nase hatte sich in dieser Woche an einiges gewöhnt.

Zwei Tage später bekomme ich von Raj folgende E-Mail:

„Dear Florentine,
I am so sorry for not being able to meet you before you left. We have got an excellent response from the client. They have been very pleased and all thanks to you and Sheila for the wonderful coordination and proper planning you guys had done for this group. I hope you were not in too much of discomfort and please accept my apology if any unruly behaviour took place on the tour.

Thanks once again for the pictures and for simply being there to make the tour super success.

Warm regards, Raj"

Ich freue mich über diese E-Mail und denke über unser Gespräch im Bus auf dem Weg nach Österreich nach. Er hatte wohl recht! Man muss das Leben nehmen, wie es kommt. Man kann nicht alles planen. Und das, was man nicht ändern kann, muss man annehmen. Darüber hatte ich ja schon auf der Rückfahrt im Auto nachgedacht. Und mit ein wenig Humor und Optimismus gelingt es einem vielleicht sogar, glücklich zu werden, unabhängig von den Umständen, die man nicht ändern kann.

Ich versuche mich an den Titel des Bollywood-Films, den wir im Bus angesehen hatten bzw. den ich nur teilweise mitbekommen habe, zu erinnern: „Jab Tak Hai …?" Irgend so etwas. Ich tippe diese Wörter in Google ein und komme umgehend zu vielen Treffern unter anderem auch dem Filmtitel auf Deutsch: „Solange ich lebe!" In der Filmkritik heißt es: „Eine Achterbahn der Gefühle mit traumhaften Bildern! Ein Film, der dich wieder an die Liebe glauben lässt!"

Ich überlege nicht lange und bestelle die DVD. Das Ende musste ich mir doch noch ansehen, so konnte ich das nicht stehen lassen.

Als die DVD wenige Tage später ankommt, sehe ich mir den Film abends direkt an.

Der Schauspieler Shah Rukh Khan, schon etwas in die Jahre gekommen und daher für mein Empfinden nun endlich umwerfend gutaussehend, beginnt mit den Worten:
„Bollywood macht glücklich!"
Ja, das stimmt. Ich denke über unsere Reise nach und es ist, wie Raj gesagt hat: Egal in welcher Situation, die Inder haben immer Zeit zum Singen und Tanzen, im Bus auf der Zugspitze oder im Restaurant. Auch wenn ich als perfektionistische Deutsche immer unter Strom stand und ständig an die Einhaltung des Zeitplans erinnern musste. Ich war unentspannt. Die Inder waren entspannt. Und glücklich.
Als der Film fast zu Ende ist, kommt Alexander nach Hause.
„Was guckst du denn da?", fragt er erstaunt.
„Einen Glücklich-Macher!", antworte ich und freue mich, dass ich den Film gekauft hatte und Raj mit seiner Reisegruppe kennenlernen durfte. Manchmal muss man das Leben halt auch einmal von einer anderen Seite betrachten. Raj hat mir dabei geholfen.

Während Alexander die berufliche Karriereleiter erklimmt, tun meine Jungs Pepe und Julius dies im sportlichen Bereich.
Pepe ist nun zwar Jura-Student im dritten Semester und pendelt täglich mit dem Zug zur Uni. Der Druck als Einzelathlet und der Trainingsaufwand im Triathlon sind hoch. Vor einiger Zeit musste Pepe sich daher entscheiden: Profi-Athlet oder Profi-Student. Vor dieser, für ihn alles andere als leichten, Entscheidung haben wir ihm all die Fragen gestellt, die auch ich mir vor Kurzem stellen musste.
Wir fragen ihn nach seinen Zielen: Was will ich im Leben erreichen? Wofür brenne ich und wofür kann ich mich quälen? ... Wir führen lange und teilweise schmerzhafte Gespräche mit ihm. Denn wenn für Jo als Trainer eines klar ist: Das Training ist kein Kindergeburtstag und wer Profi sein will, muss nicht nur körperlich alles geben und zu geben bereit sein.

Anfänglich wehrt sich Pepe gegen diesen erzieherischen Druck, den alle Elternteile auf ihn ausüben. Doch er reift mit jeder Diskussion und Zieldefinition. Wie dankbar wäre ich damals gewesen, hätte dies jemand mit mir mit Anfang 20 gemacht. Ich mache meinen Eltern keinen Vorwurf, doch am Ende ist dies genau das, was mir gefehlt hat: konkretes Coaching, Konfliktmanagement und Zieldefinition. Ich selber musste mir das hart und durch harte Erfahrung schmerzhaft erarbeiten. Dabei wird es doch schon in der Sesamstraße vermittelt: Was passiert dann? Was passiert, wenn ich verschiedene Dinge tue und was sind die Konsequenzen meines Handelns? Eigentlich ein ganz einfaches Prinzip. Und doch so schwer umzusetzen.

Pepe entscheidet sich gegen die Profikarriere als Einzelathlet, aber für den Verbleib als Mitglied im Team der Bundesliga-Mannschaft. Immerhin ist das Team nicht zuletzt durch seine Unterstützung auch aufgestiegen. Er will den Schwerpunkt auf sein Studium legen und somit in der Lage sein, die Trainingsumfänge zu reduzieren. Die Grundlagen für die Bundesliga hat er allemal. Er entscheidet sich aber auch, zu Hause wohnen zu bleiben und nicht in die Nähe der Uni zu ziehen, um eben noch an den angesetzten Trainingseinheiten teilnehmen zu können.

Der Weg zu dieser Entscheidungsfindung war tränenreich, aber erfolgreich. Pepe ist erleichtert und glücklich. „Ich will Rechtsanwalt werden!" Das ist jetzt für ihn klar. „Aber spezialisiere dich nur nicht auf Familienrecht", scherze ich, als seine Entscheidung fest steht. „Nein, auf gar keinen Fall!", antwortet Pepe. „Da würde ich ja nur friedliche Vergleiche schließen!" Ich blicke ihn lächelnd an und nehme ihn fest in die Arme. „Keine Ahnung, Mama, wie du das hinbekommen hat. Eigentlich hättest du das Bundesverdienstkreuz verdient oder neee ... den Friedensnobelpreis!" Ich bin zufrieden, denn zumindest scheinen meine Kinder zu verstehen, dass es nicht immer leicht war, die familiäre Situation zu jonglieren.

Julius hat sportlich vielleicht nicht das größere Talent, denn das haben beide in fast gleichem Maße. Aber er hat den stärkeren Willen. Das war schon als kleines Kind bei ihm so. Nach dem

Abitur trainiert er rund um die Uhr und außer Training und ein wenig Zeit für die Freundin gibt es für ihn nichts anderes. Auch er hat aus den Gesprächen mit Pepe gelernt, denn die fanden selbstverständlich im Rahmen des gesamten Familienrates statt. Er hat für sich entschieden, es als Einzelathlet versucht und bereits in der kurz nach dem Abitur beginnenden Wettkampfsaison mit einigen signifikanten Siegen als Athlet auf sich aufmerksam gemacht. Olympia 2016 – ein Ziel oder ein Traum. Zunächst auf jeden Fall mal ein Weg für ihn.

Anna ist weiterhin auf einem guten Weg zum Abitur. Ihre Berufsvision geht in Richtung Tiermedizin. Aber vor das Studium haben die Götter nun mal den Numerus Clausus gelegt. In diesem Sommer wird sie ein Praktikum beim Tierarzt machen und übt ansonsten hingebungsvoll mit unserer nicht immer einfachen Schildkrötenzucht und Klein-Struppi. Ohne Annas Unterstützung bei den Haustieren und dem Haushalt wäre ich ganz schön aufgeschmissen. Sie ist meine große Stütze. Das war sie schon immer. Auch in der schweren Zeit nach der Trennung von Jo war sie ein sehr empathisches Kind. Sie hat mich stets mit ihren großen blauen Augen und wenigen Lebensmonaten angeschaut und ich fühlte mich verstanden und beruhigt. Ich bin unendlich stolz auf alle drei Kinder. Sie sind super und alle haben einen guten Instinkt und feine Antennen. Aber nur Anna kann in meiner Seele lesen und das weiß sie, ohne viele Worte darüber zu machen. Und wenn sie es tut, bringt sie die Dinge immer auf den Punkt. Sie ist mit ihren nun knapp 18 Jahren eine tolle Frau und obwohl sie mir äußerlich in vielen Dingen sehr ähnelt, ist sie mir innerlich in vielen Dingen weit voraus.

In dem Sommer des Jahres, in dem Julius sein Abitur gemacht hat und seine Karriere als Profisportler startet, haben wir einen Termin mit dem Architekten für den Umbau der Wohnung auf dem Land. Lukas stellt diesmal ganz gezielte Fragen. Mir wird bewusst, dass ein Architekt immer auch ganz viel die Lebensumstände hinterfragen muss, damit er in der Lage ist, die richtige Wohnsituation für seine Klienten zu schaffen. Ich bin beeindruckt, denn er stellt Alexander viele Fragen, die ich mich nicht so direkt zu fragen getraut habe. Er bohrt intensiv nach. Alexander weicht aus, redet um den Brei und zögert mit konkreten Aussagen und widerspricht sich manchmal selbst.

Kurz: Alexander hat Probleme, seine Vorstellungen von der Zukunft in Worte zu fassen.

„Herrgott Alexander, wo lebst du eigentlich? Du hast Vorstellungen!" Lukas rauft sich die Haare. Auf einmal stutzt er, legt den Kopf schief und sieht Alexander an: „So, jetzt mal Butter bei die Fische, Herr Meier! Wo würdest du leben, oder besser WIE würdest du leben, wenn Florentine nicht wäre?" Lukas sieht Alexander herausfordernd an. Mir wird kalt.

„Nun", beginnt Alex zögernd, „ich denke, wohl in Frankfurt!" Das war mir ja schon klar, aber was er dann sagt, öffnet mir die Augen. Er sagt: „Aber dann nicht in einer kleinen Ein-Zimmer-Wohnung, sondern in einem netten Penthouse über den Dächern von Frankfurt. Am besten ziemlich zentral, sodass man abends noch was trinken gehen kann oder essen. Es gibt ja auch viele After-Work-Partys, die ich dann mal mitmachen könnte, weil die Zeit für das Pendeln ja wegfällt. Ach, und Autofahren müsste ich ja dann auch nicht mehr. Ich hätte dann etwas mehr Zeit für mich und könnte mehr schlafen. Und wenn ich Lust hätte, übers Wochenende nach New York zu fliegen, dann würde ich das tun. Dann hätte ich auch das nötige Kleingeld dafür!"

Mir wird nun nicht nur noch kälter, sondern schwindelig, denn ich erkenne, dass seine Augen bei diesen Worten leuchten.

„Ich war noch niemals in New York! Was?", fauche ich und springe auf.

Mir ist mit einem Mal klar, dass ich nichts dagegen tun kann, dass Alexanders Ziel im Leben bzw. das, was er für erstrebenswert hält, nichts mehr mit dem zu tun hat, was wir einmal geplant hatten. Dies hat er gerade relativ deutlich ausgesprochen.

Lukas hat das sofort verstanden. Er sieht zu mir rüber. Meine Augen füllen sich mit Tränen. „Nun ist Florentine aber da!", sagt Lukas langsam und sieht Alexander weiter an. Alexander selber hat, glaube ich, am wenigsten von uns begriffen, was mir und Lukas soeben klargeworden ist.

Alexander antwortet: „Und deshalb werde ich in Frankfurt in eine Ein-Zimmer-Wohnung ziehen und du wirst einen Plan machen, wie wir den ehemaligen Holz-Lagerraum der Werkstatt von Opa in eine schöne Parterre-Wohnung für Florentine umbauen können." Lukas macht große Augen. „Ich meine natürlich, für Florentine und mich. Aber ich komme ja nur am Wochenende heim. Deshalb müssen in erster Linie ihre Wünsche umgesetzt werden."

Ich schlucke und sehe Lukas an. Wir beide, die die Situation so was von verstanden haben.

„Gut", sagt Lukas, „dann mache ich mal einen schönen Entwurf und wir treffen uns in ein paar Wochen noch mal und besprechen das!"

Als wir später gehen und uns verabschieden, umarmt mich Lukas fest und raunt mir zu: „Und du weißt, dass du da noch was mit Alex zu klären hast?" Ich nicke. Das weiß ich nicht erst seit heute.

Seit heute ist mir aber bewusst, dass ich Alexander vielleicht doch damit überfordert habe, ihn direkt nach bzw. noch während des Studiums eine Großfamilie aufs Auge zu drücken. Jetzt träumte er von Penthouse-Wohnung, After-Work-Partys und Wochenendtrips nach New York oder sonst wo hin. Hatte er etwas nachzuholen? Hatte er nicht nur von mir, sondern auch von der Großfamilie genug? Ich glaube, das weiß er derzeit selber nicht so genau. Umso wichtiger, dass er sich jetzt endlich mal sortierte.

Auf dem Rückweg im Auto sage ich betont keck, aber herausfordernd zu Alex: „Ach ja, ohne mich hättest du schon ein einfacheres Leben!" Ich sehe ihn von der Seite aus an. Er reagiert nicht, sondern sieht geradeaus auf die Fahrbahn. „Aber bestimmt auch ein langweiligeres!", füge ich bestimmt hinzu. Jetzt sieht er mich an, sagt aber nichts. Also mache ich weiter: „Na komm, du musst schon zugeben, dass du mit mir schon aufregende Sachen erlebt hast!" Er lächelt und fragt: „Was denn zum Beispiel?" Ich denke nach. Ja, bei mir was immer etwas los und manchmal war es auch chaotisch, aber etwas „Aufregendes" so auf Anhieb herauszupicken, fiel mir in der Tat schwer. „Mmh, die Wettkämpfe und unsere Reisen, zum Beispiel", fange ich an. „Waren schön, aber was war denn daran besonders aufregend?", unterbricht er mich. Ich denke krampfhaft nach. Mir fällt nichts ein. Schließlich sage ich: „Aber du durftest in Arrecife am Ende des Wettkampfes einem Krankenwagen hinterherfahren, in dem eine bewusstlose Florentine transportiert wurde!"

Ich versuche, komisch zu klingen. Alexander findet das nicht witzig. „Das war nicht aufregend, das war beängstigend!" Alex schaut mich an und ich sehe, wie seine Lippen dünn werden, als er spricht. „Und wenn das das Gegenteil von Langeweile ist, dann kann ich gerne mit etwas mehr Langeweile leben! Vielleicht sehne ich mich ja nach etwas mehr Langeweile? Zumindest wenn wir nach deiner Definition gehen! Florentine, es geht nicht immer nur um dich!"

Zack, das hatte gesessen. Dem hatte ich nichts mehr hinzuzufügen. Es trifft mich wie ein Schlag in den Magen. Vielleicht hatte er recht, das Leben mit mir war nicht aufregend, es war anstrengend und vielleicht hatte ich ihn das eine oder andere Mal tatsächlich überfordert. Ich gebe mich geschlagen und wir fahren das letzte Stück nach Hause schweigend.

In diesem Jahr planen wir keinen gemeinsamen Urlaub. Das liegt aber weniger an der Tatsache, dass Alexander sich in einem Gefühlschaos befindet, sondern an den vielen, nicht zu koordinierenden Wettkampfterminen sowie der Tatsache, dass die Kids eigentlich aus dem Alter der gemeinsamen Urlaube raus sind. Eigentlich. Denn als wir stattdessen ein paar Tage zu den Eltern fahren, sind sie sofort dabei. Inzwischen können wir auch mit zwei Autos anreisen, sodass sie ihre Abreise unabhängig von uns gestalten können.

Gerne hatten die Kinder nach der Eröffnung des „Screwbiker's" dort ausgeholfen und Anna tritt mit ihren Backkünsten zweifellos in die Fußstapfen der Oma. Sehr zur Freude ihrer Brüder. Alexander und ich planen, zwei Wochen dort zu bleiben, um auch Zeit für diverse Reparaturarbeiten zu haben, aber es kommt anders. Alexander hatte mir von Anfang an den Eindruck vermittelt, dass er eigentlich lieber zu Hause bleiben wollte. Das erste Jahr ohne gemeinsamen Urlaub und er ist damit glücklich. Vielleicht sogar froh darüber. Ich bin innerlich zutiefst gekränkt und entsetzt. Gleichzeitig mache ich mir aber Sorgen, denn auch er musste doch mal auftanken, bei dem Arbeitspensum, das er derzeit zu bewältigen hatte. Bisher hatten wir in jedem Sommer zumindest eine kurze Auszeit, auch wenn wir nicht immer wirklich in den Urlaub gefahren sind, sondern nur zu den Eltern aufs Land. Wir hatten das stets genossen und Alex konnte gut entspannen, während er im Garten „gescharrt" hat, wie er es ausdrückte.

In diesem Jahr ist es anders und mein Bauch fühlt sich nicht gut an. Statt Vorfreude auf ein paar ruhige Tage signalisiert er mir Sorge. Sorge, wie ich unsere offensichtlich geänderte Beziehung vor den Eltern verbergen soll, Sorge, dass sie sich Sorgen machen. Hatten wir das nicht schon mal? Wie sehr war meine Mutter damals enttäuscht, dass ich das Ende meiner Beziehung mit Johannes so lange vor ihnen geheim gehalten hatte. Diesmal würde ich sie eher informieren, das nehme ich mir vor. Aber wann? Ist es schon so weit, ihr etwas zu erzählen? Was sollte ich ihr erzählen? Dass Alex nicht weiß, was er will? Dass er nicht sicher ist, ob er jemals wirklich aufs Land ziehen will? Dass er sich nicht mehr sicher ist, ob er mit mir leben will? Sie würde sich nur unnötig aufregen und vielleicht sogar denken, dass die Entscheidung, zu ihnen aufs Land zu ziehen, unsere Beziehung zerstört hat. Vielleicht hätte sie deshalb grundlos Schuldgefühle. Und ändern würde das eh nichts. Helfen kann mir keiner. Da muss ich alleine durch. Tipps, wie das gehen könnte, hatte ich inzwischen genug. Also schiebe ich das auf und beschließe, gute Miene zum bösen Spiel zu machen. Und vielleicht tun ihm ja ein paar Tage Ruhe auch ganz gut und er schafft es auch, sich mir gegenüber mal wieder etwas zärtlicher zu verhalten.

Anders als zu Hause haben wir im Gästezimmer meiner Eltern – meinem alten Kinderzimmer – zwar ein kleineres Bett, was rein praktisch eine größere Nähe bedeuten würde. Allerdings haben wir auch zwei einzelne Bettdecken. Getrennte Bettdecken! Ich hasse das, aber Alexander kommt dies augenscheinlich gerade recht. So rollt er sich abends schnell einfach in seine Bettdecke ein und kompensiert so die größere räumliche Nähe mit dem Einbau einer Trennung durch die eigene Bettdecke. Ein Albtraum für mich. Ich brauche Nähe, ich möchte ihn anschreien und flehen, mich wenigstens mit Bettdecke in den Arm zu nehmen. Aber ich tue es nicht. Und so umhüllt mich nachts neben meiner eigenen Bettdecke und anstatt Alexanders Armen nur noch eine Wand aus Kälte und Abneigung, die ich förmlich greifen kann.

Während Alexander meist zügig einschläft, liege ich lange wach und bin entsetzt über diesen Zustand, ohne ihn zu ändern. Unsere Beziehung zeichnete sich bisher durch viel Wärme und Körperkontakt aus. Ich möchte mich an ihn kuscheln, aber ich tue es nicht. Ich will ihn nicht belästigen. Das ist so demütigend.

Ich habe mal zu Bella gesagt, ich könnte nicht ohne diese intensive Liebe leben.

Eine Beziehung, in der es keinen Sex, keinen Körperkontakt und womöglich getrennte Betten oder Schlafzimmer gibt, wäre für mich ein No-Go. Das habe ich auch Alexander gegenüber immer betont. Aber was mache ich jetzt? Genau das! Und mein Herz stirbt dabei jeden Tag ein wenig mehr! Ich sehe dabei zu. Jeden Tag.

In den wenigen Stunden am Tag, an denen ich Alexander sehe, die ich jedoch herbeisehne, um ihm nahe zu sein, berühren wir uns kaum. Wenn er mich berührt, ist das ein freundschaftliches Tätscheln, das er genauso gut lassen könnte. Von der Wärme und Geborgenheit, die mir seine Anwesenheit stets vermittelt hat, ist nichts geblieben. Was ist aus uns geworden? Wir leben zusammen in getrennten Welten wie wahrscheinlich tausende von Paaren. Platonisch, lieblos routiniert. Ich kann nichts dagegen tun.

Vielleicht ist es die Kraft meiner Gedanken oder selbsterfüllende Prophezeiung, denn bereits zwei Tage nach unserer Ankunft bekommt Alex einen Anruf.

„Mamsi, wir haben ein großes Problem in einem der Standorte und der Vorstand ist im Urlaub!", beginnt er. „Alexander, du bist auch im Urlaub!", antworte ich und ich weiß genau, was jetzt kommt! „Aber ich bin weder auf einer Insel in Griechenland, noch in der Türkei und …"
„Deshalb musst du nach Frankfurt, oder wohin auch immer, und den „Trouble-Shooter" machen!", unterbreche ich ihn.
„Ja!", antwortet er kurz und wir sehen uns einen Moment an. Seine Augen sind leer, unglücklich und müde, obwohl wir in der letzten Nacht viel mehr geschlafen hatten als üblich. Alexander ist unglücklich und ich frage mich einen Moment, ob es daran liegt, dass er seinen Urlaub abbrechen muss oder daran, dass er darüber froh ist und erkennt, dass ich das erkenne. Egal wie, ich muss es akzeptieren. Ich werde es akzeptieren, ohne ihm Vorwürfe zu machen. Ich kann ihn ohnehin nicht aufhalten.

„Dann solltest du deine Tasche packen! Und uns nächste Woche wieder abholen! Wer braucht schon Urlaub!", antworte ich zynisch und werfe ihm die Reisetasche vor die Füße! Struppi schreckt auf. „Mamsi, ich kann es doch nicht ändern!"
„Man kann immer etwas ändern! Wenn man will! Und es geht mir nicht darum, dass du zurück nach Frankfurt musst. Ich bin die letzte, die dafür kein Verständnis hat. Es geht mir darum, wie du bist, wenn du nicht in Frankfurt bist, wie du bist, wenn du bei mir bist!" Ich sehe ihn an!
„Wie bin ich denn?", fragt er erstaunt.
„You are going to catch a cold, from the ice inside your soul", zitiere ich Christina Perri.

Alexander antwortet nicht, sondern hebt die Tasche auf und beginnt, seine Sachen hineinzupacken. Struppi schaut zu mir und ihre braunen Augen sehen unsicher aus. „Kofferpacken?" das bedeutete in der Regel nichts Gute für sie.

Ich kraule ihre Ohren. „Keine Sorge, Struppili, Mama bleibt bei dir! Komm, wir gehen jetzt in den Wald!" Ich muss hier weg. Ich greife meine Schuhe und meine Jacke. „Also, ich geh jetzt mal mit Struppi ne längere Runde. Wir sehen uns dann am kommenden Wochenende!"

„Mamsi …" Alex sieht mich hilflos an. „Ist schon ok!" Ich halte meinen Mund in seine Richtung, ohne die Lippen zu einem Kuss zu formen. Er kommt mir entgegen. Aber kurz bevor er meine Lippen erreicht, wende ich mich zum Gehen. „Also fahre vorsichtig!"

Ich bitte ihn nicht, mir eine Nachricht zu schicken, wenn er ankommt. Entweder er tut es freiwillig oder er lässt es. Wahrscheinlich wird er es lassen. Mein Magen krampft!

Meine Mutter ist in der Küche zusammen mit Anne mit Backen beschäftigt, als ich runterkomme! „Oh, gehst du mit dem Hund? Schade, ich habe keine Zeit mitzukommen. Ich habe keinen einzigen Kuchen mehr im Kühlschrank. Anna ist so lieb, mir beim Backen zu helfen!" Meine Mutter sieht mich forschend an und ich wende mich ab. „Ist schon ok!", sage ich nun auch zu ihr. Ich bin froh, dass ich alleine mit Struppi in den Wald gehen kann. Ich gehe zügig, ich will schnellstens weg, den Abschied von Alexander will ich mir ersparen. Meine Schritte werden immer schneller, bis ich schließlich renne! Ich renne durch die kleine Siedlung mit ordentlich gepflegten Gärten und gefegten Gehwegen. Kein Fitzelchen Unkraut, darauf wird in der Nachbarschaft immer sehr geachtet. Ich nehme dies im Vorbeirennen wahr und auch die Tatsache, dass ich bald einer von diesen pedantischen Gehwegfegern und Unkrautzupfern sein werde. Mir ist schlecht und mein Herz schlägt bis zum Hals. Struppi jagt verwundert neben mir her. Aber sie kennt den Weg bis zum Wald und ist über das Tempo nicht unglücklich. Ich renne vorbei an erstaunt schauenden Menschen, Müttern mit Kindern, Senioren mit Rollatoren und Alteisenhändlern mit einer klassischen Handglocke, die bimmelnd und schreiend mit ihrem kleinen Pick-up langsam durch die Straßen der Siedlung fahren.

Auf den letzten Metern bis zum Waldrand setzt Struppi zum Endspurt an. Ich tue es ihr gleich aber komme jetzt nicht mehr mit. Auf den ersten Metern des weichen Waldbodens lasse ich mich fallen und beginne, heftig zu schluchzen. Aber es ist eher ein verzweifeltes, wütendes Schluchzen, als ein tränenreiches. Mein ganzer Körper ist ein einziger Schmerz. Struppi kommt freudig zu mir zurück, springt auf mich und zerrt an meinem Jackenärmel. Dieses Spiel heute ist ja ganz besonders toll! Erst rennen, dann raufen! Als sie aber merkt, dass mir gar nicht zum Raufen zu Mute ist, schleckt sie mir durch das Gesicht und trocknet mir die wenigen Tränen, die mein Köper in der Lage war, herzugeben. Ich kann nicht wirklich weinen. Warum sollte ich auch! Eigentlich bin ich nur wütend und verzweifelt. Ich muss mich jetzt erst mal sortieren. Struppi steht erwartungsvoll wedelnd vor mir. Also gut, jetzt gehen wir erst mal weiter ausgiebig Gassi. Stuppi schnappt nach einem Stöckchen und springt mich an, als ich mich aufraffe. Ich muss lächeln! Was würde ich nur ohne dieses kleine, positive Energiebündel tun? Klar, für meinen Job ist sie nun ein Klotz am Bein, aber für mein Herz ist sie unentbehrlich.

Als ich nach zwei Stunden zurückkomme, ist Alexander weg. Er hat mir keine Nachricht geschrieben. Ich hatte nichts anderes erwartet. Alexander hat sich noch nie zu etwas zwingen lassen oder sich emotional für andere verbogen, auch wenn er ein herzensguter Mensch ist. Er ist gerade heraus, sagt, was er denkt und sagt nicht, was er nicht denkt. Das macht das Nachrichtenschreiben an mich nun auch schwer für ihn. Aus seiner Sicht verstehe ich das sogar. Natürlich! Wie immer habe ich Verständnis!

14
Alles brennt

Am ersten Märzwochenende fahre ich mit Alexander wie jedes Jahr in den Skiurlaub. Nur wir zwei. Das ist traditionell die Portion Zweisamkeit, die wir uns gönnen. Ohne Kinder oder Freunde, immer im selben Hotel. Ein verlängertes Wochenende aktiver Erholungsurlaub zu zweit.

Nach seinem Geständnis im Dezember frage ich ihn zunächst, ob wir es in diesem Jahr absagen sollen. „Wieso sollen wir das absagen? Hast du keine Lust zum Skifahren?"

Männer sind manchmal nicht zu verstehen. Aber das habe ich ja schon erkannt. Ich versuche also nicht, über seine Beweggründe nachzudenken, sondern bin einfach nur froh, dass ich mit ihm ein gemeinsames Wochenende in den Bergen verbringen kann, gerade weil wir uns derzeit kaum sehen. Er ist nach wie vor mehrere Tage pro Woche unterwegs. Ohne sich bei mir zwischendurch zu melden. Er vermisst mich ja nicht! Das hatte er mir ja sehr eindeutig zu verstehen gegeben. Ebenso eindeutig hatte ich ihm zu verstehen gegeben, dass ich ihn sehr wohl vermisse. Auch wenn ich ihm das bisher nicht so gezeigt habe, weil ich beruflich immer angespannt war, wird mir jetzt, wo ich aktiv entschieden habe, im Sinne unserer Beziehung kürzerzutreten, bewusst, wie sehr er mir fehlt, wenn er die ganze Woche weg ist. Dieses fatale Muster: Ich gehe auf ihn zu – und er tritt einen Schritt zurück!

Ich nehme mir vor, in diesem Kurzurlaub nicht nur keine Fragen zu stellen, sondern einfach nicht nachzudenken und zu genießen, dass wir zusammen sind. Sonne, Skifahren, gut essen, viel schlafen. Ich werde keine Beziehungsgespräche mit ihm führen, sondern mich einfach nur bestmöglich entspannen. Ich will ICH sein und stelle mir vor, ich würde mit Bella in den

Urlaub fahren. Da würde ich ja auch nicht ständig über meine Gefühle nachdenken müssen.

Wie üblich fahren wir samstags gegen vier Uhr zu Hause los, damit wir zum Frühstück in den Bergen sind, um ab spätestens 10 Uhr auf den Skiern zu stehen und diese bis zur letzten Gondel am Abend angeschnallt zu lassen.

Bereits im Allgäu zeigt sich ein wolkenloser Himmel mit der gerade aufgehenden Sonne. Es würde ein wundervoller Tag werden. Kaiserwetter. Wir haben Glück. Denn dies bleibt auch in den nächsten Tagen so. Wir können uns jeden Tag bei Sonnenschein und besten Pistenverhältnissen unsere Wettrennen liefern und fallen abends nach einem guten Essen und einem guten Glas Wein glücklich und ziemlich kaputt ins Bett. Obwohl wir für andere Aktivitäten wirklich zu müde sind, schlafen wir eng aneinander und meist liege ich in Alexanders Armen. Es fühlt sich so gut an. Ich will, dass das nie aufhört. Aber mir ist die Lage durchaus bewusst. Gerade weil er sich ständig mit seinem iPhone beschäftigt und irgendwem Nachrichten schreibt. Er, der sich bis vor Kurzem noch über sämtliche Bekannte lustig machte, die sich permanent Gott und der Welt mitteilten.

WEM Alex sich nun so regelmäßig mitteilt, weiß ich allerdings nicht.

Ich nehme mir entgegen meiner Planung vor, Alexander vor unserer Heimfahrt die Frage zu stellen, ob er sich schon Gedanken gemacht hat, wie es weitergehen soll, bin mir aber nicht sicher, wie ich das anstellen soll. Ich könnte ihm auch sagen, dass mir nach wie vor bewusst ist, dass ich für ihn nur die zweite Wahl bin, aber nicht dauerhaft die zweite Wahl sein möchte. Oder setze ich ihm damit zu sehr die Pistole auf die Brust? Sebastian hatte mir genau davon abgeraten.

Jetzt denke ich doch über meine Gefühle nach:
Wie zeige ich ihm, dass ich ihn liebe, ohne zu klammern? Wie lasse ich ihn los, ohne ihm zu vermitteln, dass er mir gleichgültig ist? Wie schaffe ich Distanz, ohne ihn zu verlieren? Wie schaffe ich Nähe, ohne ihn einzuengen?
Wie werde ich wieder die Frau, mit der er alt werden will?

Ich weiß es nicht!

Aber ich habe das Gefühl, dass auch er an diesem Wochenende sehr entspannt war und die Zeit mit mir genossen hat. Es fühlte sich gut an. Entspannte Vertrautheit.

Ich habe Angst, dieses angenehme Band zwischen uns zu zerstören. Ich gehe davon aus, dass er meinen Brief, in dem ich ihn um eine Entscheidung bitte, inzwischen gelesen hatte und bei unserem letzten Mittagessen vor der Heimfahrt setzte ich an: „Alexander, ich will dir noch was sagen …"

In diesem Moment kommt die Bedienung und fragt, was wir zu Abend essen möchten.

„Wir reisen leider gleich ab. Wir haben schon ausgecheckt. Für uns also heute kein Abendbrot! Aber es war sehr schön, wie immer!"

Zu Alexander sage ich nichts.

Ich möchte dieses Gefühl, diesen Moment, diese Wärme festhalten und mit nach Hause nehmen. Ich höre auf meinen Bauch, der mir sehr eindringlich signalisiert: „Halte jetzt den Mund!"

Im Hintergrund läuft leise Musik. Vermutlich erkenne nur ich den Song, der mal wieder passt wie die Faust aufs Auge: „Bis meine Welt die Augen schließt, werde ich dich lieben!"

Bereits einen Tag nach unserer Heimkehr aus dem verlängerten Wochenende muss Alexander wieder für ein paar Tage beruflich weg, um direkt im Anschluss mit seinem Team wieder in die Berge zu fahren. Quasi als Belohnung für die guten Verkaufszahlen. Das war nicht unüblich, aber diesmal gefällt mir das gar nicht. Es ist schon der zweite Teamausflug innerhalb weniger Monate und eine weitere Team-Building-Maßnahme halte ich für vollkommen überflüssig. Es sei denn … Ach, darüber wollte ich ja nicht nachdenken.

Aber mir ist durchaus bewusst, dass er in seinem Team als erfolgreicher Chef umschwärmt wird wie das Licht von den Mücken. Chancen, seine Traumfrau zu treffen und sogar auf den Teamevents näher kennenzulernen, gibt es da zur Genüge.

Mein Bauch krampft sich bei diesen Gedanken zusammen. Ich weiß, ich bin nicht mehr seine Traumfrau. Das war ich mal. Als wir ankommen, packt er also nur seine Taschen um und ist am nächsten Tag wieder weg. Und mit ihm mein gutes Bauchgefühl.

„Florentine, jetzt höre auf, dich verrückt zu machen. Konzentriere dich lieber auf die Arbeit und schalte endlich mal den Kopf an und den Bauch aus. Du kannst es eh nicht ändern", beschwöre ich mich selbst.

Das stimmte wohl. Also konzentriere ich mich auf den Job und plane die bevorstehende Messe bis ins Detail, mit deutscher Gründlichkeit.

Auch ich würde eine ganze Woche in Hamburg verbringen. Alexander und ich würden uns also wieder einmal nur die Türklinke in die Hand geben. Genau eine Nacht würden wir gemeinsam zu Hause verbringen. Aber ER vermisste mich ja ohnehin nicht. Also freute ich mich tatsächlich auf Hamburg und die berufliche Herausforderung.

Am Abend vor der Abfahrt nach Hamburg versammelt sich die ganze Familie wie üblich zum Abendbrot. Tristan ist wieder für einige Tage in der Pfalz und wie selbstverständlich bringen meine drei Kids jeweils ihren Anhang mit. Annika ist ja sowieso dabei. Aber als auch Alexander erstaunlicherweise etwas früher als geplant heimkommt, sitzen wir mit zehn Personen am Tisch, sodass Johannes und Jasmin nur kurz reinschauen und dann in ihrer Wohnung zu Abend essen. Die sind sicherlich nach dem Trainingslager auch ganz froh, mal ein wenig Zweisamkeit zu genießen.

Bei uns geht es auf jeden Fall wieder lustig zu, die Jungs erzählen Anekdoten aus dem Trainingslager auf Lanzarote, wir lachen viel und so ist es schon nach 22 Uhr, als ich die Tafel auflöse. „So, meine Lieblingsfamilie ... I love you and ... leave you! I need my bed! Die Party ist jetzt zu Ende, sorry, wir müssen morgen früh raus!"

Alle helfen noch schnell beim Abräumen, drücken mich nacheinander und verziehen sich, inklusive Struppi, die schon wieder ahnt, dass ich wegwill und mich mit großen, braunen Augen mustert, bevor ich sie sanft aus der Tür schiebe. Sie soll oben bei Anna schlafen.

In einer Mischung aus Lampenfieber vor der Messe und Freude über das lustige Beisammensein faxe ich noch im Bad mit Alexander, bevor ich mit ihm ins Bett gehe. Wir kichern und blödeln, bis er mich an sich zieht und wir in Löffelstellung versuchen einzuschlafen. Das klappt nicht so richtig.

„Alex, wenn du mir jetzt deinen kleinen Alexander an den Po drückst, dann kann ich doch nicht einschlafen!"
„Ich habe keinen kleinen Alexander!"
„Gut, dann eben einen großen Alexander. Der hält mich vom Einschlafen ab, fände ich aber ok!"
„Ach Mamsi", schnauft Alexander und dreht sich in die andere Richtung.

Auch gut, denke ich. Die aktuelle Situation wirkte sich ohnehin nicht unerheblich auf meine Libido aus. Ich hätte auch nicht mit irgendwelchen sexuellen Annäherungen seinerseits gerechnet. Das finde ich also erstaunlicherweise gar nicht so schlimm heute.

Ich bin nicht enttäuscht. Aber ich nehme mir diesmal wirklich vor, mit Alexander nach meiner Rückkehr aus Hamburg noch mal zu reden. Ich werde ihm vorschlagen, dass er besser auszieht. Ich habe das Gefühl, dass er meine Zärtlichkeiten nur aus Pflichtgefühl erwidert. Er scheint nicht wirklich glücklich zu sein. Beziehungsweise ohne mich nicht wirklich unglücklich zu sein. Ich wollte ihm ja Zeit lassen, aber langsam sollte er sich sortiert haben und entscheiden. Für mich ist dieses tägliche Achterbahn-Fahren meiner Gefühle extrem anstrengend.

Ich werde ihm sagen: „Ich habe es verstanden, du kannst dich entspannen. Bitte suche dir eine Wohnung in Frankfurt – ich werde dich nicht aufhalten. Tu das, was du für richtig hältst, aber werde glücklich! Ich werde es auf jeden Fall nicht, wenn du dich weiterhin für mich hier offensichtlich quälst. Reisende soll man nicht aufhalten.

Ich werde dich nicht aufhalten!"
Das nehme ich mir vor! Diesmal ziehe ich es durch. Dann schlafe ich ein!

Am nächsten Morgen verlässt Alexander früh das Haus, denn auch er muss erneut auf eine Geschäftsreise, allerdings nach Norddeutschland. Nachdem Alex weg ist, packe ich mein Auto und will dann auch los.
Als ich den Motor starte, leuchtet die Kontrollleuchte für das Wischwasser!
War ja klar, aber das hätte ich ja auch vorher prüfen können. Da wir noch etwas fertige Lösung im Keller haben, stelle ich den Motor wieder ab und hole den Kanister. Beim Öffnen der Motorhaube werden meine Hände total dreckig, aber ich gehe sie schnell noch mal waschen, bevor ich mich wieder ins Auto setzte.
Gut, nächster Versuch! Ich starte den Motor. Eine andere Kontrolllampe leuchtet. Jetzt will mein Auto Öl!
Fluchend stelle ich den Motor wieder ab und öffne den Kofferraum, wo sich wie üblich noch eine volle Ölflasche befindet. Wieder muss ich die Motorhaube öffnen und wieder werde ich dabei ziemlich dreckig. Egal. Ich versuche, den Deckel der Öleinfüllung zu öffnen. Er bewegt sich keinen Millimeter! Ich hole eine Zange aus dem Keller, um einen längeren Hebel zu haben. Das ist eine ganz blöde Idee, denn schon beim ersten Versuch bricht der Griff an dem Deckel auseinander. Nun habe ich keine Chance mehr, den Deckel ohne Hilfe einer Werkstatt aufzubekommen.
Ich fluche verzweifelt!
Mit dreckigen Händen setze ich mich ins Auto und fahre in die Werkstatt. Gott sei Dank sind die schon früh da, sodass ich mir in Ruhe die Hände waschen kann, während ein Monteur sich um mein Auto kümmert. Es muss ein neuer Deckel bestellt werden, aber der von mir zerstörte wird meine Geschäftsreise nach Hamburg noch überstehen und Öl ist auch nachgefüllt.
Na, dann kann es ja jetzt losgehen.

Ich starte den Motor! Mist! Ich habe gestern vergessen zu tanken. „Das liegt nur daran, dass sich die ganze verfressene Bande gestern wieder so lange beim Abendbrot aufgehalten hat", murmele ich vor mich hin und fahre zur nächsten Tankstelle. Ich tanke voll! Als ich bezahle, denke ich: Ich sollte besser noch mal schnell zur Toilette gehen bevor ich mich auf die Autobahn begebe. Es sind immerhin über 600 Kilometer, die vor mir liegen. Der Tankwart gibt mir den Toilettenschlüssel. Dort erledige ich alles und wasche mir noch mal gründlich die Hände. So, jetzt kann es wirklich losgehen.

Ich will die Tür wieder aufschließen, drehe den Schlüssel einmal herum und will die Tür aufdrücken! Sie bleibt verschlossen!

Ich drehe den Schlüssel noch einmal, aber obwohl sich das Schloss dreht, scheint sich der Riegel nicht zu bewegen. Das gibt es doch nicht!

Ich greife in die Tasche nach meinem Handy. Es liegt im Auto! Na super!

Langsam werde ich panisch. Verdammt, ich bin schon zu spät! Wie lange werde ich hier sitzen, bis mich jemand findet?

Ich rüttle an der Tür, drehe zum x-ten Male den Schlüssel und als alles ergebnislos ist, fange ich an, gegen die Tür zu donnern.

Wütend und schweißbeperlt in meinem nun nicht mehr so ganz frischen Business-Outfit schaue ich nach unendlichen Minuten fassungslos in den Spiegel.

This is not my day today!

In diesem Moment öffnet sich die Tür von außen und der Tankwart schaut herein.

„Ich glaube, das Schloss müssen wir mal machen lassen!"

„Ja, das glaube ich auch!"

Atemlos setze ich mich ins Auto.

Ich führe Selbstgespräche: „Ok, Flori, Nase ein – Mund aus – auf nach Hamburg!

Wenn das so weitergeht, kann das noch heiter werden!"

In Hamburg angekommen berichte ich sofort Sebastian meinen holprigen Start in diese Woche.

„Na, dann bin ich ja froh, dass sie dich aus dieser Toilette rausgeholt haben! Sonst wäre ja unser Date ausgefallen!"

„Ja, und meine Firma hätte keine Betreuung auf dem Messestand gehabt! Aber das wäre ja wahrscheinlich weniger schlimm gewesen als ein ausgefallenes Date mit meinem Ex-Freund!", scherze ich.

Der Messeauftritt allerdings, den ich mit Präzision und Energie geplant hatte, wird ein voller Erfolg. Für meinen Kunden und damit auch für mich ergeben sich bereits auf der Messe viele weitere Termine für das laufende Jahr. Ich werde voraussichtlich sehr viel als Reiseleitung unterwegs sein. In Gedanken streiche ich nicht nur meinen Sommerurlaub, sondern auch die Idee, dass ich all diese Termine auch eigentlich mit Alexander abstimmen müsste. Das würde ohnehin nicht klappen.

Aus Hamburg hatte ich mich die ganze Woche über nicht bei ihm gemeldet. Ich hätte dies schon gerne getan, aber es gehörte zu meinem Plan, ihn auf Distanz zu halten und ihm damit zu zeigen, dass ich seine bzw. meine Lektion verstanden hatte.

Bei meinem einzigen Anruf in dieser Woche – es ist am Nachmittag des letzten Messetages – sage ich ihm also auch genau das: „Ja, ich denke die Messe war für uns sehr erfolgreich. Voraussichtlich werde ich genauso viel auf Reisen sein wie du. Damit werden wir uns noch weniger sehen!" Letzteres hatte ich eigentlich nicht sagen wollen. Aber es ist genau das, was ich befürchte und eigentlich genau NICHT will. Alexander allerdings antwortet: „Na, das ist doch toll! Du bist eben doch die Beste!"

„Was meint er jetzt genau?", frage ich mich einen Moment lang. Ist es etwa toll, dass wir uns noch weniger sehen oder freut er sich nur für mich über den Erfolg bei der Messe. Ach, das ist mir schon wieder zu kompliziert. Ich wollte doch aufhören darüber nachzudenken, was Alexander denken könnte. Aber fragen will ich ihn auch nicht. Herrgott, ich stelle mich aber auch gerade echt an!

„Na ja, heute Abend falle ich auf jeden Fall erst einmal tot ins Bett. Es war eine anstrengende Woche! Morgen früh schlafe ich aus und fahre nach dem Frühstück zurück nach Hause! Wir sehen uns dann am Nachmittag, ok?"

„Ok, Mamsi. Dann erhole dich mal gut und bis morgen!"

„Morgen" ist mein Geburtstag! Dass ich nach der Messe noch ausgehen werde und ein Date mit Sebastian habe, sage ich ihm nicht. Nachdem wir uns fast 30 Jahre nicht gesehen haben, werde ich diesen Geburtstag mit Sebastian beginnen. Zum ersten Mal nach 15 Jahren nicht mit Alexander. Und es ist das erste Mal in unserer 15-jährigen Beziehung, dass ich Alexander ganz bewusst etwas nicht sage.

Meine Kollegen verlassen den Messestand an diesem Tag bereits um die Mittagszeit. Der Nachmittag zieht sich wie Kaugummi und bei dem Gedanken an mein Treffen am Abend mit Sebastian bekomme ich ehrlicherweise bereits weiche Knie. Warum eigentlich?

Auf dem Weg von der Messe ins Hotel denke ich darüber nach, warum ich Alexander nichts von meinem Date gesagt hatte. Eigentlich ist ja nichts dabei, einen alten Freund wiederzutreffen. Und noch dazu einen glücklich verheirateten. Da konnte ja nichts „anbrennen"! Obwohl mir bei dem Gedanken an das erste Zusammentreffen nach 30 Jahren schon echt heiß wird. Vielleicht wollte ich einfach auch mal ein Geheimnis haben, da ich ja schon seit Längerem vermutete, dass Alexander seinerseits Geheimnisse vor mir hat.

Und schließlich wäre er ja ohnehin nicht eifersüchtig auf andere Männer. Er hatte mir mal gesagt, dass er sich sogar freuen würde, wenn ich jemanden fände, der mich glücklicher macht, als er es tun könne. Und außerdem besitze er mich ja nicht.

Was sollte ich ihm also von einem Date erzählen, das ihn ohnehin nicht interessierte?

Nach dieser Überlegung bin ich zufrieden mit mir und meinem kleinen Geheimnis und sende Sebastian nach der Ankunft im Hotel eine Nachricht:

„Na, hast du schon Herzklopfen? Ich schon! Ich bin gerade zurück im Hotel und brauche noch ca. eine Stunde zum Frischmachen. Holst du mich dann hier ab?"

Sebastian antwortet: „Ich bin kurz vor dem Infarkt! Aber ja, ich komme zu dir ins Hotel. Dann können wir ja etwas essen gehen. Sagen wir 19:30 Uhr?"

„Ok, bis später. Ich freue mich!", antworte ich und mein Gesicht glüht!

Von wegen, da kann nichts „anbrennen"! Ich betrachte mich im Spiegel und könnte einem Streichholzkopf Konkurrenz machen. Ich denke kurz über die Kleiderfrage für den Abend nach. Allerdings gibt es nicht allzu viele Möglichkeiten, da ich fast nur Business-Outfits dabei habe! Also entscheide ich mich für meine schwarze Hose und weiße Bluse, was ich aber mit meiner kurzen Lederjacke ein bisschen mehr auf „casual" bringe. Ein eher braves Outfit, aber das ist ja genau das, was ich will. Nicht auszudenken, wenn ich ihm im „kleinen Schwarzen" gegenüberstünde und er dann gleich über mich herfallen würde. Obwohl ... Ich muss unweigerlich lächeln bei dem Gedanken an das „Was wäre, wenn?"

Das Rouge kann ich mir heute definitiv sparen. Ich habe immer noch eine Gesichtsfarbe wie kurz nach der Aerobic-Stunde. Als ich fertig bin, sende ich ihm eine Nachricht: „Bin soweit. Wie sieht's bei dir aus?"

„Brauche noch ca. 20 Minuten. Rufe gerade ein Taxi!"

„Ok, ich warte in der Lobby!"

Mein Herz schlägt bis zum Hals. Florentine, jetzt wird es ernst.

Ich setzte mich unten im Hotel in die Lobby und versuche, mich mit Nachrichten an die Kids und dem Überprüfen meiner E-Mails abzulenken.

Immer wieder schaue ich dabei auf die Drehtür. Er müsste jeden Moment da sein. Aber die Personen, die aus den vorfahrenden Taxen steigen, kommen mir alle wenig vertraut vor.

Gut, dass ich keine Pulsuhr anhabe, die hätte mir wahrscheinlich gerade eine akute Überlastung angezeigt. Mein Herz rast nun.

Verdammt, warum bin ich eigentlich so nervös?

Während ich darüber nachdenke, fährt erneut ein Taxi vor. Ich meine, Sebastian zu erkennen. An der Statur und am Gang. Das muss er sein. In diesem Moment klingelt mein Telefon. Eine unbekannte Nummer. Ich drücke sie weg. Als ich wieder aufschaue, ist die Person, die ich als Sebastian identifiziert zu haben meinte, aber verschwunden.

Ich bin irritiert. Für einen Moment. Denn auf einmal steht er vor mir, er war nur kurz hinter einer Säule verschwunden: „Hey, ich sehe dich!" Er lächelt mich an.

„Hey, hast du dich versteckt?!" Mein Gesicht glüht und mein Puls scheint Aussetzer zu haben. Wer von uns beiden ist jetzt hier kurz vor dem Infarkt? Er sieht erstaunlich gelassen aus.

Wir umarmen uns kurz und gehen dann zum Taxistand.

„Hier in der Nähe ist nichts wirklich Gutes fußläufig zu erreichen. Ich denke, wir sollten zu dem Spanier fahren, den ich reserviert hatte. Was meinst du?" fragt er.

„Ja, Spanier ist gut! Ich mag Tapas und habe einen Riesenhunger!"

Wir nehmen also ein Taxi und fahren zu einem gemütlichen, etwas vollen spanischen Restaurant und nehmen an einem kleinen Ecktisch Platz.

Das Essen ist gut, aber es wird zur Nebensache. Wir hätten wahrscheinlich alles essen können, keiner von uns wird sich wohl später daran erinnern, was genau wir gegessen haben. Wir sind viel zu beschäftigt mit uns.

Wir reden. Über all die Jahre.

Über all das, was wir noch nicht voneinander wissen. Er stellt mir alle Fragen, die er mir schon immer stellen wollte. Einige beginnen mit: „Stimmt es eigentlich, dass ..." Mein Gott, wir haben wirklich in einem Dorf gelebt und die Gerüchteküche um mich war wohl anscheinend recht groß.

Ich meinerseits interessiere mich vor allem für seine Beziehung, seine Frau, das Kennenlernen. Für seine alten Schulfreunde, was aus denen geworden ist, was sie für Beziehungen führen. Von mir weiß Sebastian ja schon fast alles. Was er noch nicht weiß, fragt er. Offen und direkt, ohne Umwege.

Ich genieße den Abend, das ungezwungene Gespräch, das gute Essen. Ich habe mich seit Langem nicht mehr so wohl gefühlt, so entspannt. Ich bin einfach ich. Es fühlt sich nicht so an, als würden 30 Jahre zwischen unserem letzten Zusammentreffen und heute liegen. Wir lachen viel und die Zeit verfliegt wie im Flug. Das Restaurant leert sich allmählich. Um kurz vor 24 Uhr bestellt Sebastian zwei Gläser Sekt. Mein Herz schlägt bis zum Hals. Wie an Silvester schauen wir auf die Uhr und sagen beide mehrere, fast quälende, Sekunden kein Wort. Ich zittere unmerklich, obwohl ich mich so unendlich wohlfühle in genau dieser Situation, an genau diesem Tag mit genau diesem Mann.

„Alles Liebe zum Geburtstag, Flori! Auf dich und darauf, dass wir uns nicht wieder trennen ... äh, ich meine, weiterhin Kontakt haben und damit nicht noch mal 30 Jahre warten!" Sebastian rückt zu mir, wir stoßen an und er küsst mich sanft auf den Mund.

„Gut, dass ich sitze", denke ich. Mir läuft ein Schauer über den Rücken und ich lächle ihn an: „Noch mal 30 Jahre, so viel Zeit haben wir ja gar nicht mehr."

„Na ja, ein halbes Leben steht uns ja mindestens noch bevor! Und ich möchte, dass wir in der zweiten Hälfte in Kontakt bleiben, Ok?"

„Danke dir, Basti! Und natürlich bleiben wir in Kontakt! Aber nur, wenn deine Frau nichts dagegen hat! Sag mal, hattest du ihr eigentlich von uns erzählt?"

Sebastian zögert! „Ja, das habe ich! Und sie war nicht begeistert! Aber ich habe sie beruhigt und gesagt, dass du nur deinen Mann liebst. Leider!" Er lächelt verlegen.

„Das hast du ihr gesagt?"

„Na ja, das ‚leider' habe ich weggelassen!"

Wir müssen beide lachen.

Es ist weit nach ein Uhr, als ich vorschlage, dass wir nun besser gehen sollten. Ich hätte noch die ganze Nacht hier mit Sebastian sitzen können. Das Restaurant ist inzwischen leer und die Kerzen runtergebrannt. Die Bedienung kommt auch nicht mehr vorbei, um uns zu fragen, ob wir noch etwas trinken möchten. Also Zeit zum Aufbrechen. Ich will nicht, dass Sebastian wegen mir Stress mit seiner Frau bekommt. „Ach was, die schläft bestimmt schon längst", glaubt er hingegen. „Basti, wie naiv bist du eigentlich?" Ich boxe ihn sanft in die Seite! Er greift meine

Hand und hält sie fest! Einen Bruchteil einer Sekunde sehen wir uns regungslos an. Dann muss ich an Bastis Frau denken. Ich kann mir gut vorstellen, wie sie sich jetzt fühlt. Schlafen würde sie sicher nicht.

„Komm, los jetzt!", bestimme ich und ziehe ihn an seiner Hand, die immer noch die meine hält, hoch! Also nehmen wir uns gemeinsam ein Taxi, das mich im Hotel absetzen und Sebastian dann weiter nach Hause fahren soll.

Wir setzen uns gemeinsam auf die Rückbank und ich kann nicht anders, ich muss mich bei ihm anlehnen. Er legt seinen Arm um mich und ich kuschele mich bei ihm ein.

Er riecht so gut. So vertraut. Nase und Bauch geben mir grünes Licht.

So sitzen wir schweigend umschlungen, während das Taxi durch das nächtliche Hamburg braust. Es ist wenig Verkehr um diese Zeit und so sind wir schnell an meinem Hotel angekommen.

Viel zu schnell für meinen Geschmack.

„Darf ich noch kurz mit aussteigen? Ich will dich noch einmal richtig verabschieden, ja?", fragt Sebastian.

„Unbedingt!", antworte ich.

Draußen nimmt er mich in den Arm und küsst mich auf den Mund und lacht: „Sag mal, bist du in den letzten 30 Jahren noch mal gewachsen?"

„Kann sein", antworte ich, „auf jeden Fall musst du dich jetzt nicht mehr so weit bücken."

Ich will mich eigentlich nicht aus dieser Umarmung lösen und schließlich frage ich:

„Hast du ... vielleicht Halsschmerzen?"

Selbstverständlich hatte ich Sebastian bereits von meinem ersten Date mit Alexander erzählt und ich hoffte, er würde den Wink verstehen.

Er versteht ihn.

„Ich glaube schon! Hast du 'ne Idee, was man da machen könnte?"

„Ich könnte dir eine heiße Milch mit Honig organisieren", grinse ich.

„Oh, gute Idee, das hilft bestimmt! Sofort!"
Er bezahlt das Taxi und gemeinsam gehen wir durch die Drehtür in die Lobby des Hotels.

Als ich am nächsten Morgen aufwache, kommen die Ereignisse erst langsam in mein Bewusstsein zurück! Ich drehe mich langsam im Bett zur Seite. Neben mir liegt Basti! Und das passiert mir, dem Schwan? Minutenlang starre ich ihn nur an. Meine Gedanken fahren wieder einmal Karussell, aber, anders als bisher, ist mir nicht flau im Magen, sondern ich habe ein seltsam warmes Gefühl im Bauch. Ich beschließe, mich mal wieder auf meinen Bauch zu verlassen und streiche Sebastian sanft über die Stirn.
Er erwacht und lächelt mich an! Ohne zu reden, zieht er sich zu mir und ich rolle mich in seinen Arm. Er hält mich ganz fest.
„Herzlichen Glückwunsch zum Geburtstag! Und was ich dir ja noch sagen wollte: Ich kann es auch nicht glauben, dass du jetzt 45 bist!"
„Na das beruhigt mich ja!", antworte ich zynisch.
„Sag mal, wie geht es denn nun weiter?", frage ich dann zögerlich! „Sag jetzt bitte nicht: Ich weiß es nicht!"
„Ich weiß, dass wir noch das ganze Leben Zeit haben, so wie du es damals gesagt hast!", antwortet er.
„Sebastian, damals war ich 16! Wir haben jetzt nur noch das halbe Leben!"
„Ja", antwortet er, „ein ganzes halbes Leben!"
„Und so wie ich dich kenne, wird es dir nicht schwerfallen, die übrig gebliebene Hälfte mit Leben zu füllen." Er zieht mich noch fester an sich.
„Sorry, was ist denn das für eine Anspielung! Ich konnte nie etwas für das ganze Chaos. Ich wollte immer einen roten Faden haben. Der hat sich irgendwann in Luft aufgelöst und die Dinge sind einfach so passiert!"
„Und das ist auch gut so!", erwidert er. „Dinge passieren einfach so, aber alles passiert auch aus einem Grund! Das solltest du inzwischen wissen!"

Ich seufze und kuschele mich tiefer in seine Arme.

„Und der Grund, dass das jetzt hier und heute mit uns so passiert, ist der, dass du damals gesagt hast: Wir haben doch noch ein ganzes Leben Zeit! Also sollten wir jetzt da weitermachen, wo wir damals aufgehört haben."

Ich murmle vor mich hin, weil ich es immer noch nicht ganz fassen kann:

„… und dazu haben wir noch ein ganzes halbes Leben Zeit!"

Alles brennt von Johannes Oerding:
„Mein Kopf läuft heiß und Rauch steigt auf;
Blut kocht, Herz pocht, Atemnot,
Nervenglüh'n und Feuer sprüh'n.
Alles brennt, alles geht in Flammen auf,
alles was bleibt, sind Asche und Rauch.
Doch zwischen schwarzen Wolken
seh' ich ein kleines bisschen Blau
ich halt die Luft an, lauf über die Glut.
Alles wird gut!"

15
Nach einem ganzen halben Leben

… Bin ich vollständig ratlos. Ich bin ein Schwan wie Petra. Doch ich frage mich:

Ist es denn nicht möglich, sich täglich nahe zu sein, ohne alltäglich zu werden?

Voneinander entfernt zu sein, ohne sich zu verlieren …? Beziehungsweise sich maßlos zu lieben, ohne sich lieblos zu maßregeln – einander gewähren zu lassen, ohne die Gewähr zu verlieren …?

Beziehungsweise einander sicher zu sein, ohne sich abhängig zu machen – einander Freiheit zu gewähren, ohne sich unsicher zu werden …?

Als ich Alex nach sechsjähriger Beziehung heiratete, hätte ich auf all diese Fragen vorbehaltlos mit „JA" geantwortet. Das hatte ich Alex sogar zu unserer Hochzeit auf eine kleine Karte geschrieben.

Aber Menschen verändern sich, entwickeln sich in unterschiedliche Richtungen, ohne dass man einen Einfluss darauf hat.

Wenn man ein Schwan ist, braucht man halt auch einen Schwan, um glücklich zu sein.
Einen echten Schwan! Keinen, der vorgibt einer zu sein oder aussieht wie einer!

Der Schwan Petra, der sich auf dem Aasee in Münster in ein Plastik-Tretboot verliebte, konnte sich zwar seiner Liebe sicher sein, aber das Leben mit einem Plastik-Freund gestaltete sich so wenig erstrebenswert, dass auch Petra sich davon überzeugen ließ, dass es noch andere Schwäne gibt.

Heute bin ich mir überhaupt nicht mehr sicher, ob man die Fragen aus dem Gedicht von Jochen Marris überhaupt jemals dauerhaft mit einem Partner mit JA eantworten kann.

Aber ich habe ja Zeit, das herauszufinden ... ein ganzes halbes Leben.

16
Danach ... und noch viel mehr

Florentine ist irritiert. Aber in diesem Moment an diesem Morgen fühlte sie sich in Sebastians Armen geborgen. Minutenlang liegen sie schweigend aneinandergekuschelt. In ihrem Kopf arbeitet es auf Hochtouren. „Wie konnte denn das passieren?", fragt Florentine schließlich zögernd, während sie versucht, ihre Gedanken zu sortieren. „Was denn?", amüsiert sich Sebastian. „Dass du nach zwei Gin Tonic aus der Minibar noch zwei Whiskey getrunken hast und dann auf der Stelle eingeschlafen bist?" Florentine überlegt und stellt fest, dass sie zwar keine Hose mehr anhat, aber sowohl die Bluse vom Vorabend als auch ihre Unterwäsche noch trägt.
„Auf der Stelle ...?", fragt sie zögernd. „Na ja, nicht so ganz auf der Stelle. Es war schon nach vier!", antwortet Sebastian „Bis dahin haben wir wohl gequatscht!"
Florentine schaut auf die Uhr. Es ist kurz nach acht. „Was für ein Glück, dass ich keinen Alkohol gewohnt bin! Aber was wird deine Frau sagen, dass du über Nacht nicht zu Hause warst? Sie weiß doch, dass du mit mir unterwegs warst." Florentine sieht Sebastian mit großen Augen an. „Ja, das wird spannend. Sie wird mir glauben müssen, dass wir die ganze Nacht nur gequatscht haben!" Florentine erinnert sich an ihr Versprechen am frühen Morgen, heiße Milch mit Honig gegen Sebastians Halsschmerzen zu organisieren. „Soll ich dir eine Entschuldigung schreiben?"
„Eine Entschuldigung?"
„Ja, wenn die Kinder irgendwo nicht hingehen können, muss ich das ja auch tun. So was wie: ‚Aufgrund akuter und schnell stärker werdenden Erkältungs-Symptomen wurde nach Erstmedikation strikte Bettruhe verordnet. Daher war eine Weiterfahrt vorübergehend nicht möglich. Die sofortigen Maßnahmen führten allerdings schnell zu einer sofortigen Genesung. Der

Patient wird keine Folgeschäden davontragen und unverzüglich in seinen gewohnten Alltag zurückkehren.'" Sebastian lacht. „Lass mal gut sein. Du könntest genauso gut schreiben, dass wir nicht wild übereinander hergefallen sind. Sie muss MIR das glauben!"
„Schade eigentlich!" Florentine denkt nach. „Also wenn sie es dir nicht glaubt, dann sollten wir es nachholen. Damit sich der Ärger für dich wenigstens lohnt!" Sie zwinkert Sebastian zu.
„Keine Sorge, sie wird mir schon glauben! Ich bin doch ein Schwan!" Er küsst Florentine auf die Stirn und richtet sich auf. „Und jetzt sollte ich mich mal aufmachen!"
„Also dieses Auf-die-Stirn-Küssen geht mir allmählich auf den Geist!", flucht Florentine. „Alle Männer, die behaupten, ich sei eine tolle Frau, entwickeln nur noch freundschaftliche Gefühle für mich! Was ist falsch mit mir? Was mache ich falsch?" Florentine bleibt noch einen Moment im Bett liegen, als Sebastian aufsteht. Er hatte vollständig angezogen neben ihr geschlafen.
„Du machst gar nichts falsch, Flori. Das liegt an uns Männern, nicht an dir!", entgegnet Sebastian. „Dieser Spruch hätte von Alex sein können", Florentine zieht sich die Bettdecke noch einmal über den Kopf und vergräbt sich.
Sebastian setzt sich auf die Bettkante und umarmt sie durch die Decke. „Versprich mir, dass wir uns wiedersehen. Bald!"
„Das habe ich dir doch schon gestern versprochen, Sebastian! Wir haben die letzten 30 Jahre so überstanden ...", beginnt Florentine, als Sebastian sie unterbricht: „... und deshalb will ich nicht, dass ich noch weitere 30 Jahre ohne dich verbringen muss! Auch ich habe dir das gestern Abend schon gesagt!"
„Lass uns das in Ruhe entscheiden. Ganz vernünftig und nicht intuitiv. Wir sind ja keine 16 mehr!", antwortet Florentine.
Sebastian lächelt müde. „Kennst du den Film ‚Jedes Jahr im Juni'?", fragt sie ihn. „Darin geht es um ein Paar, das sich kennenlernt, als die Frau aus dem Westen zu Besuch in der DDR ist. Es beginnt in den 70ern, als die Mauer noch steht. Beide sind total verschieden, haben aber im jeweils anderen Teil von Deutschland eine intakte Familie. Sie verlieben sich unsterblich und treffen

sich fortan einmal im Jahr. Im Juni! Ohne ihre Familie jemals zu verlassen. Erst trennt sie die Mauer, dann ihre Vergangenheit. Obwohl die Mauer dann fällt und sie ihre jeweiligen Partner verlieren, werden sie kein Paar, sondern treffen sich für den Rest des Lebens einmal im Jahr für ein Wochenende!"

„Das ist ja krank!", empört sich Sebastian. „Schwäne tun so etwas nicht! Schwäne lassen sich ein auf etwas! Ganz oder gar nicht! Mit allen Konsequenzen!"

„Ich weiß!", antwortet Florentine leise.

Nachdem Sebastian gegangen ist, hüpft Florentine unter die Dusche. Ihr Kopf hämmert. Das liegt nicht zuletzt an dem ungewohnt hohen Alkoholkonsum des Vorabends. Die heiße Dusche tut gut und während sie das Wasser minutenlang intensiv über Nacken und Schultern prasseln lässt und sich das Bad in eine Dampfsauna verwandelt, arbeitet ihr schmerzender Kopf auf Hochtouren.

Wie sollte es nun weitergehen? Da Sebastian im Gegensatz zu ihr an diesem Morgen zwar eloquent mit Zitaten aus der Vergangenheit um sich werfen kann, aber auch keine Ideen für die Zukunft hat, entscheidet sie sich, die letzte Nacht zunächst nur als Wendepunkt in ihrer Denkweise als Schwan anzusehen, nicht aber als Wendepunkt in ihrer beider Leben.

Am Vorabend und in der Nacht waren alle Entscheidungen noch so einfach gewesen. Ja, sie wollte, dass Sebastian die Nacht bei ihr verbringt und ja, sie sehnte sich nach Liebe und Zärtlichkeit. Deshalb hatte sie es genossen, dass er mit zu ihr aufs Zimmer kam, ihr zuhörte, ihr Aufmerksamkeit schenkte und Komplimente machte. Alexander war zuletzt wie ein Eisklotz gewesen. Er hatte sich immer an die äußerste Ecke des Bettes gelegt. Es hatte so wehgetan, um seine Zuneigung betteln zu müssen. Und dann kam Sebastian, unprätentiös und selbstverständlich. Ohne große Worte und er tat das, wonach sie sich so lange gesehnt hatte. Er schenkte ihr Anerkennung und Liebe. Florentine ist froh, dass sie keinen Sex hatten. Die Zweisamkeit mit Sebastian bedeutete ihr viel mehr. Und schließlich schliefen sie beide müde, angetrunken aneinandergekuschelt und glücklich ein.

Jetzt, wo die Sonne aufgegangen war, war dieses Glücksgefühl verflogen und die Realität zurückgekehrt. Sebastian war ein Schwan. Er hatte eine intakte Familie, eine glückliche Ehe und zwei Kinder im Teenageralter. Florentine ist viel zu sehr Mutter, als dass sie von ihm verlangen würde, das aufzugeben. Und sie wusste auch viel zu genau, dass es ja gar nicht Sebastian war, den sie wollte –, sonder nur das Gefühl, das er ihr vermittelte.

Nachdem Florentine geduscht hat, geht sie zum Frühstück. Aber außer einem Kaffee gelingt es ihr nicht, irgendetwas zu sich zu nehmen. Ihr Kopf schmerzt, und der Magen hat einen Aufnahmestopp verordnet. Ein klassischer Hangover? Wahrscheinlich. Die Woche auf der Messe war anstrengend gewesen. Aufgrund der abendlichen Business-Termine hatte sie außerdem nicht viel geschlafen. Und schließlich der Abend mit Sebastian, der sie nicht nur körperlich gefordert hatte.

Gut 600 Kilometer Autofahrt sind es bis nach Hause! „Ich werde Zeit zum Nachdenken haben", denkt sich Florentine. Nach dem Frühstück begibt sie sich auf die Heimreise. Hätte sie sich darauf eingelassen, wenn Sebastian mehr von ihr gewollt hätte als reden? Wahrscheinlich ja. Ist sie damit ab heute, an ihrem 45sten Geburtstag, auf einmal kein Schwan mehr, nur weil sie sich tatsächlich vorstellen konnte, mit Sebastian Sex zu haben? Sebastian ist seinerseits ein Schwan, selbst wenn er wahrscheinlich am Vorabend womöglich auch nicht Nein gesagt hätte, wenn Florentine mehr eingefordert hätte. Aber Sebastian und sie sind keine Teenies mehr und deshalb trennen sie sich wie zwei vernünftige Erwachsene, die in zwei getrennten Welten am anderen Ende von Deutschland leben und zwei getrennte Familien zu versorgen haben.

Fast wäre es zu einem neuerlichen Vulkanausbruch in ihrem Leben gekommen.

Aber Gott sei Dank hatte irgendein Verstand über die Naturgewalt gesiegt.

Auf der Hälfte der sechsstündigen Rückreise, die an einem Samstag erstaunlich gut läuft, schickt sie eine kurze Nachricht an Alexander und kündigt ihre Rückkehr samt Uhrzeit an. In ihrer

Nachricht fällt es ihr diesmal nicht schwer, sich sachlich kurz zu fassen. Jetzt ist sie diejenige, der es schwerfällt, Alexander eine Nachricht zu schreiben und bei dem Gedanken daran fühlt sie nichts mehr von der Wärme in der Magengegend, die sie noch beim Aufwachen in Sebastians Armen empfunden hatte. Florentine ist verzweifelt „Jetzt verlässt mich auch noch mein Bauchgefühl. Das darf doch nicht wahr sein. Kann mir denn jetzt mal endlich jemand sagen, was ich tun soll?! Bin ich noch ein Schwan?"
Als sie zu Hause ankommt, ist außer Alexander niemand da. Die Jungs sind beim Training und Anna ist mit Struppi auf einer langen Runde durch die geliebten Weinberge.
„Happy Birthday, alles Gute zum Geburtstag, Mamsi!" Alexander empfängt sie an der Tür. Florentine umarmt Alexander heftig und vergräbt ihr Gesicht an seinem Hals. „Mamsi? Willst du mich erdrücken?" Alexander schiebt sie sanft von sich. „Alex, wir haben uns eine Woche lang nicht gesehen!", empört sich Florentine. Alex sieht sie an. „Ja, ich weiß und es hat sich nichts geändert!"

Das ist der Moment, als es bei Florentine klick macht. Warum sollte sie weiterhin um Alexanders Liebe betteln, wenn sie sie von einem anderen Mann freiwillig und im Überfluss bekam? Sie fühlt sich dumm, idiotisch und erniedrigt. Alexander ist der gleiche Eisklotz, den sie vor einer Woche verlassen hat.
Die Hoffnung, dass er wieder Appetit auf Sahnetorte bekommt, wenn er eine Woche keine hatte, wird in diesem Moment im Keim erstickt. Wahrscheinlich hatte er wirklich keine Lust mehr auf Torte oder hatte bereits eine andere Süßigkeit gefunden. Aber das ist jetzt auch egal. Denn Florentine wird schlagartig klar, dass auch einige Tage Distanz die Situation zwischen ihnen nicht verbessert, sondern eher verschlechtert hat.
Sie fühlt sich ein wenig wie Petra, der Schwan auf dem Aasee in Münster, der vergeblich versucht, etwas Aufmerksamkeit von seinem heiß geliebten Plastiktretboot zu bekommen.
Mit den restlichen Glückshormonen, die nach der Nacht mit Sebastian noch vorhanden sind, gelingt es ihr, ganz vernünftig zu

antworten. „Ja, ist schon klar. Aber auch Freunde umarmen sich, wenn sie sich begrüßen! Mehr erwarte ich ja gar nicht von dir!", sagt sie in seine Richtung und denkt sich: „Nun nicht mehr!"

Einerseits ist sie motiviert von dem Gefühl, dass es vielleicht irgendwann wirklich einen anderen Mann wie Sebastian geben könnte, einen Mann, der sie so liebt, wie sie es erwartet und vielleicht sogar noch viel mehr: der mit ihr alt werden möchte. Andererseits ist sie wieder einmal desillusioniert, weil es nunmehr endgültig zu sein scheint, dass ihre Schwanenliebe zu Ende ist.

Sie beginnt, ihr Leben anders zu gestalten. „Schau nach vorn, nicht zurück, zwingen kann man kein Glück!" Das wusste schon Udo Jürgens und hat für diese Zeilen sogar einen wichtigen Preis bekommen!

Florentine musste einen Weg finden, noch eine Weile mit Alexander zusammenzuleben, bis sich die Patchwork-Familie und die Villa Kunterbunt auflösen sollten. Noch brauchten die Kinder sie und die bewährte Stabilität der Familie. Florentine hatte es zu diesem Zwecke ja schon einmal hinbekommen, getrennt zusammenzuleben. Und wann immer der Schmerz durch Alexanders Zurückweisungen oder seine Gleichgültigkeit zu groß wurde, denkt sie an Sebastian, ruft ihn an oder schreibt ihm.

Bis sie eines Tages fast ein ganzes Wochenende keine Rückmeldung von ihm bekommt. Florentine kommt das komisch vor, aber sie denkt sich nichts dabei, denn die Regelmäßigkeit, mit der sie sich schreiben, wechselt mitunter. Er wird sicherlich familiäre Verpflichtungen haben und sie weiß aus eigener Erfahrung, dass zumindest sie sich auch ärgert, wenn Alexander am Wochenende das iPhone nicht aus der Hand legen kann. Nach zwei Tagen allerdings beginnt sie, sich Gedanken zu machen. „Alles ok bei dir?", schreibt sie ihm.

Nach einer Weile antwortet er: „Nein. Ich habe meiner Frau versprechen müssen, den Kontakt zu dir abzubrechen. Ich wünsche dir weiterhin viel Glück im Leben und hoffe, du verstehst das!"

Minutenlang starrt Florentine die Nachricht an. Ihr Magen zieht sich zusammen und Tränen schießen ihr in die Augen. „Nein, das verstehe ich nicht! Aber ich werde es akzeptieren, so wie ich immer alles akzeptiere. Auch das, was ich nicht verstehe", schreibt sie ihm zurück.

Hatte sie das verdient? Nach all den freundschaftlichen Gesprächen – und mehr als Freundschaft war ja wirklich zwischen ihnen nicht gewesen – sendet Sebastian ihr einen Dreizeiler. Sie wundert sich über den Schmerz, den diese Enttäuschung in ihr verursacht. Aber sie löscht seine Telefonnummer und entfernt ihn auf Facebook von der Freundschaftsliste. Als sie am Rechner sitzt, laufen ihr Tränen die Wangen herab. Sie versteht die Welt nicht mehr. An Arbeiten ist nun nicht mehr zu denken. So entscheidet sie sich, Rad fahren zu gehen, um den Kopf frei zu bekommen.

Es ist ein heißer Sommertag und die Juli-Hitze flimmert über der Rheinebene. Es ist zwar bereits 18 Uhr, aber die tiefer stehende Abendsonne brennt auf ihren Rücken, als sie auf dem Rad sitzt. Die Schwüle raubt ihr die Luft zum Atmen, als sie aus der Stadt durch die Vororte Richtung Weinberge fährt. Außerhalb der Orte wird die Luft ein wenig kühler und so beginnt sie, immer schneller zu treten und verlangsamt das Tempo auch dann nicht, als sich die Straße langsam bergauf durch die Weinberge schlängelt. Neben den Tränen rinnt Schweiß über ihr Gesicht und sammelt sich in der Kuhle unter ihrem Kinn und rinnt dann langsam weiter ihren Körper hinunter. Oben angekommen hat sie einen Blick auf die Rheinebene, in der sich nebliger Dunst sammelt. Am Horizont ist die nächste Stadt zu erkennen und das satte Grün der Weinberge wechselt mit dem flimmernden Gelb der gemähten Kornfelder. Mit aller Kraft war sie bergan gesprintet und nun rollt sie langsam weiter und schnauft durch. Die Luft ist trocken und der Geruch von getrockneten Gräsern mischt sich mit dem erdigen Staub, den ein Mähdrescher am Horizont aufwirbelt. Doch die Schönheit der Landschaft und die sommerliche Abendstimmung über den Weinbergen beruhigen Florentines aufgewühlte Seele und auch der Puls senkt sich langsam wieder. Wie friedlich es hier ist. Und wie schön.

„Kann schon sein, dass man sich im Leben zweimal begegnet, doch es beim zweiten Mal dann einfach zu spät ist." Diese Zeile aus einem Song von Cro geht ihr durch den Kopf, als sie langsam weiterfährt. Nur zu spät für was? Zu spät für eine Freundschaft? So ist es wohl. Schon einmal hat sie erfahren müssen, dass man nicht mit allen Menschen befreundet sein kann. Und schon gar nicht mit Ex-Freunden.

Als sie wieder zu Hause ankommt, geht es ihr besser und sie freut sich über Struppi, die ihr freudig wedelnd entgegenstürmt. Ab heute würde sie sich auf niemanden mehr verlassen, außer auf ihre Kinder und Struppi.

Im Lauf der nächsten Wochen gelingt es ihr, Dinge, die sie nicht ändern kann, zu akzeptieren! Das fällt in die Kategorie „Loslassen lernen"! Mit dieser kritischen Fähigkeit musste sie sich schon öfters auseinandersetzen. Kann man das lernen? So wie es im Internet unter „www.flowfinder.de/10-Dinge-die-du-akzeptieren-solltest" beschrieben steht, wird Florentine jeden Tag deutlicher, dass dies nicht nur in Bezug auf Alexander eine Fähigkeit ist, die sie sich unbedingt aneignen sollte, um ihr Leben wieder zum Positiven zu verändern:

Der Punkt ist, dass wir akzeptieren müssen, dass immer wieder Menschen in unser Leben kommen und gehen werden. Nur wenn wir uns von vornherein klar darüber sind, dass der Autor unseres Lebensdrehbuchs jederzeit einen Tod oder Verlust geliebter Menschen einbauen kann, können wir die Trauer und den Kummer über den Verlust eines Menschen oder einer Beziehung mindern.

Seit sie das verinnerlicht hat, ist die Beziehung zu Alexander sogar entspannt und glücklich, freundschaftlich und respektvoll. Im Gegensatz zur Beziehung zu Johannes, bei der es ihr vollständig gelungen war, in den Freundschaftsmodus überzugehen, wird es bei Alexander aber nie aufhören, ganz tief in ihr drinnen wehzutun, wenn sie an ihren ursprünglichen Traum einer gemeinsamen Zukunft denkt.

Allerdings wird sie von ihrem Job so gefordert, dass diese Momente nur noch selten sind. Die Firma in London bucht sie vermehrt als Reiseleitung, insbesondere für indische Reisegruppen, die auf große, blonde Frauen stehen. Und so ist Florentine sehr gefragt, wenn es darum geht, hunderte von Indern auf einmal durch eine westeuropäische Hauptstadt oder die schweizerische und österreichische Bergwelt zu führen. Der Job fordert sie voll und ganz, macht ihr Spaß und lenkt sie ab und das schlechte Gewissen, die Familie alleine lassen zu müssen, nimmt mit jeder Reise ab.

Gemeinsam mit Anna und ihrer Freundin Sabine wird für Struppi, nunmehr dem einzigen Klotz an Florentines Bein, immer irgendein „Babysitter" gefunden, auch wenn Struppi stets ihren Kopf hängen lässt und Florentine mit großen, braunen Hundeaugen anschaut, wenn sie den Koffer wieder einmal packt.

Während Pepe zielstrebig sein Studium verfolgt und an den Wochenenden in einer Bar kellnert, schreibt sich Julius nach dem Abi an der städtischen Universität für den Studiengang „Anwendungsentwicklung" ein. Mit seinem Einser-Abitur hätte er quasi überall studieren können, aber unter Berücksichtigung der primären Ziele als Profisportler ist dies der pragmatischste Weg.

Als nächster Schritt steht für ihn nun die Qualifikation zur Europameisterschaft an. Im ersten Schritt hatte er die „Quali" im Frühjahr des Jahres, in dem er Abi macht, knapp um neun Sekunden verpasst. Einen zweiten Versuch hat er im Juni, als er im Rahmen eines Bundesliga-Wettkampfes mit einigen nicht unbedeutenden Profiathleten an den Start geht. Unter anderem ist da auch Christian, Antonias Sohn, der nach dem Ende der Beziehung von seiner Mutter und Johannes auch den Trainer gewechselt hatte. Er ist mittelmäßig erfolgreich und es reicht ihm, Teammitglied einer Erstligamannschaft zu sein, um damit seinen Lebensunterhalt zu finanzieren. Um mehr geht es ihm aber auch nicht. Für Julius hingegen geht es jetzt um alles. Um die Eintrittskarte auf das nächste Level.

Wie immer bei solchen bedeutenden Wettkämpfen wird die gesamte Patchwork-Familie mit ihm am Start sein.

Am Wettkampftag sind die Temperaturen bereits am Vormittag schon bei 30 Grad, was für Anfang Juni ungewöhnlich ist. Dazu ist es schwül und drückend. Gewitter liegt am Nachmittag in der Luft. Der Start ist erst am Abend für 20:15 Uhr angesetzt und daher steht morgens im heimischen Schwimmbad für alle Wettkampf-Athleten, die unter Jo in unserem Verein trainieren, die letzte Trainingseinheit auf dem Plan: „Aktivierung"!

Johannes versammelt vor dieser Einheit alle Athleten, die an diesem Wochenende an irgendeinem Wettkampf teilnehmen werden, am Beckenrand. Die Sonne brennt schon jetzt erbarmungslos und die Athleten erscheinen angespannt. Für Julius aber muss die Spannung fast unerträglich sein. Florentine selber würde sterben vor Nervosität. Aber selbst wenn das so ist, lässt Julius sich das nicht anmerken. Er blickt konzentriert auf das Wasser und zeigt äußerlich keine Regung. Er braucht heute einen perfekten Tag, einen perfekten Wettkampf, um seinem Ziel einen Schritt näher zu kommen. Sollte ihm das gelingen, stünden ihm verschiedene Türen offen.

Florentine beobachtet ihren Mittleren, ihr Sandwich-Kind, ihren kleinen Rebellen, der nun zu einem hochgeschossenen, sehr schlanken, vernünftigen und sehr klugen jungen Mann herangewachsen ist. Mit seinen Sommersprossen und den blonden Locken sieht er zudem noch umwerfend gut aus. Ein Schauer läuft ihr über den Rücken und einmal mehr ist sie stolz auf ihre Kinder. Es ist schon erstaunlich, wie Julius dem Druck standzuhalten scheint. Er fokussiert sich auf den Wettkampf, während Jo seine Motivationsansprache hält.

Sie selber verspürt wohl mehr Nervosität als er. Langsam packt nun auch sie ihr Equipment aus und bereitet sich ebenfalls auf eine kurze Trainingseinheit vor, während sie halb der Ansprache von Jo zu folgen versucht. Sie bekommt nur Bruchstücke mit. Aber sie nimmt wahr, dass es bei ihm als Trainer und Vater nun mit der Nervosität ganz ähnlich ist.

„Warum seid ihr hier? Warum seid ihr an jedem Samstag hier? Warum seid ihr Woche um Woche bereit, im Training euer Bestes zu geben? Was sind eure Träume und was macht ihr aus

euren Träumen?", beginnt Jo und da ich mir meine Badekappe aufziehe, verstehe ich vom Rest nur noch:
„Träumen – wagen – abliefern, in dieser Reihenfolge kann es funktionieren. Das bedeutet: Ihr müsst auch bereit sein, etwas zu wagen. Und dann natürlich abliefern! Genau auf den Punkt! Oder anders gesagt: konzentrieren – fokussieren – triumphieren!" Johannes hat das Zeug zum Philosophen, denkt Florentine. Aber er hat natürlich so recht. So funktioniert es nicht nur im Triathlon. So funktioniert der Mensch. So funktioniert die Welt. Er fügt hinzu: „Visualisiert euer Ziel! Stellt euch schon vor dem Start vor, wie es ist, durchs Ziel zu laufen. Als Erster! An der erträumten Position oder wo auch immer! Aber genau da, wo ihr hinwollt. Genau dafür wollt ihr euch quälen! Und genau dafür setzt ihr noch einen drauf, wenn das Laktat eure Beine zu betäuben scheint. Zieht das durch! Wachst über euch hinaus! Genau dafür habt ihr hier Trainingseinheiten Woche um Woche abgespult. Glaubt an euch! Dann ist alles möglich."

Die Athleten begeben sich ins Wasser. Das Aktivierungs-Training ist nur kurz. Die „Age-Grouper" und wettkampflosen Sportler (das Wort Athlet wäre hier fehl am Platz) haben in der Zeit ein wenig vor sich hin gebadet und einige hundert Meter in verschiedenen Techniken hinter sich. Im Anschluss fahren Julius, Jasmin und Jo schon zum Wettkampf. Julius muss sein Rad einchecken und sich vorbereiten, auch wenn der Start erst am Abend ist.

Als Anna, Pepe, Alex und Florentine sowie Annas Freund Jakob am späten Nachmittag nachkommen, treffen sie die drei auf dem Parkplatz am See, in dem das Schwimmen stattfinden wird. Julius wirkt angespannt und begrüßt alle nur mit einem knappen Lächeln, bevor er sich einige Minuten zurückzieht. Schon von Weitem kann man die motivierende Stimme des Wettkampf-Moderators hören. Über die Lautsprecher ertönt außerdem fetzige Musik über den ganzen Parkplatz, wo viele Wettkampfteilnehmer noch an ihren Rädern schrauben, Stretching-Übungen machen oder sich die Schuhe schnüren. Es herrscht emsiges Treiben und konzentrierte Hektik. Die Spannung in der Luft ist trotz der guten Musik fast greifbar.

Die Luft ist schwer und schwül. Obwohl es vom Parkplatz zum Start nur ein kurzer Weg ist, sind alle nassgeschwitzt, nachdem sie ein paar Meter gelaufen sind. Gut, dass sie heute nicht an den Start gehen muss, denkt Florentine bei sich. Nicht, dass es jemals zur Debatte gestanden hätte, bei einem solchen Wettkampf teilzunehmen. Hatte sie doch noch im letzten Jahr das Team der Rheinland-Pfalz-Liga tatkräftig bei den Wettkämpfen unterstützt, obwohl die Mädels alle halb so alt sind wie sie. Florentine weiß also, wie man sich in etwa fühlt, wenn man am Start steht. Kein Vergleich aber mit der Aufgabe, die Julius heute zu bewältigen hat. Es ziehen Gewitterwolken auf und die Schwüle ist unerträglich. In der Ferne donnert es leicht.

Auf dem Parkplatz treffen sie auf Antonia, ihren neuen Freund und Christian, der sein Rad zur Check-In-Zone schiebt. Antonia ist nach der Trennung von Jo nun wieder in einer festen Beziehung mit einem etwa gleichaltrigen Mann. Es scheint also doch vereinzelt noch ältere Schwäne zu geben, die sich neu binden können, stellt Florentine fest. Nach einer kurzen Begrüßung und gegenseitigem Viel-Erfolg-Wünschen überlegt Florentine sich gerade, wie sie einen höflichen Smalltalk hinbekommen soll, als der Moderator über die Lautsprecher verkündet, dass der Start eine halbe Stunde vorgezogen werden muss, aufgrund der aktuellen Wettervorhersagen. Ein Gewitter ist im Anmarsch.

Die zuvor konzentrierte Hektik weicht auf der Stelle einem wilden Gerenne, als hätte jemand die Taste „Vorspulen" gedrückt. 15 Minuten später werden die Athleten namentlich an den Start gerufen.

Begleitet von dem Intro des Songs „The Final Countdown" gehen die Athleten an die Startlinie. Wenn die Spannung bisher greifbar war, nun ist sie auch sichtbar. Die Musik endet. Einige wenige Sekunden herrscht Stille. Es scheint, als verstummten selbst die Vögel. Dann ertönen die zehn angekündigten Paukenschläge, an deren Ende der Startschuss erfolgen soll. Die Teilnehmer gehen in Position: Ausfallschritt, Kopf gesenkt, Hände nach hinten. „On your marks"; sie gehen einen Schritt vor. Anna hat sich mit der Kamera bewaffnet und steht am Rand direkt neben den Athleten. Pepe steht bereits in der Wechselzone zum Rad, wo Julius als guter Schwimmer hoffentlich als einer der ersten erscheinen wird. Florentines Herz schlägt bis zum Hals. Ihre Knie werden weich. Unendlich lange Sekunden. Dann der Startschuss. Alle preschen ins Wasser und nach einem kurzen Tumult sortieren sich die Schwimmer ein und reihen sich auf wie die Wildgänse in der Luft. Nur im Wasser halt. Von Weitem kann man nicht erkennen, ob Julius es geschafft hat, gut wegzukommen und sich vorne einzusortieren. Alle Zuschauer inklusive der gesamten Familie Steigenberger-Meier und einige Freunde begeben sich zum Schwimmausstieg, wo die ersten Schwimmer in gut unter zehn Minuten ankommen. 800 Meter, das machen die auf einer Po-Backe.

Florentine beobachtet von der Brücke aus, wie sich die Athleten nach einem Bogen durch den See nun wieder dem Ufer nähern, nicht mehr wie die Wildgänse, sondern wie an einem Faden, alle hintereinander. Wird Julius unter den Ersten sein? Florentine beißt sich auf die Unterlippe. Das war der Schlüssel zum Sieg: Unter den Ersten aus dem Wasser und die erste Radgruppe mitnehmen. Lieber Gott, lass es ihn schaffen!

Und dann ist der erste Athlet aus dem Wasser. Er trägt einen roten Einteiler. Es ist nicht Julius. Dicht gefolgt von Nummer 2, 3, 4 ... immer noch nicht Julius, 5, 6, 7, ... da ist er: „Juli, gib alles, du schaffst es!", brüllt Florentine und rennt um die Wechselzone herum, rauf zur Straße, wo Julius gleich nach dem Wechsel auf dem Rad vorbeikommen würde. Anna flitzt mit der Kamera von A nach B, Alexander steht schon oben an der Brücke und Pepe muss auch irgendwo sein, denn Florentine hört ihn anfeuern und schreien.

Die Athleten wechseln meist in wenigen Sekunden und sitzen auf dem Rad. Der Wechsel läuft gut für Julius, und Florentine, die inzwischen mit Alexander an der Brücke steht, sieht, wie er aufs Rad springt und dann einen Moment mit dem Radschuh kämpft. Die anderen überholen ihn. „Juli, die erste Radgruppe!!! Gib Gas! GO!" Endlich hat er den Schuh an, geht aus dem Sattel und schließt auf zu den anderen. Puh, das ging grad noch gut.

Wenn er einmal aus dem Windschatten herausgefallen wäre, würde es einen enormen Energieaufwand benötigen, um wieder aufzuschließen; während er nun im Sog der anderen und im Wechsel mit den anderen Energie sparen kann. Der Pulk der ersten Radfahrer saust an uns vorbei. Dicht an dicht, in einem Wahnsinnstempo! Wenn sie sich touchierten oder nur einer stürzte, gäbe es ein Riesenchaos. Keiner hätte eine Chance auszuweichen. Aber sie stürzen nicht und drehen Runde um Runde auf dem 5-Kilometer-Rundkurs. Und Julius sitzt sicher in der ersten Radgruppe. Er kämpft sich weiter nach vorne! Nach vier Runden erfolgt die Einfahrt in die Wechselzone zum Laufen. Der weitere Plan ist, dass Julius mit im vorderen Feld in die Wechselzone einfährt, um das Risiko von Kollisionen und Stürzen, denen er ausweichen muss, zu vermeiden. Das gelingt. Ist es der optimale Tag? Bisher läuft alles nach Plan. Florentine hat sich am Eingang der Wechselzone postiert und schreit sich die Kehle aus dem Hals. Aber die Athleten inklusive Julius laufen wie im Tunnel, fokussiert und konzentriert.

Wieder gelingt Julius ein schneller Wechsel und er ist bereits auf dem Weg auf den Laufkurs, als Florentine sich noch durch die Zuschauer kämpft. Wo waren denn nun wieder Anna und Alex? Sie erwischt Julius gerade noch am Ausgang der Wechselzone … „Go Juli, Go! Diesmal schaffst du es! Hol dir das Ticket!" Florentine ist außer sich, aber sie weiß: Er wird es schaffen. Selten hat sie ihn bei einem Wettkampf so konzentriert und fokussiert seinen Plan abspulen sehen.

An der Laufstrecke sieht sie Pepe, dessen Stimme schon hörbar gelitten hat. Er ist drauf wie ein HB-Männchen. Auch er weiß, dass Julius es schaffen kann. Diesmal kann er es wirklich schaffen. Sein Ziel ist es, zweiter der Junioren zu werden. Derzeit läuft er an Position drei! Doch alles ist möglich. Pepe läuft ein Stück neben Julius her und feuert ihn an. Florentines Herz macht einen Sprung. Sie zieht das iPad raus. Das muss sie einfach festhalten. Ihre Jungs im Gleichschritt. Julius gepowert von Pepe. Es entstehen die besten Schnappschüsse, die sie je an einer Laufstrecke geschossen hat. Weil sie so viel über die Brüder aussagen. Jeder würde für jeden durchs Feuer gehen. Zwischen ihnen gab es nie Neid oder Missgunst. „Ein Kopf und ein Hintern!", hat Florentine stets gesagt und das war als Mutter manchmal gar nicht so leicht. Die beiden haben stets zusammengehalten und, obwohl sie grundverschieden sind, immer fast alles gemeinsam gemacht. Bis heute, wo sich ihre Wege nun langsam, aber stetig trennen. Aber heute ist Pepe da! Er steht hinter Julius, als wolle er ihn tragen, ins Ziel schieben.

Wie die gesamte Familie! Alle feuern Julius an und haben sich an unterschiedlichen Stellen positioniert. Alle sind für ihn da. Auch für Christian, für den das Rennen gut läuft, aber der keine Ambitionen für eine Qualifikation hat. Es ist ein ungeschriebenes Gesetz, dass man im Wettkampf sämtliche eventuellen Animositäten vergisst.

Kann Julius das Tempo halten oder kommt der Einbruch, wie es bei den Temperaturen kein Wunder wäre?

Julius hält das Tempo. Und besser: Er schafft es, sich zu steigern und läuft nun an der ersehnten Position für ein EM-Ticket. Es war nicht ganz der perfekte Wettkampf, aber der perfekte Tag für Julius. Er hat es geschafft. Das ist wenige Meter vor dem Zieleinlauf klar. Pepe flippt förmlich aus und die Zuschauer applaudieren nicht nur Julius, sondern inzwischen auch dem hoch motivierten Pepe, dessen Stimme nun fast ganz weg ist. Aber jetzt ist es auch geschafft. Julius ist auf den letzten Metern zum Ziel. Florentine rennt hinterher, dicht gefolgt von Anna, die vor lauter Jubeln das Fotografieren vergisst. Spannenderweise ist es Antonia, die Julius im Ziel als Erstes umarmt und ihm gratuliert, als Anna und Florentine ankommen. Antonia hat Tränen in den Augen. Als Mutter eines Triathleten weiß sie genau, wie sich das anfühlt, wenn sich die Qual des harten Trainings irgendwann auszahlt.

Auch Florentine umarmt Julius nun, zusammen und gleichzeitig mit Anna sind die drei einige Sekunden lang eng umschlungen. Auch ihr schießen nun die Tränen in die Augen. Sie gönnt es ihm so sehr. Ihm und Johannes! Ohne ihn wäre hier vieles anders gelaufen. Florentine erinnert sich an Julius, an seinen ersten Schwimmwettkampf. Johannes hatte aufgegeben, Juli zu motivieren, der bockig dagegen protestierte, überhaupt anzutreten. Mit Hilfe des Testes aus der Kinesiologie und der Kraft der Gedanken hatte Florentine Julius damals überzeugen können, dass er sogar gewinnen kann, wenn er es nur wollte. Später wurde Julius einer der besten Schwimmer der Region und Johannes übernahm die weitere Motivation. Und das Training und das Coaching. Und nun war er einer der besten Triathleten Deutschlands. Danke! Danke, lieber Gott, danke, lieber Grunderfinder. Es ist keine Frage, als Eltern hatte das Team „Flo-Jo" perfekt funktioniert.

„So, dann fahren wir nun mal alle gemeinsam nach Lausanne zur Europameisterschaft in vier Wochen", unterbricht Johannes Florentines Gedanken. Auch Alex und Jasmin kommen nun in den Zielbereich und umarmen Julius.

„Auf nach Lausanne", krächzt Pepe.

„Vielleicht solltest du dir vorher ein Megaphon kaufen, Pepe!", witzelt Anna.

„Komm lass uns etwas essen gehen. Bis zur Siegerehrung ist ja noch Zeit!", fordert Alexander. Da bei der Siegerehrung das Ticket tatsächlich übergeben wird, ist es keine Frage, dass wir alle bleiben wollen. Das Gewitter hatte sich zum Glück verzogen und die Sonne war untergegangen. Der Wind hatte sich gelegt und es herrscht eine romantische Abend-Stimmung am See. Wir essen Pommes und Currywurst, während auf der Bühne eine relativ gute Amateurband Coversongs spielt. Eine perfekte Atmosphäre, um diesen Tag ausklingen zu lassen.

Der perfekte Tag geht mit der Siegerehrung zu Ende! Julius wird aufgerufen und ihm wird das EM-Ticket übergeben. Florentine laufen die Tränen die Wangen herunter. Der Moderator fragt Julius: „Und Julius, was geht jetzt?" Wie diese Frage gemeint ist, versteht er wohl selbst nicht so recht und Julius guckt fragend, aber antwortet. „Ja, was geht jetzt. Erst mal muss ich mit meiner Familie nach Lausanne fahren. Und dann sehen wir weiter!" Die Zuschauer applaudieren lachend. Julius strahlt. Er hat heute sein angestrebtes Ziel erreicht. Eine Stufe auf dem Weg nach oben.

Doch es sollten noch viele steile Stufen folgen. Der Weg eines Profisportlers ist ein permanenter Kampf mit diesen Stufen, die einen zwar nach oben führen, körperlich und geistig jedoch einiges abverlangen und nicht selten das Machbare hinterfragen lassen. An Tagen wie diesen wird man jedoch einen Augenblick lang für all diese unsichtbaren Mühen und Zweifel belohnt. Balsam für Körper und Seele. „An Tagen wie diesen wünscht man sich Unendlichkeit!" ... und dabei waren die Toten Hosen ja gar keine Triathleten.

Am nächsten Tag muss Pepe mit seinem Team in einem Wettkampf der zweiten Bundesliga an den Start gehen. Zu diesem Team gehört eigentlich auch Julius, aber nach seiner Glanzleistung wird er geschont. Augenscheinlich hat Pepe der Erfolg von Julius und die Ansprache von Jo am Vormittag ebenfalls motiviert. Er jedenfalls gewinnt diesen Wettkampf mit großem Vorsprung. Sein Team holt zudem den Mannschafts-Tagessieg. Alle Athleten unseres Vereins sind an diesem Wochenende sehr erfolgreich und bestätigen Johannes in seiner Arbeit als Trainer. Er wird inzwischen auch auf nationaler Ebene als Trainer wahrgenommen und somit nähert auch er sich langsam seinem angestrebten Ziel.

Alles ist möglich, wenn man es nur will und zielstrebig verfolgt ... Und dazu gehört neben dem Willen auf jeden Fall auch die Ausdauer.

Ausdauer haben in jedem Fall aber auch die nationalen Anti-Doping-Kontrollbehörden. Und so kommt es nicht selten vor, dass es zu jeder denkbaren bzw. undenkbaren Uhrzeit, unabhängig vom Wochentag, gerade dann an der Haustür klingelt, wenn in der Villa Kunterbunt gerade alle Lichter ausgegangen sind. So zum Beispiel sonntagabends um 23 Uhr. Klar ist es verständlich, dass im Sinne eines sauberen Leistungssportes Dopingkontrollen unangekündigt stattfinden müssen, aber die Jungs sind dennoch nicht sonderlich begeistert, nach einem wettkampf- oder trainingsreichen Wochenende, wenn sie meist fix und fertig ins Bett fallen, noch einmal eine Stunde mit den Herrn Kontrolleuren im Bad verbringen zu müssen. Gerade, wenn man nicht unbedingt Druck auf der Blase verspürt. Denn die Herren sind erst dann zufrieden, wenn sie vor deren Augen den Becher mit der vorgeschriebenen Menge füllen können. Und so verbringt insbesondere Julius manch spannende Minute mit der NADA (Nationale Antidoping Agentur) im Bad und ringt sich jeden Tropfen ab – eine saubere Leistung bzw. FÜR eine saubere Leistung.

So gehen die Jahre ins Land.

Pepe beginnt nach seinem Staatsexamen ein Referendariat in einer kleinen Kanzlei in Mannheim und nimmt sich dort eine Wohnung.

Julius hat ein Ticket für Olympia gelöst und parallel sein Studium als Anwendungsentwickler begonnen, was er mit Sicherheit nicht in der Regelstudienzeit beenden können wird. Dies liegt an seinem Trainingspensum und den vielen internationalen Wettkämpfen, die er derzeit bestreitet. Mit Hilfe von Sponsoren, die sich um ihn reißen, kann er sich gut über Wasser halten. Julius hat ein weiteres seiner Ziele erreicht. Er wohnt als einziger noch in der Dachwohnung der Villa Kunterbunt, aus der Annika nach ihrem Studium ausgezogen ist. Jo und Jasmin wohnen weiterhin in ihrem Appartement in der Villa Kunterbunt.

Alexander zieht nach Frankfurt.

Als Florentine beim Umzug einige Töpfe in einen Karton packt, kommen ihr erneut die Tränen. „Wann habe ich eigentlich aufgehört, der Deckel zu deinem Topf zu sein?", fragt sie Alexander. Alexander schaut sie an und antwortet zögernd: „Weißt du, der Deckel ist halt im Laufe der Jahre einfach ein wenig undicht geworden. Man kann gar nicht sagen, dass er nicht mehr passt. Der Topf baut halt nicht mehr richtig Druck auf. Viele Menschen würden das ja auch durchaus noch so akzeptieren. Fürs Kochen ist das aber ein wenig nervig. Das weißt du selber. Ich bin nun mal ein Perfektionist. Ich möchte einen optimal funktionierenden Schnellkochtopf. Einen, der dicht ist."

„Na, dann wünsche ich dir viel Erfolg bei der Suche nach einem Deckel, dessen Gummidichtung auch nach 20 Jahren noch so dicht ist wie am ersten Tag!" Florentine wendet sich ab. Es war zwar mit jedem Tag ein wenig leichter geworden, die Trennung von Alexander zu akzeptieren, aber sie ist noch weit davon entfernt, den Schmerz verarbeitet zu haben.

Gemeinsam mit Lukas und Alexander hatte Florentine den Umbau des Elternhauses geplant. Und sie zieht nach Fertigstellung der Einliegerwohnung dorthin zurück auf das Land.

Florentine hat ihre kleine Wohnung inklusive Büro für sich so gestaltet, wie sie es sich schon immer gewünscht hatte, und wenn sie nicht gerade im Ausland unterwegs ist, genießt sie die Zeit im „Home-Office im Grünen". Da aber Alexander immer seltener dort aufkreuzt und die Eltern inzwischen mit dem Café alleine überfordert sind, schließt das Café den Tagesbetrieb kurz vor dem zehnjährigen Jubiläum. Die Entscheidung fällt allen schwer. Eine kleine Ära geht zu Ende! Um den Abschiedsschmerz etwas erträglicher zu machen, entscheidet ihr Vater: Die Klingel bleibt für Radwanderer erhalten. Eine Schraube oder ein Stück Kuchen hat man schließlich immer im Haus!

Florentine kann sich nun wieder ganz ihrem Beruf widmen und ist im Wechsel eine Woche auf Reisen oder in London und eine Woche zu Hause bei den Eltern, die sich in ihrer Abwesenheit liebevoll um Struppi und die Schildkröten kümmern. Nicht nur Florentine, sondern auch die Tiere fühlen sich in dem Traumgarten bei Omas Pflanzen sehr wohl. Sehr zum Leidwesen der Pflanzen und zum Ärger von Oma.

Anna geht nach dem Abitur für ein Jahr ins Ausland und arbeitet in einem Tier- und Artenschutzprojekt der WHO in Südamerika. Florentine hätte sich sehr gefreut, wenn sie auf eine Farm nach Neuseeland gegangen wäre. Das wäre für Florentine ideal für ein Sabbat-Jahr gewesen. „Mamsi, ich kreuze doch nicht mit meiner Mutter im Gepäck irgendwo auf!", empört sich Anna. „Schade eigentlich!" Florentine ist enttäuscht. „Aber in Südamerika darf ich dich besuchen, ja? Das haben meine Eltern in London auch gemacht."

„MAMA, das ist London. EUROPA! Du willst nicht wirklich mit deiner Ted-Baker-Tasche im Busch aufkreuzen?"
„Anna, du scheinst mich aber schlecht zu kennen", entrüstet sich Florentine gerade, als sie bemerkt, dass Anna kichert. „Klar kannst du mich besuchen, Mama – wann immer es passt!" Florentine besucht Anna in Südamerika. Und Alexander besucht Florentine auf dem Land. Ab und zu. Immer seltener. Irgendwann besucht Alexander Florentine nicht mehr. Er lebt sein eigenes Leben in Frankfurt oder wo auch immer er zu tun hat. Florentine hat ihn innerlich schon lange ziehen lassen. Reisende soll man nicht aufhalten. Sie sind nicht geschieden. Nur einfach nicht mehr zusammen. Sie leben in getrennten Welten und das tatsächlich nun auch räumlich. Das Hochzeitsfoto hat Florentine als einzige offensichtliche Erinnerung neben ihrem Ehering, den sie immer noch trägt, aufgehoben. Es schmerzt jeden Tag ein wenig weniger, wenn ihr Blick auf dieses Foto fällt. „Ich liebe dich, Alexander! Für immer! Aber manchmal ist für immer eben nicht genug."

Als Anna aus Südamerika zurückkommt, muss sie sich wohnungstechnisch entscheiden. Die Wohnungen in der Villa Kunterbunt sind zwischenzeitlich weitestgehend fremd vermietet und so steht einzig eine WG mit Julius in der Dachwohnung zur Debatte.

Anna findet jedoch einen Studienplatz in Florentines Heimat und als auch Annas Freund Jakob dort einen Studienplatz auf Lehramt bekommt, findet auf dem Land eine Mini-Zusammenführung der „Lieblingsgroßfamilie" statt. Sogar die Jungs kommen relativ regelmäßig vorbeigeschneit, wenn sie in der Gegend sind. Sie dürfen ihre Füße spannenderweise immer bei Opa unter den Tisch setzen und sie genießen die Ruhe und die Entspannung im Garten bei Oma und Opa. „Wie früher", denkt Florentine glücklich. „Nur anders!"

17

Das Problem, einen älteren Schwan zu finden

Inzwischen ist es für Florentine zur Routine geworden, mindestens einmal im Monat ein paar Tage im Büro ihres Auftraggebers in London zu verbringen. Wenn sie nicht als Reiseleitung unterwegs ist, organisierte sie bisher Verkauf und Vermarktung der Reisen aus ihrem Home-Office in Deutschland. Nun hat Florentine aber vermehrt auch administrative Aufgaben übernommen. Unter anderem ist sie für die Sichtung und das Vorsortieren der eintreffenden Bewerbungsunterlagen zuständig. Die Firma befindet sich im Wachstum und es werden ständig neue Mitarbeiter auf internationaler Ebene gesucht. Spannenderweise dauert die Anreise nach London mit Flieger und U-Bahn gar nicht viel länger als eine Fahrt nach Frankfurt und durch die Zeitverschiebung schafft es Florentine, um neun Uhr in London im Büro zu sein, wenn sie um sieben Uhr einen Flieger von Düsseldorf nimmt.

So auch an diesem Morgen im März. Sie reist wie üblich nur mit Handgepäck und kann so ohne Wartezeit am Gepäckband direkt durch die Zollkontrollen und zügig weiter zur U-Bahn gehen. Die U-Bahn-Station in London Heathrow ist ein Kopfbahnhof, die Anfangs- und Endstation der Picadilly-Line. In Acton Town wird sie umsteigen in die District-Line und noch zwei Stationen bis zum Büro in Chiswick fahren. Es steht bereits ein offener Zug im Bahnhof, als Florentine das Gleis betritt. Schnell steigt sie ein und lässt sich auf einen Sitz in dem fast noch leeren Abteil fallen. Nach und nach steigen weitere Gäste zu, meist mit Koffern, klar, die meisten sind ja wie Florentine mit dem Flieger hier angekommen. „This train is now ready to depart! Mind the doors!", ertönt eine Stimme über die Lautsprecher, gefolgt von dem intermittierenden Piepsen, das das Schließen der Türen ankündigt.

In diesem Moment kommt ein weiterer Fahrgast angehetzt und es gelingt ihm gerade noch, einen Fuß in die Tür zu setzen und das Schließen zu verhindern. Die Türen öffnen sich wieder. Der skandinavisch wirkende Mann schnauft und schiebt mit einer Hand zuerst einen großen Koffer durch die Tür. Um seine Schulter hängt eine weitere große Reisetasche, während er in der anderen Hand einen kleineren Koffer trägt. Intuitiv steht Florentine auf und hilft ihm, den großen Koffer ins Abteil zu ziehen.

„I see, you are moving house", sagt Florentine eher scherzhaft und setzt sich wieder auf ihren Platz, nachdem sie den großen Koffer neben der Tür an einen für Koffer vorgesehenen Platz geparkt hat. „Yes indeed!", antwortet der Mann und setzt sich schweißbeperlt auf den Platz gegenüber von Florentine. „Vielen Dank für die Hilfe!", ergänzt er mit einem starken Akzent. Florentine tippt auf Spanisch. Das passt allerdings so gar nicht zu seiner äußeren Erscheinung. „My plane was delayed and I am running late! So I had to catch this train. Running is not that easy with this kind of luggage!" Der Mann wischt sich den Schweiß von der Stirn.

„Kein Problem! Sie ziehen also wirklich gerade nach London?", will Florentine wissen. Das Alter des Mannes ist schwer zu schätzen. Seine blonden Haare sind zu einem stylishen Männerhaarschnitt frisiert, der Nacken raspelkurz, das Deckhaar, in dem Florentine einzelne graue Strähnen erkennt, etwas länger. Sicherlich hätte er Locken, wenn seine Haare länger wären. Obwohl er eine sportliche Figur hat, war dieser Sprint mit den Koffern ziemlich schweißtreibend für ihn, und es dauert eine Weile, bis er ausgeschnauft hat und Florentine antwortet.

„Ja, ich ziehe nach London. Eigentlich hatte ich für gestern schon einen Flug gebucht, aber der wurde aufgrund von Unwettern über dem Kanal einfach gestrichen. So habe ich die erste Maschine genommen, die heute möglich war. Heute ist eigentlich schon mein erster Arbeitstag", erklärt er ihr.

„Neuer Job, neues Leben in London", witzelt Florentine unverblümt. „Yes indeed!" Nun lächelt auch er. Und nachdem Florentine nichts entgegnet und ihn nur erwartungsvoll ansieht, erklärt er knapp: „Ich komme aus Madrid und werde hier für eine Reiseagentur arbeiten!"

Florentine zögert einen Moment, anscheinend will ihr Gegenüber nicht gerne wildfremden Menschen von seinen Plänen erzählen. Doch Florentine schaltet schnell und riskiert einen weiteren Vorstoß: „Oh, hallo Eduardo! I am Florentine! Welcome to London!" Eduardo fällt die Kinnlade herunter und er sieht sie mit großen Augen fragend an. „Hallo Florentine, nice to meet you!", stottert er unsicher. „How do you know …?"

Florentine lacht. „Ich hatte eine vage Vermutung in Kombination mit der Gewissheit, dass die Welt klein ist."

Florentine hatte Eduardos Bewerbung, die wie üblich in der heutigen Zeit ohne Bewerbungsfoto bei ihr auf dem Schreibtisch landete, nicht mehr genau in Erinnerung. Ihr war jedoch durchaus bewusst, dass heute dieser neue Mitarbeiter aus Spanien, auf den alle schon sehnsüchtig warteten, anfangen sollte. Jetzt, als dieser Mann vor ihr in der U-Bahn sitzt, war sie einem reinen Impuls und ihrem Bauchgefühl gefolgt. Die Welt ist eben doch ein Dorf!

Eduardo fasst sich wieder und lacht und wiederholt seine Antwort nun mit festerer Stimme:

„Hallo Florentine, nice to meet you!" Mehr sagt er allerdings nicht. Florentine hingegen, stolz, dass sie ihren neuen Kollegen so überraschen konnte, plappert drauflos:

„Ich kann dir auf dem Weg ins Büro mit den Koffern helfen. Wir beide haben denselben Weg. Wir sind sozusagen Kollegen!" „Incredible, what a funny coincidence, hey?!" Eduardo ist immer noch perplex.

„Ziemlich blöd, am ersten Tag gleich zu spät zu kommen, oder?" „Das ist schon ok, wir freuen uns, dass du überhaupt da bist. Glaub mir, du wirst sehnlichst erwartet. Deine Position ist seit Längerem nicht richtig besetzt!" Florentine ist belustigt darüber, dass Eduardo immer noch verunsichert ist. Rein äußerlich ist er groß, schlank und sportlich, er könnte also durchaus selbstbewusster auftreten.

„Ich glaube, es macht mehr Sinn, wenn du jetzt erst mal in deine neue Wohnung fährst und dein Gepäck dort abstellst. Es wird schwierig sein, die großen Gepäckstücke im Büro im Gang oder unter dem Schreibtisch zu platzieren. Glaub mir, wir platzen da grad aus allen Nähten. Bleibe einfach noch zwei Stationen sitzen, wenn ich ausgestiegen bin. Das ist deine Station. Hammersmith!" Wenn Florentine gedacht hatte, dass sich Eduardo nun etwas entspannen würde, hat sie falsch gedacht. Eduardo sieht sie mit noch größeren Augen an als zuvor. „Du weißt, wo ich wohne? Langsam wirst du mir unheimlich, Florentine!"

Florentine lacht. „Keine Sorge, es geht alles mit rechten Dingen zu. Ich habe mitbekommen, wie unsere Praktikantin mit der Personal-Abteilung ein Gespräch hatte, weil sie dir über GumTree.com eine Wohnung besorgen sollte. Brook Green! Nette Gegend!"

Eduardo rutscht nervös auf seinem Sitz hin und her. „Dann komme ich ja noch später ins Büro!" „Hey Eduardo, es ist kurz nach neun. Das ist nicht spät! Und mit der U-Bahn brauchst du von deiner Wohnung maximal 20 Minuten, wenn überhaupt. Später würde ich dann an deiner Stelle ein Rad nehmen. Das habe ich auch immer getan, als ich noch hier lebte, und ..." Florentine stoppt ihren Redefluss und sieht Eduardo unsicher an, der ihr gerade etwas blass zu werden scheint. „Eduardo ...??"

„Just call me Ed, please!", ist seine einzige Antwort.

Florentine lächelt. „Ich werde im Büro Bescheid geben. Mach dir keinen Stress. Es reicht auch, wenn du am Nachmittag kommst. Sorry, ich wollte dich nicht so überfallen. Ich bin manchmal etwas unsensibel."

In Acton Town steigt Florentine aus. „I will see you later then!", verabschiedet sie sich und Ed bleibt, wie von ihr vorgeschlagen, im Zug, um zunächst zu seiner neuen Wohnung zu fahren.

Als Florentine im Büro ankommt, ist es fast halb zehn. Es herrscht bereits emsige Betriebsamkeit. Einige Mitarbeiter sind schon in ihre Arbeit vertieft, während andere noch mit Kaffeetassen durch die Gänge laufen und Kollegen begrüßen. Es gibt fast ausschließlich Großraumbüros. Die Räume sind mit der maximalen Anzahl von Schreibtischen gefüllt. Es sind daher kleine Schreibtische, dicht an dicht; kleine Monitore, neben

Ordnerstapeln, interessante Kabelkonstruktionen neben nicht mehr ganz neuen Bürostühlen. Das schnelle Wachstum der Firma hatte Spuren hinterlassen oder anders gesagt, es gab andere Prioritäten. Florentines Blick schweift über diese chaotisch wirkende Büroatmosphäre. Ihre Kollegen kommen aus allen Teilen der Welt und repräsentieren hier im wahrsten Sinne den „melting pot of nation", für den London bekannt ist. Obwohl optisch ein Chaos herrscht, wird dennoch Ruhe und Harmonie ausgestrahlt. Florentine bleibt einen Moment stehen und genießt es: Wortfetzen in allen Sprachen – Englisch, Spanisch, Französisch, Hindi, Deutsch ... Capital Radio, das im Hintergrund läuft und gerade im Wetterbericht einen traumhaften Frühlingstag in London ankündigt, klingelnde Telefone und eine surrende Kaffeemaschine. Dieses Büro ist so anders, als sie es von den Büros in Deutschland kennt. Die Berufsgenossenschaft hätte hier viel zu tun! Dennoch freut sie sich jedes Mal, wenn sie wieder ein paar Tage hier sein kann, obwohl sie auch heute erst einmal suchen muss, bis sie einen freien Schreibtisch für sich findet. Die Bürofläche verteilt sich über zwei Etagen. Über eine schmale Treppe gelangt man nach oben, wo sich die weiteren Büros auf einer sehr offen gehaltenen Galerie befinden. Privatsphäre, Fehlanzeige! Aber das vermisst hier komischerweise niemand. Ruhe am Arbeitsplatz? Wer braucht das schon!

Sie verstaut ihren Handgepäckkoffer unter dem Schreibtisch zwischen einem Kabelsalat und Mülleimer und fährt ihren Laptop hoch. Als sie sich in der Küche einen Kaffee holt, trifft sie auf Sunila. Sofort berichtet sie ihr von dem lustigen Zufall in der U-Bahn.

„And? How is he? Is he as sexy as we all expect him to be?", kichert Sunila. „Well, er ist schon ziemlich süß, aber heute Morgen war er einfach ein wenig zu verwirrt, um sexy rüberzukommen! Wie alt ist er eigentlich?"

„Er ist 42!", antwortet Sunila und grinst Florentine verschmitzt an. „Du stehst doch auf jüngere Männer!"

„Na ja, sooo viel jünger ist er ja gar nicht. But I hope, free and single?", will Florentine wissen. „Also nach London kommt er mal alleine, aber über den Rest bin ich nicht wirklich informiert. Ich glaube, er ist Single. Bisher hat er sein Leben wohl seiner Karriere gewidmet und ist auch viel gereist." Sunila gießt ihren schwarzen Tee mit warmer Milch auf und stellt den Porridge in die Mikrowelle.

Florentine schüttelt den Kopf. „Sunila, ich dachte, du bist durch und durch Inderin. Was sind denn das für britische Angewohnheiten zum Frühstück?" Sunila zuckt mit den Schultern. „Es schmeckt und macht satt!"

„Und so jemand karriereorientiertes wie Eduardo kommt ausgerechnet HIERHER?" Florentine deutet mit einer Kopfbewegung in Richtung Großraumbüro neben der Küche. „Klar, das ist doch eine Herausforderung für ihn! Sein Erfolg hat ihn ermüdet und er sucht nach neuen Aufgaben!", entgegnet Sunila.

„Oh neee, nicht schon wieder ein Mann mit Midlife-Crisis." Florentine verdreht die Augen. „Aber ja, Aufgaben, die haben wir hier für ihn!" Florentine ist sich zwar noch nicht sicher, wie ein Typ wie Eduardo mit so einem ungeordneten Haufen umgehen wird, aber das würde auf jeden Fall spannend werden. Vor allem inmitten all dieser jungen, internationalen Kolleginnen würde er es nicht ganz leicht haben. „Keep calm and drink tea!" Sunila schnappt ihren Tee und geht in ihr Büro, dem einzigen kleinen Dreier-Büro. Florentine setzt sich an ihren kleinen Schreibtisch in die „Abteilung Südamerika" zwischen den Kolleginnen aus Peru und Brasilien.

Hier würde auch Eduardo ganz gut hinpassen, nur heute ist hier irgendwie kein Platz mehr. Florentine fragte sich gerade, wo überhaupt rein schreibtischtechnisch Platz für Eduardo wäre, als er im Büro eintrifft.

Normalerweise nimmt kaum eine der Damen im unteren Großraumbüro Notiz davon, wenn jemand die Eingangstüre öffnet und das Büro betritt. Bei Ed ist das anders. Er betritt das Büro und steht ein wenig unsicher da. Emilie, die ihren Schreibtisch direkt bei der Tür hat, blickt auf: „Can I help you at all?" Eduardo stellt sich vor und sofort blicken alle von ihren Schreibtischen auf oder drehen die Köpfe.

Ed hat sich ein frisches Hemd angezogen und trägt einen leichten, hellen Trenchcoat über einer dunklen Jeans. Seine Frisur sitzt und seine wasserblauen Augen leuchten. Die braune Arbeitstasche passt exakt zu seinen Lederschuhen und dem Gürtel der Hose. Tatsächlich hätte er wohl besser in ein Modemagazin gepasst als in unser Chaosbüro.

Als ich unten seine Stimme höre, gehe ich ihm entgegen und er lächelt erleichtert, als er mich die Treppe runterkommen sieht; ein vertrautes Gesicht in diesem Hühnerhaufen!

„Hi Ed, come upstairs. Let's have a meeting with Sunila and then I will introduce you to all these crazy people working here!"

Eduardo folgt mir in Sunilas Büro und wir besprechen das weitere Vorgehen, sein Aufgabengebiet und all die Dinge, die man an einem ersten Arbeitstag so besprechen muss.

Obwohl ich Eduardo selber erst heute Vormittag und auch nur kurz in der U-Bahn kennengelernt habe, habe ich das Gefühl, dass ich ihn schon länger kenne als die anderen. Ja, ich kenne ihn ungefähr eine Stunde länger als meine Kollegen, aber es kommt mir wie eine Ewigkeit vor. Es besteht eine merkwürdige Vertrautheit zwischen uns. Ich habe das Gefühl, dass es Eduardo ähnlich geht und wann immer ich ihn an diesem Tag, den er mit unterschiedlichen Kollegen im Büro verbringt, antreffe, erscheint es mir, als würde er sich für einen Moment entspannen, während er ansonsten konzentriert und angespannt seine neuen Aufgaben annimmt.

Als wir uns am späten Nachmittag noch einmal in der Küche treffen, vereinbaren wir, am Abend im Pub um die Ecke noch etwas trinken zu gehen, bevor er in seine neue Wohnung zurückkehrt und ich in mein Hotel gehe.

Es ist kurz vor sieben, als wir schließlich das Büro verlassen und von der Hauptstraße in eine kleine Seitenstraße einbiegen, an deren Ende sich ein kleiner Pub befindet. Die Straße ist gesäumt von rosa blühenden Mandelbäumen. Die Häuser sind in typisch britischem Fachwerk gebaut, mit kleinen Erkern, teilweise Türmchen. Alle sehen ähnlich aus und sind doch unterschiedlich gestaltet. Die kleinen Vorgärten haben üppig blühende Blumen in allen Farben, die sich nun an den ersten warmen Märztagen geradezu ein Wettrennen im Erblühen liefern. „Ich liebe London im Frühling. Kaum zu glauben, dass sich diese Straße hier im Zentrum von London befindet, oder?" Florentine sieht Eduardo an. Er sieht müde aus. „Langer Tag oder?" Auch Florentine war heute früh gegen fünf Uhr gestartet und zieht ihren Handgepäck-Koffer eher kraftlos hinter sich her.

„Very true!", bestätigt Ed. „Ich glaube, ich falle heute ziemlich zeitig in mein Bett!"

„Me too! Let's have a quick beer before we do that!", antwortet Florentine und schiebt beherzt die Tür des Pubs auf. „Du willst auch in mein Bett fallen?", fragt Eduardo und geht an Florentine vorbei und hält ihr die Tür auf, da sie mit ihrem Koffer beschäftigt ist. Florentine blickt ihn erschrocken an, doch dann sieht sie das Zwinkern in seinen Augen.

„Na endlich wirst du mal ein wenig lockerer, Ed!"

„Ich fühle mich einfach wohl in deiner Nähe!", antwortet Ed. Florentine stutzt. Wenn das jetzt ein Flirtversuch war, dann hatte er es aber eilig. Aber auch Florentine fühlt sich merkwürdig wohl, als die beiden nicht nur ein schnelles Bier, sondern noch zwei oder drei weitere Getränke bestellen. Eduardo wird sogar sehr redselig und erzählt Florentine von seiner Karriere als Office-Manager in verschiedenen Firmen. Dieser waren seine Beziehungen bisher immer zum Opfer gefallen, sodass er tatsächlich als Single nach London kommt. „Es hat einfach noch nie richtig gepasst!", erklärt er ihr.

„Ist es eigentlich möglich, dass es jemals richtig passt? Ich habe schon so oft gedacht, der Topf hätte seinen Deckel gefunden und dann war der Topf doch wieder anderer Meinung!" Florentine seufzt. „Ich habe mir wohl noch nie die Zeit genommen, das herausfinden zu wollen", antwortet Ed.

„Na ja, da bist du bei uns ja gut aufgehoben. Mach dich darauf gefasst, dass die Mädels dich im Büro umschwärmen werden wie die Motten das Licht!", warnt Florentine.

„Kein Problem, damit kann ich umgehen!" Wieder erkennt Florentine ein Zwinkern in seinen Augen.

„Na dann: auf gute Zusammenarbeit!" Florentine erhebt ihr fast geleertes Glas und trinkt es aus, nachdem sie angestoßen haben. „And let's go home!"

Am nächsten Tag im Büro ist Ed ausgeschlafen und deutlich selbstsicherer. Er ist sofort voll und ganz eingespannt. Florentine hat kaum die Chance, ein Wort mit ihm zu wechseln. Aber wann immer sie sich im Gang begegnen, lächelt er sie an und Florentine wird es warm im Bauch.

Als sie sich am Abend, bevor sie sich auf den Rückweg zum Flughafen macht, von ihm verabschiedet, umarmt Ed sie, als wären sie alte Freunde: „Thank you for saving me yesterday!", sagt er. „Ich habe dich gerettet?" „Ja, kurz vor dem Herzinfarkt. Ich hasse es, wenn ein Plan nicht funktioniert! Und ich hasse es, zu spät zu kommen!"

Florentine lacht. „Da sind wir schon zu zweit! Allerdings passt diese eher deutsche Mentalität nicht zu deiner spanischen Herkunft!"

„Ich bin in Madrid geboren und aufgewachsen. Aber meine Mutter kommt aus Malmö und mein Vater ist Portugiese. Also bin ich irgendwie von allem etwas."

„Ich habe mich schon gewundert, dass du so gar nicht spanisch aussiehst!"

Ed schaut erschreckt. „Schlimm? Stehst du eher auf dunkelhäutige Typen?"

„Nein, ganz im Gegenteil!", antwortet Florentine und zwinkert ihm zu. „Du fällst voll in mein Beuteschema!" Sie wundert sich erneut selbst über die Vertrautheit zwischen ihnen und die Selbstverständlichkeit, mit der sie das sagt.

„Echt, warum fliegst du dann heute heim?"
„Um die Spannung aufrechtzuerhalten!", witzelt Florentine. „Ich muss jetzt aber los!"

Sie schnappt ihren Handgepäckkoffer und ihre Jacke und ruft ein „Bye bye" ins Büro. Zu Eduardo dreht sie sich noch mal um und sagt mit bewusst verstellt tiefer Stimme: „I'll be back!"

Als Florentine in der U-Bahn zurück zum Flughafen sitzt und den ihr nun gegenübersitzenden jungen Mann beobachtet, muss sie unvermittelt schmunzeln. Der Typ hat eine strubbelige Frisur und trägt eine altmodische Brille sowie zerrissene Jeans und weiße Nikes. Die Kleidung wirkt abgewetzt und sein Äußeres scheint er eher zu vernachlässigen. Aber er ist mit dem neusten iPhone 6 beschäftigt. Er scheint andere Prioritäten im Leben zu setzen. So sind die Menschen verschieden, doch auch zu diesem Topf wird es irgendwo einen Deckel geben. Zumindest vorübergehend.

Florentine denkt über Ed nach und seine auf sie magisch wirkende Anziehungskraft, gegen die sie sich innerlich vehement wehrt. Wieder ein attraktiver Mann! Sie würde diesmal nicht so dumm sein und sich darauf einlassen. Zu oft waren ihre Erwartungen enttäuscht, zu oft war sie verletzt worden. Aber warum eigentlich nicht? Sie musste doch nur ihre Einstellung ändern. Vielleicht konnte sich ja so eine Beziehung wie zu Carl entwickeln, ohne Verbindlichkeiten, ohne Verpflichtungen und ohne ein Recht auf Exklusivität? Florentine krampft sich der Magen zusammen.

Sie war inzwischen viel zu sehr ein Schwan, und dazu noch ein älterer Schwan, als dass sie sich auf so etwas einlassen könnte. Mit Carl war von Anfang an definiert, dass es nur eine temporäre Geschichte werden sollte. Beiden war das klar gewesen und beide hatten am Ende den Partner gefunden, mit dem sie eine andere, intensivere Art von Beziehung eingehen wollten, eine, die ein Leben lang halten sollte. Und für beide war es anders gekommen als geplant. Ihr Alexander hatte sich „ent-liebt" und Carl war an einer Überdosis Liebe gestorben. Florentine denkt an Anna-Maria, Carls große Liebe, die an dem Tag, als sie seine Ehefrau wurde, auch zur Witwe wurde. Auch Anna-Maria musste damit klarkommen, dass sich ihr Lebensplan, noch bevor sie ihn richtig begonnen hatte, in Luft auflöste. Und das Leben ging dennoch weiter. Irgendwie ging es immer weiter. Warum sollte man dann Angst haben, etwas Neues zu beginnen, nur um zu vermeiden, dass es sich nicht so entwickeln würde, wie man es gedacht hat?

„Irgendwann kommt ein Mensch in dein Leben, der keinen Wert auf deine Vergangenheit legt, weil er nur Teil deiner Zukunft sein möchte."
Das hatte Carl vor vielen Jahren zu ihr gesagt. Das war am Tag vor seinem Tod. Und wahrscheinlich hatte er recht. Was nützt das Lamentieren über die Vergangenheit? Sie ist ein Teil von uns und hat uns geprägt! Aber wir leben jetzt und nur das Jetzt ist wichtig. Manchmal trifft man eben einen Menschen, bei dem sofort eine unsichtbare Verbindung besteht. Ein Gefühl ist da oder es ist nicht da. Da muss man keine Worte machen. Es ist, wie es ist. Aber ist das Liebe? Wenn man sich ganz ohne offensichtlichen Grund zu jemandem hingezogen und sich bei ihm wohlfühlt? Woher kommt diese plötzliche Vertrautheit, als würde man diese eigentlich fremde Person schon ewig kennen?

Florentine ist unsicher. Das ist eine Sache, die sie immer noch nicht herausgefunden hatte. Aber es ist, wie es ist. Jetzt würde sie erst einmal abwarten.

Eduardo ist in der Firma für die Vertragsgestaltung mit den Lieferanten sprich Hotels, Busunternehmen und anderen Dienstleistern zuständig. Das bedeutet: Er ist fast ständig in verschiedenen Städten Europas unterwegs, um neue Hotels für die Agentur zu finden und unter Vertrag zu nehmen oder mit den bestehenden Vertrags-Hotels neue Preise und Konditionen auszuhandeln. Da Florentine im Rahmen ihrer Marketing-Aktionen alle Hotels, die sie „verkaufen" soll, auch kennen muss, schlägt Sunila zwei Wochen später vor, dass sie gemeinsam mit Eduardo Anfang April nach Paris fährt. Eduardo hat Termine mit vier neuen Hotels, die in das Repertoire aufgenommen werden sollen. Florentine soll Fotos machen und entsprechende Flyer für die Marketing-Aktionen erstellen.

Es regnet wie aus Eimern, als Florentine an diesem Morgen am Gare de L'Est ankommt. Mit Ed hat sie vereinbart, dass sie sich in dem Café gegenüber dem Bahnhof treffen, um das weitere

Vorgehen und den Zeitplan zu besprechen. Vom Bahnhof bis zum Café sind es nur wenige hundert Meter. Sie muss nur die vierspurige Straße vor dem Bahnhof überqueren. Einen Regenschirm hat sie selten im Gepäck und so ist sie klitschnass, als sie im Café ankommt. Sie ist gut eine halbe Stunde zu früh dran. Ed ist noch nicht da. „Zum Glück", denkt Florentine, „ich sehe ja aus wie ein begossener Pudel!" Sie sucht als Erstes die Waschräume auf und muss feststellen, dass nicht nur ihre Kleidung an ihr klebt, sondern auch ihre Haare. Ihr Make-up läuft in kleinen braunen Rinnsalen die Wangen hinunter. „Na prima, das hat sich ja rentiert! Wie war das mit dem Regenschirm und den Erfahrungswerten im Leben?" Sie würde es wohl nie lernen. Und das mit dem Schminken auch nicht. Da sie in der Regel ungeschminkt ist, vergisst sie es ständig, wenn sie dann mal geschminkt ist. „Ich sollte es besser gleich lassen!", schimpft sie mit sich selbst, als sie das Malheur vor dem Spiegel zu retten versucht. „Ed wird Augen machen. Unterwegs mit einer Vogelscheuche!"

Als sie aus dem Waschraum kommt, stößt sie fast mit Ed zusammen, der ebenfalls tropfnass auf dem Weg zur Herrentoilette ist. Beide umarmen sich lachend zur Begrüßung, Ed hält Florentine eine Sekunde zu lang im Arm und obwohl auch sie sich über das Wiedersehen freut, schiebt sie ihn sanft von sich.

„Ich weiß ja nicht, wie unser Zeitplan aussieht, aber vielleicht sollten wir als Erstes in unser Hotel gehen, wo wir übernachten, und uns ‚trockenlegen' bevor wir die neuen Partner besuchen. Und dann kaufen wir einen Regenschirm", schlägt Florentine vor.

„I think you are right! That is probably not a bad idea anyway!", stimmt Eduardo zu. „Unser erster Termin ist erst in zwei Stunden, und wenn ich das richtig überblicke, haben wir die weiteren Termine aber bis mindestens 19:30 Uhr heute Abend. Wir sollten also ohnehin lieber jetzt einchecken!"

„Werden die Zimmer denn schon verfügbar sein?", fragt Florentine.

„Das werden wir jetzt feststellen! I hope our Paris-Office has booked us into a nice little double room", antwortet Ed augenzwinkernd.

Ed winkt in immer noch strömendem Regen eines der Taxis herbei, die in einer Reihe vor dem Bahnhof parken. Nasser konnte er jetzt ja ohnehin nicht mehr werden. Florentine kichert, als die beiden tropfnass einsteigen.

An der Rezeption ihres Hotels erfahren sie, dass von den zwei Einzelzimmern, die über das Büro in Paris gebucht worden sind, zum aktuellen Zeitpunkt erst eines schon verfügbar ist.

„Das nehme ich! Ed, du kannst dich ja im Waschraum umziehen!"

Einen Moment lang zögert Ed und fragt sich, ob das ernst gemeint ist. Aber bevor er fragen kann, sagt Florentine: „Kleiner Scherz. Natürlich kannst du dich in meinem Zimmer umziehen. Und du musst ja deinen Koffer auch irgendwo parken!"

Erleichtert folgt Ed ihr zum Fahrstuhl.

Als Florentine die Zimmertür des Einzelzimmers öffnet, schlägt diese direkt an die Bettkante. Zwischen Tür und Bett ist kaum ein halber Meter Platz und auf der anderen Seite gibt es eine winzige Nasszelle.

„Das ist ja unglaublich!", Florentine dreht sich zu Ed um, der sich hinter ihr ins Zimmer schiebt. „That is Paris for you! Wenn wir Glück haben, bekommen wir unsere beiden Koffer hier unter!", schimpft Florentine.

Eduardo lächelt und kratzt sich am Hinterkopf. „Na ja, wir wollen uns ja nur schnell umziehen!" „Aber heute Abend auch übernachten! Die Zimmergröße ist doch eine Frechheit! Bei unseren Kunden hätten wir bei diesem Hotel wohl gleich eine Beschwerde!"

Er schließt die Tür hinter sich, nachdem er seinen Koffer durch den engen Spalt ins Zimmer bugsiert hat. Florentine schaut aus dem Fenster. Direkt gegenüber ist ein hohes Haus, dessen Fenster man förmlich mit der Hand erreichen könnte. Nur eine kleine Kopfsteinpflaster-Gasse trennt die beiden Gebäude.

Selbst wenn die Sonne scheinen würde, hätte man hier vermutlich wenig Licht. Florentine murmelt erneut: „… This IS Paris for you, indeed! Ich weiß ja nicht, was alle Welt so toll an Paris findet. Ich finde nur, hier ist alles eng und voll und zugebaut!"

Eduardo hat seinen Trenchcoat ausgezogen und auf einen Bügel ins Bad gehängt. Er beginnt, sein Hemd aufzuknöpfen, als Florentine sich vom Fenster weg – und zu ihm umdreht. Unvermittelt wird sie rot. Eduardo lächelt sie an. „Hey Flori, what's wrong?"

Florentine bekommt eine Gänsehaut. „Du hast gerade ‚Flori' zu mir gesagt!"

„Was ist daran verkehrt?", will Eduardo wissen. „Das ist eine lange Geschichte! Flori nennt mich nur meine Mutter. Und ein ganz alter Freund!"

„Was ist das für ein Freund?", will Eduardo wissen. Florentine zögert. „Ein Ex-Freund. Genauer gesagt war er mein erster Freund!" Sie grinst verlegen. „Aber jetzt ist er sogar mein Ex-Ex-Freund-Freund." Ed verzieht das Gesicht. „Dein was?"

„Er hat unsere „Freundschaft" beendet. Obwohl oder vielleicht auch weil er mich wohl immer noch sehr lieb hat, oder irgend so'n Blödsinn. Ach, keine Ahnung."

Ed geht einen Schritt auf Florentine zu. „Na, dann passt es ja!"

Und ohne dass sie sich dagegen wehren kann oder will, küsst Eduardo sie auf den Mund. Zuerst zaghaft, aber als er keinen Widerstand spürt, lange und leidenschaftlich.

„Hey, young man! Mind your manners!", entrüstet sich Florentine, als er sie wieder loslässt.

„Du hast mir gefehlt, Flori", beschwert sich Eduardo.

„Ich? Dir gefehlt? Du hast mich doch kaum kennengelernt!" Florentine lässt sich aufs Bett fallen.

Eduardo legt sich langsam zu Florentine aufs Bett und schmiegt sich an sie! „Du bist nass!" Er beginnt, ihre Bluse aufzuknöpfen.

„Ed, lenk nicht vom Thema ab! Was wird das hier?"

„Die zwei Tage, an denen ich dich in London kennenlernen durfte, haben mir gereicht, um festzustellen, dass ich mehr von dir haben möchte!"

Florentine setzt sich auf und dreht sich zu Ed um, der weiterhin auf dem Bett liegt: „Wir haben einen Termin, schon vergessen?"

„Ja, aber erst in einer Stunde!" Ed lächelt sie an und zieht sie wieder zu sich.

Einen Moment kämpft Florentine noch innerlich zwischen Vernunft und Verlangen. Warum sollte sie sich wehren? Sie hatte nichts zu verlieren. Sie konnte nur gewinnen, und zwar das, wonach sie sich so lange gesehnt hatte. Lange genug war sie vernünftig gewesen. Wie oft hatte sie sich vorgenommen, den Augenblick zu genießen. Warum sollte sie es nicht jetzt tun? Würde es ihr Leben komplizierter machen? Vielleicht, aber sie war schon mit komplizierteren Situationen klargekommen.
Florentines Gedanken fahren Achterbahn und ihr Herz schlägt bis zum Hals. Sie streicht Eduardo sanft über seine nackte Brust, während er ihre Bluse weiter aufknöpft.
„Weißt du, worauf du dich einlässt?", fragt sie ihn.
„Nein", antwortet er, „aber ich kann nicht erwarten, es herauszufinden!"

Als Florentine und Eduardo eine gute halbe Stunde später wieder auf die Straße gehen, hat der Regen aufgehört. Die Bewölkung hat sich gelockert und zwischen den weißen Haufenwolken ist blauer Himmel sichtbar und strahlender Sonnenschein.
„Siehst du, war nicht so schlecht, etwas länger im Hotel zu bleiben!", witzelt Ed und zwinkert Florentine zu. „Das ist einfach typisches Aprilwetter!", antwortet Florentine, die sich noch nicht so ganz sicher ist, ob das wirklich gut war. Aber sie verdrängt die Zweifel in ihr. Eduardo war zärtlich und geduldig. Irgendwie fühlte sie sich bei ihm geborgen. Dennoch hatte sie es zwar genossen, aber sie musste unvermittelt an ihre erste Nacht mit Alexander denken. Es fühlte sich einfach noch nicht richtig an mit Eduardo. Mit Alexander hatte es sich richtig angefühlt. Seit Jahren hatte sie neben niemand anderem aufwachen wollen als neben ihm. Kein männlicher Körper hatte sie angezogen, im Gegenteil, andere Männer ohne Kleidung verunsicherten sie. Sie war da ein wenig aus der Übung gekommen und fühlte sich unsicher. Eduardo hatte das zärtlich ignoriert. Und irgendwann musste sie diesen Schritt ja gehen. Aber ihr Bauch krampft sich

zusammen, als sie realisiert, wie wenig richtig sich dieser Schritt anfühlte. Florentine fröstelt, obwohl die Aprilsonne gerade versucht, den Schauer von soeben wieder gutzumachen. Bevor sie weiter ins Grübeln kommt, verdrängt sie diese Gedanken.

„Lass uns nun zügig ein Taxi rufen. Wir sind spät dran!", mahnt sie. Eduardo lacht. „Ok, back to business!" – und winkt ein Taxi heran. An diesem Tag haben sie vier Termine in verschiedenen Hotels. Es geht um Vertragskonditionen und Preise. Eduardo ist durch und durch Geschäftsmann. Aber er weiß auch geschickt und charmant zu verhandeln. Er ist wirklich Profi und Florentine überlässt ihm das Verhandlungsfeld, während sie sich Notizen macht und Fotos schießt.

Wann immer es an diesem Tag während der Geschäftstermine möglich ist, zwinkert er Florentine unmerklich zu, lächelt oder berührt sie zärtlich.

Bei jeder Berührung läuft ihr ein warmer Schauer über den Rücken und sie genießt das Gefühl, von Eduardo umworben und angehimmelt zu werden.

Sie genießt seine Gesellschaft, sein sicheres Auftreten, den Tag, den Augenblick.

Über alles andere will sie jetzt nicht weiter nachdenken. Ob Eduardo ein Schwan ist oder ein Plastik-Tretboot, würde sie herausfinden müssen.

Zeit heilt Wunden, aber sie öffnet auch Augen.

Zurück in Deutschland ist Florentine in den nächsten Wochen mit Arbeit eingedeckt, so dass sie nicht viel Zeit hat, über ihr Gefühlsleben nachzudenken. Sie macht sich daran, mit den Fotos und Hotelbeschreibungen Flyer und Marketing-Material zu erstellen. Schon Anfang Juli würde sie diese Unterlagen für eine Messe in Köln dringend benötigen. Nicht nur die Konzepte muss sie selbst erstellen, sondern diese auch gleich in drei Sprachen übersetzen. Und dann soll das Ganze ja auch noch etwas ansprechend aussehen. „Hätte ich doch etwas Vernünftiges gelernt", seufzt

Florentine, als sie am späten Abend den Rechner herunterfährt. In diesem Moment klingelt ihr Handy. Es ist Eduardo.

„Good evening, this is the international eierlegende Wollmilchsau speaking! How can I help you?"

„What?" Ed stutzt und Florentine kichert.

„Ach Mensch, ich bin total überfordert mit der Erstellung unserer Broschüren. Ich weiß nicht, wie ich das bis zur Messe fertig bekommen soll!", erklärt sie ihm.

„Flori, du Perfektionistin. Mach halt so, wie du denkst. Alles ist besser als nichts. Hauptsache, wir haben etwas in der Hand!"

„Wir?", fragt Florentine.

„Ja, hab ich dir das noch nicht gesagt? Ich komme natürlich mit nach Köln."

Florentine antwortet nicht. Nach ihrem Treffen in Paris hatten sich Florentine und Eduardo noch nicht wieder getroffen. Sie hatten zwar mehrfach telefoniert, meist allerdings geschäftlich und Florentine hatte sich ganz bewusst immer zurückgehalten, um sich keinen falschen Hoffnungen hinzugeben.

„Flori?"

„Ja, super. Ich freue mich!"

Und das meinte sie ganz ernst. Zwar hatte sie sich inzwischen manchmal gefragt, warum Ed, der in Paris so darauf erpicht war, mehr von Florentine zu erfahren und jeden Teil ihres Körpers genauer kennenzulernen, nicht einmal vorgeschlagen hatte, ein derartiges Treffen zu wiederholen, aber jetzt, wo sich die Möglichkeit endlich auftat, reagierte ihr Bauch mit einem warmen Kribbeln.

Ein paar Wochen später sitzt Florentine im Bistro der Messe Köln. Ein netter Kellner bringt ihr bereits den vierten Cappuccino, während sie auf Eduardo wartet. Ein heftiges Sommergewitter hatte den Verkehr in London Heathrow fast zum Erliegen gebracht. Inzwischen war das Wetter zwar wieder besser, aber auf den Startbahnen stehen die Flieger förmlich im Stau, sodass sich Eduardos Flug nach Köln verspäten würde.

„Meinen Sie, dass Sie das mit dem Schlafen heute Abend noch hinbekommen?", möchte der Kellner wissen, als er die Tasse abstellt. Florentine blickt von ihrem iPhone auf. „Wie bitte?" „Na ja, ich könnte bei der Menge an Koffein heute sicher nicht mehr schlafen!" Der Kellner lächelt sie an. Florentine fallen sofert seine wasserblauen Augen auf und sie starrt ihn minutenlang and bevor sie antwortet: „Lassen Sie das mal meine Sorge sein. Ich brauche heute auf jeden Fall mal die Energie und, wie es aussieht, auch die Ausdauer."

In diesem Moment kommt eine weitere Nachricht von Ed, dessen Flug nun auf den Nachmittag verschoben wurde. So lange wollte sie hier tatsächlich keinen Cappuccino trinken. Während sie die Tasse leer trinkt, überlegt sie, wie sie mit der Planänderung am besten umgeht.

Der Kellner kontrolliert zum wiederholten Male den Tisch neben ihr und wischt ihren Tisch noch einmal ab, wobei er sie nicht aus den Augen lässt. „Also diese Tasse können Sie jetzt auch mitnehmen. Ich werde jetzt mal alleine auf die Messe gehen. Mein Kollege hat mich erst mal versetzt!"

„Oh, das traut er sich?", der Kellner zieht die Augenbrauen hoch. „Nennen wir es höhere Gewalt!", antwortet Florentine lächelnd. „Oder Schicksal", antwortet der Kellner. „Was soll denn daran Schicksal sein?" Florentine blickt erstaunt zu ihm auf und nimmt ihn nun zum ersten Mal bewusst wahr. Seine blauen Augen leuchten und er hat den gleichen spanischen Akzent wie Ed, wodurch er ihr ungewöhnlich vertraut vorkommt. „Es war Schicksal, dass ich Sie nun fast zwei Stunden ansehen durfte!" Die wasserblauen Augen des Kellners strahlen noch ein wenig mehr und unter seinem Drei-Tage-Bart erkennt Florentine ein verschmitztes Grinsen. Er nimmt die leere Tasse und verschwindet Richtung Küche.

Florentine schüttelt den Kopf und packt ihre Unterlagen ein. Drei von den neuen Broschüren lässt sie bewusst auf dem Tisch liegen. Genauso wie ihre Visitenkarte. Es würde sicherlich nicht verkehrt sein, hier und da ein paar Unterlagen zu streuen. Vielleicht würden sie ja in die richtigen Hände fallen.

Florentine entscheidet sich, die Messe nun zunächst alleine zu besuchen und die geplanten Messestände anzusteuern. Sie führt Gespräche, verteilt ihre Prospekte und macht Termine für den nächsten Tag aus, sodass die Zeit wie im Flug vergeht. Es ist fast fünf, als sie das erste Mal wieder auf ihr iPhone blickt. Sie hat zwei neue Nachrichten. Eine ist von Ed. Sein Flieger war vor 30 Minuten gelandet und er würde nun direkt ins Hotel fahren. Die zweite Nachricht ist von einer unbekannten Nummer.

„Dear Mrs. Steigenberger, sorry to bother you but you left your business card behind! I thought I'd let you know, in case that you miss it!"

Eine Nachricht auf Englisch direkt an sie? Florentine ist verwundert, aber das muss der Kellner aus dem Bistro der Messe Köln sein. Er hatte Deutsch mit starkem spanischem Akzent gesprochen. Schriftlich war er offensichtlich im Englischen sicherer.

Die Nachricht kann nur vom ihm sein, schließlich hatte sie das Infomaterial mit ihren Kontaktdaten ganz bewusst im Bistro liegen lassen. Wenn das eine Art Anmache war, dann beweisst er Ausdauer, denkt sich Florentine.

„Thanks for letting me know! But you can keep it! It is a present!", schreibt sie zurück und fügt einen zwinkernden Smiley hinzu. Sie ist immer noch unsicher, ob es wirklich der Kellner ist, dem sie schreibt.

„Oh, vielen Dank. Ich wusste, dass Sie mich glücklich machen wollen!", antwortet er prompt.

Jetzt ist sie sicher, dass es der Kellner ist! Aber, denkt er wirklich, dass Florentine die Visitenkarte für IHN hatte liegen lassen? Herrje, hatte er das wohlmöglich als Einladung verstanden? Er war doch mindestens 15 Jahre jünger als sie.

„Keine Ursache. Gern geschehen!", schreibt sie daher bewusst kurz, bevor sie das iPhone in die Tasche steckt. Sie entscheidet sich, nun auch mit dem Auto ins Hotel zu fahren. Morgen war schließlich auch noch ein Tag.

Der Feierabendverkehr in Köln hat es in sich. Die Straßen sind voll und die Pkws drängen sich dicht an dicht von der Messe Richtung Innenstadt.

Florentine sitzt bereits eine gute halbe Stunde frustriert hinter dem Steuer, als ihr iPhone klingelt. Ihre Handtasche liegt im Fußraum des Beifahrersitzes und Florentine versucht, beim langsamen Stop-and-go-Verkehr ihr iPhone aus der Tasche zu fischen. Genau solche Aktionen wollte sie eigentlich vermeiden, immer wieder konnte man in der Zeitung lesen, dass dies zu Unfällen führte. Als sie es endlich geschafft hat, ist das Klingeln bereits verstummt und Florentine fingert nach ihrer Lesebrille, um zu entziffern, wer der Anrufer gewesen ist. Der Verkehr steht gerade und Florentine erkennt, dass es Ed war, der nun vermutlich bereits im Hotel wartete. Sie löst die Tastensperre und will ihn zurückrufen, als die Autoschlange sich wieder in Bewegung setzt. „Mist, das Headset ist auch immer an der falschen Stelle, wenn man es mal grad braucht!", flucht Florentine und drückt den Anruf wieder weg und legt das iPhone auf den Beifahrersitz.

Was sie nicht bemerkt ist, dass sie nicht Eds Nummer gewählt hat im Eifer des Gefechts. Mit Blick auf die Straße hat sie Sebastians Nummer gewählt. Als sie beim nächsten Stopp wieder auf ihr iPhone blickt, erkennt sie, dass die Verbindung zu Sebastian bereits aufgebaut ist.

Ach du Schreck, von ihm hatte sie ja schon ewig und ganz bewusst nichts gehört.

„Hallo?" Florentine nimmt ihr iPhone und checkt, ob Sebastian noch dran ist.

„Flori!!" Sebastian ist offensichtlich erfreut.

„Oh, sorry, ich hab mich verwählt. Ich hätte deine Nummer doch auch von meinem Geschäftshandy löschen sollen. Dann wäre das nicht passiert. Bitte entschuldige die Störung." Florentines Herz schlägt bis zum Hals. Sie ist unsicher, nervös und gestresst.

„Ich habe gerade ein klares Problem von Reizüberflutung, wollte dich nicht stören. Mach's gut!" Florentine will schnell wieder auflegen, doch Sebastian antwortet:

„Kein Thema, Flori! Tut gut, mal wieder deine Stimme zu hören!"

„Na ja, DU hast mir dazu klare Anweisungen gegeben! Ich werde das weiterhin beachten!"
„Ja, aber hin und wieder mal eine Nachricht von dir wäre schon schön …", entgegnet Sebastian.
„… Um dich damit dazu zu bringen, gegen dein Versprechen an deine Frau zu verstoßen und deine Ehe bewusst zu gefährden? Nein Sebastian, ich werde es gut sein lassen. Weißt du, wenn du damals vorgeschlagen hättest, die Kontakte zu reduzieren, dann hätte ich das mehr als verstanden. Das hatte ich ja sogar mal selbst vorgeschlagen, weil ich weiß, wie sehr es nervt, wenn der Partner nur am Handy hängt! Aber du hast mit ziemlich drastischen Worten die Verbindung endgültig beendet! Nach dem Motto: Wünsche dir noch ein schönes Leben und ich war ein Idiot! Das hat mich ziemlich vor den Kopf gestoßen und auch wehgetan! Ich wüsste keinen Grund, warum ich mich nicht an diese deutliche Ansage halten sollte! Deine Frau sicher auch nicht!"
Wütend legt Florentine auf. „Männer! Das ist mir langsam alles zu kompliziert mit denen!"

Langsam wird der Verkehr fließender und nach einer gefühlten Ewigkeit erreicht Florentine das Hotel. Sie ist aufgewühlt, müde und durcheinander. Am liebsten hätte sie nun ein Einzelzimmer. Aber Ed hatte ganz selbstverständlich ein Doppelzimmer gebucht. Als sie die Lobby betritt, steht Ed lächelnd an der Rezeption. Er trägt verwaschene Jeans und wie üblich ein weißes Hemd, die Ärmel locker hochgekrempelt. Seine blonden Haare sind verstrubbelt und mit seinem Drei-Tage-Bart sieht er ziemlich verwegen, aber unglaublich sexy aus. Seine blauen Augen strahlen, als er Florentine erblickt. Aber auch er sieht müde aus.
„Endlich! Das war heute ja schlimmer als bei den Königskindern!"
Müde sinkt Florentine in Eds Arme. Er riecht unglaublich gut und sie fühlt sich sofort besser. Nun ist sie doch froh, dass sie kein Einzelzimmer gebucht haben.
Ed hilft ihr, das Gepäck aufs Zimmer zu bringen. Florentine lässt sich aufs Bett fallen.

„Also heute werde ich mit Sicherheit nicht alt!" Eduardo setzt sich zu ihr auf die Bettkante. „Kein Ding. Gerne können wir sofort ins Bett gehen. Ich kann es ohnehin kaum erwarten!", grinst er. Florentine richtet sich auf. „Ach wirklich? Das hast du in den letzten Wochen aber gut verbergen können."
„Oh, höre ich da eine Beschwerde?"
„It is not a complaint! It is a statement! And let's get something to eat!"
Florentine lässt Ed auf der Bettkante sitzen und geht ins Bad, wo sie sich kaltes Wasser ins Gesicht spritzt. Was war das mit Ed? Wollte er am Ende doch nur eine Bettgeschichte? Sie war doch ein Schwan, da kommt der Sex weit hinter dem Thema Liebe und Vertrautheit. Warum fühlte sie sich dennoch so zu ihm hingezogen? Verflixt, das wurde heute ja immer komplizierter.
Florentine betrachtet ihr müdes Gesicht im Spiegel. Eigentlich hatte sie nicht wirklich Hunger. Aber jetzt mit Ed auf dem Zimmer bleiben wollte sie auch nicht. Also macht sie sich kurz frisch und kehrt zurück ins Zimmer.
„Let's go! I am hungry", lügt sie.

Also sie später zurück auf Zimmer kommen, blickt Florentine auf Ihr iPhone. Sie hat eine Nachricht von Sebastian.
„Entschuldigung, Flori. Du hast recht, meine kürzliche Nachricht war tatsächlich suboptimal. Ich wollte dir nicht wehtun!"
„Aber das hast du", denkt sie. Und steckt das Handy wieder in die Tasche.
Manche Dinge sind halt, wie sie sind und nicht zu ändern. Deshalb will sie die Beziehung zu Sebastian ruhen lassen. Sie hatte außerdem gerade genug mit sich zu tun.
Sie hatte sich in den ganzen letzten Wochen nach Ed gesehnt. Nach seinen Berührungen, nach seinen Zärtlichkeiten. Jetzt. Als er da war, will sie nichts lieber als nur aneinandergekuschelt einschlafen. Sie ist unendlich müde.

Als Ed im Bad ist, entkleidet sie sich rasch und schlüpft ins Bett. Trotz der sommerlich warmen Temperaturen fröstelt sie.

„Wow, that was quick!", grinst Ed, als er zurück ins Zimmer kommt. „Du kannst es wohl auch nicht abwarten, wie?"

„Correct, I cannot wait to get some sleep. I am so bloody tired!" Ed kriecht zu ihr ins Bett und schmiegt sich von hinten an sie. Er vergräbt seine Nase in ihrem Nacken und zieht sie fest an sich.

„Join the Club!", seufzt er und ist im nächsten Moment eingeschlafen.

Während Eds Atem immer gleichmäßiger wird und sich sein Griff um Florentines Hüfte langsam entspannt, liegt Florentine in seinen Armen noch lange wach. Ihre Gedanken fahren mal wieder Achterbahn. Die Nachricht und das offensichtliche Interesse des jungen Kellners von der Messe, das Gespräch mit Sebastian, aber auch ihr Verhältnis zu Eduardo. All das geht ihr durch den Kopf.

Was wollten diese Männer von ihr? Offensichtlich alle etwas anderes, obwohl sich alle irgendwie zu ihr hingezogen fühlten. Und was wollte sie? Was wollte der Schwan in ihr? Auf der Suche nach Zuneigung, Vertrautheit und Geborgenheit hatte sie immer noch nicht den Schwanenpartner gefunden, der das bis ans Lebensende mit ihr teilen wollte. Die Männer fanden sie attraktiv und begehrenswert, keine Frage, aber warum schreckten sie immer wieder davor zurück, sich langfristig auf etwas einzulassen?

Was suchten erfolgreiche Männer im Leben und was kann es Wichtigeres geben als vorbehaltlose Liebe und Vertrautheit? Oder passten Liebe und Freundschaft am Ende nicht zusammen? Warum musste Sebastian die Freundschaft zu Florentine beenden und litt angeblich sogar darunter, um seine Ehe zu retten?

Warum hatte seine Frau ein Problem mit ihr? Sebastian hatte seine Ehe doch nie in Frage gestellt! Und warum hatte er sie nie in Frage gestellt, wenn er sich doch so zu Florentine hingezogen fühlte?

Vorsichtig löst sich Florentine aus Eduardos Umarmung und steht auf. Ed ist inzwischen tief und fest eingeschlafen. Er bemerkt nicht, dass Florentine ihr Handy aus der Tasche nimmt und ins Bad schleicht.

Sie entschließt sich, eine Nachricht an Sebastian zu schreiben. Sie hatte diese kleine Geschichte eines unbekannten Autors auf einem Coaching-Seminar erzählt bekommen, die den Teilnehmern das Prinzip von Ursache und Wirkung verdeutlichen sollte. Das hält Florentine nun für sehr passend:

„Die Bäuerin kommt aufgeregt zum Bauern gerannt und ruft:

‚Bauer, du hast ein Problem!'

‚Was habe ich denn für ein Problem?', will der Bauer wissen.

‚Die Magd ist schwanger!', antwortet die Bäuerin.

Der Bauer bleibt gelassen. ‚DAS ist der Magd ihr Problem!'

Die Bäuerin zürnt: ‚Aber die Leute im Dorf denken, das Kind sei von dir!'

Ruhig antwortet der Bauer: ‚DAS wiederum ist das Problem der Leute im Dorf!'

‚Aber wenn das stimmt, dann werde ich mich umbringen!', schluchzt sie.

Er atmet tief durch: ‚DAS wäre dann DEIN Problem!'

‚Und wer versorgt dann mit dir den Hof?'

Der Bauer denkt nach. ‚DAS wäre dann nicht mehr DEIN Problem!'

Lieber Sebastian, überlege dir stets gut, ob DU überhaupt ein Problem hast und ob ein bestehendes Problem überhaupt etwas mit DIR zu tun hat.

Erst dann, im zweiten Schritt ist zu überlegen, wer dafür verantwortlich ist und ob Du es überhaupt lösen kannst.

Du kannst deiner Frau diese Nachricht ruhig zeigen. Vielleicht wird ihr ja dann klar, dass sie eigentlich kein Problem hat. Und wenn doch, dann bin das nicht ICH. Und wenn ihr nicht miteinander redet, dann sollte das nicht zu meinem Problem werden! Eure Probleme müsst ihr selber lösen und das geht nur, indem ihr miteinander redet. Offen und ehrlich!"

Es ist mitten in der Nacht! Florentine wundert sich daher nicht, dass Sebastian nicht antwortet. Aber sie fühlt sich besser, nachdem sie das geschrieben hat, und kriecht vorsichtig wieder ins Bett. Eduardo hat sich auf die andere Seite gerollt.

Vielleicht hätte ich doch nicht so viel Kaffee trinken sollen heute. Florentine denkt an ihre kurze Begegnung mit dem jungen Kellner und seine wasserblauen Augen. Er schien sich ernsthaft für sie zu interessieren. Aber bevor sie intensiver über diese etwas unbeholfene aber charmante Anmache nachdenken kann, fällt sie in einen unruhigen Schlaf.

Am nächsten Morgen bekommt Florentine eine Nachricht von Sebastian:

„Hallo Flori, ich habe verstanden, denke ich. Du hast es mal wieder auf den Punkt gebracht. Aber ich hatte schon zuvor von dir gelernt, wie wichtig Gespräche sind und vor allem aktives Zuhören. So gute und ehrliche Gespräche wie in den letzten Wochen hatten wir schon lange nicht mehr geführt. Wir konnten viele Missverständnisse aufklären und geben uns beide jetzt wieder viel mehr Mühe im Umgang miteinander. Wir haben uns entschieden, in der nächsten Woche gemeinsam ohne Kinder in den Urlaub zu fahren! Ich freue mich und danke dir von Herzen für deine Lebenshilfe!"

„Siehst du, es hat alles im Leben einen Grund ... und einen Sinn!", antwortet Florentine.

In Gedanken fügt sie für sich hinzu: „Und bitte, lieber Grunderfinder, lass mich das auch bald mal wieder erkennen!"

Florentine freut sich für Sebastian. Wieder einmal gibt ihr das aber auch einen Stich ins Herz, nicht weil sie an Sebastian hängt, sondern weil ihr bewusst ist, wie sehr sie selber noch nicht dort angekommen ist, wo sie hinwill. Und ihr wird wieder einmal klar, wie sehr sie Alexander vermisst.

Sebastian antwortet: „Das stimmt. Manchmal braucht man halt einen guten Freund, der einem ein wenig auf die Sprünge hilft. Du hast so offen und ehrlich über deine tiefen Gefühle zu Alexander gesprochen und über die Tatsache, dass wir dankbar sein sollten für das, was wir haben, anstelle rastlos auf der Suche zu sein. Viele Beziehungen gehen zu Bruch, weil wir einfach nicht bereit sind, für die Liebe zu kämpfen. Sobald es nicht mehr so läuft wie gewünscht, laufen wir davon, suchen nach Ausreden und nach einem Sinn. Eine Beziehung durchläuft viele Prüfungen und Veränderungen. Man sollte sich aber immer darauf besinnen, warum man jemanden liebgewonnen hat. Und wenn einem das bewusst ist, dann lohnt es sich, daran festzuhalten. Wir machen es uns oft zu leicht oder wollen und können uns den Problemen nicht stellen. Perfekt ist eine Beziehung erst, wenn man bereit ist, gemeinsam durch Tiefen und Veränderungen zu gehen. Oft sind es nur kleine Dinge, die die Flamme am Leben erhalten. Aber wenn diese einmal aus ist, verliert man oft mehr, als man denkt. Du hast mir die Augen geöffnet. Vielen Dank dafür!"

Florentine liest diese Nachricht mehrfach mit einem wachsenden Kloß im Hals. Sebastian spricht aus ihrer Schwanen-Seele. ER hatte seine Lektion verstanden. Dennoch: „It takes two to Tango!" Wenn der Partner eben anderer Meinung ist, dann ist das eben so und die Flamme geht aus, bevor man es bemerkt. Und schlussendlich sollte man sich nicht krampfhaft um die Flamme bemühen, wenn eben kein Brennstoff mehr da ist. Florentine hatte den Kampf um die Flamme bei Alexander verloren. Vielleicht hatte sie sich auch zu spät um Brennstoff bemüht, vielleicht erst zu einer Zeit, in der er sich schon eine neue Energiequelle gesucht hatte. Es ist, wie es ist. Sie hatte das schon lange akzeptiert.

Genauso wie die Erkenntnis, dass es für ältere Schwäne, die ihren Partner verloren haben, eben ein Problem ist, einen gleich gesinnten Partner zu finden. Florentine ist nicht einfach ein Schwan, sondern inzwischen tatsächlich ein älterer Schwan!

Während Florentine noch grübelnd auf ihr Handy blickt und mit verstrubbelten Haaren auf der Bettkante sitzt, kommt eine weitere Nachricht.

Es ist der Kellner von der Messe. Sein Name ist Pedro, der sich beschwert, dass sie sich gestern nicht mehr gemeldet hat. „Hab ich was verpasst? Was für eine Beziehung haben wir denn, dass du auf eine Rückmeldung von mir gewartet hast?", schreibt sie ihm zurück. Es lebe die Kommunikation per WhatsApp. Inzwischen ist ihr das irgendwie zuwider geworden. Dennoch ertappt sie sich dabei, wie sie nun ihrerseits gespannt auf die Antwort wartet.

Die kommt prompt: „Wir haben noch keine Beziehung, aber könnten wir Freunde werden, vielleicht?" Florentine zieht die Augenbrauen hoch und stutzt. „Let's become pen-friends first!", antwortet sie auf Englisch, weil sie das Gefühl hat, dass Pedro dies besser liegt. Und damit liegt sie gar nicht so falsch. Pedro scheint das als Einladung zu verstehen und schreibt ihr quasi seinen gesamten Lebenslauf und alle wichtigen Eckdaten auf Englisch. Florentine murmelt: „Geboren 1981 in Montevideo ... 1981! Hab' ich ja nicht schlecht geschätzt, aber ich glaube, es sollte mich mal jemand kneifen oder ich bin gerade echt im falschen Film?"

Ed dreht sich zu ihr um: „Warum soll ich dich bitte kneifen? Kannst du etwa nicht glauben, dass du neben MIR aufwachst?" Eduardo grinst verschlafen und will Florentine zu sich heranziehen. Florentine weicht geschickt aus und antwortet: „Was ich glaube, tut jetzt nichts zur Sache! Oder doch: Ich glaube nämlich wir sollten jetzt mal was arbeiten gehen!" Sie hüpft aus dem Bett Richtung Bad. Eduardo lässt sich enttäuscht zurück ins Bett fallen. „Euch Frauen soll einer verstehen!"

„Wir Frauen sind einfach gestrickt! Wir wollen einfach nur die volle Aufmerksamkeit, Anerkennung und Liebe! Ungeteilt! Aber ihr Männer seid euch ja für eine zu schade und es wird euch schnell langweilig. Ihr seid stets auf der Suche, ob ihr nicht noch eine bessere Eroberung machen könnt. Nicht die Frau an sich wollt ihr haben, sondern die Challenge! DAS soll einer verstehen!" Florentine schlägt die Badezimmertür etwas heftiger zu als geplant. Auch kam ihre Antwort etwas zynischer, als Eduardo es verdient hätte. Eduardo setzt sich verdutzt im Bett auf. „Habe ich jetzt etwas verpasst? Besser, ich versuche das mit dem Verstehen gar nicht erst!"

Florentine kann sich diesen Gefühlsausbruch gerade selber nicht erklären. Ihr Puls schlägt bis zum Hals, als sie verwirrt hinter der geschlossenen Badezimmertüre steht.

„Es ist Alexander! Er sitzt immer noch in meinem Hinterkopf!" Und es ist zum Verrücktwerden. Immer wieder ließ sie andere Männer spüren, dass diese Beziehung nicht funktioniert hatte. Und immer wieder spürte sie, dass Alexander noch immer tief in ihrem Herzen verankert ist.

In den nächsten Wochen entwickelt sich zwischen ihr und Pedro tatsächlich eine Art Brieffreundschaft per WhatsApp. Sie unterhalten sich auf Englisch, Deutsch oder Spanisch; für Florentine eine willkommene Gelegenheit, Letzteres wieder aufzufrischen. Sie findet es außerdem ganz spannend, mit einer wildfremden Person übers Leben und die Liebe zu philosophieren und sie ist begeistert, wie weise er auf ihre bewusst allgemeinen Fragen antwortet. Pedro kommt aus Uruguay und wollte sich mit seinem Schritt, nach Deutschland zu gehen, eigentlich beruflich verbessern. Leider werden seine Ausbildung und sein Studium in Deutschland natürlich nicht anerkannt. Florentine kennt nur zu gut die Berichte von ihren ausländischen Kunden, deren Qualifikationen sie immer wieder für die deutschen Behörden übersetzen muss und die dennoch nur bedingt in Deutschland Gültigkeit haben.

Also verdient Pedro sich seinen Unterhalt als Kellner und ist damit zwar versorgt, aber nur bedingt glücklich. Was aber die allgemeinen Vorstellungen von Liebe, Zukunft und Glück angeht, so muss Florentine in den Briefen mit Pedro immer wieder feststellen, dass sie eigentlich keinen Grund hat, unzufrieden oder gar unglücklich zu sein. Was sie aus ihrem Leben macht, ist alleine ihre Entscheidung. Niemand sonst ist für ihre Gefühle zuständig. Nur sie selbst. Das sollte sie endlich mal erkennen.

Pedro hat eine sehr klare und erfrischende Sicht auf das Leben. Sie wundert sich immer wieder, mit welcher Selbstverständlichkeit er offen Dinge einfach anspricht, ohne viel drumherum zu reden. Und immer wieder muss sie erkennen, dass sie selber oft viel zu kompliziert denkt. Sie wagt nicht, zu viel von sich zu ver-

raten, aber dennoch antwortet sie ihm ehrlich, als er eines Tages fragt: „Are you in love with someone?"
„Ja, ich liebe jemanden. Schon seit vielen Jahren, aber dieser Mann liebt mich leider inzwischen wohl nicht mehr. Oder zumindest ist er sich mal vorübergehend nicht mehr sicher. Das geht jetzt aber schon eine ganze Weile so. Was meinst du, würdest du darauf warten, dass sich das vielleicht noch mal ändert?"
Pedro antwortet: „If you love him, wait for him without asking anything in return. And when you're ready, you're gonna let him go without even noticing."

Pedro hatte recht, sie würde von Alexander nichts mehr erwarten. Sie hatte ihn losgelassen. Wenn er sich meldete, freute sie sich unbändig. Und wenn er sich nicht meldete, dann war das auch in Ordnung. Alles war gut. Nur einem neuen Schwan, einem, dem sie sich genauso öffnen würde wie Alexander, so jemandem war sie noch nicht wieder begegnet und das war auch gar nicht nötig.

Mit Pedros Brieffreundschaft hatte Florentine außerdem einen wirkungsvollen Ersatz für die Kommunikation zu Sebastian gefunden. Sie freut sich über seine Komplimente und muss jedes Mal schmunzeln, wenn er sich beklagt, dass er doch gerne mehr wäre als ein Brieffreund.

„Mensch Pedro, du bist noch so jung! You will find your perfect match soon!" Pedro wohnt in Köln und somit wäre alles andere ohnehin viel zu kompliziert. Wenn es der Grunderfinder wollen würde, würde sich im Laufe der Zeit schon etwas entwickeln. Florentine hatte ein gutes Bauchgefühl. Sie hatte Pedro in ihrem Leben bisher vielleicht maximal zehn Minuten persönlich gesprochen. Durch die „Brieffreundschaft" hatte sie aber das Gefühl, ihn schon ewig zu kennen und fühlte sich unglaublich zu ihm hingezogen, obwohl er so viel jünger und ganz anders war als sie und die Männer, die sonst ihr Leben beeinflussten. Was würde passieren, wenn sie sich jetzt wieder träfen? Florentine

schiebt den Gedanken beiseite! Auch das würde sich schon ergeben, wenn der Grunderfinder das wollte.
Und damit lag sie gar nicht so falsch. Denn eines Tages erhält sie eine Nachricht von Pedro.
„Hast du Lust in der nächsten Woche mit mir mittagessen zu gehen?"
„Klar!", flachst Florentine zurück, „kommst du mich besuchen?" Sie hofft, dass er das nicht allzu ernst nimmt, denn das würde schon ein wenig kompliziert werden.
„Ja, ich mache gerade meine Abschiedstour durch Deutschland und komme dann auf dem Weg von Hamburg nach Düsseldorf bei dir vorbei!", antwortet Pedro trocken.
Florentine erschrickt! „Abschiedstour?"
„Ja –, muss ich mich entscheiden! Meine Ticket zurück nach Uruguay läuft in der nächsten Woche ab. Ein Flugticket nach Montevideo ist sehr teuer und es gibt für mich keinen Grund, weiter in Deutschland zu bleiben. Ich habe versucht. Aber es ist schwer, hier einen Job zu finden, wenn man nicht perfekt spricht Deutsch. Zumindest in meiner Branche. Also: Ende mit das Abenteuer Deutschland. Ich würde dich aber gerne noch mal sehen!"
Florentine schluckt. Ja, sein Deutsch war nicht perfekt –, aber warum war uns Deutschen das so wichtig? Sie würde Pedro auch gerne noch einmal sehen. In Wahrheit hatte sie gehofft, es könnte sich irgendwann unter anderen Umständen ergeben. So musste sie aber entscheiden: jetzt oder nie! Sie überlegt fieberhaft, wie sie ein spontanes Treffen mit ihren Geschäftsterminen unter einen Hut bringen kann. Außerdem wollte sie ihn nicht unbedingt zu Hause treffen und sich damit Fragen von den Eltern und Anna einhandeln.
„Weißt du was, wir treffen uns einfach am Flughafen auf einen Kaffee!"
Noch während sie schreibt, stellt sie sich vor, wie wenig romantisch es ist, einen ihr eigentlich vollkommen fremden und doch so vertrauten Menschen am Flughafen zu treffen und gleich wieder zu verabschieden. Und das wahrscheinlich für immer! Egal, das war für diese Situation die pragmatischste Lösung. Zudem

war es ein öffentlicher, sehr belebter Ort, denn einen winzigen Gedanken verschwendet sie schon daran, dass sie sich ja eigentlich mit einem wildfremden Mann trifft. Was könnte passieren? Florentines Bauch kribbelt. Pedro nennt ihr Abflugzeit und Airline, sodass Florentine genau weiß, an welchem Schalter er einchecken muss.

„Ok, ich komme einfach zwei Stunden früher! Dann können wir sehr viel Kaffee trinken. Da stehst du ja drauf!", scherzt Pedro mit dem Hinweis auf ihr erstes Aufeinandertreffen.

Einige Tage später macht sich Florentine tatsächlich auf zum Düsseldorfer Flughafen. „Pedro, dein Abenteuer Deutschland mag ja vorbei sein, aber mein Abenteuer beginnt grad erst", denkt sich Florentine.

Weil Pedro sich in den letzten Tagen, während er auf seiner Abschiedstour in Deutschland war, nicht gemeldet hat, schickt sie ihm zur Sicherheit noch eine Nachricht: „Todo claro para hoy?", aber er meldet sich nicht zurück. Würde er überhaupt da sein? Na ja, ein Ticket hat er ja! „Ich fahre jetzt los, und dann werde ich sehen!" Florentine steigt ins Auto und mit ihr tausend Schmetterlinge im Bauch.

Am Flughafen parkt sie ihr Auto in einem der großen Parkhäuser. Der Düsseldorfer Flughafen ist ihr zwar inzwischen vertraut, allerdings fällt es ihr immer noch schwer, sich im Gewirr der Parkhäuser zwischen Ankunft und Abflug zurechtzufinden. Sie notiert sich zur Sicherheit ihre Parkplatznummer auf dem Ticket und macht sich auf den Weg zur Abflughalle.

Es ist 16:45 Uhr. Perfekt! Um 17 Uhr wollte sie Pedro am Check-In treffen. Sein Flug geht erst um 22 Uhr, somit hätten sie bis 21 Uhr Zeit zum Kaffeetrinken. Florentine lächelt bei dem Gedanken daran, wozu sie alles Zeit hätten.

In der Abflughalle wimmelt es von Reisenden. Insbesondere an den Flugschaltern nach Südamerika haben sich lange Schlangen gebildet. Fast alle Reisenden schieben Kofferkulis mit viel Gepäck. Aus dem wilden Gebrabbel verschiedener Sprachen ergibt sich ein geschäftiges Summen vor der hektischen Kulisse der Abflugtafel mit den Flugzeiten.

„Ach herrje, wie soll ich Pedro denn hier finden?" Sie schreibt ihm eine Nachricht, aber er meldet sich nicht zurück. Auf dem iPad prüft Florentine nun noch einmal die Flugnummer und den Schalter und geht dann eine kleine Treppe hinauf, von der aus sie einen guten Überblick über die Abflughalle hat. Ihre Augen schweifen über hunderte Reisende und die geschäftigen Flughafenmitarbeiter. Neben den eigentlichen Check-In-Schaltern gibt es auch die Baggage-Drop-off-Schalter, an denen man sein Gepäck selber aufgeben kann. Auch hier stehen kleinere Warteschlangen.

Und dann sieht sie ihn. An einem dieser Gepäckaufgabe-Schalter kämpft er mit der Technik am Self-Check-In-Desk. Er dreht ihr den Rücken zu. Florentines Herz schlägt schneller. Noch ist sie sich nicht 100%ig sicher, ob er es wirklich ist. Daher geht sie langsam die Treppe hinunter und nähert sich dem Schalter. Sie hat den jungen Mann am Schalter immer fest im Blick. Anscheinend spürt er das, denn mit einem Mal dreht er sich unvermittelt kurz um und blickt ihr direkt in die Augen. Ihr stockt der Atem.

Pedro lächelt sie ein wenig hilflos an. „I am nearly done. Just give me five more minutes and I am all yours!"

Florentine lächelt nur, ohne etwas zu erwidern. Es verschlägt ihr die Sprache. Es ist, als würde sie einen alten Freund wiedersehen und nicht einen Menschen, den sie erst zehn Minuten in ihrem Leben getroffen hatte. Sie stellt sich ein wenig abseits und beobachtet Pedro. Es ist ihr schon fast unheimlich, wie vertraut er ihr ist und sie ist mit einem Mal kein bisschen nervös mehr. In ihrem Bauch hat sie ein ganz warmes Gefühl und sie wartet geduldig, bis er sein Gepäck aufgegeben hat. Pedro trägt Jeans und Turnschuhe, ein T-Shirt und um die Hüften eine dicke Winterjacke. Mitten im Sommer? Na ja, er war jetzt fast ein Jahr in Deutschland, da wird er so einiges an Gepäck zu transportieren haben.

„Und ich treffe ihn ausgerechnet erst jetzt! Danke, lieber Grunderfinder!", murmelt Florentine in sich hinein.

Da steht er nun, ein junger, sportlicher Mann Anfang dreißig, den sie nach einem flüchtigen Small Talk im Bistro der Messe Köln und nach unzähligen Konversationen per Smartphone vier Stunden vor seiner endgültigen Heimreise nach Südamerika zum ersten Mal richtig und persönlich kennenlernen kann. Warum war sie hergekommen? Was erwartete sie sich von diesem Treffen? Was an Pedro fand sie so magisch anziehend? Warum hatte sie noch nicht mal den Funken einer Angst, dass er auch ein Krimineller sein könnte? Es gab ja genügend Berichte über Internetbekanntschaften, die beim ersten Treffen nach hinten losgehen. Und viel mehr als eine Internetbekanntschaft hatte sie bisher zu Pedro ja nicht aufbauen können. Florentine kann sich die Frage nicht beantworten. Aber ihr gehen tausend Dinge durch den Kopf. Die Zeit scheint stillzustehen, während sie Pedro beobachtet. Im Gewühl der hektisch durcheinanderrennenden Reisenden erkennt Florentine zumindest, dass es eine gute Entscheidung war, heute hierherzukommen. Ihr Bauch kribbelt, aber sie ist kein bisschen nervös. Ein wenig erinnert sie dieses Gefühl an das Gefühl, das sie als Kind am Heiligen Abend gehabt hatte, bevor es die Bescherung gab. Spannung, Neugierde, Vorfreude ... Von allem ein wenig.

Als Pedro mit seinem Gepäck fertig ist, kommt er schüchtern lächelnd auf sie zu. Intuitiv breitet Florentine die Arme aus und inmitten des Gewühls von Koffern, Touristen und lärmenden Menschen umarmen sie sich sekundenlang, wie es alte Freunde tun, die sich nach langer Zeit wiedersehen.

„Sorry, to keep you waiting!", haucht er ihr in den Nacken und küsst sie auf die Wange.

„Kein Problem. Heute habe ich es mal nicht eilig!", antwortet Florentine und erkennt selber erst in diesem Moment, dass es seit langer Zeit mal wieder ein Termin ist, den sie nicht komplett durchorganisiert, geplant und strukturiert hat. Sie hat sich einfach den Nachmittag frei genommen, ohne Zeitplan. Das war lange nicht vorgekommen.

„Lass uns erst mal einen Kaffee trinken gehen, und dann sehen wir weiter! Warum trägst du eigentlich deine Winterjacke mit dir rum, bei fast 30 Grad Außentemperatur?"

Pedro legt den Kopf schief: „In Montevideo ist jetzt Winter! Schon vergessen: ich fliege ans andere Ende der Welt!" Das hatte Florentine in der Tat vergessen.

Gemeinsam schlendern sie zum nächsten Starbucks, denn sie entscheiden, dass sie keine Zeit mit irgendwelchen Fahrten in die Stadt vergeuden würden, sondern lieber hier am Flughafen gegebenfalls später noch etwas essen gehen würden.

„Ich habe mich schon gefragt, ob du überhaupt kommen würdest!" Pedro stupst sanft seinen Ellenbogen in Florentines Seite. Sie dreht sich zu ihm und sieht ihm in seine wasserblauen Augen, die ihr sofort wieder so vertraut vorkommen. „Klar, das hatten wir doch ausgemacht! Warum hattest du Zweifel?"

„Warum bist du gekommen?", fragt Pedro sofort zurück. Das war die Frage, über die Florentine selber soeben lange nachgedacht hatte und sich bis jetzt nicht beantworten kann.

„Because, I think, I like you!", antwortet sie etwas zögerlich.

„You like me?" Pedro zieht erstaunt die Augenbrauen hoch.

„Ich sagte, ich GLAUBE, dass ich dich mag. Das denkt zumindest mein Bauch. Come on, we are pen-friends! We should trust each other!", weicht Florentine aus.

„Gegenfrage: Warum hast DU mir überhaupt geschrieben, als du meine Visitenkarte gefunden hast?" Florentine stellt sich vor ihn und stemmt herausfordernd ihre Hände in die Hüften.

„Jaaa …", antwortet Pedro nun seinerseits unsicher, „das war in der Tat eine komische Situation. Ich hatte dich in dem Café sitzen sehen und du hast offensichtlich auf jemanden gewartet. Du bist mir sofort aufgefallen: die patente Business-Frau, selbstbewusst und viel beschäftigt … und sehr hübsch! Als ich später dann die Visitenkarte gefunden hatte, wusste ich ja gar nicht, ob das überhaupt deine ist und ob du sie mit Absicht für mich hast liegen lassen. Ich habe es einfach riskiert …"

„Weil …?", bohrt Florentine. „Because you are an interesting woman!", antwortet Pedro.

„Interesting?" Jetzt zieht Florentine die Augenbrauen hoch.

„Ja, irgendetwas hat mich gereizt, ich kann nicht sagen, was es war. It was just a feeling!" Florentine lacht. „Da sind wir mit diesem „Gefühl" ja zumindest schon mal zu zweit!"

„Das ist doch ein ganz guter Anfang oder nicht?", entgegnet Pedro.

Pedro bestellt zwei große Milchcafé, während Florentine an einem Tisch in einer Ecke des Cafés Platz nimmt und schnell einen Blick in ihre E-Mails im iPad wirft. Ein Kunde will dringend eine größere Übersetzung bei ihr beauftragen und sie muss noch kurz das Angebot dazu verschicken. Als Pedro mit den zwei Milchcafés zum Tisch zurückkommt, sagt er lässig: „Take your time, we still have over three hours to talk!"
Florentine bemerkt, wie unhöflich ihre Aktion ist, und klappt das iPad zu. „Oh sorry, ich hatte mir eigentlich vorgenommen, diese Art von Multi-Tasking zu lassen. Aber weißt du, wenn man selbstständig ist, ist man ständig in Position und hat Angst, dass einem irgendwelche Aufträge durch die Lappen gehen. Ich muss mich schließlich um so viele Dinge alleine kümmern und ..." Pedro hatte sich ihr gegenüber hingesetzt. Er legt nun seine Hand auf die ihre und blickt ihr tief in die Augen. „Relax, ich verstehe das. Kein Problem. Und ab morgen kannst du dich wieder ganz deiner Arbeit widmen. Dann bin ich am anderen Ende der Welt und werde dich bestimmt nicht so schnell wieder von deiner Arbeit abhalten." Florentine schluckt. „Du hast recht, wir sollten die Zeit nutzen!"

„Um was zu tun?" Pedro grinst verschmitzt. „Uns kennenzulernen, zu reden, anstatt zu schreiben!", antwortet Florentine. „Stimmt!", meint Pedro, zum Schreiben haben wir ja noch das ganze halbe Leben!"

Florentine läuft bei dieser Aussage von Pedro ein Schauer über den Rücken. Pedro nimmt wieder ihre Hand. „Zum Berühren nur noch heute!" Florentine lächelt und entzieht ihre Hand aus seinem sanften Griff.

„Erzähl mal, wie war dein Jahr in Deutschland? Wie findest du die Deutschen? Und warum gehst du zurück? Freust du dich auf zu Hause? Wirst du wiederkommen?"

Pedro hebt beide Hände und gibt Florentine ein Time-Out! „Hey Florentine, so many questions at the same time ... darf ich jetzt erst mal die ersten zehn beantworten?"

Und so erzählt Pedro Florentine alles von seinem Abenteuer Deutschland, was sie wissen will. „Und die Frage, ob ich wiederkomme ... das hängt davon ab, wie schnell ich wieder 2000 Euro für ein Ticket zur Verfügung habe", beendet Pedro seine Ausführungen.

„Jetzt bist du dran, Florentine! Erzähl mir, wer Florentine wirklich ist. Oder bist du so, wie du aussiehst?" „Wie sehe ich denn aus?", will Florentine sofort wissen.

„Wie eine toughe, selbstbewusste Powerfrau! Aber dass du nicht tough bist, sondern sehr sensibel und warmherzig, das habe ich ja schon während unserer Brieffreundschaft herausgefunden. Aber du bist auch ängstlich, hast Angst vor deiner eigenen Courage, vor der Zukunft und vor einem Neuanfang!"

„Moment mal, willst DU jetzt erzählen, wie ich bin oder soll ich es tun?!" Florentine bremst Pedro abrupt aus. Eigentlich hat sie sich aber ernsthaft erschreckt, weil er den Nagel auf den Kopf getroffen hat. Wie konnte es sein, dass er auf Basis von Kurznachrichten und dem wenigen, was sie von sich erzählt hat, so viel von ihr wusste?

„Dann sag mir was, was ich noch nicht weiß!", fordert er sie auf.

„Ich bin verheiratet!", antwortet sie, ohne zu zögern. „Noch!", fügt sie hinzu. Das ist für Pedro in der Tat neu. Er fragt deshalb noch mal nach: „Mit dem Vater deiner Kinder?"

„Nein, mit der Liebe meines Lebens. Dem Mann, mit dem ich für immer zusammenbleiben wollte. Aber ‚für immer' war dann nach 15 Jahren für ihn zu Ende. Er hat entschieden, dass er mich nicht mehr so liebt, als dass es ‚für immer' reichen würde. Aber das hatte ich dir doch schon erzählt!"

„Du hattest mir erzählt, dass du jemanden liebst, der dich nicht mehr liebt, ja!" Pedro ist nachdenklich. „Warum habt ihr euch nicht scheiden lassen?"

„Es hat sich noch nicht die Notwendigkeit ergeben! Bei meiner ersten Ehe habe ich das auch erst viele Jahre nach der eigentlichen Trennung gemacht!"

„Aber wenn ich das richtig verstehe, hast du dich von deinem Ex-Mann doch gar nicht getrennt. Zumindest nicht räumlich, ihr habt doch eine Zeit lang alle zusammengewohnt?"

„Ja!", antwortet Florentine und ihr wird bewusst, wie kompliziert und merkwürdig das für einen Außenstehenden erscheinen muss.

„Wie kann das funktionieren?"

„Ganz gut, pass auf, ich male dir unsere Villa Kunterbunt mal auf. Das war eigentlich wirklich eine coole Lösung." Florentine zeichnet eine Skizze der Villa Kunterbunt auf ein Blatt Papier und erklärt, wer wann in welcher Ebene gewohnt hat und wie sich die Situation in den letzten Jahren entwickelt hat und dass nach und nach alle Bewohner ausgezogen und in die weite Welt geflogen sind. Ohne dass sie es merkt, haben sich ihre Augen dabei mit Tränen gefüllt.

Geduldig hat Pedro sie erzählen lassen. Ohne sie zu unterbrechen. Als Florentine mit ihren Ausführungen fertig ist, sieht sie zu ihm auf und Tränen rinnen ihre Wangen hinunter.

„Sorry, ich langweile dich bestimmt! Lass uns das Thema wechseln." Florentine wischt sich mit dem Handrücken übers Gesicht.

„Nein", antwortet Pedro „alles ok. Ich wollte wissen, wer Florentine ist. Ich weiß es jetzt! Das alles ist ein Teil von dir und wird es immer bleiben. Egal wo und mit wem du JETZT lebst!"

Florentine mochte Pedros klare Aussagen. Dennoch wollte sie nun nicht weiter in der Vergangenheit graben. Gerade wenn diese Vergangenheit sie davon abhielt, etwas Neues anzufangen.

„Komm, lass uns noch ein wenig spazieren gehen – oder etwas essen! Ich habe heute keine Lust auf noch mehr Kaffee!" Florentine steht auf und hält Pedro ihre Hand hin. Pedro ergreift sie und gemeinsam schlendern sie durch die Abflughalle Richtung Ausgang.

„Hast du Hunger?", fragt Florentine. „Nicht wirklich, aber ich habe eine halbe Weltreise vor mir, da sollte ich vielleicht noch etwas essen!", meint Pedro.

Sie gehen zu einem kleinen asiatischen Imbiss. Die Auswahl am Flughafen hält sich in Grenzen, aber in Anbetracht der Zeit entscheiden sie pragmatisch.

Während des Essens versucht Florentine, noch mehr von Pedro herauszufinden, aber irgendwann ist ihr die Fragestunde zu dumm und sie unterhalten sich locker über Belangloses und scherzen, sodass die Zeit wie im Fluge vergeht.

„Pedro, ich werde jetzt mal heimfahren, du musst auch bald los, ok?" Pedro lächelt müde. „Ok, komm ich bringe dich noch zum Parkhaus!"

Gemeinsam gehen sie durch das Labyrinth von Flughafengängen und entlang der unzähligen Wegweiser zum Parkhaus, in dem Florentine geparkt hat. „Siehst du, deshalb habe ich mir alle Nummern und Etagen notiert! Ich finde mein Auto sonst nie wieder!"

Florentines Herz beginnt schneller zu schlagen, als Pedro sich im Fahrstuhl enger an sie schmiegt.

Als die Fahrstuhltür öffnet, springt Florentine daher schnell raus und eilt förmlich zu ihrem Auto. „Sag mal spinnst du, Flori", sagt sie innerlich zu sich, „wovor rennst du weg?"

Zu Pedro ruft sie: „Mensch, dass ich immer mein Auto suchen muss! Aber ich glaube es steht da hinten!" Florentine eilt voran. Pedro folgt ihr.

„Ha, ich hab's. Hier ist es. Ich kann mir das echt nie merken! Dafür war ich jetzt gar nicht so schlecht." Florentine kichert übertrieben. Nun ist sie doch nervös. Sie musste sich von Pedro nun verabschieden.

Florentine hat bereits die Fahrertür geöffnet, als Pedro bei ihrem Auto ankommt.

„Oh, then I think it is time to say good bye!", beginnt Florentine und will Pedro umarmen.

Pedro schiebt Florentine sanft mit dem Rücken an ihr Auto. Während er sie mit einem Arm umarmt, fasst seine linke Hand ihren Hinterkopf und streicht ihr sanft über den Haaransatz im Nacken. Vorsichtig drückt er einen Kuss auf ihre Lippen, den Florentine kurz erwidert, dann aber sofort zurückweicht. „So, get home safely!", sagte sie und will sich aus der Umarmung lösen. Pedro hält sie fest.

„Wir haben nur diesen einen Moment! Bekomme ich keinen Abschiedskuss?", verlangt Pedro.

„Doch, ja, na klar", stottert Florentine und ihr Mund sucht ein zweites Mal seine Lippen. Sie will es genau so kurz halten wie zuvor, doch diesmal hält Pedro sie fester. „Ich möchte einen Abschiedskuss!", insistiert er. Florentine zögert noch einen Moment.

Eine skurrile Situation: Florentine findet sich in den Armen eines mehr als 15 Jahre jüngeren Südamerikaners, knutschend auf einem Parkdeck im Düsseldorfer Flughafen, kurz nachdem sie ihn kennengelernt hat und kurz bevor er für immer das Land verlässt. Wie alt ist sie? Vielleicht 16 oder warum verhielt sie sich gerade wie ein Teenager? Das konnte doch alles nicht wahr sein. Aber, warum eigentlich nicht?

Florentine löst ihre Gegenspannung und drückt ihre Lippen vorsichtig auf Pedros. Pedro knabbert zärtlich an ihrer Unterlippe, bevor seine Zunge sich langsam vorwagt.

Ach, sei es drum, Florentine wirft die letzten Zweifel über Bord und gibt ihren Widerstand auf. Sie genießt es und vergisst für einen Moment den Flughafen, das Parkhaus, ihre E-Mails, den Job, den Zeitdruck, Eduardo und ... Alexander!

Langsam löst sie sich von Pedro. „I have decided now, that I do like you!", seufzt sie.

Pedro grinst verlegen. „Let's stay pen-friends then!", entgegnet er.

„Auf jeden Fall. Außerdem sieht man sich immer zwei Mal im Leben", antwortet Florentine.

„Dann hoffe ich, dass es ein zweites Mal geben wird!" Pedro sieht sie an.

„Mach's gut, Pedro! Ich mag dich wirklich! Komm gut zurück in deine Welt und melde dich, ja?"

„Auf jeden Fall!" Pedro dreht sich zum Gehen und Florentine steigt in ihr Auto. Ein Schauer läuft ihr über den Rücken. Bevor sie die Autotür schließen kann, ruft ihr Pedro noch einmal zu: „Ach Florentine, entspann dich einfach öfter mal. Das passt viel besser zu dir!" Er winkt ihr zu und dreht sich dann um und läuft wieder Richtung Flughafengebäude.

Florentine sieht ihm nach. Würde sie Pedro je wiedersehen? Sie bekommt einen Kloß im Hals, aber im nächsten Moment fällt ihr ein, dass sie ja nicht mehr über das „Was hätte sein können und was könnte werden" nachdenken wollte. Sie wollte das Hier und Jetzt schätzen, akzeptieren und genießen. Und das hatte sie getan. Sie hatte diesen Moment mit Pedro genossen! Es war ein perfekter Moment! Egal, ob sie Pedro jemals wiederhsehen würde.

Auf dem Rückweg beruhigt sich Florentines Puls nur langsam. Sie genießt das Kribbeln im Bauch und bei dem Gedanken an Pedros Alter lächelt sie vergnügt, belustigt, aber auch ein wenig stolz in sich hinein. Der perfekte Moment! Aber wahrscheinlich auch der letzte Moment mit Pedro. Ob er sich noch mal melden würde?

Pedro meldet sich, und zwar gleich am nächsten Tag bei Florentine! „Es war schön mit dir. Schade, dass wir uns nicht einfach kurz ein Hotelzimmer genommen haben!" Beim Lesen der Nachricht wird sie unvermittelt rot. „Hey Pedro, am anderen Ende der Welt gibt es bestimmt Frauen, die viel besser zu dir passen als eine Second-Hand-Partnerin wie ich. Du hast dein halbes Leben noch vor dir, ich habe es bereits hinter mir!", antwortet sie ihm.

„Florentine, you really make me angry now: When you face the Mona Lisa you are not asking yourself how many people saw it before. You just enjoy how perfect it is.

It's your relationship to it what matters."

Florentine stutzt. Pedro hatte die Dinge wieder einmal erschreckend einfach auf den Punkt gebracht. Warum war Florentine nicht in der Lage, seine Zuneigung zu genießen und musste sich ständig selber in Frage stellen? Warum konnte sie sich nicht einfach darauf einlassen? Stattdessen antwortet sie:

„Was für eine ‚Relationship' haben wir denn? Pedro, du bist am anderen Ende der Welt! Such dir jemanden, der zu dir passt!"

Während sie das in ihr iPhone tippt, ertappt sich Florentine bei dem Gefühl der intensiven Sehnsucht nach Pedros weichen

Lippen und seiner zärtlichen Hand in ihrem Nacken. Ihre Wangen beginnen zu glühen.

Er antwortet umgehend:

„Look, I've said many things about what I think of you as a woman, both sexually and in your personality. I can't prove it anymore. At the same time, I'm more than happy if we are just friends. But I'm not gonna answer any more to those stupid comments where you implied that I don't like you or your body because of your age!"

„Ok, ich hab's verstanden!", murmelt Florentine und denkt sich: „Dies ist der Beginn einer wunderbaren Beziehung! Einer Whatsapp-Beziehung!"

18
Schwanenliebe und eine späte Erkenntnis

„Was wünschst du dir eigentlich zu Weihnachten?", fragt Florentine, als sie an einem grauen Dezembermorgen bei Anna in der Küche des alten „Screwbiker's" sitzt und gedankenverloren in einem Mode-Katalog blättert. Es ist Wochenende. Draußen ist es empfindlich kalt und die Luft riecht nach Schnee. Der alte Ofen in der Küche verbreitet hingegen wohlige Wärme; der Duft von frischgebackenen Plätzchen liegt in der Luft. Anna hatte sich eine Schürze umgebunden und ihre langen Locken zu einem Dutt hochgesteckt. Sie ist damit beschäftigt, Plätzchen zu backen und schaut Florentine mit mehlbestäubter Nase an. „Ganz ehrlich?", fragt Anna. „Ganz ehrlich!", antwortet Florentine.

„Lass uns Skifahren gehen!", bittet Anna mit einem flehenden Augenaufschlag. „Aber so wie früher. Mit den Jungs und Alexander. Und von mir aus auch mit Papa und Jasmin!"

Florentine ist erstaunt. „Ich hatte eigentlich an eine Winterjacke oder ein paar schicke Lederstiefel gedacht!"

„Mama, wir können sie doch mal fragen. Vielleicht haben sie ja Lust. Sie vermissen uns ja auch! Das weiß ich!"

„Alexander vermisst uns bestimmt nicht! Aus den Augen – aus dem Sinn!", antwortet Florentine mit einem zynischen Unterton. „Außerdem, wie stellst du dir das vor? Was ist mit den Freundinnen und mit deinem Jakob? Meinst du, wir bekommen die alle unter einen Hut?"

„Das könnten wir doch zumindest mal versuchen!" Anna gibt nicht auf.

„Anna, du sprichst von DIESEM Weihnachten? Wie sollen wir denn, selbst wenn alle könnten und wollten, für ... lass mich kurz überlegen ... zehn Personen eine Unterkunft bekommen, die bezahlbar ist?"

„Hat Alexander eigentlich eine neue Freundin?", will Anna wissen.

Florentine zuckt zusammen. „Warum?"

„Dann wären es elf Personen!", antwortet Anna trocken.

Florentine springt auf und stößt dabei an den Tisch, sodass ihre Kaffeetasse gefährlich schwankt. Florentine kann sie gerade noch fassen. „Sag mal, du spinnst wohl!"

„Warum, Jasmin fährt doch auch mit!" Anna widmet sich kurz wieder ihrem Plätzchenteig.

„Das ist doch etwas völlig anderes! Anna, ich glaube, dir ist nicht im Geringsten bewusst, was die Trennung von Alexander für mich bedeutet hat!" Florentine schießen die Tränen in die Augen. „Und überhaupt, das ist die größte Schnapsidee des Jahres! Vergiss es einfach!"

„Das sehen die Jungs aber anders!" Anna lässt sich nicht beirren.

„Hast du etwa schon mit denen gesprochen?" Florentine glaubt, falsch verstanden zu haben.

„Ja und wir haben vereinbart, dass ich dich in einem neutralen Moment einfach frage!"

„Aha, neutraler Moment!", murmelt Florentine.

„Mama, wir haben es immer geschafft, die Großfamilie unter einen Hut zu bringen. Es war zwar hin und wieder auch anstrengend, aber manchmal fehlen sie mir halt. Und wir fehlen ihnen auch. Bitte, lass es uns versuchen?"

„Aber DU fragst Alexander! Und ob ich eine neue Freundin ertragen könnte, darüber bin ich mir noch nicht im Klaren! Mein ganzes Leben lang habe ich von meinen Ex-Partnern junge Hühner vor die Nase gesetzt bekommen, das reicht eigentlich!"

Anna nimmt Florentine in den Arm. „Ich wusste, dass du zustimmst!"

„Anna, du bist unverbesserlich!"

„Ich weiß! Das habe ich von dir!", antwortet Anna und geht zum Telefon.

Anna ruft als Erstes bei Alexander an, der erstaunlicherweise gar nicht abgeneigt ist. Die Zustimmung der Jungs hatte sie ohnehin schon und Jo und Jasmin hatten bestimmt nichts anderes vor. Nachdem sie ihre Plätzchenback-Aktion beendet hat, verbringt Anna den Rest des Nachmittages damit, sich telefonisch um eine bezahlbare Unterkunft für zehn Personen zu kümmern. Alexander würde alleine kommen. Florentine fragt nicht, ob es keine neue Partnerin gibt oder ob er sie einfach nur nicht mitnehmen will bei diesem „Lieblingsgroßfamilien-Revival-Event".

Aber bei dem Gedanken an ihn muss Florentine feststellen, dass sie den Schmerz wohl niemals ganz überwinden würde. Wie hatte es soweit kommen können? Warum war ihre Traumbeziehung nach über 16 gemeinsamen Jahren gescheitert? Warum hatte er sich dieser tiefen Liebe entzogen?

Florentine ertappt sich, wie sie erneut, zum gefühlt millionsten Mal über diese Frage grübelnd, gedanklich in die Vergangenheit abschweift. Dabei hatte sie sich die Gedanken an die Vergangenheit und an das „Was wäre, wenn … und was hätte sein können" verboten. Sie wollte nach vorne schauen. Aber anscheinend war sie nicht die Einzige, die ab und zu gedanklich einen Ausflug in die Zeit der Villa Kunterbunt machte.

Anna schaffte es tatsächlich. Sie brauchte allerdings die Unterstützung von Johannes, der von der Idee, mit der ehemaligen „Lieblingsgroßfamilie" Weihnachten zu verbringen, begeistert ist.

Für zehn Personen finden sie zwar nichts mehr in ganz zentraler Lage, aber in St. Jacob am Arlberg ist das Ferienhaus, das Johannes und Florentine zum ersten Weihnachten ihrer Beziehung mit Freunden gemietet hatten, noch verfügbar. Es ist etwas abgelegen, was damals ideal war, weil der treue Neufundländer Dallas den ganzen Tag vor dem Haus verweilen konnte, während Flo, Jo und die Freunde den Tag auf der Piste verbrachten. Ein weiterer Vorteil dieses Hauses: Es sind fünf Schlafzimmer und drei Bäder vorhanden. Der Nachteil: Man muss mit dem Ski-

Bus nach St. Anton zur Talstation fahren und kann nicht, wie es Florentine am liebsten gehabt hätte, aus dem Skikeller quasi auf die Piste fallen. Ein weiterer Nachteil: Sie mussten sich auf Selbstversorgung einstellen. Dies findet Florentine allerdings nicht so schlimm, wie die fünf Schlafzimmer, die Anna ihr triumphierend als „Vorteil" verkauft.

„Anna, ich kenne dieses Haus. Weißt du eigentlich, was du da von mir verlangst? fünf Schlafzimmer, das bedeutet, ich muss mit Alexander ein Zimmer teilen. Oder willst du deinen Jakob dazu verdonnern?" Anna macht ein betretenes Gesicht. „Naja, wenn Alexander absagen sollte, kannst du ja deinen Sebastian mitbringen!"

„Anna!"

„Reg dich nicht auf, ich habe halt mal gesehen, dass du abends von einem Sebastian einen „Gute-Nacht-Kuss" per WhatsApp geschickt bekommen hast!"

Florentine sieht Anna halb wütend halb traurig an. Auch der Gedanke an Sebastian versetzt ihr einen Stich ins Herz.

„Das ist eine lange Geschichte! Und Sebastian ist ein Schwan!"

„Eben, dann solltet ihr euch zusammentun!"

„Sebastian hat seine Schwanenfrau seit vielen Jahren gefunden. Schwäne leben MONOGAM! Ein Leben lang. Schon vergessen, Frau Doktor angehende Tierärztin? Deshalb haben wir seit einiger Zeit keinen Kontakt mehr." Florentine bekommt einen Kloß im Hals und bricht daher weitere Erklärungen ab.

„Na, dann bringst du halt den Eduardo mit, von dem du mir neulich erzählt hast!"

„Ich werde nicht noch einmal einen jüngeren Mann mit meiner ‚Lieblingsgroßfamilie' überfordern. Vergiss es einfach!"

„Also dann doch Alex. Mama, er gehört doch auch zur Familie! Ihr seid außerdem ja auch noch verheiratet. Und ich glaube, der kommt wirklich gerne mit … ich dachte auch, du bist inzwischen darüber hinweg … weil das bei Papa ja auch so war!"

„Du weißt, dass das mit Alex eine ganz andere Nummer für mich war! Ich weiß nicht, ob ich ausgerechnet an Weihnachten daran erinnert werden will, wie weh das getan hat."

„Aber du möchtest doch bestimmt ‚ausgerechnet an Weihnachten' mit uns allen zusammen sein, oder?" Anna gibt nicht auf. „Anna, das Haus ist ‚in the middle of nowhere'! Wir können nicht mal schnell abends was trinken gehen. Das bedeutet, wir werden jeden Abend Spiele machen müssen oder so!" Florentine erinnert sich an das Weihnachten Anfang der 90er, das sie mit Freunden dort verbracht hatte. Eigentlich war es richtig cool gewesen, auch wenn das Haus vielleicht nicht den Komfort bietet, den sie inzwischen gewohnt war.

„Cool, das ist doch super!", entgegnet Anna. „Und eine Sauna im Keller gibt es auch. Das ist doch mal das Wichtigste. Papa hat im Übrigen ohnehin schon fest gebucht!", beendet Anna mit dieser eher beiläufigen Aussage die Diskussion. Sie holt drei große Plätzchendosen aus dem Abstellraum, um die in den letzten Tagen gebackenen Plätzchen darin zu verstauen.

„Und diese hier nehmen wir mit!" Anna steckt sich eine Handvoll Plätzchen in den Mund, bevor sie den letzten Deckel schließt. Mit gefülltem Mund grinst sie übers ganze Gesicht und sagt kaum verständlich: „Mmhh, die sind super! Mama, DU bist super! Du schaffst das schon!"

Florentine verdreht die Augen. Warum dachten alle von ihr nur immer, dass sie alles verständnisvoll, routiniert und vor allem selbstverständlich schaffen würde?

Aber egal wie, zum Skifahren hatte sie auf jeden Fall immer Lust und daher würde sie sich auf dieses Abenteuer einlassen.

Zwei Tage vor Weihnachten macht sich Florentine gemeinsam mit Anna und Jakob also auf zur Villa Kunterbunt. Dort ist das Zusammentreffen geplant, bevor sie alle gemeinsam in drei Autos im Morgengrauen des nächsten Tages nach Österreich aufbrechen wollen. In der einen Nacht in der Villa Kunterbunt müssen sie sich nun allerdings auf die verbleibenden zwei Wohneinheiten aufteilen, während sie sonst fünf Wohneinheiten bewohnt hatten. Aber für die eine Nacht würde das gehen. „Alexander kann gut in der Abstellkammer schlafen. Gar kein Problem!", witzelt Florentine, als Anna überlegt, wo und wie man die Personen auf Zimmer und vorhandene Betten oder Matratzen aufteilt.

Alexander kommt am späten Abend an. Er sieht müde aus und seine Haare haben inzwischen noch mehr graue Schattierungen bekommen und sind am Hinterkopf deutlich lichter geworden.

Florentine hatte ganz bewusst im letzten Jahr möglichst wenig Kontakt zu ihm gehalten. Warum auch? Sie hielt es nicht für nötig, sich jeden Tag erneut zu quälen. Zeit heilt Wunden, sagt man. Das stimmt aber nur dann, wenn nicht immer wieder Salz hineingestreut wird. Also hatte sich Florentine vorgenommen, ihrem persönlichen Salzstreuer möglichst auszuweichen und das klappte ganz gut.

Während Anna und Jakob in der Wohnung von Jo und Jasmin im Wohnzimmer auf dem Sofa übernachten, schlafen Pepe und seine Freundin im Gästezimmer der Dachgeschosswohnung, in der Julius mit seiner Freundin wohnt.

Alexander und Florentine sollten auf dem Sofa im Wohnzimmer der Dachgeschosswohnung übernachten. Bevor Florentine das Sofa auszieht, sagt sie zu Alex: „Ich schlafe hier, für dich werde ich ein Bett nebenan richten!"

„Nebenan?", fragt Alexander irritiert. Florentine zwinkert ihm zu. „Ist doch nur für eine Nacht. Und du brauchst ja nur eine Matratze. Die passt in die Abstellkammer!"

„Nicht dein Ernst, oder?"

„Natürlich nicht! Wie könnte ich so herzlos sein?", antwortet Florentine schnippisch und zieht das Sofa aus.

„Da hab ich ja noch mal Glück gehabt!", entgegnet Alexander.

„Und dieses Glück hättest du besser mal festgehalten! Aber das hast du ja nicht gewollt!" So sehr sich Florentine auch dagegen wehrt, sie kann sich diese Spitzen nicht verkneifen. Sie hatte sich zwar vorgenommen, mit Alexander umzugehen, als sei nichts geschehen, aber jetzt wo er vor ihr steht, gelingt ihr das nicht.

„Ach Mamsi!", antwortet Alexander nur und geht mit seinem Kulturbeutel ins Bad. Typisch!

Damit ist das Thema für ihn abgehakt.

Als sie sich später ins Bett genauer gesagt aufs Sofa legen, kuschelt sie sich an Alexander und wundert sich selber darüber und auch darüber, dass Alexander sich ihr nicht entzieht.

Sie schließt die Augen, als sie den vertrauten Geruch seiner warmen Haut wahrnimmt. Sie fühlt sich um Jahre zurückkatapultiert.

„Kannst du dich erinnern? Auf diesem Sofa haben wir geschlafen, als es damals noch in unserem alten Haus im Wohnzimmer stand und Jo nicht wollte, dass ich mit meinem neuen Freund im Ehebett übernachte!" Florentine kichert.

Alexander gibt ein nachdenkliches „Mm Mm" von sich. „Wie könnte ich diese Nacht vergessen?!"

„Jap, das war der Anfang einer wirklich aufregenden und anspruchsvollen Zeit für dich! Aber, das hast du ja Gott sei Dank nun hinter dir!" Florentine fällt erneut in den zynischen Unterton, ärgert sich aber im gleichen Moment über diese schnippische Bemerkung. Alexander sagt aber nichts.

„Ich habe dich immer noch so lieb!", seufzt sie daher wieder versöhnlich, „das ist schon verrückt!"

„Verrückt? Warum?", fragt Alex jetzt. „Schließlich sind wir beide seit dieser Nacht miteinander schon weit gereist!"

„Weißt du, als Johannes sich von mir trennte und mit Karin zusammen war, sagtest du, du könntest nicht verstehen, wie jemand, der jahrelang Mercedes gefahren ist, auf einmal auf eine Ente umsteigen kann! Du bist dann mit mir Mercedes gefahren. Und dann hast du plötzlich auf der gemeinsamen Reise bei gefühlten 100 Stundenkilometern unvermittelt die Handbremse gezogen und wunderst dich, dass mein Auto ins Schleudern gekommen ist. Und anstelle das Fahrzeug vernünftig weiterzufahren, bist du einfach ausgestiegen. Von jetzt auf gleich. Du hast noch nicht einmal versucht, ob eine gemeinsame Weiterfahrt möglich ist! Du wusstest zwar auch nicht, wo du hinwolltest, nur, dass du mit MIR nicht mehr weiterfahren willst. Vielleicht auch, weil der Mercedes inzwischen ein Oldtimer geworden ist?"

Alexander schweigt. Deshalb fährt Florentine fort: „Und ich wusste nicht, wo ich alleine hinfahren sollte. Damit war ich ziemlich überfordert. Ich hätte allen Grund, dich nicht mehr lieb zu haben!"

Alexander antwortet immer noch nicht. Er dreht sich zu Florentine um und streicht ihr eine lange Locke aus dem Gesicht. Seit ihrer endgültigen Trennung hatte Florentine ihre Haare wieder wachsen lassen.

„Ach Florentine, du bist doch ganz gut alleine weitergefahren, in deiner gewohnt verständnisvollen und vernünftigen Art und Weise!"

„Ja, ‚verständnisvoll' ... und deshalb wollen mich auch alle Männer als beste Freundin! Super Sache!", antwortet Florentine halb wütend, halb zynisch.

„Außerdem, woher willst DU wissen, dass meine Weiterfahrt gut gelaufen ist? DU bist ausgestiegen!!"

Florentine wickelt sich fest in ihre Bettdecke und dreht sich zur anderen Seite, sodass sie Alexander den Rücken zudreht. Er rutscht näher an sie heran und legt seinen Arm um sie. Wie früher, denkt Florentine und wehrt sich intensiv gegen das Gefühl der Geborgenheit in seinem Arm. Sie würde nicht so dumm sein und sich wieder in irgendwelchen Illusionen verlieren.

„Gute Nacht, Mamsi", sagt Alexander leise und ist im nächsten Moment eingeschlafen, während Florentine noch lange wach liegt. Wieder einmal.

Am nächsten Morgen klingelt der Wecker um vier Uhr. Eine halbe Stunde später startet die „Lieblingsgroßfamilie", verteilt auf drei Autos, die gut vierstündige Fahrt Richtung Österreich.

Die Nacht ist frostig und sternenklar. Der Himmel beginnt, sich leicht hellgrau zu färben, obwohl es bis zum Sonnenaufgang noch gut zwei Stunden dauern würde.

Mit jedem gefahrenen Kilometer wird der Himmel heller und als sie kurz vor der Grenze sind, geht über den Bergketten am Horizont die Sonne auf. Es würde ein traumhafter Tag in den Bergen werden.

Die schneebedeckten Bergspitzen strahlen hell im Licht der aufgehenden Sonne. „Geil! Dann lass uns mal sehen, dass wir schnellstmöglich auf die Piste kommen!", drängelt Pepe.

„Da wir in St. Jacob wohnen, wirst du dich wohl ein wenig länger als üblich gedulden müssen, Herr Steigenberger!", bremst ihn Florentine, obwohl sie in diesem Moment das Gleiche gedacht hat.

Sie durchfahren den Arlbergtunnel, weiter an St. Anton vorbei in Richtung St. Jacob. Noch hinter St. Jacob liegt das gebuchte Haus, etwas abseits der Hauptstraße. „Anna, was hast du getan? Das ist nicht dein Ernst? Das ist ja am A… der Welt!" Pepe schaut sie frustriert mit großen Augen an. „Ja Jungs, ihr seid halt verwöhnt. Aber ihr hattet die Wahl – wenn ihr im Zentrum hättet wohnen wollen, hätten wir uns auf drei Hotels aufteilen müssen. Das wäre wohl auch ziemlich doof gewesen. Und komm: Die Bushaltestelle ist wirklich direkt vor dem Haus! Und …"

„… Und wir werden jeden Abend Spielabend machen!", unterbricht sie Alexander und schaut sich vom Fahrersitz freudestrahlend nach hinten um.

„Und selber kochen müssen!", schnauft Florentine.

„JAA! Genau wie früher zu Hause!" Anna ist glücklich. Und auch Florentine bekommt ein warmes Gefühl im Bauch.

Nachdem sie das Auto ausgeladen und die Zimmer im Haus aufgeteilt und bezogen haben, versammeln sich alle in der großen Essküche.

„Also, wir haben nun zwei Alternativen: Ski fahren oder einkaufen, weil …", beginnt Johannes, wird aber sofort von allen unterbrochen: „Ski fahren!!" Alle sind einer Meinung, obwohl das logistisch nicht so ganz einfach ist. Sie mussten sich noch Skipässe kaufen und Ski ausleihen, das geht nur in St. Anton. Ohne Skipass ist aber der Skibus nicht zu benutzen und wenn sie mit dem Auto hinfahren würden, hätten sie ein Problem mit dem Rücktransport der Ski. Das ist allen egal. Also einigen sie sich, zunächst mit dem Auto nach St. Anton zu fahren und am Ende des Tages eine Lösung zu finden, die man gegebenenfalls ja auch gleich mit einem Einkauf verbinden könnte, wenn man schon mit dem Auto in St. Anton war. Jetzt wollen alle erst einmal schnellstmöglich auf die Piste.

Es ist keine Wolke am Himmel und während es im Tal noch schattig ist, strahlt die Sonne bereits oben auf den Hängen die frisch präparierten Pisten an. Unter keinen Umständen wollten sie länger als nötig darauf warten, diese hintereinander hinabzusausen.

Die Kinder hatten schon im Kindergartenalter auf Ski gestanden und jahrelang waren sie immer gemeinsam wie eine Entenfamilie in Reih und Glied hintereinander hergewedelt. Als die Kinder größer wurden, brach diese Ordnung mehr und mehr auf und die Jungs und Männer lieferten sich regelmäßig Wettrennen, bei denen auch Anna und Florentine recht gut mithalten konnten. So legten sie nicht selten an einem Tag mehr als hundert Ski-Kilometer und Höhenmeter zurück, um abends todmüde ins Bett zu fallen, nachdem sie sich auf der Hütte die Bäuche vollgeschlagen hatten. Am nächsten Morgen ging es dann mit dem ersten Lift wieder hoch und mit gleicher Energie wurde ein ähnliches Tagesprogramm gestartet. In dieser Beziehung waren alle gleich verrückt.

Diesmal ist es fast Mittag, als sie mit angeschnallten Ski im Lift sitzen. Nun wird bereits das Tal von der Sonne ausgeleuchtet und Florentine hat ein freudiges Kribbeln im Bauch, als sich der Sessellift sanft und leise surrend den Berg hochzieht. Wie Puderzucker glitzern die Hügel unter ihnen. Die wenigen Tannen, die an den Hängen herausragen, tragen dicke Schneemassen und glitzern wie unter silbernem Weihnachtsspray. Je höher sie kommen, umso weniger gibt es davon und bald schweben sie nur noch über einem Meer aus Hügeln aus glänzendem Zuckerguss. Außer dem Surren des Sessellifts ist nichts zu hören. Ruhe, Sonne, Schnee und blauer Himmel. Florentine drückt sich tiefer in den Sessellift und atmet tief die frische Bergluft. Sie fühlt sich um Jahre zurückversetzt, als sei nichts zwischendurch geschehen. Alexander sitzt neben ihr. Ihre Lieblingsgroßfamilie ist zusammen auf der Piste. Alles, was zwischendrin passiert ist, ist in diesem Moment ausradiert. Die Zeit steht still.

Aber nur solange, bis sie aus dem Lift steigen. Denn in diesem Moment ist die Ruhe vorbei. Pepe schießt bereits an ihnen vorbei. „Auf, wer als Erstes am Osthang-Lift ist!" Es ist, als hätte sich nichts geändert, denkt Florentine und lächelt zufrieden, bevor sie mit einigem Abstand hinter der Bande herschießt.

Nach wundervollen Tagen im Schnee und auf der Piste geht es am zweiten Weihnachtsfeiertag wieder heimwärts. Ein wundervolles, aber kurzes Revival der Lieblingsgroßfamilie!

Auf dem Rückweg von Österreich in Deutschlands Norden ist als Zwischenstation für Florentine, Anna und Jacob erneut die Villa Kunterbunt in der Pfalz geplant.

„Was hältst du davon, wenn wir zwei gleich weiterfahren nach Frankfurt und dort übernachten? Das ist doch besser als auf dem Sofa in Julius' Wohnzimmer", schlägt Alexander vor.

Florentine stutzt. „Und Anna und Jakob kommen dann auf dem Rückweg nach Hause über Frankfurt und holen mich ab? Oder wie stellst du dir das vor?"

„Ich stelle mir vor, dass du vielleicht ein paar Tage bei mir in Frankfurt bleibst und ich dich zu Silvester wieder nach Hause bringe. Wir können dann Silvester zusammen mit Oma und Opa feiern! Oder musst du zwischen den Jahren arbeiten?"

Jetzt ist Florentine einigermaßen sprachlos.

„Seit wann musst DU denn zwischen den Jahren nicht arbeiten?"

„Doch, das werde ich schon ein wenig müssen. Aber du kannst doch trotzdem in Frankfurt bleiben. Zu Silvester fahre ich dich dann hoch!" Alexander sieht sie fragend an.

„Also, dafür habe ich aber nicht ausreichend Klamotten dabei."

„Ich habe eine Waschmaschine!" Alexander bleibt hartnäckig.

„Und wir könnten auch mal wieder shoppen gehen!"

Florentine bekommt einen Kloß im Hals. „Hast du dich etwa entschieden, dass du doch auf Oldtimer-Mercedes stehst?"

„Na ja, solche Autos sind heutzutage wertvoll. Und wenn man so eines besitzt, dann sollte man es besser pflegen. Ersatzteile gibt es dafür heute kaum noch!"

„Weißt du, wenn man die Handbremse ruckartig löst, kommt man gegebenenfalls genauso ins Straucheln …" Florentines Gefühle fahren Achterbahn.

„Deshalb lass uns ganz vernünftig und in Ruhe weiterfahren!"

„Und wohin möchtest du diesmal fahren? Weißt du das wenigstens?", entgegnet Florentine schnippisch.

Alexander zuckt mit den Schultern. „Mal sehen! Aber mir ist klar geworden, dass du mir als Beifahrer fehlst, egal wohin die Reise geht."

Florentine glaubt ihren Ohren nicht zu trauen und sieht Alexander ungläubig an.

„Und das ist dir jetzt auf einmal eingefallen? Oder bist zu zwischenzeitlich auch mal Ente gefahren?"

Alexander lacht. „Wenn man erst mal eine Zeit lang ohne Auto auskommen musste, stellt man vielleicht fest, wie dämlich es war, dass man ausgestiegen ist."

„Dämlich???"

„Vielleicht auch notwendig! Denn manche Menschen müssen erst alles verlieren, um zu erkennen, dass sie das, was sie suchen, schon haben!"

Florentine starrt ihn an.

„Und du bist dir jetzt ganz sicher, dass du wieder einsteigen möchtest?"

„Ach Mamsi, kann man sich jemals so richtig und endgültig sicher sein? Ich lebe im HIER und JETZT und jetzt möchte ich das!"

„Das ist mir nicht genug!", antwortet Florentine.

Später überlegt sie, ob sie Alexander überhaupt als Beifahrer ertragen könnte, nach all dem Schmerz und den schlaflosen Nächten, die er verursacht hatte.

Kann man sich jemals so richtig sicher sein? Das hatte sie sich schon so oft gefragt. Auch Sabine hatte sie das einmal gefragt, bevor sie ihren damaligen Mann, einen gemeinsamen Arbeitskollegen, geheiratet hatte, von dem sie inzwischen auch schon wieder getrennt ist. Für den Moment ist man sich sicher, sonst würde man es nicht tun. Außerdem hatte sie nun kein ganzes halbes Leben mehr Zeit. Wer weiß, wie viel Zeit sie überhaupt noch hatte.

„Alles, was kommen wird, ist unsicher. Lebe für den Augenblick!" Das hatte schon der Philosoph Seneca zu Zeiten des römischen Kaisers Nero gesagt.

Warum sollte Florentine mit Anfang fünfzig nun nicht endlich mal diesen 2000 Jahre alten Spruch beherzigen? Sie hatte doch nichts mehr zu verlieren. Und wer weiß, vielleicht würde sie ja selber irgendwann wieder aus dem gemeinsamen Lebens-Fahrzeug aussteigen wollen. Wer weiß?

Sabine ist inzwischen wieder neu verliebt. Das Leben ist wohl ein ewiger Kreis von verlieben, ent-lieben und wieder verlieben. „Eine neue Liebe ist wie ein neues Leben!" Vielleicht ist das ja mit einer alten Liebe auch so?

Alles ist möglich, wenn man es nur wagt.

Songtext von Passenger: Let her go!
Tja, du brauchst das Licht nur, wenn es schwach leuchtet.
Vermisst die Sonne nur dann, wenn es anfängt zu schneien.
Weißt nur, dass du sie liebst, wenn du sie gehen lässt.
Weißt nur, dass du glücklich warst,
wenn du dich mal niedergeschlagen fühlst.
Hasst die Straße nur, wenn du dein Zuhause vermisst.
Weißt nur, dass du sie liebst,
wenn du sie gehen lässt.
Und du lässt sie gehen.

19
Das Glück, einen jungen Schwan zu finden

Florentine ist inzwischen realistisch genug, die neuerliche Annäherung von Alexander nicht überzubewerten. Sie würde es nicht als Kehrtwende in seiner Einstellung deuten und sie wollte auch nicht zu viel darüber reden oder gar klammern. Außerdem liebte sie ihre in den letzten Jahren gewonnene Unabhängigkeit und Eigenständigkeit viel zu sehr, als dass sie sich jetzt erneut vollständig emotional, innerlich und äußerlich, auf ihn einlassen würde.

Wie Alexander vorgeschlagen hatte, verbringen sie zwar nach dem Skiurlaub einige Tage gemeinsam und feiern auch Silvester bei den Eltern zusammen mit Jacob und Anna, was Florentine in vollen Zügen genießt. Aber als Alexander sie bei seiner Abreise bittet, sie am kommenden Wochenende in Frankfurt zu besuchen, lehnt sie ab.

„Alex, du weißt, dass man einen Oldtimer nicht mehr so schnell und auch nicht dauernd fahren sollte!", scherzt sie.

„Und wann sehen wir uns dann das nächste Mal?" Alexander insistiert.

Florentine überlegt kurz: „Ach Alex, kann man das jemals so genau sagen? Ich lebe im HIER und JETZT und jetzt weiß ich das einfach noch nicht!" Alexander starrt sie erstaunt an, als Florentine dieses Zitat von ihm verwendet.

Auch Florentine wundert sich über sich selbst. Wie sehr hatte sie sich danach gesehnt, mit Alexander zusammen zu sein und jede Minute wieder mit ihm zu verbringen. Und jetzt, da er es wollte, war sie unsicher. Da war es wieder, dieses dämliche Muster. Unerklärlich und unverständlich. Aber es war nicht nur ihr Bauch, der ihr sagte: Sei nicht zu leichtfertig! Sondern auch ihr Herz. Vielleicht hatte es Angst, erneut verletzt zu werden.

Immerhin hatte er ihr deutlich zu verstehen gegeben, dass er sich nicht vorstellen könne, mit ihr alt zu werden. Und das hatte er noch nicht revidiert. Und das saß tief.

Und so verabschieden sie sich zwar etwas unglücklich, aber auch unverbindlich und Florentine ist fast ein wenig erleichtert, als sie zurück in ihre eigene kleine, aber leere Wohnung geht, nachdem Alexander abgereist ist.

Sie hat kaum die Tür hinter sich geschlossen, als ihre Mutter anklopft: „Hallo Flori, wie wär's mit Kaffee und Kuchen? Anna hat ein neues Rezept ausprobiert! Komm doch gleich noch mal ein paar Minuten hoch!"
„Sorry Mama, ich muss jetzt echt etwas arbeiten! Alexander hat mich schon genug Zeit gekostet. Ich setze mich jetzt erst mal an den Rechner! Aber du kannst mir gerne ein Stück Kuchen ins Büro bringen!" „Na, wenn du meinst. Aber schön, dass Alexander so lange bleiben konnte. Es hat richtig gutgetan, euch mal wieder so harmonisch zusammen zu sehen." Florentines Mutter wendet sich zum Gehen. „Aber irgendwie auch merkwürdig!" Dann schließt sie die Tür hinter sich und lässt Florentine alleine.

Lange kann Florentine allerdings nicht über dieses merkwürdige Gefühlsphänomen nachdenken, denn als sie ihren Rechner hochgefahren hat und ihre E-Mails öffnet, findet sie neben unzähligen E-Mails der letzten Tage auch die Terminplanung für dieses Jahr von Sunila. Mit hoher Priorität und in roter Schrift kündigt sie bereits für Ende Januar eine große indische Reisegruppe an. Diesmal für Paris. Florentine soll die Gesamtkoordination vor Ort übernehmen, da die bisherige Mitarbeiterin überraschend gekündigt hat.

„Na super, ich liebe diese Spontanität und ich liebe Paris!" Florentine verzieht das Gesicht. Wie spannend sich indische Reisegruppen in Europa gestalten, hatte Florentine ja schon mehr als einmal miterlebt und nun sollte das Ziel der Reise ausgerechnet Paris sein. Na, das würde lustig werden, denn wenn es für die Eigenschaft „verrückt" eine Steigerung zu den Franzosen gab, dann waren das die Inder und diese Kombination „India meets France" würde eine Herausforderung für alle Beteiligten werden.

„Und genau deshalb brauche ich dich, Florentine!", betont Sunila, als Florentine ihre Bedenken äußert.

Florentine ergibt sich ihrem Schicksal, aber irgendwie freut sie sich auch auf die Herausforderung.

Mit dem Thalys konnte sie von Düsseldorf innerhalb von fünf Stunden in Paris sein. Somit entschied sie sich für eine Zugfahrt. Sie würde zehn Tage in Paris verbringen. Als sie den Termin in ihr iPhone einträgt, kommt eine Nachricht von Pedro. „Happy new year, pen-friend! I hope you still are my pen-friend? Hope you will have lots of luck, happiness and love this year ... Obwohl ich wirklich lange nichts mehr von dir gehört habe!"

Florentine schmunzelt. Wie vertraut war ihr ihr „Brieffreund" aus Uruguay geworden und wie sehr hatte sie es insgeheim vermisst, sich mit ihm zu schreiben. Die letzten Wochen des Jahres hatte sie nun fast ausschließlich mit Alexander verbracht und sich dadurch nicht mehr mit Pedro geschrieben. „Klar bin ich noch dein Brieffreund! Wie geht es dir? Was macht deine Job-Suche?"

Pedro war im Sommer zurück nach Uruguay gegangen und hatte bisher vergeblich versucht, dort einen neuen Job zu finden.

„Nein, bisher hat sich leider nichts ergeben. Es ist schwer hier!"

„Oh, das tut mir leid", antwortet Florentine. „Das muss es nicht!", entgegnet Pedro selbstbewusst. „This is the bad effect of a very good decision. The decision to go to Germany – I never regretted it!"

Florentine wunderte sich immer wieder über Pedros Einstellung. Obwohl er es im Leben bestimmt auch nicht immer einfach hatte und sich derzeit bestimmt in einer finanziell schwierigen Situation befand, jammerte er nie. Er sah und sieht stets das Positive an den Dingen – und wenn ihm etwas nicht gefiel, dann sagte er es klar und deutlich. Direkt, ohne zu beleidigen, und offen, ohne zu verletzen. Das mochte Florentine so an ihm und oft fühlte sie sich wie ein kleines Mädchen und schämte sich, auf wie viel Nichtigkeiten sie selber im Leben Wert legte und wie sie die Dinge manchmal unnötig verkomplizierte.

„Ich genieße den Sommer und verbringe viel Zeit mit meinem Patenkind im Schwimmbad!", antwortet er weiter. Florentine hatte ganz vergessen, dass in Uruguay derzeit Hochsommer ist und während sich in Deutschland die Temperaturen endlich so verhalten wie man es für Januar erwarten würde, mit eisigem Wind tagsüber und leichtem Schneefall und frostigen Nächten, berichtet Pedro ihr von fast 40 Grad und wolkenlosem Himmel. Am anderen Ende der Welt.

„Oh wie sehr vermisse ich den Sommer!", schreibt Florentine zurück. „Und wie sehr vermisse ich dich!", tippt sie intuitiv weiter. Als sie die Nachricht sendet, stellt sie fest, dass dies auch wirklich stimmte. „Me? Do you really miss me? Or do you only regret what you missed when we met at the Airport?", antwortet Pedro mit einem Zwinker-Smiley.

Pedro hatte recht. Wie oft hatte sich Florentine geärgert, dass sie bei ihrer ersten und einzigen Verabredung mit Pedro nicht mehr als einen intensiven Kuss zugelassen hatte. Warum hatte sie sich nicht auf ihn einlassen können? „Wir haben nur diesen einen Moment!", hatte Pedro gesagt. Und der Moment ging dahin und Florentine ließ es zu, ohne ihn festhalten zu wollen. Ein wenig bereute sie das nun tatsächlich.

„Man sieht sich immer zwei Mal im Leben! Ich glaube, ich muss dem Schicksal mal etwas nachhelfen und dich wohl in diesem Jahr besuchen kommen!", entgegnet sie daher. „Great, then take the next plane. Montevideo is beautiful in the summer!", schreibt Pedro zurück.

„I will come to see you … this year somehow. But you have to be patient with me!", antwortet Florentine.

„Geduld ist mein erster, zweiter und dritter Name!", meint Pedro.

„Ich weiß!" Florentine erinnert sich, dass Pedro sie zwar intensiv geküsst hatte, aber nicht weiter gedrängt hatte, als sie ihm klar signalisiert hatte, dass es bis hierher und nicht weiter gehen würde. Sie verspürt einen Kloß im Hals.

„Ich muss jetzt was arbeiten. Let's talk soon!", will Florentine das Gespräch beenden.

„Und Arbeit ist DEIN erster, zweiter und dritter Name!", schreibt Pedro.

„Ok, dann bis bald Mr. Patience Patience Patience!"

„Good bye Mrs. Work Work Work!"

Florentine blickt lächelnd auf die Nachricht und auf das kleine Foto von Pedro in seinem WhatsApp-Profil. Sie hatten sich bisher nur wenige Stunden wirklich gesehen. Wie kann man sich dennoch so vertraut sein? Oder war es genau das, was diesen Reiz ausmachte? Auf jeden Fall nahm sie sich vor, das in diesem Jahr herauszufinden.

Jetzt allerdings bucht sie sich erst einmal einen Zug nach Paris. Die Reisegruppe würde am 23. Januar in Paris eintreffen. Florentine bucht sich daher einen Zug für den frühen Morgen am 20. Januar, um schon einige Tage im Vorfeld vor Ort die entsprechenden Vorbereitungen treffen zu können.

„Well, let the adventure start!", murmelt sie, als sie ihr Zugticket ausdruckt.

Was für eine Art Abenteuer sie in Paris erwarten sollten und wie sehr sie das Schicksal beim Wort nahm, ahnte sie noch nicht.

Alexander meldet sich in den nächsten Tagen regelmäßig bei ihr. Allerdings nimmt Florentine ihre anstehende Reise nach Paris zum Vorwand, ihn nicht an den kommenden Wochenenden in Frankfurt zu besuchen.

„Du kannst doch auch den TGV von Frankfurt nehmen! Dann bist du in drei Stunden in Paris!", schlägt Alex ihr vor. „Das ist mir alles zu viel hin und her. Ich habe hier noch so viel zu tun. Zwischen den Jahren ist echt viel liegen geblieben! Außerdem muss ich noch so viel für die ITB vorbereiten. Die Messe ist ja schon Anfang März! Ich komme dich besuchen, wenn ich von Paris zurück bin, ok?", entgegnet Florentine und stürzt sich in den nächsten Tagen tatsächlich derartig in ihre Arbeit, dass sie selbst mit Pedro einige Zeit keinen Kontakt hat.

Drei Tage vor ihrer Abreise nach Paris erhält sie eine Nachricht von Pedro: „Good news! Ich bin zu einem Vorstellungsgespräch eingeladen. In London! Du bist nicht zufällig nächste Woche in Großbritannien? Wir könnten uns treffen!"

„Very good news! I am happy for you! Aber leider bin ich in der nächsten Woche in Paris! Ich fahre in drei Tagen!", antwortet sie.

„Paris! Das ist ja noch viel besser! Ich muss in Paris umsteigen und von dort den Anschluss-Flug nach London nehmen. Das ist deine Chance!" Pedro beendet seine Nachricht mit unzähligen Ausrufezeichen.

„Meine Chance?", fragt Florentine.

„Let's meet at Charles-de-Gaulle! I am sure they have got a Star-Bucks at the Airport! Wir habenzwei Stunden zum Kaffeetrinken, und ..." Pedro lässt das Ende seiner Antwort offen.

Florentines Herz beginnt zu rasen. Sie wollte herausfinden, was sie an Pedro so reizte, hatte sie sich vorgenommen. Wenn nicht jetzt, wann dann? Wollte sie erneut eine Gelegenheit ungenutzt lassen? Aber was wollte sie eigentlich von Pedro? Auch um **das** herauszufinden, musste sie ihn in Paris treffen. Oder? Was war dann mit Alex? Ihre Gedanken drehen sich im Kreis. Es dauert eine Weile, bevor sie Pedro antwortet.

„Wann bist du denn in Paris? Wann kommt dein Flug an?", will sie wissen.

„Ich komme am 19. Januar um 20 Uhr in Paris an und muss um 22 Uhr den Weiterflug nach London nehmen!"

„Zu dumm, ich habe meinen Zug schon für den 20. Januar gebucht. Ich fahre zwar in aller Herrgottsfrühe, aber ich werde erst um 10 Uhr in Paris ankommen. Wir werden uns um einige Stunden verpassen!"

Pedro antwortet prompt: „Dann musst du umbuchen!"

Mehr sagt er nicht. Florentine starrt auf ihr iPhone, aber antwortet ihm nicht.

Sollte sie wirklich umbuchen? Eigentlich musste sie es tun. Schon allein aus praktischen Gründen. Sie lebten auf getrennten Kontinenten und ein Ticket ans andere Ende der Welt war ohne Zweifel teurer als eine Umbuchung. Sie konnte nicht wirklich zulassen, dass sie sich um wenige Stunden in Paris verpassen würden.

Schon einmal hatte sie es zugelassen, einen Augenblick verstreichen zu lassen. Außerdem hatte sie sich vorgenommen, etwas herauszufinden. Jetzt hatte sie die Chance dazu. Oder machte sie sich etwas vor? Weil sie, verloren in diesen Gedanken, immer noch nicht auf Pedros Aufforderung geantwortet hat, sendet Pedro ihr eine Sprachnachricht. „Come on! Don't think! Just do it! Booking a new train to Paris is a lot cheaper than booking a ticket to Uruguay!", spricht Pedro Florentines Gedanken aus. „And you said that you wanted to see me! That is your chance. Don't let it go again!" Pedro spricht die Nachricht langsam, aber eindringlich mit einer warmen, weichen, tiefen Stimme. Sein spanischer Akzent ist unglaublich sexy, sodass Florentines Wangen unweigerlich erröten.

Pedro hatte recht. Sie musste es tun. Und Alex? Florentine verdrängt den Gedanken an ihn. Sicherlich hatte er sich in den ersten Monaten in Frankfurt auch keinen Kopf über sie gemacht. Er war der Meinung gewesen, dass ihre bisher so perfekte Deckel-Topf-Beziehung nicht mehr ganz dicht sei und dass es vielleicht ja einen Deckel gab, der besser passte. Und vielleicht hatte er ja recht gehabt.

„Oh Mann, kann das Leben nicht einmal so laufen, wie ich es geplant habe?" Florentine stützt ihren Kopf in die Hände und rauft sich die Haare. „Oder zumindest so, dass ich es verstehe!"

Mit Verstand hatte das hier wirklich nichts mehr zu tun. Aber ihr Bauch sagt ihr: Buche dein Zugticket um! Und so antwortet sie Pedro: „Ok, I will change my ticket! See you in Paris!"

Es bläst ein frischer Januarwind, als Florentine zwei Tage später in der Dunkelheit des frühen Morgens gedankenverloren am Düsseldorfer Hauptbahnhof auf die Anzeigetafel blickt.

06:16 Uhr, Abfahrt Düsseldorf über Köln/Aachen, Lüttich und Brüssel, Ankunft 10:51 Uhr Paris, Gare du Nord.

„Jetzt ist es amtlich: Ich bin verrückt!", sagt sich Florentine. Sie fröstelt und zieht den Fellkragen ihres Mantels hoch, sodass sie ihr Gesicht tief darin vergraben kann. „Warum mache ich mir eigentlich so einen Kopf?", sinniert sie weiter. „Ich habe in meinem Leben schon so viele verrückte und viel riskantere Dinge getan, ohne viel darüber nachzudenken, mal eben ein Fitness-Studio gekauft – ohne jegliche Erfahrung. Mal eben ein Unternehmen gegründet – ohne jegliche unternehmerische Erfahrung. Mal eben drei Kinder bekommen – ohne große finanzielle Mittel … Immer wieder war sie spontan in eine neue, rasante Fahrt ihres Lebens-Karussells eingestiegen, ohne lange nachzudenken, und immer wieder wurde sie zwar ziemlich durchgeschüttelt, aber es hatte auch immer irgendwie Spaß gemacht. Und was konnte ihr schon passieren? Sie kannte Pedro jetzt schon eine ganze Weile und er kam ihr vor wie ein alter Bekannter, obwohl sie ihn persönlich nur … sie überlegt … bisher nicht einmal drei Stunden lang getroffen hatte. Und sie wollte ihn sehen. Da war sie sich sicher. Und schließlich war sie nun niemandem mehr Rechenschaft schuldig.

Florentine denkt an Alexander. Ihre große Liebe. Warum war er eigentlich ihre große Liebe? Vielleicht weil sie vorübergehend das Gefühl hatte, angekommen zu sein, für immer. Ja, sie liebt ihn immer noch, ganz tief innen. Aber was ist das für eine Liebe, die sie loslassen musste, um sie zu bekommen? Seit sie ihn ganz und gar frei gelassen hat, ihm keine Vorwürfe macht oder hinterhertelefoniert und Treffen mit ihm abspricht, ist er derjenige, der dies tut. Dieses verrückte Muster würde sie nie verstehen. Wenn ich jemanden liebe, dann will ich mit ihm zusammensein. Immer! Und mich nicht erst von ihm trennen, um festzustellen, dass ich ihn vermisse.

Sie vermisste Alexander. Jeden Tag. Immer noch. Aber sie hatte gelernt, damit umzugehen. Oder vermisste sie einfach nur die Idee, jemanden an ihrer Seite zu haben, der die gleiche Lebensidee hat wie sie? Gibt es so etwas überhaupt oder würde sich dieses Muster immer wieder durchsetzen? Kann man ohne dieses Muster gemeinsam alt werden?

Eine Durchsage am Bahnsteig, der den einfahrenden Zug ankündigt, reißt sie aus ihren Gedanken.

Der Bahnsteig hatte sich inzwischen mit Reisenden gefüllt. Was wollen so viele Menschen in aller Herrgottsfrühe in Paris oder Brüssel? Spannenderweise sehen die meisten gar nicht aus wie Touristen, sondern eher wie Geschäftsreisende, nur mit einem

Laptop oder Aktenkoffer in der Hand, und vorwiegend Männer. Florentine beobachtet einen nach dem anderen in den wenigen Minuten, die sie gemeinsam mit ihnen am Bahnsteig steht. Männer ihres Alters um die 50 haben meist schon graue Schläfen oder einen großzügigen Hubschrauberlandeplatz auf dem Kopf. Meistens aber auch einen deutlich erkennbaren Bauchansatz, während die jüngeren in smarten, stylischen Anzügen und modernen Frisuren vorwiegend sportlich und wahnsinnig sexy aussehen. Sexy und anziehend! „Oh mein Gott, ich bin tatsächlich verrückt!"

Florentine steigt ein und schiebt sich und ihren Koffer zu ihrem reservierten Fensterplatz.

Bei der Umbuchung des Tickets konnte sie lediglich das Datum, nicht aber die Uhrzeit ändern und so würde sie nun genau einen Tag früher als geplant, leider aber auch viele Stunden früher als Pedro in Paris eintreffen.

Sie wollte versuchen, noch ein wenig zu schlafen, wenn nicht hier im Zug, dann spätestens im Hotel, wo sie einchecken will, bevor sie mit der Métro zum Flughafen fährt. Sie packt ihren Mantel nicht ins Gepäcknetz, sondern knüllt ihn zusammen zu einem Kopfkissen und lehnt sich ans Fenster.

Sie versucht zu schlafen, aber das gelingt nicht so richtig. Nur zwanzig Minuten nach der Abfahrt in Düsseldorf erreicht der Zug Köln. Hier hatte sie Pedro zum ersten Mal getroffen. Damals hatte sie auf Eduardo gewartet.

Ihre Gedanken gehen wieder auf die Reise:

Ed, unglaublich sexy, unglaublich nett, aber auch erstaunlich unbedeutend für sie. Auch Eduardo würde zur Betreuung der Reisegruppe nach Paris kommen. Die Beziehung zu Ed spielte sich auf einer völlig anderen Ebene ab als ihre bisherigen Beziehungen und war ähnlich unverbindlich wie die Beziehung damals zu Carl. War es überhaupt noch eine Beziehung? Er tat ihr gut und gab ihr Halt, in einer Zeit, als sie ihr Selbstbewusstsein verloren hatte. Inzwischen war er aber mehr ein Freund und Arbeitskollege als ein Liebhaber. Ed sah das offensichtlich genauso. Sie mochten sich und kamen gut miteinander aus, aber außerhalb der Arbeit hatten sie wenig miteinander zu tun. Seit der gemeinsamen Nacht in Paris hatten sie keinen Sex gehabt, obwohl sie das eine oder andere Mal auf Geschäftsreisen ein Doppelzimmer geteilt hatten. Sie liebte ihn einfach nicht. Und Sex ohne Liebe, das ging bei Schwänen einfach nicht. Aber „liebte" sie Pedro? Das galt es, nun herauszufinden.

Ausnahmsweise pünktlich erreicht der Thalys den Pariser Gare du Nord. Von dort aus nimmt Florentine die Métro zum Gare Montparnasse. Es ist fast 12 Uhr, als sie im Hotel Pullmann Montparnasse eincheckt, wo sie die nächsten zehn Tage verbringen wird. Ihre Kollegen aus Zürich, London und Paris würden in den nächsten zwei Tagen nach und nach hier eintrudeln, während die Ankunft der Reisegruppe einen weiteren Tag später geplant ist. Sie hatten also genügend Zeit, mit dem Team im Vorfeld noch einmal alles durchzuchecken und mit dem Hotel abzusprechen ... die Ruhe vor dem Sturm.

Nun hatte Florentine allerdings erst einmal mit ihrem ganz persönlichen Sturm zu kämpfen. In ihrem Inneren herrscht mindestens Windstärke zehn, als sie am späten Nachmittag die Métro Linie 4 von Montparnasse zum Flughafen Charles-de-Gaulle nehmen will. Es ist fast 18 Uhr und in Paris immer noch Rush-Hour. Die U-Bahn-Station ist voller Menschen, dicht an dicht, Touristen, Berufspendler, Sicherheitsbeamte ... Hitze und Gerüche. Paris zur Hauptverkehrszeit, immer wieder ein Traum. Eine Winterjacke ist hier definitiv fehl am Platz. Florentine entscheidet sich, einen überfüllten Zug fahren zu lassen und erst die nächste Bahn zu nehmen. Sie hatte ja noch Zeit, so wie damals, als sie am Düsseldorfer Flughafen auf Pedro gewartet hatte. Es ist fast wie ein Déjà-vu. Sie fühlt, wie ihr die Schweißperlen den Rücken hinunterlaufen. Sie tritt einen Schritt vom Bahnsteig zurück und zieht ihren Mantel aus.

Die schlechte Luft, die Wärme und die Aufregung lassen Florentines Knie weich werden und ihre Welt beginnt sich zu drehen. Taumelnd tastet sie sich zurück zu den Sitzplätzen am Bahnsteig, als die nächste Bahn bereits einfährt. „Ok, dann fahre ich eben noch einen Zug später", denkt sie sich und sucht in ihrer Tasche nach ihrer Wasserflasche. Nach dem Schluck Wasser geht es ihr besser und sie beobachtet von ihrem Sitzplatz aus, wie die Menschen am Gare Montparnasse aus der soeben angekommenen Bahn aussteigen, während sich die wartenden Menschen bereits hineindrängen.

Florentines Puls beruhigt sich, während sie den Strom der Reisenden beobachtet. Sie schnauft durch, bis ihr mit einem Mal der Atem stockt: Im Gewühl der Menschenmassen erkennt sie eine vertraute männliche Gestalt mit blonder Frisur und braunem Trenchcoat. Es ist Ed. Er steigt aus der Bahn und geht, während er sein Handy aus der Tasche zieht, zielsicher Richtung Ausgang. Vorbei an Florentine mit Blick auf sein Smartphone. Florentine hält die Luft an.

Ihr Herz, das soeben wieder ruhiger geschlagen hatte, schlägt nun wieder bis zum Hals. Aber Ed hat sie weder erkannt noch bemerkt, so sehr war er in Gedanken und mit Blick auf sein Handy Richtung Ausgang geeilt. Florentine senkt schnell den Blick für den Fall, dass er sich umdrehen würde.

Sie holt ebenfalls ihr iPhone aus der Tasche. Ed hatte ihr tatsächlich eine Nachricht geschrieben. Florentine zögert kurz. Dann schaltet sie, ohne Eds Nachricht zu beantworten, ihr Handy aus.

Florentine steigt in die nächste Bahn und, während sie noch darüber nachdenkt, warum auch Eduardo einen Tag früher als geplant in Paris eintrifft, obwohl sie beide hier erst für morgen verabredet waren, wird ihr eines klar: Die Beziehung zu Ed war keine Beziehung und würde auch in Zukunft keine mehr werden. Merkwürdigerweise erleichtert sie diese Erkenntnis, aber sie erstaunt sie auch. Als Eduardo eben aus der Bahn stieg, sah er wie immer gut gestylt und umwerfend attraktiv aus. Beruflich erfolgreich, engagiert und elegant. So anziehend er auch früher auf sie gewirkt haben mag, so wenig erstrebenswert fand sie es nun, mit ihm zusammen zu sein. „Ich BIN verrückt! Warum raubt mir ein nahezu mittelloser, sehr viel jüngerer Mann auf einmal alle Sinne? Das gibt's doch nicht!"

Doch während Florentines Kopf noch mit dieser Frage beschäftigt ist, entwickelt sich in ihrem Bauch ein angenehm warmes Gefühl.

Es ist nach 19 Uhr, als Florentine den Flughafen erreicht. Um 20 Uhr würde Pedro hier eintreffen. Auf einer großen Anzeigetafel sucht sie nach Pedros Flug und begibt sich langsam zum Gate, wo er eintreffen würde. Ihr Handy hatte sie immer noch ausgestellt. Aber sie würde ihn auch so finden, da war sie sich sicher, das hatte in Düsseldorf auch geklappt und wenn es das Schicksal wollte, dann würde es auch hier klappen.

Pedros Flieger landet pünktlich. Florentine erfährt dies über die große Anzeigetafel: „gelandet". Schlagartig beschleunigt sich Florentines Puls. Nach unzähligen Schreib- und Sprachnachrichten während der letzten Monate würde er in wenigen Minuten endlich persönlich vor ihr stehen. Da er einen Anschlussflug nach London hat, würde er nicht auf sein Gepäck warten müssen.

Florentine steht am Gate und beobachtet den Strom der ankommenden Passagiere. Sie stellt sich auf die Zehenspitzen. Dann sieht sie Pedro schon von Weitem. Und er sie, anders als in Düsseldorf, diesmal auch. Als er sie erblickt, strahlt er und läuft schneller und auch Florentine geht ihm, so weit es geht, entgegen.

Hätte sie einen Pulsmesser, so würde dieser spätestens jetzt vor einer Überlastung des Herzmuskels warnen.

So fliegen sie sich förmlich in die Arme und halten sich sekundenlang, gefühlte Minuten, inmitten der anderen Fluggäste eng umschlungen fest. Florentine vergräbt ihr Gesicht in Pedros dicker Steppjacke und genießt den angenehmen und erstaunlich vertrauten Geruch seines Körpers. Keiner von ihnen kann etwas sagen. Als sie sich nach einer gefühlten Ewigkeit voneinander lösen, küsst Pedro sie sanft auf den Mund. „Let's go for coffee! Have you checked, if they have a Starbuck's here?", will er wissen.

„Nein, aber ich hätte nichts gegen ein wenig frische Luft!", antwortet Florentine. Ihr Blut kocht und ihre Wangen glühen. „There is a Mercure Hotel in about ten minute's footwalk. I am sure they do good coffee there as well!" Sie nimmt seine Hand und zwinkert ihm zu.

Pedro hebt die Augenbrauen: „Are you sure?"

„Ja, klar, warum nicht! Du hast doch gesagt, dass du einen Kaffee wolltest!"

Pedro bleibt stehen und legt den Kopf schief.

„Oh, come on Pedro! Kann man sich jemals so wirklich sicher sein? Wer nicht wagt, der nicht gewinnt!", philosophiert Florentine. In Gedanken fügt sie hinzu: „Und der kann auch nicht verlieren!" Aber diesen Bruchteil von negativem Gedanken schiebt sie schnell wieder zur Seite.

„Das ist nur ein Sprichwort, eine Lebensregel! Aber keine Angst, ich will nur mit dir Kaffee trinken!" Florentine zwinkert ihm etwas unsicher zu.

„And this is why you came all the way to Charles-de-Gaulle Airport?"

„I came because I wanted to see you!", antwortet sie ehrlich.

„Why?" Pedro bleibt hartnäckig.

„I think ... I missed you", antwortet Florentine zögernd. Denn genau das hatte sie ja noch nicht herausgefunden. Eigentlich kannte sie ihn ja kaum.

Pedro antwortet nicht. Aber er lächelt sie an, nimmt ihre Hand und geht gemeinsam mit ihr in Richtung Ausgang. Draußen hat der Wind aufgefrischt und treibt vereinzelt kleine Schneeflocken vor sich her. Florentine atmet die frische Luft tief ein und hält ihr Gesicht gen Himmel. Die kleinen Schneeflocken schmelzen auf ihren geröteten Wangen und sie genießt die angenehme Abkühlung. Pedro hat ihre Hand losgelassen und schließt den Kragen seiner Steppjacke. „Bei unserem letzten Treffen war es genau umgekehrt: Hochsommer in Deutschland und Winter in Uruguay. Jetzt gibt es hier Schnee und in Montevideo sind es fast 40 Grad im Schatten!", murmelt Pedro in den Kragen seiner Jacke.

„Du kommst halt vom anderen Ende der Welt!" Florentine mustert ihn von der Seite. Pedro ist frisch rasiert und war offensichtlich beim Friseur. Er trägt eine dunkle Jeans und elegante Schuhe. Sein Kleidungsstil ist schlicht, aber elegant. Er hätte sich gut einreihen können in die Reihe der jungen Männer, mit denen sie heute früh in Düsseldorf am Bahnhof gestanden hatte. Ganz anders als beim letzten Treffen. Damals in Düsseldorf wirkte er wie ein erwachsener Teenie mit verwaschenen Jeans, T-Shirt uns Sneakers, der sie ein wenig an ihren Freund

Nick in Cornwall erinnerte. Jetzt wirkte er wirklich erwachsen. Kein Wunder, denn er hatte ja schließlich in London ein Vorstellungsgespräch.

„Was ist das eigentlich für ein Job, auf den du dich beworben hast?", will Florentine wissen.

„Das erzähle ich dir, wenn ich den Job habe, ok?", antwortet Pedro. Also gehen sie weiter schweigend nebeneinander her. Als sie das Mercure Hotel in Sichtweite erreichen, nimmt Pedro erneut ihre Hand.

„Ok, we have approximately two hours for coffee!", jetzt ist es Pedro, der zwinkert.

Florentine bleibt stehen und schaut ihn an. Sein Blick ist schelmisch und fordernd, aber durchaus liebevoll. Als Florentine nicht antwortet, sagt er: „Wir haben nur diesen einen Moment!"

Gemeinsam betreten sie die Hotellobby. Während Pedro direkt zur Rezeption gehen will, lenkt Florentine ihre Schritte Richtung Bistro-Café. Sie dreht sich zu Pedro um:

„Would you like cappuccino or latte?"

Pedro verzieht sein Gesicht und folgt ihr unwillig. „Just normal coffee, please!"

Florentine bestellt an der Bar und sie setzen sich an einen Tisch entfernt von der Bar in einer ruhigeren Ecke. Das Café ist glücklicherweise nicht sehr besucht.

Pedro bohrt mit seinen Blicken. Florentine ertappt sich, wie sie seinen Blicken ausweicht.

„Warum bist du gekommen?", fragt Pedro erneut.

Das ist die gleiche Frage und ein ähnliches Gefühl wie in Düsseldorf bei ihrem ersten Treffen.

Florentine schweigt. Nicht zuletzt, weil sie es wirklich nicht beantworten kann. Sie sitzen sich gegenüber, Pedro tastet vorsichtig über Florentines Hand und krabbelt mit den Fingern in Florentines Pullover-Ärmel, sodass sich die kleinen Härchen an ihrem ganzen Körper aufstellen.

„Warum hast du mich in dieses Hotel gebracht?", fragt er weiter mit sanfter, aber nachdrücklicher Stimme. Seine Finger wandern langsam weiter ihren Ärmel hoch. Florentine hat den Blick immer noch gesenkt und antwortet nicht.

„Say that you want to make love to me!", flüstert Pedro.

Florentine blickt auf. In diesem Moment bringt die Kellnerin den Kaffee und Pedro zieht seine Hand zurück und lässt sie die Getränke abstellen. Als die Kellnerin wieder gegangen ist, antwortet Florentine:

„I did not come just to make love to you!" Ihr Ton ist trotzig. Auch wenn sie vielleicht insgeheim daran gedacht oder darauf gehofft hatte, dann würde sie das auf keinen Fall jetzt „gestehen".

„Sondern!?"

„Da muss noch etwas anderes sein. Ich steige nicht gleich mit jedem ins Bett, weißt du!"

Pedro lehnt sich weiter zurück: „Aber ich denke, wir haben da noch etwas anderes? Wir kennen uns jetzt schon einige Monate und daher bin ich ja nicht ‚jeder'!"

„Haben wir etwas anderes? Das wollte ich ja genau hier herausfinden." Florentine senkt ihren Blick.

„Innerhalb von nicht mal zwei Stunden? Das kann nicht dein Ernst sein!" Pedro lacht zynisch.

„Come on, gib es einfach zu: you wanted to make love to me. Can you please just say that?"

„Warum ist das so wichtig für dich?", will Florentine wissen.

„Na immerhin hast du mich in dieses Hotel geführt, das war doch deine Idee." Pedro greift erneut nach Florentines Hand.

„Ja ... und ich weiß auch nicht, warum." Florentine hat das Gefühl, als sei soeben eine riesige Seifenblase geplatzt.

Pedro lässt ihre Hand los. „Das solltest du aber!"

Er schnauft tief durch und lehnt sich zurück. „Weißt du, ich hätte mich gefreut, wenn du nur gesagt hättest, dass du MICH wieder treffen willst und dass du MICH willst und dass du MICH begehrst. Oder was fühlst du? Sei ehrlich."

„Ich bin immer ehrlich: Es ist eine Mischung aus komischen Gefühlen, warum ich hergekommen bin. Vielleicht habe ich mich auch in meiner Phantasie verloren. Ich wollte dich als Persönlichkeit kennenlernen; nicht nur per Whatsap. Vielleicht habe ich mir auch etwas vorgemacht." Florentines Stimme versagt, während sie ihre Tränen unterdrücken muss.

„‚Man sieht sich immer zwei Mal im Leben', hast du in Düsseldorf gesagt. Du wolltest eine zweite Chance! Und: Hier ist sie." Pedro sieht sie fordernd an: „You wanted to make love to me. Vielleicht wirst du so eine Chance nicht so schnell wieder bekommen. Vielleicht wird es irgendwann zu spät sein."

Florentine weicht zurück. Äußerlich und innerlich.

„Gut, dann ist das so. Pech für mich. Du bist so viel jünger als ich, da kann ich wohl kaum erwarten, dass du auf mich wartest."

Pedro lächelt müde: „Ich habe nie gesagt, dass ich warten werde."

„Sondern?" Florentine nippt ein wenig hektisch an ihrem Cappuccino.

„I wanted to make love to you! You are attractive, as simple as that. Ganz ehrlich!"

„Ganz ehrlich: Ich suche keinen Mann fürs Bett! Ich suche einen Mann fürs Leben. Einen, der mit mir weiter geht als nur ins Bett, einen, der mit mir alt werden will. Und der mich dennoch begehrt, aber das zusätzlich."

Pedro schüttelt den Kopf. „Sicherlich hat es dich aber doch auch ein wenig gereizt, die Idee: you want to make love to me!"

Florentine setzt sich aufrecht: „Ja, ich gebe es zu. Ich will es, denn das wäre die logische Konsequenz, wenn ich einen Mann liebe. Und nur dann!"

Pedro runzelt die Stirn: „Ich will aber nicht die logische Konsequenz sein. Ich will, dass du es sagst!"

„Warum sollte ich das tun?"

Pedros Ton wird forscher: „Weil du es selber willst ... because you want ME!

Because I want you, because I want it."

„Aber ich will das nicht!" Florentine schiebt ihre Kaffeetasse zurück und steht auf.

Sie ist sich jetzt ganz sicher. So wollte sie es nicht.

„Ich habe mein ganzes Leben lang Dinge getan, um Männern zu gefallen und das zu tun, was sie wollten. Das werde ich nicht mehr tun. Wenn ich es nicht will. So einfach ist es."
Pedro unternimmt einen weiteren, fast schon verzweifelten Versuch: „Warum bist du dann hier? Du willst! Komm, Florentine, da bist du doch schon ganz wild drauf!"
„Nein Pedro, das bin ich nicht!"
Sie zieht ihren Mantel an. „Ich bin, wie ich bin und DAS bin ich nicht."
Ohne sich zu verabschieden, eilt Florentine Richtung Ausgang. Vor dem Hotel treibt ihr der kalte Januarwind die Tränen in die Augen. Kurz entschlossen winkt sie sich ein Taxi und fährt zurück in die Innenstadt. Während der Fahrt zurück ins Zentrum laufen ihr Tränen die Wangen hinunter, aber es sind Tränen der Wut und der Enttäuschung. Sie kommt sich auf einmal so dumm und so naiv und so unvernünftig vor. Wahrscheinlich war es ihr immer noch unerfüllter Traum, der sie diese Aktion hat unternehmen lassen. Wie konnte es so weit kommen? Sie erkannte, wie wenig Pedro der Mann war, für den sie ihn gehalten hatte. Es war der Mann ihrer Träume, den sie hatte treffen wollen. Wie hatte sie nur glauben können, dass Pedro dies hätte sein können, so jung wie er noch war.

Wie hatte sie anfangs gesagt: „Wer nicht wagt, der nicht gewinnt?" Gewonnen hatte sie nun zumindest eine Erkenntnis:
Sie würde von nun an wirklich vernünftig sein und nicht mehr irgendwelchen Phantasien hinterherhängen. Sie würde sich ganz auf sich und ihre Arbeit konzentrieren und auf ihre Kinder, ihre Lieblingsgroßfamilie und das, was davon übrig geblieben war – das, was wirklich wichtig ist in ihrem Leben. Einen Mann brauchte sie dazu schließlich wirklich nicht. Und verbiegen würde sie sich auch nicht mehr. Sie wischt sich die Tränen von der Wange und erkennt:
Alles im Leben hat seinen Sinn. Zwar waren das Ergebnis und die Erkenntnis anders ausgefallen als sie erwartet hatte, aber schließlich war sie ja gewohnt, dass es meist anders kommt, als sie geplant hatte.

Als sie im Hotel ankommt, schaltet sie ihr iPhone wieder ein, das sie in der Métro ausgeschaltet hatte, als Ed ihr unerwartet über den Weg gelaufen war. Erstaunlicherweise hat sie keine Nachricht von Ed. Sie wundert sich ein wenig darüber, was er schon in Paris machte, aber schließlich war er ja ein freier Mann und ihr gegenüber keine Rechenschaft schuldig. Stattdessen hat sie eine Nachricht von Pedro. Eine Sprachnachricht. Seine Stimme klingt enttäuscht, fast traurig.

„Es ist ok. Du siehst die Dinge mit anderen Augen. Das verstehe ich. Ich hätte mich gefreut, wenn du mir gesagt hättest, dass du MICH willst. Das hast du nicht und das ist ok. Ich kann damit umgehen. Ich werde akzeptieren, wie du Dinge in deinem Leben regelst. Es ist schließlich dein Leben! Und ich weiß ja, dass du in deinem Leben schon oft enttäuscht wurdest. Aber merke dir: Wenn du aufhörst etwas von dir zu geben, wirst du aufhören zu bekommen!"

Florentine hört die Nachricht mehrfach. War das ein Abschied? Sie wusste es nicht, aber so traurig Pedro auch klingt, so wenig hat sie Lust, auf diese Nachricht zu antworten. Er hatte sie nicht verstanden, aber wie konnte er auch? Sie hatten sich in diesem Leben nur wenige Stunden gesehen und ausschließlich Nachrichten ausgetauscht. Diese waren zwar intensiv, aber so kann man sich doch nicht kennenlernen. So kann man sich doch nicht lieben lernen.

Und heute hat sie zumindest den Entschluss gefasst, dass sie das auch gar nicht wollte.

Als Florentine zurück im Hotel ankommt, hat sich ihr Puls beruhigt. Wie sie sich vorgenommen hatte, würde sie sich jetzt in ihre Arbeit stürzen und sie fährt den Rechner hoch.

Bevor sie die Pläne ihrer Reisegruppe für die nächsten Tage in Paris aufruft, geht sie zu ihrer Facebook-Seite, weil sie sich fest vorgenommen hat, Pedro aus ihrer Freundesliste zu streichen, so wie sie es auch mit Sebastian gemacht hatte.

Aber der Herr Grunderfinder lässt sie zunächst auf einen Post einer ihrer Freunde stoßen, der ihr helfen sollte, die heutigen Erlebnisse und die daraus resultierenden Entscheidungen zu verarbeiten:

„Die reife Frau scheißt auf Erleuchtung und auf eine erleuchtete Partnerschaft. Die wahrhaftige Frau weiß um die Qualität eines guten Herzens ...
Eine reife Frau sucht nicht ihr Glück in den Gepflogenheiten ihres Gegenübers, sondern sie weiß um ihre eigenen Kräfte und genießt die Zeit des Zusammenseins genauso wie die Zeit des Alleinseins. Sie nimmt dem Mann den Druck, ein wahrhafter Mann sein zu müssen und lässt ihm seine Zeit, seinen Weg zu gehen. Sie begleiten sich. Sie lassen sich wieder los. Sie brauchen keine sexuellen, ekstatischen, transzendalen Vereinigungen, sie genügen sich in leisen Berührungen und liebevollen Zärtlichkeiten.
Eine reife Frau ist längst darüber hinausgewachsen, ihre Vollkommenheit nur darin zu erkennen, mit wem sie zusammen ist. Ihr genügt das, was das Leben ihr bietet, solange ihr Herz im Einklang damit schwingen kann. Sie weiß um die Qualität des Bleibens, ebenso um die des Loslassens und Seinlassens.
Sie überwindet ihre Sucht nach ihm und durchschaut ihre Abhängigkeiten, um sich selber und auch ihm einen Raum zu schenken, wo sie beide – für sich – groß sein dürfen.
Eine reife Frau hängt sich nicht auf an Qualitäten, die einen wahrhaften Mann auszeichnen sollen. Sie sieht in ihrem Gegenüber einen Menschen, der sein Bestes tut. Für sich selber und daraus fließt die Liebe zu ihr.
Sie hat jedes Bestreben nach Symbiose losgelassen und erfreut sich an der Eigenheit ihres Wesens, im Alleinsein und in der Zusammengehörigkeit mit anderen.
Sie durchschaut ihre Ängste, ihre Perfektion und ihren Versuch, das Außen zu kontrollieren, und erkennt, dass sie sich verklärten Vorstellungen hingibt und sich dabei selber limitiert.
Eine reife Frau entspannt sich aus ihren eigenen komplexen Geschichten heraus, hinein in die Stille und auch Anspruchslosigkeit – um ihrem Geist endlich Ruhe zu gönnen.

Um ihrer gehetzten Seele Heimat zu geben ...
Eine reife Frau hat es gelernt ... ihrer Pflicht nachzukommen.
Ihre Berufung zu leben.

Es gibt ein Gemeinsames mit ihrem Mann – das ist das leise Zusammensein, die Unbekümmertheit, frei von jeder Vorstellung. So lebt sie mit ihm, was ihrem Wesen entspricht und empfängt jene Qualitäten, die er zu verschenken hat.

Eine reife Frau ist mit ihm und ohne ihn ... in Frieden."

(Autorin: Verena Moksha Devi)

Florentine lehnt sich zurück. Dann schließt sie Facebook, ohne Pedro zu „ent-freunden"! Wie es so oft im Leben schon vorgekommen war, spricht ihr mit diesen Zeilen jemand aus der Seele. Wie einfach alles klingt und wie klar. Und wie erstaunlich, dass sie dies genau jetzt liest. Danke, lieber Grunderfinder!

Und neben der Tatsache, dass diese Zeilen ihr ein warmes Gefühl in die Magengegend zaubern, freut sie sich über die Feststellung: „Ich bin nicht allein! Nicht allein auf dieser Welt mit meinem Sorgen und Problemen, meinem Knick in der Beziehung und dem Knick im roten Lebensfaden. Es gibt Millionen von Menschen, die Ähnliches erleben, strudeln, aufstehen und nach vorne sehen. Und das unter Umständen niederschreiben, in Gedichten, Liedern oder auch Romanen, um sich und anderen Menschen in gleichen Situationen zu helfen und zu bestärken."

„Vielleicht sollte ich auch mal einen Roman über mein verrücktes Leben schreiben?", denkt sich Florentine und lächelt. Verrückt, ja, so konnte man es nennen. Aber es gab wirklich Schlimmeres als gebrochene Herzen. Sie schnauft noch einmal tief durch!

Es ist, wie es ist. Und wie es ist, ist es gut!

In diesem Sommer bekommt Florentine einen Auftrag, eine Woche lang eine Reisegruppe in Cornwall zu betreuen. Darauf hatte sie lange gewartet. Die meisten Reisegruppen entdeckten Cornwall entweder auf eigene Faust oder suchten sich andere Ziele aus, bei denen Florentine dann dabei sein musste. Ihre große Affinität zu Großbritannien hatte Florentine an ihre Kinder vererbt und seit diese einigermaßen selbstständig entscheiden konnten, wohin im Sommer die Reise gehen sollte, waren alle drei jedes Jahr einstimmig der Meinung: Cornwall!
Dort hatten sie schon früh surfen gelernt. Und während sich Freunde und Bekannte noch wunderten, dass man in England einen Surfurlaub verbringen konnte, fuhren Florentine und Alexander mit den Kindern mehrmals nach Cornwall, bevor der Rest der Welt, und auch vermehrt die Deutschen, dies auch als Surf-Paradies entdeckten. Leider kommen jedes Jahr mehr Touristen, sodass es im Sommer an den Stränden fast genauso voll ist wie auf Hawaii – Surfbrett an Surfbrett. Wie sehr hatte Florentine es geliebt, als man sich hier noch fast alleine am Strand, gefühlsmäßig fernab von der Zivilisation, inmitten wundervoller Natur erholen konnte.
Mit den Kindern hatten sie stets kleine Ferienwohnungen oder Cottages in St. Ives, dem Geburtsort von Rosamunde Pilcher. Hier muss man zum Autor werden. Man fühlt sich förmlich gezwungen, die Schönheit der Natur in geschriebene Worte zu fassen, um sie zu bewahren. Das Meer, die Strände, das satte Grün der Küsten, gespickt mit farbenfrohen Blumen, Lilien in allen Farben sowie alte Kirchen und malerische Fischerhäuser: Dies war der Ort, um Liebesromane zu schreiben.
Dazu kommt, dass das kleine Städtchen St. Ives klimatisch eine subtropische Oase zwischen den Buchten ist. Die Strände sind scheinbar golden, die Vegetation ist üppig und das Licht durchdringend hell. Es ist nicht verwunderlich, dass dieses Flair und das Spiel von Licht und Farben der Natur seit Jahrzehnten verschiedene Künstler, insbesondere Maler, anzieht, die häufig mit ihren Staffeleien am Strand anzutreffen sind, um die unbestreitbare Schönheit einzufangen. Bekannte Namen wie Turner und Henry

Moore sowie die kleine Schwester der Londoner Tate Gallery ließen St. Ives zu einem Anziehungspunkt für die Künstlerszene werden. Man kann hier richtig gut und richtig günstig Bilder und andere Kunstwerke kaufen. Wie oft hatte sich Florentine beim Schlendern in den kleinen Gassen der Altstadt in das eine oder andere Gemälde verliebt und dies gekauft, um ein kleines Stück dieser Atmosphäre mit nach Hause zu transportieren.

Florentine reist zum ersten Mal wirklich allein nach Cornwall. Und zum ersten Mal fährt sie nicht mit dem Auto, sondern fliegt nach Newquay. „Allein" bedeutet ohne ihre Kinder und ohne Alex. Beim Anflug auf Newquay schießen Florentine in einer Mischung von Vorfreude und Trauer noch einmal die Tränen in die Augen.

Wo waren die Jahre geblieben? Es ist ihr unbegreiflich. Sie schließt die Augen, als die Tränen die Wangen hinunterlaufen. Sie sieht ihre Kinder am Strand spielen, Drachensteigen, Muscheln und kleine Krebse suchen, als wäre es gestern gewesen. Das war alles so unwirklich. Als Florentine die Augen wieder öffnet und durch das Flugzeugfenster schaut, blickt sie auf die traumhaften weißen Strände von Newquay. Das ist alles andere als unwirklich. Das ist ihr geliebtes Cornwall.

Und alleine ist sie ja nicht wirklich. Ihr alter Freund Nick, der sich von einem jungen dynamischen Surflehrer mit seiner Surfschule über die Jahre zu einem erfolgreichen Unternehmer gemausert hatte, holt sie am Flughafen ab.

Der Flieger nach Newquay war ausgebucht gewesen. Kein Wunder, es ist August. Da reisen nicht nur alle Engländer nach Cornwall, sondern auch jede Menge Touristen. Florentine hat es in den letzten Jahren eigentlich vermieden, im August nach Cornwall zu reisen. Es ist einfach zu voll, zu teuer und zu stressig um diese Zeit. Aber nun war es nun mal ihr Job.

Auf dem Flughafen in Newquay scheint in den letzten zwanzig Jahren die Zeit stehen geblieben zu sein. Florentine war große Flughäfen wie Düsseldorf, Frankfurt oder Heathrow gewohnt. Belustigt stellt sie fest, dass der Flieger quasi direkt vor dem Eingang hält. Ein Flieger, eine Landebahn, ein Terminal. Die Koffer werden direkt am Ende der Landebahn vor dem Eingang zum Flughafengebäude ausgeladen. Zwar gibt es ein Gepäckband, aber einige Reisende greifen ihre Koffer gleich hier. Florentine muss auch nicht lange warten, bis ihr Koffer auf dem Gepäckausgabeband erscheint. Sie schnappt ihn und zieht ihn hinter sich her zum Ausgang.

Sie sieht Nick schon von Weitem. Sein strohblondes Haar leuchtet förmlich in der Wartehalle. Er ist braun gebrannt, wie immer. Er trägt ein ausgewaschenes weißes T-Shirt und eine zerrissene Bermuda, Stoffschuhe und Socken. „Some things never change!", freut sich Florentine. Sie hatte Nick bereits vor mehr als zehn Jahren kennengelernt, als er damals mit Anfang zwanzig als Surflehrer in der Surfschule angestellt war, die er später übernommen hatte. Jedes Jahr waren sie mit den Kindern nach Cornwall gereist und er hatte die Kids aufwachsen sehen und in sein Herz geschlossen. Julius war sogar im letzten Herbst gemeinsam mit Nick nach Marokko geflogen, wo seine Surfschule während des britischen Winters Surfkurse abhielt. Kurz: Nick gehört schon fast zur Familie.

Auch Nick sieht Florentine von Weitem und winkt ihr lachend zu. Florentine beschleunigt ihre Schritte in gleichem Maße, wie sich ihr Herzschlag erhöht, und fliegt Nick in die Arme.

Er drückt sie lang und fest. „Helloo, so good to see you back in Cornwall!" Seine hellblauen Augen strahlen. Seine langen, weißblonden Wimpern geben seinem inzwischen nicht mehr ganz jugendlichen Gesicht einen schelmischen, knabenhaften Ausdruck.

Auch Nick ist inzwischen Mitte dreißig und in seinen Augenwinkeln finden sich feine Linien. „But it is really sad that you are on your own this time!", fügt er hinzu.

„Such is life, Nick! Die Kinder sind groß und leben ihr eigenes Leben. Ich bin alt und allein, buhu…", antwortet Florentine übertrieben gespielt traurig.

„What happend to Alex?" Nick macht große Augen. Florentine hatte ihm nichts davon erzählt, wie sich die Situation in den letzten Jahren zwischen ihr und Alexander entwickelt hatte. Und selbstverständlich wusste Nick auch nichts von Pedro. Florentine wusste ja selber im Moment nicht, was los war in ihrem Leben. „To keep a long story short: I don't know what happens to men over 40!" Nick nimmt Florentine ihren Koffer ab und runzelt die Stirn. „Und eigentlich möchte ich dir das gerne erst später näher erklären. Lass uns jetzt erst einmal zu meiner Pension fahren. Ok?" Nick legt den Kopf schief. Er sieht in seinen abgewetzten Sachen aus wie vor zehn Jahren. Nur ein wenig älter! „Ok, let's go!" Florentine folgt Nick zum Parkplatz. Die Stadt Newquay ist nicht nur für die Flugreisenden das Tor zu Cornwall, sondern auch vor allem bei Surfern sehr beliebt. Diese kommen in Scharen in ihren alten, oft bunt bemalten VW-Bussen, um mit ihren Surfbrettern die Wellen Newquays zu erobern. Vor allem im August. Und so parken hier auch diesmal wieder die farbenfrohen Bullis, die die Kinder in Cornwall immer so geliebt hatten. Nick hingegen fährt immer noch einen schlichten, weißen Van mit großem blauen „Cornish-Boarders Logo".

„Oh Nick, ihr hättet euch wirklich langsam mal etwas Lustigeres einfallen lassen können!", scherzt Florentine. „Wir sind doch keine 16 mehr! Und außerdem keine Hippies, sondern eine seriöse Surfschule!", antwortet Nick und Florentine zieht belustigt die Augenbrauen hoch. Sie denkt an die Surflehrer in Dreadlocks und Flipflops, die Nick seit Jahren beschäftigt und murmelt: „… Aha."

Gemeinsam fahren sie mit Nicks Van, der wie in all den Jahren zuvor das gesamte Equipment der Surfschule inklusive Surfbretter beherbergt, nach Penzance. „Ich setzte dich im Tremont ab und muss dann gleich weiter nach Paa Sands. Um 14 Uhr habe ich da einen Surfkurs!"

„Yes, no Probs, I hope you are going to make it!" Florentine zweifelt nicht ganz zu Unrecht, dass Nick pünktlich zu seinem Surfkurs kommen würde, denn es ist Samstag – „change over day"! Bettenwechsel in Cornwall im August bedeutet: volle Straßen, tausende von Menschen mit Koffern und Autos unterwegs und lange Staus. Und so drängt sich Nicks Van langsam durch den dichten Verkehr. Aber einen echten Stau gibt es glücklicherweise noch nicht. „Don't worry –, the real traffic jams occur only in the afternoon. We are going to be fine!" Und Nick hatte recht; nach einer guten Stunde erreichen sie Penzance.

Nach den vielen kleinen Dörfchen, die sie unterwegs passieren, mutet Penzance fast großstädtisch an. Die Stadt ist der Verkehrsknotenpunkt der Penwith-Halbinsel. Es gibt eine große Promenade, auf der sich zahlreiche Läden befinden. Von Klamotten bis zu Leckereien wie den typisch cornischen „Pasties" – herzhaft oder süß gefüllte Teigtaschen – findet sich hier alles. Daher ist es diesmal wirklich kein Problem, dass Florentine ohne Auto hier ist. Sie wird sich ein Fahrrad mieten und von hier aus überall hinradeln. Darauf hatte sie sich schon lange gefreut.

Weil Florentine eine Reisegruppe betreuen soll, hat sie unweit des Hostels der Gruppe ein B&B gebucht. Das „Tremont" liegt in einer von Bäumen gesäumten Straße, nur 250 Meter von der berühmten Promenade entfernt und zehn Minuten vom Stadtzentrum. Gleichzeitig sind es aber nur wenige hundert Meter bis zum Strand. Perfekt für Florentine. Alle Häuser in dieser Straße stehen unter Denkmalschutz und so reiht sich das 1855 erbaute Gebäude ein in eine Reihe von viktorianischen Häusern. Eine typisch britische Kulisse.

Wie angekündigt setzt Nick Florentine samt Gepäck im Tremont ab. „Maybe I will come to see you in Paa Sands later today, after I have picked up my bike!", ruft sie ihm zu, bevor er in seinem Van davonsaust.

Florentine bezieht ihr Zimmer im Tremont und muss feststellen: Nicht nur außen, sondern auch innen ist alles hier – typisch britisch. Weicher flauschiger Teppichboden, sogar auf den schmalen steilen Treppen bis hin in ihr kleines Einzelzimmer. An den Fenstern hängen opulente Vorhänge und Kordeln mit dicken Quasten. Die Einrichtung ist in pudrigen Rosatönen gehalten. Pastell und Blumenmuster, soweit das Auge reicht. Der Style der Inneneinrichtung ist eine Mischung aus den Cottages der Rosamunde-Pilcher-Verfilmungen und Puppenstube. Aber urgemütlich. Florentine fühlt sich sofort wie zu Hause. Das liegt nicht zuletzt an der netten Vermieterin. Christine ist Witwe und hat sich entschieden, nach dem Tod ihres Mannes und dem

Auszug ihrer Kinder ihr Haus als Pension zu vermieten. Und der Spagat zwischen familiärer Atmosphäre und „high-quality" Bed&Breakfast ist durchaus gelungen. Immerhin ist das Haus inzwischen sogar mit einem „Silver Award" von „enjoyEngland" und verschiedenen anderen Preisen ausgezeichnet worden.

Florentine beginnt, ihren Koffer auszuräumen, als ihr Handy vibriert. Es ist Pedro. Er hatte sich monatelang nicht gemeldet. Kein Wunder, denn sie hatte bis heute nicht auf seine letzte Nachricht geantwortet.

„I have good news for you!", schreibt er.

Florentine fühlt, wie sich ihr Herzschlag erhöht. Aber nicht aus Freude, sondern eher aus Wut.

Sie wollte ihn aus ihrem Leben streichen. Den Menschen, den sie sich in ihrer Phantasie ausgemalt hatte, den gab es wohl nicht. Das war ihr im Januar in Paris klar geworden. Irgendwann, wenn sie bereit dafür war, würde sie den Richtigen schon finden und wenn nicht, dann war es eben so.

„I do not want to know!", Florentine sendet spontan diese Nachricht ab.

Dann aber erklärt sie:

„Ich bin in Cornwall. Es geht mir gut, wie immer, wenn ich in Cornwall bin. Ich wohne im Tremont in Penzance, einer kleinen Pension und bin mit mir und meiner Welt im Reinen. Ich liebe Cornwall, ich liebe meinen Job und ich bin zufrieden. Ich brauche dazu keinen Mann und sorry, ich brauche insbesondere keinen Mann, der mich davon überzeugen will, dass ich ihn will. Wir leben in verschiedenen Welten, da gibt es keine Schnittmenge und keinen Raum, sich kennenzulernen und wird es nie geben."

Florentine atmet tief durch. Sie wollte Pedro nicht verletzen, aber sie hatte im Januar einen Entschluss gefasst und zu dem stand sie noch heute. Und sie war damit zufrieden und wirklich glücklich. Aber jetzt musste sie erst mal an die frische Luft.

Ihr Fahrrad kann sie nur wenige Häuser weiter in einer anderen Pension ausleihen, die sie über das Internet gefunden hat. Nachdem sie ihr Zimmer eingerichtet hat und wie selbstverständlich kurz die E-Mail gecheckt hat, holt sie das Rad bei dem älteren Ehepaar ab, das die Pension nur einen Steinwurf von Tremont entfernt betreibt. Als der Mann ihr das Fahrrad noch kurz durchcheckt, bevor er es ihr aushändigt, überlegt Florentine einen Moment lang, ob es nicht vielleicht Sinn machte, dass sie das „Screwbiker's" hier in Cornwall wiedereröffnete, wenn sie mal „alt" ist. Alle Pensionen und Cafés in dieser Straße wurden von Rentnern geführt. Das wäre doch eine Option ... Aber bis dahin war ja noch etwas Zeit.

Das Fahrrad ist eine Mischung aus Mountainbike und Trekkingrad, perfekt für die „Cornishen" Landstraßen. Motiviert radelt sie die Alexandra Road hinunter zum Hafen von Penzance, vorbei an der kleinen Bucht, in der sie früher mit Nick und den Kindern gesurft waren. Der Radweg führt um die Bucht herum immer mit Blick auf den wunderbaren St. Micheal's Mont. Ein starker, feuchter Wind bläst ihr entgegen. Florentine merkt nicht, wie der Regen langsam stärker wird, so sehr genießt sie den Blick auf das Meer, die kleine Insel und die Landschaft. Und so sehr schwelgt sie in Erinnerungen an ihre früheren Urlaube gemeinsam mit Alexander in Cornwall. Als sie den Fuß des St. Michael's Mont in Marazion erreicht hat, regnet es in Strömen. Florentine ist nass bis auf die Haut. Es machte wohl keinen Sinn, weiter zum Strand zu fahren. Nick würde mit seinen Schülern die Surfstunde zwar wegen Regen nicht abbrechen – warum auch, denn nass war man ja eh! –, aber für Florentine machte das Zuschauen bei Regen wohl wenig Freude.

Sie fröstelt und entscheidet sich zu einem Zwischenstopp im Kings Arms, einem kleinen typisch britischen Pub im Zentrum von Marazion, dessen Geschichte bis auf das 18. Jahrhundert zurückgeht. Dort gab es eine wunderbare heiße Schokolade mit Marsh Mellows, genau das, was sie jetzt brauchte.

Sie parkt ihr Rad vor dem kleinen Backsteinhaus und als sie den Pub betritt, lacht der Wirt zur Begrüßung: „Welcome to Cornwall! I see you are enjoying the Cornish Weather!" Er reicht ihr ein Handtuch.

„Danke, in der Tat, ich genieße es hier! Vor allem weil ich weiß, dass es in einer Stunde wieder trocken sein wird. Ich weiß, dass man in Cornwall unter Umständen alle Jahreszeiten an einem

Tag haben kann!", antwortet Florentine, während sie ihr Gesicht und die Haare trocken rubbelt.

„Ich sehe, Sie kennen sich aus!", grinst der Wirt. Florentine bestellt die heiße Schokolade und setzt sich ans Fenster. Sie ist erstaunt, als ihr iPhone klingelt! Sie sitzt gerade wahrscheinlich am einzigen Punkt mit Empfang. In Cornwall war das nämlich so eine Sache. Unter Umständen hatte man hier nämlich einen sehr ruhigen Urlaub, weil man einfach nicht erreichbar war. Nun aber ist sie zum Arbeiten hier und somit hat sie Glück, dass ihr Handy funktioniert. Es ist die Lehrerin der Schulklasse, die sich für den nächsten Tag ankündigen will. Sie würden früh morgens in London abreisen und somit um die Mittagszeit in Penzance ankommen. An einem Sonntag sollte das in sechs Stunden gut machbar sein. Florentine bestätigt ihr, dass sie die Gruppe am „Castle Horneck", dem Youth Hostels Association (YHA) in Penzance erwarten und beim Einchecken helfen würde. „Und wie ist das Wetter in Cornwall?", will die Lehrerin wissen. „Wie es jetzt ist, ist nicht wirklich relevant. Es ändert sich hier relativ schnell und ich bin sicher, morgen scheint die Sonne!", antwortet Florentine.

„Sagen Sie nur nicht, dass es regnet!", entgegnet die Lehrerin entsetzt.

„Doch und das ist für August nicht so ungewöhnlich. Der August ist der feuchteste Monat in Cornwall!" Das ist eine Tatsache, die den meisten Urlaubern so nicht bewusst ist.

Aber die Schulklasse hat Glück. Als sie am nächsten Tag ankommt, gibt der Himmel alles, was er in Cornwall an Blau zu bieten hat und auch in den nächsten Tagen bleibt das Wetter stabil.

Somit genießt nicht nur Florentine die Tage in Cornwall in vollen Zügen, nicht zuletzt, weil das Wetter lange Wanderungen auf dem Küstenpfad mit unglaublich beeindruckender Natur ermöglicht. Sie wandern unter anderem von Land's End nach Porthcurno über steile Küstenwege und grüne Wiesen. Selbst die Kinder der Schulklasse, die beim Wort „Wandern" allesamt die Nase gerümpft hatten, sind begeistert, als ihnen dabei die Wildpferde Cornwalls begegnen und sie an den Sandstränden von Porthgwarra und Porthcappel die Höhlen erkunden können.

Auch die Lehrerin ist begeistert und sie sagt beim Abschied: „Ich war sicherlich nicht das letzte Mal hier in Cornwall! Sie können sich glücklich schätzen, denn sie haben ja wirklich einen wundervollen Arbeitsplatz."

Florentine hat ihr Ziel erreicht. Sie ist zufrieden mit sich und der Welt und mit ihrem Job und stellt fest:

„Ja, ich habe einen wundervollen Beruf! Warum nur ist mir das früher nicht aufgefallen?"

Zwei Tage vor ihrer Abreise zurück nach Deutschland wird Florentine am frühen Morgen durch ihr Handy geweckt. Am Vorabend war es spät geworden und so ist es bereits neun Uhr, als sie noch im Halbschlaf den Anruf von Nick entgegennimmt.

„Hey Florentine, I thought you might feel like a last surf session before you leave. The conditions are ideal today!" Nick ist bereits total ausgeschlafen. Wahrscheinlich hat er schon mehrere Stunden im Wasser verbracht, das konnte Florentine sich gut vorstellen und es dauert nicht lange, bis er Florentine überredet hat.

Schnell zieht sie sich an und eilt in den Frühstücksraum. „Good Morning Florentine, what are you up to today?", wird sie von Christine mit wunderbar duftendem „Ground-Coffee" begrüßt. „Ich radele jetzt mal schnell nach Praa Sands und treffe mich dort zum Surfen." „It is quite breezy outside to day!" Christine blickt erstaunt. „You are such a sporty lady!"

„Ich wünschte, das wäre ich!", lacht Florentine. „Ich bin eine lahme Ente geworden! Zeit, dass ich mal wieder etwas bewege!"

„Ihr Deutschen seid so diszipliniert!" Christ schüttelt den Kopf und verschwindet in der Küche. „Aber pass auf dich auf, ja?"

„Keine Angst, das wird Nick schon tun!", antwortet Florentine und packt ihren Rucksack.

Eine Stunde später sitzt sie auf dem Fahrrad Richtung Strand in Praa Sands. Der Himmel ist blau, es ist nicht eine einzige Wolke zu sehen. Dafür bläst der Wind wie verrückt. Dieses Phänomen, dass es ohne Wolken teilweise heftigen Wind an der Küste gibt, hat

Florentine noch nie verstanden. Tatsache aber ist, dass die Wellen bei einer Wetterlage wie heute enorm sein können. Florentine muss ordentlich strampeln auf dem ca. 15 Kilometer langen Weg von ihrer Unterkunft. Sie war wirklich eine lahme Ente geworden, stellt sie fest. Hoffentlich würde ihre Energie noch zum Surfen reichen.

Als sie auf den schmalen Weg runter zum Strand einbiegt, sieht sie den Sprinter von Nick bereits unten stehen. Nick steht wenig entfernt auf den Dünen und blickt aufs Meer und „liest" die Wellen. Sie sind enorm, das kann man schon von hier oben erkennen.

„Hey there, da werden wir heute mächtig Spaß haben, don't you think?", begrüßt sie Nick und ihr Magen ist sich derzeit nicht so sicher, ob sie sich aufs Brett wagen sollte.

„Da hast du wohl recht! Die Wellen sind bestimmt fünf Fuß hoch und mehr ..."

Florentine bekommt weiche Knie.

„Come on, you can do it!", behauptet Nick. „Du bist doch noch fit!"

„Was willst du denn damit sagen ... ‚noch fit'?", entrüstet sich Florentine.

Nick wirft ihr einen noch feuchten Neoprenanzug rüber und klettert in den Wagen, um die Bretter herauszuholen. Florentine zieht sich langsam um. Sie hat die Augen auf das Meer gerichtet. Die Wellen-Sets sind in regelmäßigen Linien zu erkennen. Wie oft hatte sie neben Nick gestanden, wenn er den Kindern erklärt hatte, wie die Wellen zu lesen sind.

In der Tat sind die Bedingungen fast ideal. Die Wellen kommen gleichmäßig, in sogenannten Sets, drei, vier, fünf Wellen hintereinander, bevor es eine kurze wellenfreie Phase, ein sogenanntes Low gibt. In dieser Zeit eines Low muss sich der Surfer beeilen, bäuchlings auf dem Brett hinauszupaddeln. Er muss das Outback erreichen, den Punkt, bevor die Wellen brechen, bevor das nächste Wellen-Set an den Strand rauscht. Schafft er es in einem Low nicht, ins Outback zu kommen, kann es passieren, dass er von einer Welle geradewegs wieder an den Strand gespuckt wird. Und dann kann er von vorne anfangen, hinauszupaddeln. Florentine war schon so manches Mal vom Meer wieder ausgespuckt worden, bevor sie es auch nur geschafft hatte, sich aufs Brett zu setzen. Die Kunst ist, schnell genug zu paddeln.

Langsam schlüpft sie in den Neoprenanzug, der nicht nur noch feucht, sondern von innen auch noch ziemlich sandig ist. Sie rümpft die Nase. „Na, hast du vergessen, wie sich das anfühlt?", lacht Nick.

„Nein", antwortet Florentine, „es ist mir soeben wieder eingefallen! Das ist der Punkt am Surfen, den ich wirklich nicht mag. Mich bei kühlem Morgenwind in einen feuchten Anzug zu pressen, wirst du mir in diesem Leben auch nicht mehr wirklich schmackhaft machen können!"

„Komm, gleich hast du alles vergessen. Auf geht's. Hurry up, dann merkst du es gar nicht! I will wait for you down there!"

Nick schnappt sein Brett und rennt über die Dünen zum Strand. Florentine sieht ihm nach. Wie kann man nur so verrückt sein. Nick verbringt im Sommer bestimmt zwölf Stunden am Tag im Wasser und jedes Mal freut er sich wie ein kleines Kind, wenn er wieder reindarf.

Der Wind ist stark geworden und die Gräser biegen sich im Wind. Florentine muss ihre Haare zusammenbinden, wohl wissend, dass es wahrscheinlich zwecklos sein wird. Die erste Welle wird ihren Zopf eh wieder zerstören. Sie zieht sich Neoprenschuhe an und muss daran denken, was ihre Jungs immer gesagt haben: „Mama, Pantoffeln sind uncool zum Surfen!"

Egal, lieber Pantoffeln als aufgerissene Füße! Das wusste sie inzwischen.

Florentine nimmt ihr Brett und geht langsam den gleichen Weg zum Strand, den Nick förmlich gesprintet war. Sie lässt sich Zeit. Heute ist ihr letzter Tag. Sie will den Anblick, das Meer, die Dünen und den Geruch von Seetang und salziger Seeluft noch einmal in vollen Zügen genießen.

Als sie unten ankommt, ist Nick bereits weit draußen und nimmt verschiedene kleine Wellen, und turnt auf seinem Brett herum, sodass Florentine lachen muss. Dieses Spielkind. Wie alt ist er inzwischen?

Florentine macht sich warm. Joggt ein paar Mal auf und ab, macht Armkreisen und ein paar Stretchingübungen, bis Nick atemlos zurückkommt.

„Da bist du ja endlich, jetzt aber los!"

Beide tragen ihr Brett zum Wasser, wo sie sich die Leine mit dem Klettverschluss um das Fußgelenk binden. Sie legen sich auf die Bretter und paddeln los, als Nick das Kommando dazu gibt. Im Wellenlesen ist er der Experte und daher verlässt sie sich voll und ganz auf ihn.

Sie schaffen es tatsächlich, im ersten Anlauf direkt bis ins Outback zu paddeln, ohne dass sie von einer Welle zurückgespült werden.

Völlig außer Puste setzt sich Florentine auf ihr Brett. „Sag mal, ich glaube du wirst tatsächlich alt, Flori!", neckt Nick.

„Seit wann nennst du mich Flori!", keucht sie.

„Achtung, Pause ist nicht! Da kommt ein Set of Waves … Get ready to rumble!"

Nick wirft sich auf den Bauch, die Wellen hinter sich mit einem Blick über die Schulter stets im Auge.

„Give me a break!", jammert Florentine und tut es ihm gleich.

„Warte auf mein Kommando und dann springe auf, wenn ich es dir sage!" Nick paddelt vor den Wellen hin und her.

Auf sein Kommando springt Florentine auf und setzt sich zunächst auf die Knie, dann stellt sie sich auf und balanciert, so wie sie es von Nick gelernt hatte. Die Welle baut sich unter ihr auf und einen Moment lang hat sie das Gefühl das Gleichgewicht zu verlieren, bevor sie im nächsten Moment mit der Welle abwärts Richtung Strand saust. Aber sie fällt nicht, sondern nutzt den gesamten Schwung für einen „long ride along the beach".

Florentine ist begeistert. „Hey wow. Das zum Thema du wirst alt!", ruft sie Nick zu, als er hinterherkommt. „Well done!" Nick hebt die geballte Faust in den Himmel.

„Das machen wir gleich noch mal." Florentine dreht ihr Brett um und will wieder hinauspaddeln, ohne auf Nicks Anweisung zu warten. Aber alleine gelingt es ihr wesentlich weniger gut, das Low zu erkennen, und so müht sie sich ab, wird wieder zurückgespült, beginnt von Neuem und kämpft mit den Wellen.

„Der Wind ist stärker geworden!", stellt Nick fest. Er blickt an den Horizont. „Die Wellen sind auch nicht mehr so regelmäßig. They are a bit bumpy, now!"

„Und ich hatte schon gedacht, ich bin einfach zu doof!", keucht Florentine.

„Just one more wave und dann machen wir besser eine Pause. Ich weiß nicht, wie sich das hier entwickelt." Nick runzelt die Stirn und schiebt Florentine mit dem Brett vor sich her „Ich helfe dir mal schnell rauszukommen!"

Nick schiebt Florentine ins Outback. Sie sind nun ziemlich weit draußen und die Wellen sind ziemlich hoch. Florentine betrachtet mit Respekt die herannahenden Wellen.

„Ich gebe dir ein Zeichen und dann nimmst du nur die Wellen, die ich aussuche!", befiehlt Nick.

Und so klappt es. Nick ruft, Florentine springt auf und es gelingt ihr fast bis zum Strand zu kommen, bevor sie das Gleichgewicht verliert und vom Brett fällt. „Na, das war doch wieder fast ganz gut!"

„Fast!", lacht Nick. „Come on let's have some lunch!"

„Nein, das war nur eine FAST gute Welle." Das zählt nicht als letzte Welle. Du hast gesagt, man soll immer nur mit der BESTEN Welle aufhören. Komm, eine noch!" Florentine dreht schon ihr Brett um und hört gar nicht, dass Nick das nicht so gefällt.

Die letzte fast perfekte Welle beflügelt Florentine, noch eine allerletzte Welle zu wagen, obwohl ihre Kräfte langsam nachlassen.

„Na, du kannst ja heute wirklich nicht genug bekommen. Ok – just one more wave!", amüsiert sich Nick, obwohl er etwas sorgenvoll auf die nun immer größer und unregelmäßiger werdenden Wellen blickt.

„Du hast doch immer gesagt, dass man nur mit einer perfekten Welle aufhören soll. Und die eben war nicht ganz perfekt. Komm, wer als Erstes im Outback ist!", ruft Florentine übermütig und paddelt vom Strand in Richtung offenes Meer. Um die Stelle zu erreichen, bevor die Wellen brechen, müssen sie jetzt wirklich weit rauspaddeln. Die Kunst ist es aber auch, genau diese Stelle zu überqueren, ohne dass man wie ein Spielball von den brechenden Wellen Richtung Strand zurückgespült wird.

Der Wind hatte nun noch zugenommen und die Wellen werden größer. Nick ist nun doch sichtlich begeistert, dass Florentine noch mal Lust hat, mit ihm rauszupaddeln und nimmt die Verfolgung auf.

Die Wellen bauen sich vor ihnen auf und die beiden paddeln ihnen mit allen Kräften entgegen. Immer noch rechtzeitig, um grad noch mit dem Brett so über die Kuppe zu hüpfen. Bis sie dort sind, wo sie hinwollen. Im Outback, an der Stelle, bevor die Wellen brechen. Dort können sie sich auf die Bretter setzten und in Ruhe nach der allerletzten perfekten Welle Ausschau halten und dabei Kraft tanken.

Diesmal hat Florentine es tatsächlich geschafft, vor Nick im Outback zu sein und sitzt bereits auf ihrem Brett, als Nick schnaufend angepaddelt kommt.

„Oh boy, you will kill me!", stöhnt er. Florentine lacht. „So, sag mir, wer von uns beiden wird nun alt? Früher war es umgekehrt, erinnerst du dich, als wir mit den Kindern hier in den ersten Jahren herkamen, war ich immer die Erste, die tot war!"

Florentine lacht übermütig und dreht ihr Brett in Richtung Strand, bereit für die nächste perfekte Welle in Richtung Strand. Nick liegt noch bäuchlings auf seinem Brett und richtet den Blick aufs offene Meer. Er beobachtet die Wellen intensiv und checkt sie für Florentine ab.

„No, not this one!", ruft Nick, als Florentine mit einem Blick über die Schulter erkennt, dass sich eine Welle hinter ihr aufbaut. Aber sie hat sich schon mit dem Bauch aufs Brett geworfen. „Come on Nick, turn and paddle!", ruft sie übermütig. Nick reißt die Augen auf. „NOT this one! It will break too early! It is too steep!!!", ruft er hektisch und paddelt auf Florentine zu. Florentine paddelt wie wild mit den Armen, gejagt von der immer größer werdenden Welle.

Die Welle baut sich hinter ihr auf und treibt Florentine vor sich her.

Wäre sie nur einen Bruchteil einer Sekunde später losgepaddelt, wäre es Florentine womöglich gelungen, mit der Wucht der brechenden Welle umzugehen, deren Schwung auszunutzen und sich bis an den Strand treiben zu lassen. So aber bricht die Welle direkt über ihr. Ihr Brett wird von hinten hoch geschleudert und wie ein Spielball im Sog der brechenden Welle nach unten gedrückt. Florentine spürt, wie die Wucht des Aufpralls die Schnur, mit der das Brett an ihrem Knöchel befestigt ist, reißt. „Oh nein", denkt Florentine noch, denn das Brett ist das einzige, was ihr noch Auftrieb bzw. einen Halt geben könnte. So aber schießt das Brett wie ein Pfeil in die Luft, während ihr Körper unter Wasser gezogen wird.

Wie im Spülgang einer Waschmaschine wird sie hilflos Richtung Strand geschleudert. Sie ist minutenlang unter Wasser und hat aufgegeben, sich gegen die Kraft der Welle zu wehren. Die Orientierung hat sie vollständig verloren! Wie oft hatte sie sich überschlagen, wo ist oben, wo ist unten? Sie weiß es nicht. Die Luft wird langsam knapp, als sie Sand unter ihren Füßen spürt. „Gott sei Dank!", denkt sie in dem Moment, als ihr die Füße durch den Sog erneut weggezogen werden und sie hart mit dem Hinterkopf aufschlägt. Das dröhnende Rauschen betäubt ihre Sinne.

Wann würde diese verdammte Welle sie endlich wieder ausspucken? Die rauschende Gischt tobt erbarmungslos weiter in Richtung Strand und Florentine ist ein Spielball der tosenden Wellen.

Mit einem Mal spürt sie, wie der Druck des Wassers nachlässt. Der Sog ist verschwunden und sie liegt regungslos am Strand. Ihr Körper, der krampfhaft versucht hatte, die Welle zu besiegen, ist wieder völlig entspannt und der Wind hat sich gelegt.

„Na, das ging ja gerade noch gut!" Florentine schlägt die Augen auf und blickt in den blauen, hellen Himmel. Eigentlich hatte sie erwartet, dass ihr Mund voller Sand und die Ohren voller Wasser sind. Aber das ist nicht der Fall. Die Sonne erwärmt sie und die Angst, die sie soeben noch wie eine Fessel gewürgt hatte, weicht einem unendlich warmen und angenehmen Gefühl.

Sie versucht sich aufzurichten, aber es gelingt ihr nicht. Außer ihren Augenlidern kann Florentine nichts bewegen, ihr Körper gehorcht ihr nicht. Es ist, als würde er gar nicht mehr zu ihr gehören.

Krampfhaft versucht Florentine sich daran zu erinnern, was passiert ist. Der Himmel über ihr ist unendlich blau und die Sonne brennt schon fast strafend auf ihren leblosen Körper. Die Luft riecht nach Salz. Cornwall, sie ist in Cornwall, dort, wo man Salz riechen kann. Aber warum kann sie sich nicht bewegen? Wo ist Nick? Wo sind ihre Kinder? Warum um alles in der Welt liegt sie hier alleine? Die fehlenden Antworten auf diese Fragen entziehen ihrem Körper die eben noch da gewesene wohlige Wärme. Das angenehm warme Gefühl weicht kalter Angst. Sie beginnt zu zittern. „Alex? Jungs? Anna … Nick … Warum ist denn hier niemand?" Sie will schreien, aber auch das gelingt ihr nicht.

Noch nie zuvor hat sie sich so hilflos gefühlt und so leer … und so allein. Sie versucht, ihre Gedanken zu sortieren, aber immer wieder gelangt sie zu der Frage: Wo bin ich? Die krampfhafte Suche nach einer plausiblen Erklärung schnürt ihr die Kehle zu. Sie kann kaum atmen. Sie hat das Gefühl einer zentnerschweren Last auf ihrem Brustkorb.

„Ich muss atmen", denkt sie hektisch. „Ich muss …" Mit aller Kraft wehrt sie sich gegen den Druck auf ihrem Oberkörper. Sie versucht tief einzuatmen und bläht den Brustkorb mit aller Gewalt auf. „Würgt mich jemand? Hält mir jemand den Mund zu … was ist denn nur hier los? Ich muss atmen …!"

Nick ist blass. Kalter Schweiß steht auf seiner Stirn. Er kniet neben Pedro, der das Ganze von Strand aus beobachtet hatte, vor Florentines leblosen Körper und beginnt hektisch mit einer Herz-Druck-Massage.

„Kennst du dich damit aus?", fragt Pedro nervös. „Ja", antwortet Nick kurz und konzentriert.

„Ich hab mal gelesen, dass sich der Beat von ‚Staying alive' von den Bee Gees sich gut für den Rhythmus der Massage eignet … Soll ich singen?" Pedro wirkt hilflos.

„Halt einfach die Klappe!", schreit Nick ihn an. Er springt auf und kramt in seinem Rucksack nach seinem Handy. „Wir brauchen einen Notarzt."

„Du kennst dich also doch nicht aus! Sie atmet nicht. Hast Du es schon mal mit Mund-zu-Mund-Beatmung versucht?" Auch Pedro schreit jetzt ebenfalls hysterisch.

Nick reagiert nicht sondern tippt wild auf seinem Smartphone. „Verdammt. Kein Netz!" Kein Wunder in Cornwall. Hektisch rennt Nick in Richtung Parkplatz. „Hey du ... du kannst doch jetzt nicht wegrennen!" Pedro bekommt Panik. Er kniet sich vor Florentine und beginnt mit der Beatmung. Er kannte sich zwar nicht aus, aber oft genug hatte man so etwas ja mal im Fernsehen gesehen.

„Come on, Florentine ... breathe!", fleht er sie an. „I did not come all the way down here, just to see you dying! Come on, breathe!"

„Atmen!! Ich muss atmen, ja, das wär nicht schlecht", denkt Florentine. „Ich muss ..." In diesem Moment schüttelt ein Husten ihren Körper und Unmengen von Salzwasser wollen wieder heraus. Pedro dreht sie geistesgegenwärtig auf die Seite, während Florentine nach Luft ringt.

„Florentine!! For god's sake! Du hast mir einen Schrecken eingejagt!!"

„Pedro?? Ich ..." Verwirrt sieht Florentine in Pedros besorgtes Gesicht. Nick, der in einiger Entfernung telefoniert hatte, kommt zurückgerannt.

„Florentine, Gott sei Dank. Lass uns sehen, ob du verletzt bist! Tut dir was weh? Kannst du deine Beine bewegen? Was macht dein Kopf?" Nick tastet Florentines Beine ab und bewegt ihre Füße. Der Schweiß rinnt ihm in die Augen.

Langsam kommt Florentines Erinnerung an das Geschehen zurück. Die Welle! Nick hatte gesagt „Not this one!", und dann kam der Spülgang und es war schwarz geworden.

„Versuch mal aufzustehen!", befiehlt Nick.

Mit Hilfe von Pedro links und Nick rechts kommt Florentine auf die Beine.

„Scheint zu funktionieren!"

„Geh ein paar Schritte", befiehlt Nick wieder.

Gemeinsam gehen sie langsam und nach einigen Schritten kann Florentine alleine stehen.

„Wir sollten dennoch in die Klinik fahren und dich checken lassen! Du warst immerhin einige Minuten bewusstlos!", ordnet Nick an.

„Nick! Nicht, bevor du mir erklären kannst was ER hier macht!" Nick sieht von Florentine zu Pedro und runzelt die Stirn.

„Ehrlich, ich weiß nicht mal, wie er heißt und wo er herkommt schon gar nicht. Er war auf mal da, als du angespült wurdest und wir hatten noch keine Gelegenheit uns einander vorzustellen!" Nick sieht Pedro herausfordernd an.

Pedro grinst verlegen. „Nick, das ist Pedro! Ein ...", Florentine zögert, „... Freund aus Südamerika!"

„Südamerika?", fragt Nick verwundert.

„Yes true but to keep a long story short: I have got a job in London now and as I knew that Florentine is currently in Cornwall, I came down here to tell her that and ...!", er lächelt Florentine an, „and Christine from the Tremont told me that I will find you in Praa Sands."

Nick zieht die Augenbrauen hoch! „Na, dann ist das ja grad noch mal gut gegangen. Ihr kennt euch also. Mehr will ich jetzt gar nicht wissen. Lass uns jetzt in die Klinik fahren."

Nicks Anspannung löst sich nur langsam. Der Schock scheint ihm noch tief in den Knochen zu sitzen. Schweigend fahren sie bis zum nächsten größeren Ort.

In der Klinik von Helston wird Florentine gründlich untersucht und obwohl sie standhaft behauptet, sich vollständig gesund zu fühlen besteht man darauf, sie über Nacht dort zu behalten. „Frau Steigenberger, Sie sind ziemlich stark mit dem Kopf aufgeschlagen und waren immerhin einige Minuten bewusstlos; das ist im Minimum eine Gehirnerschütterung. Ich möchte einfach sichergehen, dass mit ihrem Kopf wirklich alles in Ordnung ist!"

„Also, Herr Doktor Woods, da muss ich sie enttäuschen, mit meinem Kopf war noch nie alles in Ordnung!", entgegnet Florentine und lächelt müde.

„Ich sehe, Sie sind aber auf einem guten Weg!" Dr. Woods, der bis eben neben Florentines Behandlungsliege gesessen hatte, steht auf und macht Notizen in der Krankenakte. „Schwester

Caroline wird Sie jetzt auf ihr Zimmer schieben und wenn Sie sich morgen früh immer noch so selbstbewusst an alles erinnern, dann können wir Sie entlassen!"

„Ok, Sie sind der Boss! Aber nur bis morgen!" Florentine reicht Dr. Woods die Hand. „Jetzt ruhen Sie sich mal aus, und morgen sehen wir weiter!"

Dr. Woods öffnet die Tür und stößt fast mit Pedro zusammen, der in diesem Moment gerade anklopfen will. „Hoppla, wo wollen Sie denn hin, junger Mann?"

„Keine Sorge Herr Doktor, der gehört zu mir!", antwortet Florentine für Pedro. „Mehr als je zuvor!", lächelt Pedro. „Keine Ahnung warum, aber es ist wohl so!", murmelt Florentine.

„Gut, dann können Sie ja Frau Steigenberger auf das Patientenzimmer begleiten! Und wir sehen uns dann morgen. Gute Nacht!" Doktor Woods verabschiedet sich.

Pedro schiebt Florentine im Rollstuhl durch den Gang in Richtung Aufzug.

„Ich kann sehr gut selber laufen!", schimpft sie. „Wahrscheinlich genauso gut, wie du surfen kannst!" Das sitzt! Florentine verzieht das Gesicht. „Und wenn du morgen entlassen wirst, kannst du mir das ja noch mal beweisen."

„Nein, denn da fliege ich zurück nach Deutschland!", antwortet Florentine immer noch trotzig.

Als sie im zugewiesenen Patientenzimmer ankommen, werden sie dort bereits von Schwester Caroline erwartet, die Florentine ein Krankenhaus-Nachthemd reicht und die Elektronik des Krankenbetts erklärt. Des Weiteren reicht sie ihr einen Waschlappen, Zahnbürste und Zahnpasta. „Wenn Sie sich etwas frisch gemacht haben, ist Bettruhe angesagt! Nicht wahr, junger Mann?"

„Schon gut, Schwester, ich gehe sofort! Geben Sie mir noch zehn Minuten!", bittet Pedro.

„Maximum!", antwortet Schwester Carolin bestimmt und verabschiedet sich.

Florentine verschwindet ins Bad und kommt nach fünf Minuten gewaschen und im Krankenhaushemd zurück ins Zimmer. „Wow, sehr sexy!", witzelt Pedro. Florentine streckt ihm die Zunge raus

„Dann geh doch!" Florentine schlüpft ins Bett und zieht sich die Decke über den Kopf „Ich habe noch fünf Minuten", antwortet Pedro und setzt sich zu Florentine auf die Bettkante und hebt vorsichtig die Bettdecke und küsst sie sanft auf den Mund.

„Ich habe dich vermisst!"

„Sonst hättest du mich wohl kaum bis nach Cornwall verfolgt!", antwortet Florentine schnippisch.

„Hey Lady, diese Arroganz steht dir nicht! Was soll der Selbstschutz?" Pedro weicht zurück.

„Pedro, was willst du? Und vor allem, wer war der Typ, den ich in Paris getroffen habe?" Florentine blickt ihn herausfordernd aber müde an.

Pedro zögert. Er senkt den Blick und sagt leise: „Florentine, ich will mit dir alt werden!"

Florentine stutzt. „Wow!" Mehr kann sie nicht sagen. Auf so einen Satz hatte sie ihr ganzes Leben gewartet. Oder zumindest, ein ganzes halbes Leben!

Nach einer Weile antwortet sie:

„Ich habe neulich einen Fernsehfilm gesehen, in dem ein auch viel jüngerer Mann dies zu seiner viel älteren Freundin gesagt hat. Und weißt du, was sie geantwortet hat?"

„Ich bin schon alt?", antwortet Pedro schelmisch.

„Oah ... du ..." Florentine haut ihm sanft auf den Hinterkopf. „Aber ja, genau das hat sie gesagt ... und ..."

Bevor sie weiterreden kann, drückt Pedro ihr einen langen Kuss auf die Lippen. „Und du bist genau richtig – so wie du bist!"

„Und Du? Was war mit dir los in Paris und in den letzten Monaten?"

Florentine lässt sich nicht so einfach überzeugen. Sie hatte ihn in Paris sitzen lassen, weil der Mann, den sie zu kennen glaubte, anscheinend nur darauf erpicht war, sie ins Bett zu bekommen. In diesem Moment, in diesem Hotel war er ihr vollkommen fremd. Zurück in Deutschland redete sie sich später ein, dass der Mann, den sie in ihm vermutete, wohl nur in ihren Träumen existierte. Und die Vertrautheit, die sie ihm gegenüber zu verspüren glaubte, war auch wohl mehr ein Wunsch als tatsächlich existent.

„Ich war nicht so gut drauf, oder?"

„Ja, das kann man sagen!"

„Und daher hast du mich einfach stehen lassen!" Pedro senkt den Blick.

„Ja, auch das kann man so sagen!"

„Du sagtest, es wird nie eine gemeinsame Schnittmenge geben!"

„Weil du dich benommen hast wie ein Macho! Das brauche ich nun wirklich nicht mehr!"

„Ich hatte eine schwierige Zeit nach der Rückkehr aus Deutschland. Habe ewig keinen Job gefunden und es gab immer wieder Niederlagen. Das war sehr frustrierend. Obwohl ich den Schritt, nach Deutschland zu gehen, nie bereut habe, war es doch schwer, daheim wieder Fuß zu fassen. Dass du in Paris dann auch noch anders reagiert hast, als ich erwartet, oder mir gewünscht habe, habe ich dann ebenfalls als persönliche Niederlage empfunden. Und nun bin ich eben in London."

„Und du denkst, da ist es einfacher, die Schnittmenge zu vergrößern!"

„Wir könnten es zumindest versuchen."

Pedro lächelt unsicher und fährt fort: „Weißt du, Menschen ändern sich innerlich, auch wenn man das von außen nicht erkennt. Wir durchlaufen Entwicklungen, jeder für sich und individuell. Je nach dem, welche Menschen wir treffen, welche Berufe wir ergreifen und in welchem Umfeld wir zu tun haben. Und so kann es passieren, dass mit uns innen etwas passiert, ohne dass wir es selber merken. Unsere Mitmenschen und Partner stecken uns in Schubladen, aus denen wir uns unbemerkt herausschleichen. Und auf einmal erkennt die Umwelt, dass man nicht mehr da ist, wo man einmal war ... oder zumindest nicht mehr in der gleichen Schublade! Kannst du verstehen, was ich meine?"

Florentine nickt schweigend und blickt stumm auf ihre Bettdecke. Wie sehr sie das verstehen konnte! Langsam aber stetig war Alexander aus ihrer Schublade geklettert.

„Und komischerweise erkennt man selbst, dass man in die Schublade, wo man einmal war und sich vielleicht auch wohl fühlte, gar nicht zurückmöchte!" Pedro ergreift sanft ihre Hand.

„Und was möchtest du jetzt? Hast du einen neuen Plan für die nächste Schublade?", will Florentine wissen.

„Florentine, verlange nicht, dass ich dir irgendwelche Pläne vorlege oder Garantien gebe! Ich weiß nicht, ob es klappt und ob wir es schaffen oder wie lange es dauert. Aber ich weiß, dass ich es versuchen möchte." Er atmet tief durch „Und schließlich habe ich dir ja in Paris gesagt: Nur wenn man bereit ist, etwas zu geben, kann es sein, dass man etwas zurückbekommt." Einen Moment lang schweigen beide.

„Wie sollen wir es wissen, wenn wir es nicht versuchen?" Er blickt sie erwartungsvoll an. „Weißt du, ich habe nie geglaubt, was die Leute erzählen, dass man intuitiv weiß, dass es richtig ist, wenn man DEN Menschen in seinem Leben trifft. Ich glaube, ich kann das jetzt doch nachvollziehen."

Und Florentine hatte sich gewünscht, einen Menschen zu treffen, der genau dies sagt. Und zwar nicht nur für das „JETZT und HIER, weil es ja langfristig ohnehin nicht funktioniert", sondern mit der Bereitschaft für ein „FÜR IMMER", auch wenn es dann vielleicht tatsächlich nicht funktioniert.

Florentine blickt nun zum Fenster hinaus. Der Wind treibt die Wolken am dunkler werdenden Abendhimmel vor sich her. Sie muss an Carl denken, der einmal zu ihr etwas ganz ähnliches gesagt hatte, als er Anna-Maria heiraten wollte. Sie glaubt, das Rauschen des Meeres zu hören, obwohl es weit entfernt ist. Das Rauschen, wie sie es im Strudel der Welle gehört hatte, und sie erkennt, wie schnell alles hätte zu Ende sein können. Wie bei Carl.

Florentine schluckt und ergreift Pedros Hand. „Ok!", antwortet sie. „Dann lass es uns versuchen!"

Als in diesem Herbst am Münsteraner Aasee die Tische des Cafés hochgeklappt werden und die Tretboote ins Winterquartier gezogen werden, bleibt Petra auf dem See. Seit langer Zeit schwimmt sie nicht hinter ihrem geliebten Schwanentretboot hinterher, sondern bleibt mit den anderen Schwänen und Enten auf dem See in der Nähe des Cafés. Sie weiß zwar nicht, ob sich hier ein neuer Schwanenpartner für sie finden lässt, aber das Leben gefällt ihr hier. Sie fühlt sich wohl, viel wohler als in der langweiligen Hütte zwischen all den Booten und ihrem sehr stattlichen, aber sehr stummen und kalten Freund.

Und so hat sie sich entgegen ihrer Schwanennatur für ein neues Leben entschieden. Zumindest würde sie es versuchen.

Denn es kommt der Moment, an dem man erkennt, dass man einige zwar für immer in seinem Herzen halten kann, nicht aber in seinem Leben.

Be humble.
Be teachable.
The world is bigger than your view.
There is always room for a new idea.
There is always room for a new step.
There is always room for a new beginning.
(unknown)

20
Alles passiert aus einem Grund

Das Leben ist ein erbarmungsloser Drehbuchautor. Es nimmt weder Rücksicht auf die Schauspieler noch auf die Zuschauer. Es hat allerdings immer den Anspruch, alle Beteiligten ausreichend zu fordern und zu unterhalten. Die Dramaturgie des Lebens ist unberechenbar. Katastrophen werden eingebaut, um uns wachzurütteln, zu erinnern oder zu demonstrieren, wie gut es uns doch eigentlich geht.

Manchmal brauchen wir den einen oder anderen Hinweis, um uns darüber klar zu werden, was wir wirklich im Leben erreichen wollen oder bereits erreicht haben.

Florentine wollte stets selber der Autor ihres Lebens sein und hat nicht nur krampfhaft nach ihrem roten Faden gesucht, sondern auch alles immer optimal planen wollen, um festzustellen, dass doch alles immer anders kam als geplant. Was hat sie daraus gelernt? Nichts! Sie hat gedacht, sie muss noch besser planen und sich noch mehr anstrengen, als die Dinge einfach einmal zu akzeptieren. So war sie gefangen zwischen enttäuschten Erwartungen und noch besserer Planung. Vor lauter Planung hat sie dann vergessen, das Hier und Jetzt zu schätzen und zu genießen!

Alles ist möglich! Das, was wir uns wünschen und erreichen wollen, aber auch das, was wir nicht wollen oder uns nicht vorstellen können.

Alles ist möglich, außer einer detaillierten Planung im Voraus! WIR sind nicht der Drehbuchautor, WIR sind die Schauspieler. Wir bekommen ein Drehbuch vorgelegt und können uns entscheiden, es zu lieben oder zu hassen. Ändern können wir es nur bedingt. Wir sind beteiligt und involviert. Aber es gibt jemanden, der unser Drehbuch für uns schreibt. Und das ist der „Herr Grunderfinder".

ER entscheidet, was passiert! Alles passiert aus einem Grund. Auch wenn wir manchmal wenig Chancen haben, diesen jemals zu verstehen. Wir sollten es annehmen, uns entspannen und aufhören, so schrecklich perfekt wie Florentine sein zu wollen. Denn wir haben nur dieses eine Drehbuch, unser Drehbuch! Unser Leben!

Für A.

Du bist für immer in meinem Herzen,
wenn auch nicht in meinem Leben.
Die Liebe zu dir hat mir Kraft gegeben und zu dem gemacht,
was ich bin, wie ich bin und wo ich bin.
Nicht bei dir, aber dir immer nah.
Egal wo du bist.
Für immer!

Hinweis der Autorin

Der Inhalt dieses Romans ist einzigartig, einmalig und frei erfunden. Das Leben jedoch schreibt mitunter die unglaublichsten Geschichten. Alle Ähnlichkeiten von Personen und Handlungen in dem Roman mit Personen und Handlungen im realen Leben sind aber rein zufällig und – wenn es sie dennoch geben sollte – vollkommen unbeabsichtigt.

Quellenangaben und Zitate

Jochen Marris, Beziehungsweise
Verena Moksha Devi, Die reife Frau
Helene Fischer, Songtext, Fieber
Johannes Oerding, Songtext, Alles brennt
Passenger, Songtext, Let her go
Marilyn Monroe, Alles hat seinen Grund
Antony Fedregoti, „Nur heute!"
Udo Jürgens, Songtext, Merci
Andreas Bourani, Auf anderen Wegen
Herbert Grönemeyer, Morgen
Erich Kästner, Eine sachliche Romanze
Die Toten Hosen, Songtext, An Tagen wie diesen …
www.flowfinder.de/10-dinge-die-du-akzeptieren-solltest/
Die „Geschichte vom Bauer und seinem Problem", unbekannter Autor
„Be humble. Be teachable …", unbkannter Autor

Die Autorin

Florentine Steigenberger wurde 1960 im Münsterland geboren. Nach der Ausbildung zur Dolmetscherin zog sie nach Stuttgart und arbeitete zunächst in einem Medienkonzern. Nach der Familien-Phase und dem Spagat zwischen Kindern und Karriere trennte sie sich von ihrem ersten Ehemann und zog nach London. Dort lernte sie ihren zweiten Ehemann, den britisch-amerikanischen Schriftsteller Henry Bergersteig, kennen. Henry eröffnete ihr die Welt des „Geschichten-Schreibens". Er stand Pate für manche ihrer kreativen Ideen sowie ihr Pseudonym.

Heute lebt sie mit ihrem Mann wieder in ländlicher Idylle am Stadtrand von Hamburg, wo sie als Englischlehrerin, freie Kommunikationstrainerin und Reiseleiterin tätig ist.

Ihr Debütroman „Schwanenliebe – ein ganzes halbes Leben" entstand mit autobiografischem Einfluss und viel Fantasie aus der Überzeugung heraus, dass es für jedes Problem eine Lösung geben muss und dass es für das Glücklichsein keine Konventionen gibt.

novum VERLAG FÜR NEUAUTOREN

Der Verlag

„*Wer aufhört besser zu werden, hat aufgehört gut zu sein!*

Basierend auf diesem Motto ist es dem novum Verlag ein Anliegen neue Manuskripte aufzuspüren, zu veröffentlichen und deren Autoren langfristig zu fördern. Mittlerweile gilt der 1997 gegründete und mehrfach prämierte Verlag als Spezialist für Neuautoren in Deutschland, Österreich und der Schweiz.

Für jedes neue Manuskript wird innerhalb weniger Wochen eine kostenfreie, unverbindliche Lektorats-Prüfung erstellt.

Weitere Informationen zum Verlag und seinen Büchern finden Sie im Internet unter:

w w w . n o v u m v e r l a g . c o m